그레첸을 멀리하라

불가능한 사랑

그레첸을 멀리하라

불가능한 사랑

STAY AWAY
FROM
GRETCHEN

EINE
UNMÖGLICHE
LIEBE

수잔네 아벨 장편소설
김동언 옮김

뒤란

일러두기

1. 외래어 표기는 국립국어원 외래어 표기법에 따랐으며, 관례로 굳어진 것과 입말이 더 많이 쓰이는 경우는 예외로 두었다.
2. 단행본은 『 』, 단편은 「 」, 영화와 곡명, 작품명은 < >, 신문, 잡지명은 ≪≫로 표시했다.
3. 본문 하단의 각주는 독자의 이해를 돕기 위한 옮긴이의 주다.
4. 원문에서 영어와 프랑스어로 표기한 부분은 한국어로 번역하고 나란히 실었다.
5. 원서에서 이탤릭체와 대문자로 강조한 부분은 본문에서 고딕체와 볼드체, 글씨체를 달리하여 표시하였다.

사랑으로 충만한 추억을 남겨 주신
부모님 엘제와 베르너에게 감사하는 마음을 담아.

"역사는 아무리 씁쓸하더라도 매일매일 우리의 현재와
우리의 미래에 영향을 미치는 현실이다."

—1973년 6월 7일 예루살렘에서 한, 빌리 브란트의 연설에서

한국 독자 여러분,

모든 가정에는 비밀이 있습니다. 전 세계에 걸쳐서요. 제 소설 <그레첸을 멀리하라-불가능한 사랑>에서는 이러한 비밀이 밝혀질 때 어떤 변화가 일어나는지에 대한 이야기를 담고 있습니다.

제 작품이 한국에서 출판되어 기쁘고 그레첸의 운명뿐만 아니라 우리나라 역사의 숨겨진 부분에 대해서도 알려 드릴 수 있게 되어 감사하게 생각합니다.

8,500킬로미터 떨어진 독일에서 안부를 전합니다.

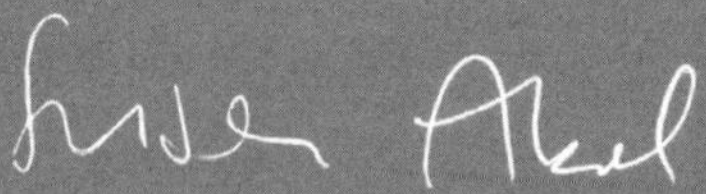

차 례

하나.

2015년 7월

"생방송, 2분 전!" 제작 프로듀서가 뉴스 스튜디오 안에서 외친다.

카메라맨은 헤드폰을 쓴다.

"톰이 마실 콜라는 어디 있어? 그리고 사빈! 넥타이 챙겼어?"

앵커 톰 몬데라스는 진행 데스크 앞에 자리를 잡고 앉는다.

"내무부 장관을 아직도 섭외 중이긴 한데, 어쩌면 생방송이 될지도 모르겠어. 만약 되면 자네가 자연스럽게 진행을 해 줘. 내가 이어폰으로 진행 상황을 알려 줄게." 제작 프로듀서가 스튜디오 마이크에 대고 말한다.

톰은 고개를 끄덕인다. 차가운 콜라를 빨대로 한 모금 마시고는 오프닝 멘트를 중얼거린다. "전국적으로 날씨에 촉각을 곤두세웠던 하루였습니다. 더욱이 일부 지역에서는 폭풍우까지 몰아쳐 전국 곳곳이 마비되었습니다. 폭염은 특히 노인과 환자들에게 더욱 위험합니다…….”

“카메라 한 대는 더 바짝 붙이고, 다른 두 대는 평소처럼 움직여.” 제작 프로듀서가 카메라맨에게 지시하고, 스튜디오 스피커 너머로 “마이크 하나 더 갖다줘요!”란 말이 들린다.

“1분 남았어!”

“……어제 연중 최고 기온을 기록한 후 오늘, 많은 병원에서는…….”

톰의 조수인 사빈은 톰의 셔츠 위 넥타이를 매어 주고 있다. 평소와 달리 떨리는 손이다.

“무슨 일 있어?” 톰은 손으로 마이크를 가리며 조용히 묻는다.

“사실은……, 저의 아버지가……. 아버지가 돌아가셨어요. 그래서…….” 사빈은 나머지 문장을 삼키며 급히 돌아선다. 그 바람에 콜라가 담긴 유리컵이 넘어진다. 갈색 액체가 톰의 흰 셔츠에 튀고, 금세 번진다.

“어떡해!”

사빈이 그의 재킷을 벗긴다. 코디네이터가 여벌의 셔츠를 들고 카메라맨 앞을 지나간다.

“30초!”

“죄송해요.” 사빈이 더듬거리며 말한다.

“걱정 마. 뭐 도울 일은 없어요?” 톰이 새 셔츠를 바지에 쑤셔 넣으며 묻는다.

“15초! 모두 카메라 밖으로!”

전광판이 작동한다.

사빈은 고개를 저으며, 톰의 넥타이를 다시 맨다.

“마지막 광고……! 집중, 10초!”

“고마워요.” 톰은 어깨를 으쓱하고 자리에 앉는다. 사빈은 옆으로 급히 빠진다.

“이제 5, 4, 3, 2…….”

“안녕하세요, 신사 숙녀 여러분. 2015년 7월 5일 주요 뉴스를 전해 드리겠습니다.”

* * *

“좋은 저녁이네, 내 사랑.” 84세의 그레타가 상류의 라인강이 보이는 집, 텔레비전 앞 의자에 앉아 페퍼민트 차 한 잔으로 혼자 건배를 하며 말한다. “오늘 넥타이가 멋지네. 근데 머리는 왜 그렇게 짧아. 그게 너한테 잘 어울리는 것 같아?” 그녀는 자신의 집만큼이나 오래된 서빙 트롤리에서 접시를 집어 들고, 소시지 빵을 한입 베어 문다.

‘우크라이나에서 나토 기동훈련이 실시되었습니다. 서방 세계는 우크라이나에서의 전쟁과 푸틴의 권력 장악을 결코 용납하지 않을 것입니다…….’

“푸틴, 저 미친놈.” 그녀는 이 사이에 낀 오이 조각을 떼어 낸다. 그리고 미국 대통령 후보인 힐러리 클린턴이 중국의 군사력 증강에 대해 경고하는 메시지를 듣는다. 그녀는 그리스 총리 치프라스가 부채에 대해 협상하기를 원한다는 사실도 건성으로 듣는다. 왜냐하면 매일 저녁마다 그랬듯이 그녀가 기다리는 것은 오직 한 가지뿐이기 때문이다. 바로 앵커가 뉴스 끝에 건네는 특별한 클로징 멘트.

'과거를 아는 사람만이 현재를 이해하고, 미래를 만들어 갈 수 있다고 아우구스트 베벨이 말했습니다. 편안한 밤 되시길 바랍니다.'

"너도 그런 밤이길……. 내 사랑." 그레타는 텔레비전을 끄고, 접시를 서빙 트롤리에 올리고는 주방 쪽으로 밀어 낸다. 60년대 초 그녀는 남편 콘라트가 쾰른 포르츠의 라인강변에 마련한, 방이 여섯 개 딸린 이 집으로 이사를 했다. 이곳에서 아들 토마스가 나고 자랐으며, 18년 전 남편이 갑작스럽게 사망한 이후로는 160제곱미터의 공간에서 거의 혼자 살아왔다.

그레타는 접시들을 식기세척기에 넣고, 모두가 자신의 아들이라고 부르는 톰을 생각한다. 그녀는 톰을 언제 마지막으로 보았는지 잘 기억이 나지 않는다. 그는 쾰른 시내에서 불과 몇 킬로미터 떨어진 곳에 산다. 일 때문에 바쁘기도 하겠지만 아무리 바빠도 가끔 전화조차 하지 않을 구실이 되지는 못한다.

"엄마야." 그레타 몬데라스는 자신의 녹색 전화기에 대고 밝게 말한다. "아직 살아 있어? 연락하라고 했는데. 전화 안 하면 넌 불효자야. 여보세요?" 그녀는 더위 때문에 밖에 나가지 못한 자신의 하루에 대해 그에게 이야기한다. 말하는 중간에 수화기 너머에서 여자 목소리가 끼어든다. '전화해 주셔서 정말 감사합니다. 여기는 톰의 집…….'

거실 창문을 통해 그녀는 어두운 구름이 라인강 위로 몰려오는 것을 본다. 천둥과 번개가 내리친다.

"그 아이답지가 않네. 몇 주 동안 소식이 없어."

라인강 반대편 둔치에 번개가 치고 있다. 뇌우가 몰아치면 항상 침대 밑에 숨던 어린 톰의 모습이 그레타의 머릿속에 떠오른다.

천둥소리가 울린다. 분홍색 가운과 슬리퍼를 신은 그대로 그레타는 집 밖으로 빠져나와, 주차장에서 1996년형 3시리즈 BMW에 올라탄다. 차를 주차장에서 빼자마자 속력을 내고 달린다. 검은 비구름이 여름 하늘을 검게 물들이고 있다. 그녀는 쾰른 시내 쪽을 향해서 가속 페달을 밟는다. 그녀는 이 길을 수천 번 다녔고, 20분도 안 돼 시내로 들어설 것임을 알고 있다. 하지만 뜻대로 가지 못한다. 500미터도 채 못 가 고속도로 입구, 다리 앞이 완전히 봉쇄되었기 때문이다.

구급차 두 대가 그녀의 차를 지나쳐 달린다. 소방차가 뒤따른다. 푸른빛이 어둠을 갈라놓는다. 비가 하늘에서 쏟아지고, 차 지붕에 부딪히고, 앞 유리를 망치로 두들기는 듯하다.

"사고가 났나 보네. 어쩌지? 여기서 돌아갈 수는 없는데."

앞 유리 와이퍼는 쏟아지는 물의 질량과 싸운다. 다른 운전자들은 천천히 반대쪽 차선으로 차들을 추월한 뒤 왼쪽으로 꺾어 든다. 깜빡이는 빛의 스트로보 효과는 차들을 이상하게 보이게 만든다. 그녀는 오직 한 가지 생각에만 사로잡힌다. "여기서 빠져나가야 해." 그레타는 다른 차들을 뒤쫓아 차를 움직인다. 앞서가는 차의 후미등을 놓치지 않으려 애쓰며, 왼쪽으로 빠졌다가 다시 오른쪽으로 돌려 고속도로에 들어선다.

"이젠 어떻게 해야 하지? 어떻게?" 그녀는 두 손으로 운전대를 잡고 고속도로의 교차로 표지판을 응시한다.

"그렘베르크, 그렘베르크."

그녀는 퀼른으로 다시 돌아가려면 여기서 나가야 한다는 것을 알고 있다. SUV 한 대가 그녀 바로 뒤에 차를 바짝 붙여 상향등을 번쩍이며 경적을 울린다. 그녀도 상향등을 켜고 가속 페달을 밟는다. 그렘베르크 교차로를 그냥 지나치고 크루즈 운전 모드를 작동시킨다. 3단 기어에 시속 60킬로미터로.

헤드라이트의 끝에 파란색 표지판이 나타난다. 호이마르 출구 1킬로미터.

"호이마르. 저기로 가야겠군! 좋았어!"

네덜란드로 꽃을 운반하는 트럭 한 대가 그레타의 왼쪽 차선에서 추월하지도 않고, 경적을 울리며 나란히 달리고 있다. 그레타는 눈을 크게 뜨고 정면을 응시한다. 차선을 벗어나 트럭과 충돌하지 않아야겠다고 생각하다 다시 또 퀼른으로 돌아 나갈 수 있는 출구를 놓치고 만다.

흰색 차선 표시가 그녀의 앞에서 달려오고, 다른 도로 이용자들의 경적 소리도 조용해졌다. 그녀는 와이퍼가 작동하며 내는, 물기 없는 앞 유리에 삑삑거리는 소리도 듣지 못한다. A3 고속도로를 60킬로미터의 속도로 남동쪽을 향해 밤을 새워 달린다. 되돌아갈 생각은 잊은 지 오래다.

네 시간 후 그레타의 차는 아샤펜부르크와 뷔르츠부르크, 그 사이에서 휘발유가 모두 떨어져 덜컹거리며 멈춘다. 그레타는 앞 유리에 빗방울 떨어지는 소리를 듣는다. 뒤이어 빗소리와 함께 점점 더 커지는 경찰 사이렌 소리가 섞여 들려온다. 백미러에 파란 불빛이 깜빡인다. 운전석 문이 벌컥 열린다.

"무슨 일이시죠?" 젊은 고속도로 순찰대원이 그녀의 얼굴에 손전등을 비춘다.

그녀는 그를 쳐다보며 말을 더듬는다. 순찰대원은 동료에게 전화를 건 다음, 운전대를 잡고 낡은 BMW를 갓길로 밀어 낸다.

"부탁인데, 집으로 데려다주세요!"

"집이 어디신데요?"

그레타는 생각한다. "프로이센의 아일라우."

"어디라고요?"

"동프로이센."

젊은 대원은 그녀에게 경찰차의 뒷좌석에 앉으라고 요구하고, 증명서를 보여 달라고 한다. 그레타는 아무것도 가지고 있지 않다.

"이름이 뭐죠?"

"쇤나이히. 그레타 쇤나이히. 1931년 7월 3일생."

"가족 중에 연락이 닿는 사람이 있나요?"

"할아버지, 할머니가 날 기다려요!"

두 고속도로 순찰대원이 서로를 바라본다.

"다른 가족은 없나요? 딸이나 아들 말이에요."

"네, 딸이 하나 있어요."

"딸은 어디에 살고 있나요?"

그레타는 그를 훑어본다. "아들도 있어요. 아들은 텔레비전에 나와요."

"알았어요." 대원은 그렇게 말하고, 그녀를 아샤펜부르크 병원으로 곧장 데려다준다.

* * *

"분명 치매가 의심되는 상황입니다. 검사를 해 보셔야 합니다." 담당의사 비르트 박사가 톰 몬데라스에게 말한다. 오늘 새벽 경찰로부터 연락을 받았다. 그레타가 쾰른에서 250킬로미터 떨어진 곳에서 정신이 혼미한 상태로 발견되었다는 것이다.

"그럴 리가 없어요." 톰은 피곤한 눈을 비벼 댄다. 방금 들은 말을 믿을 수 없다는 듯 고개를 세차게 가로젓는다. "그저께에도 저와 함께 저녁을 드셨어요. 늘 그렇듯이 지극히 정상적이었어요. 안 그랬다면 제가 알아차렸겠죠."

"물론 다른 원인이 있을 수도 있습니다." 비르트 박사가 우울증, 뇌척수액 순환 장애나 갑상선 기능 저하 또는 약물의 부작용 등이 이런 상태를 발생시킬 수 있다고 말한다.

"그리고 물론 최근의 더위와도 관련이 있을 수 있습니다. 더위가 많은 노인들을 괴롭힙니다. 그러니 주치의와 반드시 상의하시길 바랍니다."

*　　*　　*

한 층 위, 병실에는 소독약과 화장실 냄새가 난다. 그레타는 눈을 뜨고 슬쩍 주위를 둘러본다. 그녀의 옆 침대에는 어떤 할머니가 누워 있다.

"죄송합니다만, 여기가 어디죠?" 그녀가 묻는다.

할머니는 알아들을 수 없는 말을 중얼거리고 허공을 멍하니 올려다본다. 그레타는 변기 의자, 침대 위 손잡이, 소매가 너무 짧은 옷을 보고는 자신이 있는 곳이 병원임에 틀림없다고 결론을 내린다. 그녀는 침대에서 일어나 나가 보려고 하지만 좌우에 칸막이가 있어 그러지 못한다.

"이봐요?" 그레타가 외쳐 본다. 아무도 대답하는 사람이 없자 그녀는 침대 위로 올라선다. 칸막이를 넘어 환자복 뒷자락의 벌어진 곳을 추스르고 긴 병원 복도를 따라간다. 그런 다음 간호사 자리의 창유리를 두드린다.

"도대체 무슨 일이죠? 내가 왜 여기 있죠? 내 옷은 어디 있어요?"

"병실로 돌아가셔야 합니다." 북쪽 지방 사투리로 소리치며, 젊은 간호사가 그레타에게 달려와 팔짱을 낀다.

"난 아무 도움도 필요 없어!" 그녀는 저항한다. 병동 간호사가 자신을 끌고 가려고 하자 그레타는 힘껏 소리친다.

"내 물건을 돌려줘. 그리고 택시를 불러 줘."

또 다른 간병인이 간호사와 함께 그레타를 다시 병실로 끌고 가려고 한다.

그레타는 비록 나이가 들기는 했지만 신체적으로 건강했기에 손과 발을 버둥거리며 맞선다.

"이건 자유를 침해하는 거야! 반드시 대가를 치를 거야!"

"네, 치를게요." 병동 간호사가 말한다. 그들은 그레타의 엉덩이를 휠체어에 밀어 넣고, 양쪽에서 붙잡고 끌고 간다.

"내 아들이 여기 올 때까지 기다려. 아들은 텔레비전에도 나와."

"물론 그러시겠죠. 제 아버지는 바티칸의 수장이세요."

그 순간 2미터 키에 늘씬한 체격의 유명한 앵커, 톰 몬데라스가 의사와 함께 병실에 들어선다. 간호사들은 그를 보자마자 그레타를 즉각 놓아준다.

"톰!" 그녀가 소리치고 휠체어에서 벌떡 일어선다. 그리고 환자복을 입은 채 그를 향해 달려가 품에 안긴다.

"하나님 감사합니다. 드디어 와 줬구나!"

간호사들은 흥분한 표정으로 서로를 바라본다. 분명히 이 앵커를 그들은 알고 있는 것이다.

"엄마, 어떻게 된 일이예요? 도대체 무슨 일이예요?" 톰은 그녀의 환자복을 여며 주며 속삭인다. "의사 선생님, 혹시 목욕 가운 있나요?"

"물론이죠." 의사는 병동 관리자에게 요청을 전달하고, 짧은 소개를 한 다음 어머니와 아들을 진료실로 안내한다. "오늘 아침은 기분이 어떠세요?"

"글쎄요. 내 기분이 어떨 것 같아요, 젊은이?" 그레타가 화를 삭이지 못한 채 대답한다.

"어떻게 여기까지 오셨는지 아세요?"

"그걸 내가 어떻게 알겠어요?"

"오늘이 며칠인지 말씀해 줄 수 있어요?"

"젊은이가 그것도 몰라요?" 그녀가 반문한다.

*　　*　　*

믿을 수 없다고 생각하며, 톰은 나이 든 어머니와 의사가 서로 나누는 말을 듣는다. 엄마가 치매라고? 절대 그럴 리가 없어!

그의 전화기가 진동한다. 쾰른의 뉴스 룸에서 온 연락이다.

"어디서 조용히 전화 통화를 할 수 있을까요?"

"이리 오세요." 병동 간호사가 그를 발코니로 안내한다. 톰의 시선이 발코니 한쪽 넘쳐 나는 재떨이에 가닿는다. "여기에선 담배를 피울 수 있습니다. 허용되는 건 아니지만."

그는 잠시 망설인다. "고맙지만 끊었습니다."

혼자 있게 된 톰은 낡은 캠핑용 의자에 앉아 걸려 온 번호로 전화를 건다. "사빈, 내가 편집회의에 참석 못할 것 같아."

"전 제니예요." 탁한 목소리가 대신 대답한다. "제가……."

"사빈 바꿔 주세요."

"사빈은 여기 없어요. 연가 기간 동안 제가 업무를 맡았어요."

톰은 대화를 그만두고 보도국장의 번호로 다시 전화를 건다.

"사빈이 연가를 냈다고? 클레멘스." 그가 물으며, 재떨이에 필 수 있는 꽁초가 있는지를 눈으로 찾는다.

"사빈의 가족 중에 누가 돌아가셨어. 자네가 제니와 함께 일하고 싶어 하지 않는다는 건 알겠는데, 그래도 제니는 괜찮은 사람이고 가장 빨리 대체할 수 있는 유일한 사람이기도 해." 클레멘스가 말한다.

"젠장!" 톰은 이마의 땀을 닦는다. "회의엔 참석하지 못할 것 같아." 그는 손목시계를 본다. 12시가 조금 넘은 시간이다. 빨리 여기서 나가고 고속도로가 비교적 한산하다면 오후 4시까지는 돌아갈 수 있을 것이다. 저녁 방송을 준비하기에는 충분한 시간이다.

"무슨 일이라도 생긴 거야?" 보도국장이 묻는다.

"아니야. 그냥 뭔가 정리할 일이 생겨서."

텔레비전과 신문 잡지 등에 자주 등장하는 유명한 앵커가 왔다는 소식이 병원 안에 삽시간에 퍼진 듯하다. 복도 여기저기에 그를 보려고 애쓰는 간호사들이 눈에 띄게 많아졌다. 톰은 미소를 지으며 검은색 야구 모자를 얼굴 위로 눌러쓰고 진료실로 가는 길을 찾는다.

그곳에서 그레타는 세 치수 남짓 커 보이는 조깅복을 입고 진료용 침대에 누워 있다.

"이 사람들이 날 바보 취급을 해."

"의사는 어디 있어요?" 톰이 묻는다.

"그러니까, 사람들이 내게 이것저것 캐물었어. 정말 뭐가 뭔지 알 수가 없다."

"엄마! 전 쾰른으로 돌아가야만 해요."

"좀 앉을 순 없겠니? 너까지 날 미치게 만들어야겠니? 그리고 그 모자 좀 벗어라. 넌 금발이 정말 아름다운데, 왜 가리고 다녀?"

톰은 비르트 박사나 아니면 다른 의사라도 찾아보기 위해 문을 연다. 그러다 반대편 문 손잡이를 잡고 있는, 흰 가운을 입고 키카 큰 금발의 여성을 거의 넘어뜨릴 뻔한다.

"죄송합니다." 톰이 말한다.

의사는 자신을 소개하고 책상 뒤에 앉는다.

"보세요, 의사 선생님. 전 시간이 없어요."

"어머니를 퇴원하시게 하려면 개인 정보를 받아야 합니다. 어머니가 가입한 보험회사는 어딘가요?"

톰은 그레타를 의문스러운 표정으로 바라본다.

"전문인 보험. 내 회원번호도 필요해요?"

"엄마가 알아요?"

"그럼!" 그레타는 열일곱 자리 보험번호를 외워 알려 준다.

의사가 톰에게 재미있다는 듯 웃어 보인다.

그는 의사의 긴 목을 따라 시선을 움직이다가 나딘 네이 박사라는 명찰을 보고 생각한다. 잠시 동안이지만 그는 시간적인 압박과 이 체류의 불편한 원인에 대해 잊어버린다.

"치료하는 주치의의 이름과 주소도 필요해요." 그녀가 그레타를 톰의 머리 너머로 보며 묻는다. 톰은 그녀의 갸름한 손가락에 결혼반지가 없다는 사실을 알아차린다.

"그 아인 몰라요! 적어 보세요. 하인리히 피셔 박사, 쾰른-포르츠. 하우프트 길 397, 51143. 전화번호도 필요해요?"

"아뇨. 고맙습니다." 의사는 웃는다.

"제 전화번호는 필요 없나요, 나딘?" 톰이 네이 박사의 갈색 눈을 응시하며 묻는다. "만약을 대비해서 말이에요."

"네, 필요할지도 모르겠네요." 의사는 자신의 귀 뒤로 흘러내린 머리카락을 가다듬으며 청진기를 넣어 둔 가운 주머니에 그의 명함을 넣는다.

아샤펜부르크 출구를 알리는 표지판에서부터 톰은 가속 페달을 밟는다. 고속도로에 합류한 후 쾰른을 향해 시속 220킬로미터의 속도로 내달린다.

"왜 계속 추월차선으로만 가니?" 조수석에 앉은 엄마가 오른손으로 차문 위의 안전 손잡이를 꽉 잡고 있다. 이유 없이 이 손잡이를 공포의 손잡이라고 부르지 않는다는 듯이. 서둘러 출발하기 직전, 간호사가 건네준 옷이 담긴 비닐봉투를 왼손에 쥔 채 몸을 웅크리고 있다. 그레타는 발 아래 검은 고무 매트밖에 없지만 때때로 브레이크를 밟기라도 하는 것처럼 발을 움직인다.

"오늘 도착해야 해요. 공교롭게도 중요하진 않은데 해야 하는 일이 있거든." 톰은 단호한 얼굴로 말하며 라디오 볼륨을 높인다.

'어제 프랑켄 지역의 온도는 40.3도로 리오만큼 더웠습니다.

독일의 최고 기온, 기록이 깨진 것입니다. 걱정스럽게도 당분간 날씨는 이대로 지속될 것입니다.'

아스팔트가 번들거린다.

스피커에서 나미카의 <안녕, 사랑스런 당신Hallo Lieblingsmensch>이 흘러나온다. 이번 여름에만 천 번도 넘게 들었을 것이다.

"빌어먹을." 톰은 쾰른 사투리로 욕을 하며 라디오를 다시 꺼 버린다. 그는 가수의 이 징징거리는 목소리가 싫고 자신을 통제할 수 없다는 사실이 더욱 싫다. **치매.** 이 단어가 그의 머릿속을 파고드는 것을 막아야 한다. 그는 호흡에 집중하고 진정하려고 노력하며 엄마를 향해 알 수 없다는 표정을 짓는다.

"엄마, 이제 내가 이해할 수 있도록 모든 걸 다 말해 줘요."

그레타가 그를 바라본다. "뭘 말하란 거야?"

"한밤중에 이 나라의 절반을 가로질러 운전을 한 이유가 도대체 뭐예요?"

"소란 피우지 마. 난 네가 가자면 어디든 데려다주곤 했어. 그렇다고 내가 이유를 물어본 적 있니? 지금 화난 거야? 아님 뭐야?"

"아뇨. 화 안 났어요." 톰은 자신이 거짓말을 하고 있다는 것을 안다. 그는 화가 나 미칠 지경이다. 그는 분노로 터질 것만 같다.

"맙소사, 꼬마야. 일을 좀 줄여. 스트레스 많이 받으면 좋을 게 없다."

톰은 웃어야 할지 울어야 할지 알 수가 없다. 겨우 세 시간밖에 자지 못했고, 경찰의 전화로 깨어나 한밤중에 아샤펜부르크로 달려가야 했고, 그곳에서 엄마의 치매 의심 진단을 받았고, 이제 그 엄마가 그에게 스트레스를 줄이라고 차분하게 이야기하고 있다.

"내 차로 돌아갈 수도 있었어." 그레타가 말한다. "근데 내 차는 어디 있니?"

"도로교통국에서 다시 가져올 거예요. 하지만 이참에 아예 운전을 그만두는 게 낫지 않을까요?"

"말도 안 돼."

"엄마, 이제 머지않아 여든다섯이에요."

"절대 안 돼!"

"고속도로에서 길을 잃었잖아."

"내가 한 번 실수했다고 이제 쓸모없는 늙은이 취급이야? 넌 내 나이가 안 될 것 같니?"

치매. 이 단어가 계속 그의 머릿속을 맴돌고 있다. 그는 그 단어로부터, 특히 그 단어가 엄마와 관련되어 있다는 생각에서 벗어나고 싶다. 그래서는 안 돼. 그럴 리가 없어. 담당했던 의사가 우울증에 관해 물었고, 톰은 이 용어가 금기어였기 때문에 그에 대해 대답하지 않았다. 어린 시절과 청소년 시절에 엄마는 며칠 동안 어두운 침실로 사라지곤 했고, 정기적으로 이른바 요양소에 들어가 있기도 했다. 그는 엄마와 이에 대해 이야기할 때 에둘러서만 말할 수 있었다.

"그런데 엄마는 아직도 그 약을 먹어요?" 그는 지나가는 말로 이야기를 시도한다.

"나를 '얼간이로-만드는-알약' 말이니?"

그가 씁쓸하게 웃는다. "맞아요. 바로 그 약!"

"아주 오래 전에 끊었어. 왜 너한테 필요해?"

"계속 그렇게 농담할 거예요? 네!" 그는 그녀를 슬쩍 훔쳐보며 말한다. 그러고 전화벨이 울리자 안심한다.

"여보세요?"

"방송 토픽을 보내 드릴까요?" 제니가 스피커폰을 통해 묻는다.

"지금 운전 중이니 보내 놓으세요."

"가장 큰 문제는 이상 기온입니다. 그다음은 그리스의 부채 위기입니다."

"어제와 다르지 않네요." 톰이 말한다.

"네. 하지만 바루파키스가 재무장관직에서 사임했습니다. 쇼블레와 인터뷰가 예정되어 있습니다. 그 사람이 시간이 얼마 없다고 해서, 우린……."

"바루파키스가 사임했다고? 왜 진작 말하지 않았어요?"

"알고 계신 것 아니었어요? 벌써 한 시간도 더 된 소식인데요. 인터넷 없어요?"

"없어, 제니! 난 운전 중이야. 인터넷이 없단 말이야!" 도대체 무슨 일을 하기 위해 비서가 있는 건지. 사빈이라면 이런 일은 일어나지 않았을 것이다. 사빈은 몇 년을 그를 위해 일해 왔고 필요한 것이 무엇인지 정확히 알고 있었다.

"저녁 약속이 있어 쇼블레가 자신의 사무실에서 5시 이전에 녹음을 마쳐야 한다고 합니다."

"너무 촉박해, 젠장. 내가 직접 전화해서 시간을 다시 조율해야 하나요? 클레멘스에게 내가……."

"알겠습니다! 제가 알아서 해 볼게요." 그녀는 전화를 끊었다.

"제니? 제니!" 톰은 무시당하는 것을 참지 못한다. 그리고 그는 누군가가 자신의 말을 끊는 것은 더더욱 참을 수가 없다.

"어머!" 한참을 아들을 옆에서 바라보던 그레타가 말했다.

"왜요?"

"그래도 텔레비전에 나가기 전에 면도는 할 거지?"

"그게 엄마의 가장 큰 걱정거리라면요."

"아니야."

"그럼 뭔데요?"

"제니. 그 사람이 네 애인이니?"

"엄마아아!"

"아, 그냥……."

톰은 이런 대화를 할 기분이 전혀 아니다. 수년 동안 엄마는 그가 왜 결혼을 하지 않는지에 대한 질문을 기회만 있으면 해 댔다. 수년 동안 그녀는 톰 주변의 모든 여자들을 잠재적인 며느리로 간주했으며, 수년 동안 자신이 할머니가 되고 싶다고 말해 왔다.

그는 사빈의 개인번호로 전화를 건다. "진심으로 명복을 빌어요. 앞으로 처리할 일이 뭐든 도움이 되고 싶어." 그는 말한 뒤 그녀가 언제 돌아오는지 알고 싶다고 덧붙인다.

"고마워요." 그녀가 스피커폰 너머로 흐느끼며 말한다.

"아버님이 갑작스럽게 돌아가셨나? 아니면 준비된 상태에서……?"

"아버지가……, 아버지는……." 그의 비서가 말을 더듬는다. "자살하셨어요, 톰."

"뭐라고?" 누군가 자신의 배를 발로 걷어찬 것 같다. 톰은 뒤쪽에서 포르쉐가 상향등을 깜빡거리는 것조차 알지 못한다. "알아요? 왜 그러셨는지?"

"아버지는 치매를 앓고 계셨고, 요양원에 계셨어요. 그러다 엄마가 돌아가신 뒤로……." 사빈의 목소리가 끊어졌다.

"사빈, 정말 유감입니다." 톰은 말했지만 차가 막 터널로 진입한 직후라 그녀가 그 말을 듣지 못했을 것이라 추측한다.

그는 차선을 바꾸고 천천히, 그리고 조용히 운전을 한다. 머릿속이 멍해진다. 몬타바우어 출구에서 그는 엘저베르크 고개를 언제 지나왔는지 기억이 나지 않아 움찔한다. 톰은 엄마가 옆에서 마지막으로 무슨 말을 했는지도 기억이 나지 않는다. 그는 엄마를 다시 한번 어리둥절한 표정으로 바라본다.

그레타는 넋을 놓고 있다. 세 치수나 큰 조깅복을 입은 그레타는 너무나 작고 무기력해 보인다.

"엄마, 괜찮아요?"

"추워."

"미안. 에어컨 때문인가 봐. 미안해요. 끄면 금방 다시 따뜻해질 거야."

전화벨이 울린다.

"쇼블레가 오후 6시 30분에 도착하도록 시간을 변경했습니다. 그러면 되겠죠?"

톰은 "그래요"라고 대답하고 퀼른 폴 출구를 벗어나 A4 도로에 들어선다.

* * *

"엄마. 난 이제 스튜디오로 가야 해요. 엄마랑 같이 올라갈 수가 없어. 괜찮겠어요?" 톰은 집 앞에 멈춰 서서 긴장된 표정으로 그녀를 바라본다.

"당연하지. 너 없어도 돼." 그레타는 예전처럼 행동하려고 온 힘을 다해 괜찮은 척 노력한다. 그녀는 이제 실수를 하면 안 된다는 것을 알고 있다. "내 열쇠고리 어디 있지?" 그녀가 묻는다.

"내 걸 가져가. 그리고 약속해요. 주치의에게 가 보겠다고."

"알았어, 알았어!" 그녀는 손을 흔들며 중얼거린다. "잡초는 쉽게 안 죽어."

그레타는 자신의 앞을 가로막는 세입자가 없다는 사실에 안도하며, 집 안으로 뛰어 들어가 문을 잠근다. 모든 긴장이 한꺼번에 풀리자 그레타는 마침내 자신의 옷이 든 비닐봉투를 내려놓고 주저앉는다.

그녀는 자신에게 뭔가 문제가 있음을 알고 있다. 두려움이 왈칵 밀려온다. "너 자신을 실망시키지 마!" 그녀는 스스로에게 명령하고 벌떡 다시 일어나 욕실로 걸어 들어간다. 그녀는 선반 거울에 비친 자신의 모습을 보지 않는다. 그녀는 생각을 꽉 붙잡아야만 한다. 그렇지 않으면 사라져 버릴 것 같다.

그녀는 포스트잇에 대문자로 '**자동차**'라 쓰고, 그것을 타일로 된 벽에 붙여 둔다. 오래지 않아 벽은 메모로 가득 찬다.

기억력 훈련에 관한 책을 읽어라!

사과를 먹어라. 매일 하나씩!!!

두뇌 운동용 알약!

"그래, 두뇌 알약"이라고 혼잣말을 중얼거리며 약통에서 알약을 꺼내 물 없이 삼킨다. 그리고 가방에서 지퍼백을 꺼내, 그곳에 다섯알 씩 약을 집어넣은 후 단단히 지퍼를 채운다.

* * *

톰은 방송국의 지하 주차장에 들어설 때까지 그 단어를 성공적으로 억제한다. 그리스의 유로 탈퇴를 피할 수 있을지, 그리스의 탈퇴가 유럽에 재앙이 될지 여부에 대한 질문이 그의 생각을 지배하고 있다. 스튜디오에 더 빨리 도착하기 위해 그는 엘리베이터가 아닌 계단으로 올라간다.

스튜디오는 모든 것이 정지된 상태다. 스포트라이트가 그의 앵커 데스크를 비추고 있다. 모니터에는 베를린에서 그를 초조하게 기다리는 재무부 장관이 보인다. 톰은 땀에 젖은 티셔츠를 구석에 던지고, 클레멘스는 그에게 서류와 질문 목록을 건네고,

제니는 흰 셔츠와 블레이저를 입혀 주고, 메이크업 아티스트는 그의 얼굴에 면도를 시작한다.

“2분만 더 기다려요, 클레멘.” 톰이 보도국장에게 말하며 질문 목록을 살펴본다.

“어떤 넥타이요?” 제니 월터가 세 가지를 들어 보이며 묻는다.

“빨간색 점박이 넥타이.” 톰은 마흔 살의 조수를 쳐다보지도 않고 명령한다.

제니가 회의적으로 “이거라고요?”라고 되묻자 그는 고개를 들어 항상 검은 옷을 입는 퀼른 여성이 이마에 주름을 새긴 채 주홍색 점이 있는 넥타이를 빤히 보고 있는 것을 확인한다. 톰은 개의치 않고 카드에 메모를 적는다. 잠시 후 그는 곁눈으로 제작 프로듀서인 라스가 자신의 앞에 의자를 놓는 것을 본다.

“고마워요, 젠스.” 제니가 말한다. 160센티미터 정도로 보이는 제니는 키 차이 때문에 톰과 나란히 마주 서 있을 수가 없다.

“라스예요.” 라스가 정정한다.

제니는 라스에게 더 이상 관심을 기울이지 않고 의자 위로 올라가 손을 번쩍 들어 톰에게 넥타이를 씌워 주고는 옷깃을 정리한다.

“다 됐어요.” 그녀가 말한다.

“안경은 어딨어요?”

“당신은 항상…….”

“콘택트렌즈를 집에 두고 왔어요.” 톰는 날카롭게 그녀의 말을 끊고 특유의 미소를 지으며 방송 데스크 쪽으로 걸어간다.

"안녕하세요, 쇼블레 씨."

평소 대로 침착을 되찾은 톰은 인터뷰 도중 그리스 정부와의 협상이 더 쉬워질지, 아니면 장관이 그리스의 유로 탈퇴를 염려하는지 알고 싶어 한다.

외교적으로 쇼블레는 톰의 질문을 피한다. "유럽에는 어떤 재앙도 일어나지 않을 것이라 봅니다."

인터뷰가 끝난 후 톰은 저녁 뉴스 준비에 집중한다.

"마실 거나 먹을 것 좀 드릴까요?" 임시 비서가 그에게 묻는다.

"그래요." 그는 고개를 들지 않고 대답한다.

"그럼 뭘 드실래요?"

"한 번만 더 물어보면 미쳐 버릴 것 같아!"

그는 보도국장이 묻지도 않고 물 한 병을 책상 위에 올려놓는 것에 고마워한다. "5분 남았어."

카메라맨이 자리를 잡는다. 메이크업 아티스트가 톰의 윗입술을 재빠르게 수정하고 스튜디오 카메라 뒤로 나간다. 저녁 뉴스 오프닝곡이 흘러나온다.

"독일 전역이 열대야로 몸살을 앓고 있습니다." 말문을 열며 톰은 2015년 7월 6일 저녁 뉴스를 진행한다.

* * *

"그런데 말이야," 그레타는 자신의 포르츠 거실에서 타르타르

소스가 곁들여진 살라미 조각을 입에 밀어 넣으며 말한다.

"언제부터 안경을 다시 쓴 거야?" 그녀가 윗입술을 핥으며 묻는다. "너도 이제 젊다고만 할 수가 없네, 꼬마야."

'지난 며칠 동안의 더위는 많은 사람들에게 견디기 힘든 열기였습니다.'

'시원한 날보다 더운 날에 사망하는 노인의 수가 거의 두 배나 많습니다'라는 말이 텔레비전에서 들린다. '이유는 신체적 과로 상태를 알리는 경고 신호가 지연되기 때문입니다.'

그레타는 단단한 달걀 반쪽을 입에 넣는다. "그래도 두 번째 뉴스에 나온 사람처럼 초라해 보이진 않네. 여전히 아주 멋진데."

* * *

"퀼쉬 한 잔 드릴까요?" 뉴스가 끝나고 스튜디오를 나가는 톰을 따라잡으며 제니가 묻는다.

"당연히 퀼쉬를 원해요. 난 **항상** 퀼쉬를 마시기도 하고. 방송이 끝나면 **언제나**."

톰은 제니가 고개를 절레절레 흔들며 멈춰 서 있는 것도 아랑곳하지 않는다. 그는 엘리베이터를 타고 위층으로 올라간다. 라인강이 내려다보이는 넓은 사무실에서 톰은 그날의 뉴스를 훑어본다. 드라이아이히에서는 한 자동차 운전자가 회전 교차로를 잘못 진입해 버스와 충돌했다. 그 바람에 열여섯 명이 부상을 당했다. 운전자는 여든여섯 살의 노인이었다. 거기서 또다시 그 단어가 소환된다. **치매.**

문이 열리고 제니가 말 없이 퀼쉬 한 병을 그의 테이블 위에 내려놓는다. "더 필요한 게 있나요?"

"없어요!" 모니터 불빛에 비친 톰의 얼굴이 딱딱해 보인다. 그는 다음에는 노크하고 들어오라는 말을 참는다.

"한마디만 더 해도 될까요?"

그는 검색어를 삭제한다. 치매, 증상. "뭔데요?"

"마음을 읽는 건 잘 못해요. 필요한 게 있으면 말씀해 주셔야 해요."

톰은 그녀를 보지 않고 ≪뉴욕 타임스≫의 헤드라인을 훑어보며 비서의 역할에 대한 근본적인 문제를 거론하지 않으려고 마음을 다스린다. 사빈이 며칠 뒤면 돌아올 것이라고 확신하기 때문이기도 했다. 곁눈질로 그는 제니가 움직이지 않고 있다는 것을 알아차린다. 그는 천천히 고개를 들어 그녀를 바라본다.

"다른 할 말이 있어요?"

"있습니다." 그녀는 단호하게 말한다. "넥타이 정말 웃겨요!" 그녀는 몸을 돌려 문을 닫고 나간다.

"젠장." 그는 목에 걸린 넥타이를 풀어 쓰레기통에 던지고, 책상에서 몸을 밀고는 창밖을 내다볼 수 있도록 의자를 돌린다. 그는 라인강 건너편에 있는 대성당도, 그 뒤에 지평선 너머로 지는 노을도 보지 않고 퀼쉬 병을 들어 단숨에 들이킨다. "정말 엿 같은 하루군!"

30분 후 톰은 물건을 챙겨, 겔링 지역에 있는 아파트의 펜트하우스로 돌아간다. 그는 극도로 피곤하지만 그래도 마침내 혼자 있을 수 있어 행복하다. 톰은 불과 2주 전에 이사한 이 아파트의 미니멀리즘을 좋아한다. 그는 신발을 걷어차듯 벗는다. 그리고 컴퓨터에서 아비치의 재생 목록을 열고 볼륨을 최대한 높이고 눈을 감는다. 귀에서 소리가 폭발한다. 그는 거실에서 춤을 추고, 옷을 벗고, 뜨거운 물이 쏟아지는 샤워기 아래 선다. 그때 그 단어가 다시 떠오른다. **치매**. 제기랄!

벌거벗은 그대로 그는 와인병에 달린 코르크 마개를 뽑고 키안티의 노래가 그 단어를 씻어 낼 수 있기를 바란다. 그는 첫 번째 잔을 내려놓는다. 두 번째 잔을 마시자 뱃속이 찌르르 울린다. 테라스에서 그는 대성당 뒤로 붉은 달이 떠오르는 것을 본다. 그는 와인병을 들고 해먹에 누워 눈을 감는다.

두 곡의 음악 사이에 길 건너편의 이웃이 소리 지른다. "조용히 좀 합시다!"

톰은 볼륨을 조절하고 잠이 든다.

날카로운 목소리가 다시 그의 의식을 깨운다. "여기가 정신병원이야? 처음에는 음악 소리가, 이젠 이 빌어먹을. 창문 좀 닫고 해!"

사실이다. 어떤 여자가 신음 소리를 흘리고 있다. 아아, 아아 하는 소리가 점점 더 커진다. 비몽사몽 중에 톰은 그 여자가 아샤펜부르크의 의사라고 상상하며—이름을 속삭이듯 말하며—그녀의 가운 단추를 풀어 헤친다. 이제 아아 하는 신음 소리는 그래, 좋아, 그래! 라는 소리로 리드미컬하게 달라진다. 톰은 지난 주에 인테리어 디자이너인 멜라니와 함께 샤워를 하던 일을 떠올린다. 그는 해먹에서 내려와 전화기를 찾아낸 다음 멜라니에게 메시지를 보낸다.

시간 있어요?😁

미안, 내일 아침 일찍 일어나서 베를린으로 가야 해요. 지금 잠들기 직전이고요.😟

톰은 멜라니를 설득해 폰섹스라도 하자고 할까 고민한다. 하지만 그는 그녀를 거의 알지도 못한다. 전화기가 울린다. 알 수 없는 발신자. 어쩌면 그녀도 지금 자신과 같은 생각을 하고 있는지도 모른다.

"여보세요?"

"제니예요."

톰의 발기가 풀이 죽는다.

"자는 중이에요." 그는 휴대전화를 구석으로 집어 던진다.

다음날 이른 아침, 그는 카이저 빌헬름 링을 건너 슈타트 공원을 향해 조깅을 한다. 분당 140번의 심장 박동이 그의 달리기 리듬이다. 미디어 파크의 인공 연못에 아침 해가 반사되고 있다. 아비치의 <레벨스>가 그를 흥분시킨다.

톰은 공중으로 팔을 들어 올린다. 오늘은 자신의 날이 될 것이다! 그는 ≪쾰른 익스프레스≫와 ≪빌트≫지가 꽂혀 있는 신문 가판대를 지나쳐 질주하고, 내부 순환로인 카날 거리의 녹색 신호를 놓치지 않으려고 속도를 높인다. 그러다 갑자기 멈춰 선다. 그런 다음 돌아서서 천천히 신문 가판대로 걸어가 ≪빌트≫지 1면에 실려 있는 자신의 사진을 본다. 기사는,

스타 진행자의 어머니

고속도로에서 길을 잃다

가판대 여자는 상자에 동전을 넣고, 덮개를 열어 신문을 꺼내 톰에게 건네준다. 그는 야구 모자를 더 깊이 눌러쓰고 집으로 돌아가는 길을 재촉한다. 갑자기 지나가는 모든 운전자들이 자신을 알아보는 것처럼 느껴진다. 그의 공포는 점차 분노로 변해 간다. 누가 언론에 흘렸지? 경찰? 병원?

톰은 통화 목록에서 가장 위에 있는 번호로 전화를 건다.

"월터입니다." 첫 번째 벨 소리가 울린 후 제니가 응답한다.

"내가 알지도 못하는 사이에 어떻게 이런 일이 일어날 수 있어요?"

"어떻게 이런 일이라고요? 죄송한데 어젯밤에 말씀드리려 했는데, 전활 끊으셨어요."

"우린 반드시……."

제니가 끼어든다. "이미 미디어 변호사인 블뤼허 씨에게 제가 연락했어요. 그가 알아보고 있습니다."

"알겠어요." 톰은 말을 하고, 다른 곳에서 걸려 온 전화 때문에 통화를 종료한다. 엄마다.

"엄마, 지금은 통화할 수가 없어요."

그레타는 순순히 물러서지 않는다.

"난 차가 필요해. 쇼핑하러 가야겠어!"

하나님, 돌아버리겠네. 그는 생각하며, 빨간 신호를 무시하고 달린다.

"톰?"

"제가 처리해 드릴 테니, 집에 있어요. 있다 뵈러 갈게요."

똑같은 바지, 정장, 셔츠, 티셔츠로 가득 찬 옷장은 아파트에서 가장 방음이 잘 되는 방이다. 여기서라면 이웃이 "빌어먹을!"이라고 외치는 소리를 듣지 못할 것이라고 확신할 수 있다.

그는 다시 제니의 번호로 전화를 걸어 엄마의 차를 그 지역에서 팔 수 있도록 아샤펜부르크 중고차 거래소에 전화해 달라고 부탁한다.

"알겠어요." 제니는 쉽게 대답하고 말을 덧붙인다. "다른 사진 기자가 어머니를 기다릴지도 모르니, 오늘은 아파트에 머무시도록 해야 할 것 같아요. 전화번호부에 주소가 적혀 있던데요."

"젠장!"

5분 후 톰은 차를 타고 도이처 다리로 라인강을 빠르게 건너고 있다.

"근처에 있었어? 아니면 내게 축하할 일이라도 있는 거야?" 의아하다는 듯이 그레타가 문을 열고 들어오는 그를 맞이한다.

"함께 아침 식사를 하는 것도 좋겠다는 생각이 들었어요." 톰은 꽉 찬 쇼핑백 네 개와 물 한 상자를 내려놓는다. 그는 자신이 침착한 모습을 보여야 한다는 것을 알고 있다. "엄마가 이 더위에 나가지 않아도 되도록 뭘 좀 샀어요."

그레타는 쇼핑백을 뒤적인다.

"십자말풀이도 거기 있어요." 그는 복도로 슬그머니 나가 전화기의 플러그를 뽑는다. "엄마를 위해 새 전화기도 하나 샀어요. 휴대전화."

그레타는 팔짱을 끼며 고개를 가로젓는다. "그건 취소해야겠다. 전혀 필요가 없어."

"아니야, 엄마. 포르츠의 모든 전화선이 끊겼는데, 다시 복구될 때까지 이걸로만 나랑 연락할 수 있어요."

그는 그레타에게 커다란 버튼으로 되어 있어 장치를 조작하는 것이 얼마나 쉬운지, 휴대전화 번호로 전화를 걸려면 어떻게 해야 하는지 설명해 준다. 그레타는 주름진 손가락으로 직접 사용해 보고는 매번 톰에게 전화가 연결되는 것에 놀라워한다.

"그리고 내가 전화하면 이 녹색 버튼을 누르기만 하면 돼요."

"적어 둬야겠다." 그녀는 말하며 화장실로 들어간다.

톰은 그레타가 없는 틈을 타 예전 아기방 선반에 있던 유선 전화기를 치워 버린다.

"이리 와 봐." 그레타가 불러댄다. "이걸 어떻게 써야 할지 모르겠어."

그는 조용히 방문을 닫고 알록달록한 메모가 가득한 화장실

벽 앞에 서 있는 엄마에게 간다.

오후 8시 텔레비전에서 톰.

2015년!

사과를 먹는다! 매일매일!!!!!

모두 적어 둬야 해!!!

그의 숨이 턱 막힌다.

"뭘 보고 있는 거야?" 그레타는 그가 손에 쥐고 있는 포스트잇을 빼앗는다. "나이가 들면 기억력이 떨어지잖아. 무언가를 적어 두는 건 언제나 좋은 일이지."

톰은 말을 잇지 못한다. 그는 침착하게 휴대전화의 단축키를 설정하고, 엄마에게 메모지를 건넨다.

그레타는 메모를 손으로 쓴다. **'아래쪽 버튼 두 번 누르기 = 톰'**을 빈 곳에 붙인다. 그리고 "나 배고픈데"라고 말하며 주방으로 사라진다.

톰은 그녀를 놓아주고 벽에 붙은 **'자동차'**라는 단어가 적힌 쪽지를 구겨서 바지 주머니에 넣는다. 잠시 후 그는 보드에 걸려 있는 아파트 열쇠를 열쇠 수리점에 가서 복사를 해야겠다는 구실로 가져가 버린다. 이런 상황에서는 아파트로 누군가가 침입할 여지를 아예 없애는 것이 최선이다.

그 후 톰은 매일 엄마를 보러 간다. 엄마가 문밖을 나갈 필요가 없도록 필요한 모든 것을 제공한다.

톰은 엄마에게 뭔가 문제가 있을 수 있다는 생각을 멈추지 못한다. 그 생각은 밤낮으로 그를 괴롭힌다. 톰은 그레타와 일상적인 대화를 나눌 기회를 절대 놓치지 않는다. 그가 그녀에게 어떤 질문을 하든 그레타는 늘 그랬던 것처럼 답을 찾지 못해 당황하지 않고 재치 있게 대답한다. 그레타는 가장 어려운 십자말풀이도 풀고, 자신과 가족을 돌보고, 새 휴대전화를 문제없이 작동시킬 수 있다. 그는 엄마가 **치매**일 리가 없다고 생각한다.

다행히도 한 번의 신문 기사가 나간 이후에는 상황이 조용해져서 주말이 되면 다시 안심해도 좋을 듯하다. 하지만 그러기 위해서는 자동차 문제를 해결해야 한다. 토요일 오후 내내 그는 어떻게 해야 할지 고민한다.

떠나기 직전에 톰이 먼저 말을 꺼낸다.

"엄마, 여기 콜택시 전화번호와 가장 가까운 택시 승차장 위치가 있어요." 그는 명함 한 장을 그녀의 손에 쥐어 준다. "전화번호도 따로 적어 두면 돼요."

그레타는 명함을 뒤로 던져 버린다. "필요 없어. 난 내 차가 필요해!" 그녀는 분명히 화를 내며 반박한다.

"지금은 운전을 안 하는 게 좋아요."

"하는 게 더 좋아. 쇼핑 같은 건 어떻게 하니?"

"택시 타면 되죠."

"그럼 택시비는 누가 내? 네가?"

"뭐 어때요."

"그건 말도 안 돼, 톰! 넌 버는 돈보다 쓰는 돈이 더 많잖아. 아직 내 인생은 내가 결정할 수 있어." 그녀는 식탁 위에 쌓여 있는 신문 더미에서 찾아낸 '약국 소식지'의 십자말풀이를 열심히 들여다본다.

마음을 가다듬어야겠다고 생각하며 톰은 전기포트에 물을 채운다. 논쟁은 소용없다. 엄마가 적응할 때까지 시간을 벌어야 한다. "적어도 차 수리가 끝날 때까지는 택시를 타요, 알았죠?"

그레타는 펜을 꽉 움켜쥐고 아무 대답도 하지 않는다.

저 고집불통, 톰은 그저 떠나고 싶다고 생각한다. 그는 고집부리는 엄마를 싫어한다. 얼마나 끔찍하게 싫어하는지! 그는 차를 우려내며 빛 속에서 여기저기 쌓인 먼지를 본다. "헬가 아주머니는 도대체 청소를 하러 오기나 해요?"

치료제, 그레타가 읽고는 세 글자로 빈칸을 완성한다. "헬가는 치료 중이야." 그녀는 톰과 눈이 마주치는 것을 피하려 든다.

톰은 그레타의 앞에 페퍼민트 차를 내려놓는다. "의사한테 진료는 받아 보셨어요, 엄마?"

"물론이지." 그녀가 대답하고 빈칸에 한 글자씩 채워 넣는다. 그녀는 아들이 그만 질문을 멈추고 떠나기를 바란다. 하지만 아들은 그럴 기미를 전혀 보이지 않는다.

"그래서? 뭐라고 해요?" 톰이 재우쳐 묻는다.

그레타의 시선이 십자말풀이 위에 있는 기사의 제목에 머문다. 술은 조금 마셔도 건강에 큰 위험을 초래할 수 있다. "이 사람이 말하는 대로라면 난 더 마셔야겠다. 그래야만 모든 것이 좋다고 하네."

"좋은 생각이네요." 톰이 말하고는 마침내 작별 인사를 한다. 문이 닫히자 그레타는 신문을 내던지고 창가로 걸어가서 아들이 어떻게 차를 타고 운전을 해서 가는지를 지켜본다.

"넌 날 절대 네 마음대로 못 해!" 그녀가 톰을 향해 소리를 지른다. 그러다 운다.

* * *

라인강 양쪽에서 거의 100만 명의 사람들이 연례행사의 하나인 쾰른 불꽃 축제를 기다리고 있다. 유럽에서 가장 큰 음악회와 함께 밤하늘의 불꽃놀이가 펼쳐지는 날이다. FFD 방송국의 여름 축제도 이 기간에 맞추어 열린다. 그 무엇도 이보다 더 좋은 배경을 제공할 수는 없을 것이다.

라인강 바로 앞에 있는 방송국 건물 옥상에서 사람들은 바비큐를 굽고, 술을 마시고, 수다를 떨고, 소리를 지르며, 불꽃의 장관을 기다린다. 톰은 해가 한참 지고 나서야 모습을 드러낸다. 이런 행사를 좋아하지 않기에 마음 같아서는 아예 가지 않고 침대에 누워 48시간 동안 잠만 자고 싶다. 그러나 그는 방송국의 간판 앵커이기에 애써 억누르며 스튜디오로 간다.

톰은 보도국장부터 조명기사에 이르기까지 모든 사람과 어울리고 관계를 돈독히 하는 방법을 알고 있다. 그는 또한 메이크업 아티스트든 사장의 아내든 그 누구든 쭈뼛거리지 않고 어울릴 수 있는 방법을 알고 있다. 수년간 보낸 미국에서의 생활이 이

과정을 위한 최고의 학교였던 셈이다.

"그래, 잘 지내고 계신가?" 사장이 어깨를 두드리며 묻는다.

톰은 첫 퀼쉬를 들이키며 시청률에 대해 언급한다. 하지만 이번엔 잘못 짚은 건지 상사의 관심을 끌지 못한다.

"자네 어머니 얘기야. 노인들, 오, 세상에. 그런 일이 없어 난 얼마나 다행인지 몰라."

톰이 얼굴에 미소를 지으며 이렇게 말한다. "그렇게 나쁘진 않아요!" 두 번째 퀼쉬.

사장인 기스베르트 베를레와 그의 아내, 그리고 텔레비전 책임자까지 합류하여 몇 분 만에 옛 선배에 대한 재미있는 이야기를 늘어놓기에 바쁘다. 톰은 이 주제보다 더 적합한 이야깃거리가 있을 것이라 생각하지 않는다. 세 번째 퀼쉬. 사장의 아내는 요양보호사와 눈이 맞은 아버지가 전 재산을 그녀에게 넘겨주려 했던 일과 자신이 아버지를 어떻게 무력화시켰는지에 대해 이야기한다.

"성기는 뇌의 공명판이지." 사장은 다른 사람들이 여전히 숙고하는 동안 쇼펜하우어의 말을 웃으며 덧붙인다.

톰은 네 번째 퀼쉬를 내려놓고 어떻게 하면 용감하게 퇴장할 수 있을지 생각한다.

그러자 사장이 이야기한다. "우리 아버지도 빌리 와일더가 가졌던 것과 같은 목표를 가졌어. 백네 살에 완벽한 건강 상태를 유지하면서, 다른 사람의 젊은 아내와 함께 있다가 그것을 알게 된 여자의 남편이 쏜 총에 맞아 죽는 게 꿈이었거든."

"우리들의 아버지를 위하여!" 톰은 모두에게 건배를 제의하며 조심스럽게 주변 상황을 살핀다. 사방에 사람들이 서서 큰 소리로 거칠게 떠들고 있다. 기술진 한가운데에는 언제나처럼 시끄럽고 날카로우며 자신의 말이 불러일으키는 반응에 열중하는 제작 프로듀서 라스가 서서 톰과 눈을 마주치려 한다. 그는 잠시 정중하게 미소를 지으며 계속 주변을 둘러본다. 제니는 조금 떨어져 앉아 있다. 혼자서. 그녀는 난간에 발을 올려놓고 밤하늘을 올려다보고 있다. 다음 웨이터가 오자 톰은 쟁반에서 퀼쉬 두 잔을 집어 들고, 사장에게 양해를 구한다.

"내 기분과 비슷해 보이네요." 그가 제니에게 말을 건다. 그리고 맥주를 건네며 건배를 제의한다.

"오!" 그녀는 잔을 옆에 있는 탁자 위에 내려놓는다.

톰은 그녀에게 말을 건넨 것을 즉각 후회하며, 그녀가 여전히 화가 나 있는 것은 아닌지 생각한다. "아주 괜찮은 한 주였어요. 그러니까 당신 일도 괜찮았다는 뜻이에요."

제니는 침묵하며 캄캄한 밤을 더 깊이 응시한다.

"무슨 일 있어요?"

"무슨 일? 어떤 일 말씀이신지?" 그녀가 되묻는다. "그냥 여기 앉아 있게 내버려두면 안 돼요? 솔직히 어떤 말도 하고 싶지 않아서요."

"내가 당신에게 뭐 잘못한 일이라도 있나요, 제니?"

"톰. 제발 어쩌다 한 번만이라도 세상일이 전부 당신 때문이 아니라는 걸 받아들여요! 아셨죠?"

폭죽 소리가 불꽃놀이가 시작되었음을 알림과 동시에 모든 대화를 멈추게 한다.

정말 히스테리가 심하네……. 톰은 그녀와 함께 일하는 것도 곧 끝날 것이고, 오늘 저녁 또한 끝나 가고 있어 기분이 좋다.

최초의 불꽃이 폭발하고, 붉은 불꽃이 성당 위의 밤하늘을 화려하게 물들인다.

"죄송해요." 그녀가 말한다. "내가 어리석었어요. 당신과는 아무 상관도 없는 일인데 말이에요."

"난 괜찮아요."

"어머니는 어떠세요?"

"좋아요." 톰은 말한다. 폭죽이 공중으로 발사되는 것을 보며 생각한다. 앞으로 어떻게 될지 알게 뭐람.

* * *

터지는 폭죽 소리에 퀼른 포르츠에서 그레타는 잠에서 깨어난다. 심장이 목구멍까지 치받아 올라 두근거리는 듯하다. 그녀는 숨을 참으며 귀를 기울인다. 또다시 쾅, 쾅 하는 소리가 연이어 들린다. 여든네 살의 노인은 침대에서 벌떡 일어나 창문으로 달려가서 커튼의 틈 사이로 번쩍이는 빛을 본다. 그녀의 전신이 떨리고 있다.

"이제 **전쟁**이다!"

둘.

1939-1945

"이제 **전쟁**이다!" 슐라이퍼 교장이 소리쳤다.

여덟 살 치고는 키가 작은 그레타 쇤나이히는 발끝으로 서서 1학년 학생들의 머리 위를 바라보았다.

그녀는 교실에 앉아 '1939년 9월 1일 금요일'이라고 석판에 쓰고 있었다. 그런데 교실 문을 벌컥 열고 나타난 6학년 소년이 교장의 명령이니 모든 학생들은 즉시 운동장에 모이라고 했다. 그리고 이제 그녀는 동프로이센 초등학교의 다른 모든 아이들과 함께—남자들은 오른쪽, 여자들은 왼쪽—운동장에 일렬로 서서 교장의 말을 듣고 있었다. 떨리는 목소리였다.

"제군들, 오늘 역사가 만들어지고 있다! 오늘은 제군들이 평생 잊지 못할 날이다. 총통은 오전 5시 45분을 기해 폴란드에 대한 반격을 선언했다. 이제 폭탄은 폭탄으로 되돌려 받게 될 것이다!"

그레타는 이 얼마나 특별한 날인가, 라고 생각하며 기쁨의 함성을 외치는 나이 많은 학생들을 따라 오른팔을 힘껏 뻗어 "승리를 위하여!"라고 외쳤다.

마지막으로 그들은 모두 함께 국가를 불렀다. "독일, 그 무엇보다 독일, 이 세상 그 무엇보다 독일……. 마스에서 벰멜까지, 에취에서 벨트까지."

그러고 나서 슐라이퍼 교장은 이날을 기념하기 위해 학교를 일찍 마친다고 아이들에게 말했다.

그레타는 가방을 어깨에 메고, 집이 있는 프로이센 아일라우 시장 광장의 자갈길을 달려갔다. 가능한 한 빨리 집으로 가서 가족들에게 이 소식을 전하고 싶었기 때문이었다. 그녀는 멀리서부터 울려오는 쿵쿵거리는 북소리를 들었다. 소리는 점점 가까워졌다. 그녀는 그대로 멈춰 서서 환호를 내지르며 히틀러 청년단의 단원들이 하켄크로이츠* 깃발을 흔들며 북소리에 맞춰 거리를 행진하는 것을 보았다. 제복을 입은 청년단 뒤에는 모두들 피네라고 부르는 그녀의 언니 요세피네가 소녀단 깃발을 들고 있었고, 그레타의 심장은 행진 소리의 박자에 맞춰 뛰고 있었다. 그레타 역시 열 살이 되어야 소녀단에 입단할 수 있기에 길고 긴 1년 반을 더 기다려야 했다. 피네는 이미 2년 전부터 단원으로 활동하고 있었다.

* '갈고리 십자가'라는 뜻으로 독일 나치즘Nazism의 상징으로 널리 알려져 있다.

그레타는 행진이 지나가는 동안 오른손을 들고 구호를 함께 외쳤다. “깃발을 높이! 대열을 유지해! SA*는 씩씩하고 빠른 걸음으로 행진한다!” 그러고 나서 그레타는 행진을 좇아가며 호르스트 베셀의 노래 한 구절, 한 구절을 즐겁게 불렀다. “수백만 명의 희망으로 가득 찬 하켄크로이츠가 보인다. 자유와 빵을 가져올 날이 보인다.”

가족의 집이 있는, 도시 외곽의 가르텐 길에서 둔탁하게 탕, 탕 울리는 망치 소리를 듣고 그녀는 할아버지가 작업장에서 일하고 있음을 알았다.

그레타는 마당을 가로질러 달려가 힘껏 문을 열었다. “히틀러 만세, 할아버지!” 그녀의 목소리는 흥분으로 갈라져 나왔다.

“안녕하세요, 라고 해야지.” 루드비히 사브론스키가 바로잡아 주었다. 할아버지는 작업대에 앉아 나무통에 있던 버려진 주전자를 올리고, 금속판을 고르게 두드리며 둥글게 펴고 있었다. “학교 수업은 없어?”

“지금 전쟁이 났어요. 이날을 축하하기 위해 학교를 쉰대요!”

“그레첸, 전쟁이 난 게 기뻐할 일은 아니야.” 할아버지는 분개한 듯이 말하며 주전자를 이리저리 돌려 보았다. “작은 망치 좀 줘 봐.”

그녀는 의자를 벽에 갖다 붙이고, 올라가서 도구들을 향해 몸을 뻗었다. “어떤 거죠?”

* 폭풍군단Sturmabteilung의 줄임말로 히틀러 나치당의 준군사 조직.

"거기 두 번째."

그레타는 마을에서 가장 나이가 많은 구리 대장장이인 예순한 살의 할아버지를 좋아했고, 틈날 때마다 그를 도왔다. 그녀는 할아버지가 무엇이든 고칠 수 있다는 것과 쓰다 남은 금속 조각들로 만드는 것들에 매료되었다. 그는 큰 전쟁에서 한쪽 다리를 잃어 목발을 짚고 다녀야 했기에 종종 이웃들의 수리된 주전자나 냄비 등을 그레타에게 들려 보냈다. 그 일로 할아버지는 알량한 연금을 보충하기도 했고, 그레타에게 동전을 모을 수 있게도 해 주었다.

"할아버지는 어떻게 전쟁이 기뻐할 이유가 아니라고 말할 수 있죠?" 잠시 후 그레타는 할머니 구스테에게 물었다. 그녀는 할머니를 도와 감자 껍질을 벗기는 참이었다. "전쟁이 없었다면 할아버지와 할머니는 만날 일도 없었을 거라고 하셨잖아요?"

"난 야전병원에서 할아버지를 만났어. 그리고 사실 할아버지가 전쟁에서 부상을 입지 않았다면 우리는 결코 만나지 못했을 거야. 그렇지만 전쟁은 사람들에게 많은 고통을 주기 때문에 기뻐할 이유는 아니야." 구스테 할머니는 말했다. 사실 그녀는 그레타의 진짜 할머니는 아니다. 모두들 구스테라고 부르는 아우구스테 홀로흐는 하이델베르크 출신이었고, 상처한 할아버지의 두 번째 부인이었다. 그러니 그레타의 의붓할머니였다. 그녀는 남편보다 아홉 살 어렸고, 집과 정원을 돌보고, 그레타와 피네 둘을 자신의 아이처럼 키웠다. 그녀의 의붓딸, 그레타의 엄마인 엠마는 하켄크로이츠 깃발이나 군복을 만들기 위해 하루 열여섯 시간을 방직 공장에서 일했으며, 먹고 자기 위해서만 집에 왔다.

"주 예수님, 오셔서 우리의 손님이 되어 주시고, 당신이 우리에게 주신 것들을 축복해 주십시오." 그날 저녁 구스테 할머니가 김이 모락모락 나는 수프 냄비를 식탁 위에 올려놓자 할아버지는 기도를 했다.

그레타는 손을 모으고 눈을 가늘게 뜬 채 몰래 가족들을 지켜보았다. 엄마 엠마는 스물아홉 살보다 훨씬 더 늙어 보였고, 피로 때문에 거의 잠을 떨치지 못하고 있었다. 두 달 전 서른한 살이 된 그녀의 아빠 오토 쇤나이히는 총통처럼 콧수염을 직사각형으로 다듬고, 팔짱을 낀 채 눈을 뜨고 앞을 바라보고 있었다. 피네는 아빠와 똑같은 금발을 땋아 내리고 있었으며, 의붓할머니는 남편 옆에서 함께 기도를 하고 있었다.

"아멘!" 할아버지는 말려 올라간 수염을 떨면서 말했다.

구스테 할머니가 먼저 할아버지에게 수프가 담긴 접시를 주었고, 그다음은 사위에게 건넸다. 사위는 거의 몇 주 만에 집에 왔다. 그는 외지에서 제국의 고속도로를 건설하고 있었기 때문이었다. 가장 어린 그레타는 항상 그래 왔듯이 제일 마지막에 접시를 받았지만, 아무래도 좋았다.

접시 부딪치는 소리, 아빠의 쩝쩝거리는 소리, 할아버지의 틀니가 부딪히는 소리, 엄마의 콧소리 외에는 아무 소리도 들리지 않았다. 누구도 한마디 하지 않았다.

"오, 정말 끝~내주는 수프네유!" 그레타는 분위기를 띄우기 위해 식탁 위 침묵에다 대고 사투리로 너스레를 떨었다. 할머니의 짧은 팔츠 사투리를 흉내 내는 것은 항상 잘 먹히는 방법이었다. 그러나 오늘만큼은 아무도 웃지 않았다.

"맛있게 먹기나 해, 아가씨!" 구스테 할머니가 머리를 쓰다듬어 주었다.

그레타는 식사를 마친 후 피네와 함께 음식 쓰레기를 채소밭 뒤에 있는 닭, 거위 그리고 두 마리 돼지에게 먹이는 것으로 식탁의 긴장된 분위기를 피할 수 있어서 안도했다.

"이건 종말의 시작이야!" 피네를 뒤쫓아 부엌 창문을 지나갈 때 그레타는 할아버지가 비난하는 소리를 들었다. "히틀러는 위험한 헛소리꾼이야."

"그런 말은 금지합니다." 아빠가 할아버지를 꾸짖었다.

"닥쳐, 내 지붕 아래에서는 누구도 내게 뭔가를 금지시킬 수 없어!"

아빠가 마침내 집에 돌아온 것은 좋은 일이지만 할아버지와 항상 싸우는 것이 끔찍하다고 그레타는 생각하며, 얇은 감자 껍질을 닭들에게 던져 주었다. 무슨 일이든 둘은 의견이 일치되는 법이 결코 없었다.

"그 멍청이들은 어떻게 생각할까? 누군가 이 나무다리로 매일 5킬로미터를 왕복하고 있다는 건?" 그레타는 할아버지가 분노에 차서 말하는 것을 들었고, 모든 것을 정확하게 이해하기 위해 귀를 기울였다.

"그만해요, 루드." 구스테 할머니가 경고했다. "당신 입으로 험한 말을 하면 할수록 우리 모두 갈등만 깊어져."

"그런데 할아버지는 왜 그러시는 거야?" 그레타가 같이 듣고 있던 피네에게 물었다.

"아빠는 의무적으로 이따금 탄약과 탱크 부속품을 만드는 기계 공장에서 일을 해야만 하거든." 피네는 어른스러운 표정으로 설명했다. "아빠도 자신의 등이 전쟁에 이용될 수 있다는 것을 알지만 아무 말도 안 하잖아. 우리는 모두 각자의 역할을 다 해야만 해."

"맞아!" 아빠와 할아버지가 왜 열띤 토론을 하는지 이해하지는 못했지만 그레타는 맞장구를 쳤다. 그녀는 아직 어렸기에 나중에서야 비로소 그 뒤에 숨겨진 사실들을 파악했다. 그녀의 할아버지는 **사회민주당원***으로 십자가 뒤에 자신의 정당 카드를 숨겨 두고 있었다. 그렇기에 1930년부터 나치당을 지지하는 사위를 경멸했다. 노인은 젊은이가 당시 열여섯 살이었던 딸 엠마를 임신시키고, 그 이후로 가족들 틈에 슬그머니 끼어든 것도 쉽게 용서하지 않았다. 게다가 그레타의 아빠는 월급의 대부분을 술집에서 썼다. 그래서 루드비히가 잃어버린 다리로 받는 소액의 장애 수당, 대장간 일로 버는 돈, 그리고 엠마의 월급이 가족의 몇 달 동안 유일한 소득일 때도 많았다.

설거지를 마친 후 그레타의 엄마는 자전거로 공장에 갔다. 가는 길에 피네를 뒤에 태워 소녀단까지 가는 길 전부를 걸어서 가지 않아도 되게 했다.

* 중도 좌파 성향의 독일 사회민주주의 정당. 1933년 이후 히틀러 억압을 피해 본부를 외국에 두며 저항운동을 이어 갔다.

그레타는 침실에서 교복을 벗고, 양말과 함께 의자에 깔끔하게 걸어 두었다. 그리고 수선한 바지를 입고 작업용 앞치마를 둘렀다. 전쟁에 이용될 수 있다는 것이 무슨 뜻일까? 그녀는 궁금했다. 아래층에서는 작업장으로 가는 할아버지의 나무다리가 또각, 또각거리는 소리가 들렸다.

그녀는 계단을 뛰어 내려갔다. 거실에는 아빠가 라디오 수신기 앞에 앉아 있었다. 그는 거친 큰 손으로 라디오 채널을 돌리며 방송국을 찾고 있었다. "아빠, 무슨 일이에요?"

"조용히 해!" 그가 그녀를 제지했고, 마침내 함께 총통의 목소리를 들었다. '독극물로 싸우는 자들은 독가스로 당해 봐야 한다.'

그레타의 심장은 더 빨리 뛰었고 그녀는 옆에 서 있는 아빠를 보았다. 그는 그녀를 웃으며 안아 주었다.

'인간적인 전쟁의 규칙에서 벗어나는 자들은 누구나 우리에게 같은 대우를 받을 수밖에 없다.' 아돌프 히틀러가 말을 이어갔다. '나는 모두 함께, 누구든 상관없이, 제국의 안전과 권리가 보장될 때까지 이 싸움을 계속해 나갈 것이다.'

바로 그거야! 이렇게 생각하며 그레타는 키가 거의 2미터인 아빠의 품 안에서 안전하다고 느꼈다.

"어디 있니, 아가씨?" 할머니가 소리쳤고 문 사이로 머리를 내밀고는 손짓으로 불렀다.

닭장 옆에 있는 감자밭에서 구스테 할머니는 땅을 깊게 파고 갈퀴를 이용해서 감자덩이를 캐냈다. 그녀는 평소와 달리 일하면서 노래를 흥얼거리지 않았다. 그레타는 그녀의 뒤를 따라가며 두 개의 바구니에 크기별로 감자를 분류하여 담았다. 그러면서 '모두 함께, 누구든 상관없이, 제국의 안전이 보장될 때까지'라는 지도자의 말을 생각했다. 그녀는 구스테 할머니의 진지한 표정을 살펴보고는 아빠가 전쟁에 이용될 수 있다는 것의 의미가 무엇인지 감히 묻지 못했다.

밤에 그레타는 언니와 함께 침대에 누웠다. 규칙적인 숨소리로 보아 피네는 이미 잠이 든 듯했다. 그러나 그레타는 쉬이 잠들지 못했다. 계단이 삐걱거리는 소리가 나자 그녀는 자는 척했다. 방을 나누어 놓은 커튼 뒤에서 부모님이 침대에 함께 누워 속삭이기 시작했다. 그레타는 귀를 쫑긋 세웠다. 몰래 듣는 것이 무례하다는 것을 알았지만 그들이 조용히 말할수록 더욱 궁금해졌다.

"아버지처럼 절름발이가 되어 돌아오면 어떡해?" 엄마가 속삭였다.

"우리는 모두 각자의 역할을 다해야만 해!"

"우리는 모두 각자의 역할을 다해야만 해!" 다음 날 아침 피네는 그레타의 긴 머리를 땋아 주며 다시 말했다. 그리고 자신은 소녀단 모임에서 최전방 병사들에게 편지를 쓸 것이라고 말했다.

그레타도 전쟁에 어떤 식이든 도움이 되고 싶었지만 자신이 너무 어리다고 여겨졌다. 그러나 그녀는 저녁 6시에 탄약 공장까지 5킬로미터를 행진할 수 있을 만큼 충분히 나이가 들었다. 그곳에서 그녀는 아침에 구스테 할머니가 데려다준 할아버지를 다시 모시고 와야 했다. 그레타는 울퉁불퉁한 자갈길을 따라 집까지 할아버지를 부축하거나, 수레에 태워 끌어야 했다. 매일매일. 일주일 내내. 종종 루드비히 할아버지는 피로로 인해 잠들기도 했고, 그레타는 끝이 없는 란츠베르크 대로를 지나며 수레가 점점 무거워지는 느낌을 걸음마다 느껴야 했다.

매주 두 번째 토요일이면 구스테 할머니는 저녁에도 할아버지를 데리러 와 그레타가 기차역에 갈 시간을 마련해 주었다. 그곳에서 그녀는 흥분에 사로잡힌 채 아빠를 기다렸다. 아빠는 킹스베르크의 군대에서 훈련을 받고 있었다. 기차가 도착하기 직전에 내뿜는 연기를 보자 그녀의 심장이 더 빨리 뛰었다. 아빠가 역 밖으로 나와서 그녀를 안아 주기를 기다리는 순간까지 참기가 어려웠다.

3월 7일, 그레타의 아홉 번째 생일에 그녀의 아빠는 기동훈련 중이었다. 하지만 열흘 후 그는 가족들을 깜짝 놀라게 할 선물을 가지고 나타났다. 그레타는 회색 포장지로 싸인 선물을 조심스럽게 풀었고, 놀란 나머지 입을 다물 수가 없었다.

"맘에 드니?"

"네." 그녀는 황홀해하며 말했다. 그리고 두께가 아주 얇은 유리 장식 잔을 조심스럽게 손에 들고, 장미 덩굴 사이에 새겨져 있는 지도자의 얼굴을 보았다. "이건 내가 받은 가장 아름다운 선물이에요. 고마워요, 아빠!”

5월 초에 아빠는 다음 주 목요일에 올 것이라고 편지를 보내왔다. 그레타는 기쁜 나머지 은방울꽃을 꺾어 들고 기차가 역에 도착하기 한 시간 전에 이미 승강장에서 기다리고 있었다. 마침내 기차가 정차하는 소리와 함께 연기를 내뿜으면서 역으로 들어왔다. 그레타는 목을 뽑고 승객들 사이에서 내리는 아빠를 알아보았다. 그가 유독 키가 컸기 때문이었다.

“아빠!” 그레타는 멀리서 외치고 손을 흔들며 그에게로 달려갔다.

“당신의 딸인가, 오토?” 그와 함께 내린 낯선 군인이 물었다.

“그래, 내 딸 그레첸이야.” 아빠는 자랑스럽게 말했다. 그는 한 손에는 환영의 꽃다발을, 다른 한 손에는 딸의 손을 잡고 집으로 갔다. 도착하자마자 그는 자신이 소집명령서를 받았다고 발표했다.

“그레첸, 무릎 양말을 좀 더 올려 봐. 사람들이 네 무릎이 얼마나 더러운지 보지 못하게.” 다음날 그레타의 엄마가 머리를 흔들며 말했다. 모두가 사진을 찍기 위해 집 앞에 모였을 때 그녀는 손수건에 침을 뱉어 막내딸의 무릎을 닦았다.

그레타는 엠마처럼 가장 아름다운 드레스를 입었고, 피네는 소녀단의 군복을 입었다. 검은 치마와 소매를 둥둥 접어 올린 흰 블라우스, 그리고 땋은 머리를 매듭으로 고정시킨 스카프 차림이었다. 아빠는 자랑스럽게 새 군복을 입고, 사랑하는 아내와 나란히 집 앞에 섰다.

"찍을게. 하나, 둘, 셋. 치즈!" 구스테 할머니가 말했고 사진기의 셔터를 눌렀다.

군인 오토 쇤나이히의 사진은 액자에 담겨 거실 선반 위에 놓였다. 오토는 항상 가슴 주머니에 넣고 다녔던 군인수첩 사이에 가족사진을 끼워 넣었다. 그러고 나서 그는 구스테 할머니와 할아버지에게 작별 인사를 했다. 그레타는 그들이 평소와 달리 싸우지 않고 마치 음모를 꾸미듯 마당 귀퉁이에서 서로 이야기하는 것을 발견했다. 그녀는 그들이 무슨 이야기를 하는지 듣지 못했다. 그들이 가까이 다가왔을 때 나눈 마지막 문장만 이해할 수 있었다.

"중요한 건 자네가 건강하게 돌아오는 것이야, 오토." 할아버지가 말했다.

"잡초는 죽지 않아요." 그가 대답했다.

정말 맞아! 그레타는 생각했다. 그레타는 피네와 엄마와 함께 기차역까지 아빠를 배웅했다. 그녀는 아빠가 자랑스러웠다. 이제 아빠는 지도자, 국민, 그리고 조국을 위해 싸울 수 있게 되었다.

아빠가 탄 기차는 서쪽으로 향했고, 그는 거의 매일 편지를 보내왔다. 먼저 벨기에에서 전쟁으로 파괴된 장소를 보았고, 끊임없는 피난민들의 이동을 보았다고 썼다. 승리를 위하여!

1940년 6월 20일에는 파리에서 편지를 보냈다. "내 사랑하는 딸들아. 너희의 아빠는 독일 병사로서 오늘 아침 일찍 프랑스 수도를 행진했다."

그레타와 피네는 언제나 부엌 탁자에 앉아 아빠의 편지를 읽는 엄마의 입술에 매달려 있었다. "당신은 눈으로 보기 전까지 버터 크루아상이 얼마나 맛있는지, 그리고 프랑스 여자들이 얼마나 우아한지 상상할 수 없을 거야. 모두 입술을 빨갛게 칠하고 얼굴에 파우더를 발라. 심지어 늙은 사람들도 그렇게 해서 마치 미라처럼 보여."

그레타는 웃음을 터뜨렸고, 입을 작게 다물고 얼굴을 일그러뜨려 프랑스식으로 우아하게, 그리고 미라처럼 보이도록 표정을 만들었다. 그래서 그녀는 엠마가 계속해서 조용히 읽어 내려 가는 편지 내용을 제대로 듣지도 못했다. 동료들 중 누가 전사했는지에 관한.

"나는 너희가 너무나 그립다. 전쟁이 끝나면 함께 이 도시를 여행하자."

그레타는 전쟁터 우편번호 32 566으로 열심히 아빠에게 답장을 썼다. 처음에는 '사랑하는 아빠'라고 썼다가 나중에는 '나의 사랑하는 아빠'로 고쳤고, 한번은 아빠 역시 그녀를 사랑한다고 답장한 후로는 편지를 항상 '내가 가장 사랑하는 아빠'라고 시작했다.

그레타는 반 친구들과 함께 교실에 걸린 지도에서 저마다의 아버지들이 편지에서 썼던, 수수께끼 같은 이름을 가진 지역을 찾고는 했다.

"파리는 세계에서 가장 아름다운 도시야." 그레타가 말했다.

"하지만 비알리스토크는 훨씬 더 크고, 우리 아빠 말에 따르면 진짜 궁전이 있대." 그녀의 친구 엘케가 반박했다.

"우리 아빠는 넓은 바다에 계셔. 거기에는 쾨니히스베르크의 황실 성당보다 큰 배들이 있대." 빨간 머리 기젤라가 주장했다.

그레타는 황실 성당이 얼마나 큰지 상상할 수가 없었다. 왜냐하면 35킬로미터 떨어진 쾨니히스베르크조차 아직 가 보지 못했기 때문이었다. 그녀가 두 친구를 어떻게 이길 수 있을지 고민하고 있을 때 선생님이 들어와 내일부터 겨울방학이 시작된다고 말했다. 학교가 연료를 절약해야 하기 때문이었다.

동쪽에서 차가운 바람이 눈을 몰고 왔다. 꼭 나가야만 하는 사람이 아니라면 아무도 길에 나오지 않았지만, 그레타는 아침이면 용감하게 어둠 속에서 할아버지를 탄약 공장으로 데려다주고, 저녁에도 항상 그랬듯이 집으로 다시 모셔 오기도 했다. 하지만 지금은 수레가 아닌 썰매를 이용했다. 그녀는 네 번째 토요일에 할아버지가 집에 머물러 있어서 기뻤다. 바깥에 눈 폭풍이 휘몰아치고 있었기 때문이었다.

밤중에 모두가 잠들어 있는 동안, 문을 크게 두드리는 소리가 들렸다. 그레타와 피네는 창문에 신비롭게 층을 이룬 얼음꽃에 입김을 불어 넣고, 따뜻한 숨결이 만든 작은 구멍을 통해 밖을 내다보았다. 문 앞에는 덥수룩하게 수염을 기른 낯선 사람이 서 있었다. 그들은 놀란 나머지 그를 알아보지 못했지만 그가 위를 올려다보며 이름을 불렀을 때에야 비로소 알아차렸다.

"아빠가 있어!" 그레타가 소리쳤다. 그녀는 벗은 발로 피네와 엄마보다 먼저 차가운 계단을 달려 내려갔고 떨리는 손으로 잠금쇠를 풀었다.

"아빠!" 그녀는 소리치고 아빠를 껴안았다. 기쁜 나머지 추위조차 느끼지 못했다.

"오토?" 그녀의 엄마가 믿어지지 않는다는 듯이 말했고, 집 안으로 그를 데리고 들어와 키스를 퍼부었다. 그레타는 이런 일을 본 적이 없었다. 엄마의 얼굴이 붉어졌고, 피네에게 어색한 눈길을 보냈다.

"이리 와. 당신 짐을 내게 줘." 엄마가 말하며 그의 큰 배낭을 빼앗았다.

아빠는 이 모든 일이 일어나는 대로 두고 집 현관에 뿌리를 내린 채 주변을 둘러보았다.

"내 여자들." 그는 조용히 말하며 그들을 껴안았다. 그레타는 아빠의 손에 힘이 없는 것을 느꼈다.

할머니와 할아버지가 침실에서 나왔다.

"피네. 난로에 나무를 더 넣어." 할머니가 말했고, 그레타의 꽁꽁 언 아빠를 도와 옷과 신발을 벗겼다.

"지금은 뜨거운 물이 필요해."

그레타는 어쩔 줄 몰라 그 사이에 엉거주춤 선 채 구스테 할머니가 아빠의 발에서 끈적끈적한 양말을 벗기는 것을 보았고, 썩은 냄새를 맡아야 했다. 아빠의 발가락과 발은 궤양으로 뒤덮여 있었다. 엄마는 두 손으로 입을 막은 채 몸을 돌렸다. 그레타는 엄마가 우는 모습을 보았다.

“아프니, 오토?” 지난 전쟁에서 간호사로 일했던 구스테 할머니는 부드러운 목소리로 물었다.

피로에 지친 그는 머리를 흔들었다.

할머니는 세면대에 미지근한 물을 붓고 비누를 녹여서 그의 발을 씻겨 주었다.

그레타는 그런 아빠를 보고 마음이 아팠다. 그녀는 아빠에게 다가가 머리를 어루만지고 뺨에 입을 맞추었다. “파리에 관해 얘기해 줘요, 아빠.”

그녀가 아빠의 주의를 다른 곳으로 돌리기 위해 말했지만 아빠는 대답하지 않았다. 그는 식탁 의자에 앉은 채 그대로 잠이 들어 있었다.

구스테 할머니는 두 소녀를 침대로 돌려보냈다.

오토는 이틀 밤낮을 내처 잤다. 모두가 그를 깨우지 않도록 집 안을 살금살금 걸어 다녔고, 속삭이며 말했다.

그레타와 구스테 할머니가 최대한 조용히 트리용 전나무를 하트 모양의 쿠키와 초콜릿 조각들로 장식한 크리스마스이브까지 그는 깨어나지 않았다. 피네는 소녀단에서 돌아와 이번 크리스마스를 위해 특별히 구입한 ‘승리를 위하여!’라고 글자가 새겨져 있는 은색 장식 공과 하켄크로이츠가 돋보이는 붉은 구슬을 내놓았다.

“아, 정말 예쁘다!” 그레타는 속삭였고, 피네가 매달도록 구슬을 다시 돌려주는 자신이 자랑스러웠다.

그때 할아버지가 거실로 들어왔다. "도대체 너희에겐 성스러운 것이라곤 없는 거야?" 그가 화를 내자 구스테 할머니가 그를 한쪽으로 데려가며 조용히 타일렀다. "내버려 둬, 루드. 제발 부탁이야. 가족의 평화를 위해."

그레타는 피네에게 은밀한 눈짓을 보내고 마지막 빨간 구슬을 건네주었다. 그리고 아빠가 계단을 내려오는 소리를 들었다. 그녀는 모든 것을 팽개치고 그를 따라 부엌으로 갔다. 아주 현대적인 위엄이 깃든 윗입술 위에 나 있는 수염을 아빠가 약간의 사각형만 남기고 거칠게 면도하는 것을 지켜보았다. 그 후 집 안이 다시 아빠 특유의 카모마일 오일 냄새로 가득 찼고, 그것이 그녀에게는 가장 최고의 크리스마스 선물이었다.

그날 저녁 가족은 평소처럼 교회 예배에 참석하지는 않았지만 대신 베를린의 제국 라디오의 첫 번째 크리스마스 봉축 방송을 들었다. 트리 위의 촛불이 타오르고, 라디오 수신기를 가족들 중앙으로 옮겨 놓고, 라디오 아나운서의 시작을 알리는 소리를 모두가 몰입하여 들었다.

'우리는 지금 9천만 명이 함께 축하를 나누고 있습니다. 40개의 마이크가 전장과 고향을 연결합니다. 아마도 우리가 1940년 오늘만큼 커다란 기쁨과 자랑으로 방송을 한 크리스마스이브는 없었을 것입니다.'

카날 해안에 주둔하고 있는 한 병사는 가족과 동료들에게 인사를 전했다. 동부 전선에서 온 다른 병사는 베스트마크 구에 있는 부모님이 건강하시기를 빌었다.

그레타는 아빠가 눈물을 흘리지 않으려고 안간힘을 쓰는 것을 보고, 그를 안아 주었다. 그녀는 아빠가 이렇게 슬퍼하지 않았으면 싶었다.

<별들의 고향Heimat deine sterne>이란 노래에 이어 어떤 어머니가 아들에게 말했다. 아들은 낙하산 병사였고, 지금 어디에 있는지 아무도 모른다고 했다. 그녀는 아버지와 일곱 형제자매들의 이름으로 그에게 인사를 전하고, 건강과 행운을 빌었다. 그리고 지난 일요일에 독일 어머니들을 위한 황금으로 된 철십자훈장을 받았다고 말했다. 그레타는 구스테 할머니가 엄마를 흘깃 쳐다보고는 거의 알아차리지 못할 정도로 머리를 흔드는 것을 보았다. 그녀는 독일 혈통으로 태어난 자녀를 둔 여성들만 훈장을 받는 것을 두고 두 사람이 서로 언쟁을 했던 것을 기억했다. 네 명의 자녀는 동, 여섯 명의 자녀는 은, 여덟 명 이상의 자녀를 두면 금으로 된 훈장을 받았다. "이건 토끼들 훈장 같은 짓이야." 구스테 할머니는 불평을 늘어놓았고, 그레타는 그 말이 무슨 뜻인지 이해하지 못했다.

라디오에서 <소나무야Tannen baum> 노래가 울렸고, 아빠를 제외한 모두가 함께 노래를 불렀다. 그레타는 머리를 아빠의 어깨에 기대고, 그 독일 어머니가 아들이 어디에 있는지 모른다는 사실을 떠올리자 더 이상 노래가 나오지 않았다.

"왜 그 병사가 어디에 있는지를 모른다는 거야?" 노래가 끝나고 난 뒤에 그레타가 물었다.

"그걸 사람들은 실종되었다고 해, 내 작은 아가." 할아버지가 설명했다. "그 어머니에게는 아마도 아들이 죽었다는 것보다 더 견딜 수 없는 고통일 게다."

그레타는 아들이 결국 집에 오지 않는다면 어머니가 훈장을 돌려줘야 하는지를 생각해 보았다. 그녀는 아빠가 깊은 한숨을 쉬고 손을 떠는 것을 보았고, 더 묻고 싶었지만 더 이상 묻지 않기로 했다. 그녀는 또한 지도자가 실종된 병사를 찾기 위해 무엇을 했는지도 알고 싶었다.

"자, 이제 선물을 열어 볼 시간이다." 구스테 할머니가 말했다. 할머니는 라디오를 껐고, 할아버지가 선물을 나눠 주었다.

그레타는 엄마가 군복 천으로 만든 두꺼운 겨울 코트에 황홀해했고, 머지않아 상급 소녀단으로 올라갈 피네는 몇 주 전에 아빠가 파리에서 보낸 옷감으로 만든 실크 블라우스를 받고 마냥 기뻐했다. 엠마는 순수한 천연 실크로 만든 분홍색 속옷과 레이스가 달린 브래지어를 보자 얼굴을 붉혔다.

"파리의 멋쟁이네." 오토가 말하며, 이 순간을 위해 특별히 준비한 샴페인 병을 땄다.

아이들도 한 잔씩 받아 모두 함께 축배를 들었다. 그레타는 이 음료가 아주 특별하다는 것을 알았기에 맛이 이상하다고 말하지 않았다.

아빠는 주머니에서 파란색 담배 한 갑을 꺼내 장인에게 하나를 건넸다. "기타네스예요!"

할아버지는 필터 없는 담배를 피고 연기를 코로 내뿜었다. "이건 예전 전쟁 때 피던 것과 똑같은 맛이 나는구나." 할아버지가 말하며 아빠의 팔을 쓰다듬었다. 마치 그렇게 하면 아빠의 떨림을 진정시킬 수 있기라도 하다는 듯이.

크리스마스 이틀 뒤 저녁, 상처가 어느 정도 치유되고 두 발도 제 모습을 되찾자 오토는 수선한 군복을 입고 다시 서부전선으로 돌아가기 위해 야간열차를 타기로 되어 있었다.

"아빠를 다시 보내고 싶지 않아." 그레타는 눈물을 흘리며 아빠를 잡고 말했다.

아빠는 그녀를 품에 꼭 껴안았다.

"전쟁은 오래가지 않을 거야. 나는 곧 돌아올 거고. 약속할게."

그레타는 흐느꼈다. 아빠는 눈물을 참으려고 침을 삼키며 애쓰는 것 같았다.

"그럼 내가 하나 보여 줄게, 그레첸." 아빠는 그녀를 창가로 데리고 가, 커튼을 걷어 올리고 눈을 가늘게 뜨고 밤하늘을 보았다. "저 밝은 별 보여?" 아빠가 그녀의 눈물을 닦아 주면서 물었다.

그레타는 코를 치켜들고 하늘을 열심히 찾아보았다. "응, 보여."

"저건 샛별이야. 저녁별이지. 알아?" 그레타는 고개를 저었다.

"내일부터 넌 아빠에게 저 별을 보내 줘. 난 어디에 있든 매일 저 별을 기다릴게."

"그런데 눈이 오거나 비가 오면 어떡해?"

오토는 그녀의 뺨에 입을 맞추었다. "별은 항상 저기에 있어. 비구름 뒤에도. 넌 그 별을 볼 필요조차 없어. 네가 열심히 생각하면 저 별이 아빠에게로 다가올 거야. 저 별로 우리 둘은 연결되는 거지. 내가 어디에 있든. 이제 됐지?"

그레타는 힘차게 고개를 끄덕이고 두 팔로 아빠를 껴안았다.

1941년 3월 7일, 그녀의 열 번째 생일을 맞아 아빠는 프랑스에서 선물을 보내왔다. 전쟁이 시작된 이래 모든 식량은 배급제가 되었고, 오토는 그레타가 단 음식을 좋아한다는 것을 알고 있었기에 설탕 과립을 보냈다. 그레타는 한 알갱이도 잃어버리지 않으려고 전전긍긍하며 작은 숟가락으로 입에 넣고 눈을 감았다. 그녀의 입속은 달콤함으로 가득 찼고, 아빠의 사랑을 고스란히 느낄 수 있었다.

그레타는 마침내 소녀단에 가입했고, 처음으로 입은 제복에 커다란 자부심을 느꼈다. 초등학교 체육관에서 집으로 돌아오는 길에 그녀는 마주치는 창문마다 자신을 비춰 보았다. 길게 땋은 금발의 머리를 한 그녀는 피네가 종종 가져오는 잡지 ≪독일 소년소녀단≫에 실린 아리안 소녀처럼 보였다.

그녀는 기뻐서 펄쩍펄쩍 뛰며 노래했다. "앞으로! 앞으로! 힘찬 팡파르를 울려라. 앞으로! 앞으로! 청년은 두려움을 모른다. 독일, 너는 밝게 빛날 것이다. 우리가 쓰러질지라도……."

그리고 20일 지도자의 생일에 선서를 했다. 마침내 그녀는 완전히 단체에 소속되었고, 피네와 오래 연습한 대로 충성을 맹세할 수 있었다. "나는 히틀러 소녀단에서 항상 나의 의무를 사랑과 충성으로 수행할 것을 약속합니다."

그날 저녁 그녀는 전장 우편번호 32 566에 편지를 썼다. 아빠, 안타까워요. 저를 보지 못하신 게. 지도자는 적군을 공격하기에 적합한 사람들을 선별했고, 저는 이 시대의 전환점에 그 일원으로 참여하는 것이 자랑스럽습니다. 이제 아빠뿐만 아니라 저도 독일인들을 위한 더 나은 미래를 건설하는 데 기여하고 있습니다. 승리를 위하여! 아빠의 그레타가.

오토에게서 답장이 왔다. '승리를 위하여!'라는 말도 없이 이 어려운 시기에 엄마를 돕는 것이 얼마나 중요한지, 그리고 나중에 무언가가 될 수 있도록 학교생활을 열심히 해야 한다고 했다.

그해 중반에 아빠는 아름다운 프랑스 대신 동부전선에 가 있었다.

"아빠는 지금 정확히 어디에 있나요?" 그레타는 내일 학교에 있는 지도에서 아빠가 있는 곳을 찾으려고 물었다. 어쩌면 아빠가 다른 친구들의 아빠보다 훨씬 더 멀리 있는 것일지도 모르기 때문이었다.

"전략적인 이유로 그런 내용은 쓸 수가 없어." 할아버지가 말했다.

"전략적이란 말은 무슨 뜻이에요?" 그레타가 물었다.

"어휴, 아가. 피곤한 할아버지에게 넌 너무 많은 질문을 하고 있어." 구스테 할머니가 말하며 그레타를 침대로 보냈다.

"동쪽은 어느 방향이야?" 그레타가 침대 창가에 서서 별들을 바라보며 피네에게 물었다.

피네는 오른쪽을 가리키며 피곤하다고 이불을 머리 위까지 끌어당겼다.

그레타는 별을 그 방향으로 보내려고 집중하다가 엄마가 달빛을 받으며 일터에서 집으로 돌아오는 것을 보았다.

몇 주 후 소년소녀단에서 열린 '고향의 밤'에 그레타는 아빠가 얼마나 중요한 임무를 맡았는지 알게 되었다. 아빠는 열등한 소련 사람들과 싸우는 300만 명의 용감한 병사 중 한 사람이었고, 그로 인해 우월한 아리아인 종족이 더 많은 생활 터전을 확보할 수 있게 되었다는 것이다.

사랑하는 아빠. 아빠처럼 용감한 군인들 덕분에 곧 볼셰비즘은 사라져 버릴 거예요. 그녀는 아빠에게 이렇게 편지를 썼다.

그레타는 가족 중에서 오직 피네 언니하고만 지도자에 대한 열정을 공유할 수 있었다. 밤에 침대에 나란히 누워 속삭이듯 이야기를 나누었다. 아래층에 있는 할머니 할아버지도, 건너편 침대에서 자는 엄마도 그들의 말을 들을 수 없었다. 그들은 선택받은 이 위대한 인물에 대해, 그리고 지도자를 한 번이라도 만나 보는 그때가 인생의 절정이 될 것이라고 이야기했다. 그녀의 침대 뒷벽에는 잡지 ≪독일 소년소녀단≫에서 잘라 낸 사진들로 장식되어 있었다. 깃발을 들고 행진하는 동지들, 스키를 탄 노동자들, 행군하는 군인들, 총통의 사진, 히틀러 청년단과 함께하는 총통, 군인들과 지도자들 등이었다. 그 가운데 피네가 각고의 노력으로 얻어 낸 총통과 어린 소녀, 단둘이 찍혀 있는 사진은 액자에 넣어 고이 간직해 두었다. 누워서도 확실히 볼 수 있도록 침대 반대쪽 벽에 걸어 두었다. 그 옆의 작은 선반 위에는 그레타의 보물이 놓여 있었다. 장미 덩굴 사이에 총통의 모습이 새겨진 유리컵이었다.

그레타와 피네는 이미 저녁 기도를 혼자서 할 수 있을 만큼 자랐다. 그래서 아무도 그들이 더 이상 하나님께 기도하지 않고, 매일 저녁 그들을 내려다보는 아돌프 히틀러의 액자 사진 앞에 서서 함께 맹세를 거듭한다는 것을 알지 못했다. 그들은 소년소녀단에서 배운 것을 그에게 보고했다.

조금이라도 의심이 든다면
나는 당신의 사진 앞에 설 것입니다.
당신의 눈은 나에게
우리만을 위한 의미를 알려 줍니다.
마치 당신이 나에 대해 잘 아는 것처럼,
당신이 아주 가까이에 있는 것처럼
나는 종종 당신과 대화를 나눕니다.
행동하기 전에 침묵할 때마다
당신에게 갑니다. 당신이란 최상의 동지에게로.
당신의 얼굴에는 진지함과 순수함이 깃들어 있어,
독일의 아이가 되는 것이
무엇을 의미하는지 알려 줍니다.

그레타는 소녀단 모임을 손꼽아 기다렸다. 그곳에서 여러 가지 훈련을 받았으며 점점 더 많은 노래를 배웠다. 그러나 그녀가 가장 좋아하는 것은 운동이었다. 모든 건강한 몸에는 건강한 정신이 깃들기 때문이었다.

"시선은 오른쪽으로. 모두 행진!" 여름에 소녀단의 지도자가 명령과 함께 호루라기를 불었다. 프로이센 아일라우의 모든 소녀들이 시청 앞에 모였다.

"우향우, 대열을 맞춰 행진!"

그레타는 왼발부터 내디뎌야 한다는 것을 알고 있었지만 깃발을 들게 되어 너무 신이 난 나머지 잘못된 발로 시작했다.

호루라기의 날카로운 소리가 리듬을 조절했고, 그레타는 항상 마음속으로 '왼발, 왼발, 왼발'을 되뇌었다. 그녀는 동료들과 함께 지금까지의 삶에서 가장 큰 모험인, 10킬로미터 떨어진 바슈케이터 호수의 히틀러 청년단 여름 캠프를 향해 행진했다. 그녀는 처음으로 자신의 침대가 아닌, 텐트에 짚을 깔고 잠을 잤다. 처음으로 호수에서 수영을 했고, 처음으로 제대로 어딘가에 소속된 느낌을 받았다.

'어려움을 견뎌 내는 것은 칭찬할 일이다'라는 구호를 따라 그레타는 다음 날 아침 호흡을 가다듬으며 호수 주변을 뛰었고, 아침 세수와 이를 닦은 후 첫 번째 공식 행사를 가졌다. 깃발 행군.

그녀는 제대로 단복을 입고 동지들과 함께 깃발 앞에서 대열을 맞춰 서 있었다. 그들은 노래를 불렀고, 그다음 그레타는 여성 청소년을 위한 캠프 지도자의 짧은 연설을 귀 기울여 들었다.

"우리의 총통이 말씀하신 대로 여성의 평등은 자연이 정한 생활의 영역 안에서 받아 마땅한 존경을 받는 것이다. 독일 여성도 자신의 전쟁터를 가지고 있다. 그녀가 국가를 위해 아이를 낳을 때마다 그녀는 독일을 위한 전쟁을 수행하고 있는 것이다."

맞아, 정말! 그레타는 생각했고, 깃발이 올라가자 꼿꼿하게 몸을 세웠다.

"난 언젠가는 노동 봉사 지도자가 될 거야." 피네가 집으로 돌아가는 길에 말했다.

"나도 그럴래." 그레타가 그녀에게 동의했고, 다음 날 오후에는 거리에서 자신의 자질을 시험해 보았다. 그녀는 동네 어린아이들을 모아 놓고 의자 위에 올라가 마치 무대에 선 것처럼 연설했다. "존경하는 청중 여러분. 오늘 여러분은 인종 이론의 다섯 가지 원칙을 듣게 될 것입니다."

작은 아이들이 박수를 쳤다.

"인종은 삶에서 가장 중요한 것입니다. 나의 독일 동포 여러분. 인종은 사람을 고양시키고 사람에게 권리를 부여합니다."

아이들은 어른들에게서 보았던 것처럼 열심히 고개를 끄덕였다.

"최상의 종족은 아리아인입니다." 그레타는 독일 소녀단의 지도자인 주타 루디거가 뉴스 영화에서 보여준 대로 어깨를 펴고 깊은숨을 들이쉰 다음 목소리를 높였고, R 발음을 가능한 한 굴리며 말했다.

"아리아 종족은 루터, 칸트, 카를 대제, 리하르트 바그너, 그리고 물론 아돌프 히틀러와 같은 정말 위대한 사람들을 배출했습니다."

"히틀러 만세!" 아이들이 벌떡 일어나 박수를 치며 반복해서 외쳤다.

"그리고 여기 인종적 순결을 유지하기 위한 열두 가지 계명이 있습니다.

첫째, 가족의 출산율을 늘려 당신 민족의 영원함을 보장하라.

둘째, 독일 남성은 독일 아이들의 어머니인 모든 여성을 존중하고 보호하라.

셋째, 독일 여성은 독일 종족의 수호자라는 최고의 임무를 잊지 말라.

넷째, 혼혈의 운명으로부터 자녀를 보호하라……."

그 순간 구스테 할머니가 그레타를 발견하고 녹슨 자전거에서 내렸다. 손잡이 바구니에는 빵 한 덩어리가 놓여 있었다.

"여기서 뭘 하는 거야?" 그녀가 숨을 헐떡이며 물었다.

"아돌프 히틀러 놀이요!" 아이들이 일제히 대답했다.

시키지 않아도, 그저 할머니의 눈길만으로도 그레타는 의자에서 내려와 집을 향해 걸어갔다. 아이들이 그녀를 지켜보고 있었다.

"제대로 된 놀이는 할 줄 아는 게 없어?" 구스테 할머니가 중얼거리면서 자전거를 집 담벼락에 기대 놓았다.

그레타는 대답하지 않았다. 그녀의 눈에는 빵만 보였고, 배가 꼬르륵거리는 것 말고는 다른 것을 생각할 수조차 없었다. "배고파." 이렇게 말하고는 할머니를 따라 부엌으로 갔다. 거기서 한 조각 얇은 빵을 받았다. 그녀는 잼을 달라고 할 수는 없다는 것을 알고 있었다. 아마도 일요일이면 잼을 먹을 수 있을지도 몰랐다.

할머니는 얼굴을 딱딱하게 굳히고 빵을 찬장에 넣고, 화덕 아래 나무 상자에서 오래된 신문을 꺼내 그레타 앞에 툭 하고 던졌다.

"이 신문, 화장지로 쓸 수 있게 잘라. 자르다 보면 이성적으로 생각해 볼 수 있을 거다."

그레타는 왜 구스테 할머니가 그렇게 화가 났는지 생각해 보았다. 왜냐하면 자신은 전혀 나쁜 짓을 하지 않았기 때문이었다. 하지만 슬며시 할머니를 훔쳐보았을 때 할머니가 걱정스러운 표정으로 식량 배급 카드를 접어 놓는 것을 보고서는 자신은 할머니의 나쁜 기분에 대해 책임이 없다는 것을 알았다. 그레타는 자주 구스테 할머니로부터 식량 배급으로는 가족들이 모두 배불리 먹기가 얼마나 어려운지 듣고는 했다. 그래서 그녀는 할머니가 시킨 대로 큰 신문지를 겹쳐 놓고 자르고, 다시 접고 자르면서 조각이 손바닥 크기가 될 때까지 잘랐다.

세 번째 페이지에서 그녀는 갑자기 검은색 테두리로 둘러싸인 젊은 병사의 사진과 함께 실린 기사를 보았다. 칼 비더케어, 22세라고 씌어 있었다. 페이지를 펼치자 다른 곳에도 사망 공고가 실려 있었다. 헤르만, 프리드리히 빌헬름, 루드비히, 조국을 위해 전사하다. 소련에서, 프랑스에서, 네덜란드에서. 32세, 42세, 43세. 그레타는 신문을 접어 앞치마에 넣었다. 서둘러 나머지 몇 장의 신문을 더 자르고 뒷마당으로 나갔다. 돼지우리 옆에서 항상 그랬듯이 숨을 참고, 작은 하트 모양의 손잡이가 달린 나무문을 열고 종이를 화장실의 둥근 선반 위에 놓인 상자에 넣었다.

그녀는 밤에 침대에 누워서야 비로소 눈물이 터져 나왔다.

"무슨 일이야?" 그녀 옆에서 잠들어 있던 피네가 졸린 목소리로 물었다.

"아빠 편지가 너무 오랫동안 안 왔어." 그레타는 눈물을 흘리며 말했다.

"아빠는 곧 연락하실 거야." 피네는 더러 심술궂기도 하지만 상황에 따라 아주 다정할 때도 있었다. 피네는 그레타의 어깨를 팔로 감싸 안고 나지막하게 노래를 불렀다. "안녕, 안녕. 거위야. 곧 괜찮아질 거야. 새끼고양이에겐 꼬리가 있잖아. 곧 괜찮아……."*

그레타는 "100년 뒤에 모든 게 사라질 거야"라고 노래하려고 했지만, 피네가 이미 잠들었다는 것을 깊은 숨소리로 알 수 있었다. 하지만 그녀 자신은 잠들 수가 없었다. 그녀의 하늘에 별이 없었다. 모든 것이 어두컴컴했다.

다음 날 아침 눈을 뜨자마자 지도자의 사진이 눈에 들어왔다. 그레타는 무엇을 해야 할지 알았다. 자와 연필로 빈 종이에 얇은

* <Heile, heile Gänschen> 노래의 가사.

보조선을 그렸고, 만년필에 잉크를 채워서 그녀의 가장 아름다운 동글동글한 글자체로 다음과 같이 썼다.

1941년 10월 프로이센 아일라우에서.
친애하는 아돌프 히틀러님!
우리 민족을 지키기 위해 할 일이 많다는 것을
잘 알고 있습니다.
그렇지만 사랑하는 저의 아버지 오토 쇤나이히가
우리에게 돌아올 수 있도록 해 주세요.
승리를 위하여. 당신의 그레타 쇤나이히.

그레타는 '베를린에 있는 히틀러 총통에게' 편지를 보냈고, 매일 답장을 기다렸다.

그러나 지도자는 답장을 하지 않았다. 하지만 그는 라디오에서 들은 그대로 많은 일을 하고 있었다.

'제국군 최고 지휘부가 발표합니다.' 국민 라디오에서 귀청을 뚫을 듯 소리치고 있었다. '모스크바 전투 소식입니다. 시베리아에서 끌려 나온 예비군과 주코프 장군이 지휘하는 붉은 군대가 모스크바에서 전방위로 반격을 시작했습니다.'

그레타는 엄마와 할머니, 할아버지가 서로 말없이 눈길을 주고받는 것을 보았다. 그녀는 그들의 생각을 읽을 수 있었고, 아빠가 이 전투의 한가운데에 있지 않을까 두려워한다는 것을 알았다. 대답이 두려워 그레타는 묻지도 못했다. 아무도 모르게 그녀는 신문에서 더 많은 군인들의 부고를 읽었고, 그중에서도 자주 '소련 적지에서 국민과 지도자를 위해 전사함'이라고 적혀 있는 것을 보았다.

그레타는 '사랑하는 아빠에게'로 시작하는 편지를 매일 써서 그와의 연락이 끊어지지 않도록 최선을 다했다. 아빤 분명히 해야 할 일이 너무 많을 거예요. 언니 피네는 이제 열다섯 살이 되었고, 노동부대에 속해 있어요. 바르테가우로 파견되어 그곳 농장에서 일해요. 일이 언니에게 잘 맞는대요. 하지만 전 언니가 너무 보고 싶어요.

그레타는 매일 군수 공장에서 할아버지를 데리고 오갈 수 있도록 그레타가 소녀단의 행사에 참여해야 할 의무를 면제받았다고 아빠에게 편지를 쓰지 않았다. 그 일에 대해 아빠가 무엇이라고 할지 정확히 알고 있었기 때문이었다. 아빠는 그 결정을 번복할 것이 분명했다.

대신 그녀는 11월 말에 다음과 같이 썼다.

그 누구보다 사랑하는 아빠. 저는 아빠가 정말 자랑스러워요. 크리스마스 선물로 아빠를 위해 털실로 양말을 떴어요. 아빤 벌써 받았나요? 저는 소련이라는 나라가 정말 춥다고 알고 있어요. 아빠와 전선 동료들의 행복한 크리스마스를 기원합니다. 언니는 올해 크리스마스에는 집에 올 수 없다고 해요. 언니도 자신의 의무를 다하고 있어요.

크리스마스와 새해 사이에 우편배달부는 마침내 기다리던 전방 우편물을 가져왔다.

"1941년 성 니콜라우스 축일에 소련에서. 나의 가장 사랑하는 가족들에게." 엄마가 부엌 식탁에서 큰 소리로 읽어 내려갔다. 그레타는 엄마의 입술에 집중했다. 할아버지와 구스테 할머니도 의자를 바짝 당겨 기다리고 있었다. "아빠는 너희에게서 오는 소식보다 더 큰 바람이 없다. 어제도 꽤나 많은 우편물이 왔지만 내게는 아무것도 오지 않았다."

"어떻게 그럴 수가 있지." 그레타가 분개했다.

"쉿!" 구스테 할머니가 가로막았고, 엄마는 계속 읽었다. "여기는 영하 41도의 추위야. 따뜻한 방에서 모두 함께 앉아 있을 수 있다면 얼마나 좋을까."

엠마의 눈에 눈물이 가득 차오르자 구스테 할머니가 부드럽게 그녀의 손에서 편지를 가져와 계속 읽었다. "전쟁이 끝나고 영원히 집에 갈 수 있다면 얼마나 행복할까. 하지만 그리 오래 걸리지는 않을 거야. 큰 사랑과 더 큰 향수로 모두에게 입맞춤을 보낸다."

그레타가 엄마 곁으로 가까이 다가가자 엄마가 온몸을 떠는 것이 느껴졌다. 오토가 아직 살아 있음을 감사드리자며 할아버지는 큰 소리로 주기도문을 읊었다. "아멘." 그레타는 그다음에 마음속으로 덧붙였다. '지도자님, 우리는 당신에게 거룩하고 강철 같은 맹세를 바칩니다. 당신을 위해 살고, 당신을 위해 노력하며, 당신을 위해 죽을 준비가 되어 있습니다.'

1942년 1월 1일, 프로이센의 아일라우에서.

사랑하는 지도자 히틀러님에게.

저는 당신과 독일 국민들 모두에게 행운이 가득하기를

기원합니다.

저는 동프로이센 출신의 오토 쇤나이히의 딸입니다.

부디, 지도자님. 아빠가 다시 집으로 돌아올 수 있다면

정말 기쁠 것 같습니다.

승리를 위하여! 당신의 그레타 쇤나이히로부터.

그레타는 다 쓴 편지를 단단하게 봉인했다. 그러고 나서 두꺼운 겨울 코트를 입고 머리를 모직 스카프로 감싸고 우체국까지 눈보라를 헤치고 가서 직접 부쳤다.

흰 눈이 이미 녹아 자취를 감추고, 동쪽에서 가벼운 바람이 불 때 아빠에게서 머지않아 4월 말에 휴가를 받을 것이라는 편지가 왔다. 그레타는 이렇게 된 것이 누구 때문인지 확신했다. 집 뒤 언덕에서 그녀는 초롱꽃을 따 연한 보라색의 꽃다발을 만들었다. 그리고 감사의 표시로 침대 맞은편에 있는 지도자의 사진 아래에 놓았다.

6월 4일, 휴가 금지 조치가 내렸다는 소식이 지도자의 당부와 함께 전해졌다. '어떤 것도 도움이 되지 않습니다. 우리는 이를 악물고 매일 가까워지고 있는 위대한 목표를 똑바로 직시해야 합니다. 가정에 있는 여성들과 아이들의 도움이 절실히 필요합니다. 여러분이 건네는 모든 인사가 내게 삶을 마주할 새로운 용기를 주고 있습니다.'

'가장 사랑하는 아빠에게'라고 쓴 다음 그레타는 아빠가 오지 못해 슬프다는 것을 어떻게 말해야 할지 몰라 고민했다. 하지만

곧바로 어린 소녀 책임자가 용감한 최일선 병사들을 걱정으로 괴롭혀서는 안 된다고 했던 것을 기억했다. 그래서 그녀는 다음과 같이 썼다. 저는 얼마 전 제국 청소년 스포츠 훈장을 받았어요. 아빠, 저는 이 도시에서 가장 빠른 열한 살 소녀랍니다.

그녀는 어떤 답장도 받지 못했다.

여름방학 동안 그레타는 할머니와 함께 할아버지를 일터로 데려가기 전 매일 아침 6시에 모두 함께 라디오 앞에서 방송을 기다렸다. 인민의 방송에서 들려주는 첫 번째 전황 보고를 듣기 위해서였다. '1942년 8월 7일, 오늘 독일 동부전선에서 여름 공세의 일환으로 프리드리히 파울루스 장군이 이끄는 6사단이 스탈린그라드에 대한 공격을 개시했다고 제국군 최고사령부가 발표했습니다.'

"아빠가 6사단에 있지 않나요?" 그녀가 할아버지에게 물었다.

할아버지는 고개를 끄덕였고, 그레타는 아빠의 부대가 라디오에서 보도된 것을 자랑스러워했다.

다음 날 그녀는 독일 공군의 치명적인 공격으로 볼가시에서 4만 명의 적들이 죽었고, 며칠 뒤에는 이 100만 명의 도시에 대한 포위 상태가 선포되었다는 소식을 들었다. 그레타는 아빠와 지도자 둘 다 그녀에게 편지를 쓸 시간이 없다는 것을 알았다.

11월 중순에는 연료를 절약하기 위해 학교 수업이 취소되었고, 그레타는 구스테 할머니와 함께 거실에 더 이상 난방을 할 필요가 없도록 라디오를 부엌으로 옮겼다. 스피커에서는 차라 레안더가 쉰 목소리로 부르는 <나는 언젠가는 기적이 일어날 것을 알고 있어요Ich weiss, es wird einmal ein wunder geschehen>가 흘러나왔다.

그레타와 구스테 할머니는 큰 소리로 노래를 따라 부르기 시작했다. 그러나 그들의 영혼이 하나가 되었다고 노래할 때에도 라디오에서는 매시간마다 전황 뉴스가 들려왔다. 라디오에서 흘러나오는 말은 거의 알아들을 수도 없었고, 그레타는 독일군이 스탈린그라드의 약 90프로를 점령했다는 소식을 듣기 위해 귀를 가까이 들이댔다.

“우린 전기도 아껴야 해, 아가.” 구스테 할머니가 말하고 라디오를 껐다.

문을 두드리는 소리가 들렸다. 그레타가 문을 열자 우체부인 골럽 부인이 서 있었다. 그레타는 기쁜 마음으로 그녀의 손에서 편지봉투를 빼앗다시피 받았다.

그런 다음 겉봉을 읽었다. ‘오토 쇤나이히 부인에게’ 그레타의 심장이 터질 것 같았다. 그레타는 소녀단 동료 중 한 아이로부터 군인의 사망 통보가 이런 방식으로 전달된다는 이야기를 들은 적이 있었다.

“꼭 열어 봐야 해요!” 그레타가 할머니에게 말했다.

“편지는 엄마한테 온 거야, 아가야.” 구스테 할머니는 편지를 부엌 식탁 위에 놓고 조용히 기도했다. 할머니의 기도하는 손은 떨리고 있었고, 얼굴은 벽처럼 하얗게 질려 있었다.

그레타는 편지에서 눈을 떼지 못한 채 부엌을 왔다 갔다 했다. 그녀는 피가 날 때까지 손톱을 물어뜯었다. 그래도 더 이상 참을 수가 없었다. 그녀는 편지를 들고 집 밖으로 뛰쳐나갔다. 코트도 걸치지 않고, 마당에서 구스테 할머니의 자전거를 탔다. 그녀는 너무 작아 페달에 발이 닿지 않았기에 안장에 앉지도 못한 채 3킬로미터를 서서 달려 방직 공장까지 갔다.

"엄마한테 가야 해요! 엠마 쇤나이히예요!" 그레타는 숨을 헐떡이며, 추위에 몸서리치며 정문에서 사람들을 향해 외쳤다.

늙은 수위가 가로막고 섰지만 그레타에게는 시간이 없었다. "생사가 달린 문제입니다. 도와주세요!"

"어머니가 어떻게 생겼어?" 잠시 후에 공장에서 일하는 여자 직원이 시끄러운 재봉틀 소리 너머로 외쳤다.

"아리아인이예요!" 그레타는 엄마를 설명할 인내심이 전혀 없었다. 그레타는 주변을 둘러보고 공장 안의 재단 탁자를 발견했다. 거기라면 공장 안의 모든 곳을 한눈에 볼 수 있을 듯했다. 그녀는 여자를 그대로 지나쳐 공장 안의 재봉틀 사이를 달려갔고, 마침내 탁자 위 겹겹이 쌓인 천 더미에 기어 올라가 둘러보았다.

"신발을 벗어!" 한 재봉사가 소리쳤고, 그렇게 하려는 그레타를 다른 사람들이 끌어 내리려고 했다. 그러나 그레다는 저항하다가 마침내 먼 구석 자리에 있는 엄마를 발견했다. 그녀는 나무신을 손에 들고 탁자에서 내려와, 재봉틀 사이를 가로질러 지저분한 몰골의 엄마에게 편지를 내밀었다. 그러자마자 엠마는 재단 천을 팽개치고 편지를 찢고는 읽기 시작했다.

그레타는 엄마의 얼굴이 창백해지는 것을 볼 수 있었다. "뭐라고 쓰여 있어요?" 그레타는 기계 소리를 덮으려고 소리를 질렀고, 이제는 걷잡을 수 없이 몸을 와들와들 떨었다.

엄마는 대답하지 않고서 그레타를 호기심 가득한 동료들 틈에서 끌어내어 마당으로 나갔다.

"뭐래요?" 그레타는 손등으로 눈물과 콧물을 닦았다. "아빠가…… 돌아가셨어요?"

"아니야." 엠마가 말했다. 그리고 딸에게 타자기로 타이핑된 편지를 주었다.

제목: 오토 쇤나이히 실종, 1908년 7월 11일생.

친애하는 부인.

당신의 남편은 볼가브뤼케 전투 이후 실종되었으며, 적군 포로로 잡힌 것으로 추측됩니다. 더 상세한 소식이 확인되는 대로 연락드리겠습니다.

히틀러 만세!

빌헬름 하이츠

부사령관

작업 감독이 엠마에게 어서 제자리로 돌아가 계속 일하라고 경고했고, 엠마는 고개를 숙인 채 다시 공장으로 들어갔다. 그레타는 마당에 얼어붙은 채 서서 안개에 가려진 하늘을 바라보며 회색의 하늘 뒤에 샛별은 빛날 것이고, 자신이 아빠를 얼마나 그리워하는지 아빠가 느낄 수 있기를 바랐다. 그녀 마음의 눈에 저녁별이 나타났다. 맑고 밝았다. 그러나 그레타는 아빠, 오토의 얼굴을 기억해 내기 어려웠다. 그녀는 689일 동안 그를 보지 못했다.

한 달 후 피네가 휴가차 돌아왔고, 마침내 그레타는 다시 함께 침대에 나란히 누울 수 있었다. 피네는 이미 열여섯 살이지만 달라진 것은 없었다.

"나, 약혼했어." 피네는 엄마가 잠들었을 때 속삭였다. "이름은 요아힘이야." 어둠 속에서 그녀는 여동생에게 요아힘이 자신의 사진 뒷면에 쓴 글을 보여 주었다. 영원한 사랑으로.

그레타를 꼭 껴안은 피네는 요아힘과 키스까지 했다고 털어놓았다. 그레타는 그 생각에 몸이 떨렸고, 이전에는 느껴 보지 못했던 따스한 물결이 몸 속을 흐르는 것을 느꼈다.

크리스마스이브에 구스테 할머니는 남동생이 하이델베르크에서 보낸 소포를 풀었다. 구겔호프와 와인 한 병.

할머니의 동생은 초승달 빛 아래 놓인 하이델베르크 성과 네카어강이 신비롭게 반짝이는 엽서에 썼다. 고향에서 인사를 보냅니다.

구스테 할머니가 케이크를 자르고, 찬장에서 술잔 다섯 개를 꺼내 처음 석 잔에는 가득, 나머지 두 소녀를 위한 잔에는 반만 채웠다.

"우리 모두 건강하게 지내자. 오토가 곧 돌아오기를 바라며." 루드비히 할아버지가 말하며 아내, 딸, 손녀들에게 건배했다.

"그리고 요아힘도." 피네가 그레타에게 속삭이며 와인을 한 번에 마셨다. 모두가 깜짝 놀랐다.

그리고 수백만 명의 청취자들과 마찬가지로 가족들은 베르터 플뤼커가 진행하는 크리스마스 특집 라디오 방송을 들었다. 그는 북해와 아프리카, 대서양 연안과 스탈린그라드 등 각지에서 동지들과 연락을 취하며 고향과 전선을 연결하고 있었다. 그 사이에 엠마가 한 잔, 또 한 잔 야금야금 술을 마시고 있다는 사실을 누구도 몰랐다. 모두가 눈물을 흘리며, <고요한 밤, 거룩한 밤>을 함께 부르고 나서야 엠마가 병을 통째로 들고 술을 마시는 것을 알아차렸다. 할아버지가 그녀의 손을 잡았고, 할머니는 술을 서둘러 찬장에 넣었다. 라디오에서는 합창단의 <내 주는 강한 성이요>의 3절이 울려 퍼지고 있었다.

엠마는 일어나 오른손을 올려 히틀러식 인사를 했다. 그리고 비틀거리며 큰 소리로 외쳤다. "세상이 사탄으로 가득 찬다 해도, 우리는 반드시 이길 것이다……."

"지금은 엄마를 침대에 눕히는 게 좋을 것 같아." 구스테 할머니가 말했다.

"……그래서 우리는 그다지 두렵지 않아. 우리는 반드시 승리할 것이니……." 엠마의 외침은 비통한 웃음으로 바뀌었다.

그레타와 피네는 일어났다. 피네는 엄마의 허리를 끌어안고 계단을 올라갔고, 그레타는 뒤에서 밀었다. 위층에서 그들은 엄마를 침대에 눕히고, 신발을 벗기고, 이불을 덮어 주었다. 그리고 불안해하며 방의 또 다른 쪽으로 살금살금 움직였다. 그레타는 조용히 옷의 단추를 풀며, 피네에게 모르겠다는 표정을 건넸다. 이전에 이런 엄마의 모습을 본 적이 없었다.

그러나 피네가 뭐라고 말하기도 전에 칸막이 커튼이 찢어지고, 엄마는 침대 아래로 떨어졌다.

"난 너희와 함께 자야겠다." 엄마는 취해서 손뼉을 치며 말했다. "이런 날에는 아무도 혼자 있으면 안 되지." 갑자기 그녀는 딸들의 침대 맞은편 벽에 걸린 아돌프 히틀러의 사진을 뚫어져라 보았다. "너야! 너 때문에 이런 일이 생겼어!" 그녀는 소리를 지르며 일어났다.

그레타와 피네는 숨을 죽였다. 취한 엄마는 벽에서 지도자의 사진을 떼어 내고, 단호하게 웃고 있는 제국 총리의 눈을 찌를 듯 바라보고는 그에게 침을 뱉었다. "개자식!"

"엄마! 안 돼!" 그레타가 외쳤고, 피네와 함께 엄마의 손에서 사진을 뺏으려고 했다.

엠마는 딸들을 밀어 내고, 히틀러의 액자를 힘껏 내던졌다. 액자가 바닥에 떨어지며 유리가 산산조각 났지만 지도자는 여전히 엄숙하게 미소를 짓고 있었다.

"살인마!"

"안 돼, 엄마!" 소녀들은 엄마를 막으려고 노력했지만 허사였다. 엄마는 벽에 걸린 모든 사진과 신문 기사들을 찢고 구겨서 발로 짓밟았다.

그레타가 포기하려던 찰나에 구스테 할머니가 방으로 들이닥쳤다. 말없이 그녀는 의붓딸을 가슴에 안았다. 그러자 엠마의 분노는 고통으로 변했다. 그녀는 어린아이처럼 울었다.

"괜찮아, 엠마. 괜찮아." 구스테 할머니가 말했다. 그녀를 침대에 눕히고 이불을 덮어 주었다.

엄마의 흐느낌 속에서 그레타와 피네는 찢긴 사진들을 모았다. 그들은 사랑하는 지도자의 사진을 고양이 그림이 그려진, 호프만의 힘이라고 겉에 적힌 오래된 상자에 넣어 매트리스 밑에 밀어 넣었다.

지도자의 사진은 보이지 않게 되었고, 그레타는 언니가 떠난 후 다시 혼자가 되었다. 그리고 엄마에게 들키지 않을 것이라는 확신이 있을 때에만 사진을 꺼내 보고는 했다.

새해인 1943년에는 석탄 부족으로 학교가 먼저 문을 닫았고, 그 후에도 홍역의 유행으로 수업이 취소되었다. 할아버지와 엄마는 이제 더 오래 공장에서 일해야 했다. 그레타는 구스테 할머니의 집안일을 도왔지만 주로 부엌 귀퉁이 의자에 앉아 겨울 구호기금 마련을 위한 양말을 뜨며, 인민방송국의 전시 상황을 들었다.

스탈린그라드에서 6사단이 항복한 지 2주 후 괴벨스의 날카로운 소리가 바느질 소리를 덮어 버렸다.

'전면적인 전쟁을 원하는가? 우리가 상상할 수 있는 것보다 더 전면적이고 더 근본적인 전쟁을 원하는가?' 제국 선전상의 목소리가 먼 베를린에서 외쳐 대는 군중들의 열광적인 소리와 뒤섞였다. 그 소리에 흥분한 나머지 바느질이 뒤엉켰다.

"바느질이나 제대로 해." 구스테 할머니가 역정을 내며 고개를 젓고 라디오를 꺼 버렸다.

사랑하는 동생에게. 피네는 바르테가우에서 그레타의 생일을 축하하기 위해 편지를 보내왔다. 아돌프 히틀러의 사진이 들어 있는 포스터가 접힌 채 동봉되어 있었다. 사진 아래에는 '**우리는 당신을 따르겠습니다**'라고 작게 적혀 있었다. 분명히 전쟁은 곧 끝날 것이고, 우리 모두의 머리 위로 해가 떠오를 거야. 요아힘에게선 어떤 소식도 없어! 승리를 위하여! 너의 피네가.

그레타는 편지와 포스터를 비밀 장소에 감췄다. 그곳에는 아빠의 편지와 날짜를 기록하는 작은 공책도 보관되어 있었다. 오늘, 그녀의 열두 번째 생일은 아빠가 마지막으로 집을 떠난 지 801일이 지났고, 마지막으로 연락이 온 뒤로도 276일이 지난 날이다. 아빠는 먼 동쪽에서 지금도 그녀를 생각하고 있을까?

요아힘이 전사했어. 겨우 열여덟 살이었는데. 1943년 가을에 피네의 편지를 받았다. 그레타는 알지 못했지만 언니와의 미래가 없어져 버린 젊은 남자를 위해 울었다.

그리고 얼마 뒤 북쪽 하늘이 붉게 물들었다.

"쾨니히스베르크가 불타고 있어." 할아버지가 말하며 시내 쪽으로 눈길을 돌렸다. "우리도 비상사태에 대비해야 해."

그레타는 구스테 할머니를 도와 창문을 어두운 종이로 덮었다. 빛이 밖으로 새어 나가면 적군 비행기들이 그들의 터전을 목표물로 삼을 것이었다.

"독일 전역이 공습으로 위협받고 있다. 하지만 일상적인 생활은 계속되어야 한다." 그레타의 선생님이 다음날 말했다. 할아버지보다 훨씬 나이가 많은 선생님은 '비상시에 나는 무엇을 해야 할까?'라는 주제를 칠판에 썼다.

그레타가 손을 들었다.

선생님이 그녀를 가리켰다.

"대피용 물품을 준비해야 합니다, 선생님!"

"대피용 물품이 뭐지?"

"가스 마스크, 따뜻한 옷, 담요, 베개, 손전등, 어린이와 병자를 위한 식료품, 마실 것과 중요한 서류입니다. 선생님."

"넌 이름이 뭐니?"

"쉰나이히, 그레타입니다. 선생님."

"잘했어, 쉰나이히. 앉으렴."

이론 수업이 끝난 후 실제 공습에 대비한 훈련이 실시되었다. 5학년 학생들이 처음으로 지휘를 맡았는데 잘 훈련된 7학년 학생들이 국방군 공군 조수로 입대하였기 때문이었다. 너무 큰 군복과 헬멧을 쓴 열두 살 학생들은 작은 군인처럼 보였지만 지휘에 익숙하지 않아 가스 마스크의 배급과 공습 대피소로의 질서 있는 대피가 뒤죽박죽 헝클어지고 말았다.

"이 훈련은 개선되어야 해. 그렇지 않으면 너희들은 모두 죽고 말아." 슐라이퍼 교장의 말이 끝나자, 벌칙으로 아이들은 쉬는 시간 없이 곧장 다시 교실로 돌아갔다.

심각한 상황은 발생하지 않았다. 그 대신 라디오에서는 승전 소식이 전해졌다. 그러나 할아버지는 묵묵히 머리를 절레절레 흔들 뿐 특별한 반응을 보이지 않았다.

그레타는 이제 열세 살이 되었다. 예전, 식량이 배급제가 아니었고 매일 밤 굶주림에 잠을 설치지 않아도 되었던, 전쟁 이전의 삶이 어떠했는지 전혀 기억조차 나지 않았다.

피네는 요한이란 새로운 남자 친구에 대해 편지를 보내왔다.

여름방학 전날인 1944년 7월 23일, 그레타는 분위기가 심상치 않다는 것을 느꼈다. 구스테 할머니는 아침 식사를 하며 한 마디도 없었고, 학교 가는 길에도 사람들이 평소보다 더 우울해 보인다는 것을 알아챘다. 선생님은 수업에 나오지 않았다. 대신 6학년 학생이 들어와 모두 운동장으로 모이라고 명령했다.

더 잘 보기 위해 그레타는 앞줄에 섰고, 학생들과 함께 정렬했다. 그때 교장 선생님이 진지한 표정으로 단상으로 올라가 재킷 안주머니에서 종이 한 장을 꺼냈다.

"어제 위대한 독일 제국의 지도자인 아돌프 히틀러에 대한 비열한 암살 시도가 있었다."

그레타가 딛고 선 땅이 흔들렸다. 그녀 주위에도 벌어진 입과 겁에 질린 시선들이 있었다. 소리 하나 들리지 않았다. 새들도 지저귀지 않았다. 그레타의 머릿속은 그보다 더 혼란스러웠다. 아빠에게 무슨 일이 일어났는지 아무도 모르는 상황에서 지도자까지 잃을 수는 없었다.

교장 선생님의 발작적인 기침으로 침묵은 깨어지고, 그레타의 의식은 다시 학교 운동장으로 돌아왔다. 비서가 교장에게 물을 건네주어 그는 말을 이어갈 수 있었다.

"운명의 도움으로 총통은 살아남았습니다. **우리의 지도자는 살아 있습니다!**"

아이들은 소리를 지르며 환호했다. 하지만 그레타는 마비된 듯 움직일 수가 없었다. 그리고 밤에도 그녀의 생각 속에는 계속해서 교장 선생님의 말이 맴돌았다. 아빠도 운명의 도움으로 살아남았을까? 그의 마지막 소식은 780일 전에 왔었다. 그레타는 3년 6개월 27일 동안 그를 보지 못했다. 그레타는 몸을 뒤척였고 잠들지 못했다. 그리고 목이 말라 왔다. 침대에서 일어나 어두운 계단을 걸어 내려가 부엌에서 물을 한 잔 마시려고 했다. 문을 열자 석유램프의 불빛 아래에서 할아버지가 머리에 담요를 뒤집어쓰고 라디오를 듣고 있었다.

"할아버지?"

루드비히가 담요 밑에서 튀어나왔고, 잠시 동안 이상한 소리가 들렸다.

"여기서 뭐 하니? 어서 침대로 돌아가!" 할아버지가 그녀에게 소리쳤다.

놀란 그레타는 돌아서서 부엌 문 닫는 것도 잊고 위층으로 올라갔다. 거실에서는 뻐꾸기시계 소리가 들렸고 그녀는 멈춰 서서 세어 보았다. 열두 번.

왜 할아버지가 밤 12시에 라디오를 듣는 것일까? 그레타는 스스로에게 물었고, 발끝으로 계단을 다시 내려갔다. 부엌 안에서 작은 종소리가 들렸다. 그런 다음 라디오에서 이상한 악센트의 목소리가 들렸다. '여기는 모스크바 방송입니다. 독일 국민을 위한 방송을 시작하겠습니다.'

그레타는 목이 꽉 막혀 왔다. 모스크바는 소련에 있었다. 소련은 적이었다. 왜 할아버지는 모스크바 라디오를 듣는 걸까?

'우리는 이제 스탈린그라드 전투에서 살아남은 전사들의 명단을 알려 드릴 것입니다. 이들은 파시스트 언론에서는 죽은 것으로 발표되었습니다.'

그레타는 더 잘 듣기 위해 심호흡을 했다.

'빌헬름 게버, 알베르트 코발렉, 칼 아이들러…….' 이름들이 끝없이 나열되었다. '……요한 바그너, 프리츠 스테파트…….'

그녀는 피곤했고, 바닥에 닿은 벗은 발이 차가워 계속해서 듣고 있기가 어려웠다.

'이제 독일 전쟁 포로들이 고향의 가족들에게 인사를 전하겠습니다.'

그레타는 화들짝 정신이 들었다. 그녀는 걸음을 내디뎌 부엌으로 가야만 했다. 라디오에서는 한스 노에라는 남자가 뒤셀도르프에 있는 가족들에게 인사를 전했다. 그녀에게서 재채기가 터져 나왔다. 할아버지는 담요를 걷어내고 그녀를 멍하니 바라보았다.

"아빠." 그레타는 더 이상 말을 할 수가 없었다. 그리고 울기 시작했다.

"이리 와, 그레첸." 루드비히 할아버지가 말했다. 할아버지는 그레타를 무릎에 앉혀 끌어안고, 담요를 자신과 손녀 위에 덮었다. 그레타는 팔을 그의 목에 두르고 서로 꼭 붙어서 라이란트, 엘자스, 보덴마이스 출신의 병사들 말을 차례로 들었다. 오토 쉰나이히는 없었다. 방송이 지직거렸고 그러다 그저 윙윙거리는 소리만 들렸다. 루드비히 할아버지는 라디오를 껐다.

"이건 우리끼리만 알고 있어야 해. 그 누구에게도 이 일을 얘기하면 안 돼. 특히 피네나 엄마, 할머니에게도 절대 말하면 안 돼. 어떤 사람에게도 말하지 마!" 그녀는 담요 아래에서 할아버지에게 맹세했다.

그레타는 할아버지에게 자신의 명예를 건 다음 침대에 누워 눈을 크게 떴다. 뻐꾸기시계가 1시를 알렸을 때 그녀는 아빠가 가족들에게 차례로 인사하는 모습을 상상했다. 뻐꾸기가 두 번 울었다. 오랜만에 그레타는 아빠에게 다시 샛별 보내기를 시도했다. 세 번째 뻐꾸기가 울기 전에 그녀는 잠이 들었다.

다음 날 아침 학교 가는 길에 그녀는 곧장 홍보 게시판으로 향했고, 찾으려 했던 것을 발견했다. 오렌지색 포스터.

기억하라. 외국 방송을 청취하는 것은 국민의 국가 안보에 대한 범죄 행위다. 이는 지도자의 명령에 따라 엄중한 처벌을 받는 행위다.

그 옆에도 회색 종이가 붙어 있었다. 적국의 방송을 듣는다면 당신은 배신자다. 배신자는 교수형에 처한다.

수업 중에 그레타는 선생님의 말을 듣지 않았다. 쉬는 시간에 친구들의 수다도 전혀 귀에 들리지 않았다. 그녀의 생각은 오직 한 가지뿐이었다. 자신과 할아버지가 잡히지 않도록 모든 노력을 해야만 한다는 것이었다.

저녁이 되자 할아버지는 그레타를 집 밖으로 보내 창문이 규정대로 캄캄한지, 빛이 전혀 새어 나가지 않는지 확인하게 했다.

자정이 되기 전에 엄마와 구스테 할머니는 이미 깊이 잠들어 있었다. 그레타는 잠옷 위에 두꺼운 카디건을 걸치고 아래층으로 살금살금 내려가 할아버지가 있는 담요 아래로 기어들었다. 루드비히는 천천히 채널을 돌려 단파를 검색했고, 잡음이 많은 방송국을 찾아냈다.

'여기는 런던 라디오입니다. 여러분은 지금 독일인들을 위한 방송을 듣고 있습니다…….'

그레타는 그것이 무엇인지 이해하기 어려웠다. 그것은 마치 폭탄 공격이 오로지 군사적 목표에만 향하는 것과 비슷한 것이었다.

다음 날 밤에도 그들은 영국 방송을 들었다. '독일인들과의 평화? 그래야 합니다! 히틀러와의 평화! 절대 안 됩니다!'

그레타는 영국 방송은 듣고 싶지 않았다. 모스크바 라디오에서 들려올지도 모를 아빠의 소식만을 기다렸다. 그러나 기다림은 헛된 것이었다.

11월에는 미국의 목소리가 독일 군인들에게 항복을 촉구했다.

‘독일의 패배는 불가피하다.’

하지만 다음번 소녀단 모임에서 지도자는 최종적인 승리에 관해 이야기했고, 여성들도 국민적 투쟁에 참여해야 한다고 말했다. 그레타는 더 이상 무엇이 옳고 그른지 알 수 없었다.

눈이 내리는 프로이센 아일라우를 지나 집으로 가는 길에 그녀는 플래카드에 쓰인 글귀를 읽었다.

승리 아니면 시베리아!
끝까지 견뎌 내라, 우리는 반드시 이긴다!
우리의 지도자 아돌프 히틀러에 대한 충성심이
최종 승리를 보장한다!

마침내 그레타는 자신이 무엇을 해야 할지 다시금 알았다. 그것은 지도자에게 충성심을 증명하고, 국민군에 자원하는 것이었다.

“넌 겨우 열세 살이야, 아가! 절대 용납할 수 없어.” 그레타가 처음으로 그 생각을 밝혔을 때 할아버지가 말했다. 그리고 그녀에게 나무판자를 내밀었다. 일요일이었는데도 루드비히는 자신의 작업장에서 크기에 맞게 판자를 자르고, 손수레를 확장하고 있었다.

“하지만…….” 그레타는 다시 시도했다.

“가만히 있어, 그레첸. 내가 나사를 더 잘 박을 수 있게.”

“이게 뭔데요, 할아버지?”

"이건 우리가 도망쳐야 할 때를 위한 탈출용이야."

"탈출?" 그녀는 속삭이며 창문 밖에 행여나 다른 이웃이 있는지 확인했다. "그건 금지되어 있잖아요. 얘기만 해도 잡혀갈 거예요."

"다음 나무판자!" 루드비히가 명령했다.

그레타의 심장은 흥분으로 더 빨리 뛰었지만 그녀는 할아버지의 말을 순순히 따랐다.

"난 라디오에서 나오는, 견뎌야 한다는 말을 믿지 않아. 정상적인 사람이라면 그 말을 믿지 않지." 그레타는 할아버지의 말을 들었다. 살아오는 동안 가장 우울한 크리스마스 날이었다. 하이델베르크에서 구스테 할머니의 동생이 보내오던 선물도 없었다. 그날 아침 부엌으로 들어섰을 때였다.

"만약에 우리가 탈출해야 할 경우, 그리고 서로 잃어버리기라도 하면 하이델베르크에서 다시 만나." 구스테 할머니가 설명했다.

그레타는 엄마와 할머니, 할아버지를 번갈아 보았다. "어떻게 잃어버릴 수가 있어요?"

"이건 비상용일 뿐이야. 하이델베르크에 있는 내 동생은 히르쉬 길 20번지에 살아. 그걸 피네에게도 알려 줘어."

그레타에게 하이델베르크는 그저 단순한 도시 이름 그 이상이었다. 그곳은 구스테 할머니의 고향이었고, 할머니는 종종 아이들에게 그리움을 담아 이야기하곤 했다. 그리고 평화로운 시절이 오면 함께 가 보자고 약속하기도 했다. 알 수 없는 할머니 동생의 엽서에 있던 도시는 마치 동화 속 낙원처럼 그레타가 동경하던 곳이었다. 그러나 지금 그곳으로 간다는 것과 가는 중에 가족들을 잃어버릴지도 모른다는 생각에 두려움을 느꼈다.

"어떻게 그게 가능해요? 난 아직 쾨니히스베르크에도 가 보지 않았고, 하이델베르크가 어딘지도 모르는데요."

"그건 우리가 스스로에게 물어야 할 질문이다." 할아버지가 말했다. "넌 강해, 그레첸! 아무 일도 일어나지 않을 거야."

"아빠는요?"

어른들은 서로를 쳐다보았다.

"아빠도 거기로 우리를 찾아올 거야." 구스테 할머니가 말했다.

바깥은 영하 40도였다. 75년 만에 가장 추운 겨울이라고 했다. 침대 아래에 있는 요강은 얼어붙었고, 그레타의 빨간 코만이 깃털 이불 밖으로 나와 있었다.

"경보다. 넌 경보 소리를 못 들었니? 일어나! 탈출해야 해." 엠마는 완전히 옷을 갖춰 입고 침대 앞에 서서, 이불을 걷어 냈다. "빨리 옷 입어, 아가. 소련인들이 오고 있어!"

긴장과 추위에 떨며 그레타는 여러 개의 속옷, 카디건과 세 벌의 남성용 바지를 겹겹이 입었다. 구스테 할머니가 여러 번 그녀에게 이야기한 대로 네 켤레의 양말과 너무 커서 신기도 힘든 신발을 신었다. 그런 다음 엄마가 군복 천으로 만든 코트를 입었다.

"아가! 빨리, 빨리!" 아래에서 구스테 할머니가 외쳤다.

그레타는 매트리스 밑 옥수수 상자에 숨겨 두었던 아빠의 편지들을 꺼내 가방에 넣었다. 그런 다음 아돌프 히틀러의 포스터를 보았다. 그녀는 그것을 가방에 넣으려고 했지만 너무 큰 나머지 들어가지 않았다.

"어서 와!" 엄마가 아래층에서 다그쳤다.

그레타는 지도자를 침대 위에 놓고 이불로 덮었다. 그러고 나서 뒤뚱거리며 계단을 내려갔다.

모두 밖으로 나오자 할아버지는 문을 잠갔다. 그레타는 할아버지가 자신의 사회민주당 당원증에 열쇠를 꽂아 넣는 것을 보았다. 그런 다음 그는 힘겹게 옷과 소지품이 든 가방과 상자들과 함께 수레에 올라탔다. 구스테 할머니와 엠마가 끌고, 그레타가 밀었다. 그렇게 그들은 집을 떠나는 이웃들의 행렬에 합류했다. 모든 나이대의 여성들, 아이들, 노인들, 병든 사람들의 행렬이었다. 프로이센 아일라우 전체가 길을 떠났다.

그레타는 유령 같은 침묵을 느꼈고 어린 시절부터 익숙한 사람들의 텅 빈 얼굴을 바라보았다. 눈발을 휘날리며 불어오는 차가운 바람이 그들 얼굴에 부딪혔다.

1945년 1월 19일에서 20일로 넘어가는 이 밤, 그들은 오직 한 방향으로 그림자처럼 움직였다. 도시에서 멀어져 서쪽으로 향했다.

가끔 그레타는 삐걱거리며 굴러가는 탱크의 기계음, 전선이 가까워지고 있음을 알리는 포격 소리를 몇 번이나 들었다고 생각했다. 길은 끝이 없었다. 비참함도 끝이 없었다. 더 이상 갈 수 없는 사람들—아이들, 노인들, 임신한 여자들—은 길가에 남아 얼어 죽어 갔다. 그레타가 본 가장 참혹한 광경은 버려진 죽은 젖먹이들이었다. 그들은 겨우 한 웅큼의 눈으로 덮여 있었다.

그레타의 손과 발이 얼어붙어 아파 왔다. 얼마 안 되는 식량은 바닥났고, 굶주림은 그녀를 피곤하고 둔감하게 만들었다. 처음 사흘 동안 그들은 18킬로미터밖에 가지 못했다. 얼마 못 가 그들은 소련 군인들에게 붙잡혀 마구간 벽에 세워져 총구를 바라보았다. 그레타는 동물처럼 비명을 질렀다. 시계와 보석을 빼앗겼지만 그래도 그들은 살아남았다.

열흘 동안 그들은 영하의 기온 속에서 서쪽으로 방향을 잡고 걸었고, 그 후 약탈당한 집들에서 수십 명이 바닥에 누워 잤다. 그들은 서로 가까이 누웠다. 노인들은 문 앞에, 여자들은 뒤에 누웠다. 그레타는 구스테 할머니와 엠마 사이에 누운 지 몇 초도 되지 않아 피로에 지쳐 잠이 들었다.

비명 소리에 그녀는 잠에서 깼다. 소련 군인들이 헛간으로 들이닥쳐 남자들을 짓밟고, 여자들을 앞으로 끌어내며 옷을 벗기는 것을 보았다. 구스테 할머니가 손으로 손녀의 입을 틀어막고 꽉 껴안았다. 그레타는 거의 숨을 쉴 수가 없었고 한 손으로 엄마를 꼭 붙잡았다. 그러자 잠시 뒤 엄마가 끌려가는 것을 느꼈다. 눈앞의 모든 것이 캄캄해졌다. 그레타는 더 이상 아무것도 느끼지 못했다.

셋.

2015년 9월

그레타는 포르츠의 거실에서 돼지 간 스프레드를 빵에 얹어 먹으며, 머스터드 소스를 입에 묻힌 채 텔레비전에서 톰이 진행하는 저녁 뉴스를 본다. '시리아와 이라크를 탈출하는 과정에서 수많은 여성들이 폭력과 착취, 그리고 성폭력에 노출되고 있습니다.'

그녀는 화면으로 헝가리를 통해 이동하는 중인 난민 여성들과 아이들을 보며 찻잔을 집어 들고, 카메라에 등을 돌린 젊은 어머니가 이라크에서 탈출한 지 8개월이 지났다고 말하는 것을 듣는다. '나는 남자들로 인해 어디에서나 안전하지 않았어요. 내가 지나온 거의 모든 나라에서.' 그녀는 조용히 덧붙였다.

그레타는 정신없이 가쁘게 숨을 쉬며, 씹는 것도 잊어버린 채 소파에 깊숙이 파묻혀 앉아 있다. 그녀는 자신이 따뜻한 로즈힙

차를 엎질러 버렸다는 사실조차 알아채지 못한다.

이어서 톰은 국제사면위원회 위기관리팀장과 인터뷰를 한다. '하산 팀장님, 당신은 난민들과 이주민들이 성폭력의 피해자가 될 위험에 처해 있다고 보고하고 있습니다.'

'이라크나 시리아에서 전쟁의 참상을 경험한 후, 이 여성들은 자녀와 자신을 안전하게 보호하기 위해 모든 위험을 무릅썼습니다.' 티라나 하산이 대답한다. '그러나 그들은 탈출하는 과정에서 다시 한번 폭력과 착취를 경험하게 되며, 거의 어떠한 지원이나 보호도 받지 못하고 있습니다.'

"만약 당신들이 우리가 겪은 모든 일을 알고 있다면……." 그레타가 말하며 쓰고 난 식기를 트롤리에 올려놓는다.

* * *

"톰, 더 필요한 게 있나요?" 사빈이 퇴근 후 라인강 하류에서 9킬로미터 떨어진 집 앞에 와서 묻는다. 그녀는 내일 베를린 출장에 필요한 모든 서류가 든 가방을 건네준다.

톰은 고개를 젓는 것으로 대답을 대신한다. 그녀가 다시 돌아와서 기쁘다. 제니와 달리 사빈은 톰에게 묻지도 않고 척척 도와준다. 그녀는 연방 총리와의 여름 인터뷰를 위한 모든 것뿐만 아니라 네덜란드 북해 연안으로의 휴가 여행과 뉴욕으로 가는 2주간의 개인 여행도 모두 준비해 주었다.

다음 날 아침 톰은 베를린 출장을 위한 옷가지와 여행 가방을 트렁크에 싣고 공항으로 가는 길에 잠시 엄마를 들러 본다.

"엄마?" 톰이 빵 봉투를 주방 식탁 위에 올려놓으며 소리친다.

"여기 있어!" 그녀가 힘겨운 목소리로 말하는 것을 듣는다.

그레타는 분홍 운동복을 입고 거실 한가운데에 누워서 엉덩이를 들어 올린 채 골반과 허벅지를 일직선으로 만들고 있다.

"괜찮아요?" 그가 묻는다.

"보다시피!" 그녀는 골반을 천장으로 더 치켜올리며 말한다. "커피 좀 내려 줄래?"

"오늘은 안 돼요." 아샤펜부르크로의 밤 여행 이후 지난 5주 동안 정기적으로 그녀를 방문한 톰이 말한다. "급하게 나가야 해서……."

"그래도 한마디만 하자." 그레타가 말하며, 벌떡 일어나 똑바로 선다. "항상 도약해야 한다는 건 잘못된 삶의 모토야. 제대로 된 아침 식사 없이 하루를 시작하면 안 돼."

"미안한데, 엄마. 시간이 없어요. 곧 베를린 가는 비행기를 타야 해. 앙겔라 메르켈과 인터뷰가 있어요." 그가 말한다.

"아, 그럼 괜찮은 옷도 가져가?"

톰이 눈살을 찌푸린다. "당연하지. 그리고 그 뒤 며칠간 네덜란드로 바로 갈 거예요. 혼자 있어도 괜찮겠지?"

"왜 날 혼자 내버려두질 못하니?"

대답이 떠오르기 전에 그의 휴대전화가 울린다. 얼굴 표정이 편안해지고 목소리도 부드러워진다. "좋아! 그럼 7시에 게이트에서 날 기다려 줘. 응, 나도 기뻐. 오늘 저녁에 봐."

"안젤라야?" 그레타는 알고 싶어 한다.

"아니카, 엄마. 아니카라고." 그가 말하며 이미 현관문 손잡이를 잡고 있다. "지금 가야 해요."

"착하게 지내고, 아무것도 훔치진 마. 그래도 뭔가 찾게 되면 그 집으로 돌려보내고!" 그레타가 주방 창문 너머로 소리치며 행주를 흔든다.

이 농담이 수만 년 동안 그녀의 레퍼토리였다고 톰은 생각하며, 엄마가 유머 감각을 되찾았고 자신이 안심할 수 있어 마음을 놓는다.

공항 주차장에서 그는 짐을 차 트렁크에 그대로 둔다. 오늘 저녁에 아니카를 만나서 함께 바로 북해로 가면 되기 때문이다.

비행기가 이륙하고 그는 산악 지대의 정상을 내려다본다. 그는 피곤하다. 항상 잠이 부족하기 때문만이 아니라 엄마의 일에 매달려 있는 것이 힘을 빠지게 만든다. 지금이야말로 휴식을 취할 적절한 시기다. 사빈은 그가 돔부르크 휴양지에서 며칠 쉬어야 한다고 제안했다. 그는 3주 전에 명함을 건네주고 그 뒤 두 번의 뜨거운 밤을 보낸 스물네 살, 뮌헨의 스튜어디스를 데리고 돔부르크에 가기로 마음먹었다.

톰은 커피를 주문하고 인터뷰 질문지를 배낭에서 꺼낸다. 독일 적십자사가 작센주 하이데나우에 새롭게 만드는 임시 수용시설을 주민들이 극력 반대하고 나섰다. 이 시위에 대한 앙겔라 메르켈의 입장을 톰은 알아낼 수 있어야 한다. 며칠 전 천여 명의 극우파들이 전쟁 피난민들을 태운 버스가 도착하는 것을 막기 위해 옛 시장 앞에서 폭동을 일으켰다. 불타는 바리케이드, 충돌, 부상당한 경찰들, 밤에 시위대의 욕설을 들으며 버스를 타고 있는 난민들의 사진이 전 세계에 퍼졌다. 메르켈은 지금까지 이 시설과 그 밖의 시설들에 대한 공격에 침묵을 지키고 있다. 부총리 지그마어 가브레일은 격분한 하이데나우 시민들을 '무뢰한'이라 지칭해 오히려 시위 분위기를 고조시켰다.

총리실의 발코니는 조명이 화려하다. 총리는 마이크를 달고, 휴대전화를 끄기 전에 문자를 보내고, 카메라 앞에서 톰에게 하이데나우에서 일어난 일이 수치스럽고 혐오스럽다고 말한다. "다른 사람들의 존엄을 의심하는 사람들에게 관용이란 없습니다."

"연방 총리님, 어제 연방 이민국은 시리아인들에 대한 더블린 규약*을 중단시켰습니다. 오늘 영국 잡지 ≪인디펜던트≫는 독일이 문을 열다라는 제목으로 보도했습니다."

메르켈은 톰의 말에 대한 즉답을 피한다. 결정적으로 이 규약이 원래 대중에게 공개된 것이 아니기 때문이었다.

카메라가 꺼지고 총리와 작별 인사를 나눈다. 그 뒤 예전에 ZDF 방송국에서 함께 일한 적이 있던, 총리의 대변인이 톰을 구석 자리로 이끈다.

* Dublin Regulation. 유럽 12개국이 1990년 체결, 1997년 발효된 조약으로 이민자들은 난민 자격 심사를 처음 입국한 유럽 국가에서 받고, 다른 국가에서 또다시 난민 신청을 하면 처음 입국한 국가로 이송되도록 규정한 규약.

"총리는 내일 하이데나우로 갈 겁니다." 그가 말한다. "언론 없이. 같이 갈래요?"

내일은 그저 망연히 북해를 보거나 아니면 온종일 아니카와 침대에서 뒹굴어야겠다고 생각하던 톰은 대답한다. "네, 좋은 아이디어네요. 인터뷰와도 잘 어울릴 것 같습니다. 감사합니다."

그는 휴대전화로 보도국에 촬영팀을 조직해 달라고 부탁하고, 쾰른으로의 복귀를 취소하고 리무진 서비스로 드레스덴으로 향한다. 쾨니히스 부스터하우젠 근처에 이르렀을 때 보도국장인 클레멘스 바이너에게서 연락이 온다.

"3인조 팀을 보내 줄게." 그가 말한다.

"왜 세 명이나?" 톰이 묻는다.

"만약 그들이 카메라를 안 들여보내면 제니가 팀과 함께 밖에서 촬영하고, 자네는 메르켈과 함께 난민촌 안에서 방송을 진행해야 하니까."

"제니가 그걸 할 수 있을까?" 톰이 묻는다.

"제니는 20년 동안 이 일을 하고 있어! 제발."

"그녀는 조사에는 능하긴 하지만 인터뷰를 진행하는 건 어려울 텐데. 사람들과 잘 어울릴 줄 몰라."

"제니는 카메라 뒤에서도 경험이 있고 앞으로 그 방향으로 더 많은 일을 할 거야. 게다가 이미 출발했어."

"결정하기 전에 어떻게 할 생각인지 미리 알려 줄 수는 없었어?" 톰은 전화를 끊어 버린다.

아니카가 메신저로 키스 이모티콘을 보낸다.

젠장, 완전히 잊어버리고 있었잖아! 톰은 재빨리 답장한다.

우리 여행을 24시간 미뤄야 해. 나중에 연락할게.

어떡해? 난 이미 쾰른으로 가는 중이란 말이야…….

미안해!😮 나중에 연락할게. 그는 뤼베나우 정상에서 문자를 보내고 휴대전화를 끈다. 그리고 빠르게 지나가는 차들을 본다.

"10분 후에 도착입니다." 운전기사가 고속도로를 벗어나기 직전에 그를 깨운다.

톰은 스트레칭을 하고 휴대전화를 켠다. 드레스덴 시내의 엘베강을 건너면서, 지난 몇 시간 동안 쌓인 아니카의 메시지를 읽는다.

17:33 안녕, 자기야. 뒤셀도르프에서 열리는 젠장할 박람회 때문에 쾰른 전체에 호텔방이 없어. 왜 이 멍청이들은 박람회장 근처에서 바로 자지 않는 거야???

17:40 ?????

17:59 나중에 언제???

18:12 뮌헨으로 가는 마지막 비행기를 탈지 말지 고민 중이야.

18:41 친구네 집 소파에 있어. 꿈자리가…….

미안해. 톰이 답장을 보낸다. 계속해서 통신이 안 되는 곳에 있었어……. 내일 드레스덴에서 마지막 비행기를 탈 거야. 내일 저녁 5시 40분에 도착해서 바로 바다로 가려고 해. 기대해!!!

리무진이 옛 시장 거리에 있는 평범한 건물 앞에 멈춰 선다. 톰은 잠시 망설이며 방송국에 전화를 걸어 이 호텔이 정말 제대로 고른 곳인지 확인하려고 한다. 그러던 중에 그는 호텔 주차장에서 그의 팀이 장비를 내리고 있는 것을 본다.

"마네스?" 그는 멀리서 외치며 기쁜 마음으로 카메라맨에게 다가가서 포옹한다. "시간이 났다니 정말 잘됐네!"

톰은 마네스를 잘 안다. 그의 이름은 헤르만 슈미츠이며, 쾰른 출신이다. 그들은 학창시절부터 서로 알고 지냈다. 함께 연극학을 전공했지만 중도에 포기하고 의미 있는 일을 찾기 위해 언론인 카드를 위조했다. 그들은 구 유고슬라비아를 여행하던, 아무런 경험도 양심도 없는 전쟁기자였는데 돌연 1995년 스레브레니차 대학살에 휘말렸다. 그 대학살에서 13세에서 78세까지의 보스니아인 남성 8천 명이 처형되었다. 그들은 자신들의 특종 보도를 한 개인 방송국에 팔았고, 그것이 그들 경력의 시작이었다. 마네스는 카메라맨으로 이름을 날렸고, 톰은 2005년 미국에서 주목받은 후에 6년 동안 뉴욕의 CNN에서 일했다.

"서로 알고 있었어요?" 제니가 묻는다.

"당연하죠." 마네스가 가장 심한 쾰른 사투리로 말하며 트렁크에서 카메라 가방을 꺼내 조수에게 건네준다.

"체크인한 다음에 같이 저녁 먹자." 톰이 제안한다.

"채식 식당에 반대하는 사람 있나요?" 제니가 다시 묻는다.

마네스와 톰은 서로 황당하다는 눈빛을 교환한다.

구시가지 최고의 이탈리아 음식점에는 채식주의자도 먹을거리가 있다. 톰은 늘 그렇듯이 쉽게 결정을 내릴 수가 없어, 웨이터가 모든 것을 기록한 다음에도 일부를, 때로는 전체 메뉴를 바꾸기도 한다. 식전주를 마시며 톰은 팀원들과 함께 내일의 작업에 대해 의견을 나눈다. "나는 메르켈 총리와 함께 들어갈 거예요. 카메라 없이. 그것이 취재 조건입니다. 그래도 총리가 나올 때 잘하면 그녀의 말을 녹음할 수 있을지도 모릅니다. 그동안 다른 사람들은 시위대와 인터뷰를 진행하고 있어야 해요."

"제대로 촬영하는 데 성공하려면 우린 많은 일을 미리 대비해야 합니다." 마네스도 의견을 제시한다. "하이데나우에선 모두가 광분해 있어서, 언론인처럼 보이기만 해도 공격하려 들 겁니다."

웨이터가 키안티 와인을 개봉하고 톰에게 테이스팅을 권한다. 톰은 향기를 맡고 조금 음미한 다음 마침내 고개를 끄덕인다.

"나는 물만 주세요." 제니가 말하며 손으로 자신의 레드와인 잔을 덮는다.

항상 그랬듯이 그녀가 유난히 까다로운 것이 전혀 이상할 것 없다고 톰은 생각한다. 그래도 오랜 동료와의 저녁을 망치게 두진 않겠다고 결심한다. 휴대전화가 울린다. 화면을 보자 바로 알 수 있다. 엄마다.

"엄마, 지금은 통화하기 어려워요. 괜찮아요?" 그는 한 번에 잔을 비운다.

"무슨 일이 있어?" 그레타가 묻는다.

"아니, 왜요?"

"그러니까, 네가 아니라 젊은 남자애가 뉴스에 나왔어. 멋지게 생기긴 했네."

"내가 베를린에 간다고 말했잖아요."

웨이터가 전채 요리를 나눠 준다.

톰은 주키니 베이컨 롤을 한입 베어 먹고 통화를 마무리한다. “우리 어머니께서 방송국 신참에게 푹 빠졌네.” 그가 옆에 앉은 제니에게 말한다.

“누구한테요?”

“얀 리켈스.” 톰의 낮은 어조는 그가 그 젊은 동료에 대해 어떻게 생각하는지를 굳이 숨기지 않는다.

“그를 좋아하는 사람들이 많아요.” 제니는 입술 사이로 올리브를 넣으며 말한다. “모든 연령층에 인기가 있어요.”

또 시작이다. 저 잘난 척, 하고 그는 생각한다. 자신을 짜증 나게 하는 것이 바로 이것이라 깨닫는다.

세 번째 와인 잔을 비우면서 톰은 제니가 얼마나 끔찍하게 보이는지 새삼 깨닫는다. 창백하고, 옷차림도 엉망이고, 군데군데 뭉쳐 있는 짧은 갈색의 머리카락. 피자와 함께 톰이 두 번째 와인 병을 반쯤 비운 후 그녀는 내일 촬영을 준비하기 위해 카메라맨 조수와 먼저 자리를 뜬다. 그제야 톰은 마네스와 함께 방해받지 않고 즐거운 시간을 보낸다.

짧은 밤을 보낸 후 톰은 새벽에 페퍼민트 사탕을 주유소에서 구입하고 촬영팀, 제니와 함께 드레스덴에서 하이데나우로 차를 타고 간다. 멀리서도 난민촌을 둘러친 장벽 앞으로 총리가 도착하기를 기다리는 시위대가 보인다.

경찰들이 그들을 안전한 주차장으로 안내하고, 들어서니 전 세계에서 먼저 온 동료들이 장비를 챙기고 있다. 마네스는 몇 초도 되지 않아 촬영 준비를 완료한다. 카메라맨 조수가 음향을 확인하고 톰에게 마이크를 건네준다.

"전쟁 난민 수용에 반대하며 여기에서 시위하는 이유가 무엇입니까?" 톰이 울타리 너머 군중에게 묻는다.

"아, 전쟁 피난민들 말이오? 그들은 전쟁 피난민이 아니지." 60대 중반의 남자가 말한다. 심지어 자신의 벨트조차 믿지 못해 8부 길이의 바지가 흘러내리는 것을 막고자 멜빵을 하고 있다. "이 젊은 녀석들은 모두 다 기생충들이야. 나는 나치는 아니지만 그들이 기생충이라는 건 강조하고 싶소."

30대 정도로 보이는 금발의 한 여성은 연금 수급자 노인의 말을 가로채며 말한다. "전쟁 지역에서 온 사람들은 석유가 넘쳐 나는 나라로 가야 해요. 그 사람들이 여기로 오면 우리 아이들이 위험해지잖아요." 그러는 여자는 어린아이를 꽉 안고 있다.

제니가 톰을 뒤에서 톡톡 치며 입 모양으로 말한다. 메르켈이 왔어요. 그는 마네스에게 신호를 보내고 카메라 뒤로 물러난다.

총리의 자동차 행렬이 도착하자 군중이 소란스러워진다. 그들은 휘파람을 불고 욕설을 내뱉으며 외친다. "우리는 폭도들이다! 우리는 폭도들이다!"

아기를 안은 금발의 여성이 소리친다. "민족의 배신자!"

톰은 자신의 팀과는 떨어져 메르켈 총리와 독일 적십자사 회장 루돌프 자이터스를 중심으로 한 대표단에 유일한 기자로 합류한다. 그는 그들과 함께 이전에는 시장이었던 곳으로 들어간다. 그가 알기로 독일 적십자사에 의해 그곳은 며칠 만에 난민 숙소로 개조되었다. 그러나 시위로 인해, 계획된 600명 가운데 채 100명도 수용하지 못했다.

적십자사의 자원봉사자들은 총리를 환영한다.

"여러분들은 제가 진심으로 존경하는 분들입니다." 그녀는 모두와 악수를 나눈 후 말한다. 정부의 대표로서 주최자들과 수많은 자원봉사자들에게 감사의 말을 전한다. 그들은 잠시도 쉬지 않고 일해 이 임시 숙소를 건설했다.

그런 다음 총리와 일행은 시설 책임자의 안내로 수백 개의 침대가 있는 커다란 실내 이곳저곳을 둘러본다.

톰은 황폐한 사람들을 보고, 불확실하고 혼란스러운 얼굴을 마주친다. 어린이들, 어머니들, 자식들, 할아버지들.

난민 숙소의 울타리 안에서도 바깥에서 일어나는 분노의 외침이 계속해서 들린다. 톰은 사람들의 눈 속에서 적나라한 공포를 본다.

앙겔라 메르켈은 난민들과 함께 앉아 그들의 이야기를 듣고, 용기를 북돋우려고 노력한다.

"여러분들은 이곳에서 안전합니다." 그녀가 말한다. "제가 약속하겠습니다." 창고 선반으로 분리된 병동에서는 고름 냄새, 썩은 냄새와 소독제 냄새가 난다. 이곳의 모든 침대는 환자들로 차 있다. 그들은 뼈까지 다친 중상자들이며, 치료받지 못한 총상이 염증을 일으켜 종양과 상처—몸에도, 영혼에도—가 있는 사람들이다. 톰은 침대에 누워 있는 늙고 수척한 남자 옆의 어린 소녀를 발견한다. 할아버지와 손녀인지도 모른다.

소녀는 노인을 껴안아 앉아 있도록 지탱함으로써 그가 유명한 정치인을 더 잘 볼 수 있도록 돕는다.

독일 총리가 그 침대로 다가가 먼저 남자에게 손을 내밀고, 다음으로 소녀에게 손을 내민다.

“차케라”라고 노인이 말하고, 통역사가 “감사합니다”로 번역한다. 노인은 눈물이 흐르는 것을 부끄러워하지 않는다.

“어디서 왔습니까?” 앙겔라 메르켈 총리가 물으며, 그의 옆에 앉는다.

톰은 그 옆의 소녀에게서 눈을 뗄 수가 없다. 거대해 보이는 아이의 손은 고름으로 덮인 상처로 빈틈이 없고, 발은 붕대로 싸여 있다. 아이는 몇 달 동안 먼길을 떠돌았을 것이다. 키로 보아 열두 살, 열네 살 남짓 되어 보인다. 맑은 눈은 텅 빈 듯하고, 말할 수 없는 고통과 불확실한 미래에 대한 두려움을 담고 있다.

그는 휴대전화에서 제니의 번호를 선택한다. “우린 곧 나갈 거야. 메르켈이 발언할 거야. 난 그 뒤에 서 있을 테니, 카메라 앵글에 날 꼭 같이 담아요.”

잠시 후 톰은 총리의 뒤를 쫓아 난민 숙소를 떠난다. 그는 마네스가 조수와 함께 제니를 데리고 수많은 언론인들 사이를 비집고 앞으로 다가오는 것을 본다. 마네스는 옛 시장 앞에 나타난 총리를 가장 최고의 영상으로 담고자 하는 것이다. 경찰들이 건축용 철망으로 된 울타리의 문을 열고 총리가 마이크 앞으로 나서게 한다.

메르켈이 단호하게 말한다. “우리의 법은 정치적으로 박해받는 사람, 내전을 피해 탈출한 사람은 모두 난민 심사를 받을 권리가 있으며, 내전 난민으로 인정받을 권리가 있다고 명시하고 있습니다. 하이데나우에서 우리가 목격한 일은 부끄럽고 혐오스럽습니다."

톰은 마네스에게 다가오라는 신호를 주고, 카메라 조수는 톰의 손에 마이크를 건네준다.

메르켈이 앞으로 나아가기 시작하자 톰은 잰 발걸음을 내디디며 그녀에게 질문한다. "연방 총리님. 울타리 안에는 100명의 사람들이 있습니다. 총리는 그들 중 여러 사람과 만나셨습니다. 개인적인 인상은 어떠신가요?"

"이런 분들을 만나면 공정한 대우를 받을 권리라는 추상적인 선언이 살아 있는 구체적인 삶의 모습을 갖추게 됩니다." 총리는 대답한다.

"민족의 배신자!"

"암캐!"

"창녀!"

"썩을 년!"

"못생긴 면상 좀 보자!" 메르켈이 차에 올라타고 떠나자 시위대는 걷잡을 수 없이 외쳐댄다.

그런 다음 군중들은 경찰의 보호를 받고 있는 카메라와 스텝들을 향해 다가오며 소리친다. "사이비 언론! 거짓 언론!"

"제니는 어디 있어?" 마네스가 외친다.

키가 훌쩍 큰 톰이 돌아서서 그녀를 발견한다. 제니는 울타리에 쪼그려 앉아 토하고 있다.

정말 전문적이군, 하고 그는 생각한다.

마네스가 카메라를 톰에게 맡기고 다시 돌아가 제니를 안아 올린다. 그리고 건장한 몸으로 군중을 막아서며 그녀를 데려온다.

"괜찮아요?" 제니가 카메라맨 조수와 함께 뒷자리에 앉았을 때 톰이 묻는다.

아주 창백한 얼굴의 그녀는 고개를 끄덕인다.

"똥 덩어리들." 마네스가 욕을 내뱉으며 분노한 군중들의 행렬을 통과한다. "정말 잘했어요, 제니. 구토야말로 이 멍청한 놈들에게 줄 수 있는 최상의 대답이야."

"죄송한데, 잠깐 세워 줄래요?" 도시를 벗어난다는 표지판을 통과하자마자 제니가 힘겹게 말한다. 그녀는 차에서 내려 다시 토한다.

마네스가 그녀에게 물병을 건네주며 시간은 충분하다고 말한다.

톰은 시계를 가리키며, 입술을 움직여 소리 없이 마네스에게 말한다. 내 비행기!

"이런 일은 제게 너무 괴로운 일이에요." 그녀가 중얼거린다.

"어디 안 좋은 건 아닌가요?" 톰은 알고 싶다. 그는 지금 다시 장염 바이러스에 시달리고 싶지 않다.

"괜찮아요." 그녀가 말한다. "그래도 제가 앞에 앉는 게 좋을 것 같아요."

톰은 운전석 뒤에서 긴 다리를 제대로 뻗지도 못한 채 가야 했고, 드레스덴 공항에 내리는 순간 해방감을 느낀다. 그러나 비행기가 결항되었다. 뒤셀도르프로 가는 비행기도 없었다. 항공 관제사들이 파업 중이기 때문에 모든 것이 멈춰 섰다.

그는 팀을 다시 불러 카메라맨 조수의 옆, 뒷좌석에 앉은 다음 재킷을 벗고 넥타이 매듭을 푼다. 휴대전화가 울린다. 엄마의 전화번호를 확인하고 엄마가 음성 메일에 메시지를 남기기를 기다린다.

"톰, 여기 모든 게 물에 잠겼어!" 그는 엄마의 투덜거리는 목소리를 듣는다.

그는 즉시 전화를 건다. "무슨 일이야, 엄마?"

"어디든 물이야! 현관도, 또……." 그녀가 전화기에 대고 소리친다. "어디선가 물이 계속 나와!"

"헬가에게 연락해 봤어요?"

"아니." 그레타가 울면서 말한다. "빨리 와. 와서 봐 줘!"

"내가 갈게요, 엄마." 톰은 통화를 끝내고 35년 동안 한 번도 달라지지 않은 헬가의 번호로 전화를 건다. 그는 여전히 그 번호를 외우고 있다.

"헬가 슈미츠입니다." 명료한 목소리로 늙은 이웃이 응답한다.

"전화를 받으셔서 정말 다행이네요! 엄마 집에 바로 가서 확인 좀 해 줄래요? 물이 엄청나게 새서 엉망이라네요."

"물론이지, 꼬마야."

톰은 휴대전화를 주머니에 넣는다. "젠장, 엄마가 날 미치게 만들어.” 그는 신세를 한탄한다.

“나도 ≪빌트≫지에서 기사 읽었어.” 마네스가 말한다.

“그 쓰레기 신문 얘긴 꺼내지도 마!”

마네스는 가속 페달을 밟고 시속 210킬로미터로 A4 고속도로를 서쪽으로 달린다. “제니, 기분이 좀 나아졌어요?” 톰이 묻는다.

그녀는 고개를 끄덕이며 창밖을 가만히 바라본다.

“그럼 우리 다시 자리를 바꾸는 건 어때요?” 톰이 제안한다.

“안돼!” 그녀가 대답하기도 전에 마네스가 단호하게 말한다.

톰의 휴대전화가 다시 울린다. 이번에는 아니카다. 그는 응답을 미루고 헬가가 다시 전화할 때까지 초조하게 기다린다. 아니카에게서 다시 전화가 온다.

“곧 연락할게.” 그가 말해 보지만, 그녀는 쉽게 물러서지 않는다.

“난 지금 쾰른 공항에 있는데 당신 비행기가 취소되었다고 하네요. 왜 그런 거…….”

“미안, 미안.” 그녀의 말을 톰이 끊는다. “까맣게 잊고 있었어.”

“잊어버렸다고?” 그녀는 엔진 소리를 덮어 버릴 정도로 크게 소리친다.

“아니카, 지금은 통화할 수가 없어.” 그는 대답한다. “곧 연락할게!” 그는 전화를 끊고 마침내 헬가와 통화한다.

“욕조가 넘쳤어.” 엄마의 이웃이 조용히 그리고 또박또박 말한다. “몬데라스 부인, 그렇게 심각한 건 아니에요. 그렇죠?”

톰은 엄마가 흥분한 목소리로 말하는 것을 듣는다.

“걱정하지 마, 꼬마야. 내가 다 처리할게.”

지금 장난해? 항상 이런 식이야????? 아니카가 메신저로 힐난한다.

톰은 응답하지 않는다.

안녕? 이젠 괜찮아요? 그녀는 30초 후에 다시 문자를 보낸다. 그리고 덧붙인다. 항상 모든 일이 당신 생각대로 되지 않을 수도 있다는 생각은 안 해 봤어요??????

톰은 메시지 기록을 삭제한다. 몇 초 후 아니카가 다시 전화를 걸어온다.

“네?” 그는 잠시 망설인 끝에 냉담하게 말한다.

“뭐라고, 네라고요?” 반대편에서 그녀는 소리를 지르며 말한다. “이게 무슨 상황인지 얘기 좀 해 줄 수 있어요?”

톰은 설명하려고 하지만 말을 할 수가 없다. “잠깐만 들어 봐.” 그는 천천히 전화기에 대고 말하며, 다른 사람들이 듣지 못하게 전화기 위에 손을 갖다 댄다. 하지만 아니카는 기회를 주지 않는다. 그가 자신을 농락했다는 느낌은 그녀의 조심성에 불을 질러 버린다.

“전화 끊을게.” 톰은 대화를 마무리한다.

카메라맨 조수는 헤드폰을 쓰고 좌석에 더 깊이 파고들며 팔짱을 꽉 끼고 눈을 감는다.

10초 후 톰의 휴대전화가 다시 울린다. 그는 아까보다 조용하지만 단호하게 다시 대화를 시도한다. “아니카, 내 생활에는 때때로 당신이 예측 못 하는 일들이 있다는 것 알아?”

“그럼 나는요?” 그녀는 비명을 지르며 그의 말을 가로막는다. “난 일이 없어요? 특별히 휴가를 냈는데 세상에서 가장 불편한 소파에서 잠을 자고…….”

“쾰른에 가면 다시 얘기해.”

“언제 오는데요?” 아니카가 묻는다.

제니가 손을 높이 들어 세 손가락을 보여 준다.

“네 시간 후에.” 그녀를 다시 실망시키고 싶지 않기에 톰이 망설이며 말한다. 그리고 전화를 끊는다.

마네스가 음악을 더 크게 튼다. 라디오에서 나미카가 노래한다. ‘안녕, 내 사랑하는 사람…….’

“엿 같아!” 톰이 투덜거린다. “제발, 이런 개떡 같은 것 꺼! 이번 여름 내내 이 끔찍한 노래만 틀어 대고 있어.”

마네스는 채널을 바꾸고, 앞 차량에 신호를 보내 길을 비키게 만든 후 일직선으로 주행한다.

“엄마는 어떻게 되신 거예요? 도와드릴 일은 없어요?” 제니가 침묵을 깨며 묻는다.

“없어요!” 톰이 앞을 향해 소리를 지른다.

마네스는 핸들을 돌려 가장 바깥쪽 차선에서 트럭 사이에 끼어든 다음 휴게소로 들어간다. 그리고 브레이크를 밟고 엔진을 끈다.

“왜?” 톰이 묻는다.

"화장실! 같이 가자!" 그는 명령하고 운전석 문을 열고 화장실을 향해 성큼성큼 걸어간다. 땅바닥에 발을 디디는 모습을 보니 말 그대로 마네스가 곧 폭발할 것 같다는 것을 톰은 알아챘다.

소변기에서는 지독한 냄새가 확 끼쳐 온다.

"왜 그러는데?" 옆 소변기에 서 있는 친구에게 톰이 묻는다.

"엄마 때문에 제정신이 아니라는 건 내가 이해해. 하지만 네가 여자랑 싸우고, 엉뚱한 데 화풀이하는 것까지 참아 줄 생각은 없어. 좀 작작해, 제발!"

"뭔 소리를 하는 거야?" 톰이 물으며 마지막 소변 방울을 흔들어 턴다.

"정신 차리라고. 내가 말했다!" 마네스는 그를 남겨 두고 앞서 가 버린다.

나가는 길에 톰은 쓰레기통을 발로 차며 내뱉는다. "엿 같아."

쾰른 공항 주차장에서 톰은 마네스 차의 미등을 잠시 바라본 다음 옷 가방을 트렁크에 던져 넣고 운전석에 앉는다. 마침내 혼자가 된 것에 안도하며 눈을 감고 잠시 긴장을 풀어 보려고 한다. 숨을 들이쉬고 내쉬고, 또 들이쉬고. 엄마를 생각하면 불안한 감정이 엄습한다. 모든 노력에도 불구하고 그 생각을 떨쳐 낼 수가 없다. 그는 차에 시동을 건다.

13분 후 아파트의 초인종을 누르고 곧바로 문을 연다.

"고맙게도 드디어 여길 와 주셨군요." 그레타가 그를 맞이한다. "난 물이 어디서 쏟아진 건지 모르겠다."

"어쨌든 다행이야." 욕실에서 다른 목소리가 외친다.

톰은 문을 통해 들여다본다. 헬가 슈미츠가 욕조 위에 기대어 앉아 붉어진 얼굴로 젖은 천과 수건을 짜서 플라스틱 바구니 속에 던지는 것을 본다. 그녀가 끙 하며 일어선다.

"빨리 와 주셔서 정말 다행이에요. 고마워요, 헬가!" 그는 문 앞에 서서 축축하게 번들거리는 변색된 욕실 나무 바닥을 보며 말한다.

"난 아직도 어떻게 된 건지 알 수가 없다고." 그레타가 중얼거린다.

"별일 아니잖아요."

갑자기 갈라지는 소리가 크게 났다. 세공 마루의 접착제가 헐거워져 판자가 뒤틀려 튀어나온 것이다. 순간적으로 톰은 그것을 다시 밀어 넣으려고 하지만 판자들은 마치 도미노처럼 차례차례 위로 튀어나온다.

"빌어먹을!" 그가 욕설을 내뱉는다. 엄마는 울음을 터뜨린다.

헬가는 어리둥절한 채 머리를 흔들며 말한다. "자, 자. 됐어. 우리가 아무리 해도 소용없어. 난 지금 담배가 필요해."

"난 술이." 그레타는 울음을 멈추고 거실 장에서 와인 한 병을 꺼내 잔에 채운다.

톰의 휴대전화가 진동하고 그는 열어 보기도 전에 누구인지 안다. 바로 아니카다. 단숨에 와인을 한 잔 마시고 발코니로 나간다.

"당신이 화난 건 이해해. 그런데 내 인생이 지금 재앙이야." 그는 그녀에게 말하며 모든 것을 취소한다. 아니카는 격분하며 더 이상 그가 말하지 못하게 쏘아붙인다.

"정말 이럴 수는 없어! 며칠 동안이나 날 기다리게 만드는 거야! 도대체 당신은 자신이 누구라고 생각하는 거야!"

"여기에서 무슨 일이 일어나고 있는지 알아줬으면 좋겠다." 톰은 자신이 더 이상 통화 중이 아니라는 것을 뒤늦게 알아차린다.

"무슨 일이 있어?" 헬가가 묻는다. 그녀는 발코니로 나와 담배를 꺼낸다.

"네. 네덜란드로 가려고 했는데, 지금은 못 갈 것 같네요." 거실 창문을 통해 엄마가 텔레비전 앞에 앉아 있는 것을 본다.

헬가는 기침을 한다. 톰도 담배를 피우고 싶지만 4개월 전에 끊었다. 몇 번째 끊는 것인지 모른다. 이번에는 주사, 최면, 그리고 대학병원에서 비싼 임상 치료까지 받았고, 몸무게는 5킬로그램이나 늘었지만 버텨 내고 있다.

"이것 좀 봐. <하이델베르크에 가 보세요!>야." 그레타가 안에서 외치며 텔레비전의 합창단에 맞춰 노래를 부른다. "아름다운 하이델베르크, 영광으로 가득한 도시. 네카어강과 라인강에 자리 잡은. 다른 곳과 비교할 수 없는……."

"네, 엄마." 톰은 엄마가 다시 기분이 가벼워져서 기쁘다. 그는 헬가 옆에 있는 플라스틱 의자에 몸을 던지고 라인강을 바라본다.

"무슨 생각해?"

"이 모든 것이 어디로 이어질지 알 수가 없네요." 그는 진동하는 휴대전화를 꺼내 아니카가 보낸 메시지를 읽는다. 엿 먹어라, 영감탱이!!! 중년의 위기, 슬기롭게 헤쳐 나가시길.

그는 그녀의 번호를 차단하고 담뱃갑이 놓인 탁자 옆에 휴대전화를 내던진다. 원격 조종이라도 받는 것처럼 그는 담배를 꺼내 폐 깊숙이 연기를 빨아들인다.

"뭐 좀 물어봐도 될까, 꼬마야?"

"그럼요." 톰이 말한다.

"왜 나한테 더 일찍 연락하지 않았어?"

"헬가는 치료 중이라고 하던데요."

"말도 안 돼! 누가 나한테 치료비라도 지불해 준대? 예순여섯 살 노인이 은퇴하면 더 이상 돈을 벌 수가 없어." 헬가는 첫 번째 담배를 비벼 끄고 두 번째 담배에 불을 붙인다.

"그런데 엄마가 며칠 전에 헬가가 여기 없다고 말했어요. 왜냐하면……."

"그레타는 내가 돌봐 주는 걸 그리 원하지 않아. 하지만 걱정하지 마. 내가 지켜볼게. 늘 그럴 수는 없겠지만……."

기억이 있을 때부터 오랫동안 톰은 헬가를 알고 지냈다. 3층 다락방에 살던 여자는 분명 자신보다 훨씬 더 몸무게가 나갔고 0.5미터나 더 작았다. 그녀는 예전, 특히 아래층의 분위기가 심상치 않을 때마다 그의 가장 든든한 지원자였다. 항상 따뜻하게 대해 주었고 항상 솔직하게 말해 주었다. 그녀는 그를 자신의 아들인 것처럼 외부로부터 지켜 주었다.

헬가는 1960년대 초에 남편 알프레드와 함께 이곳으로 이사를 왔다. 알프레드는 이곳과 다른 세 채의 주택에서 관리인으로 일했다. 그레타가 1970년에 토마스를 낳고 산후우울증에 시달렸을 때에도 그레타 대신 그를 보살폈다. 그녀는 아이들을 사랑하지만 자신은 아이를 가질 수 없었기에 그 일을 기꺼이 도맡아 주었다. 그레타가 정기적으로, 이른바 요양소라는 곳으로 사라질 때마다 헬가는 항상 톰의 옆에 있었다. 80년대 중반에 알프레드가 갑자기 죽고, 그녀는 말 그대로 아무것도 가진 것이 없는 상태였다. 톰의 아버지 콘라트는 헬가에게 이 집 3층의 평생 주거권을 약속했다. 인상 없는 적은 임대료로. 그레타나 톰은 아버지가 돌아 가신 뒤에도 이 약속을 어긴 적이 없다. 집의 대출금은 오래전에 완전히 상환했고 여섯 채의 아파트와 다른 주택에서의 임대 수입만으로도 충분히 풍족했다.

"자, 꼬마야!" 헬가가 한숨을 내쉬며 일어선다. "지금 집에 가서 푹 쉬고 내일 휴가를 떠나."

"하지만……."

"하지만이 어딨어? 넌 정말 안 좋아 보여. 게다가 두 손이 모두 왼손인 네 주제에 여기서 뭘 하려고?" 그녀는 그를 다정하게 안아 준 다음 안으로 들어가 텔레비전 앞 그레타 옆에 앉는다.

영감탱이라니, 말도 안 되는 생각이지. 시내로 들어가는 길에 톰은 곱씹어 본다. 한 달도 채 안 있으면 그는 마흔다섯 살이 된다. 다른 남자들과 비교하면 숨길 수 없는 나이이긴 하다. 그래도! 화가 난다는 사실 자체가 오히려 더 화를 부추긴다. 엘리베이터를 타고 아파트 펜트하우스에 내린다. 그는 옷 가방과 여행 가방을 구석에 팽개치고 와인 선반에서 바디아 아 파시냐노 한 병을 꺼낸다. 첫 잔을 단숨에 비우고 마땅한 음악을 찾아 헤매다가 실패하고, 두 번째 잔을 마시고 욕조에 들어간다.

"제기랄!" 그는 욕을 내뱉으며 너무 뜨거운 물에서 뛰쳐나와 김이 서린 거울에 비친 자신의 모습을 본다. 거울 속에 비친 모습은 그가 자신에 대해 가지고 있는 이미지와 조화를 이루지 못한다. 그는 아무렇지 않은 척 거울을 외면한다. 찬물을 다시 틀고, 변기에 앉아 물의 온도가 적절해지기를 기다린다. 그는 팔꿈치를 욕조에 기댄 채 김이 서서히 사라지는 것을 보며 멍청한 생각들도 김처럼 사라지기를 바란다.

그는 와인을 세 번째 따르면서 가슴에 난 흰색 털을 발견한다. 그는 엄지와 검지로 잡아 능숙하게 털을 뽑는다. 털은 사라졌다. 그러나 아무리 배를 잡아당겨도 허리둘레에 자리 잡은 둥그런 살덩이는 빠지지 않는다. 톰은 복부에 손을 대 보고 내일부터 운동을 더 열심히 하기로 결심한다.

목욕물이 넘치는 소리가 난다. 그는 욕조에 들어간다. 이번에는 너무 차갑다. "젠장!" 톰은 목욕 가운을 입고 노트북과 아직 와인이 남아 있는 병을 들고 침대에 앉는다. 목요일이다. 마침내 그는 며칠 휴가를 갈 수 있게 되었는데 정작 무엇을, 어떻게 해야 할지 알 수가 없다.

돔부르크에는 혼자 가고 싶지 않다. 톰은 해변을 따라 혼자 걷고 동반자 없이 혼자 레스토랑에 앉아 식사를 하는 자신을 그려 본다. 그는 노트북을 열고 주소록을 검색하며 앉은 채 꾸벅꾸벅 존다.

전화기의 날카로운 소리가 그를 잠에서 깨운다. 4시 46분. 밖은 아직 어둡다.

"여보세요?"

아무도 대답하지 않는다. 톰은 전화기를 쾅 하고 내려놓고 목을 늘여 긴장된 몸을 푼다. 그리고 목욕 가운을 벗어 던지고 엎드려 잠을 자 보려고 한다.

전화가 다시 울린다. 표시창에는 엄마의 번호인 포르츠 전화번호가 보인다.

"엄마, 무슨 일이야?"

그는 삐걱거리는 소리와 흥분한 거친 숨소리를 듣는다.

"엄마!" 그는 전화기에 대고 소리를 지르지만 응답을 받지 못한다. 대신 희미하게 엄마가 흐느끼는 소리를 듣는다.

"엄마?" 아무런 반응이 없다.

잠이 아직도 덜 깬 채 그는 헬가의 번호를 누른다. 그녀는 전화를 받지 않는다. 신호음이 열 번을 울려도 받지 않는다. "정말 제대로군!" 그는 짜증을 부리며 침대에 누워 다시 눈을 감는다. 설핏 잠이 들었는데 헬가가 계단에서 굴러떨어지는 모습을 보고 갑자기 화들짝 깬다.

젠장! 그는 이불을 머리끝까지 덮는다. 하지만 곧 팔다리가 뒤틀린 채 욕실 바닥에 누워 있는 헬가의 모습을 본다. 결국 그는 잠을 포기하고 일어나 에스프레소를 만든다.

그가 도이처 다리를 건널 때 날이 밝아 온다. 그는 계단에서 이미 엄마의 울음소리와 헬가가 다독이는 소리를 듣는다. 그는 문 앞에 멈춰 서서 귀를 기울인다.

"마룻바닥이 이 지경인데 어떻게 진정을 해." 그레타가 소리친다.

"몬데라스 부인, 제발!"

"자네하고 자네의 제발이란 말 때문에도 내가 더 미칠 지경이야."

톰은 심호흡을 하고 문을 두드린다.

"지금 또 왜 여길 나타나?" 헬가는 거의 비난하듯이 묻는다. "어디서 왔길래 이런 황당한 모습이야?"

"여기 한번 봐 봐, 톰. 어떻게 생겨 먹었나." 엄마는 흥분한 듯이 말하며 뒤틀리고 튀어나온 마룻바닥을 가리킨다.

헬가는 머리를 흔들며 코웃음을 치고 색이 바랜 잠옷 가운의 단추를 채우려고 애쓰지만 실패한다. 그녀의 머리카락은 사방으로 뻗쳐 있고 눈 밑에는 깊은 주름이 잡혀 있다. 화가 난 그녀는 테라스 쪽으로 나가 담배에 불을 붙인다. 포플러나무 위의 찌르레기들은 갑자기 수다를 멈춘다. 톰 역시 지치고 피곤하고 어찌할 바를 모른 채 그녀를 쫓아간다. 그는 느릿느릿 흐르는 라인강을 본다. 아침 하늘처럼 회색빛이다. 새들은 침묵을 깨고 다시 지저귀고, 그 소리가 점점 더 크게 들려온다.

헬가는 담배를 끄고 힘겹게 숨을 몰아쉰다. "수리공을 찾아봐야겠어. 커피 한 잔 마시고 나면 괜찮아질 거야." 그녀는 담뱃갑에서 두 번째 담배를 꺼낸다.

"저도 하나 줘요."

"이게 마지막이었어." 그녀는 말하며 그에게 타고 있는 담배를 내민다. 톰은 잠시 망설이지만 받아서 피운다. 함께 피우는 것만이 가져다줄 수 있는 은밀함을 즐긴다.

그레타가 벌컥 문을 연다. 찌르레기들은 다시 노래를 그치고 날아간다. "아하! 여기 내 작은 새들이 있네." 그녀는 즐겁게 또 너무 시끄럽게 떠들어 댄다. "공기와 사랑, 그리고 담배를 먹고 사는구나."

톰과 헬가는 서로를 쳐다보며 웃음을 참을 수 없다.

"그래, 그래, 그래. 오래된 헛간이 타 버리면!" 그레타는 위협하듯 손가락으로 가리킨다.

"엄마!" 톰은 짐짓 비난하는 듯한 목소리로 속삭인다. "엄마, 왜 그래요? 조용히 좀 해."

"근데 넌 언제 네덜란드로 갈 거야?" 헬가가 화제를 바꾸기 위해 묻는다.

그레타는 호기심 가득한 눈으로 그를 본다.

"아, 모르겠어요. 안 가야겠다 생각 중이에요."

"일단 좋은 커피를 내려 줄게." 헬가가 말한다.

"저도 할 수 있어……." 톰은 손짓하며 일어나려 한다.

하지만 그녀가 손사래를 친다. "말도 안 되는 소리. 앉아 있어.

넌 정말로 엉망이야, 지금."

"맞아." 그레타가 말하며 헬가를 따라 들어간다.

톰은 하고 싶은 말을 참으며 휴대전화를 꺼내 셀카 모드로 자신을 비춰 본다. 그리고 정말 역겨워 보인다는 것을 깨닫는다.

"몬데라스 부인, 옷장에 다시 물건을 넣어 두세요." 그는 안에서 들리는 헬가의 목소리를 듣는다. "어디를 가려고요?"

"응, 네덜란드!"

"제발!"

"자네가 여기 모든 걸 통제할 수는 없어!" 그레타의 목소리가 날카롭게 들린다.

두 시간도 채 되지 않아 그레타는 분홍색 야구 모자를 쓰고 톰의 회색 X5 조수석에 앉아 큰 소리로 표지판을 읽는다. "프레헨……, 케르펜……. 더 빨리 달릴 수는 없어?"

"그럼 벌금은 누가 내는데요, 엄마? 엄마야 나야?" 톰은 바이스바일러 발전소의 냉각탑 위로 흰 구름이 흩어지는 것을 바라본다. 엄마와 함께 여행하는 것만큼 어리석은 일도 없겠지만 헬가가 조용히 바닥 시공자들을 감독하고 정리할 수 있도록 하기 위함이라 그는 스스로를 계속 타일렀다.

그레타는 계속해서 도로 표지판을 읽는다. 그는 엄마가 고속도로의 양옆에 있는 도시 이름인 아헨, 헤를렌, 테선데를로, 헤런탈스 등을 힘주어 읽을 때마다 그녀의 부푼 기대감을 느낄 수 있다. 그러다 안트베르펜을 지나가는데 말이 없다. 그레타가 잠들었다.

톰이 어렸을 때에는 표지판의 도시 이름들을 읽는 사람은 자신이었다. 가족들이 주말이나 휴가 때마다 떠나던 네덜란드 반도 발헤렌 정상으로 가는 길이었다. 그의 아버지는 항상 독일 국경 너머 첫 번째 주유소에서 기름을 넣었고, 자신을 위해 담배를 사고, 자신의 외아들을 위해 라쿠리츠탈러 사탕 한 봉지를 샀다. 그리고 엄마가 뒷좌석에서 자는 동안 조수석에 앉는 것이 허용되었다. 마지막 사탕은 그의 손가락 사이에서 녹아 내렸고, 그들이 돔부르크의 도시 입구 흰색 표지판을 지나갈 때에야 어린 토마스는 그것을 입에 넣었다. 그는 아버지가 퀼쉬 상자를 슈이트블루트 거리에 있는 집으로 들고 올라갈 때 남아 있는 끈적한 덩어리를 어금니 사이에서 떼어 냈다. 그 퀼쉬 상자 덕분에 아버지는 당신이 운하 오줌이라고 부르는 네덜란드 맥주를 마실 필요가 없었다.

톰의 부모는 아들이 어릴 때부터 천식을 앓았고 바다 근처에서만 편하게 숨을 쉴 수 있었기 때문에 돔부르크 마을 한가운데에 오래된 집을 구입했다. 그의 천식 발작은 사춘기 즈음에 사라졌지만 톰에게는 엄마, 아버지와 함께 완벽한 가족이 되기 위해 노력하는 것 또한 여전히 숨을 편하게 쉬기는 어려운 일이었다. 그레타와 콘라트는 묵묵히 둘이서만 해변에서 주말을 보내야 했다. 그러다 그들은 점점 더 그 집을 찾지 않게 되었고 1990년에 팔아 버렸다. 그 이후로 그레타는 다시 돔부르크에 가지 않았다. 톰이 1년 반 전 그곳에 휴가용 아파트를 구입했을 때에도 가지 않았다.

그는 2012년 미국에서 돌아온 후 당시의 여자 친구와 함께 제란트에서 주말을 보내며 고향에 온 느낌을 받았다. 돔부르크의 모래 언덕 위에 자리 잡은 '자신만의' 바드파빌리온을 다시 보았을 때 그는 과거로 돌아간 느낌을 받았다. 이 건물은 19세기 말에 신르네상스 양식으로 지어졌으며 그동안 재건축을 거쳐 아래층에 고급 레스토랑을, 위층은 개인 아파트로 사용되고 있었다. 톰은 언젠가는 자신의 여가 시간을 이 아파트 중 한 곳에서 바다를 바라보며 보내고 싶다고 생각했다. 그러나 돈을 아무리 제시해도 소유주 중 누구도 집을 팔려고 들지 않았다.

그러다 작년 여름, 잘 알던 부동산 중개인의 전화를 마침내 받았다. 그 당시 그는 선거 때문에 미국에 자주 있었기 때문에 바다가 보이는 104제곱미터 고급 아파트 내부 수리를 전적으로 인테리어 디자이너에게 맡겼다. 수리가 끝난 뒤 처음에는 시간이 날 때마다 여기로 왔지만 점점 그 간격이 벌어졌다.

"어서요, 엄마. 이제 제일 먼저 궁전 투어를 할 차례야."

"먼저 화장실부터."

톰은 가방을 내려놓고 엄마를 밝은 햇빛이 들어오는 개방형 아파트의 욕실로 안내한다.

엄마는 화장실을 살펴보고 목을 뻗어 칸막이 너머 독립 욕조를 바라본다.

"우와!"

“난 손님용 화장실을 쓸게.” 톰은 그레타가 소변을 보면서 유리 천장을 통해 푸른 하늘을 볼 상상을 하며 미소 짓는다.

“괜찮아요, 엄마?”

대답이 없다.

그는 5분 정도 기다린 후에 조심스럽게 화장실 문을 연다.

“엄마, 괜찮아?”

“수도꼭지가 고장 났어.” 스톤아트 세면대에 물이 나오도록 애쓰며 그레타가 말한다.

톰은 적외선 센서를 작동시키고, 그녀가 손을 씻기를 기다린 후 수건을 건넨다. “이제 엄마 침실을 보여 줄게요.” 그는 그녀를 북해가 바로 보이는 넓은 박스스프링 침대로 이끈다. “어때, 마음에 들어요?”

“고급스러움이 세상을 망쳐.”

톰은 꾹 참고 대꾸하지 않는다. “엄마 물건들은 여기 옷장에 넣을 수 있어요. 난 따로 공간이 필요 없으니.”

“너도 이 호텔에서 자는 거잖아, 아니야?”

“엄마, 여긴 호텔이 아니야. 여긴 내 휴가용 아파트. 난 늘 거실의 접이식 소파에서 편하게 지내요.”

그레타의 시선은 왼쪽 벽에 걸린 1.8미터 높이의 흑백 사진에 머문다. 사진에는 젊은 여자가 두 손으로 얼굴을 가리고 팔로 맨 가슴을 가리고 있다. “너 여자 친구야?”

“그럴 리가! 이 여자는 내 청춘의 짝사랑이야. 크리스티 털링턴. 이 사진이 패션잡지에 실렸고 그걸 내 방에 걸어 뒀었잖아.

기억 안 나요? 돈이 생기면 이 사진을 사야겠다고 맹세했잖아."

"그 여자를 얻는 대신!"

"엄마의 직설적인 태도는 언제나 신선해." 톰은 말하며 발코니 문을 열고 나간다. 바람이 그의 얼굴에 불고 해변에서는 파도가 요란하게 부딪힌다. 만조다.

그레타가 그의 옆에 서서 바다를 바라본다. "저기 저쪽에 미국이 있어." 그녀는 손가락으로 서쪽을 가리키며 말한다.

그 말은 어렸을 때 엄마가 항상 하던 말이었다고 톰은 생각한다. 그러다 갑작스럽게 눈물이 엄마의 뺨을 타고 흐르는 것을 본다.

"자, 아래층으로 내려가서 뭘 좀 먹죠."

웨이터가 메뉴판을 가져오고 오늘의 요리를 소개하기 시작한다.

"엄마, 해산물이나 아니면……."

"난 감자튀김 먹고 싶어." 엄마가 말을 끊는다.

"여기엔 없어요. 그럼 파스타는 어때?"

톰은 자신을 위해, 또 엄마를 위해 가장 좋은 것을 고르고 웨이터에게 몇 가지를 새로 선택할 수 있는지 묻고, 웨이터가 모든 것을 받아 적은 다음에도 다시 주문을 바꾼다.

"네, 잘 알겠습니다."

"넌 그러는 걸 누구한테서 물려받았니?" 그레타가 묻는다.

"뭘요?"

"글쎄, 네 성가신 주문 방식 말이야."

"그런 것도 유전된다고 생각하는 거예요?" 톰이 묻는다.

그레타가 대답하기 전에 웨이터가 남아프리카 샤도네이를 가져온다.

"즐거운 휴가를 위하여, 엄마!"

"그래." 그레타가 말한다. "난 정말 이런 휴가를 누릴 자격이 있어." 그녀는 단숨에 잔을 비운다. "정말 목이 말랐어."

"천천히 마셔요!" 톰이 물을 시키고 말한다. 웨이터가 은근한 미소를 흘리며 인사를 한다.

"저 사람은 우리가 연인인 줄 아나 봐." 그레타가 목소리를 낮추지 않고 말한다.

"엄마, 제발!"

"글쎄, 넌 저 녀석이 우릴 쳐다보는 눈길을 못 봤어?"

"조용히 좀 말해요!" 톰이 속삭이며 행여나 다른 사람들이 무슨 말을 듣기라도 할지 슬쩍 주위를 둘러본다.

그는 그를 알아보지 못하는 척하는 사람들의 짐짓 무심한 표정을 익히 알고 있고, 여기 대부분의 테이블에 독일인들이 앉아 있다는 것을 알고 있다.

두 명의 웨이터가 동시에 음식을 가져다준다. 그레타는 송로버섯을 곁들인 링귀네, 송로버섯 소시지, 루콜라와 파르메산 치즈를 받는다. 톰은 새우구이와 삶은 게요리, 수제 마요네즈을 얹은 호밀빵을 받는다. 그레타의 웨이터는 송로버섯 슬라이서를 꺼내 접시 위에 귀한 버섯 부스러기를 뿌린다.

톰의 휴대전화로 긴급 메시지가 왔다는 불빛이 깜박인다. 그는 엄마에게 맛있게 드시라고 권하고 첫 번째 게를 까서 입에 넣으며, 휴대전화의 화면을 슬쩍 본다. 수많은 난민들이 밀입국하던 차 안에서 사망했다.

그는 기계적으로 계속 음식을 입으로 가져가면서, 비엔나에서 50킬로미터 떨어진 부르겐란트주의 고속도로 갓길에 버려진 냉동 트럭을 열어 봤더니 그 안에 71명의 사망한 난민들이 있었다는 뉴스를 읽는다. 아이 네 명, 여성 여덟 명, 남성 쉰아홉 명이 잔인하게도 질식사했다는 것이다.

톰은 눈으로는 보기는 하지만 그레타가 모든 트러플 조각들을 꼼꼼하게 접시 가장자리로 밀어 두고, 마요네즈를 뿌린 다음 모든 것을 마구 뒤섞어 링귀네를 욱여넣듯 입으로 넣는 것을 알아차리지 못한다. 뉴스 중독자인 그는 총리의 반응이 이미 나왔는지 구글로 검색한다. 총리는 서부 발칸회의를 위해 비엔나에 있으며 유럽연합 회원국 및 발칸 국가 대표들과 악화되고 있는 유럽 난민 문제에 대해 상의하고 있는 중이다.

그레타는 마요네즈로 얼룩진 손으로 와인 잔을 들고 단숨에 비운다.

웨이터가 친절하게도 기름이 묻은 잔을 교체해 주고 새 와인을 따른다. "와인을 더 가져다드릴까요, 부인?"

톰은 놀라서 머리를 흔들며 다 비어 있는 병, 그레타의 접시 주변에 떨어진 면과 기름 자국, 음식물의 흔적이 잔뜩 묻은 그녀의 입, 유리 같은 눈과 빛나는 뺨을 그제야 제대로 보게 된다.

그는 또한 다른 손님들의 시선도 의식하며 계산서를 요구한다.

정신 차려야겠다고 생각하며 그는 그레타가 의자에서 일어날 수 있도록 돕는다. 그녀는 비틀거리며 톰에게 기댄 채 이웃 테이블의 손님들에게 다가간다. “식사 맛있게 하세요!”

두 사람의 네덜란드인은 공손하게 머리를 끄덕이고, 그레타는 그 신사들과 함께 앉으려고 시도한다.

“엄마, 제발!” 톰이 말하며 그녀에게 팔을 두르고 힘껏 겨드랑이 아래로 손을 뻗는다.

“예, 나의 지도자님.” 그녀는 대답하며 오른팔을 들어 올린다.

톰은 엄마를 앞으로 밀어 내며 마치 자신이 투명 인간인 듯 침묵하는 손님들의 테이블 사이를 따라 급히 이동한다.

“지도자님이 명령을 내리면 우리는 따릅니다.” 그의 엄마가 취해서 웅얼거린다.

인생에서 가장 부끄러운 순간을 1에서 10까지의 척도로 잰다면 지금 이 순간이 최고의 점수를 받을 자격이 있다고 그는 생각한다. 그리고 영원처럼 느껴지는 순간이 마침내 끝나려는지 자신 앞에 놓인 구원의 출구를 본다.

그레타는 그의 팔을 떨치고 돌아선 뒤 혀 꼬부라진 작은 소리로 말한다. “여러분 모두에게 아름다운 하루가 되길 바랍니다!” 톰이 그녀를 문밖으로 밀어 내기 직전까지 그녀는 사람들을 향해 손을 흔든다.

“넌 정말 분위기를 망치는 데 재주가 있어! 누가 그렇다고 말

안 해 줬어?" 그레타는 소파에 털썩 주저앉는다.

"다행이네. 이제라도 알게 되었으니. 정말 고마워요!" 그는 텔레비전을 켜고 부르겐란트에서 생닭을 실어 날랐다는 냉동 트럭 사고 영상을 보다 그것을 중단시키고 앙겔라 메르켈이 비엔나 호프부르크에서 한 발언 영상을 본다. '우리는 모두 이 끔찍한 소식에 충격을 받았습니다.'

그레타는 앉은 채 잠들었다가 옆으로 기울어지는 바람에 놀라서 깨어난다. "여긴 어디야?"

"우린 돔부르크에 있어요, 엄마."

"정말 아름다워." 그녀는 말이 끝남과 동시에 다시 고개가 꺾인다.

톰은 엄마의 신발을 벗겨 주고 다리를 들어 올리고는 이제 더 이상 그녀에 대해 걱정할 필요가 없기에 안도한다.

그는 인터넷에서 반쯤 열린 화물 트럭의 안을 보다라는 기사의 사진을 발견한다. 이 사진에서 가장 끔찍한 것은 피도 아니고, 탈구된 팔다리도 아니다. 가장 끔찍한 것은 더 이상 사람이 아닌 머리, 다리, 머리카락, 살만 보인다는 것이다. ≪슈피겔≫지는 이 장면을 그렇게 묘사하고 있다.

톰은 휴대전화를 집어 들고 쾰른에 있는 보도국장에게 전화를 건다. "2011년부터 그들은 위기를 무시해 왔어. 이제 중부 유럽에까지 도달한 거지." 톰은 의례적인 인사도 없이 말을 꺼낸다.

"이 사람들이 죽기 직전까지 얼마나 많은 고통을 겪었을지 상상하기도 힘들다." 전화 반대편에서 클레멘스 바이너가 대답한다.

그레타를 방해하지 않기 위해, 그리고 그녀가 불규칙한 간격으로 크게 코를 골기 때문에 톰은 발코니로 나간다. 거센 바람을 막기 위해 유리 난간 뒤 바닥에 앉는다. "긴급 뉴스의 진행자는 누구냐?"

"얀 리켈스."

"그게 네 진심은 아니지, 클레멘스!" 톰은 최근에 뉴스를 진행하는 열다섯 살 더 어린 동료에게 호의를 느끼지 않는다고 말한다. "그는 경험이 너무 부족해. 시청률이 상승하고 있는 지금, 그런 오만한 풋내기를 거기에 앉힐 수는 없잖아."

"위에서 결정한 거야, 톰." 클레멘스는 방송 준비를 해야 한다는 이유로 대화를 끝낸다.

톰은 코를 골고 있는 엄마를 지나 아파트에서 몰래 빠져나와 레스토랑에 있는 웨이터에게 담배 한 갑을 사서, 발코니에 바리케이드를 치고 담배를 피운다. 그는 자신이 쾰른에 머물지 않았다는 사실이 얼마나 화가 나는지 속이 터질 것만 같다. 그리고 다시 한번 뉴욕의 직장을 그만둔 것을 후회한다. 그는 이 라인강 지역 사람들의 좋은 게 좋다는 태도도 참을 수가 없다.

정확히 저녁 8시에 그는 그레타와 함께 소파에 앉아 자신의 방송국 긴급 방송을 시청한다.

얀 리켈스가 분명히 곤경에 빠질 것이라고 생각하며, 젊은 동료의 오프닝 멘트를 듣는다. '2011년부터 오랫동안 무시되어 온

위기가 중부 유럽에도 도달했습니다.'

"뭐라고?" 톰이 소리치며 소파에서 벌떡 일어난다. "저 자식, 그건 바로 내가 한 말이잖아." 그는 담배를 피우기 시작한다.

"또 무슨 일이 생겼어?" 그레타가 작은 목소리로 묻는다.

"그래요!"

메르켈 총리가 생방송 인터뷰에 참여한다. 톰은 숨을 쉬는 것조차 잊어버린다. 그는 진행자가 인사말을 더듬거리는 것에 만족한다. 그러나 풋내기 진행자가 며칠 전 여름 인터뷰에서 자신이 한 것과 정확히 똑같은 질문을 한다는 사실을 깨닫는다.

"이 사람들은 머릿속에 똥을 담고 다니나?" 그는 보도국장의 번호를 누르고 발코니 문을 활짝 열고 밖으로 나가 소리를 지르며, 이 문제를 최고경영자들에게 전달하겠다고 씩씩대며 사장에게 연락을 시도한다. 그러나 그저 벌게진 얼굴로 2분 후에 돌아오고 만다.

"괜찮아요, 엄마?" 톰은 묻지만 엄마의 답에 관심이 없다. 왜냐하면 온라인에서 얀 리켈스가 그의 혈압을 계속 올리고 있기 때문이다.

그의 휴대전화가 울린다.

보도국장과 통화가 이루어졌다. "우리는 여름 인터뷰 전체를 쓰레기통에 버릴 수밖에 없게 됐어." 톰은 돔부르크에서 쾰른까지의 거리를 뛰어넘을 수 있기라도 하다는 듯 큰 소리로 외친다.

보도국장은 톰에게 즉각 대책을 찾아보겠다는 약속으로 그의 혈압과 안색에 긍정적인 영향을 미친다.

전화를 끊은 후 그는 리켈스를 잠시도 더 쳐다보기 싫다고 생각한다. 그는 텔레비전을 끈다.

“가자, 엄마. 우리 다시 나가서 일몰을 보러 가요. 아직 바다에는 가지도 않았잖아.”

“난 더 이상 걷고 싶지 않아.” 그녀는 말하며 검은 화면을 쳐다본다.

“엄마, 오늘 전혀 움직이지도 않았어요!”

“넌 도대체 아는 게 뭐니!”

밤중에 톰은 엄마가 소파에서 자고 있는 자신의 옆에 누우려는 것을 느끼고는 잠에서 깨어난다. “엄마, 제발!” 그는 기계적으로 그녀를 밀어 내며 말한다. “나 방금 잠들었단 말이야. 엄마 침대로 돌아가요.”

그레타는 대답하지 않고 앉아서 숨을 거칠게 몰아쉰다.

“제발 다시 침대로 가요!”

그레타가 떨리는 손으로 그의 손을 찾더니 손을 꽉 붙잡는다. 톰은 이불을 젖히고 일어나서 불을 켜고, 그녀의 놀란 눈을 본다. 이 눈빛은 언제나 그를 두렵게 만든다.

“모든 게 괜찮아, 엄마. 깨어났는데 어딘지 모르겠어요? 걱정하지 마요. 우린 돔부르크에 있어.”

그레타는 건성으로 고개를 끄덕이고 저항하지 않고 다시 침대로 돌아간다.

톰은 그녀에게 이불을 덮어 주고 희미한 불을 켜서 그녀가 어둠 속에 겁먹지 않도록 한다. “이제 주무세요. 내일도 하루 더 있을 거예요.” 그는 말하며 그녀와 함께 여행을 하겠다고 생각한 것이 얼마나 바보 같은 생각이었는지 후회한다.

날이 밝자 그는 수면용 안대를 쓰며 밤이 계속되고 있다고 뇌가 생각하도록 만든다. 정확히 오전 8시 25분에 그의 생체 시계가 그를 깨우고, 그 시간은 시청률이 발표되는 시간과 정확히 일치한다. 반쯤 덜 깬 그는 휴대전화를 집어 들고 화장실로 간다. 변기 뚜껑을 열고 소변을 보면서 가장 먼저 시청률을 읽는다. FFD 방송이 오늘의 우승자다. 그는 통계표에서 긴급 방송을 420만 명이 시청했고, 14세에서 49세까지의 시청률이 평소보다 훨씬 더 높다는 것을 알아낸다.

“이 화제는 어떤 멍청이가 진행해도 높은 시청률을 얻어 냈겠지.” 그는 중얼거리며 구글 검색으로 리켈스라는 젊은이를 방송국의 자산이자 발견이라고 평가한 평론가의 의견을 찾아낸다. 평론가는 자신감에 가득 찬 기존의 앵커는 리켈스 때문에 문을 쉽게 통과하기 어려워졌다고 썼다. 톰은 갑자기 정신이 번쩍 들어 휴대전화를 벽에 내팽개치고 버튼을 눌러 물을 내린다. 개자식들. 그는 생각하며 거울에 비친 마흔네 살의 얼굴을 본다.

에스프레소 기계에서 물이 데워질 때 그는 눈 밑 주름에 대해 인터넷 검색을 시작한다. 새벽까지 잠을 설치는 것, 담배와 알코올의 소비 증가 등이 원인이라는 기사를 찾아낸다. 커피가 컵 안에 떨어지고, 톰은 약 45분 남짓 소요되는 간단한 시술로 또렷하고 산뜻한 눈매를 되찾을 수 있다는 광고를 숙독한다. 그는 에스프레소를 마시고 쾰른 로덴키르헨에 있는 성형외과 의사의 전화번호를 옮겨 적는다.

그는 발코니에서 두 번째 커피를 마시고 첫 번째 담배를 피우며 거센 파도가 몰아치는 바다를 내려다본다. 그의 머릿속에는 시청률과 함께 새로운 바람이 방송국에 좋을 것이라 생각하는 평론가를 향한 무자비한 증오심이 들끓고 있다. 그는 조깅을 하기로 결심한다.

해변에 다녀올게요. 늦어도 10시 15분에는 돌아올 거야! 그는 종이 위에 펜으로 쓴 다음 침실 문 앞에 둔다. 틈 사이로 들여다보고는 의아해진다. 침대가 정리되어 있지 않다. "엄마?"

대답이 없다.

그는 문을 열고 화장실을 두드려 본다. "엄마?" 여기에도 없다. "제발, 젠장!" 톰은 거실에서 쌍안경을 찾아내고 발코니로 나가 눈에 바짝 갖다 댄다. 자책감이 몰려온다. 왜 집의 현관문을 잠가 두지 않았을까? 왜 나는 이런 일을 자초했을까? 삶은 이미 충분히 스트레스로 가득 차 있는데 왜 굳이 엄마를 쾰른에서 데려온 것일까? 그리고 왜 엄마를 꽉 막힌 요양원으로 보내지 않았을까?

북쪽을 보던 그는 급수탑 근처 모래 언덕에서 분홍색 모자를 쓴 사람을 본다. 그 사람이 가까이 오고 나서야 유아차를 끌고 있는 젊은 여성임을 알아본다. 그는 해변을 따라 시선을 옮기고 물가도 살펴본다. 아무도 없다. 그는 메슥거려 토할 것 같고, 엄마와 오늘 쾰른으로 돌아가겠다고 맹세한다.

그는 남쪽에서 한 무리의 흥분한 사람들을 발견한다. 그들은 서쪽 교회 방향을 가리키고 있다. 시선을 따라가 보니 멀리 주황색 지프가 서 있는 것을 발견한다. 구급대 차량이다. 멀리서 불빛을 번쩍이는 경찰차가 속도를 내며 구급차에 다가오자 덜컥 의심스러운 생각이 든다.

몇 초도 지나지 않아 해변에 도착한 그는 바람에 맞서 숨이 가빠질 정도로 달려간다. 모든 소리를 뒤덮어 버리는 파도 소리에 섞여, 웅성거리며 모여든 사람들이 향한 시선 끝에 떠내려온 시신같은 것이 보인다. 그는 속도를 늦추고, 약 50미터 떨어진 바닷가에서 주황색 옷을 입은 사람들이 무언가를 끌어내는 것을 본다.

"오, 세상에. 안 돼!" 톰은 비틀거리다 멈춰 서서 사고 현장을 본다. 그의 눈은 눈물로 차오른다. 그는 걸음마다 드는 확신으로 더 이상 발을 뗄 수가 없다.

멈춰 서면 시간을 벌 수 있다. 몇 초라도 더 아들로 남을 수 있다. 엄마를 조금 더 가질 수 있다. "제발!" 그는 어릴 적처럼, 31년 전에 모든 접촉을 끊었던 하나님과 마음속으로 협상을 한다. 그는 모든 것을 약속하고 더 인내심을 갖고, 더 이해하고, 더 겸손하겠다고 말한다. "그저 엄마가……."

"제발……." 그는 반복하여 되뇌인다. 파도가 점점 강해지면서 그의 운동화가 물에 젖고 모래에 점점 파묻혀 들어가는 것을 그는 느끼지 못한다.

골든리트리버 한 마리가 뒤에서 그에게 뛰어오르며 멈추지 않고 짖어 댄다. 톰은 손등으로 눈물을 닦고 머뭇거리며 걸어간다.

"여기로 가시면 안 됩니다!" 경찰관이 다가와 그에게 갈 수 없다는 신호를 보낸다.

무전기를 들고 분주하게 움직이는 남자들을 응시하며 톰은 한 발을 다른 발 앞으로 내디딘다.

"정지!" 경찰관이 소리치며 두 손으로 톰의 상체를 막아선다. "돌아가세요!" 경찰관은 영어로 지시를 반복하며 그를 똑바로 쳐다본다. "지금 당장!"

톰은 입술을 움직여 보지만 입에서는 어떤 말도 나오지 않는다. 그는 경찰관의 어깨 너머로 바람이 덮개를 걷어 버리는 것을 본다.

"괜찮아요?"

"네." 톰이 숨을 헐떡인다. "아무렇지도 않습니다." 구조대원의 다리 사이에 죽은 아이의 시신이 놓여 있다.

경찰관이 준 담배 한 대를 피우고, 미델뷔르흐에 엄마를 찾기 위한 지원군을 요청하겠다는 약속을 받은 후 톰은 나무 계단을 두 개씩 한꺼번에 오르며 마을로 돌아온다. 바람이 그를 뒤에서 밀어 낸다. 그에게 목적지는 단 한 곳뿐이다. 슈이트블루트 거리에 있는 집, 한때는 그들의 별장이었던 집. 그레타가 그곳에 갔음을 그는 확신한다. 그곳은 그녀에게 익숙하고, 그는 그 사실을 익히 알고 있다.

멀리서 톰은 구시가지 중심에 있는 벽돌집을 본다. VVV 관광 협회의 표지판에는 이 집이 임대되었음을 보여 준다. 초인종을 눌러 보지만 아무런 반응이 없다.

"엄마?" 그는 마당을 향해 외치며 대문을 열어 본다. 그 문은 31년 전 그가 마지막으로 왔을 때처럼 삐걱거리고 덜거덕거린다.

그의 발밑에서 뽀드득거리는 자갈돌 소리가 난다. 그가 처음으로 보조 바퀴를 뗀 자전거를 타고 마당을 가로지를 때 그 옆에 있던 아버지의 발소리처럼 들린다. "계속 가, 토마스!" 아버지의 웃는 소리가 들린다.

마당 가에 있는 개나리들은 트램펄린으로 바뀌었다. 톰은 담요를 덮고 발코니 의자에 앉아 있는 엄마를 보곤 했다. 그리고 편두통으로 잎사귀가 서걱거리는 소리조차 너무 시끄러워하던 엄마가 아무도 모르게 집 안으로 들어가는 것을 톰은 지켜보았다.

주방 창문을 통해 들여다보던 그는 갑자기 커피 향, 담배 연기, 엄마의 향수가 뒤섞인 냄새를 맡는다. 냉장고 옆에 있는, 예전에도 있었던 회전의자를 그는 발견한다. 바로 그 의자에 앉아 있는 열세 살의 자신이 보이기에 그의 입은 바짝 마르고 그의 몸 안팎이 잔뜩 경직된다. 엄마가 그의 팔을 뒤에서 붙잡고, 아버지가 그의 앞에 서서 무릎과 다리를 함께 누르고 있기에 움직일 수가 없다. 아버지는 왼손으로 턱을 잡고 오른손으로 이발기를 조정하며 양처럼 아들의 머리카락을 깎는다. 잘린 머리카락이 주방 바닥으로 떨어진다.

어느 정도 자란 톰은 부모의 헌신, 기대, 끊임없는 관심을 느낀다. 그는 외동아이의 삶을 얼마나 지긋지긋하게 생각했는지! 그는 때때로 형제자매들의 그림자 속에 숨고 싶었다. 만약 그가 오직 혼자서 책임을 모두 떠맡지 않는다면 지금도 얼마나 홀가분할까.

그는 옛집에서 나와 루스에스웩에 관한 지명 검색을 계속하며 지나가는 사람과 자전거를 탄 사람, 그리고 모퉁이에 있는 슈퍼마켓의 고객과 판매원에게 묻는다. 그러나 그레타에 대한 설명과 일치하는 여자를 본 사람은 아무도 없다.

그는 담배 판매대에서 담배를 한 갑 사고 슈퍼마켓 앞 교차로 벤치에 앉아 생각의 조합을 시도한다. 제발 어디에, 엄마가 있을까? 두 가치의 담배를 피운 뒤에 갑자기 생각이 불쑥 떠오른다. 그리고 채 1분도 되지 않아 성당에 도착하자마자 그는 구원의 웃음소리를 듣는다.

그레타는 조깅복을 입고 머리에 분홍 모자를 쓰고 낯선 두 사람과 함께 성당 맞은편 노르트 거리에 있는 감자튀김 가게 앞에서 박수를 치며 즐겁게 웃고 있다.

톰의 휴대전화 벨이 울린다. 미델뷔르흐에서 온 경찰관이 도착했는지 그레타의 자세한 신상 정보를 알기 위해 어디서 만날 수 있는지 묻는다. "정말 감사드립니다." 그는 안도하며 말한다. "그런데 다행히도 방금 어머니를 찾았습니다."

그는 길을 가로지르며 그레타가 즐겁게 외치는 소리를 듣는다. "아니, 그건 존재하지 않아요!"

"엄마!"

그녀는 놀라서 뒤로 돌아선다.

"엄마를 얼마나 찾아 헤맸다고!"

그레타는 그에게 몸을 기대며 말한다. "그래? 난 여기 있었는데."

톰은 엄마를 껴안고 그녀의 몸을 자신의 몸에 꼭 대고 세제향과 샤넬 넘버5의 향기를 들이마신다. 엄마를 보는 것이 이다지도 기뻤던 순간이 마지막으로 언제였는지 기억이 나지 않는다.

"이 사람이 내 아들이에요." 그녀는 새로운 친구들에게 환한 미소를 지어 보인다.

톰은 자신을 소개하고, 카스트로프라익셀에서 온 약간 나이 든 부부의 당황하는 모습을 보고 그들이 자신이 누구인지 잘 알고 있음을 알아차린다.

"상상이나 했겠어? 이분들도 프로이센 아일라우 출신이래. 세상이 얼마나 좁은지. 쾨니히스베르크에서. 아니, 세상에 이럴 수가. 난 거기 사람들을 많이 알아!"

"그래도 우리가 거기 출신은 아니에요." 깔끔한 금속 장식을 좋아하는 나이 많은 여성이 말하며 젤 네일을 붙인 손톱으로 감자튀김을 입에 넣는다. "엄마, 즉 친정어머니가 거기 출신이고, 작년에 우리가 함께 그 집으로 갔어요. 한스, 여자분께 우리가 찍은 사진을 보여 드려."

베이지색 등산용 조끼에서 휴대전화를 꺼내 든 남편 한스 코로바는 사진 폴더를 뒤진다.

톰은 카운터에서 자신을 위해 커피를, 엄마를 위해 특제 감자튀김을 주문한다. 기다리는 동안 그는 그레타를 지켜본다. 엄마는 자신의 고향에 관해 이야기한 적이 없다. 항상 자신이 하이델베르크에서 태어났다는 듯이 행동했다. 그녀가 2001년에 70번째 생일을 맞이하면서 톰은 동프로이센 여행으로 그녀를 깜짝 놀라게 하려고 했던 적이 있었다. 그러나 그녀는 기대와 달리 기쁨이 아닌 분노로 반응했고 그곳에 대한 어떤 대화도 거부했다.

"바르슈카이터 호수. 그런 건 없어요!" 그레타가 거리낌없이 말한다.

엄마의 목소리가 소녀처럼 밝게 들린다고 톰은 생각한다. 톰은 그녀가 R을 굴리고, 어미와 모음을 길게 늘여 말하는 것을 듣는다. 그녀는 동프로이센에 대한 기억을 마주하면서 60년 동안 쾰른에서 묻어 두고 있었던 그녀만의 쿠르펠치안 사투리를 되찾고 있었다.

그레타는 톰의 손에서 플라스틱 그릇을 빼앗듯이 가져가 테이블 위에 올려 놓기도 전에 굶주린 듯이 감자튀김에 덤벼든다.

"그럼 한 번도 다시 가 본 적이 없나요?" 코로바 부인이 묻는다.

"아, 어떤지 아시잖아요. 처음엔 애들이 어리고, 그다음엔 또 다른 계획이 생기잖아요."

톰은 뒤에서 시신 수송차가 지나가는 것을 본다.

"제 장모님은 피난 중에 겪은 모든 것을 기록해 두셨어요. 아이들과 손자들을 위해서요. 아시잖아요."

"나도 한번 해 봐야겠네요." 그레타는 감자튀김 그릇에 두 손을 뱉는다. 케첩, 마요네즈, 양파 덩어리가 입에서 흘러내린다. "추위와 굶주림보다 더 견딜 수 없었던 건," 그녀가 손가락을 핥으며 말한다. "소련군이었어요."

톰은 깜짝 놀란다. 엄마는 예전 자신의 모든 것을 묻어 버리고 싶어 했다는 사실을 까맣게 잊어버렸다!

모래 언덕에서 엄마와 아들은 신발을 벗고 해변으로 내려간다. 그레타는 부드러운 모래 위에서 균형을 잃지 않기 위해 톰을 붙잡아야만 한다. 썰물로 인해 해변이 드러나고 모랫바닥이 단단해져도 그레타는 손을 놓지 않는다.

바람이 잦아들고 있다. 조개껍질이 그들의 발밑에서 버석거린다. 모든 것이 평화롭다. 어지러운 자동차 바퀴 자국만이 몇 시간 전 이곳에서 일어난 드라마를 상기시킨다. 그는 엄마의 손을 힘주어 쥔다.

한 번도 엄마와 손을 잡고 걸어 본 적이 없다고 생각하며 그는 그 기분이 얼마나 그럴듯한지를 음미한다. "엄마는 한 번도 동프로이센에 관해 얘기해 준 적이 없었잖아요." 그는 오랜 시간 뒤에 침묵을 깨고 말한다.

"그럴 리가. 그건 말도 안 돼, 톰."

"그래, 좋아요. 내가 잊어버렸나 보지."

그레타는 검은 조개껍질을 줍기 위해 몸을 숙인다.

"엄만 어렸을 때엔 발트해에 자주 갔었어요?"

"우리가 여행할 돈이 있었을 것 같니?"

"하지만 발트해는 프로이센 아일라우에서 50킬로미터밖에 떨어져 있지 않잖아요."

"그때는 그랬어. 휴가라고는 가지도 않았어. 그렇다고 결코 부족했던 건 아니야."

그레타는 파도에 실려 추억이 떠오르기라도 하는 것처럼 이야기를 이리저리 펼치며, 할아버지 루드비히, 할머니 구스테, 언니 피네 그리고 그녀가 히틀러 소녀단에서 했던 모험을 이야기한다. 그리고 갑작스러웠던 피난 시절을 이야기한다. "우린 고작 3일 만에 헤어졌어."

"어떻게? 혼자서요?" 톰은 그녀를 똑바로 쳐다보지 않는 척하며 곁눈으로 살핀다.

"할아버지만 함께 있었어. 엄마와 구스테 할머니는 소련군에게 잡혀갔어. 소련 군인들이 여자들에게 무슨 짓을 했는지 알잖아." 그레타는 조개껍질로 뒤덮인 모래톱을 힘겹게 계속 걷다가 곧바로 다시 톰의 손을 찾는다.

그의 머릿속에 질문들이 터져 나온다. 하지만 이 순간의 마법을 망쳐 버릴까 봐 감히 질문하지 못한다. 그러다 더 이상 참을 수 없게 된다. "엄마도 그들에게…… 잡혔어요?"

그레타는 단호하게 고개를 흔들며 웃는다. "다들 내가 남자애인 줄 알았어."

"어떻게요? 이미 열다섯 살이나 됐잖아요. 성장이 더뎠어요?"

"할아버지가 날카로운 칼로 내 머리카락을 잘랐어. 아주 짧게. 그리고 남자 옷을 입고 있었어. 난 남자들이 어떻게 행동하는지 연구하기도 했어. 다리를 벌리고 필요한 순간이면 침을 뱉었지."

그녀는 연습이라도 하듯 콧물을 요란하게 한껏 끌어올리고 입에 모은 다음 어떻게 가장 높은 호를 그리며 침을 내뱉는지를 그에게 보여 준다. "너도 한번 해 봐."

"난 안 해도 돼, 엄마. 난 남자야. 침 뱉는 건 내겐 타고난 능력이야."

"겁쟁이. 넌 못해!"

톰은 콧물을 끌어모으면서 도전을 받아들인다. 그들은 모래 위에 서로 침을 뱉으며 경쟁한다.

"좋아. 그만 포기. 엄마가 이겼어요." 톰은 그녀의 오른팔을 잡고 공중으로 내뻗는다. "돌아가자."

"그래." 그레타가 몇 걸음을 걸은 후 멈춰 서더니 말한다. "나 너무 피곤해."

톰은 생각한다. 그들은 베스트카펠러와 돔부르크 사이에 있다. 양쪽으로 각각 4킬로미터.

"이리 와, 엄마. 내가 업어 줄게요." 그는 무릎을 꿇고 등을 내민다. 그녀는 한순간도 망설이지 않고 그에게 업혀 모래 언덕을 넘는다. 쉘프베그에서 택시를 타고 돔부르크로 향한다.

톰은 오후 내내 엄마를 재우고 자신 역시 잠깐 눈을 붙인다. 그러다 오후 5시 직전에 뉴스를 켠다. 난민 문제가 모든 것을 지배하고 있다. 헝가리에서 상황은 악화되고 있다. 부다페스트 동쪽의 켈레티역에서는 심각한 표정의 경찰들이 진압복에 진압봉을 휘두르며 열악한 환경 속에서 오스트리아와 독일로의 이동을 며칠째 대기 중인, 수백 명의 난민들이 있는 거대한 중앙 홀을 정리하고 있다.

'우리를 독일로 보내 달라. 독일로!' 사람들이 외친다.

그레타는 놀라며 화면을 응시한다. "무슨 일이야?"

"새로운 소식은 없어요, 엄마."

그레타는 난민들이 진압봉에 맞을 때마다 움찔거린다.

"엄마?"

그레타는 대답하지 않는다. 톰은 그녀가 이 영상들 가운데에 있다고 느끼며, 거듭 자신의 역사를 반복해서 경험한다는 것을 깨닫는다. 그는 리모컨의 빨간 버튼을 누른다. "자, 엄마. 저녁 식사에 뭘 시켜 먹을지나 생각해요."

미지근한 맥주와 부드러운 참치 피자를 먹은 후 그녀에게 전신 목욕을 하도록 권한다. 거품 위로 그녀의 머리만을 남겨 두고 그는 엄마가 하늘을 볼 수 있도록 천장 블라인드를 연다.

"맘에 들어요?"

"그래." 그레타가 말하며 그에게 샛별을 보여 준다.

한 시간 후 그녀는 침대에 누워 있다. 톰은 내부에서 아파트 문을 잠그고 열쇠를 숨긴다. 그는 안정을 찾지 못하고 있다. 엄마가 피난 중에 겪었던 일, 그녀를 잃을까 봐 느꼈던 두려움, 그리고 보도국장인 클레멘스에 대한 분노가 머릿속에 뒤엉켜 그를 점점 깨어 있게 만든다.

그는 전기 벽난로를 켜고 그 앞에 앉아 불꽃을 바라보며 긴장을 풀려고 한다. “가짜 불꽃”이라고 중얼거린다. “모두 가짜야.” 자신의 삶처럼.

예전에는 취재에 열정을 불태웠고 기사를 쓰며 세상 반 바퀴를 돌곤 했다. 지금은 주로 스튜디오에 앉아 불만을 내뱉고 불러온 배를 쓰다듬는다. 오직 시청률과 명성, 돈이 전부다.

톰은 발코니에 서서 어둠 속에서 파도가 부서지는 광경을 본다. 눈을 감고 입술에 소금 맛을 느끼며 자신 속 내면의 불꽃이 꺼졌다는 생각을 날려 버려야겠다고 생각한다. 잠시 동안은 성공하기도 한다. 그러나 아래층 식당 테라스에서 들려오는 쾌활한 목소리가 파도 소리를 덮어 버리고, 톰은 언제부터 경쾌함을 잃어버렸는지 생각하기 시작한다.

그는 위스키 한 잔을 마시고, 이불을 머리 위로 덮고 잠이 들려는 찰나에 슬리퍼 소리를 듣는다.

“엄마?”

“나는 어디에 있는 거야?”

“엄마, 돔부르크에 있어요. 우린 여기서 며칠 휴가를 보내고 있고.”

“그래?” 그녀의 흰색 잠옷이 어둠 속에서 움직인다. 그녀가 마치 유령 같다는 느낌이 든다.

“이리 와. 내가 다시 침대로 데려다줄게.” 그는 그녀를 다시 침대에 눕히고 이불을 덮어 준다.

“할아버지는 어디에 계시니?”

"그는 이미……." 톰은 문장을 끝내지 않는다. 그는 이제 그녀에게 걱정을 떠안기고 싶지 않다. 피난 중에 그녀와 함께 남아 최악의 상황을 막아 준 유일한 사람이 이미 돌아 가셨다는 사실을, 60년이 넘었다는 사실을 환기시키고 싶지 않다. "할아버지는 잘 계세요. 걱정하지 마." 그는 침대 옆에 앉아 그녀의 손을 잡고 말한다. "걱정 마세요, 엄마. 내가 여기 있어요. 아무 일도 없을 거야."

그레타는 눈을 감는다.

할아버지와 함께 피난을 가며 그녀는 도대체 무엇을 보았을까? 톰은 생각하며 그녀의 불안한 숨소리를 듣는다. 하이데나우 난민 숙소에 있던 어린 소녀의 눈빛이 다시 떠오른다. 두려움 가득한 눈빛, 절벽 가장자리에서. 그는 그 소녀의 고통을 느낀다. 그리고 엄마의 고통을. 그는 울기 시작한다.

다음 날 아침, 톰은 돔부르크에서 돌아가는 대로 연례 휴가로 계획했던 2주간의 미국 여행을 취소한다. 그는 사장에게 앞으로 50프로의 시간을 외부 통신원으로 일하고 싶다는 아이디어를 제안한다. "그것이 항상 제 열정의 바탕이었고 최고의 결과를 내놓았던 영역이었습니다."

그는 사장 기스베르트 베를레가 자신에게 반박하지 않는 것에 화가 나고, 화를 내고 있다는 사실 자체에 다시금 짜증이 난다. 그러던 중 인터넷에 한 장의 사진이 올라오고, 톰은 다시 무엇이 정말 중요한지 새삼 깨닫는다. 사진은 빨간 티셔츠와 짧은 파란 바지를 입은 아이가 젖은 모래밭에 엎드려 있는 모습이다. 마치 잠자는 것처럼 보인다. 그러나 아이는 죽어 있다.

세계는 부끄러워해야 한다라고 튀르키예 신문 ≪밀리예트≫는 제목을 달았다.

스페인 ≪엘 파이스≫는 이렇게 썼다. 유럽의 인식에 충격을 안긴 이 한 장의 사진.

≪선≫은 영국의 총리에게 요구했다. 이것은 생사의 문제다. 캐머런 씨, 여름이 끝났다. 지금은 2차 세계대전 이후 유럽이 맞닥뜨린 가장 큰 위기에 대해 무언가 조치를 취할 때이다.

헝가리에는 무력으로 오스트리아와 독일로 가는 것이 가로막힌 수천 명의 난민들이 있다. 메르켈 총리는 베르너 파이만 오스트리아 총리와 함께 1995년부터 개방된 국경을 인도주의적 이유로 폐쇄하지 않기로 결정한다. 바로 그날 밤, 빅토르 오르반 헝가리 총리는 난민을 태운 열차가 독일로 떠나는 것을 허용했고, 600명의 난민들을 태운 그 열차는 자정에 뮌헨 중앙역에 도착한다. 기차가 도착하자 사람들은 차창 밖으로 외친다. '우리는 독일을 사랑한다.'

의사와 간호사들은 탈수증에 걸린 어린이, 폐렴에 걸린 아기, 화상을 입은 여성, 지중해를 건넌 이래 옷을 갈아입지 못해 피부염에 걸린 비쩍 마른 남자들을 돌본다. 모든 사회 계층의 독일인들이 의류와 음식을 나눠 주기 위해 자발적으로 몰려온다. 뮌헨의 한 슈퍼마켓 운영자는 도착한 사람들이 필요로 하는 모든 것을 기부한다. 생리대, 비누, 일회용 면도기, 이유식, 그리고 몇 톤의 물을. 전례 없는 지원이 몰려오지만 독일의 사회민주당과 기독교민주당은 총리의 결정이 상황을 더 악화시켰다고 총리를 공격한다.

'우리가 위급한 상황에서 친절한 얼굴을 보여 준 것 때문에 사과해야 한다면 그건 내 나라가 아닙니다.' 앙겔라 메르켈이 입장을 밝힌다.

5일 후 다음 촬영을 위해 톰은 마네스와 올리, 그리고 몇몇 스텝들과 함께 차를 타고 작센으로 향한다. 지겐과 바트 헤르스펠트 사이를 지나는 동안 현재의 사태를 어떻게 실질적으로 진전시켜 나갈지 고민한다. 3일 전 앙겔라 메르켈 총리는 독일에 80만 명의 난민이 있다고 처음으로 밝혔다. 그녀는 난민 위기를 탈핵, 통일 및 금융 위기와 비교하며 '독일은 강한 나라다. 우리는 많은 것을 해냈고 마침내 이겨 낼 것이다'라고 말했고, 이 때문에 사회민주당과 특히 헝가리 총리에게서 비난을 받고 있다.

자정이 넘은 시간, 고타 바로 직전의 회르셀가우 휴게소의 히터 램프 아래에는 말라비틀어진 소시지만 남아 있다. 톰은 소시지를 머스터드 소스에 찍어 먹으며 트럭 운전사들이 난민을 비난하는 소리를 듣는다.

새벽에 그들은 리사에서 엘베강을 건넌다.

6개월 전이라면, 누군가가 자신의 앞에서 메르켈 총리를 옹호한다고 말했다면 주먹을 날렸을 것이라고 톰은 생각한다. 그들은 아침 7시에 90킬로미터 떨어진 촬영지에 도착한다.

"우리는 시리아의 도시 홈스에서 왔습니다." 통역사가 하이데나우의 난민 숙소에 있는 67세의 카밀 사아드의 말을 통역한다.

노인은 이제 휠체어에 앉아 있고, 그 옆에는 열네 살짜리 소녀 하나디가 넋을 놓은 채 서 있다. 그녀야말로 톰이 돌아온 이유다. 열네 살에 동프로이센을 탈출한 엄마가 겪은 일을 알게 된 후부터 톰의 마음속에 이 소녀가 계속 남아 있었다. 할아버지가 2년 넘게 피난 생활을 해 왔다고 말하는 동안 소녀는 움직이지 않고 크게 눈을 뜨고 카메라를 응시한다.

"손녀딸이 없었다면 난 여기 없었을 겁니다. 이 아이는 나를 휠체어에 앉히고 몇 달 동안 여러 나라를 전전했습니다." 노인은 쇠약했지만 위엄을 잃지 않고 있다.

"왜 탈출했죠?"

"내 아들, 하나디의 아빠는 나와 같은 의사였습니다. 아들은 부상당한 시위대를 돌보다가 수술대에서 체포되었습니다. 며칠 후 시체가 우리 집 문 앞에 내던져졌습니다. 다른 아들들도 살해당했습니다."

하나디는 얼굴을 일그러뜨리지는 않았지만, 톰은 그녀가 지옥의 심연을 들여다봤다는 것을 그녀의 눈에서 읽는다.

"저는 며느리와 손주들과 함께 탈출했습니다. 하지만 우리는 그 과정에서 서로를 잃었습니다. 지금 우리 둘만 함께 남았습니다."

소녀는 그의 옆에 꼿꼿하게 선 그대로 어떤 반응도 보이지 않는다.

"가족이 지금 어디에 있는지 아시나요?" 톰이 묻는다.

노인의 목소리가 끊어지고 그는 얼굴을 가린다.

"인터뷰는 언제든지 멈출 수 있습니다. 당신을 괴롭히고 싶지 않아요." 톰은 마네스에게 신호를 보낸다.

카메라의 빨간 불이 꺼지고, 조수가 마이크를 치운다.

"우린 그들이 살아 있는지조차 몰라요." 하나디가 겨우 알아들을 수 있는 목소리로 말한다.

넷.

1946-1947

열다섯 번째 생일 3주 전, 그레타는 나무껍질로 만든 신발과 짙은 파란색의 다소 챙이 넓은 모자를 쓰고 프리들란트 수용소의 막사 사이를 걷고 있었다. 그녀는 한쪽 다리가 없는 할아버지 곁을 바짝 따라 걸으며, 할아버지의 목발이 얼어붙은 울퉁불퉁한 땅에서 미끄러지지 않도록 조심했다. 프리들란트는 괴팅겐에서 남쪽으로 15킬로미터 남짓 떨어진 곳에 위치하며, 영국 정부에 의해 수용소가 설치되었다. 이곳은 소련, 영국, 미국 점령지의 교차로에 위치하고 있기에 독일과 유럽을 떠다니던 1,500만 명의 난민, 전쟁 귀환자, 강제 노동자, 고향을 잃은 사람들을 등록하고 통제하기 위한 곳으로 사용되었다.

그레타와 할아버지는 영하 12도의 새벽에 화물열차에서 내렸다. 살충제를 몸에 뿌리고, 건강검진을 받고, 신상을 등록하고,

카리타스회 수녀들로부터 샌드위치와 핫초코를 받았다. 1946년 2월 22일이었고, 그전까지 13개월 동안 두 사람은 길을 헤매며 때로는 떠돌이로, 때로는 보호소에서 생활했다.

1942년 이후 실종된 오토 쇤나이히뿐만 아니라 구스테 할머니, 엄마 엠마, 언니 피네도 1년 이상 어디에 있는지 몰랐다.

"저 앞에 있는 것 같아요." 그레타가 지나치게 큰 군용 점퍼를 새끼줄 허리띠로 꽉 조이고 배낭을 다시 정리했다.

그들이 찾던 적십자사의 막사 앞에는 사람들이 몰려 있었고, 사람들을 찾는다는 포스터와 쪽지가 무수히 붙어 있었다. 아이들은 부모를 찾고, 부모는 자식들을 찾고 있었다. 여자들은 남편을 찾고, 남자들은 가족을 찾고 있었다.

희망에 찬 그레타와 루드비히 할아버지는 포스터를 일일이 살펴보며 이름을 읽었지만 사랑하는 사람들의 흔적은 어디에도 없었다.

"아무도 찾을 수 없어요, 할아버지." 그레타가 실망하며 말했다.

할아버지 역시 굳은 표정으로 그녀를 향해 고개를 끄덕였다.

"이젠 어떡해요?" 그레타가 물었다.

"그건 여기에 오지 않았다는 뜻이야. 그러니 다른 적십자사에 신고된 것이 있는지 물어 봐야 해." 루드비히 할아버지가 말했다.

그레타는 할아버지와 함께 막사 앞에 길게 늘어선 줄 끝에 서서 모자를 더 깊이 눌러쓰고 나오는 사람들을 지켜보았다. 그들은 울고 있는 것일까? 희망을 품고 있을까? 완전히 망연자실하고 있는 것인가? 그녀는 가족을 찾는 일이 부정적으로 끝날 수도 있다는 생각은 단 한 순간도 하지 않았다. 엄마, 피네 언니, 구스테 할머니가 이미 하이델베르크에서 자신과 할아버지를 기다리고 있다는 사실을 머지않아 알게 되리라 확신하고 있었기 때문이었다.

마침내 그들은 네 명의 적십자 수녀들이 나란히 앉아 있는 임시 테이블 앞에 섰다. 그리고 찾는 사람과 그들의 인적 사항을 색인 카드에 적어 내려갔다.

"제 이름은 그레타 쇤나이히입니다. 이분은 할아버지 루드비히 사브론스키입니다. 저희는 동프로이센 아일라우에서 왔고, 할머니 아우구스테 사브론스키, 엄마 엠마 쇤나이히, 언니 피네, 그리고……." 그레타가 조바심을 내며 말했다.

"그렇게 빨리 받아쓸 수가 없어, 얘야." 적십자사의 수녀가 말했다. "한 번에 한 사람씩. 네 이름은 뭐라고 했지?"

"그레타 쇤나이히입니다."

간호사는 놀란 표정으로 그녀를 다시 쳐다보았다. 그레타는 수녀가 남자 머리 모양, 남자 옷, 그리고 행동거지 때문에 자신을 남자로 오해했음을 알았다. 많은 사람들이 그렇게 생각했다. 게다가 장기간의 영양실조로 인해 그녀는 아직 성적으로 성숙하지도 못했다. 신체검사를 하는 지금에서야 자신의 키가 150센티미터이고, 몸무게가 35킬로그램이라는 것을 알았다.

적십자사의 수녀는 '여성'이라고 체크했고, 그런 다음 할아버지 루드비히의 이름을 적고, 그 뒷면에 찾고 있는 가족들을 한 사람, 한 사람 기록했다.

“기록 카드를 대조할 것입니다.” 그녀는 할아버지에게 설명했다. “만약 가족 중 누구라도 우리에게 등록되어 있다면 우리가 알려 드리겠습니다.”

“고맙습니다.” 할아버지는 그레타에 기대어 밖으로 나갔다.

밖에서는 확성기를 통해 오늘의 신규 도착자들은 수용소 입구에 모이라고 요청하는 안내 방송이 흘러나왔다. 수용소 입구에는 노숙자들을 주변 마을의 농부들에게 데려다줄 트럭들이 대기하고 있었다.

4킬로미터 떨어진 작은 마을 슈넨에 있는 허름한 지붕의 농가 앞에서 트럭의 브레이크가 낡은 소리를 내며 멈춰 섰다. 그레타는 할아버지가 짐칸에서 내려오는 것을 도왔다. 마구간 옆 헛간에서 나오던 한 소녀가 나뭇조각으로 가득 찬 바구니를 들고, 입을 꾹 다문 채 서 있었다. 그레타는 트럭이 다시 움직이는 소리, 소들이 울어 대는 소리를 들었다.

“여기가 하이더 씨 가족의 집이 맞나요?” 그레타가 소녀에게 외쳤다. 그레타의 짐작으로 여섯 살이나 일곱 살 남짓 한, 어린 소녀는 나무 바구니를 떨어뜨리고는 집으로 달려갔다. “엄마, 엄마. 난민들이 왔어요.”

그레타는 할아버지가 울퉁불퉁한 마당을 가로질러 현관문까지 가는 것을 도왔다. 그녀는 피난 중에 수많은 욕설을 들었다. 폴란드인, 배낭 멘 독일 거지. 그리고 이제 또 다른 욕설이 추가 되었다. 난민들. 증오와 경멸로 가득 찬 말이었다.

농부의 아내가 문밖으로 나와 루드비히 사브론스키의 인사에 묵묵히 고개를 끄덕이며 그의 손에서 지시서를 받았다. "여보!" 그녀가 축사 쪽을 향해 외쳤다.

그레타는 몰래 주위를 둘러보았다. 모든 것이 정돈되어 있던 프로이센 아일라우의 집과 달리 무질서가 지배하는 것처럼 보였다.

한참이 지났다고 느낄 때쯤 농부가 나와, 낯선 두 사람을 묵묵히 살펴보았다. 그는 노인과 아이에 대한 거부감을 숨기지 않았다. 그의 눈은 거울 같았다. 그 눈에 비친 자신의 더러움과 옷차림이 부끄러워 그레타는 얼굴이 달아올랐다.

말이 없는 농부는 두 사람에게 창고 같은 작고 어두운 다락방을 보여 주었다. 거기는 쓰레기가 가득했고, 추웠으며 냄새가 났다. 바닥에는 양털 담요가 덮인 밀짚 매트리스가 두 개 놓여 있었다.

"감사합니다." 루드비히는 말하면서도 농부를 쳐다보지 않았다.

그레타는 그 이유를 알고 있었다. 할아버지에게 최악의 상황은 그들이 모든 것을 잃은 것이 아니었다. 그보다 더 나쁜 것은 자신이 고향인 동프로이센 밖에서는 더 이상 그 누구도, 심지어 그 무엇도 아니라는 것이었다.

그녀는 가능한 한 빨리 쓰레기를 한쪽으로 치웠다. 그리고 이미 해가 졌고 여전히 얼어붙을 정도로 추웠기 때문에 모자와 외투만 벗고 옷을 입은 채 할아버지 옆 이불 밑으로 들어갔다. 그녀는 몇몇 소지품들과 아빠의 편지가 담긴 배낭을 품에 꼭 안았다.

다음 날 아침, 그레타와 할아버지는 농부 가족과 함께 부엌 식탁 앞에 앉아 큰 그릇에 담긴 오트밀을 먹었다. 누구도 한마디 하지 않았다.

그레타는 배가 너무 고파 제대로 생각할 수도 없었다. 그런데 배가 반도 차지 않았는데 그릇은 이미 바닥이 드러났다.

점심에는 기름기 없는 수프가 나왔다.

"우리도 더는 없어." 농부의 아내는 접시를 치우고 그레타에게 바구니를 주었다.

"먹을 수 있으려면 일도 해야 해."

"물론이죠." 그녀가 말했고, 할아버지가 식탁 아래로 그녀의 무릎을 토닥이며 다독였다.

아침 식사 후에 할아버지는 그레타에게 왜 농부 가족이 이토록 냉담하고 불친절한지 설명했다. 전쟁이 끝났고 모두가 마침내 평화를 찾고 싶어 했다. 그런데 갑자기 느닷없이 집에 난민들이 들이닥쳤기 때문이라고 했다. 그레타는 할아버지가 도움이 못 돼 안타까워한다는 것을 알았지만, 할아버지는 유일한 다리조차 염증이 나서 서 있는 것조차 힘겨워했다.

그녀는 오후 내내 양말을 기웠고 속옷에 패치를 붙였으며 닳아 빠진 천을 단단히 바느질로 덧대었다. 저녁에는 축사를 청소할 수 있어 기뻤다. 그녀는 탈출하던 동안 모두가 자신을 소년이라고 생각했을 때 여러 일을 배웠다. 그녀는 거름을 삽으로 퍼 올리고 무거운 수레를 밀고 가 미지근한 배설물을 거름더미에 비웠다. 그녀는 건초 창고로 올라가 창문 밖으로 짚을 던지고 두 마리 소 주변에 늘어 놓았다. 그러고 나서 소의 몸에 바싹 붙어 몸을 따뜻하게 녹였다.

농부는 건초와 잘게 썬 순무를 먹이통에 던져 놓고 그레타를 옆에서 못마땅하다는 듯 바라보았다.

"이제, 돼지우리!" 그가 떠나면서 말했다.

"네." 그녀는 그를 쳐다보았고, 그가 멀리 가 보이지 않을 때 먹이통에 손을 넣어 순무 조각을 잔뜩 주머니에 넣었다.

다음 날 그레타는 눈 속을 헤쳐 프리들란트까지 4킬로미터를 터벅터벅 걸어 적십자사의 사람을 찾아 주는 막사 앞에 줄을 섰다. 그리고 자신의 인적 사항을 받아 적어 준 수녀가 일을 마치기를 기다렸다.

"우리는 지금 클라인 슈넨에 살고 있어요. 그곳 하이더 씨 농장에서요." 그레타는 그사이 새로운 소식이 있는지 알고 싶었다.

"애야, 시간이 좀 걸린단다." 수녀는 그녀에게 동정 어린 미소를 지어 보였다. "하지만 내가 파일을 정리하는 동안 몸이라도 좀 데우렴."

고맙게도 그레타는 따뜻한 난로 옆에 앉을 수 있었다. 정확히 12시에 수녀와 다른 봉사자들이 카드를 옆으로 밀치고 점심 도시락을 꺼냈다. 그레타는 거의 눈물이 나올 뻔했다. 수녀는 소시지 샌드위치를 절반으로 쪼개 그녀에게 주었다.

"감사합니다." 그녀는 이렇게 맛있는 빵을 지금껏 먹어 본 적이 없다고 느꼈다.

그날부터 그레타는 매일 적십자사를 찾았고, 엄마 같은 수녀와 친해지려고 노력했다. 그리고 그녀의 이름이 힐데라는 것도 알게 되었다. 그곳에서 그레타는 따뜻한 말뿐만 아니라 할아버지 상처에 쓸 붕대와 하이델베르크로 보낼 편지지도 받았다.

'사랑하는 처남, 헤르만에게' 할아버지는 떨리는 필체로 구스테 할머니의 동생에게 자신의 아내와 딸이 하이델베르크에 있을 경우 연락해 달라고 부탁했다. 그레타는 구스테 할머니가 프로이센 아일라우를 탈출하기 직전 자신에게 말해 준 주소를 외우고 있었다. 그레타는 그 주소를 봉투에 적어 편지를 수용소 우체국에 부쳤다.

그곳에서 커다랗게 칙칙거리는 증기기관차와 기차역으로 서둘러 달려가는 수녀들이 그레타의 호기심을 자극했다. 그레타는 그들을 따라갔다. 긴 기차에서는 피난민뿐만 아니라 전쟁에서 돌아온 사람들도 내렸다. 훈장 없는 군복을 입은 젊은 병사들이었다. 어떤 사람들은 두터운 재킷을 입고 있었고, 어떤 사람들은 발을 천으로 둘둘 감고 있었다. 혼란스러운 얼굴에서 염증이 생긴 눈이 보이기도 했다. 많은 사람들이 팔, 다리 또는 시력을 잃어 버렸다. 그들은 수척해 보였고 누더기 차림이었다.

그레타는 누군가가 그 남자들이 소련 전쟁포로라고 말하는 것을 들었다. 그녀는 전기에 감전이라도 된 듯 몸이 떨려 왔다. 그녀는 더 많은 사람들을 보기 위해 작은 담장에 올라가 한 사람, 한 사람 모든 얼굴들을 살펴보았다. 그러나 상처 입은 사람들, 패잔병들, 탈영병들, 예전의 이상주의자들 사이에서 사랑하는 아빠를 찾지 못했다.

기차에서 더 이상 아무도 내리지 않자 그녀는 담장에서 내려와 적십자 막사로 달려갔다. 그리고 남자들 사이로 몸을 밀어 넣어 안으로 들어갔다. 커다란 난로 옆 벽에 몸을 붙이고 그녀는 수녀들이 포로들에게 개인 정보뿐만 아니라 다른 전쟁포로에 대한 정보도 가지고 있는지 묻는 것을 들었다.

힐데 수녀의 도움으로 그레타는 '**오토 쇤나이히를 아시는 분이 있나요?**'라는 문구를 판지에 썼다. 그리고 매주 동쪽에서 또 다른 기차가 도착할 때마다 플랫폼에서 남편을 찾는 아내들, 아들을 찾는 엄마들 옆에 그것을 들고 나란히 섰다.

수천 명의 전직 군인들이 그녀를 지나쳤다. 그러다 2월 말에 한 젊은 깡마른 남자가 그녀 앞에 섰다.

"오토? 난 그를 알아." 그는 이가 다 빠진 입으로 말했다.

"우리 아빠예요. 그는 어디에 있나요?" 그레타는 덜덜 떨며 물었다. 그녀는 그 낯선 사람의 목에 팔을 두르고 싶은 심정이었다.

"오토도 나와 같이 채석장에 있었어. 시베리아에서."

"그리고요? 아빠도 이 기차에 타고 있나요?"

"그가 어떻게 되었는지는 전혀 몰라. 2년 전 일이거든." 낯선 사람이 천천히 절뚝거리며 걸어갔다. 그레타는 판지를 떨어뜨리고 비틀거렸고 잠시 동안 온몸에 힘이 쭉 빠지는 것을 느꼈다. 그래도 그녀는 힘을 내어 눈물을 닦고 다시 도착하는 사람들을 향해 돌아서서 최대한 크게 소리쳤다.

"우리 아빠, 오토 쇤나이히를 아시나요?"

그녀는 텅 빈 얼굴들을 바라보았다.

그날 밤 그레타는 잠에서 깨어났다. 그녀는 일어나 앉아 옆에서 잠을 자고 있는 할아버지를 보았다. 무엇 때문에 깼을까? 돼지의 끽끽거리는 소리가 들려왔을 때 그녀는 집을 나와 헛간 문틈 사이로 안을 보았다. 그곳에서는 농부가 죽은 돼지의 배를 가르고 내장을 꺼내고 있었다. 하이더 가족은 영국 점령군의 특별허가 없이 불법으로 돼지를 도살하는 중이었다. 눈치채지 못하도록 헛간으로 돌아와 할아버지 옆에 누웠다. 그러나 그녀는 잠을 이룰 수가 없었다. 내일은 드디어 배불리 먹을 수 있겠구나 하는 생각 때문이었다.

그런데 다음 날 아침은 늘 먹던 희멀건 수프였다. 그레타는 실망스럽고 화가 나, 지하실에서 훈제된 베이컨과 소시지를 어떻게 훔칠지를 고민했다. 하지만 그녀는 다시 길거리로 나앉게 될지도 모른다는 두려움 때문에 그 계획을 포기했다.

3월 7일, 몇 주 동안 비가 내린 후 처음으로 햇살이 비추고 있었고, 기온은 8도로 봄이 온다는 것을 알 수 있었다. 이날 그레타가 열다섯 살이 되었다는 사실을 아무도 알지 못했고, 그녀 자신도 생각조차 하지 않았다. 그녀는 프리들란트로 가는 길에서 가장 먼저 싹 트는 민들레를 보았고, 돌아오는 길에 뜯어서 수프를 만들어야겠다고 다짐했다. 그녀는 진한 파란색 운동복 바지 위에 모직 블라우스를 입고 있었는데 체크무늬 남자용 셔츠로 갈아입었다. 힐데 수녀가 준 것이었다. 남은 천으로는 머리띠도 만들었지만 이마 위로 다른 여자들처럼 묶자 마치 자신이 변장을 한 것 같아서 그 위에 모자를 썼다.

증기기관차에서 사람들이 줄지어 내렸고 천천히 플랫폼을 따라 수용소로 향했다.

또다시 아무도 찾을 수 없다고 생각했지만 그래도 그레타는 표지판을 집어 들었다. 그때 누군가가 그녀의 어깨를 두드렸다. 놀라서 돌아섰다. 그녀 앞에는 머리카락이 뒤엉킨 젊은 여자가 서 있었다.

"난 오토 쉰나이히를 알아."

귀에 익은 목소리였지만 그레타는 쇠약하고 더러워진 겉모습에 그 사람이 누구인지 알아차리기까지 조금 시간이 걸렸다.

"피네?"

"그레첸." 그녀의 언니가 힘없이 속삭였다.

시간이 멈췄다. 모든 것이 조용했다. 그들은 꿈이 아닌가 확인하기 위해 서로의 얼굴을 만져 보았다. 그리고 서로를 껴안고 걷잡을 수 없이 흐느껴 울었다.

자매들이 클라인 슈넨에 도착했을 때 만남의 기쁨은 줄어들었다.

"먹는 입이 하나 더 늘었군." 농부의 아내가 으르렁거렸고, 그녀의 딸은 피네를 흘겨보았다.

그레타는 나무를 줍기 위해서는 마을에서 허가를 받아야 한다는 사실에 개의치 않고 숲으로 달려가 나뭇가지를 주워 왔다. 그녀는 자존심이 센 나머지 농부의 아내에게 물을 끓이기 위해 장작이 필요하다는 말조차 하지 않았다. 세탁실에서 그녀는 피네의 더러운 옷을 벗기고 그녀의 몸 이곳저곳에 흩어져 있는 고름이 난 상처를 젖은 수건으로 부드럽게 닦아 주었다. 그레타는 피네의 엉덩이 위에 있는 짓눌린 상처, 목과 어깨와 가느다란 허벅지 안쪽에 있는 멍을 보았다. 그녀는 자신이 만든 깨끗한 옷으로 언니를 조심스럽게 감싸 주었고, 벼룩을 죽이기 위해 석유로 머리를 문질렀으며, 뒤얽힌 머리카락을 천사 같은 인내심으로 한 올 한 올 풀어냈다. 농부의 아내가 마당에서 소리를 지르고 있었다. 피네는 겁에 질려 몸을 웅크렸다. 하이더 부인은 이 모든 일이 얼마나 오래 지속될지 알고 싶었기에 세탁실의 문을 두드렸다. 피네의 떨림은 멈추지 않았다.

"걱정하지 마! 내가 알아서 할게." 그레타가 속삭였다. 그녀는 언니에게 그 무엇도 물어볼 필요가 없었다. 그녀는 언니가 왜 떨고 있으며, 왜 웃음이 사라져 버렸는지 이유를 알았다. 그녀는 그런 표정을 수없이 보아 왔기 때문에 잘 알고 있었다. 처음에는 여자들이 피를 흘리며 옷이 찢어진 채로 조용히 신음하는 모습을 보고 무슨 일이 일어났는지 이해하지 못했다. 그러던 어느 날 그녀와 할아버지가 다른 난민 가족들과 함께 밤을 보내던 중 커다란 외침 소리에 잠에서 깼다.

"여자, 나와!" 소련 군인이 소리쳤다.

할아버지는 그레타가 보지 못하게 감싸 안았지만 그레타는 취한 남자들이 젊은 여자들을 끌고 가는 것을 보았다. 한 엄마는 네 명의 아이들을 꽉 붙잡고 비명을 질렀다. 그때 소련 군인이 여러 번 공중에 대고 총을 쏘았다. 그들은 여자들을 다른 방으로 끌고 갔고 밤새 그곳에 머물렀으며, 그레타는 그녀들의 울음소리를 들었다.

슈테틴 인근의 마을에서 모든 독일 남자—남장을 한 그레타를 포함하여—는 세 명의 소련 군인이 총으로 위협하는 가운데 한 명의 다른 소련 군인이 10대 소녀를 강간하는 것을 지켜본 적도 있었다. 끝없이 길었던 시간이었다. 모두 한 번씩 네 차례에 걸쳐 자행되었기 때문이었다.

데민에서도 그레타는 비명 소리를 들었다. 낮에도, 밤에도. 그녀는 어떤 엄마가 두 아이를 자신과 함께 묶고 등에 벽돌을 가득 채운 가방을 메고 페네강으로 뛰어드는 것도 보았다.

피네는 그레타에게 어떤 것도 설명할 필요가 없었다. 그레타는 언니가 살아 있고 그저 여기 있는 것만으로도 기뻤다.

"자, 언니. 이제 뭐라도 좀 먹고, 자고 싶은 만큼 자." 그녀는 열여덟 살의 언니에게 말하며 그녀를 할아버지 옆 밀짚 매트리스에 뉘었다.

"하나님, 제 기도를 들어주시고 스스로를 숨기지 마시길……." 할아버지가 기도를 시작했다. 그러나 곧 목소리가 잠겨 버렸다.

"……저의 간구를 들어주소서." 그레타가 기도를 이었고 가만히 언니를 껴안았다.

밤에도 피네는 비명을 지르며 깨어나 공포에 떨었다.

"이젠 안전해. 계속 자, 언니. 내가 언니를 지켜 줄게!" 그레타는 그녀를 보호하기 위해 팔로 감싸 안았고 계속 잠을 청했다. 잠이 설핏 들 때쯤 그레타는 피난 중 어딘가에서 들은 말이 떠올랐다. "지금 소련인들은 독일인들이 자신들에게 한 모든 일에 대해 복수하고 있어."

피네는 거의 이틀 동안을 깨지도 않고 잠을 잤다. 그런 다음에야 처음으로 농부 가족과 아침 식사를 함께했다.

"저는 젖을 잘 짤 수 있습니다." 그녀가 말했다. "저는 바르테가우에서 농업노동자로 일했어요."

농부는 기꺼이 제안을 받아들였다. 왜냐하면 지금 봄에 밭을 가꾸기 위해서는 일손이 더 필요했기 때문이었다. 그리고 그는 '난민 소녀들'이 동물들을 잘 돌볼 수 있음을 알게 되자 자주 마을 주점에 들러 술에 취한 채 돌아오곤 했다.

"돼지들 일은 다 끝났어." 일주일 후 그레타는 아직 소젖을 짜고 있는 언니에게 외쳤다. 언니는 이제 소젖을 닦아 내고 있었다. "나 먼저 집에 갈게."

신발을 현관에 놓고 문을 닫으려고 할 때 농부 하이더가 자전거를 타고 농장으로 들어가는 것이 보였다.

그레타는 다락으로 올라가 어두운 방에서 앞치마를 벗었다. “일어나요, 할아버지. 저녁 시간이 됐어요.” 그녀는 대부분의 시간을 방에서 보내는 노인에게 말했다. 창문을 닫으려던 그녀는 농부가 소가 있는 곳으로 휘청거리며 가는 것을 보았다. 그녀의 뱃속에서 이상한 느낌이 퍼져 나갔다. 그녀는 평소처럼 할아버지를 돕지 않고 좁은 계단을 급히 내려가 마당을 가로질러 달려갔고, 1분도 지나지 않아 먼지투성이 창문을 통해 마구간을 들여다보았다.

피네는 착유 의자에 앉아 다리 사이에 있는 양동이에 우유를 짜내고 있었다. 농부는 어디에도 보이지 않았다.

모든 것이 평소와 다를 바 없었지만 그레타는 짜증이 치밀었다. 건너편에 있던 그녀는 마구간에 들어가기 위해 닭장을 지나갔다. 그녀는 빗장을 조심스럽게 벗겨 내고 문을 밀었다. 문이 크게 삐걱거려 심장이 멈추는 듯했다. 그레타는 숨을 멈추고 기다렸다. 그리고 토끼 우리를 네발로 기어 지나갔다. 그곳에서 그녀는 그를 발견했다.

농부는 건초더미 옆에 서서 피네를 엿보고 있었다. 그레타는 그가 주머니에 손을 넣고 리드미컬하게 움직이는 것을 보았다. 그의 움직임이 점점 빨라졌다. 그녀는 몰래 다가가서 갈퀴를 거꾸로 잡고 휘둘러 손잡이로 그의 등을 내리쳤다.

비명을 지르며 돌아선 그는 재빨리 바지에서 손을 빼냈다.

“미안해요. 못 봤어요.” 그레타가 부풀어 오른 바지춤을 보며 말했다.

"조심해!" 그는 불쑥 소리를 질렀다.

"네, 그럴게요!" 재빨리 그녀는 갈퀴를 바로 앞에 있는 건초더미 속으로 박아 넣으며 침을 뱉었다.

열흘 후 우체부는 자전거를 타고 밭에 감자를 심고 있던 자매들에게 다가왔다. "너희들 하이더 농장에 있는 난민 소녀들이니?"

"왜요?" 호칭이 못마땅한 그레타가 물었다.

"여기 루드비히 사브론스키 씨에게 온 편지가 있어."

두 사람은 편지를 받아 들고 호미를 한쪽으로 던지고는 마당으로 달려가 문을 열고 계단을 올라갔다.

"신발 닦고 들어가!"라고 농부의 아내가 소리쳤지만 그들은 신경 쓰지 않았다.

"하이델베르크에서!" 그레타는 숨을 헐떡이며 할아버지에게 봉투를 건넸다.

루드비히는 덜덜 떨기만 할 뿐 꼼짝도 못 하고 있었다. 피네가 편지를 가져가 봉투를 뜯고 눈으로 편지를 읽어 갔다.

"구스테 할머니와 엄마가 살아 있다고 적혀 있어요!"

세 사람은 서로 부둥켜안고 모두 울음을 터뜨렸다. 피네는 몇 번이고 엘리제 홀로흐 숙모 할머니가 하이델베르크에서 보낸 편지를 다시 읽어야 했다.

친애하는 루드비히에게!

당신과 손녀가 안전하게 있다는 소식을 듣게 되어 얼마나 기쁜지 모르겠어요.
구스테도 제게 편지를 보내왔어요. 그녀는 엠마와 함께 메클렌부르크의 바르노프강 주변의 수용소에 있다고 합니다. 상황이 상황이긴 하지만 그래도 그럭저럭 괜찮게 지낸다고 합니다.

"우리 거기로 가자." 그레타가 말했다.

"미쳤어! 거긴 소련 점령지역이야. 엄마가 거기서 나와야 해!" 피네는 격분했다.

같은 날 할아버지는 사랑하는 아내와 딸 엠마에게 편지를 썼다. 그들이 프리들란트로 오도록 노력해야 한다고 썼다.

밤에는 두 손녀가 할아버지를 가운데 두고 밀짚 매트리스의 좌우에 나란히 붙어서 누웠다.

"모두 살아 있어." 할아버지 루드비히가 말했다.

"그게 가장 중요해요." 그레타가 대답했고, 프로이센 아일라우를 떠난 이후 그녀는 처음으로 희망의 빛이 비치는 것을 볼 수 있었다.

2주 동안 자매들은 기차를 놓치지 않기 위해 번갈아 가며 프리들란트 기차역에 서 있었다. 그리고 마침내 그레타는 화물차의 끝 차량에서 엄마와 구스테 할머니가 내리는 것을 보았다. 그녀는 사람들 사이로 길을 내어 달려갔다. 그리고 엄마와 할머니에게 울면서 안겼다.

"아빠 소식은 들었어?" 엠마가 다시 말할 수 있게 되었을 때 물었다.

그레타는 고개를 저었다.

구스테 할머니의 올케가 보내 준 초대장 덕분에 그들은 미군 점령지인 하이델베르크로의 이주를 위한 통행증을 신속하게 받을 수 있었다. 프리들란트역으로 가는 길에 그레타는 잠시 가족들에게서 떨어져 나왔다. 그리고 나무신을 신은 발로 가능한 한 빨리 달려 수용소에서 힐데 수녀를 찾았다.

"수녀님이 저를 위해 해 준 모든 것에 깊이 감사드립니다." 그녀가 말했다.

힐데는 그녀를 가슴에 껴안고 속삭였다. "아버지도 빨리 찾을 수 있기를 기도할게."

"네." 그레타는 말을 건넨 다음 손등으로 눈물을 닦고 힘껏 숨을 들이마신 후 기차 플랫폼으로 달렸다.

16개월 동안의 탈출, 길을 잃고 다시 찾고, 모욕과 업신여김을 겪은 후 다섯 가족은 가축 운반 열차에 올랐다. 그들은 남쪽으로 이동하며 카셀도 지나갔다. 그곳은 돌멩이 하나 남지 않은, 인간이 살지 않는 폐허의 사막이 되어 있었다. 예전 이곳에 22만 명의 사람들이 살았다는 것을 상상조차 할 수 없었다.

전쟁의 폐허에서 벗어난 프랑크푸르트역에서 그들은 고향을 다시 찾아가는 수백 명의 여행자, 노숙자들과 함께 밤을 보낼 곳을 찾아야 했다.

다음 날 아침 구스테와 엠마는 여행을 계속 이어가기 위한 준비를 하고, 루드비히가 그들의 많지 않은 짐을 지키고 있는 동안 그레타와 피네는 창문이 남아 있지 않은 기차역 밖으로 나갔다. 그들은 마인주에 위치한 대도시를 한번 보고 싶었다.

집들은 썩은 이빨처럼 을씨년스럽게 부서지고 허물어져 있었지만 봄기운이 휘감고 있었다. 그러나 카셀과는 달리 구시가지의 길은 이미 전쟁의 피해를 복구하고 있었다. 사람들이 분주하게 움직였고, 자전거에는 카펫이나 가방이 실려 있었고, 작은 마차에는 장작과 석탄이 실려 있었다. 유아차에는 아기가 아니라 침구, 도자기 또는 타자기가 실려 있었다.

두 자매는 개미처럼 움직이는 사람들을 지켜보면서 시간이 지날수록 거리에서 이루어지는 거래의 시스템을 알아차렸다. 거래가 제안되고 흥정이 시작되고 합의가 되기도 그렇지 않기도 했다. 그레타는 열두 살 남짓 되어 보이는 소년이 큼지막한 코트를 펼치자 그 속에 담뱃갑이 주렁주렁 매달려 있는 것을 보았다. 그는 빠르게 담배 한 갑을 꺼내 낙타가 그려진 것을 보여 주며 한 남자의 손에 건넸고, 그 소년은 대신 남자에게서 모피 외투를 받았다. 갑자기 호루라기 소리가 울리자 그들은 흩어져 그저 평범한 보행자처럼 움직였다.

몇 초 후에 두 명의 미군 경찰이 오토바이를 타고 지나갔다. 그들이 귀퉁이를 돌자마자 금지된 불법 거래가 다시금 계속되었다.

그레타와 피네는 서로 손을 꼭 잡고 이 낯선 광경을 지켜보았다. 그들을 생각에서 빠져나오게 한 것은 트램의 종소리였다. 그들은 선로에서 벗어나 나무신을 신고 독일에서 가장 유명한 쇼핑 거리인 자일을 향해 뛰었다. 그곳에는 미군 병사들이 아무렇지도 않게 트럭에 기대어 서로 농담을 주고받고 있었다. 두 자매는 고개를 숙인 채 뻣뻣하게 그들 옆을 지나갔다. 그레타는 이 젊은이들이 신고 있는 신발에 주목했다. 그 신발은 가볍고 부드러워 보였으며 군인들의 무거운 군화나 자신의 나무신과는 전혀 다른 느낌이었다.

“안녕, 아가씨!” 군인 중 한 명이 R 발음을 굴리며 말했다. 그레타가 고개를 들어 보니, 그는 언니를 보며 웃고 있었다.

피네는 그레타의 손을 거의 바스러질 듯이 움켜쥐었다.

그레타는 콧물을 끌어모아 침을 뱉었다. “가자!” 그녀는 더 굵은 목소리로 말하고 다리를 벌린 채 앞으로 나아갔다. 두 사람은 얼마간의 거리를 두고서야 벽에 가까이 붙어 서서 뒤를 돌아보았다.

“저 사람들 정말 거인이네. 언닌 저렇게 큰 사람들 본 적이 있어?” 그레타는 이제 자신의 아버지도 저렇게 컸다는 사실을 완전히 잊어버렸다.

“조용히 해!” 피네가 속삭였다.

그들은 남자들 무리를 몰래 지켜보았다. 그들은 더할 나위 없이 건강해 보였다. 전쟁에 지치고 피로에 찌든 독일 군인들과는 전혀 달랐다.

한 무리의 아이들이 자매를 지나쳐 군인들에게로 달려갔다. “플리즈, 미스터. 초콜릿, 추잉 껌.” 작은 아이들이 외치며 더러운 손으로 구걸을 했다.

미군들은 주머니에 손을 넣고 웃으며 사탕을 나눠 주었다.

그레타는 입을 다물지 못하고 거의 의식도 하지 못한 채로 몇 걸음 군인들에게로 다가갔다.

“여기!” 그들 중 한 명이 그녀를 향해 무언가를 던지며 소리쳤다.

그녀는 그것을 주운 뒤 재빠르게 피네의 옆으로 와서 벽에 몸을 기댔다. 그레타는 ‘허쉬 초콜릿’이라고 읽고, 조심스럽게 포장을 뜯어 냄새를 맡았다. “초콜릿! 이게 진짜 초콜릿이야!”

갑자기 피네가 손에서 초콜릿을 빼앗아 가 버렸다. “제정신이야? 이건 적에게서 온 거야. 모두 독이야.”

배고픔에 지친 그레타는 초콜릿을 되찾으려고 노력했다. 그녀는 언니와 씨름했고, 피네가 더 크고 강했기에 그레타가 아무리 움켜쥐려고 해도 소용이 없었다. 피네는 동생을 떨쳐 버리는 데 성공했고 그대로 달아났다.

그레타가 그녀를 쫓았지만 피네는 배수구에 초콜릿을 던져 넣었다. 그레타는 먼저 발로 찬 다음 손바닥으로 피네의 등을 강하게 때렸다.

“넌 품위가 없어!” 피네가 욕을 했다. “기회가 오면 가장 먼저 지도자를 배신할 년이야.”

"지도자는 죽었어. 아무도 말을 안 해 줬나 봐."

피네가 그레타에게 달려들었다. 작은 아이들이 초콜릿을 더러운 입으로 먹으며 그들을 지나쳤다.

"쟤들을 봐! 어디 독이 든 것 같아? 어리석은 바보야, 언닌!"

그레타는 돌무더기에서 두 개의 쇠꼬챙이를 찾았다. 그녀는 피네에게 하나를 건넸다. "여기! 이건 우리 둘이여야 할 수 있어."

비록 피네의 눈에는 화가 다 가시지 않았지만 그녀는 그레타 옆, 길 위에 엎드렸다. 그들은 쇠꼬챙이를 핀셋처럼 사용하여 배수구에서 초콜릿을 낚으려 했다. 세 번째 시도 끝에 성공하고 함께 초콜릿을 조금씩 끌어올렸다.

"곧 손에 쥐게 될 거야." 그레타가 말했고 붙잡기 위해 왼손을 뻗쳤다.

"제가 도와드릴까요?"

두 소녀는 겁을 먹고 초콜릿을 놓치고 돌아보았다. 그들 위에 키가 큰 남자가 깊은 갈색 눈으로 그들을 바라보며 서 있었다. 그의 입은 크고 코는 뭉툭했으며 피부는 검게 빛났다.

그레타는 이전에 이런 사람을 본 적이 없었다. 인종학 수업 시간에 이 야만적인 인간의 이미지와 마주친 적이 있을 뿐이었다. 심장이 조여들고 얼굴에서 핏기가 사라지는 것이 느껴졌다. 곧 기절할 것 같은 느낌이었다. 그 흑인은 배수구 안에 무엇이 있는지 보기 위해 몸을 앞으로 숙였다. 그레타는 비명을 지르며 쇠꼬챙이를 내던지고 피네의 팔을 붙잡고 함께 도망쳤다.

숨이 차고 얼굴이 붉어진 채로 그들은 기차역에 도착했다.

"무슨 일이 있었어?" 구스테 할머니가 물었다. "너희들 좀 봐. 마치 악마를 만나기라도 한 얼굴이야."

"비슷해요." 그레타가 숨을 헐떡이며 말했다. "온 도시에 흑인들이 잔뜩 있어요!"

"소련군보다 더 나쁠 수는 없겠지." 할아버지가 중얼거렸다.

그들은 예정보다 하루를 더 넘긴 1946년 5월 1일, 마침내 90킬로미터 떨어진 곳에 도착했다. 그리고 그레타가 엄마, 할머니, 할아버지, 언니와 함께 하이델베르크 기차역에 내렸을 때 가장 먼저 본 사람 역시 통행증을 검사하는 미군 흑인 병사였다. 그러나 그들에 대한 두려움은 곧 빠르게 다른 인상으로 대체되었다. 이곳에는 폐허나 잔해 더미가 보이지 않았다. 낯설고 당혹스러운 풍경이었다.

구스테 할머니는 밝게 웃으며 가족들에게 고향 도시 곳곳을 안내했다. 거리는 깨끗하고, 창문은 멀쩡했다. 한낮의 햇살에 가게의 유리창은 반짝이고 있었고, 정원에는 꽃들이 만발했다. 주민들은 건강해 보였고, 도시는 말 그대로 오아시스처럼 보였다. 많은 외국 군인들과 비스마르크 광장의 건물 기둥 위에 있는 대형 표지판을 차치하더라도 이 도시는 과거의 매력을 유지하고 있었다. 오직 폭파된 옛날 다리만이 이곳 역시 전쟁이 지나간 곳임을 상기시켜 주고 있었다. 구스테 할머니가 말을 하면 할수록 그녀의 사투리가 한층 강하게 되살아났다.

그들은 네카어강을 따라 걸었고, 카를 광장의 높은 곳에서 구스테 할머니는 하이델베르크 노이엔하임의 반대편에 있는 집을 가리켰다.

"저기 있다!"

그레타는 벼락에 맞은 것처럼 놀랐다. 그녀는 이토록 아름다운 집을 예전에 본 적이 없었다. 아르누보 양식의 4층 건물은 사암으로 만들어진 첨단, 곡선으로 된 우아한 발코니, 지붕 아래 깜찍한 작은 창까지 갖추고 있었다. 여기서 자신들이 살 수 있다니. 히르쉬 길이라 불리는 길옆의 성과 같은 빌라에서.

구스테 할머니는 강 반대편으로 가기 위해 댐 위의 나무다리를 가장 먼저 걸어 들어갔다. 그레타는 그녀 뒤를 따라 뛰었다. 그들은 목적지에 거의 도착했다. 그레타는 이제 다시 집에서 살 수 있고 더 이상 난민이 아니라는 사실이 기뻤다. 그들은 다리 중간에 멈춰 서서 절뚝거리는 할아버지와 빨리 따라잡지 못하는 엄마와 피네를 돌아보았다.

그레타는 저녁 햇살에 붉게 빛나는 빌라를 보고 자신의 미래가 이곳에 있다는 확신이 들었다.

"이제 다 괜찮아질 거야!" 구스테 할머니는 폭포처럼 쏟아지는 네카어강의 물줄기 위에서 소리치며 그레타의 손을 잡았다. 할머니는 노래를 부르기 시작했고, 두 사람은 노래의 리듬에 맞춰 계속해서 나무다리를 따라 행진했다. "오래되고 고귀한 하이델베르크여, 명예로운 도시여. 네카어강과 라인강이 흐르는 도시여, 그 어디와도 견줄 수 없다네."

그레타는 아주 어린 시절, 그리고 소녀 시절 항상 구스테 할머니가 불렀던 이 노래를 들어 알고 있었기에 큰 소리로 따라 불렀다. "행복한 마을 사람들의 도시, 지혜와 포도주가 넘쳐 나고, 맑은 강물이 넘실대며, 푸르게 반짝이네." 그녀는 의붓할머니가 예전의 힘과 삶의 기쁨을 되찾은 듯해 행복했다. "네카어강과 라인강이 흐르는 도시여, 그 무엇과 견줄 수 없다네. 그리고 가시가 나를 찌르며……."

갑자기 구스테 할머니는 노래를 멈추고 그 자리에 꼼짝도 하지 않고 멈춰 섰다. 그레타가 놀라 그녀의 시선을 따라간 빌라 앞에는 미군 지프 여러 대가 주차되어 있었다. 입구에는 미군이 지키고 있었다.

엠마와 루드비히, 그리고 피네가 그들을 따라잡고서야 비로소 그들은 천천히 군인들에게 다가갔다.

"여긴 제 동생 헤르만 홀로흐 교수의 집입니다. 나는, 음, 우리는 그를 찾아왔습니다." 구스테가 더듬거리며 말했다.

흰색 각반을 찬 미군 병사는 서류를 요구했고 구스테의 굳은 얼굴, 루드비히, 엠마, 그리고 마지막으로 감히 그 땅에 발을 들여놓지 못하고 있는 두 소녀를 응시했다. 그러고 나서 그는 임시 신분증을 들고 집으로 들어갔다. 루드비히는 아내를 조용히 껴안았고, 그 몇 분 동안 구스테는 몇 년은 늙은 것처럼 보였다.

그레타는 어떤 말을 꺼내는 것도 부적절하다고 느꼈다. 시간이 멈춰 섰다. 어떤 일도 일어나지 않았다. 단지 경비병이 다시 나와 제자리를 잡았을 뿐이었다. 가끔씩 군복을 입은 사람이 여러 창문 중 한 곳에서 훔쳐보곤 했다. 주로 피네를 살폈다. 본능적으로 그레타는 경계 태세를 취하고 자신의 언니 앞에 섰다.

상아로 장식된 입구 문이 열렸다. 그레타는 놀라 움츠러들었다. 두 명의 병사가 나와 좌우로 마주 보며 자리 잡고, 훈장을 매단 장교가 넓은 사암 계단을 내려와 대기 중인 차를 타고 떠났다.

해가 지고 벌써 어둠이 내리고 있었다. 마침내 미군이 임시 신분증을 가지고 나와서 그들에게 돌려주었다.

"어디에……." 구스테 할머니가 말문을 열었다.

명령하는 어조의 "웨이트!"라는 말이 그녀의 말을 가로막았다.

그레타는 통행금지 시간이 있어, 어둠 속에서 밖에 나가는 것이 허용되지 않는다는 것을 알았기에 겁이 나기 시작했다. 하지만 어디로 간단 말인가? 자갈길 밟는 소리가 다가왔다.

집 모퉁이에서 마른 여자가 허둥거리며 나타나 그들을 향해 손을 흔들었다. "드디어 허락을 받았어요! 여러분들이 함께 집으로 들어와도 좋다는 허락!"

"엘리제!" 구스테는 올케에게 달려가 그녀를 안았다.

그들은 앞문이 아닌 뒷문으로 들어가야 했다. 예전에는 하인들만 사용했던 문이었다. 좁고 어두운 나선형 계단을 따라 올라가 지붕 아래 예전 하인들이 지내던 방으로 들어갔다.

"이 방이 내게 허락된 곳이에요. 점령군들이 2주 전에 모든 것을 압수했어요. 심지어 라디오까지 빼앗아 갔죠." 엘리제 홀로흐는 투덜거리며 모직으로 덧씌워진 삼각형 의자를 끌어와 앉아, 팔짱을 꼈다. "미국인들은 아름다운 빌라, 레스토랑, 호텔을 사용해요. 우린 그저 신사들을 위해 청소라도 할 수 있는 것만으로 기뻐해야 해요."

동쪽에서 온, 알지 못하는 친척들을 거들떠보지도 않고 질문도 하지 않은 채 엘리제 홀로흐는 구스테에게 자신의 신세를 한탄했다. 그녀는 몇 달 전까지만 해도 옥탑방에 살던 두 명의 하인이 지금은 어떻게 살고 있는지도 모른다고 말했다. 하이델베르크 상류 사회에서 교수님의 부인으로 위세를 떨치던 그녀는 이제 여기 하인들의 방에서 살아야 하는 것이다. 그레타는 그녀가 자신의 지위뿐만 아니라 두 아들도 잃었다고 말을 할 때에야 비로소 처음으로 귀를 기울였다. 알베르트와 아르민, 그녀의 유일한 두 아이가 전쟁터에서 죽었다고 했다. 엘리제 홀로흐는 냉혹해 보였고, 기가 꺾여 있었다.

"여기서 머물 수가 없어요. 기껏해야 잠시 있을 수 있을 뿐이에요." 그녀가 결론을 내렸다. "점령군들이 나까지 쫓아내지 않으리라는 보장이 없어요."

구스테는 할 말을 찾아 고민하며 가족들의 당황해하는 얼굴을 둘러보았다. "엘리제, 우린 모두를 위한 해결책을 찾아낼 거야."

언제나처럼 할머니는 10제곱미터의 작은 방에서 최대한 효과적으로 잠잘 수 있도록 공간을 각각 마련해 주었다. 할아버지는 두 개의 좁은 침대 중 하나에 누웠고, 구스테 할머니 역시 자신을 위한 침대를 마련했고, 그 옆 바닥에 엠마의 자리를 만들었다. 그레타는 침대 아래에서 언니를 꼭 끌어안고 자야 했다. 지쳤음에도 불구하고 잠을 이룰 수가 없었다. 피네도 다르지 않았다.

"헤르만은 어디 있어?" 그들은 구스테 할머니의 속삭임을 들었다.

"가르미슈파르텐 교회에 있는 미군 수용소에 있어요." 엘리제가 속삭였다.

"왜?"

"맙소사, 그 사람은 당에 합류해야 했어요. 언니도 알잖아요. 모두가 그래야만 했잖아요."

바닥이 삐걱거리고, 그레타는 엘리제 숙모 할머니가 방 귀퉁이에 놓인 서랍에서 갈색 병을 꺼내, 자신과 구스테 할머니에게 한 잔씩 따르는 것을 보았다. 둘 다 한 번에 잔을 비웠다.

"수용소가 뭐야, 피네?" 그레타가 속삭였다.

"감옥이야."

그레타는 두 사람이 손가락을 입에 대며 은밀하게 속삭이는 이야기를 귀 기울여 듣기 시작했다.

구스테 할머니가 분개한 목소리로 말했다. "하지만 그들은 그를 가두어 둘 수 없어. 그는 대학에서 의학을 가르친 게 전부잖아."

"그들은 뭐든지 할 수 있어요. 미국인들은 그냥 뭐든지. 그들은 심지어 그가 유대인 여성들을 대상으로 실험을 했다고 주장하고 있단 말이에요."

"어떻게?"

"그는 불임 여성을 돕기 위해 연구했어요. 이른바 전범 재판

과정에서 한 평가관이 나타나 헤르만에게 불리한 증언을 했어요. 배신자 같은 놈이." 그레타는 언니에게 매달렸다. 그녀는 더 이상 들을 수가 없었다. 끝나지 않는 절망적인 상황이 그녀의 생각을 얼어붙게 만들었다.

새벽에 구스테 할머니는 그레타를 데리고 경비병의 눈에 띄지 않게 몰래 지나치려고 했다. 그러나 헛수고였다. 경비병은 자갈을 밟는 그들의 발소리를 듣고 주위를 경계했다. 그는 거인처럼 그들을 내려다보았다. 그레타는 놀라 멈춰 섰고, 잠시 그의 눈을 바라보았다. 그녀는 그를 지나치기 전에 그의 앞으로 지나가는 것이 좋을지 아니면 뒤로 지나가는 것이 더 좋을지 알 수 없었다. 구스테 할머니가 고개를 끄덕이며 인사를 했다.

"모닝!" 군인이 인사를 건네며 옆으로 물러섰다.

그레타가 그를 지나칠 때 그의 허리띠에 매달린 몽둥이를 발견하고 수용소 캠프를 떠올렸다. 그래서 히르쉬 길을 뒤로 하고 네카어강 위 다리에 들어서고서야 두려웠던 마음을 내려놓을 수 있었다. 그녀는 할머니에게서 헤르만 할아버지가 감옥에 갇혔다는 것이 무엇을 의미하는지 물어보기로 결심했다. 이제 온 가족이 미군들을 두려워해야 하는지도.

처음에 그녀는 다리 아래가 너무 시끄러웠기 때문에 질문을 할 수가 없었다. 네카어강 반대편에 도착하고서는 이제 할머니의 굳은 표정이 그녀를 두렵게 만들었다. "우린 어디로 가는 거죠?" 마침내 그녀가 물었다.

"시청으로."

멀리서도 시청 광장에 늘어선 긴 줄이 보였다. 그리고 다섯 시간이 지나서야 마침내 그들은 입구에 놓인 탁자 중 하나에서 이야기할 수 있는 사람을 찾았다는 사실에 기뻐했다.

"저와 제 가족을 위해 아파트를 신청하려고 합니다." 구스테 할머니가 탁자 너머로 임시 신분증을 건네며 말했다.

"하이델베르크에는 더 이상 아파트가 없습니다." 왼팔을 잃은 노인 집행관이 팔츠 사투리로 대답하고 신분증을 돌려주었다. "도시가 사람들로 넘쳐 나고 있습니다. 평상시 주민이 8만 6천 명이었는데, 지금은 10만 명에 달합니다. 게다가 미국인들도 있습니다."

"하지만 거주지가 없으면 식량 배급을 받지 못하잖아요."

"미안합니다, 부인."

그레타는 구스테 할머니가 태도를 바꾸는 것을 지켜보았다.

그녀는 집행관과 똑같은 사투리로 "들어 봐요"라고 말하며, 자신이 하이델베르크에서 자랐고, 첫 번째 전쟁 때 간호사로 일했으며, 남편과 함께 동프로이센으로 이사를 갔다고 말했다. 그러는 동안에 그녀는 그 낯선 사람의 팔을 잡고 있었다.

그레타는 할머니의 모든 말과 행동을 주시하였다. 어느새 집행관은 구스테 할머니를 난민이 아닌 사람으로 대하고 있음을 알았다. 그는 신음하며 의자에서 일어나 몰래 주위를 살피더니 그녀에게 허리를 숙이며 다가왔다. "지금부터 잘 들어요"라고 말을 시작했고, 그의 목소리가 점점 작아져 그레타는 나머지 이야기를 듣지 못했다.

구스테는 고개를 끄덕이고 고맙다고 말했다.

"그 사람이 뭐라고 했어요?" 돌아오는 길에 그레타는 물었다.

"모레부터 하이델베르크는 폐쇄된다고 하더라. 그리고 숙소가 없는 사람들은 주변 마을로 가야 한대. 오늘 중으로 해결책을 찾아야 해."

"벌집?" 엘리제 홀로흐는 깜짝 놀랐다. "몇 해 동안 그곳에는 아무도 안 살았어요. 수돗물도 없고 화장실도 없어요. 언니는 거기서 살 수가 없어요!"

"지난 몇 달 동안 우린 우리가 뭘 할 수 있는지 알았어, 엘리제."

가족을 데리고 구스테 할머니는 히르쉬 길을 따라가다 언덕을 올라, 약 500미터 뒤에 키 큰 덤불로 가려진 정원 문을 찾았다. 길가에서는 아무것도 보이지 않았지만 모두가 함께 덤불을 치우자 목조 집이 나타났다. 구스테의 아버지인 크리스티안 홀로흐 교수가 1930년 갑작스러운 죽음을 맞이하기 전에 남겨 둔 집으로, 지붕 위에는 엘더베리 덤불로 뒤덮혀 있었다. 안은 두꺼운 먼지가 켜켜이 쌓여 있었고, 벌집과 벌꿀 통이 나뒹굴었고, 선반 위에도 벌집이 쌓여 있었다. 그리고 이렇게나 긴 시간이 흘러도 여전히 밀랍 냄새가 코를 찔렀다. 구리로 된 꿀을 짜는 기계는 부엌 화덕 옆에 기대어 있었다. 한때 끈적이는 꿀을 만들어냈을 것이었다.

"손을 좀 보면 여기서 살 수 있겠어." 할아버지가 단호하게 말했다. "도구가 필요해!"

한밤중에 위층으로 오르내리는 미국인들의 기척이 더 이상 들리지 않자 구스테, 엠마, 피네, 그레타는 할아버지를 하인들이 다니는 계단을 통해 빌라 지하로 데려갔다. 양초에 의지하여 늙은 장인은 서랍과 작업대를 뒤졌고, 도끼, 갈퀴, 톱, 망치, 철사, 못 등 사용할 수 있는 모든 것을 따로 꾸러미를 만들어 위층으로 올렸다. 모든 것을 즉시 벌집 정원으로 옮기고 싶었지만 소위 '늑대 인간'이라 지칭되는 나치 비정규군의 공격을 방지하기 위해 연합군이 부과한 야간 통금 시간이 있었다. 밤에 거리에서 눈에 띈다는 것은 생명의 위협을 의미했다.

피네가 다음 날 아침 가장 먼저 바깥으로 나갔다.

"안녕하세요!" 그녀가 경비병을 향해 눈을 깜박이며 말했다.

그 뒤로 가족들이 잔뜩 짐을 들고 지나가고, 벌집을 향해 잠시 머물던 곳을 떠났다.

하루 만에 그들은 벌집 곳곳의 먼지를 털어 내어 부엌과 잠자리를 만들었고, 하이델베르크 집행관의 도움으로 식량 배급권을 받을 수 있었다.

일주일 후 정원에는 블랙베리 울타리가 완전히 없어졌고, 쐐기풀은 끝도 없이 줄을 서 서 받아 와야 했던 빈약한 음식 배급량을 보충하기 위해 수프로 요리되었다.

또 2주 후 그레타는 엘리제의 빌라 앞에 버려진 담배꽁초를 모아 새 담배를 말아 돈을 버는 방법을 알게 되었다.

3주가 지나면서 피네는 적들에 대한 공포가 누그러졌다. 그녀의 아름다운 눈이 마음에 든 미군이 그녀의 호감을 사기 위해 담뱃갑을 건네기도 했다. 그와 동시에 남자 같은 그레타는 암시장을 휘젓는 불량배들에 맞서는 법을 익혔다. 그녀는 급습당했을 때 벽을 타고 기어올랐고, 머지않아 모든 구석구석의 골목길을 익히게 되었다. 그녀는 피네의 러키스트라이크 담배를 널빤지, 접시, 카펫, 이불, 야채 씨앗, 묘목, 감자튀김, 병아리 그리고 토끼 등과 맞바꾸었다.

5월 말 그들 가족은 히르쉬 길 언덕에 채소밭과 닭, 토끼 농장이 있는 작지만, 멋진 집을 갖게 되었다.

"우린 난민 신분증을 신청하기 위해 함께 시청에 가야 해요." 어느 날 엠마가 말했다.

"난 더 이상 난민이 되고 싶지 않아." 그레타는 다시는 그런 대우와 멸시를 당하지 않기로 맹세했기에 함께 가지 않고 암시장으로 향했다.

그곳에서 그녀는 책과 연필을 구해 길에서 들은 모든 것을 기록했다. 피네도 그렇게 했다. 그러나 언니는 '하우 두 유 두?', '나이스 투 미트 유' 또는 '생큐 베리 마치'와 같은 표현을 외웠지만, 그레타는 양털 담요가 '데비쉬'이고 감자가 '그룸비어'라는 것을, 양파는 '츠비울'이고 어리석은 사람이 '심벨'이라는 것을 배웠다. 그녀는 구스테 할머니의 하이델베르크 방언에 이미 익숙했기 때문에 배우는 일이 그다지 어렵지는 않았다.

일이 끝나고 통행금지 시간이 되어 더 이상 거리에 나갈 수 없는 저녁이면 그녀는 자신의 공책에 쓴 것을 읽었다. 그레타는 동프로이센 사람들에게 재미있게 들릴 만한 단어들로 그들의 근심에 가득 찬 얼굴에 미소를 짓게 만들었으며, 날마다 재담을 더욱 발전시켰다. 몇 주 후에는 하이델베르크의 수다쟁이 두 여인, 다뷔쉬 부인과 바벨 부인이 등장해 티격태격 말싸움을 하는 일상적인 장면을 연기해 보이기도 했다.

"넌 왜 그렇게 멍청하게 굴어?"라고 한 사람이 시작하면, 다른 사람은 "글쎄, 지금은 못 할 것 같아"라고 엉뚱하게 대답했다.

구스테 할머니 이외에는 아무도 제대로 이해하지는 못했지만 가족들은 웃느라고 눈물이 마를 틈이 없었다. 그레타의 공연은 다른 모든 사람들의 삶을 가볍게 만들었다.

"오, 내 작은 사랑!" 할아버지는 웃으며 고개를 끄덕였다.

7월 초, 그레타는 "Dädsch ma gschwind?"라는 말로 누군가를 흉내 냈다. 그 대상이 엘리제 할머니임을 굳이 설명할 필요가 없었다. 엘리제 할머니는 점차 새로운 가족들 가운데 여자들을 자신의 하인으로 부렸다. "Dädsch ma gschwind?"—즉 "괜찮겠어?"—가 누군가에게 엘리제 할머니가 꺼내는 첫마디였다. 이제 엠마, 피네, 구스테는 미국인들을 위해 청소, 세탁, 다림질을 하기 시작했고, 심지어 교수 부인의 삶의 평화를 위해 집안일까지 도맡아야 했다.

"얘야, 옷장에서 모피 코트 좀 꺼내 줄래?" 그레타는 자신을 전쟁의 가장 큰 희생자라 생각하며 지난 몇 주 동안 암시장에서 고급스러운 옷가지뿐만 아니라 보석으로 수프, 빵, 설탕 등을 교환하곤 했던 숙모 할머니를 흉내 냈다. 모든 것이 몰수되었다고는 해도 그레타의 눈에 여전히 부자인 숙모 할머니는 이 모든 잡다한 시중이 친척으로서 당연히 받을 수 있는 호의라고 생각했다.

하지만 그레타는 영리하게도 자신과 가족을 위해 보너스를 챙겼고, 교수 부인의 불친절에 비례해 그 액수도 늘려 나갔다. 지난번 청소할 때 엘리제 홀로호가 요강을 비우지 않았다는 이유로 엠마를 호되게 질책하는 것을 보고는 복수를 결심했다. 이 열다섯 살 소녀는 엘리제 할머니에게 물물교환으로 다이아몬드 목걸이 대신 거위 한 마리만 받았다고 당당히 밝히고 그 나머지 돈으로는 처음으로 가죽 구두를 샀다는 사실도 숨겼다.

그레타는 또한 숙모 할머니에게서 돈을 훔쳐 피네와 함께 영화관에 가기도 했다. 바덴 주정부가 발행한 10페니히짜리 지폐 2장으로, 그들은 중심가에 있는 하이델베르크 영화관의 마지막 남은 자리를 차지했다. 불이 꺼지고 커튼이 열리자 팡파르 음악이 울려 퍼지고, <필름 속의 세상Welt im Film>이란 제목이 떠올랐다. 그레타는 전쟁 이후 처음으로 온 영화관이었기에 의자에 등을 대고 똑바로 앉은 채 흥분된 표정을 감추지 못했다.

신나는 음악과 함께 **독일을 위한 미국의 목화**라는 문구가 등장했다. 움직이는 흑백의 이미지에서 그레타는 브레머하펜의 거대한 크레인이 미국 화물선에서 커다란 더미를 들어 올리는 것을 보았다.

'미국 정부의 지원으로 다음 몇 주 내에 미국 점령지역의 모든 직물 공장들이 가동될 것입니다.' 아나운서가 말했고, 그 사실은 그레타에게 엄마가 다시 일자리를 얻는 데 도움이 될 수 있겠다는 생각을 하게 했다. 그녀의 눈은 다른 나라의 소식이 영상으로 나오면서 더욱 커졌다. 뉴질랜드에서는 산불이 났고, 영국에서는 가장 큰 경마대회가 열렸으며, 미국에서는 광대들이 수영장으로 뛰어드는 장면이 나왔다. 영화관은 흥분으로 가득 찼다.

그러고 나서 음악이 위협적으로 바뀌었다. **암시장이 폭발적으로 늘어나고 있다**는 문장이 점점 커져서 관람객들에게 다가왔다. 그레타는 수십 명의 경찰이 베를린의 암시장을 습격하는 장면을 보았다. 그레타는 영화관 좌석 깊숙이 미끄러져 들어가, 다른 상인들과 함께 체포되어 경찰서로 끌려가는 한 여성이 스크린에서 울고 있는 것을 보았다. '죄인들은 처벌받을 것입니다. 인민의 적인 암시장과의 싸움은 자비 없이 계속될 것입니다!'라고 아나운서가 거친 목소리로 말했다.

나치 정치가들에 대한 뉘른베르크 재판의 일부 장면이 나오는 동안 그레타의 머릿속에는 생각이 샘솟고 있었다. 만약 자신도 암시장에서 체포된다면 어떻게 될까?

굶주림과 생존 본능은 도덕이나 두려움을 위한 여지를 남기지 않았다. 그래서 며칠 후 구스테 할머니가 함께 바덴바덴 근처 프랑스 영토로 가서 음식을 구해 오자고 제안했을 때 그녀는 거절하지 않았다. 하이델베르크를 떠나 남쪽으로 향하는 기차는 아침 일찍 출발했다. 사람들이 너무 많아 넘어지려야 넘어질 수도 없었다. 바덴오스에서 그들은 프랑스 군인들에게 통행증을 보여 주어야 했고, 그레타는 속옷 속에 숨겨 둔 담배를 누구에게도 들키지 않은 사실에 안도했다. 할머니와 손녀는 할머니의 친척들이 살고 있는 헤렌 길의 솔링겐까지 라인강을 따라 계속 걸었다. 검은 숲과 보주 사이 라인 계곡 상류의 공기는 무겁고 축축했다. 15킬로미터 남짓 걷고서야 그들은 여자들이 잡초를 긁어모으고 있는 사탕무밭을 지나갔다. 건초 냄새가 나고, 들판 가장자리에는 클로버가 피어 있었다. 메뚜기가 뛰어다니고, 호박벌이 윙윙거리며, 해자 위 공중에는 잠자리가 어지럽게 날고 있었다.

할머니의 사촌 미나가 입을 열었을 때 그레타는 자신의 귀를 믿을 수 없었다. 고작 하이델베르크에서 100킬로미터도 떨어지지 않았는데 그레타는 처음 30분 동안 그녀의 말을 거의 한 마디도 알아들을 수 없었다. 그레타는 귀를 기울이고 모든 것을 이해하려고 애썼다. 다음 날 아침에 다시 출발할 때까지 그레타는 배가 터질 만큼 많이 먹었다. 진짜 침대 위에서 무거운 이불을 덮고 잤으며 재미있는 이야기들을 잔뜩 챙길 수 있었다. 할머니의 사촌 미나는 앞치마를 입고 마당에 서서 그레타와 구스테가 더 이상 보이지 않을 때까지 손을 흔들었다.

배낭에는 베이컨, 밀가루, 달걀, 빵, 절인 채소, 콜리플라워 모종, 검게 말린 자두 등이 가득 들었고, 그레타는 부엌 탁자 위에 담배 네 갑을 두고 나왔다. 구스테 할머니는 그 밖에도 양파 바구니를 챙겼는데 그 바구니에는 감자로 가득 찬 작은 자루와 트럼펫이 들어 있었다. 그것은 특별히 미나가 루드비히 할아버지에게 드리는 것이었다. 이 악기를 연주할 수 있는 남자들이 모두 전사했기 때문이기도 했다. 그러나 무엇보다 이 물물교환의 압권은 따로 있었다. 그것은 35센티미터 크기, 3킬로그램의 무게를 지닌 분홍색의 무겁고 건강한 새끼 돼지였다.

그레타는 몸을 떨고 있는 동물에 온 신경을 집중하고 있었기 때문에 배낭끈이 어깨를 파고드는 것조차 느끼지 못했다. "어떻게 해야 새끼 돼지를 검문에 걸리지 않게 할 수 있을까요?" 그레타는 할머니에게 물었다. 동물의 이동은 기본적으로 금지되어 있었다.

"잠들면 감자 자루에 넣고 갈 수 있을 거야." 할머니가 말했다.

그레타는 고개를 가로저었다. 구스테 할머니는 어찌 그리 순진할 수 있을까? 마치 새끼 돼지가 시키는 대로 잠을 자기라도 할 것처럼. 그녀는 자신의 팔뚝보다 길지 않은 작은 동물을 꽉 껴안았다. 짧은 시간이었지만 이미 정이 흠뻑 들었다.

바덴오스 외곽에서 두 사람은 들판 헛간으로 몰래 들어갔다. 구스테는 먼저 자신에게, 그리고 손녀의 몸에 훈제된 베이컨을 흘러내리지 않도록 힘껏 감았다. 그 위에 그녀는 옷을 입고 앞치마를 두른 다음 마침내 술병의 뚜껑을 열었다. "잘 잡고 있어." 그녀가 말하며 새끼 돼지에게 독한 술을 몇 모금 마시게 했다. 새끼 돼지는 눈을 굴리더니 비틀거리다 잠이 들었다. 그레타는 감격했다. 그들은 술에 취한 동물을 황마천으로 싸고 숨을 쉴 수 있도록 한 다음 감자 자루에 넣었다. 두 사람은 귀중한 물품이 담긴 바구니를 들고 역으로 향했다.

그레타는 멀리서 프랑스 군인들이 밀수꾼들의 물건을 빼앗아 가는 것을 보았다. 그레타는 덥기도 춥기도 했지만 오직 자루 안에서 행복하게 잠든 동물만 생각했다.

“Votre Laisser-Passer s'il vous plait.(미안합니다만, 통행증을 보여 주세요.)” 그들의 차례가 되었을 때 프랑스 군인이 말했다.

구스테 할머니는 테이블 위에 통행증을 놓았다. 그들은 거기에 도장을 찍어서 돌려주었다. 그레타의 따뜻한 몸에서는 베이컨 냄새가 풍겨 나왔다. 두 다리로 서 있는 훈제실 같은 냄새가 났다.

다음 프랑스 군인이 프랑스어 악센트로 신고할 것이 있는지 물었다.

“No, Monsieur.(없습니다, 군인 양반.)” 구스테가 단언했다.

그는 배낭을 검사했다. 그리고 감자 위에 트럼펫이 있는 바구니를 가리켰다.

“Ce sont des pommes de terre.(감자입니다.)”

군인은 그것을 발로 차더니 허리를 숙이고 악기를 들어 올렸다.

그 순간 그레타가 앞으로 나섰다. “신고할 것이 있어요!” 그녀가 말했다.

구스테의 표정이 얼어붙었다. 프랑스 군인은 그레타를 의아하게 바라보았다. 그녀는 코트 안감에 손을 넣어 금색 손목시계를 꺼냈다. 엘리제 할머니가 불법 거래를 위해 내어 준 것을 그레타가 미국인들에게 빼앗겼다고 주장하고 숨겨 둔 것이었다.

그 병사는 슬쩍 주위를 둘러보고 시계를 주머니에 넣으며 고개를 끄덕였다. "Allez!(통과해!)"

그레타는 바구니를 다시 들었다. 그리고 프랑스 군인이 깊게 숨을 들이마시고, 그녀의 특별한 향수 냄새를 맡기 전에 서둘러 기차로 향했다.

"잘했어, 아가." 구스테가 앞을 계속 보고 걸으며 속삭였다.

기차가 흔들리며 움직이기 시작했다. 그레타는 천으로 감싼 돼지를 꺼내 귀에 대어 보았다. 살아 있었다. 하나님, 감사합니다!

"한 잔 더 먹일까요?"

"조금만 더 먹이지 뭐." 구스테가 안주머니에서 술을 꺼냈지만 이미 술에 취한 돼지는 반응하지 않았고, 독한 액체는 입에서 그냥 흘러나왔다. 그들은 돼지를 다시 감자 자루에 넣었다.

카를스루에에서는 미국 군인들이 탑승하여 검문을 시작했다. 그레타는 창문을 열어 신선한 공기에 냄새가 희석되도록 했다.

목소리가 더 가까워졌고, 뚱뚱하고 금발인 미군이 그녀가 있는 객실로 문을 열고 들어섰다. "Something to declare?(신고할 게 있나요?)"

그레타와 구스테는 동시에 고개를 저었다. 배낭은 그냥 넘어갔다. 찰리 트루먼이라는 이름표를 단 병사는 절인 채소와 밀가루 사이에서 특별한 어떤 것도 발견하지 못했다. 그는 미심쩍어하는 듯했고, 숨을 너무 많이 들이마시지 않으면서 두 사람에게 일어나 보라고 부탁했다. 그는 주먹으로 좌석을 눌러 보았다. 그런 다음 바구니를 가리켰다.

“그냥 감자예요. 온리 포테이토, 트루먼 상병님.” 그레타가 말했다. 그녀는 암시장에서 미군들을 이름과 계급의 순서로 부르는 것이 예의라고 배웠다.

군복에 두 개의 줄무늬가 있는 병사는 머리를 숙이고 감자 자루에 코를 댔다.

그레타는 작지만 꿀꿀거리는 소리를 들었고, 이 불길한 소리를 덮어 버리기 위해 급히 기침 발작을 흉내 냈다.

트루먼은 그녀를 날카롭게 바라보았다. “쉿!” 그는 명령하고, 바구니를 좌석에 놓고 감자 자루를 연 다음 술에 취해 흔들리는 새끼 돼지의 눈을 보았다.

그레타의 얼굴에 열이 확 올랐고, 그녀는 숨을 쉬는 것조차 잊었다. 이제 그녀와 구스테 할머니는 체포될 것이었다. 그녀의 눈에 눈물이 차올랐고, 그래서 그녀는 트루먼 상병이 바구니를 바닥에 놓고 객실을 떠나는 것을 흐릿하게만 볼 수 있었다. “Have a guta trip, my ladies.(즐거운 여행 되시길, 아가씨들.)” 그의 뒤로 객실 문이 쾅 닫혔다.

그레타가 구스테 할머니를 쳐다보았다. “나 좀 꼬집어 봐요!” 그녀는 군인이 돌아오지 않을 것이란 확신이 들고서야 속삭였다.

네카어강 언덕 위에 가족들이 둘러앉았을 때 그녀는 신이 나서 상병을 흉내 냈다. 그 상병은 열차 칸에 가득 찬 베이컨 냄새로 머리가 어지러워 휘청거렸다. 그녀가 급기야 이야기의 또 다른 주인공인 새끼 돼지가 꿀꿀거리며 미군에게 순진한 미소를 짓는 것을 연기할 때 그녀는 관객들의 열렬한 환호를 받았다.

성공적인 하루를 축하할 겸 할아버지는 새로 구한 트럼펫으로 브람스의 <자장가>를 연주했다. 그레타는 짚으로 가득 채운 골판지 상자에 새끼 돼지를 넣고 쓰다듬었다.

“이름이 뭔지 알아요?” 어둠 속에서 그레타가 물었다.

“뭐니?” 엠마는 알고 싶었다.

“트루먼, 찰리 트루먼.”

그레타가 철로 위의 가파른 비탈에서 지칠 줄 모르고 주워 온 도토리, 밤, 마로니에 열매 덕분에 트루먼은 3개월 후에 그 이름의 주인처럼 토실토실해졌고, 소녀가 이름을 부르면 꿀꿀거리며 쫓아왔다. 작은 돼지는 드러누워 그레타에게 배를 긁어 달라고 했고, 명령에 따라 눕기도 하고 만족스러운 콧소리를 내기도 했다. 그 보상으로 도토리를 받기라도 하면 꼬리를 흔들었다.

할아버지는 마당 끝에 돼지우리를 짓고, 그레타는 우리에 필요한 널빤지와 그 밖에 가족들에게 필요한 모든 것을 여름 내내 개미처럼 언덕 위로 져 날랐다.

그레타는 러키스트라이크와 캐멀이란 화폐를 언니 피네로부터 받았다. 피네는 미군들의 고용사무소를 통해 대령의 가정부 일자리를 얻었고, 곧 제프라는 이름의 남자를 만났다. 제프는 그녀를 영화관과 클럽과 담배로 이끌었다. 엠마와 구스테는 이웃들의 평판을 걱정하고, 품위를 호소했다. 그레타는 히르쉬 길 귀퉁이에서 피네를 기다렸고, 피네는 종종 통행금지 시간이 되기 직전에야 언덕길을 뛰어 올라오거나 지프에서 뛰어내리곤 했다. 그녀는 매일 제프와 있었던 새로운 이야기를 들려주었다. 때로는 곧 약혼할 것이라고 말하고, 때로는 뉴욕의 초고층 빌딩들 사이를 잘생긴 미군과 나란히 걷는 모습, 그와 결혼한 후 미국에서 사는 생활을 상상하기도 했다.

하지만 갑자기 제프가 사라졌다. 예고도 없었고 주소도 남기지 않았다. 피네는 망가져 버렸다. 담배도 구할 수 없어 가족들은 식량 배급으로 살아야만 했다.

모든 것이 부족했다. 특히 문밖에 다가오고 있는 겨울이 문제였다. 그들은 연료가 필요했고, 할아버지는 오두막의 지붕을 긴급하게 보강해야 했다. 그러다 10월 중순에 피네는 동생 그레타에게 잭에 대해 이야기하기 시작했고, 아무도 그레타가 어떻게 갑자기 지붕 타일과 숯을 구해 오는지 묻지 않았다.

이전 벌집이었던 그레타의 집 앞 초원이 서리로 덮였다. 11월 1일 아침, 안개가 자욱한 날 그레타는 군복 위에 니트 재킷과 헐렁한 바지를 껴입고 모자를 깊숙이 눌러쓴 채 배낭을 메고 시내로 내려갔다. 항상 그랬듯이 그녀는 엘리제 홀로흐 할머니를 잠시 방문할 생각이었다. 왜냐하면 엘리제가 필요로 하는 것, 교환할 의향이 있는 것이 무엇인가에 따라 그레타의 거래가 달라지기 때문이었다.

그녀는 히르쉬 길 끝에서 녹슨 빌라의 문을 열었다. 꾸벅꾸벅 졸던 군인은 문이 삐걱거리자 깜짝 놀라 일어났다. 그레타는 그가 다가오는 것을 보고 멈춰 섰다. 그는 그동안 얼굴을 알고 지내던 익숙한 군인 중 한 명이 아니었다. 낯선 사람이었다. 그는 밤과 같이 검은 피부를 지녔고, 그녀처럼 얼어붙어 있었고, 기분이 매우 나쁜 듯이 보였다.

"스탑!" 크게 소리친 젊은 병사는 적어도 머리가 두 개 정도가 더 커 보였다. 그가 그녀를 딱딱한 표정으로 내려다보았다. 그의 명찰이 그녀의 바로 코 앞에 걸려 있었다. 로버트 쿠퍼.

"쿠퍼 일병님, 나는 숙모 할머니인 홀로흐 부인에게 가려고 합니다." 그녀는 말을 더듬으며 지붕 쪽을 가리켰다.

로버트 쿠퍼는 반응하지 않았고, 그레타가 계속 가려고 하자 그녀 앞에 서서 다시 말했다. **"스탑!"** 그의 두툼한 입술이 명령했다.

그녀는 조심스럽게 주위를 둘러보았다. 아무도 없었다. 그녀는 불안했기 때문에 그냥 돌아섰다. 대문을 닫으며 깡마른 젊은 병사가 다시 계단에 앉는 것을 보았다. "개자식!" 그녀는 중얼거렸다.

"다 들려! 개자식이라 불러 줘서 고맙네!" 그녀는 그가 외치는 소리를 들었다.

그레타는 다리를 재게 움직여 최대한 빠르게 댐을 향해 달렸다. 그녀는 그가 따라오지는 않는지 두려워 계속 뒤를 돌아보았다. 강 건너편에서야 그녀는 안전하다고 느껴 천천히 걸었다.

그녀는 네카어강 주변을 어슬렁거렸다. 그곳은 석탄 선박이 하역을 하는 곳이기 때문이었다. 그러나 군인들은 석탄을 트럭에 옮겨 싣는 것을 감시할 뿐만 아니라 떨어진 석탄을 주우려고 하는 아이들과 노인들조차 쫓아냈다. 피곤하기도, 배가 고프기도 한 그레타는 결국 그곳을 떠나 기차역 뒤쪽의 암시장을 돌아다녔다.

그녀는 거래할 것을 가지고 있기는 했지만 석탄은커녕 제대로 된 것이라고는 어떤 것도 발견하지 못했다. 그러던 차에 재봉틀이 눈에 띄었다. 그것은 프로이센 아일라우의 엄마 방에 있던 것과 같은 모델이었다. 엄마는 피네와 그레타의 모든 옷을 직접 만들어 주었고, 어떻게 발판을 밟아야 리드미컬하게 벨트가 움직여 기계를 작동시키는지, 어떻게 바늘이 위에서 찔러 들어가고 아래 실과 얽히는지를 가르쳐 주었다. 그레타는 모든 세부적인 장치들을 알고 있었다. 주철로 된 하부 구조, 액세서리를 넣을 수 있는 서랍을 갖춘 나무 테이블, 그리고 나무 덮개 아래 황금 장식까지 갖춘 온전한 검은색 재봉틀이 있었다. 재봉틀의 중앙에는 회사 이름인 **싱거**가 새겨져 있었다.

"얼마예요?" 그녀는 볼이 움푹 들어가고 입술이 터진 30대 남짓 된 여성에게 물었다.

"너는 뭘 가지고 있는데?"

"담배, 다섯 갑." 그레타가 말했다. 그녀는 여섯 갑을 가지고 있긴 했지만 경험상 여분을 가지고 있는 것이 좋다는 것을 익히 알고 있었다.

여자는 세차게 머리를 저었다. "이 재봉틀은 최소한 세 배 더 가치가 있어!"

그레타는 그 자리를 떠나 담배를 양모로 바꿀지, 어떤 할머니가 파는 돼지기름으로 바꿀지 고민했다. 하지만 그녀는 결정을 내리지 못했다. 재봉틀이 머릿속에서 떠나지 않았기 때문이었다. 그런 기계만 있다면 엄마가, 훈련받은 숙련된 능력으로 돈을 벌 수 있을 것 같았다. 아무래도 옷이 부족한 실정이었다. 그녀는 멀리서 상황을 지켜보았다. 아무도 그 싱거 재봉틀에는 관심이 없는 것 같았다. 모두 이 추운 날에는 같은 것을 찾고 있었다. 먹을 것과 연료.

"제대로 작동하나요?" 거래의 새로운 라운드를 시작하며 그레타가 재봉틀을 들어 올렸다.

"확실해. 모든 게 완벽하게 작동하지. 실도 넉넉히 있어." 여자가 실과 실린더로 가득 찬 서랍을 열어 보였다.

그레타는 돌아서려고 했다.

여자가 그녀의 팔을 꽉 잡았다. "제발. 다섯 갑에 팔게. 작은 아이 세 명이 딸려 있고, 남편은 전쟁터에서 죽었어."

"혼자서는 재봉틀을 가져갈 수도 없어요."

"재봉틀 바닥에 작은 바퀴가 있어. 내가 도와줄게."

그레타는 가격을 더 깎지는 않았다. 싸게 파는 것이 분명했기 때문이었다. 그녀는 코트 안에서 러키스트라이크 다섯 갑을 건네 주었다. 재봉틀의 소유자가 바뀌었다. 둘이 함께 재봉틀을 역 쪽으로 운반했다. 갑자기 호루라기 소리가 들렸다. 여자는 재봉틀을 놓고 다른 암매장의 사람들처럼 달아났다. 그레타는 울퉁불퉁한 바닥 위로 작은 바퀴가 달린 싱거를 끌고 가 네 대의 지프, 한 대의 트럭이 그 일대를 돌기 전에 철로 제방 밑으로 굴렸다.

그녀는 남은 담배 한 갑도 그 뒤로 집어 던졌다. 그녀는 헌병들이 아무것도 보지 못했을 것이라 확신했다. 그녀는 가방이나 외투 주머니에 금지된 물건이 더 이상 없었기에 달아나지 않았다. 한 군인이 그녀에게 외투를 열어 보라고 했을 때 침착함을 유지하고 어리둥절한 표정을 지었다. 옆에는 닭 반 마리를 빼앗긴 남자가 흑인 병사의 발에 침을 뱉었다. 병사는 나무 몽둥이를 꺼내 욕설을 퍼붓는 하이델베르크 남자를 때린 뒤 수갑을 채워 끌고 갔다.

그레타는 흥분을 숨기기 위해 전전긍긍했고, 군인들이 체포한 사람들과 함께 떠나기 전까지 주변을 빙글빙글 돌았다. 그런 다음 서둘러 둑을 타 넘어 재봉틀을 확인했다. 나무로 된 덮개는 깨졌고, 탁자에도 긁힌 자국이 생기기는 했지만 재봉틀 자체가 손상되지는 않았다. 담배도 찾아보았지만 발견하지 못했다. 그녀는 재봉틀을 1센티미터씩 끌어 올리며 마침내 둑 위로 올라섰다. 그런데 둑 위에는 때에 찌든 열세 살 남짓 된 소년이 서 있었고 그녀에게 손을 내밀었다.

그레타는 즉각 소년이 암시장을 관할하는 갱단의 일원이라는 것을 알아챘다. 그들은 보호를 명목으로 돈을 뜯어내고 있었다. "뭐야?" 그녀는 그를 향해 소리쳤다.

"담배를 줘!"

"완전히 미쳤구나. 난 더 이상 없어."

"우리가 없었으면 네겐 재봉틀도 없었을 거잖아." 그는 손가락 사이로 휘파람을 불었다.

어느새 두 번째, 조금 더 나이 많은 아이가 나타났다. 그는 그레타를 뒤에서 잡고, 첫 번째 아이가 그녀의 코트를 젖히고 안감 속을 살펴보았다. 그레타는 있는 힘껏 저항했다. 발로 차고 주먹을 휘둘렀다. 그러나 세 번째 아이가 와서 그녀를 제지했을 때 그녀는 더 이상 어찌해 볼 도리가 없었다. 결국 쓸모 있는 것을 전혀 얻지 못한 첫 번째 아이는 그녀의 모자를 벗어 자신의 머리에 썼다. 그런 다음 그녀의 카디건 안으로 손을 넣어 그녀의 가슴을 만졌다.

"저주받을 개자식들아!" 그레타가 악을 쓰고 아이의 얼굴에 침을 뱉었다.

기차역에서 한 노인이 수레를 끌며 오다가 그들을 발견했다. "뭐 하는 짓이냐? 이 나쁜 새끼들아!"

아이들은 그레타를 놓아주고 달아났다.

"집으로 꺼져! 안 그럼 내가 가만 안 둘거다." 노인이 그들의 뒤통수에 대고 소리쳤다. 그녀는 울면서 코트를 채웠다. "고맙습니다."

"어디까지 가야 하니?"

"노이엔하임입니다."

"하나님, 얘야. 거기까지 어떻게 가려고 그러니?" 노인이 물었고, 재봉틀을 손수레에 싣고 가자고 제안했다.

그들은 함께 구시가지를 지나갔다. 하지만 시장에는 군용트럭으로 가득 차 있었고, 그레타는 발길을 멈췄다.

"걱정하지 마, 얘야. 재봉틀은 금지 품목이 아니야. 암시장 밖에서라면 아무도 네게 뭐라 할 수가 없어. 누군가에게 선물로 받은 것일 수도 있잖아. 내가 준 것일 수도 있고 말이야." 노인이 그녀를 달래 주었다.

댐을 가로지르는 다리 앞에서 그레타는 나머지는 혼자 해낼 수 있다고 그에게 말했다. "저기가 숙모 할머니 집입니다. 거기에 재봉틀을 맡겨 두면 됩니다."

그녀는 노인에게 감사 인사를 하고 주철 프레임을 들어 올려 다리 위로 재봉틀을 끌고 갔다. 비가 내리기 시작했다. 늘 쓰던 모자가 없어 그녀는 비를 그대로 맞았고, 거의 벌거벗은 느낌이 들었다. 그레타는 노이엔하임 강둑에서 무거운 재봉틀을 계단 아래로 끌어 내렸다. 그리고 다리를 가로질러 히르쉬 길에 접어들었다. 미국인들의 것이 아닌, 사실 엘리제 할머니의 집인 빌라 현관문은 열려 있었다. 그레타는 상황을 파악하고자 했다. 그녀는 먼저 지프의 덮개를 단단히 조이고 있는 미군을 보았다. 그는 차 주위를 돌며 마무리를 하고 있었다. 그녀는 그를 알아보았다. 쿠퍼였다.

"젠장, 저 자식을 완전히 잊고 있었어!" 그녀는 몸이 얼어붙었고 젖은 머리를 떨면서 쓸었다. 그런 다음 결심을 굳히고, 시선을 땅에 고정시킨 채 차도를 지나 언덕 위로 재봉틀을 끌어 올렸다. 뒤쪽 자갈길에서 발소리가 들렸다. 놀라서 돌아보니 흑인 병사가 서 있었다.

그는 내리는 비를 아랑곳하지 않고 팔짱을 끼고 그녀를 지켜보고 있었다. "개자식 아가씨?"

그레타는 그의 시선을 피하고 다시 앞을 향해 걸었다. 하지만 끌고 간다고 해도 그 무게 때문에 거의 앞으로 나아갈 수가 없었다. 1미터가 영원처럼 느껴졌다. 차가운 날씨에도 불구하고 그녀의 몸에서는 땀이 흘렀다. 두려움 때문에.

그녀는 언덕길의 굽이에서 다시 뒤를 돌아보았다. 쿠퍼는 아직 길 한가운데에서 비를 맞으며 선 채 그녀를 보고 있었다. 그녀의 눈동자가 왼쪽, 오른쪽, 다시 왼쪽으로 바쁘게 움직였다. 도움을 요청할 누군가가 있기를 간절히 바랐다. 하지만 거기엔 사람의 영혼조차 없었다. 그녀와 이 흑인, 단둘만이 세상에 있는 듯했고 어느새 그가 그녀의 시선에서 서서히 사라졌다.

그녀는 무거운 기계를 비탈길로 올리고 정신없이 헐떡거렸다. 이제 저 모퉁이만 돌면 집까지는 100미터도 남지 않았음을 알았다. 그런데 그녀의 뒤에서 갑자기 빠른 발소리들이 들려왔다. 갑자기 땅이 흔들리며 자신을 향해 누군가가 덮치는 것을 느꼈다.

"꼴이 도대체 이게 뭐냐!" 그녀가 문을 열고 들어서자 엄마가 소리쳤다. 그레타는 눈이 퍼렇게 멍 들었고, 손에는 긁힌 상처가 있었으며, 코트 소매는 뜯겨 나갔고, 블루머의 무릎 부분이 찢어져 있었다.

"도대체 무슨 일이 일어난 거니?" 구스테 할머니가 물으며 옷을 벗는 것을 도와주었다.

그레타는 울고 싶었지만 입술을 꼭 다물고 침묵을 지켰다. 구스테는 깨끗한 천을 가져와 상처를 치료했고, 엠마는 딸을 부드럽게 씻겼다.

"난 그 아일 혼자 내보내면 안 된다고 늘 말했어." 그레타가 속옷만 입고 있었기에 할아버지가 뒤로 돌아선 채 목이 꽉 잠긴 소리를 내뱉었다. "암시장은 너무 위험해."

문을 두드리는 소리가 들렸다. 그레타는 움찔했다. 구스테와 엠마는 의심스러운 표정으로 서로를 바라보았다. 이곳에 살기 시작한 이후로 낯선 사람이 한 번도 찾아오지 않았기 때문이었다. 심지어 엘리제 할머니조차도 이곳을 방문한 적은 없었다.

"안녕하세요?" 낭랑한 남자 목소리가 들렸다.

그레타의 피가 얼어붙는 느낌이었다. 또 한 번 문을 두드리는 소리가 들렸다. 이번에는 조금 더 거칠었다. 구스테는 살금살금 다가가 문을 살짝 열어 보더니 다시 쾅 닫았다.

"여보, 밖에 흑인이 있어!" 그녀는 흥분해서 목소리를 낮춰 말했다. "여기 뭘 하러 온 거지?"

그레타는 창문을 통해 흘낏 군복을 보았고 쿠퍼라고 확신했다. 서둘러 아무렇게나 옷을 찾아 입었다. 저 놈은 뭘 하러 왔을까? 자신을 체포할지도 모른다는 생각에 달아나려고 했다. 그런데 어디로? 그녀에겐 방도가 없었다.

“저 사람이 날 찾으면 안 돼!” 그녀는 떨리는 목소리로 말하며 할아버지의 침대 아래로 기어 들어갔다. 거기라면 문 쪽은 잘 볼 수 있지만 밖에서는 그녀가 보이지 않을 것이었다.

“저 사람이 네게 무슨 짓을 했어?” 구스테가 조용히 물었다.

“안녕하세요?” 쿠퍼가 다시 문을 두드렸다.

그레타는 쿵쾅거리며 뛰는 자신의 심장 소리만 들은 것이 아니었다. 멀리서 꿀꿀거리는 소리도 들려왔다.

“트루먼! 트루먼이 발각되면 압수될지도 몰라!”

“내가 나가 볼게.” 구스테가 결단을 내렸다. “루드비히, 그 돼지 소리 안 들리게 뭐라도 연주해 줘!” 짧은 기도를 올린 후 그녀는 용감하게 문을 열었다.

“안녕하세요?” 흑인 병사가 반복했다. 그레타는 그가 친절하게 웃으며 자신의 옆에 놓인 재봉틀을 가리키는 것을 보았다.

구스테는 당황한 채로 재봉틀과 그의 검은 얼굴을 번갈아 바라보았다. 구스테는 전혀 이 상황을 이해할 수가 없었다.

“여기, 저 아가씨에겐 아주 소중한 건가 봅니다.” 그는 미국식 악센트로 말했고, 할머니에게 그레타의 모자를 내밀었다.

돼지가 꿀꿀거렸다.

“루드, 어서!” 구스테 할머니가 뒤를 돌아보며 흥분해서 말하고는 미군 병사를 향해 어색하게 웃었다.

“안녕히 계세요.” 쿠퍼 일병은 자신이 이 가족들에게 불러일으킨 두려움을 느끼는 것 같았고, 정원 문을 향해 걸어갔다.

드디어 할아버지가 트럼펫을 연주하기 시작했다. 할아버지는 세자르 프랭크의 <아베 마리아> 외에는 재빨리 연주할 마땅한 곡이 떠오르지 않았다. 미군은 그 자리에 멈춰 섰다.

“하나님, 그가 가고 있잖아.” 구스테 할머니가 소리치며 남편에게 멈추라는 신호를 보냈다.

쿠퍼는 돌아서며 “감사합니다!”라고 말했다.

그러고 나서 그레타는 차가 출발하는 소리로 그가 떠나는 것을 알았다.

“이게 뭐야?” 구스테 할머니가 당황스러워했다.

“그리고 이 신기한 재봉틀은 도대체 어디서 온 거야?” 엠마가 물으며 기계를 구석구석 살폈다.

“정말로 갔지?” 그레타가 침대 밑에서 기어 나왔다. 그러고 나서 그녀는 시장에서 재봉틀을 샀는데 두 명의 아이가 그녀를 따라와—결국 모자와 함께—재봉틀을 빼앗아 가 버렸다고 설명했다.

“오, 하나님. 아가.” 엠마가 말하며 그레타의 멍을 쓰다듬었다. 그들은 싱거를 보물처럼 오두막집으로 들였다. 그런 다음 천으로 닦아 내고, 손잡이를 조심스럽게 돌려 바늘이 움직이는 것을 보았다. 엠마는 작은 서랍에서 실을 찾아내고 아래 실을 감아올려 윗실을 끼웠다. 발판 위에 발을 올리고 벨트를 움직여 천 조각으로 시험 삼아 바느질을 했다. 모든 것이 완벽하게 작동했다.

"찢어진 옷, 이리 가져와. 그레첸!"

엠마가 말했다. 재봉틀의 덜커덩거림이 방 안을 가득 채웠고, 그러자 두고 떠난 고향 집을 떠올리게 했다. 엠마는 오랜만에 활기를 되찾았다.

"쉿! 잠깐만 멈춰 봐!" 할아버지가 명령했고 귀를 기울였다. 그가 제대로 들었다. 밖에서 누군가가 트럼펫을 연주하고 있었다.

"누가 부는 거죠?" 그레타가 물었고 창문으로 달려가 밖을 보았다. "아무도 안 보여요."

"조용히." 루드비히가 감동에 젖은 목소리로 말했다. "저건 방금 내가 연주한 곡이야. <아베 마리아>."

그레타는 할아버지를 바라보았다. 그는 전기 충격을 받기라도 한 것처럼 보였고, 옷장에서 트럼펫을 꺼내 여자들의 놀란 시선을 무시하고 허리띠에 꽂았다. 그리고 오두막 정원으로 절뚝거리며 나갔다.

"뭘 하시려는 거지?" 그레타가 속삭였다.

엄마와 구스테 할머니도 이제 모두 창에 달라붙어 밖을 응시했지만 아무것도 보이지 않았다. 그저 트럼펫을 연주하는 소리를 들을 수 있을 뿐이었다.

그 소리는 아름다웠지만 그레타는 즐길 수가 없었다. 왜냐하면 열린 정원 문 앞에 쿠퍼 일병이 서서 볼을 부풀려 트럼펫을 불고 있었기 때문이었다. 곡이 끝나자 얼굴 가득 미소를 지었다.

"들어와요." 할아버지가 그에게 외쳤고, 그레타는 숨 쉬는 것조차 잊었다. "나는 루드비히라오."

열린 문으로 들려오는 소리를 그녀는 들었다. “제 이름은 밥입니다. 만나서 반갑습니다!”

얼마 뒤 할아버지가 오두막의 문을 열었고 그 뒤로 커다란 나무 같은 남자가 머리를 내밀었다. 그레타는 놀라서 엄마 뒤로 숨었다. 하지만 엄마는 그에게 다가가 손을 내밀었다.

“재봉틀 고맙습니다.” 그녀가 말했다.

쿠퍼는 그레타를 바라보았다.

“괜찮아요?” 그가 물었다.

그녀는 수줍게 고개를 끄덕였다.

트루먼이 꿀꿀거렸다. 그레타는 피가 얼어붙었다.

“뭐죠?” 밥이 호기심을 가득 담아 소리 나는 쪽을 가리키며 물었다.

그 누구도 대답하지 않았다. 트루먼은 더 크게 울어 댔다.

“저건 우리 집에서 기르는 동물입니다.” 구스테 할머니가 마침내 침묵을 깨고 말했다.

“집 동물?” 밥이 물었다.

“개나 고양이 같은.” 구스테 할머니가 다시 말했다. 그녀는 개 짖는 소리와 고양이 우는 소리를 내며 낯선 사람이 분명히 이해할 수 있도록 했다. “먹으려고 기르는 것이 아닙니다.”

밥이 문밖으로 얼굴을 내밀었고, 그 순간에도 한때 새끼 돼지였지만 이제는 훌륭하게 자란 30킬로그램짜리 암퇘지가 울부짖으며 울타리를 넘보고 있었다.

“자, 그레첸. 재가 뭘 할 수 있는지 보여 줘!” 구스테 할머니가 말했다.

그레타는 밥의 옆으로 비켜 나가 자기가 가장 좋아하는 동물에게 달려갔다. 그녀가 울타리를 열자마자 돼지는 나와서 즉시 발랑 드러누워 배를 긁어 달라고 했다.

"잘했어! 이제 앉아!" 돼지는 말을 잘 들었다. 다음 명령대로 바닥에 납작 엎드려 그레타를 충성스러운 눈으로 바라보고 있었다.

엠마, 구스테 할머니와 할아버지를 따라 미국인이 가까이 다가왔다.

"가족 구성원 같죠?" 그레타의 엄마가 다소 과장되게 웃었다.

"잘했어! 트루먼." 그레타는 돼지에게 도토리를 주었다.

"트루먼? 지금 우리 대통령 이름?" 밥이 눈을 크게 뜨고 물었다.

모두가 숨을 죽이고 말았다. 많은 관객에게 고무받은 돼지는 다음 재주를 선보이고는 울타리 안으로 들어갔다.

밥은 손뼉을 쳤다. "트루먼!" 그는 웃음을 터뜨리며 말했고, 그 웃음이 가족 모두에게 전염되었다.

다음 날 아침 문 앞에는 쓰레기통이 하나 놓여 있었다. 그 위에 판지로 된 표지판이 있었다. 트루먼을 위해.

3주 뒤 11월 22일 오후, 그레타는 할아버지와 함께 새롭게 창당된 기독교 민주연합당 CDU의 의장인 콘라트 아데나워 박사가 연설하기로 되어 있는 클링엔테이히 체육관으로 갔다. 그녀는 다리를 잘 쓰지 못하는 할아버지를 위해 좌석을 구하려고 노력했다. 그러나 장애인들에게 우선권이 있기는 했지만 좌석은 턱없이 부족했다. 전체 회의장의 절반 이상이 팔이나 다리가 없는 사람들이었고, 많은 사람들은 시력을 잃었다. 그레타는 벽에 동프로이센의 지도를 배경으로 등에 보따리를 멘 깡마른 남자가 그려진 포스터를 보았다. 그 위에는 난민을 돕자라고 쓰여 있었다. CDU를 선택하라고도 쓰여 있었다.

할아버지는 벽에 기대어 있었고, 그레타는 그 옆에 발끝을 세운 채 서 있었다. 얼굴에 흉터가 난 늙은 정치가가 임시 무대에 올라갔다.

"사실상 독일 제국은 더 이상 존재하지 않으며, 독립된 국가 통치권도 없습니다. 동맹국들이 완전한 권력을 가지고 있습니다." 아데나워는 그녀에게 낯선 라인 지방의 악센트로 말했고, 그레타는 그가 '쉬Sch'를 '흐Ch'로 발음한다는 것을 알아챘다.

"우리의 목표는 독일의 부활입니다. 독일은 분권화된 민주적 연방국이 되어야 합니다. 우리는 이러한 독일의 국가적 구조가 이웃 국가들에게도 가장 좋다고 믿습니다. 저는 가까운 미래에 독일이 속한 유럽 연합국이 형성될 것이며, 그렇게 되면 종종 전쟁으로 시달리는 이 유럽 대륙이 지속적으로 평화라는 축복을 누릴 것이라고 희망합니다."

그레타는 이미 열아홉 개의 잘못된 '쉬'를 헤아리고 있었고, 다른 남자들처럼 그녀의 할아버지가 열광적으로 박수 치는 것을 지켜보았다.

정치인은 계속해서 말했다. “우리는 모든 것을 빼앗겨 버린 수백만 명의 난민들을 물질적, 사회적, 문화적 측면에서 돌보고 돕고자 합니다. 그들을 돌보는 것은 기독교적 자비와 사회적 지혜의 명령이며, 비사회적 요소들의 증가를 막기 위한 것입니다.”

정치인이 떠나고, 루드비히 사브론스키는 아직 남아 있는 동프로이센, 포메른, 슈데텐 출신의 사람들과 논의를 이어 갔다.

“그는 어떻게 우리가 고향을 되찾을 수 있는지에 관해서는 한마디도 하지 않았어.” 할아버지가 분노를 담아 말했다.

맞아! 그레타가 생각했다. 지도자가 살아 있다면 이런 일은 없었을 것이었다.

하이델베르크 출신의 새로운 정당 멤버가 합류하여 고향에서 추방된 사람들을 설득하려고 들었다. 처음에는 논쟁으로, 다음은 붉은 황소가 그려져 있는 맥주와 함께.

재떨이가 가득 찼고 담배 연기가 그레타의 시야를 가렸다. 그곳에 있는 할아버지는 분명 그녀를 잊고 있었다. 그녀는 한숨 돌리기 위해 밖으로 나가서 광고판에 붙은 공지를 읽었다.

통행금지령

오전 1시 30분부터 5시까지 점유된 지역에서 외출하거나
자신의 집 밖에서 머무를 경우 벌금이나 처벌을 받게 된다.
경고: 군 경비병들은 그 시간에 보이는 모든 사람에게 발포한다.

11월의 안개에 갇힌 성령교회의 시계가 다섯 번을 울렸고, 적

어도 30분 안에 그녀와 할아버지는 길을 떠나야만 했다.

그레타는 할아버지를 출발시키느라 애를 먹었다. 그는 취했다. 그레타가 알기로 할아버지가 그런 적이 처음이었다. 그녀는 그를 카를 문까지 250미터를 끌고 갔다. 그는 비틀거리며 나무다리로 연결된 계단을 올라갔고, 한 손으로 난간을, 다른 한 손으로 손녀를 붙잡았다. 이미 어두워졌고 강 위로 짙은 안개가 뒤덮였다.

"정치인들은 모두 범죄자야." 그는 취해서 말했고, 네카어강 중간에서 멈춰 섰다.

"네, 할아버지. 그래도 계속 가야만 해요!" 그레타는 강 아래 물소리에 맞서 소리쳤고, 할아버지의 소매를 잡아당겼다. "곧 통금 시간이에요, 제발. 정신 좀 차리세요."

루드비히는 나무다리를 건너 끄트머리에 있는 네 개의 계단을 겨우 내려갔다. 그레타는 그의 겨드랑이에 팔을 둘러 지탱한 채 비틀거리며 히르슈 길로 올라섰다.

"모두 범죄자라고!" 그는 소리치며 빌라 지붕 아래 엘리제 할머니가 살고 있는 방향을 쳐다보았다. "범죄자야! 헤르만, 그 늙은 나치도 범죄자야. 엘리제 듣고 있니?"

"조용히 해요! 할아버지." 그녀는 절망적으로 그를 향해 소리쳤다.

루드비히는 그녀의 손을 확 밀어 냈다. "넌 나한테 아무 말도 할 수 없어. 그 누구도 내게 뭐라고 명령할 수 없다고!" 그는 소리쳤고, 균형을 잃고 땅으로 넘어졌다.

그레타가 그를 일으키려고 시도했다. 하지만 헛수고였다. 그녀는 차의 엔진 소리를 들었다. 차가 그녀를 향해 달려들었고 헤드라이트가 눈을 부시게 했다. 그녀는 떨리는 손을 들어 올렸다. 항복의 표시였다. 그녀의 목이 조여 왔다. 밥 쿠퍼가 차에서 내렸다. 그는 아무 말 없이 루드비히의 팔을 잡아 차에 앉혔다. 그리고 손짓으로 그레타에게 뒷좌석에 앉으라고 시킨 다음 그 둘을 데리고 언덕으로 올라갔다. 그는 말없이 후방 거울을 연신 들여다보았다.

오래지 않아 그레타는 이전 양봉장의 문을 열었다. 키가 2미터를 넘는 미국인은 허리를 잔뜩 숙여야 했다. 깜짝 놀란 할머니, 엠마와 피네의 시선을 받으며 할아버지를 오두막으로 옮겼다. 그리고 그를 침대에 눕혔다.

"무슨 일이 있었어?" 구스테가 물었다. 구스테는 할아버지의 손목을 잡고 맥박을 쟀다.

루드비히는 그녀의 손을 밀치며 밥을 가리켰다. "모두 범죄자야." 그는 중얼거렸다.

"루드비히!" 그의 아내가 말하며, 미군 병사에게 사과하는 눈길을 보냈다. "그런 뜻으로 하는 말이 아닐 거예요."

"안녕히 계세요." 쿠퍼가 말하며 그레타에게 짧은 눈길을 보냈다. 그녀는 입술을 깨물며 부끄러운 듯 바닥을 응시하기만 했다.

"밥?" 할아버지가 외쳤다.

그레타가 고개를 들어 보니 미군 병사가 할아버지를 긴장한 듯 바라보는 것이 보였다.

"넌 아니야. 넌 착한 사람이야." 누운 그대로 자세를 취하고 그에게 경례를 했다.

쿠퍼도 이마에 손을 들어 올려 군대식으로 인사하고 어둠 속으로 사라졌다.

"무슨 일이 있었어?" 지프차의 엔진 소리가 들리지 않을 때쯤 엠마가 물었다.

"공짜 맥주요." 그레타가 대답하며 얼어붙은 손을 문질렀다.

"어디서 났어? 아데나워가 줬어?" 구스테가 물었다.

12월에는 기온이 영하 20도까지 떨어졌다. 동프로이센 출신이라 추위에 익숙하기는 했지만 1946년 겨울은 그들에게 특히 혹독했다. 양봉장에서 생활하고 있었기 때문이었다. 그들에게 하이델베르크에서의 첫 번째 크리스마스는 그냥 지나갔다. 그들은 모두 함께 누워서 서로에게 온기를 전하며 그저 빨리 잠들기만을 기다렸다.

1947년 새해 첫날부터 3주 동안 네카어강의 선박 운행이 중단되었다. 강을 통한 식량 배급이 더 이상 이루어지지 않았고, 인근 라인강도 얼어붙었기에 식량도 석탄도 도시로 들어오지 못했다.

트루먼이 영하의 온도에도 생존한 것은 기적에 가까웠다. 정원 문 앞에 몰래 놓인 음식 쓰레기 덕분에 이 굶주림의 계절에도 돼지에게는 항상 먹을 것이 있었다. 때로는 음식물 쓰레기 사이에 석탄 조각도 들어 있었다. 이것이 그들의 생명을 구했는지도 모르겠다. 왜냐하면 그해 독일 전역에서 사람들이 굶주림과 추위로 사망했기 때문이었다. 수십만 명 이상이었다.

네카어강이 다시 라인강으로 흘러 들어갔을 때 봄은 이미 완연해 있었다. 강가의 초롱꽃이 피어나자 그레타는 처음으로 트루먼을 위해 허브 줄기를 모았다. 그녀가 정원 문을 열었을 때 익숙한 트루먼의 꿀꿀거리는 소리가 들리지 않아 깜짝 놀랐다. 그녀는 울타리로 달려갔다. 텅 비어 있었다. "트루먼, 트루먼! 어딨어?" 그녀가 소리치며 집으로 뛰어 들어갔다.

구스테와 엠마는 돼지고기를 소금에 절이고, 고기를 삶기 시작하고 있었다.

그레타는 소리 지르며 울었다. "왜 아무 말도 안 해 줬어요?"

"들어 봐, 아가." 구스테 할머니가 그레타를 안으려고 했다. 하지만 그녀는 할머니를 밀쳤다.

"계획한 건 아니야." 엠마는 두 개의 커다란 포크로 삶은 고기를 국물에서 꺼내 식탁에 올렸다. "도축장에서 날짜를 잡았다는데 그걸 거절할 수가 없었어."

"난 작별 인사도 못 했다고!" 그레타는 울며 밖으로 달려 나갔다. 그녀는 정원 문을 열고 거리를 내달렸고, 소용돌이치는 강 위에 서서 세상을 향해 스스로의 슬픔을 모두 토해 낼 때까지 울음을 멈추지 않았다.

다음 며칠 동안 그레타는 계속 마음이 참담했고 선지 수프든 내장이든 그 무엇도 먹고 싶지 않았다. 구스테 할머니가 돼지 간을 곁들여 슈페츨레*를 만드는 동안 그녀의 위가 딱딱하게 굳어졌다.

"멍청하게 굴지 마." 엄마가 말했다. "뭐라도 먹어야 해! 넌 너무 말랐단 말이야."

엠마는 돼지고기 커틀릿과 절인 양배추, 삶은 감자 등을 내놓았다. 배가 너무 고파 어쩔 수 없이 한 입을 억지로 먹었다. 그러나 고기가 그녀의 혀에 닿자 목이 메었고, 그녀는 밖으로 달려나가 정원 울타리에 토했다. 길에서 언덕으로 누군가가 올라오는 발소리가 들렸고, 벚나무 사이로 밥 쿠퍼가 문 앞에 통을 내려놓는 것이 보였다.

"이제 그만 들어와, 그레타!" 구스테 할머니가 외쳤다.

그녀는 손가락을 입술에 대고 손짓으로 할머니를 불렀다. "미군이 방금 뭔가를 내려놓고 갔어요." 그녀가 속삭였다.

구스테가 정원 문을 열었다. "미스터 밥!"

구스테 할머니가 돌아서서 가는 밥 쿠퍼의 뒤를 쫓았다. 그러다 그녀가 슬리퍼에 걸려 넘어지려고 하자 젊은 흑인이 붙잡아 주었다. 그런 다음 할머니는 그의 손에 잡힌 채 그와 함께 오두막으로 들어왔다.

"고마워!" 구스테 할머니가 말했고, 그레타가 이미 탁자 위에 가져다 놓은 통을 가리켰다.

"트루먼에게 줄 것입니다." 밥은 빙긋 웃었다.

* 밀가루에 달걀과 소금을 넣어 만드는 달걀 국수. 고기 요리와 같은 메인 요리의 사이드 메뉴로 곁들여 먹는 경우가 많다.

“트루먼은 이제 없어요.” 그레타가 볼멘 얼굴로 팔짱을 꼈다. 밥은 전혀 이해하지 못하는 듯했다.

“죽었어요.” 그녀는 반항적으로 칼로 목을 베는 시늉을 했다.

어른들은 잠시 서로를 바라보았다. 도살은 법으로 금지되어 있었다. 벌금을 내야 했다.

구스테 할머니는 방문객에게 자리를 제공했다. “앉으세요, 미스터 밥. 우리 집은 너무 낮아 당신이 일어서 있을 수가 없네요.”

“유리잔 두 개와 집에서 담근 슐루버체를 가져오렴, 그레첸.” 할아버지가 주문했고, 그는 밥에게 불법 술로 건배를 제안했다. “우린 당신이 얼마나 감사한지 말로 다할 수가 없어요.”

“아무것도 아닌걸요.” 흑인이 대답하고 할아버지처럼 단숨에 술을 비웠다. “오우, 젠장.” 그의 갈색 눈이 튀어나올 듯했고, 크게 벌려 더욱 커진 입을 닦으며 몸을 흔들었다. 그 흔들림은 웃음으로 이어졌고 모두에게 전염되었다.

그레타만 딱딱한 표정을 거두지 않았다. 그리고 밥이 가난한 집 이곳저곳을 둘러보자 그녀는 부끄러웠다. 하지만 할아버지가 이미 두 번째 잔을 채워 주었고, 엠마는 몸짓으로 밥에게 재킷을 벗으라고 했다. 밥의 뜯어진 소매를 고칠 수 있도록. 밥은 재킷을 벗고 할아버지 옆에 앉았다. 그러다 그레타의 엄마가 재봉틀로 빠르게 해진 옷 솔기를 꿰매는 모습을 보고 깜짝 놀랐다.

그레타는 이런 그를 몰래 지켜보았고, 그의 손바닥을 제외한 모든 것이 검다는 사실에 매료되었다.

더 잘 소통하기 위해 미국인은 자신의 『포켓 독일어 가이드』

를 주머니에서 꺼냈다. **친하게 지내지 말 것**—친목 금지, 대문자로 쓰여 있었다. 그레타가 나중에 안 사실이지만, 젊은 병사는 그 아래에 쓰여 있는 경고도 무시한 듯했다. 조심하라! 거리를 유지하라! 11년 전 독일인들의 다수가 나치당에 힘을 실어 주었다는 사실을 기억하라! 전체 독일 국민이 히틀러의 『나의 투쟁』을 읽었음을 기억하라!

"당신 다리는?" 밥이 물으며 할아버지의 다리를 가리켰다.

"지난 전쟁 때. 프랑스에서. 자네는 군인이 된 지 얼마나 되었나?" 할아버지가 물었다.

밥은 숫자를 익히지는 않은 듯했다. 그는 바지 주머니에서 꺼낸 종이에 '1944'라고 썼다.

"몇 살인가?" 할아버지가 덧붙여 물었다.

"스무 살. 26년에 태어났어요." 그는 말했고, 확실히 전달하기 위해 자신의 출생 연도인 '1926'을 종이에 썼다.

밥은 할아버지를 자주 방문했다. 두 사람은 집 앞 벤치에 앉아서 손짓발짓을 섞어 가며 이야기를 나누었다. 그레타는 항상 잡초를 뽑거나 잔디를 깎아야 한다는 핑계로 그들의 이야기를 들었다.

"구스테, 내 정당 카드 좀 가져다줘." 할아버지가 오두막 안을 향해 소리쳤고, 가져온 그것을 밥에게 보여 주었다.

"이것 봐. 당원 번호야. 두 자릿수야. 진즉부터 나는 사회민주당 당원이었어. 나는 나치가 아니야."

"아하, 사회주의자." 밥이 말했다.

며칠 후 밥은 메모지를 가지고 와서 누군가가 번역을 도와주었다고 말했다. 그레타는 모든 것을 이해하기 어려웠지만 프랭크 카프라의 영화 <흑인 병사The Negro Soldier>가 밥이 군대에 지원하게 된 동기가 되었단 사실을 알았다. 이 영화는 흑인들이 나치와 싸워야 한다고 설득했다.

밥은 『나의 투쟁』에 관해 무언가를 말했다. 그리고 그레타는 어린 시절 소녀단 행사에서 지도자의 책에서 읽었던 것을 떠올렸다. 때때로 잡지에서는 흑인들이 변호사나 교사, 심지어 장관이 되는 사진이 나오기도 한다. 이는 모든 이성에 대한 죄악이다. 반인종을 변호사로 훈련시키는 것은 범죄 행위이며, 미친 짓이다. 대독일제국을 건설하기 위해 우리는 제국에 반대하는 모든 사람들을 제거해야만 한다.

"히틀러는 범죄자였어." 할아버지가 말했다. 그레타는 더 이상 견딜 수가 없었다. 그녀는 오두막으로 들어가 밥이 떠날 때까지 기다렸다.

"자네는 얼마나 오랫동안 집을 떠나 있었나?" 다음 방문 때 밥에게 할아버지가 물었다.

1,048일. 그가 종이에 썼다.

"1,048일?" 할아버지가 되물었다.

밥은 고개를 끄덕였다.

자신도 늘 날짜를 세고 있다고 그레타는 생각했고, 1,762일 동안 아빠에게서는 아무런 소식이 없다는 것을 떠올렸다.

일주일 후 그레타와 엄마는 오두막에서 무릎을 꿇은 채 붉은 깃발 천을 펼쳐 놓고, 그 가운데 있는 하켄크로이츠를 가위로 잘라 내고 있었다. 그때 자동차 브레이크 소리, 정원 문이 열리는 소리가 났다. 그레타와 엄마는 급히 천을 모아서 침대 아래로 밀어 넣었다.

"엠마 부인!" 밥이 소리치며 집 안으로 들어왔다. "당신은 나와 함께 가야 합니다." 그는 몸짓으로 그녀에게 원하는 것을 설명하려 했지만, 아무도 제대로 이해하지 못했다.

엠마는 앞치마를 벗고 묶은 머리띠를 고쳐 매고 나무신을 신었다. "함께 가자, 그레타. 아무래도 좀 이상해."

세 사람은 군용 지프에 올라타 좁은 언덕길을 달렸고, 미군들이 사용하는 낯선 빌라에 도착했다. 밥은 경비병에게 경례를 한 후 두 여자와 함께 중위 프랜시스 윙클러에게 가서 그들을 소개했다.

"바덴 음식은 아주 맛이 좋아." 그 장교는 유창한 독일어로 재킷 아래의 배를 두드리며 말했다. "바느질을 곧잘 한다고 들었는데."

"네, 그렇습니다." 엠마가 대답했다. "그런데 제가 아무것도 가져온 게 없습니다. 치수를 재려면 도구가 필요합니다."

밥은 그레타와 함께 급히 돌아가 핀과 재단 분필, 줄자를 찾기 위해 바구니 상자를 뒤져야 했다.

엠마가 중위의 치수를 재는 동안 그레타는 지프 뒷좌석에 앉아 『포켓 독일어 가이드』를 꺼내 읽었다. "구텐 타아그, 프로이라인, 이쉬 쉬브레센 도이취.(좋은 날입니다, 아가씨. 나는 독일어를 씁니다.)"

그레타는 웃음이 나오려는 것을 참아야만 했다.

엠마의 솜씨에 대한 소문은 빠르게 부대 내에서 퍼져 나갔고, 밥은 정기적으로 엠마를 데리고 가 새로운 고객들에게 소개했다. 그녀는 고위 장교들을 위해 일했는데 그들 중 일부는 화려한 빌라에 가족과 함께 살고 있었다. 그리고 남쪽 하이델베르크의 로어바흐에 위치한 예전 대독일 막사에서 근무하는 일반 병사들을 위해서도 재봉일을 했다. 그레타는 항상 함께 다녔다. 그녀는 이제까지 끝도 없이 걸어서 다녀야 했던 도시를 차로 달리는 것을 즐겼다. 얼굴에 바람을 맞으며 그녀는 나중에는 절대 걷지 않고 차를 타기만 할 것이라고 꿈꾸었다.

엠마가 일하는 동안에 그레타는 항상 앞자리 조수석에 올라탔다. 밥이 그녀에게 독일어를 배우고 싶어 했기 때문이었다. 그는 소리글로 적어둔 노트를 언제나 가지고 다녔고, 그가 들은 모든 단어를 적어 놓고 자신의 언어에도 같은 의미의 단어가 있다는 것을 발견하고 재미있어 했다. "브라트부르스트, 프레츨, 도플갱어, 둠코프, 카페클라츠, 룩색."*

* 차례로 Bratwurst, Prezel, Doppelgänger, Dummkopf, Kaffeeklatsch, Rucksack. '구운 소시지', '매듭 모양 빵', '꼭 닮은 사람', '어리석은 사람', '커피를 마시며 수다 떨기', '배낭'이라는 뜻.

“발음이 완벽해요! 따라 해 봐요. 도너리첸.*”

“도너리첸. 그건 무슨 뜻이에요?”

“이런 식으로 써요. 도너리첸, 넌 또 무슨 짓을 했어? 아니면 도너리첸, 넌 정말 긴 이를 가졌구나.” 그레타는 모르겠다는 밥의 얼굴을 진지하게 바라보았다. “아니면 따라 해 봐요. 후프돌레.**”

밥은 그 단어를 반복해서 소리글로 적어 놓고, 그레타의 설명과 함께 이 단어가 특별히 아름답게 춤추는 여자를 일컫는 말이라고 덧붙여 적었다.

시간이 지남에 따라 밥은 어느 정도 의사소통을 할 수 있게 되었다. 비록 그레타의 악동 짓 때문에 가끔은 의미 없는 단어를 배우느라 거의 혀가 마비될 지경이 될 때도 있었지만.

“플루첸이라고 말해 봐요, 밥.”

“플루센?”

그레타가 웃었다. “**플루첸.*** 자, 다시 한번 해 봐요!”

“플루센.” 그는 얼굴 전체로 웃었다.

“당신 지금 일부러 멍청하게 말하는 거예요?”

“플루센이 뭔데?”

“손에 비누를 쥐고 있는데 손이 젖어서 비누가 미끄러져 바닥에 떨어지는 거예요. 그게 플루첸이야. 이해돼요?”

“이해돼! 매우, 매우 중요한 독일어 단어군!”

“맞아요! ‘실패’만큼 중요한 단어예요.”

* Donnerlittchen. ‘저런’이라는 뜻.
** Hupfdohle. ‘댄서’라는 뜻.
*** Flutschen. ‘순조롭게 진행되다’라는 뜻.

7월 4일, 미국의 독립기념일에는 모두가 가장 잘 어울리는 옷을 입었다. 할아버지는 버려진 군복으로 딸이 만든 정장을 입었고, 구스테 할머니는 검은색 의상에 돌아가신 어머니가 쓰던 모자를 썼다. 엠마, 피네, 그레타는 같이 맞추기라도 한 듯 비슷한 옷을 입었다. 드레스는 어깨가 넓고 소매가 부풀어 있으며, 주름치마와 빨간색 꽉 끼는 상의를 입었다. 다만 목의 둥근 라인이 그레타는 흰색 주름으로, 엠마는 검은색 주름으로 장식되어 있었다.

"나 이렇게 입기엔 너무 늙지 않았나요?" 이제 서른일곱 살이 된 엠마가 물었다.

할아버지는 목발로 정원 문을 두드렸다. "쓸데없는 소리 말고 서둘러. 안 그러면 늦겠어!"

"엄마, 너무 예뻐요." 그레타가 자신의 짧은 머리에 엄마가 묶어 준 빨간 리본을 연신 잡아당기며 말했다.

"조금만 더 천천히 걸어, 이 아가씨야." 할머니는 길에서 그레타에게 충고를 했다. "넌 마치 마구간지기처럼 걷고 있어!"

그레타는 모자와 바지를 입지 않았기에 옷을 제대로 입은 것 같지가 않았다. 더욱이 빨간 드레스가 눈에 띄었기 때문에 부끄럽기 그지없었다. 그러나 성 밖에서 빨간 여름 드레스를 입은 많은 여자들을 보고서야 가능한 한 잘 보려면 어디에 서 있어야 할 것인지에만 관심을 두었다.

북소리가 들렸다. 미군 군악대가 하이델베르크 성을 배경으로 대규모의 행진을 펼치며, <성조기여 영원하라>를 연주했다.

그레타는 발끝으로 서서 보는 순간 즉시 밥을 찾아냈다. 그는 연주자들 가운데에서도 가장 키가 큰 사람이기 때문이었다.

연주회가 끝난 뒤 트럼펫 주자는 낮은 벽 위에 앉아 있는 독일 가족에 합류했다.

"정말 멋진 연주였어." 할아버지가 칭찬했다.

밥은 그레타를 제외한 모든 사람과 악수로 인사했다. 그런 다음 그는 그레타가 안 보이는 척 주위를 둘러보았다. "내 작은 동생은 어디 있나요? 잃어버렸나요?"

"걘 외출 금지야." 그레타가 무뚝뚝하게 말했다.

"외출…… 뭐라고? 그게 뭔데?"

"집에 감금됐다고." 그녀가 한쪽 눈을 깜박이며 말했다.

밥은 동료들을 손짓으로 불러 카메라를 건네주었다. 그런 다음 그는 루드비히, 구스테, 피네, 엠마, 그레타 가운데 섰다. 그레타에게는 그가 가족의 일원인 것 같았다.

일주일 후 그녀는 평소처럼 얼굴에 깊이 모자를 눌러쓰고 네카어강변에 앉아 강에 돌을 던졌다. 그녀 뒤에서 차가 지나가며 경적을 울렸고, 돌아보니 밥이 엘리제 할머니의 빌라 입구에 서 있었다. 밥은 그레타를 바라보며 손을 흔들었다. 그레타는 반응하지 않고 다음 돌을 강에 던졌다.

그녀는 그가 다가오는 소리를 들었다. "이젠 외출 금지 풀렸어?" 그가 물었다.

"그래요, 풀렸어요." 그녀는 무표정하게 대답하며 물을 바라보았다.

“그레첸?” 밥은 메모장을 펼쳐 “어떻게 지내?”라는 말의 독일어 표현을 찾았다. “Wie geht es Ihnen?”

그녀는 대답하지 않았고 기계적으로 또 다른 돌을 강에 던졌다.

밥은 그녀 옆에 앉아 어깨를 가볍게 밀었다. “우리는 친구야. 너는 나한테 모든 것을 말할 수 있어.”

그레타의 눈물이 바지에 떨어졌다.

“야, 작은 형제. 무슨 일이야?”

그레타는 재킷 안주머니에서 독일 군복을 입은 병사 사진을 꺼냈다.

“네 아빠?”

그녀는 고개를 끄덕였다.

밥은 사진을 자세히 들여다보더니 그레타의 얼굴 옆에 갖다 댔다. “네 아빠, 너랑 닮았어!”

“아빠는 소련에 있어요.” 그녀가 화를 내며 코를 훌쩍였다. “오늘은 아빠 생일인데 1,863일 동안 소식이 없어요. 전쟁은 이미 끝났는데, 아, 정말! 왜 모든 군인들이 집으로 돌아오지 않는 거야. 이해가 안 돼요. 나는 가끔 아빠가 아직도 나를 알아볼 수 있을까 싶어. 5년이나 지났으니.”

밥은 의아한 눈으로 그녀를 보았다.

“아, 당신은 어차피 날 이해하지 못할 거예요.” 그녀가 말했고, 밥의 상사가 지프에서 그를 찾고 있음을 그녀는 밥의 뒤를 보고는 알아챘다. "당신을 찾고 있어." 그녀는 고갯짓으로 방향을 가리켰다.

밥은 담장에서 뛰어내렸다. "기다리고 있어, 그레첸!" 그가 그녀에게 외쳤고 급히 길을 건너 부사관에게로 달려갔다.

그레타는 네카어강의 반대편 상류로 항해하는 배들이나 구시가지에서 울리는 종소리에 신경을 쓰지 않았다. 그녀는 주머니에서 천 번 넘게 읽은 아빠의 낡은 편지를 꺼냈다. 전쟁이 끝나고 영원히 집으로 돌아갈 수 있다면 얼마나 행복할까? 하지만 이제 얼마 남지 않았어. 나는 당신에게 큰 사랑과 심지어 향수병까지…….

"안녕, 그레첸!" 밥은 숨을 헐떡였다. 그는 뛰어서 그녀에게 돌아왔다.

그녀는 반응하지 않았다.

"내가 집까지 데려다줄게." 밥이 말했다.

그들은 히르쉬 길로 나란히 올라갔다. 그레타는 숫자를 속삭였다.

"뭐라고?" 밥이 물었다.

"숫자를 세고 있어. 아빠 소식이 없는 날부터. 한 걸음마다 하루야." 그녀가 조용히 대답했다.

"알겠어." 그가 말하며 따라 세기 시작했다.

그레타는 독일어 숫자가 밥에게는 쉽지 않다는 것을 알고 있었기에 크고 명확하게 세었다.

“이백이십오.” 그들은 첫 번째 꺾어 드는 길에서 말했다. “사백칠십팔.” 두 번째 꺾어지는 길에서 말했고, 정원 오두막 높이에 올랐을 때 그녀는 팔백삼십이까지 셌다. 그들은 서로를 잠깐 바라보고 아무 말 없이 계속해서 산을 오르기 시작했다. 그들이 철학자의 길로 들어서고, 거의 1.5킬로미터를 걸었을 때 그레타가 멈춰 섰다. “천팔백육십삼!”

“어린아이에겐 많은 날이야.” 밥이 숨을 헐떡이며 말했다.

“난 더 이상 어린애가 아니야, 멍청아. 난 열여섯 살이라고.”

“크바취Quatsch. **뭐라고???**”

“바보 같은 소리를 하는 사람을 ‘멍청이Quatschkopf’라고 해.”

밥은 그녀 앞에 섰고 위협적으로 그녀를 내려다보았다.

“흔히들 ‘쉬나테르마울’*이라고도 하고, ‘플라페르한스’**라고 하기도 해.” 그레타가 농담하듯 말했다.

괜스레 진지한 척하며 밥은 메모장을 주머니에서 꺼내 펜으로 새로운 단어들을 적기 시작했다. 그리고 다시 주머니에 넣고 담배를 꺼내 그녀에게 건넸다.

“아니, 난 피우지 않아.”

“하지만 넌 어린애가 아니잖아.” 그는 필터 없는 담배를 입에 물더니 그레타에게 라이터를 건넸다.

그녀는 라이터를 켜고 팔을 뻗어 그에게 불을 붙여 주었다.

* Schnattermaul. ‘수다쟁이’라는 말과 함께 ‘바보같은 말을 하는 남자Quatschkopf’와 동의어로 쓰이기도 한다.

** Plapperhans. ‘수다쟁이’라는 뜻

그는 몸을 숙이고 공기를 들이마셨다. 불꽃 뒤에서 그레타는 그의 입술을 보았다. 흰색 담배를 물고 있는 입술을. 따뜻한 전율이 그녀의 몸을 휘저었다. 숨이 멎을 뻔했다. 그런 다음 그녀의 엄지가 뜨거워졌다. 그녀는 재빨리 라이터를 끄고 그에게 돌려주었다. 그녀의 심장이 두근거렸고 무릎은 점점 후들거리며 힘이 빠졌다.

침묵하며 그레타는 아무것도 보이지 않는 계곡을 내려다보았고, 밥이 자신을 바라보고 있다는 것을 느꼈다. 영원한 것처럼 느껴졌다. 그리고 그가 두 번째 담배를 피우는 소리를 들었다. 그녀는 긴장을 더 이상 견딜 수가 없었다. "밥은 저 산 위에 가 본 적이 있어요?" 그녀는 그를 보지도 않고 물으며 그의 뒤에 있는 산을 가리켰다.

"아니, 차를 타고 갈 수 있는 곳까지만 갔지."

"바보 같은 소리Papperlapapp!"

"파페를라Papperla. **뭐**?"

그레타는 돌아서서 그를 흘끗 보았다. 그는 미소를 지으며 다가왔다.

"가자!" 그녀가 말했다. 그리고 그에게서 멀어져 뛰어갔다. 그녀는 한 마리 산양처럼 하일리겐 산을 오르며 밥이 따라오기 힘들어하는 것을 알아챘다. "내가 너무 빠른 거야?" 그녀가 과장되게 외쳤고 장난스럽게 속도를 더욱 높였다.

비스마르크 탑에서 그녀는 15미터 높이의 나선형 계단을 뛰어올라 도시와 네카어강을 가장 아름답게 조망할 수 있는 전망대에 올라섰다. 탑에서는 발소리가 들리지 않았다. 그녀는 이쪽 저쪽으로 서둘러 옮겨 가며 난간 위로 몸을 구부리고 아래를 찾아보았다. 공포가 그녀를 엄습했다. "밥?" 대답하는 소리가 없었다. 햇빛이 그녀의 눈을 부시게 했고 더 선명하게 보기 위해 눈을 가늘게 떠야만 했다. 그녀의 시선은 그녀가 지나온 숲을 탐색했다. 그는 마치 땅속으로 사라진 것처럼 보이지 않았다.

그는 돌아갔을지도 몰라, 그레타는 생각했다. 그게 나을지도 모르지!

갑자기 그녀는 어깨에 손길을 느꼈다. 그녀는 천천히 돌아서며 그를 보았다.

밥의 시선이 그녀에게 집중되어 있었다. "새로운 단어를 배웠어." 그가 말했다.

"어떤?"

그가 입술을 살짝 내밀었다. "글루크스필스!"*

"글뤼위위익스필츠!GLÜÜÜckspilzzz!" 오래된 습관처럼 그녀가 고쳐 말했고, 그리고 그의 입술이 점점 다가오는 것을 숨도 쉬지 않고 바라보았다.

* Gluckspilz의 잘못된 발음. '행운아'라는 뜻.

다섯.

2015년 12월

'그런 여자는 네가 접근할 수가 없어. 그러기도 전에 작은 천사들이 네 엉덩이를 걷어차 버릴 거야.'

그레타는 잭 도슨이 타이타닉 호의 아래쪽 갑판에 앉아 있고, 그 위 일등석 갑판에 케이트 윈슬렛이 연기한 로즈가 나타나는 장면을 텔레비전으로 보고 있다.

톰은 소파에 누워서 졸고 있다. "엄마, 티브이 소리 좀 줄여 줄래요?"

그녀는 개의치 않고, 화면 밖에서 들려오는 노파의 목소리에 입을 벌린 채 귀를 기울이고 있다. '이미 겪은 일이기나 한 듯이 내 눈앞에 나의 삶이 보였어.'

톰은 소파 테이블에서 리모컨을 어떻게 집어 올 수 있을지 생각하지만 결국 포기하고 만다. 엄마가 흥미를 끌 만한 것을 찾아서 기쁘고, 크리스마스 날이라고 해서 특별히 무언가를 할 필요는 없기 때문이다.

'이러지 말아요!' 레오나르도 디카프리오가 외치며 케이트 윈슬렛이 차가운 대서양 바다로 뛰어들지 못하도록 막아선다.

영화음악의 강렬한 저음 사운드 때문에 소파가 진동한다. 이번 크리스마스는 완전히 망쳐 버렸다. 그가 아는 사람들은 사우스 티롤에서 스키를 타거나 코사무이 해변에서 일광욕을 즐기거나 케이프타운의 해안가에서 휴식을 취하기 위해 떠났다. 그런데 그는 쾰른 포르츠에서 시간을 보내고 있다. 엄마에게는 자신 외에는 아무도 없기 때문이다.

케이트는 도움을 요청한다.

'난 당신을 놓아주지 않을 거야!' 레오나르도가 소리친다.

톰은 포기한다. "나 없어도 <타이타닉> 혼자 볼 수 있겠어요?"

"너도 이런 걸 한 번쯤 보는 것도 나쁘지 않을 텐데." 그레타가 말하며 양털 담요를 꽉 그러쥔다.

"생각해 볼게요." 그는 저녁 식사 시간까지 남은 세 시간을 어떻게 보낼까 궁리하다 라인강변을 산책하기로 결정한다.

복도에서 그는 옷걸이에 걸린 재킷을 걸치고 나가려던 차에 4개월 전 물이 넘친 이후 여기에 있었던 상자가 어찌 되었는지 궁금해진다. 헬가가 치워 버렸나? 그는 위층으로 뛰어올라가 헬가 슈미츠 집 초인종을 10년 만에 처음으로 누른다. "메리 크리스마스, 귀찮게 하려고 온 건 아니고, 그냥……."

"날 귀찮게 하면야 좋지, 꼬맹아." 톰과의 마지막 만남 이후로 헬가는 더욱 둥실둥실해진 채 가장 무난한 쾰른 사투리로 말하며 그를 아파트로 끌어 들인다.

"사실은 그 상자들이 어떻게 된 건지 알고 싶어서요."

"오, 이런! 그건 나와 엄마 사이에 계속 불거지는 문젠데."

"안에 뭐가 들어 있는데요?"

"글쎄, 예전 아기방에 있던 물건들 아닐까? 바닥을 새로 수리하느라 꺼내 놓았던 거야."

"그냥 통째로 쓰레기장에 버리면 안 되는 건가요?"

"먼저 정리부터 해야겠지. 내가 그걸 정리하려고 몇 번이나 시도했는지 모른다. 엄마는 필사적으로 가로막았고. 그녀는 의심이 많아, 내가 자기에게서 뭔가를 빼앗아 간다고 생각하나 봐. 난 그 물건에 손대고 싶지 않다. 자, 이리 와. 네겐 커피가 필요한 것 같은데."

톰은 산책하려던 것을 까맣게 잊고 한순간도 망설이지 않고 헬가를 따라 주방으로 들어간다. 재킷을 벗고 어제도 여기에 있었던 것처럼 예전에 항상 숙제를 하고 식사를 하던 자리에 앉는다. 어릴 적 그는 항상 부모님을 둘러싼 압박감에서 멀리 벗어나 있는 이곳이 좋았다. 이제 그는 기름에 튀긴 음식, 담배, 커피 냄새가 밴 비닐 테이블보 냄새를 깊이 들이마신다. 어린 시절의 그 냄새를 맡으려고.

헬가는 시나몬 별 과자가 담긴 접시를 건네준다.

"고마워요." 그는 배를 쓰다듬는다. "지난 며칠 동안 적어도 3킬로는 더 쪘어."

"헛소리하지 마, 꼬맹아. 예전에 네가 제일 좋아하던 과자들이었어. 이젠 체중같은 거 신경쓰지 마."

톰은 그녀에게 반박한다는 것이 그다지 효과가 없다는 것을 알고 접시를 받아 식탁 위에 올려 둘 자리를 찾는다. 그러나 어디에나 신문 기사들이 흩어져 있다. 조심스럽게 다이어트 레시피들을 한쪽으로 밀어 낸다.

"그냥 아무렇게나 놓아둬. 나름 정리되어 있어."

"그래요, 헬가. 천재는 혼돈을 좋아하지." 그는 미소를 지으며 기사들을 훑어보고 일정한 체계를 알아차린다. 경품 쿠폰, FC 쾰른의 소식, 헬레네 피셔에 대한 보도, 그리고 자신의 기사를 발견한다. 12월 20일 자 ≪쾰른 익스프레스≫에 실린, 유명한 쾰른 사람들이 크리스마스 휴일을 어떻게 보내는지에 관한 기사다.

톰 몬데라스는 가족과 함께 평온한 축제를 보내고 있다. 그는 크리스마스트리에 장식을 매달며 카메라를 향해 미소를 짓고 있다.

"모두 집어넣을게." 헬가가 말하며 헨네스의 초상화가 그려진 커피 머그잔을 건넨다. 그리고 발판 위로 올라가 숨을 몰아쉬며 벽장에서 파일 폴더를 꺼내 온다.

톰은 주황색 주방 시계를 쳐다본다. 40년 전에는 아래층으로 내려가서 잠을 자야 할 시간을 보여 주던 시계다.

"난 너에 관한 모든 걸 스크랩해." 헬가는 자신의 앞에 체계적으로 정리된 보물을 훑어보며 말한다. 스물다섯 살 때 그가 스레브레니차에서 발생한 대규모 학살에 대해 어떤 기사를 썼는지를. 몇 년 후에 그는 ≪슈피겔≫지의 인터뷰에서 학생 시절, 이 첫 번째 기사를 위해 저널리스트 신분증을 위조했음을 고백했다.

"이건 뭐죠?" 그는 텔레비전 화면에서 찍은 흐릿한 사진을 가리킨다.

"파리였어. 그때도 긴 머리는 여전했지?"

"아직 회색은 아니네요, 헬가!" 그는 다이애나가 사망한 알마 터널 입구에서 마이크를 손에 들고 서 있는 자신의 사진을 본다. 그가 처음으로 출연한 텔레비전 뉴스였다. 1997년 여름.

톰은 계속 들춰 보며 헬가가 자신에 관한 모든 것을 연대순으로 정리해 두고 있음을 확인한다. 또 2001년 9월 세계무역센터 공격으로 사망한 바덴 기업가에 대한 보도 화면에서 찍힌 사진도 있다. 허리케인 카트리나의 후유증에 대한 기사의 폴라로이드 사진에 찍힌 그는 무능한 루이지애나 주지사 캐슬린 블랭코에 맞서 쥐가 시신을 파먹는 사진을 들고 있다. 그는 이 기사로 2005년 CNN 저널리스트 상을 받았고, ≪쥐트도이체 차이퉁≫, ≪벨트≫, ≪슈피겔≫지 등에 수상 소식이 실렸다. 상을 받은 후 CNN은 그에게 스카우트를 제안했고, 그는 헬가에게 뉴욕에서 엽서를 보냈다. 난 내가 쾰른이 아닌 다른 도시와 사랑에 빠지게 될 것이라고는 꿈에도 생각지 못했어요. 그런데 인정해야 할 듯해요……. 톰은 선거운동 기간 동안 오바마와 인터뷰하고 베를린까지 동행했다. 그가 선거에서 승리한 후 헬가의 우편함에는 그녀의 모든 신랄한 친척들도 부러워할 만한 사진이 들어 있었다.

그녀의 아이가 미국 대통령 옆에 서서 웃고 있는 사진이었다. 그녀는 이 사진을 액자에 넣었다.

"나도 너 때문에 위성 안테나를 따로 샀잖아."

"그런데 영어도 알아들어요?"

"아냐!" 헬가가 말하며 담배를 피웠다. "그래도 뭔지는 알아. 한 대 피울래?"

그는 잠시 망설였지만 결국 굴복했다. 입에 담배를 물고 두 번째 폴더를 열었는데 그 속에는 2010년 아이티 지진 사진들이 있었다. 여진이 다시 일어났을 때 생중계를 진행하고 있었다. 사람들이 패닉에 빠져 뛰어다니며 비명을 지르고 있었다. 톰은 안전한 곳으로 이동조차 할 수 없는 피 흘리는 소년을 발견했다. 그는 마이크를 내려놓고 아이를 안아 안전한 곳으로 옮겼다. 이 기사는 전 세계로 퍼져 나갔다. 마지막 투명한 속지에는 2012년 10월에 발표된 ≪프랑크푸르터 알게마이네≫의 기사가 들어 있었다. 제목은 FFD의 보도국 앵커가 쾰른 출신으로 선정되었다였다.

"그리고 이게 쾰른 폴더야." 헬가가 말하며 폴더를 열었다.

쾰른 버전의 브래들리 쿠퍼가 우리의 저녁 뉴스를 진행합니다라는 기사도 2012년 ≪쾰른 익스프레스≫의 표지에 실렸다.

톰은 웃음을 참을 수 없었다. 그는 항상 무심한 척하고는 있었지만 자신의 외모에 대한 이런 식의 비교가 싫지는 않았다.

"다시 돌아와서 다행이야." 그녀가 말했다.

"대성당이 그리웠지요." 하지만 이것은 반만 맞는 이야기다. 엄마가 없었다면 그는 아마 미국에 그대로 남았을 것이다. 그는 엄마를 데려가려고 했지만 그녀는 온몸으로 거부했다. 엄마가 톰에게 한 말이다. "내 평생 절대로 미국 땅에 발을 디딜 일은 없어."

"나하고는 상관없는 일이지만, 너 정말로 그 주이 디샤넬과 데이트한 적 있었니?" 헬가가 묻고는 쿠키 통에서 더 많은 과자를 꺼내 온다.

"뭐요? 내 연애에 대한 폴더는 없어요? 정말 실망인데."

"음, 사람들은 너 같은 사람이 왜 여자 친구가 없나 궁금해해. 결혼에 대해 생각해 본 적은 없어? 나이도 점점 먹고 있잖아."

"결혼에는 별로 관심이 없어요, 헬가." 그는 일어나서 재킷을 팔에 걸치며 말한다. "엄마가 정신이 없는 틈에 정리를 좀 해야겠어요. 적어도 이 상자들을 내 예전 방에 다시 옮기는 것부터라도."

"딴 얘기로 새지 마, 꼬맹아. 이 주제가 아직 끝나지 않았어!" 헬가는 진지한 표정으로 톰을 쳐다본다.

천천히 계단을 내려가며 톰은 헬가가 아직도 자신을 '꼬맹이'라고 부르는 것에 절로 미소가 나온다. 그리고 그녀가 자신을 여전히 아들처럼 대하고 있다는 사실에도. 헬가는 그가 잘못이라도 하면 언제나 솔직하게 꾸짖어 바로잡았다. 하지만 그녀는 항상 그를 지지했고 그를 자신의 피붙이인 양 외부로부터 옹호했다. 한참 펑크 문화에 빠져 있었을 때, 남의 집 벽에 스프레이를 뿌리다가 경찰에 적발된 적이 있었다. 그 때문에 부모님이 그를 기숙학교에 보내려고 했을 때에도 헬가는 그를 위해 사자처럼 싸웠다. 단 한 번만 빼고. 1997년 아버지가 갑작스레 심장마비로 돌아가셨을 때 톰이 런던에서 다이애나비의 장례식을 취재하는 것이 더 중요하다 생각해 쾰른으로 갈 수 없다고 하자 그녀는 혼자라도 영국으로 와서 톰의 귀를 잡고 해협을 건너겠다고 위협했다.

톰은 살그머니 아파트 문을 열고 거실 쪽으로 다가가 슬쩍 들여다본다.

'배가 정박하면 나는 당신과 함께 배에서 내릴 거야.' 로즈가 말하고, 그레타는 손수건에 대고 코를 푼다.

'그건 정말 미친 짓이야.' 잭이 대답한다.

'그래서 그렇게 하고 싶은 거야.' 그녀는 열정적으로 그에게 키스한다.

톰은 방문을 닫고 이제 최소한 30분 동안은 방해받지 않고 정리에 몰두할 수 있음을 알고 있다. 그는 가져온 상자들을 이전 자신의 방으로 옮기고 주방에서 큰 쓰레기봉투를 가져와 작업에 착수한다. 거실에서 로즈와 잭이 북대서양의 침몰하는 타이타닉에서 생존을 위해 싸우는 동안 그는 1989년 그가 떠난 뒤 여기에 남겨진 모든 것을 정리한다. 지난 30년 간의 보험 서류, 독일도서출판협회의 읽지 않은 제안서, 트럼펫, 종이 쇼핑백과 플라스틱, 세탁소에서 가져온 옷걸이, 돌아가신 아버지의 셔츠, 오래전에 사라졌던 가전제품 설명서, 그리고 미처 분류하지 않은 사진이 들어 있는 상자. 그는 종이는 따로 봉투에 넣고 옷, 플라스

틱은 한꺼번에 봉투에 넣는다. 사진 상자와 트럼펫은 옷장에 다시 밀어 넣는다. 점점 더 극적으로 치닫는 영화음악은 잭이 얼어붙은 바다에서 죽을 것임을 알려 준다. 톰은 서둘러야 한다는 것을 안다. 그는 가득 채운 봉투들을 들어 아파트 문밖에 둔다.

잔뜩 울고 난 눈을 비비며 그레타는 거실 문을 열고 마지막 쓰레기봉투를 들고 나가는 톰을 보며 말한다. "뭐 해, 거기서?"

"쓰레기 버리려고." 톰은 엄마에게 무심하게 대답한다.

"어떤 쓰레기야?" 그레타는 열린 이사 상자를 보고 그에게 다가가 손에서 쓰레기 봉투를 빼앗는다.

"난 아직 분류하지 않았어."

"엄마, 제발!"

그레타는 <타이타닉>의 엔딩 음악에 맞춰 한 번에 하나씩 쓰레기봉투를 문 앞에서 문 안으로 끌고 들어온다.

"이건 다 버려도 괜찮은 거야, 엄마. 믿어도 돼!"

"넌 판단할 수 없어." 그레타는 죽은 남편의 재킷을 꺼낸다. "이건 아직 괜찮잖아!"

톰은 엄마에게 옷은 버리지 않고 수거함에 넣을 생각이었다고 설득한다. 그러자 그녀는 종이를 버린 봉투를 가져와 한 묶음을 끄집어낸다.

"이건 1975년 통장 내역이야. 그리고 이건 이미 철거된 차고문 작동 안내서고." 그는 종이를 다시 그녀의 손에서 빼앗아 쓰레기봉투에 던진다.

"어쨌든 넌 이 모든 것을 버릴 수 없어!" 그레타가 소리를 지르며 낡은 문서들을 꺼낸다. "넌 몰라. 이게 얼마나 소중한지."

톰은 이 모든 것을 팽개치고 달아날까 생각한다. 엄마는 쓰레기 더미 속에서 썩어 갈 것이다. 나는 왜 이 스트레스를 자초한 것일까. 그는 지금 담배를 피우고 싶다. 그러나 헬가에게 가서 담배를 달라고 하는 것은 그녀를 이 일에 개입하게 만들고, 상황이 더욱 악화될 수도 있음을 의미한다. 그는 자신의 옛 침대에 앉아 엄마가 빛바랜 수건을 꺼내고 그 속에서 머리를 마는 롤러 가방을 발견하는 것을 지켜본다.

"아, 이걸 한참 찾았는데." 그녀가 말하며 가방을 옷장에 넣는다.

"엄마, 미용실에 가려고 했잖아."

"이 모든 걸 스스로 하면 얼마나 절약할 수 있는지 네가 알아야 하는데."

그는 말대꾸를 꾹 참기는 했지만 아버지가 엄마에게 부동산을 상속했기에 엄마가 개인 미용사를 고용해도 될 정도로 부유하다는 것을 알고 있다.

그런 다음 그녀는 쓰레기 봉투에서 초록색 하이힐을 꺼낸다. "하이힐이다!" 그녀는 황홀해하며 외친다. "네 아버지와 함께 세계박람회에 갔을 때 브뤼셀에서 이걸 샀어."

"엄마, 낡은 신발은 누구나 다 가지고 있는 거라고 말하지 마요."

"이것 좀 봐. 아무런 문제가 없어."

톰은 잔뜩 화가 난 10대처럼 팔짱을 끼고 힘들게 정리한 것들을 그레타가 다시 꺼내는 것을 지켜본다. 그녀는 사소한 물건 하나하나에 대해 이러저런 이야기를 한다. 그녀는 말을 멈추지 않는다. 톰은 엄마의 말을 듣지 않으려 노력한다. 그러나 지난 수십 년 동안 쌓인 ≪텔레비전 가이드≫에서 드라마 <블랙 포레스트 클리닉>과 컬러텔레비전 도입에 대한 빔 톨케의 견해 등 기억을 일관성 없이 떠올리는 엄마를 보고는 탈출구를 찾아야 한다는 것을 깨닫는다.

“이 트럼펫은 누구 거야?” 그는 옷장에서 악기를 꺼내 그녀에게 건넨다. 그리고 그녀에게서 잡지를 빼앗는다.

그레타는 열심히 생각한다. “이건 그 사람 거야. 그래서…….” 그녀는 이름을 떠올릴 수가 없다. 그녀는 트럼펫을 허리춤에 끼워 넣는다.

톰은 이 방에서 나가야 한다고 생각하면서도 찬장에서 또 다른 상자를 가져온다. “저기 사진이 든 상자가 있던데. 근데 전혀 본 적이 없는 사진이던데요.”

“이건 내 하이델베르크 상자야. 오랫동안 찾고 있었는데.”

“주방으로 가서 같이 봐요.” 그는 이 혼돈을 그대로 뒤에 남겨둔 채 문을 닫을 수 있어 기쁘다.

식탁에 앉아 그레타는 부서지기 쉬운 상자의 뚜껑을 열고, 손뼉을 치며 한 장씩 사진을 꺼낸다. “봐 봐, 여기. 피네 이모랑 나야. 모처럼 휴일에 좋은 옷을 입고 찍은 사진이네. 그리고 이건 구스테 할머니가 밀가루 반죽을 하고 있는 사진. 할머니는 이 세상에서 제일 맛있는 크럼블 케이크를 만드시곤 했어. 최상급 버터로! 그리고 루드비히 할아버지가 벤치에 앉아 계시네. 저녁 햇

살이 성벽을 비출 때마다 할아버진 항상 거기에 앉아 계시곤 했어. 우리는 이때 히르쉬 길에 있는 오두막에서 살았어. 이건 엄마가 재봉틀 앞에서 일하는 사진이야."

"거실에 있는 재봉틀이 이거예요?"

그녀는 고개를 끄덕이며 계속 사진들을 뒤적거린다. 그러다 말괄량이 소녀가 모자 밑으로 고개를 내밀고 카메라를 향해 활짝 웃고 있는 사진을 바라본다.

"이 사람이 엄마 맞아요?" 톰은 엄마가 이렇게나 자유롭고 고민이 없는 모습을 하고 있는 것을 본 적이 없었기에 깜짝 놀란다.

"그래." 그녀가 수줍게 대답한다. 그녀의 얼굴에 옛날의 쾌활함이 스쳐 지나간다.

"정말 좋아 보이네요. 아주 밝아. 왜 전에는 이 사진들을 보여주지 않았어? 누가 찍은 사진이에요? 정말 잘 나왔네."

그레타는 대답이 떠오르지 않는다.

"이 사진 가운데 하나를 가져가서 확대하고 싶은데. 괜찮겠어요?"

그레타는 아무 말도 하지 않고 물이 빠진 청록색 얼굴에 너덜너덜해진 깃털 장식이 달린 25센티미터 남짓 크기의 밀짚 인형을 꺼낸다.

"뉴올리언스에서 그런 부두교 인형을 팔아요, 엄마. 그런데 어떻게 이런 걸 갖고 있게 됐어?"

"내가 받은 거……." 그녀는 말을 멈추고 계속 상자 속을 뒤적인다.

톰은 사진 한 장, 한 장을 충분한 시간을 갖고 살펴보지 못한다. 엄마가 사진마다 새로운 이야기를 들려주기 때문이다. 동프로이센 동포 모임에서의 할아버지, 구스테 할머니 무덤에서의 가족들, 존과 결혼식을 올리던 날의 피네. 갑자기 그녀는 멈추고 한 장의 사진을 뚫어져라 바라본다.

"이 사람은 누구야?" 하이델베르크 성 앞에 서 있는 고조할아버지와 고조할머니, 엠마 할머니, 피네 이모, 그리고 젊은 엄마 사이에 서 있는, 검은 피부의 미군을 가리키며 톰이 묻는다.

"너도 알잖아." 아주 오랜 시간이 흐른 뒤에 그녀가 말한다. "우리잖아."

"응, 그런데 저 미국 군인은 누구냐고?"

"가끔 멍청한 질문도 할 줄 아는구나."

국가사회주의의 인종 광풍이 몰아친 지 얼마 지나지 않았는데 독일 가족 사이에 흑인이 있다니. 미쳤어! 톰은 생각에 잠겨 사진을 더 뒤적여 본다. 그러던 중 독수리가 그려진 금색 단추를 발견한다. 그레타는 즉시 그것을 미친 듯이 잡아챈다. 하이델베르크 성을 찍은 엽서 밑에서 톰은 또 다른, 그 흑인 군인 사진을 발견한다. 그는 베레모를 쓰고 군복을 입은 채로 팔짱을 끼고 회전하는 의자에 다리를 꼬고 앉아 카메라를 진지하게 바라본다. 그레타는 사진을 빼앗아 입을 벌리고 응시한다.

"엄마?"

그녀는 반응하지 않는다.

"누구예요? 피네 이모의 친구야?"

"말도 안 돼." 그녀가 말했다. "친구가 아니야."

"너무 궁금하게 만들지 마요. 말해 줘요. 누군지?"

"글쎄, 네 아버지!"

톰은 웃는다. "이제 상황이 제대로 흥미진진해지네. 나는 지금까지 아버지가 콘라트인 줄 알았는데."

"항상 뭐든 다 아는 척하지 마." 그레타가 확신에 가득 찬 톤과 혼란스러운 눈으로 말한다.

톰의 웃음이 목에 걸려 멈춘다. "엄마, 엉뚱한 말 좀 그만해. 이 사람 이름이 뭐냐고?"

"음, 바비야! 너도 알잖아."

"그새 내가 잊어버린 모양이네." 톰은 더 이상 그녀의 시선을 견딜 수가 없다. 그녀가 혼란스러워하는 것도 이상할 것 없다고 생각한다. 먼저 타이타닉이 침몰했고, 그런 다음에 그녀는 쓰레기봉투에서 과거를 한꺼번에 꺼내 왔으니까. "자, 오늘은 여기까지 해요." 톰이 말하며 사진들을 상자에 다시 넣는다. "저녁 식사를 준비할게요."

그레타는 바비의 사진과 부두교 인형을 꼭 쥐고, 톰이 소시지 샌드위치를 내놓을 때에도 손에서 놓지 않는다. 그는 주방 시계가 똑딱이는 소리, 그레타의 턱이 부드럽게 움직이는 소리, 홀짝홀짝 차를 마시는 소리를 듣는다. 그 소리들이 그를 미치게 만든다. 그는 한 입도 먹지 못하고 있다. 그녀는 30분 동안 아무 말도 하지 않는다. 마치 그녀가 사실은 거기에 없는 듯하다.

휴대전화가 그를 구원해 준다.

"맥주 한잔 어때?" 마네스가 묻는다.

"좋은 생각이네. 한 시간 안에 코반네 술집으로 갈게."

"안녕, 토마스." 쾰른에서 나고 자란 수염 난 쿠르드인 코반이 그에게 인사를 한다. 그리고 묻지도 않고 쾰쉬 맥주 한 잔을 건넨다. 톰은 그것을 단번에 꿀꺽 삼킨다. 프리젠 광장에 있는 이 소우주 안의 높다란 의자보다 휴식을 취하기에 더 편안한 곳은 어디에도 없다. 이곳은 동네 사람들이 집에 가다 담배를 피우기 위해 정기적으로 들르는 곳이다. 노르베르트 거리에 사는 가스-물-분뇨 사업가, 프리젠월에 사는 심리학자, 뢰머 거리의 인테리어 디자이너. 여기서는 모두가 장광설을 늘어놓고, 톰은 쾰른에서 정말 중요한 것들은 모두 항상 여기에서 알게 된다. FC 쾰른의 현재 상황. 이곳은 축구 클럽의 승리와 패배가 대화의 화제를 결정한다. 이제 겨울 휴식기이기에 이 남자들의 세계에서는 화제가 부족하다.

톰은 앞을 쳐다보지만 카운터는 보이지 않고 엄마의 혼란스러운 표정만 떠오른다.

"괜찮으세요?" 가스-물-분뇨 사업가 한시가 묻는다.

"네." 톰이 웃으며 대답한다. "당신은요?"

한시는 무의미하게 고개를 끄덕인다.

톰이 두 번째 쾰쉬를 마신 다음에야 마네스는 톰의 어깨를 두드리며 카운터 앞에 앉는다.

"길을 잃은 줄 알았네."

마네스는 "묻지 마"라고 말하며 목부터 축인다. 세 번째 킬쉬를 마신 후에야 그는 말할 준비가 갖추어진다. "넌 어때?"

"아주 좋아." 톰이 말한다. "엄마와 함께하는 크리스마스. 꿈 같아."

카메라맨은 알았다는 듯 고개를 끄덕이며 눈앞에 있는 맥주 컵 받침을 응시한다.

"그런데 너는?" 톰은 알고 싶다.

마네스는 새로 주문한 보드카를 한 모금 마신다. "프라이부르크까지 운전해서 갔는데 차에서 내리지도 못했어."

"왜?"

"전 마누라가 새 남자 친구와 같이 보내고 싶다고 하더라. 나도 같이 있을 수 있지 않을까 생각했어. 아이들 때문에. 함께 평화와 기쁨, 축복의 시간을 만들어 볼까 했지. 근데 안 된대!"

톰은 더 이상 캐묻지 않는다. 하지만 자신에게는 전 부인이나 자녀가 없어서 다행이라 생각한다. 시끄러운 '삐융 삐융' 사이렌 소리가 그를 생각에서 끌어내고 깜박이며 돌아가는 녹색 불빛이 그를 궁금하게 만든다. 창을 통해 들것을 들고 가는 구급대원과 응급 의사가 옆 건물의 테이블 댄스바로 들어가는 모습을 본다.

"무슨 일이 일어났나요?" 가스-물-분뇨 한시가 알고 싶어 한다.

"기둥이 무너진 것 같아요." 마네스가 건조하게 말한다. "그리고 손님 중 한 명이 깔렸어요."

"크리스마스 바우처를 바로 현금으로 바꾼 사람이겠죠." 톰은 그렇게 추측한다.

호기심이 발동한 두 친구는 담배를 피운다는 핑계로 문밖으로 나간다.

점점 더 많은 구경꾼들이 걸음을 멈추고 아무것도 보이지 않는 방향을 응시하며 사고 현장을 둘러싼 터무니없는 추측을 쏟아 낸다. 먼저 응급 의사가 그리고 다음으로 구급대원이 부상자를 태우지 않고 떠나자 구경꾼들은 실망한 표정을 짓는다. 광장은 다시 지루한 분위기로 제자리를 찾는다.

"저 사람 제니 아니야?" 마네스가 작은 줄이 형성된 택시 정류장 쪽을 가리키며 묻는다.

"그런 것 같네." 톰이 지루해하며 말한다.

"안녕, 제니. 메리 크리스마스!" 마네스가 광장을 가로질러 외친다.

제니가 손을 흔들며 두 사람에게 다가온다.

"왜 그랬어?" 톰이 마네스에게 중얼거리며, 억지 미소를 지으며 제니에게 인사를 한다.

"메리 크리스마스! 두 분 모두 집이 없어요?" 그녀가 깔깔 웃는다.

마네스가 그녀에게 볼 키스를 한다. "우리랑 한잔할래요?"

"전 자러 가야 해요."

톰은 새해에도 그녀가 최선을 다하길 바란다. 제니가 다시 택시를 타려고 줄을 서고, 마네스와 자신이 단골 술집으로 돌아갈 수 있게 되어 기쁘다.

"제니 정말 뚱뚱해졌네." 톰이 말하며 코반이 테이블 위로 열일곱 번째 맥주잔을 내주는 것을 지켜본다. "한창 때 여자들이 왜 그렇게 마음껏 지내는지 잘 모르겠어."

"모든 사람들이 우리처럼 자기 절제를 할 수는 없겠지." 마네스는 웃으며 톰을 향해 건배한다.

그는 잔을 비우고 머릿속 텅 빈 공허함을 즐긴다.

"제니, 혹시 임신한 거 아니야?" 마네스가 조심스럽게 말한다.

"누구랑 임신한 거야? 제니는 늘 남자들을 좋아하지 않는다고 생각해 왔는데."

"하지만 그건 내가 들은 이야기와는 전혀 다른데."

"어디서 터무니없는 얘기만 수집하시네!" 톰이 비웃는다. 누군가 그의 등을 툭 치자 그는 뒤돌아본다. 옛 친구 게르트 슐룸머스가 서 있다.

"너도 갈 데가 없어, 게르트?" 톰이 맥주를 시켜 주며, 체크무늬의 타이트한 스리피스 정장, 패트리샤 칼라 셔츠,* 나비넥타이를 맨 게르트를 바라보며 묻는다. "이봐, 도대체 어디서 이런 황당한 옷을 구해 입었어?"

"런던에서." 게르트가 말하며 빛나는 대머리를 쓰다듬는다. "거기서 머리도 손질했지."

"미용사가 네 치아도 어찌 한 거야?" 톰이 참지 못하고 묻는다.

"아니. 난 슈테판 라브의 레고 전문가를 만나려고 갔다 왔어."

* Vatermörderkragen. 목 앞쪽 끝이 살짝 뒤집힌 듯한 모양의 칼라 셔츠.

게르트가 대꾸한다.

“어떻게 서로 알게 됐어?” 마네스가 물으며 둘에게 건배를 한다.

“오, 사연이 길어.” 톰이 말한다.

“우린 예전에 정말 못된 놈들이었어요. 포르츠의 펑커들 모임이라고.” 게르트가 덧붙였다.

“게르트는 요즘 부동산 중개를 해. 겔링 지역에 있는 아파트를 내게 팔기도 했고.”

마네스는 잔을 기울인다. “저는 겔링에 대한 다큐멘터리를 찍은 적이 있어요. 거기엔 5천 명의 보험 모집인들이 일하고 있었지만 뉴욕 세계무역센터 테러로 그 회사도 망가졌죠. 다시 한번 입증한 셈이죠. 모든 것이 서로 연결되어 있다는 걸 말이죠.”

톰은 그 말에 대꾸하는 대신 게르트가 건물의 구조를 설명해 준 날에 대해 이야기한다. “사실은 아파트를 살 마음이 없었는데 욕실에서 돔을 보는 순간 사기로 결정했어.”

마네스는 무관심하게 대답한다. “재미없어! 50년대에 어떻게 그런 나치 건물을 지을 수 있었을까? 그 건물이 이유 없이 **소제국 총리관**이라 불리는 게 아니야. 예전 겔링도, 할 수 있었다면 아마 알베르트 슈페어에게 의뢰했을 거야. 하지만 모두 알다시피 그렇게 하지 못했지.”

“하지만 좋은 투자긴 해요.” 친구 게르트가 반론을 제기한다.

한 흑인 택시 기사가 술집 문을 조금 열고 고개를 내밀며, 누가 차를 예약했는지 묻는다. 톰은 그를 바라보며 엄마가 자신의 아버지라고 주장한 미군 병사의 사진을 떠올린다.

* * *

"자꾸 그런 식으로 말하지 말아요." 그레타가 자신의 침실에서 8,000킬로미터 떨어진 곳을 향해 말한다. "그리고 항상 날 그렇게 쳐다보지도 말아요!" 그녀는 어린 소녀처럼 키득거리며 바비 사진을 뒤집어 그가 자신이 옷을 벗는 것을 더 이상 볼 수 없게 한다.

"당신은 날 그렇게 보면 안 돼." 그녀는 미소를 지으며 되풀이한다. 그리고 잠옷을 입고 욕실 쪽으로 맨발로 걸어간다. 그녀는 거울에서 주름진 얼굴을 바라보며 놀란다.

"늙은 암소가 따로 없군." 그녀는 자신에게 투덜거리며 불을 끈다.

수직 블라인드를 통해 욕실로 스며들어 오는 가로등 불의 반짝임 속에서 그녀는 이를 닦고, 머리를 빗고, 얼굴에 크림을 바른다.

"허튼소리." 그녀는 자신에게 말하며 볼을 톡톡 두드리고, 침실로 돌아가서 밥의 사진을 다시 돌려놓는다. "이번엔 제대로 들었어요? **멍청이**QUATSCHKOPF." 그녀는 장난스럽게 웃으며 사진에 입을 맞춘다.

사진과 오래된 부두 인형을 핸드백에 넣고 그레타는 다음 날 아침 포르츠 주요 도로에 위치한 헤어 살롱 앙겔레겐 미용실의 문을 두드린다.

"가게는 한 시간 후에 열어요." 옆집에 빵을 파는 여자가 말한다.

"사람들이 점점 더 게을러지는구려. 그렇지 않나요?" 그레타는 커피를 주문하고 크루아상 두 개를 먹으며 살롱의 주인 미카가 문을 열 때까지 기다린다.

"하지만 몬데라스 부인, 예약을 하지 않으셨는데요."

"괜찮아요." 그레타는 미카가 다른 날을 잡으려고 일정을 확인하는 것을 무시하고 코트를 벗고 대기실에 앉으며 말한다. "난 시간이 많아요."

그레타는 신문 더미를 뒤적거리다가 ≪분테≫에서 미하엘 슈마허가 다시 걸을 수 있게 되었다는 크리스마스 기적의 독점 기사를 읽는다. ≪여인의 메아리Echo der frau≫에서는 헬레네와 플로리안에 대한 놀라운 희소식을, ≪친구Freundin≫에서 마침내 사랑의 별자리를 발견한다. 물고기자리를 위한 사랑의 별자리 2016이란 제목 아래에는 다음과 같이 적혀 있다. 새해에는 당신을 위해 매우 특별한 놀라움이 준비되어 있을지도 모릅니다. 아마도 3월에는 당신의 삶에 단순한 친구, 그 이상인 사람이 이미 오래전부터 존재한다는 것을 깨닫게 될 수 있습니다.

그레타는 킥킥거리며 이 새로운 감정들이 6월 중순에는 정말로 커다란 일로 바뀔 수도 있습니다라는 내용을 계속 읽는다.

"이리 오세요, 몬데라스 부인." 미카가 펌과 염색에 대해 말하며 그녀에게 미용 가운을 입혀 준다. “어떻게 해 드릴까요?”

“잘라 주세요.”

짧게 자른 머리에 샌드위치를 손에 들고 그녀는 우편함에서 꺼내 온 우편물을 뒤적이며 두 번째 느긋한 아침을 즐긴다. 사진 속의 바비가 그녀를 지켜보고 있다.

“광고뿐이잖아.” 그녀가 바비에게 말하며, 그녀의 남편이 항상 맞춰 입었던 셔츠 제작자의 광고지를 쓰레기통에 버린다. 그런 다음 자동차 딜러의 우편물을 열어 보고 개장일에 초대한다는 내용을 읽는다.

그레타는 전화기를 집어 들어 1번을 누르고 톰과 통화하려고 한다. 신호음이 세 번 울리고 나서 전화기가 응답 모드로 전환된다. 아들이 집에 있을 텐데, 하고 그녀는 생각한다. 그녀는 다시 번호를 누른다.

“여보세요?” 톰이 마침내 전화기 끝에서 말한다.

“그냥 네게 알려 주려고. 내가 초대장을 받았다는 걸…….”

“엄마, 제발. 한밤중이잖아요.” 톰이 술이 덜 깬 나머지 그녀의 말을 끊는다. “나중에 얘기해요.” 그는 침대에 완전히 드러누워 그레타를 밀어낸다. 몇 초 후에 다시 벨이 울린다.

그는 베개로 귀를 막고 잠들고 싶어 하지만 이제 방광이 그를 가만히 두지 않는다. 그는 침대에서 일어나 반쯤 눈을 감고 화장실로 향한다. 끝나지 않을 것 같던 소리가 도자기 변기에 일어나는 거품과 함께 사라진다. 톰은 언제 그리고 어떻게 집으로 돌아

왔는지 기억하려고 노력한다. 그러나 기억이 떠오르지 않는다.

입이 바짝 마르고, 어지럽고, 머리는 지끈거린다. 침실로 돌아가는 길에 그는 신발을 걷어차듯 벗어 던지고, 가죽 재킷을 벗고, 전화선을 벽에서 뽑고는 다시 침대에 눕는다.

그는 자신의 심장이 규칙적으로 뛰는 소리를 듣고 머릿속의 신경이 둔하게 반응하는 것을 느낀다. 눈을 감은 채로 일어나 앉아 등받이에 기대어 머릿속 통증이 잦아들기를 기다린다. 헛되이.

그는 욕실 찬장에서 아스피린을 꺼낸다. 정량의 세 배쯤은 괜찮겠지 생각하고, 욕실 바닥에 앉아 진통 효과를 기다린다. 전날 밤 기억의 파편들이 떠오른다. 마네스, 게르트와 함께 어깨동무를 하고 호엔졸레른링에서 비틀거리며 울부짖던 모습이 생각난다. 그는 최근 몇 년간 이렇게 재미있는 밤을 보낸 적이 없다.

반쯤 졸고 있는 톰의 눈앞에 이른 아침 겔링 지역의 황량하고, 바람 부는 안뜰 분수대 가장자리에 앉아 마지막 담배를 피우는 자신의 모습이 떠오른다. 그리고 아르노 브레커의 작품인 네 마리 돌고래 위에 놓인 항아리들을 그 어느 때보다 자세히 살펴봤던 것도. 히틀러뿐만 아니라 50년대에는 보험업자 한스 겔링도 작품에 감명을 받아, 아르노 브레커에게 분수의 디자인을 맡겼다. 톰은 술에 취한 상태이면서도 완전히 정신을 차리고 있었고, 일어나서 바지를 벗고 이 나치 예술에 대한 감상을 남겼다. 그는 분수에 대고 소변 줄기를 쏘았다.

욕실 바닥에 앉아 전날의 기억으로 피곤한 미소를 지으며 소변 줄기로 항아리를 맞추려고 시도했던 것을 기억해 낸다. 갑자기 그의 눈이 크게 열린다. 광장 전체가 감시 카메라로 가득 차 있다는 생각이 불현듯 스치고 지나간다.

"젠장!" 그는 차가운 물을 뒤집어쓰며 깨어나려고 노력한다. 만약 그가 찍혔다면 어떻게 될까? 만약 보안 직원 중 한 명이 그의 사진을 언론에 유출한다면 어떻게 될까? 그는 '소변 왕자'로 알려진 에른스트 아우구스트 폰 하노버에 대한 스캔들을 기억하며, 헬가가 ≪쾰른 익스프레스≫의 소변을 뿜어 대는 몬데라스라는 제목의 기사를 스크랩하는 것을 상상한다. 그에게는 지금 명확한 계획이 필요하다. 그것도 한시바삐 필요하다. 그는 보안 책임자에게 뇌물을 주는 첫 번째 계획을 즉시 포기한다. 대신에 그는 게르트 슐룸머스를 불러낸다.

"내가 엄청난 사고를 쳤어." 톰이 고백한다.

"내가 알아서 할게." 게르트가 말하고 전화를 끊는다.

술이 다 깨 버린, 그리고 두통에서도 어느 정도 벗어난 톰은 에스프레소 머신을 가동시키고 쾰른 일당의 원칙인 "서로 알면, 서로 돕는다"를 생각한다. 그리고 그는 이곳에서 성장하며 얻게 된 네트워크가 있음을 기뻐한다.

두 번째 에스프레소를 마신 후 그는 전화선을 다시 꽂고 자신에게 온 음성 메시지를 듣는다. 모두 엄마에게서 온 것이다. 엄마는 그에게 즉시 전화해 달라는 긴급한 바람, 부탁, 명령을 하고 있다. 톰은 엄마의 번호를 누른다. 신호음이 오랫동안 울린다. 그리고 잠시 후 엄마의 휴대전화로 다시 통화를 시도한다. 하지만 엄마는 휴대전화 역시 받지 않는다.

* * *

"기사님은 운전을 잘하시네요!" 그레타가 가나 출신의 택시 기사에게 말한다. 그녀는 조수석에 앉아 있다. "난 걸어서 다니는 걸 싫어해요!"

목적지에 도착한 그레타는 아낌없이 팁을 주고 차에서 나온 젊은이의 도움을 받아 자동문을 통해 포르츠의 상업지역에 위치한 BMW 전시장에 들어간다.

"난 우편물을 받고 왔어요." 그녀는 카운터 뒤에 앉아 훈련받은 미소를 짓고 있는 젊은 판매원에게 말한다.

"부인의 이름을 알려 주시면 확인해 드리겠습니다."

"몬데라스." 그레타가 말하며 주변을 둘러본다. 판매장에서 그녀는 검은색과 회색의 SUV, 짙은 파란색과 검은색에 가까운 리무진, 흰색과 은색의 왜건, 그리고 선명한 빨간색의 컨버터블을 본다.

카운터 뒤의 사무실에서 나이 든, 뚱뚱한 신사가 호기심 어린 눈길로 고개를 내밀다 놀란다.

"몬데라스 부인! 이렇게 다시 뵙게 되어 정말 반갑습니다." 그녀를 알아본 지점장 휴버트 사크만이 그레타를 향해 숨을 헐떡이며 달려와 두 손으로 그녀가 내민 손을 잡으며 인사를 한다. "얼마 전에도 부인과 부인이 사랑하는 남편분에 대해 생각했습니다.

정말 아름다운 시절이었는데! 커피 한 잔 드릴까요?"

"감사합니다만 아니요. 대신 새 차를 보여 주세요." 그레타가 딱 잘라 말한다.

"정말 아름다운 차가 있어요. 생각하시는 모델이라도……?"

"빨간색으로!" 그녀는 거침없이 전시장을 가로질러 걸어간다.

뚱뚱한 사크만은 그녀 뒤를 쫓아가기가 쉽지 않다. 그는 마치 늙은 칠면조처럼 웃고 있지만 그녀의 말이 농담인지 아닌지 확신하지 못하는 듯하다.

"차는 시내용으로 필요하신 건가요? 아니며 더 긴 여행도 하실 건가요?"

"휴가 갈 때 타고 싶어요. 특히 하이델베르크나 스키 휴가지 같은 데요."

"정말 멋지네요. 나이에도 불구하고 아직까지 활기차신 걸 보니 정말 대단하십니다." 사크만이 숨을 헐떡이며 땀을 훔쳐 낸다. "여전히 스키를 타신다니. 운동이 부인을 젊게 만든다는 가장 확실한 증거죠."

그레타는 빨간 컨버터블 앞에 서서 번쩍이는 도장을 부드럽게 쓰다듬어 본다. "난 아주 빠른 차를 원해요. 할머니 차는 싫어요!"

"한번 시승해 보시겠습니까?" 사크만이 물으며 그레타에게 차 문을 열어 준다.

그녀는 가죽 시트에 깊이 몸을 파묻는다.

"4.4초 만에 100미터를 주행합니다. 최고 속도는 시속 250

킬로미터고요."

그레타는 가죽 냄새를 맡으며 부드럽게 패딩 처리된 핸들을 잡고 백미러를 조정해 본다. 사크만은 몸을 굽혀 그녀 위로 손을 뻗어 지붕 덮개를 연다.

그레타는 오래 망설이지 않는다. "이걸로 주세요." 그녀가 딱 잘라 말한다.

6시리즈 컨버터블 쿠페를 위한 구매 계약은 빠르게 진행되었다. 모든 추가 기능을 갖춘 차량의 가격은 기존 고객에 대한 특별 할인을 적용하여 77,000유로다. 그레타는 신용카드로 계약금을 내고, 보험과 모든 절차를 처리해 주고 차를 집에까지 인도해 주겠다는 제안을 기꺼이 받아들인다.

* * *

톰은 문을 열고 들어서며 복도에 놓인 상자들을 본다. 그는 잠시 멈춰 서서 고민하지만 여기가 어떻게 보이든 상관하지 않기로 한다.

"엄마?"

그레타는 대답하지 않는다.

그는 그녀가 손가방을 꽉 쥔 채 소파에서 자고 있는 것을 발견한다.

"괜찮아요?" 그가 묻는다. 그레타는 몇 분 후에야 눈을 뜬다.

"왜 내가 괜찮지 않기라도 할까 봐?" 그레타가 대답하며 일어난다.

“엄마가 연락이 안 돼서…….”

“오 세상에, 톰. 내가 할 일이 좀 있었어.”

“머린 왜 그래요?”

“왜? 그게 무슨 뜻이니?”

“아뇨. 멋지다고. 잘 어울리시네요. 너무 짧긴 하지만.”

“너랑은 정반대네.” 그레타가 대답하며 위아래로 그를 살펴본다. “넌 정말 엉망이다!”

“어제 술 한잔했어요. 좀 더 솔직히 말하면 완전히 망가졌죠.”

“그런 뜻이 아니야.”

“이리 와서 커피나 한잔해요. 쿠키 남은 것 있어요?”

“딴소리하지 마! 구멍 난 바지를 왜 입고 다니는 게니?”

“엄마, 이게 요즘 유행이에요.” 톰이 해진 청바지를 살피며 말한다.

“당장 벗어!” 그레타가 명령하며 오래된 싱거 재봉틀의 뚜껑을 열고 하늘색 실을 서랍에서 꺼낸다. “고쳐 줄게. 그렇게 다니면 사람들이 흉본다.”

“엄마, 이 구멍들 때문에 이 바지가 얼마나 비싼지 아세요?”

여섯.

1948년

"숙녀분들, 서둘러! 바지는 한 시간 후에 가지러 온대. 그때까진 되겠지?" 엠마 쉰나이히는 두 번째 바구니를 탁자 위에 올려놓았다. 그녀의 두 딸, 피네와 그레타는 이 바구니에 담긴 군복의 보풀과 실밥을 제거하고, 엠마가 밑단을 다림질할 수 있도록 준비한다.

엠마는 지난해 말에 하이델베르크 구시가지에 가게를 한 군데 할당받았고, 그 안에 수선 공방을 차려 미군을 위해 옷을 수리하고 또 만들고 있었다. 그레타는 매일 일했고, 피네는 주간 작업량이 남아 있을 때만 일요일에 와서 도왔다.

"당연히 할 수 있죠. 걱정 마." 그레타가 말하며 엄마에게 외투를 걸쳐 주었다.

성령교회의 종이 울렸고, 엠마는 머리띠를 두르고 선반에서 우산을 가져와 4월의 빗속으로 나갔다.

"요즘 왜 자꾸 교회로 달려가는지 궁금하네." 피네가 말했다.

"아빠 때문이 아닐까?" 그레타는 다리미의 플러그를 콘센트에 꽂았다.

"하나님께서도 아빠를 다시 돌려주시진 못하나 봐. 상관도 없지만." 피네가 바구니를 다림질판 아래로 걷어 차며 말했다. "중요한 건 엄마가 갔으니, 이젠 연습할 수 있게 되었다는 것!" 그녀는 빙글빙글 돌며 손뼉을 쳤다. "자, 그레타. 춤추자!"

"오, 난 못해."

피네는 그레타의 손에서 다리미를 빼앗고 테이블 앞의 빈 공간으로 그녀를 끌어당겼다.

"항상 리듬을 유지하는 게 중요해. 자, 날 따라서 숫자를 세 봐. 하나, 둘, 셋, 넷, 다섯, 여섯, 일곱, 여덟."

그레타는 언니의 발을 보았다. 언니는 한 평 남짓 되는 좁은 공간에서 리듬에 맞춰 자유롭게 춤을 추고 있었다.

"자, 이제 네 차례!" 피네는 박수를 치며 큰 소리로 숫자를 셌지만 그레타는 셋, 넷을 넘기지 못했다.

"한 걸음씩 작게 내디뎌야 해. 한 스텝에 셋, 또 한 스텝에 넷, 또 넷. 이렇게. 백 스텝, 트리플 스텝, 스텝, 스텝, 트리플 스텝."

"내 인생에선 못할 것 같은데."

"멍청한 소리. 리듬만 익히면 충분해. 나머지는 남자가 다 알아서 해. 자, 어서!"

피네가 다시 박자를 맞추자, 그레타는 포기하고 그저 방 안을 쾌활한 망아지처럼 뛰어다녔다. 그레타는 웃으며, 다림질 중인 바지를 하나 집어 마치 남자라도 되는 듯 두 팔을 앞으로 내밀고 살짝 고개를 숙인 다음 상상 속의 파트너와 함께 다리미판과 재봉틀 사이를 이리저리 뛰어다녔다. 그러는 동안 타는 냄새를 맡았다. "으악!" 그레타는 군복 바지를 내던지고 다리미를 들어 올렸고, 다리미판에 놓인 바지에 선명하게 진한 갈색 자국이 찍힌 것을 확인했다.

자매는 재빨리 다림질하던 군복을 접어 손상된 부분이 보이지 않도록 했다. 그레타는 의자에 올라 마당으로 통하는 창문을 열었다. 피네는 문을 열어 신선한 4월의 공기가 냄새를 밀어 내도록 했다. 말없이 둘은 하던 작업을 계속했다. 언니는 바지에 삐져나온 실밥을 제거하고, 동생은 다림질을 했다.

"춤을 못 추면 클럽에도 데려갈 수가 없어."

"내가 가고 싶다고 누가 그래?"

"나! 우리는 젊어. 젊음을 즐길 권리가 있어."

멀리서 주기도문이 들려왔다. 곧 예배가 끝날 것이었다. 머지않아 엄마가 거리로 들어서는 것이 보였기에 그들은 서둘러 창문을 닫았다.

엠마는 눈이 부은 채 교회에서 돌아왔다. 외투를 벗어 걸고 말없이 재봉틀 앞에 앉았다.

"괜찮아, 엄마?" 그레타가 물었다.

엠마는 고개를 끄덕였다. "응, 근데 여기 안이 왜 이렇게 춥니?"

그레타와 피네는 서로 눈을 마주치지 않은 채 하던 일을 계속했다.

자동차 엔진 소리가 들려왔다. 그레타의 심장이 빠르게 두근거렸다. 지프가 가게 앞에 멈춰 섰다. 밥은 차에서 내려 그레타에게 은밀한 시선을 던졌다. 그녀는 살짝 웃었고 다시 돌아앉아 바지를 천으로 덮었다.

"안녕하세요." 밥은 반갑게 인사했다. "오늘은 날씨가 좋지 않네요."

"안녕." 그레타는 무심하게 대답했다.

"전형적인 4월 날씨죠, 뭐." 엠마는 일어나서 그에게 손을 내밀었고 그러고 나서 모두를 둘러보았다. "자, 아가씨들! 일을 마무리하자. 미스터 밥도 시간이 많지 않을 거야."

그레타의 심장이 쿵쾅거렸다. 그녀는 밥이 자신의 옆에 있다는 것을 느꼈다. 담배와 올드 스파이스의 따스한 향기가 다리미에서 피어오르는 김과 뒤섞여 공간을 채웠고, 그녀의 온몸이 얼얼해졌다. 두 사람은 서로를 쳐다보지 않으려고 피했다. 한눈에 들켜 버릴 듯싶어 두려웠다. 심지어 피네에게조차 그들이 지난 여름부터 만나고 있다는 사실을 숨기고 있었다. 그레타는 가족들이 미국인에 대한 호의에도 불구하고 둘의 결합에 대해서는 반대하지 않을까 두려웠다.

"이리 줘. 내가 계속할게." 엠마가 말하며 그녀를 옆으로 밀치고, 물기 어린 천을 바지 가장자리에 놓았다. "그럼 더 빨리 끝날 거야."

그레타는 완성된 바지가 든 바구니를 집어 들었다. “차에 실어 줄게요.”

밥은 그녀에게 문을 열어 주고 뒤따라갔다.

“안녕, 내 사랑 그레첸.” 차로 가는 길에 그가 속삭였다.

지프차에서 바구니를 그에게 건네주었고, 그녀의 손이 그의 손에 스칠 때 밥은 손가락으로 그녀의 손가락 끝을 부드럽게 쓸어 주었다. 그레타의 심장은 다시 한번 뛰었다.

“나중에?” 그가 작은 목소리로 물으며 옷 바구니를 차에 실었다.

“상황 봐서.” 입술을 움직이지 않고 그녀가 중얼거렸다.

문이 열리고, 두 번째 바구니를 들고 피네가 다가왔다. “담배 있어요, 밥?”

그레타의 비밀 남자 친구가 피네에게 웃으며 담뱃갑을 내밀었고, 엠마에게 작별 인사를 하고 떠났다.

그레타는 구스테 할머니가 요리하는 채소 스튜를 젓고 그릇을 씻는 일을 도운 다음 토끼들을 위해 풀을 뜯어 오겠다고 말했다.

“이 날씨에?” 할머니가 물었다.

“비도 거의 그쳤잖아요.” 그레타가 대답했다. “토끼들도 일요일이란 걸 알게 해 줘야죠.”

그레타는 이슬비가 내리는 히르쉬 길을 올라갔다. 그곳에서 철학자의 길로 갈라지는 곳에서 항상 기다리고 있을 밥을 생각하자 기대감이 차올랐다. 마지막 몇 미터를 뛰어서 그레타는 자신보다 훨씬 큰 남자의 품으로 뛰어들었다.

"잘 지냈어, 나의 그레첸?" 그는 그녀의 얼굴에 묻은 빗방울을 사랑스럽게 닦아 주었다. 그의 눈빛이 반짝였다.

"응, 지금은 아주 좋아!" 그녀는 밥을 향해 미소를 지었다. "당신이 더 이상 하이델베르크에 없을까 걱정했어. 항상 다른 사람들이 당신 차를 타고 다니며 군복을 실어 날랐거든."

"난 지난 2주 동안 만하임과 프랭크퍼트에 있는 장교 클럽에서 연주했어."

그레타는 밥이 연주자로 매우 인기가 있다는 사실을 자랑스러워했다. "이젠 종종 떠나 있게 되는 거야?"

"걱정 마, 그레첸. 조만간 우린 하이델베르크에서만 연주하게 될 거야." 그는 하이델베르크의 스타더스트 클럽에서 연주할 악단에 자신을 스카우트한 진 해머스에 대해 열정적으로 이야기했다.

그레타는 예전 하이델베르크 시청에 있던 이 클럽이 세계에서 가장 큰 군인 클럽이라고 들었다. "한번 연주하는 걸 보고 싶어."

"미안해. 스타더스트 클럽은 미군만을 위한 곳이야." 밥은 그녀의 코에 입을 맞추며 말했다. "하지만 가끔은 작은 클럽에서도 연주하니까." 그는 그녀의 손을 잡고 함께 철학자의 정원을 향해 걸었다. 그들은 이곳에서 만날 때마다 그 정원을 갔다. 그들은 항상 같은 공원 벤치에 앉았고, 그 벤치는 돌로 둘러싸인 움푹한 곳에 자리 잡고 있었다. 여기서는 누구에게도 방해받지 않았고, 나뭇가지가 비도 막아 주었다.

그레타는 그에게서 얼마나 좋은 냄새가 나는지를 생각하며, 그의 품에 몸을 맡겼다.

그는 그녀의 모자를 벗기고 짧은 머리를 귀 뒤로 넘기며 목에 입을 맞추었다. "아무것도 눈치채지 못했어? 아무것도 보지 못했어?"

"응, 오늘은 당신이 초콜릿을 안 가지고 왔다는 건 알아." 그녀는 농담처럼 말하며 그를 간지럽히기 시작했다.

그는 미소를 지으며, 안주머니에서 허쉬 초콜릿을 꺼냈다. "아니야. 이건 다른 거야."

그레타는 포장을 벗기고 초콜릿을 한입 베어 물고 그를 향해 미소를 지으며 말했다. "말해 봐."

밥은 머리를 흔들었다. "너 스스로 찾아야 해. 하지만 어쩌면 일어서면 더 잘 볼 수 있을지도 몰라."

그레타는 모자를 다시 쓰고 일어나서 주변을 살펴보았다.

"라일락이 벌써 꽃을 피웠네."

"뭐라고?" 그가 사진기를 꺼냈다.

"저기 보라색 꽃이야." 그녀가 입속을 가득 채운 채 라일락 나무를 가리켰다.

밥은 사진을 찍고 머리를 갸우뚱했다.

"수선화도 아직까지 피어 있어."

"뭐라고?"

"어휴, 도대체 아는 게 뭐니?" 그레타는 모자 밑에서 빛나는 미소를 지으며 카메라를 향해 말했다.

밥은 다시 사진을 찍었다.

"자, 이제 말해 봐!"

밥은 사진기를 내리고 그레타 뒤로 가서 그녀를 돌려세웠다. 그때 그녀는 발견했다. 밤나무 둥치에 G&B 글자가 담긴 하트가 새겨져 있었다. 그 아래에는 Forever라고 쓰여 있었다.

"포에버가 뭐야?" 그레타가 물으며 손가락에 녹은 초콜릿을 핥았다.

"시간의 끝까지."

"영원을 의미하는 건가?"

그는 고개를 끄덕이고, 그녀의 얼굴을 두 손으로 잡아 입맞춤을 했다. 그레타는 항상 꿈에서 그에게 사랑한다고 말했지만, 그 세 마디 마법의 말을 입 밖으로 내지는 못했다. 그가 너무 가까이 다가올 때마다 그녀는 피하기만 했다.

"밥, 나 가야 해! 비가 더 오기 전에."

"알겠어. 내일 볼까?"

그레타는 고개를 끄덕이고 달려갔다. 그녀는 비가 멈춘 것을 전혀 느끼지 못했다. 돌아오는 길에 민들레를 꺾으며 산에서 내려오며, 그 영원이 282일 전 비스마르크 탑에서부터 시작되었다고 생각했다.

"오지 않을 거라고 생각했는데." 그레타가 정원 문을 열자 피네가 말했다.

"비가 그칠 때까지 피해 있었어." 피네를 보지도 않은 채 중얼거리며 그레타는 곧장 마당을 가로질러 사유지 위쪽 끝에 있는 토끼장에 남아 있는 풀들을 넣어 주었다. 마지막 토끼장을 닫을 때 첫 번째 칸막이에 있던 수컷 토끼는 이미 자신의 풀을 다 먹어 치운 다음이었다.

"여기 선을 좀 그려 줄래?" 갑자기 그녀의 뒤에서 피네가 말을 걸어왔다.

"물론이지." 그레타는 눈썹연필로 언니의 다리에 곧게 선을 그렸다.

"스타킹을 신지 않으면 너무 춥지 않아?"

"아름답게 보이고 싶으면 고통을 감수해야 해. 나일론 스타킹은 아니더라도, 적어도 그렇게 보이기는 해야 해." 피네는 담배에 불을 붙이고 힘껏 연기를 들이마셨다.

"가만히 있어, 젠장. 흔들리면 선이 비뚤어지잖아." 그레타는 검지에 침을 묻혀 비뚤어진 선을 문질러 지웠다.

피네는 가만히 서서 일요일 오후에 문을 여는 미군 클럽에 함께 가자고 동생을 설득하려고 했다.

"난 이제 겨우 열일곱 살이잖아. 들여보내 주지 않을 거야."

"아냐, 바보 같은 소리는. 난 문 앞을 지키는 남자들을 알아. 너 하나 들여보내는 건 문제도 아니야."

15분 후 붉은색 일요일 드레스를 입은 두 자매는 히르쉬 길을 따라 손을 잡고 달렸고 네카어강을 건너는 동안 춤 연습을 했다.

“하나, 둘, 셋, 그리고 넷, 다섯, 여섯, 일곱, 그리고 여덟.” 피네는 쏟아지는 물소리에 맞서 소리치며 그레타의 허리에 팔을 감았다. “백 스텝, 세 걸음, 하나, 둘, 세 걸음.”

그레타는 비틀거리며 리듬을 놓쳤다.

“야, 이 아가씨야. 넌 절대 못 배울 것 같다.”

긴 금발 머리에 파란 눈, 그리고 멋진 몸매를 가진 피네는 가벼운 윙크만으로 네카뮌츠 거리의 문지기로 하여금 꼬마 동생의 입장을 허락하게 만들었다. 그들은 곧장 담배 연기 자욱한 클럽으로 들어갔다.

그곳은 사람들로 가득 차 있었다. 어디를 봐도 군복을 입은 미군들이 있었다. **‘그레첸*을 멀리하라’**—독일 여성들이 성병을 옮길 수 있으니 만남을 금지한다—는 군대의 방침에도 불구하고 그들은 신경도 쓰지 않았다. 그들은 젊었고 전쟁터에서 보낸 몇 년을 보충이라도 하듯 즐겁게 살고 싶어 했다. 멋지게 차려입은 여자들도 마찬가지였다. 모두 담배를 피우고 맥주나 위스키를 마시며 크게 웃고 떠들고 있었다. 밴드가 베니 굿맨의 <씽, 씽, 씽Sing, Sing, Sing>을 연주했고, 피네는 사람들 사이를 비집고 들어가 그레타를 목적지인 바로 이끌었다. 거기에는 그녀의 미국인 친구와 다른 한 친구가 기다리고 있었고, 그들은 열정적인 키스를 나누며 인사를 건넸다.

“이쪽은 그레타야. 내 동생.”

* 이 작품에서 '그레첸'은 주인공의 이름임과 동시에 독일 여성 전체를 대표하는 명칭으로 사용되고 있다.

그레타는 감탄하는 시선을 느꼈다.

"그레타, 이 사람이 제이크야." 피네가 자신의 친구, 창백한 빨간 머리 남자를 소개했다.

"안녕, 나는 해리." 여드름투성이에 금발인 다른 친구가 말하며 그레타의 어깨에 팔을 두르려고 했다. "뭘 마실래?"

그녀는 몸을 피하고 나이 많은 언니 뒤로 물러섰다.

"사과주스." 피네가 대답하며 격려하듯 그레타의 손을 잡았다. "아니면 코카콜라가 더 좋겠다. 그렇지 않아, 그레타?"

그레타는 그 어느 것도 원치 않았다. 그냥 여기서 벗어나고 싶었다. 해리가 그녀를 노골적으로 쳐다보는 것을 견딜 수 없었기 때문이었다. 그녀의 헐렁한 바지가 다리를 가리고, 커다란 재킷이 팔과 특히 가슴을 가려 주기를 바랐다. 해리는 갈색 탄산음료가 든 잔을 그녀에게 건넸다. 그레타는 조심스럽게 한 모금을 마셨고 보기보다 맛있다는 것을 알게 되었다.

밴드가 <부기우기>를 연주했다. 피네는 팔을 높이 들고 환호하며 말했다. "와! 우리 춤추러 가자."

그레타는 콜라 잔을 꽉 쥔 채 머리를 저었지만 언니는 제이크와 함께 무대로 달려갔다.

"드레스가 아주 예뻐." 그녀만 남게 되었을 때 해리가 말했다.

그레타는 드레스를 내려다보았다. 드레스 자락이 바람에 깃발처럼 펄럭이고 있었다. 그녀는 어떤 대꾸도 할 수 없었기에 콜라를 한 모금 더 마셨다.

"하이델베르크는 멋진 도시야." 그는 계속 말을 걸어왔다. 그런 다음 맥주잔을 비우고 한 잔을 더 주문하며, 입술에 묻은 거품을 손등으로 닦았다.

그레타는 그를 주의 깊게 바라보며 다시 자신에게 지나치게 가까이 다가올 경우를 대비해 달아날 방향을 생각했다.

"이 성은 정말 너무 아름답고……."

그레타는 그의 말을 듣지도 않고 갈라진 입술과 입술에 묻은 하얀 거품을 보며 자동으로 고개를 끄덕였다.

"우리 할아버지도 독일 출신이야." 해리는 포기하지 않았다.

우리 할아버지도 마찬가지야, 멍청아. 그레타는 생각하며 피네를 눈으로 찾았다. 피네는 제이크의 팔에 매달려 무대 위를 돌고 있었고, 치마가 올라가 허벅지에 그려 넣은 스타킹의 줄무늬가 드러났다.

밴드는 <그대 눈에 비친 우수>를 천천히 연주하기 시작했다.

"이리 와. 분위기 망치지 말고." 피네가 숨을 헐떡이며 다가와 한 손으로는 그레타를, 다른 손으로는 해리를 잡고 무대 위로 끌어당겼다.

해리는 댄스 자세를 취하고 그레타의 허리에 팔을 감싸고 서툴게 춤을 추었다. 그러면서 그의 손이 허리에서 엉덩이로 옮겨 왔다. 밴드 리더는 클라리넷을 내려놓고 '사랑은 모두를 눈 멀게 하네……'라고 노래했고, 해리는 그레타를 힘껏 껴안았다. 그녀는 자신의 하반신에 무언가 딱딱한 것을 느꼈고, 그래서 해리와의 사이를 벌리기 위해 팔로 밀어 냈다. 그러나 해리는 오히려 더욱 단단히 붙잡으며 무대의 가장자리로 그녀를 밀어붙였다.

160센티미터 키의 그레타에게 피네는 더 이상 보이지도 않았다. 그녀에게는 그저 해리의 여드름투성이 목과 넓은 어깨만 보일 뿐이었다. 그녀는 뒤로는 벽을, 앞으로는 해리의 단단한 중심을 느꼈다. 그는 음악의 리듬에 맞춰 그녀에게 더욱더 몸을 비벼댔다. 마침내 그가 그녀에게 키스하려고 했을 때 그녀는 더 이상 참지 못하고 온 힘을 다해 그의 혀를 깨물었다. 해리는 비명을 지르며 그녀에게서 떨어져 나갔고 입을 손으로 움켜쥐었다.

그 순간 그레타는 해리의 어깨너머로 무대 가장자리에서 트럼펫을 불며 눈을 감고 볼을 부풀리고 있는 연주자를 보았다. 밥이었다.

그레타는 눈을 떠서 여길 보라고 마음속으로 소리쳤지만 밥은 눈을 감은 채 '사랑하는 모든 사람은 눈이 멀었네……'라는 가사에 맞춰 솔로 연주를 열정적으로 하고 있었다. 그레타는 생각을 집중시켜 밥의 트럼펫 소리만 들으며 해리를 밀치고 땀을 흘리는 사람들 사이로 있는 힘껏 가까이 다가갔다.

'날 사랑한다면 지금 날 봐! **빨리 날 보라구!**'

밥이 그녀가 있는 쪽으로 머리를 기울이더니 눈을 떴다. 그리고 그들의 시선이 마주쳤다. 잠시 동안.

뒤에서 손이 그레타의 어깨를 잡았고 그녀를 돌려세웠다.

"헤이, 어딜 가려는 거야? 예쁜이." 해리가 그녀를 쓰다듬으며 물었다.

트럼펫 솔로 연주가 멈췄다.

"날 내버려둬!" 그레타가 해리를 향해 소리쳤고 그를 밀어 내며 떨쳐 냈다. 다음 순간 밥이 이미 그녀 옆에서 그녀를 감싸며 품에 안았다.

"내 여자에게 손 떼, 깜둥아!" 해리가 소리쳤고 밥의 배에 주먹을 날렸다.

밥은 주먹을 미리 예상한 듯 순식간에 몸을 피했다.

그레타는 '내 여자'와 '깜둥아'만을 이해했다.

"난 네 여자가 아니야, 멍청아!" 그레타는 벌게진 해리의 얼굴에 침을 뱉었다.

눈 깜짝할 사이에 두 명의 미군이 밥에게 달려들어 그를 붙잡고, 해리가 그에게 주먹을 날릴 수 있게 하는 것을 그레타는 보았다.

"안 돼!" 그레타는 주먹을 쥐고 해리의 머리를 쳤다. 그녀는 떼어 내려고 하는 피네를 개의치 않았다. 그러나 몇 초도 되지 않아 모든 백인 군인들이 밥에게 달려들어 밥을 바닥에 눕혔고 때리고 발로 찼다. 그레타는 너무 많은 주먹과 발길질 때문에 그것이 누구의 것인지조차 구별할 수 없었다.

"개자식들아, 그만해!" 그레타가 소리쳤다. 그녀는 싸우는 군인들 사이로 뛰어들어 밥의 군복 재킷을 붙잡았다. 그녀는 밥을 때리는 군인들을 발로 차며 분노한 나머지 격렬하게 소리쳤다.

어떤 손이 그녀의 옷깃을 잡아챘다. 그녀는 몇 미터 뒤로 날아가 벽에 부딪혔다. 머리가 부딪치는 소리가 쿵 하고 났고 눈앞이 캄캄해졌다. 그녀 밑에 깔린 누군가의 안경이 부서지는 소리를 들었고 이제는 자신의 심장이 뛰는 소리만 들렸다.

"그레타!" 피네가 필사적으로 소리치며 그레타의 뺨을 두드렸다. "괜찮아?"

그레타는 천천히 정신을 차렸다. 그녀가 가장 먼저 본 것은 긴 곤봉과 밥이었다. 밥은 피를 흘리며 헌병들에게 바닥에서 끌려가고 있었다.

"안 돼!" 그녀가 일어나 헌병들을 따라가려고 했다.

"넌 여기 있어." 피네가 명령했다.

"언닌 내게 말할 자격이 없어!" 그레타는 그녀에게 소리를 지르고 밖으로 달려갔다. 그녀는 헌병들의 차가 떠나는 것만 보았다. 그녀의 손은 밥의 군복 재킷에서 떨어져 나온 단추를 꽉 움켜쥐고 있었다.

다음날 그레타는 철학자의 길에서 밥을 기다렸지만 허사였다. 그리고 그다음 날에는 낯선 미군이 바느질 가게로 군복 재킷을 배달해 왔다.

"밥은 어디 간 거죠?" 엠마가 그에게 물었다.

"나는 몰라요." 낯선 사람은 답을 피하며 재빨리 나가 버렸다.

그레타는 피를 흘리며 클럽 밖으로 끌려가던 밥의 모습을 머리에서 지울 수가 없었다. 극도의 걱정이 그녀를 휩쓸었다. 그녀는 어디든 가리지 않고 밥을 찾아다녔다. 모든 미군들이 기거하고 있는 로어바흐 근처 막사에서 그녀는 경비병에게 물었다. 대학에 설치된 진료소 정문에서 그에 관해 물었고, 평소보다 더 자주 엘리제 할머니의 집이 있는 히르쉬 길 주변을 어슬렁거리며,

그곳에서 근무하고 있는 모든 운전병들과 이야기를 나눴다. 그러나 그 누구도 그녀에게 로버트 쿠퍼에 관한 어떤 정보조차 알려 주지 않았다. 그는 땅속으로 꺼진 것 같았다. 그레타는 그 사람밖에 생각하지 않았고, 그 사람을 생각하며 잠이 들었고, 그 사람과 함께 깨어났다.

“맙소사. 이젠 정신 차려.” 다음 주 일요일, 피네는 그레타와 단둘이 재봉실에 있을 때 말했다. “밥에겐 별일 없을 거야.”

“멍청한 언니 친구들이 밥에게 무슨 짓을 했는지 봤잖아?”

“그래. 그렇지만 그들의 일에 끼어들었으니 그런 거지. 그가 자초한 거야.”

“언닌 하이델베르크를 돌아다니는 사람 중 가장 멍청한 사람이야.” 그레타가 나지막이 말하며 등을 돌렸다.

“말 좀 해 봐. 너 혹시 그 깜둥이 좋아하니?”

한 여자가 가게 창문 너머로 유아차를 밀고 가고 있었다.

“너 깜둥이 아기를 낳을지도 몰라. 조심해. 듣고 있어?”

“무슨 얘길 하는 거야?” 그레타는 재봉틀을 돌리며, 바지 솔기를 단단히 잡았다. 그런데 천을 세 겹으로 꿰매고 있다는 사실을 알아차리지 못했다.

“날 아주 멍청이라고 생각하니? 난 너와 밥 사이에 무슨 일이 일어나고 있는지 정확히 알고 있어.”

그레타는 침묵을 지키며 피네가 무엇을 알고 있는지 골똘히 생각했다. 그러면서 동시에 옷의 솔기를 다시 풀었다.

“그가 벌써 사랑한다고 네게 말하든?” 피네가 바지에 물을 뿌리며 물었다.

그레타는 입술을 닫고 침묵을 지키며 바늘땀을 잘라 냈다.

"사랑이란 건 없어, 그레타! 남자들이 널 침대에 눕히려고 하는 말일 뿐이야. 그러고는……."

"그러고는?"

"그다음엔 널 뜨거운 감자처럼 내던져 버릴거야. 그리고 넌 아기를 안고 있고."

그레타는 잘못된 솔기를 다시 핀으로 고정시켰다. "난 아이를 가질 수 없는 여자인 것 같아." 창문 유리에 피네가 자신을 응시하고 있는 것이 보였다.

"무슨 말이야?"

"글쎄." 그레타는 말을 더듬었다. "그렇지 않다면 벌써 그런 일이 일어났을 테니까." 그레타는 코를 찡그리고 손등으로 눈물을 닦았다.

피네는 다리미를 선반에 내려놓았다. "어떻게? 그가 그런 짓을 했어?" 피네는 그레타의 어깨를 잡고 돌려서 눈을 마주치도록 턱을 들어 올렸다. "자, 대답해. 그가 그런 짓을 했냐고?"

그레타는 고개를 끄덕였다.

"이 개자식이! 그렇게 선량한 척하면서 내 어린 동생에게 그런 짓을 하다니. 만약 내 눈에 띄기라도 하면 가만두지 않을 거야!"

"그 누구도 내게 그런 짓을 하지 않았어, 바보야!"

"그럼 어떤 변태가 네 몸속에 물건을 집어넣었다면 그런 짓을 달리 뭐라고 불러야 하니?"

"무슨 소리를 하는 거야?" 그레타는 바지를 옆으로 던지고 뛰어올라 피네의 머리채를 잡아당기고 목을 힘껏 팔로 짓눌렀다.

피네는 저항했지만 그레타는 그녀를 바닥에 엎드리게 한 다음 무릎으로 누르며 팔을 꺾었다.

"적어도 즐겁긴 했니?" 피네가 악마 같은 미소를 지으며 물었다.

"네가 상관할 일이 아니야." 그레타는 그녀의 팔을 더욱 세게 꺾었다.

"깜둥이들은……, 정말 그렇게 큰 거시기를 달고 있니?"

"뭐라고?"

"음, 생식기 말이야. 정말 그렇게 거대해?"

"내가 어떻게 알아?" 그레타는 손을 풀어 주고, 불쾌한 눈으로 언니를 바라보았다.

"하지만 그 사람 물건이 네 안에 들어왔을 때 너도 그걸 느꼈을 거 아니야?"

그레타는 피네를 놓아주고 벌떡 일어났다. "어디 안에?"

"그러니까, 네 안에……." 그녀는 그레타의 배를 가리켰다. "네 구멍."

"역겨워! **아니야**. 무슨 말을 하는 거야?"

"음, 남자가 그걸 여자의 속에 넣으면 임신할 수 있다는 얘기야……."

"그럼……, 키스는 어떻게 되는 거야?" 그녀는 말을 더듬었다.

"뭐, 키스가 어떠냐고?" 피네가 천천히 물었다. "너, 키스하면 임신할 수 있다고 생각하는 거야?"

"그런 거 아니야?"

"절대 아니야!" 피네는 웃음을 참기 힘들었다. "하지만 그렇다 해도 그 깜둥이에게 손가락 하나 대지 마!"

"닥쳐, 멍청아!"

"다른 놈을 찾아봐."

그레타는 다시 재봉틀 앞에 앉았다. 바늘이 그녀의 손을 찔렀지만 아픔을 겉으로 드러내지 않았다. "이제부터 언닌 내겐 죽은 사람이야."

이날부터 그레타는 언니를 무시했고 필요한 것만 이야기했다. 말로 드러내지는 않았지만 그녀는 밥이 사라진 것에 언니가 책임이 있다고 생각했다. 피네가 일터에서 돌아올 때에도 그레타는 더 이상 네카어강둑에서 그녀를 기다리지 않았고, 그녀의 발소리를 듣자마자 매트리스에 들어가 자는 척했다.

며칠 후 가족들 모두 그레타에게 무언가 잘못된 일이 일어났음을 눈치챘다. "무슨 일이야?" 엠마가 여러 번 물었고, 그때마다 그레타는 "아무 일도 아니에요"라고 대답했다.

"열이 있는지 보자, 꼬마야." 구스테 할머니가 걱정스럽게 말하며 그레타의 이마를 만졌다.

"뭐라도 먹어야 해, 내 작은 아가." 할아버지가 그녀에게 말했다. "그렇게 말라서야 어떻게 살아?"

모두가 가장 어린 그레타가 식욕도, 말도, 그리고 활동력도 잃어버린 것을 걱정했다. 단 한 사람만이 아무것도 묻지 않았다. 피네만이.

5월 중순 구스테 할머니가 편지봉투를 흔들며 재봉실로 뛰어 들어왔다. "정말 큰 행운이 얻어걸렸어. 우리에게 아파트를 준대!"

"그럴 리가요! 어떻게 된 거예요?" 엠마는 일어나서 구스테 할머니를 얼싸안으며 기뻐했다. 그리고 플뢰크 길 20번지에 있는 방 두 칸짜리 아파트의 사용증을 읽었다. "여기서 모퉁이만 돌면 있어요. 그레첸, 들었니?"

"잘됐네요." 그레타가 건성으로 대답하며, 재단 분필로 천에 선을 그었다. 그녀는 난민으로 넘쳐 나는 이 도시에서 주거 공간을 할당받았다는 사실에도, 할머니가 불가능한 일을 해냈음에도 마냥 기뻐할 수가 없었다.

할아버지는 구시가지 아파트에 짐을 풀면서 말했다. "다시 정상적인 삶을 향해 한 걸음 더 나아가는구나."

마침내 머리 위에 견고한 지붕이 있고 더 이상 우물에서 물을 길을 필요가 없게 되었다. 별도의 부엌이 딸린 45제곱미터의 공간을 가졌다는 것은 참으로 사치스러운 일이었다.

할아버지, 루드비히는 의자를 큰 방 창가에 가져와 앉았다. 1층이었지만 혼잡한 거리가 내려다보였다.

"여기가 내 전용 자리가 될 거야." 그가 말했다.

그동안 할아버지 루드비히는 걸음이 불편해 대부분의 시간을 산 위 오두막에서 보내야 했지만 지금은 행복한 표정으로 고개를 들어 눈에 보이는 어떤 것도 놓치지 않으려고 했다.

그레타는 그 옆에 팔짱을 끼고 서 있었다. 군용 지프가 거리로 들어올 때 그녀는 놀랐다. 그러나 곧 운전하는 군인의 흰 손을 보았다.

"전기를 마음대로 사용할 수 있게 되었으니 암시장에서 라디오 수신기를 하나 구해 오렴." 할아버지가 말했다.

그레타의 목이 조여 왔다. 그녀는 대답 없이 돌아서서 떠났다.

"그레타?"

"네, 그럴게요." 그녀는 문 앞에서 중얼거렸다. 그런 다음 뒷마당으로 내려가서 이 아파트에 사는 15가구의 주민들이 공유하는 화장실에 들어가 울었다. 4주 이상 그녀는 밥의 소식을 듣지 못했고, 그를 다시 만날 희망이 점점 사라져 가는 것을 느꼈다.

제국 마르크 화폐가 머지않아 더 이상 가치가 없어질 것이라는 소문이 돌았기 때문에 모두가 가능한 한 물품들을 많이 구매하려고 들었다. 더 많은 돈을 벌 수 있으리라는 기대로 상점들은 물건들을 비축하기 시작했고, 암시장에서도 가격이 급등했다. 그럼에도 그레타는 라디오 수신기에 사람들이 어떠한 관심도 두지 않았기에 운 좋게 살 수가 있었다. 그래서 루드비히 사브론스키는 가구라고는 얼마 없는 방에서 하이델베르크 구시가지의 움직임뿐만 아니라 미군의 라디오 프로그램을 통해 최신 소식도 들을 수 있게 되었다.

6월 18일 금요일 저녁에는 서방 동맹국들이 다가오는 일요일을 기해 통화 개혁을 실시한다고 발표했다. 이를 통해 독일인들이 열심히 일을 하고, 그 대가로 부를 창출할 수 있는 기회를 얻게 될 것이라고 했다.

다음 날에는 모든 상점이 문을 닫았다. 상점 문 앞에는 질병, 수리 또는 매진 등과 같은 표지판이 걸려 있었다.

일요일 아침 일찍 그레타는 할아버지와 함께 식량국의 카드 발급소로 갔다. 이미 몇백 미터에 이르는 줄이 서 있었다. 중앙은행을 대신하여 각 가구의 세대주가 독일제국 화폐 60 라이히스마르크를 제시하면 구성원당 현금으로 40 독일 마르크를 지급받을 수 있었다. 그리고 새로운 통화가 월요일부터 유일하게 유효한 지불 수단이 되었다.

피네는 분노에 휩싸였다. 스물한 번째 생일을 석 달 앞두었기에 단 한 푼도 받을 자격이 없었기 때문이었다. 피네는 그 어떤 일에도 기뻐하지 않았다. 할아버지가 부엌 탁자 위에 펼쳐 놓은 지폐들을 볼 때조차도. 모두 합하면 20마르크 세 장, 5마르크 여섯 장, 2마르크 아홉 장, 1마르크 여섯 장, 0.5마르크 열두 장이었다.

그레타는 거실 창문을 통해 점점 더 많은 사람들이 길을 따라 가면서 흥분하여 서로 이야기하는 것을 보았다. 그레타는 문을 연 가게에서 무엇을 파는지 궁금한 나머지 아파트 안에서 머무를 수가 없었다. 그녀도 가게 진열장이 무엇으로 가득 차 있는지 알고 싶었다. 그녀는 바구니에 샐러드, 아스파라거스, 콜리플라워를 담아 둔 가게 진열장에 코를 바짝 갖다 댔다. 주류 가게에는 위스키, 모젤 와인, 에그노그를 발견했다. 약국의 창가에는 4711 쾰른 생수, 얼굴 크림, 샴푸 등이 있었다. 가구점은 커피 테이블, 커튼, 도금으로 테두리를 두른 컵 등이 진열되어 있었다. 장난감 가게에는 메르클린 철도, 인형 마차, 테디 베어가 전시되어 있었다. 카를 광장 제과점에는 버터크림 케이크, 트리용 장식품들, 초콜릿이 놓여 있었다. 갑자기 모든 물품들이 나와 있었다!

"넌 1/2 마르크를 받을 거란다." 그레타가 탐험을 마치고 돌아오자 할아버지가 말했다. "내일 마음껏 써도 돼."

피네가 뒷방 매트리스에 누워 있을 때 그레타는 한 손에 지폐를, 다른 손에 밥의 군복 단추를 쥐고 자는 척했다. 그레타는 새로운 돈으로 어떤 꿈을 이룰지 정확히 알고 있었다.

다음 날 아침 그녀는 망설이지 않고 곧장 비스마르크 광장을 향해 걸어갔다. 모든 가게가 문을 열었고, 그 앞에서 사람들은 줄을 서 있거나 흥분한 상태로 어지럽게 움직이고 있었다. 그래서인지 주요 도로의 전차는 계속해서 종을 울리며 가다 섰고 고작 걷는 속도만큼 움직였다. 모두가 같은 것을 원했다. 마침내 그레타는 스스로에게 무언가를 대접하고 싶어졌다.

"남성용 향수가 필요한데요." 그레타는 한 시간 남짓 지난 뒤 약국에서 말했다.

"어떤 브랜드를 원하시나요, 아가씨?" 흰 가운을 입은 약사가 물었다.

"이름은 잘 모르지만……." 그녀가 말을 더듬었다.

"이 제품은 어떨까요? 자체 브랜드입니다. 노간주나무와 레몬을 첨가한 항균 면도용 토닉입니다." 약사는 손목에 살짝 뿌린 뒤 그레타의 코 밑에 갖다 댔다.

그녀는 머리를 저었고 뒤에 선 고객들이 조급하게 헛기침하는 소리를 들었다. 그녀는 판매원에게 자신이 무엇을 찾고 있는지 설명할 수가 없었다. 그리움과 사랑의 향기라고 그녀는 말할 수가 없었다. 밥의 향기.

"피트라론일까요? 많이 사용하는 제품입니다."

"이름은 알지 못합니다. 하지만 향기를 맡아 보면……."

판매원이 선반에서 갈색 병을 꺼내 뚜껑을 열고 그녀에게 향기를 맡게 했다. 이소프로판올, 붕소산, 카페인의 혼합물이 그레타의 심장까지 느껴졌다. 그녀는 떨기 시작했고 판매원의 질문에 대답할 수 없었다. 이것은 그녀가 찾던 향기가 아니었다. 이것은 그녀 아버지의 향기였다.

그녀는 가게를 비틀거리며 나왔다. 가게 밖은 마치 아무 일도 없었던 것처럼 삶이 혼란스럽게 계속되고 있었다. 그레타는 서로 손을 잡고 걷거나 팔에 매달려 가고 있는 가족들을 보는 것이 견딜 수가 없었다. 커플들의 웃음소리는 그녀에게 신체적인 고통으로 다가왔다.

그녀는 재건된 오래된 다리를 가로질러 달아났고 마침내 네카어강변의 목초지에 이르러 혼자가 되자 안도했다. 기계적으로 그녀는 히르쉬 길 위의 정원에 있는 토끼들을 위해 민들레를 따기 시작했다. 그러나 댐을 건너기 직전에 풀들을 강에 던져 버렸다. 토끼들이 먹을 것이 있는지 없는지는 상관없었다. 그 모든 것이 그녀에게는 아무런 상관이 없었다. 그녀는 담장 위에 앉아 나뭇잎이 물길에 휩쓸려 가는 것을 지켜보았다. 그레타는 눈을 감고 피부에 와 닿는 따스한 온기를 느끼며 해를 향해 머리를 움직였고 불타는 붉은색을 보았다. 모든 것이 조용해졌다. 그리고 갑자기 그녀는 그리움의 냄새를 맡았다.

"그레첸!"

그녀는 64일 동안 그토록 그리워하던 귀에 익은 목소리를 들었고 이 백일몽이 끝나지 않도록 더욱 힘껏 눈을 감았다.

"내 사랑 그레첸. 내가 당신을 얼마나 찾아다녔다고!"

"나도 그랬어." 그녀는 거의 들리지 않게 속삭였다.

그림자가 태양을 가로막으며 드리웠고, 그레타는 어깨에 손이 닿는 것을 느꼈다. 그녀는 눈을 떴다. 눈앞에는 정말 밥이 서 있었다.

"안녕." 그가 말했다.

그녀는 담장에서 뛰어내려 그의 품에 안겨 울었다. 밥은 그녀의 눈물에 키스했다.

"어디 있었어?" 그레타가 흐느끼며 말했다. "죽은 줄 알았잖아."

"아니야." 그는 웃었다. "난 아주 끈질겨!"

"뭐라고?"

"난 약초처럼 쉽게 가지 않아."

"난 잡초처럼 쉽게 죽지 않아. 그런 뜻이네, 바보!" 그녀가 코를 훌쩍이며 말했다.

두 사람은 계단을 내려가 강가를 걷기 시작했다.

"오두막 위에서 많이 찾았어. 아무도 없었어. 심지어 할아버지도."

"우린 지금 구도심에 살고 있어. 진짜 아파트에서."

밥은 모든 것을 세세하게 알고 싶어 했지만 그레타는 토끼를 데리고 가지 않았으며, 정원도 당연히 방치되었다고 말하기 싫었다. 오직 단 한 가지 질문만이 그녀를 괴롭혔다. "밥, 어디에 있었어?"

"내가 돌아왔잖아. 그게 중요하지."

더 이상 집들이 보이지 않자 그들은 초원에 앉아 강가를 내려다보았다.

"난 알아야겠어. 제발!"

그는 네카어강의 잔물결과 햇빛의 반짝임을 바라보았다.

"감옥." 그녀를 보지 않고 그가 말했다.

"감옥? 왜? 나를 도왔기 때문에?" 그레타가 놀란 표정으로 그를 보았다.

"아니야. 내가 흑인이라서 그래."

"당신이 흑인이든 백인이든 초록이든 그게 무슨 상관이야. 난 당신을 좋아해. 바로 당신이니까." 그레타는 그의 이마에 새롭게 생긴 상처를 부드럽게 어루만졌다.

그는 아무 말도 하지 않고 그녀를 오랫동안 바라보았다. 그의 시선은 진지했다. 슬펐다.

"그리고 당신도. 당신도 날 좋아하지 않아?" 그레타가 물었다.

"그렇지가 않아. 아마 우린 이성적으로 생각해야 할지도 몰라."

"무슨 말이야?"

"가슴이 아니라 머리로 생각해야 해."

"그 말이 무슨 말이야?"

"우리에겐 미래가 없어."

"미래가 없다고? 더 이상 날 원하지 않아?" 그녀의 목소리가 높아지며 울기 시작했다.

"세상에서 가장 사랑하는 사람이 내 사랑 그레첸이야. 그 누구보다."

"그런데 왜? 우리가 함께 있으면 안 된다는 거야? 내가 성인이 되면……."

"내가 사는 미국에선 흑인이 백인 여자를 얻는 것이 금지되어 있어." 그는 그녀의 말을 끊었다.

"하지만 여기 독일에선 그렇지 않아! 의지가 있다면 길도 있어."

"어디에 어떤 길?"

그녀는 말꼬리를 물고 씨름하지 않기로 마음먹었다. 왜냐하면 깊은 슬픔에 잠긴 밥을 보았기 때문이었다.

구름 띠가 햇빛 앞으로 이동했다. 물 표면은 흐릿해졌고, 네카어강은 그들 앞에서 무거운 납처럼 천천히 흘렀다.

오랫동안 그들은 침묵했고, 그레타는 밥이 자신을 가장 행복하게 만들기도, 가장 불행하게 만들기도 한다는 생각을 했다.

"만약 이것이 우리가 얻게 될 사랑의 전부라면 어떻게 할래?" 그녀는 침묵하는 공간에 대고 물었다. "상상해 봐. 이제 헤어지고 나서 평생을 실수했다고 괴로워한다면."

밥은 그레타를 오래도록 보았다.

"넌 나이에 비해 꽤 어른스럽네." 그가 조용히 말했다.

"그럴지도 모르지. 하지만 당신도 마찬가진걸." 그녀가 대답했다.

"전쟁터에선 더 빨리 나이를 먹지." 밥은 그레타를 두 팔로 꽉 안았다. "사랑해." 그는 그레타의 금발에 대고 속삭였다.

"나도 당신을 사랑해!" 그녀는 그에게 이 말을 한 번도 해 본 적은 없었지만, 정확한 말이라고 느꼈다.

두 사람은 다시 잃을까 두려워하며 서로를 꼭 껴안았다.

일곱.

2016년 2월과 3월

강에 깊이 잠긴 네덜란드 유조선 카르페디엠은 강의 흐름에 맞서 고군분투하며 상류로 올라간다. 유조선은 일요일 오후 라인강변으로 짧은 산책길에 나선 그레타와 톰보다 더 느렸다.

"나 추워. 그만 돌아가자." 그레타의 숨결이 얼어붙고, 그녀는 분홍색 모자를 더 깊이 얼굴에 눌러쓴다.

"그러죠, 뭐." 그레타를 이 작은 산책으로 이끈 톰이 말한다. "하지만 엄마는 아직 대답을 하지 않았는데."

"무슨 대답?"

"아, 엄마." 마뜩잖은 일이 있을 때마다 귀를 틀어막는 그레타가 톰의 짜증을 부추긴다. "엄만 여든다섯 번째 생일에 뭘 하고 싶냐고? 결정해야 해. 3월 7일은 이미 5주밖에 안 남았고, 엄마가 축하받기에 적합한 장소가 필요하다고요."

"축하할 것 없어. 절대로." 그녀는 단호하게 말하며 제방 위로 걸어간다.

톰은 절반 이상의 포르츠 사람들이 참석하리라는 것을 알고 있다. 아버지는 거의 모든 협회에 가입되어 있었고, 특별한 일이 없는 한 시장까지도 생일을 축하했기 때문이다. 그가 어느 정도 준비해 두지 않으면 엄청난 혼란에 직면할 것이 뻔하다.

"차라리 여행을 갔으면 싶어." 그레타가 현관문을 열며 말한다.

"어디로?"

"하이델베르크로."

톰은 나쁘지 않다고 생각한다. 솔직히 말해서 이런 날에만 찾아오는 사람들을 초대하는 것은 톰에게도 성가신 일이기 때문이다.

그는 차가운 손을 커피잔에 대고 주방 구석 선반 위에 오랫동안 걸려 있던 그림을 바라본다. 하이델베르크 성, 그 아래 보름달빛에 은빛으로 반짝이는 네카어강이 흐르고 있다. 흑백 엽서는 액자에 담겨 있다. 이걸 확대해서 선물로 주면 좋겠다고 생각한 그는 무심코 벽에서 액자를 떼어 내 안주머니에 넣는다.

시내로 돌아오는 길에 그는 헬가의 번호로 전화를 건다.

"3월 6일부터 8일까지 뭐 하실 거예요?"

"모르겠네. 별 계획이 없어."

"아무 계획도 세우지 마세요."

같은 날 그는 하이델베르크 성이 한눈에 보이는 고급 호텔에 침실 세 개짜리 스위트룸을 예약한다.

"이걸 확대해 주실 수 있나요?" 며칠 후 시내 최고의 프린트 회사에 들러 하이델베르크 사진을 카운터에 올려놓으며 묻는다.

"당연하죠." 주인인 슈미츠 여사가 말하며 뒷면에 테이프로 붙인 종잇조각을 제거한다. "그런데 액자 공방의 인장은 그대로 둘까요?"

톰은 당황한 나머지 어찌할 바를 모른다. 복사 기술자는 인장 주위를 조심스럽게 자르고, 뒷면을 들어 올려 엽서와 뒷판의 합지를 분리한다. 그 과정에서 색이 바랜 낡은 편지봉투가 하나 툭 떨어진다. 수신인: 그레타 쇤나이히 양, 플뢰크 길 20번지, 하이델베르크 웨스트 6900, 1947년 12월 31일.

슈미츠 여사는 더 자세한 사항을 논의하기 위해서는 인쇄물 제조업자를 데려와야겠다고 말한다. 톰은 입을 벌린 그대로 편지를 손에 들고 가만히 고개를 끄덕인다.

그는 부서질 것 같은 봉투를 조심스럽게 열고 편지를 읽는다.

하이델베르크, 12-31-1947

나의 작고, 귀엽고, 사랑스러운 그레첸.

나는 당신 없는 세상을 상상할 수가 없어.

당신과 함께한 매 순간은 내 인생의 그 어떤 순간보다 좋았어.

그 모든 우회로는 당신에게로 가는 길이었어. 그 길을 돌아 당신과 나는 마침내 도착했어. 내겐 당신이 전부야.

내 집은 당신의 마음속에 있어!

당신은 나의 삶, 나의 행복, 나의 전부야.

사랑해.

바비(행운아)

톰은 나머지 주문을 건성으로 처리하고, 마지막 주문 내역을 다시 한번 보여 달라고 요청한다. 엄마가 모자를 쓰고 말괄량이처럼 고개를 내밀고 있는, 소녀 시절의 사진도 확대하기로 한 것이다.

"아주 좋아요." 주문을 확인한 다음, 톰은 밥이 이 사진을 찍었을지도 모르겠다고 생각한다. 엄마가 자신에게 무심하게 웃으며 아버지라고 말했던 그 사람이.

그는 문 앞에서 다시 돌아선다.

"슈미츠 부인. 이 액자의 인장? 날짜가 적혀 있나요?"

"네." 그녀는 주문서에서 종이를 꺼낸다. "도장 날짜는 1957년 5월 23일로 되어 있습니다."

톰은 재단사와 약속이 남아 있다는 사실조차 잊어버리고, 드레스룸에 둘 멋진 샹들리에를 보려고 했던 조명 가게도 지나친다. 머릿속에서 생각이 뒤섞인다. 1957년은 부모님이 결혼한 지 1년 후이며, 이 사랑의 편지가 쓰인 지 10년 후였다. 하이델베르크 사진은 항상 그레타의 자리 뒤, 벽에 걸려 있었다. 밥은 어떻게 보면 항상 가족들의 식탁에 함께 앉아 있었던 것이다.

“엄마, 개인적인 질문 좀 해도 될까요?” 그다음 주 토요일 오후 케이크 상자를 들고 포르츠에 도착한 톰이 말한다. 일주일 동안 톰은 편지를 들고 엄마를 어떻게 대면해야 할지 고민에 고민을 거듭했다. 결국 호기심이 이겼다.

“너라면 뭐든지 물어봐도 되지.” 그레타는 복숭아 파이 위에 크림을 듬뿍 발라 주며 말한다.

“그 남자 말이야, 바비. 엄마가 사랑했어요?”

그레타는 숟가락을 그릇에 떨어뜨리고 천천히 머리를 들어 톰을 바라본다. 그는 그녀의 눈에서 비치는 반짝임을 알아차리고, 그녀의 주름진 얼굴에서 평온한 젊음을 본다.

“그래.” 그녀가 말한다.

“그 사람에 대해 좀 말해 줘요. 어디서 왔어요?”

“음, 미국에서.”

“어느 도시에서 왔는지도 알아요?”

“물론 알지. 뉴올리언스에서 왔어.”

“나도 일 때문에 한 번 거기에 가 본 적이 있어요. 아름다운 곳이었어요. 멋진 음악들이 많고.”

그레타는 항상 가지고 다니는 핸드백을 열고 밥의 사진을 꺼낸다. “바비도 트럼펫을 연주해.”

“잘 불었어요?”

“당연하지.” 그녀는 소녀 같은 목소리로 말하며 사진 속 연인을 꿈꾸듯 바라본다.

그녀가 이토록 행복해하는 모습을 보는 것은 톰에게도 감동

적이다. 어쩌면 엄마는 젊고 사랑에 빠졌던 과거의 한때를 꿈꾸고 있는 것은 아닐까? 그녀는 바다 건너에서 온 이 청년이 그녀의 마음속에 고향을 찾았음을 느끼고 있는 것일까?

갑자기 그레타의 호흡이 불안해진다. 그녀는 사진을 다시 핸드백에 넣고 복숭아 파이 한 조각을 입에 넣는다.

"그에게 무슨 일이 일어났는지 알아요?"

그녀는 고개를 저으며 말한다. "아무것도 몰라. 갑자기 그가 사라졌어." 눈물이 그녀의 뺨을 타고 흐른다.

"아, 엄마." 톰이 말하며 그녀 옆에 앉는다.

그레타의 몸은 격렬한 떨림에 휩싸이고 흐느끼다 톰의 어깨에 기대어 마침내 울어 버린다. 그녀는 위로받을 수가 없다. 톰은 이런 엄마를 본 적이 없다.

톰은 엄마가 자신을 드러내는 것이 기쁘기도 하지만 이런 모습을 보는 것이 견딜 수 없기도 하다. 어렸을 때 그녀는 요양원의 어두운 병실로 몇 주 동안 사라지곤 했다. 톰은 누구도 자신에게 그 일에 대해 알려 주지 않았고, 그로 인해 생겼던 당시의 두려움이 다시 엄습해 오는 것을 느낀다. 그때처럼 그는 그녀의 상태가 자신 때문이 아닌가 하는 자책감에 빠져든다. 엄마에게 그냥 묻지 않았으면 좋았을 텐데!

"자, 엄마." 그는 그레타의 주의를 돌리기 위해 말한다. "거실로 가요."

그는 참나무 찬장에서 낡은 레코드판을 꺼내, 엘라 피츠제럴드가 엄마를 안심시킬 수 있기를 바란다. '당신이 멀리 있다는 걸 알지만 당신이 내 품에 있다고……'라는 노래가 침울한 분위기를 가라앉히고 그레타의 얼굴에 미소를 짓게 만든다.

"소파에 잠깐 누워 있을래요?"

"그래. 하지만 가지는 마."

"그래요, 엄마. 엄마 곁에 있을게." 모직 담요를 덮어주며 톰이 말한다. 그는 어린아이처럼 그녀의 머리를 쓰다듬으며 며칠 동안 그와 함께했던 밥의 편지에 적힌 문장을 떠올린다. 당신은 나의 삶, 나의 행복, 나의 전부야!

톰은 그레타의 표정이 풀리고, 규칙적인 숨소리로 잠이 든 것을 확인하자 마음을 놓는다. 마치 슬로 모션처럼 그는 그녀의 손에서 가방을 빼앗아 조심스럽게 일어나 창가 안락의자에 앉는다. 그는 그레타가 몇 주 동안 들고 다니던 두 장의 사진, 즉 하이델베르크 성 앞에서 가족들 가운데 있는 흑인 군인과 카메라를 진지하게 바라보는 같은 군인의 상반신 사진을 본다. 마지막 사진에서 그는 군복 셔츠에 새겨진 이름표를 발견한다. 스마트폰으로 사진을 찍고 확대하여 이름을 해독한다. **로버트 쿠퍼**.

톰은 흔한 이름이라고 생각하고 스마트폰에 로버트 밥 쿠퍼, 미 육군, 하이델베르크를 검색어로 입력한다.

가장 많이 검색된 것은 ≪슈피겔≫ 1947년 41호 잡지였고, 톰은 이를 클릭해 젊은 미국인 진 해머스가 하이델베르크의 스타더스트 클럽을 위해 열여섯 명의 남성으로 구성된 악단을 조직했다는 기사를 읽는다. 연주자 중 한 명이 밥 쿠퍼라는 사람이었다.

얼마나 대단한 일인가? 그는 더 찾아보다가 이 재즈 악단의 신문 사진을 발견한다. 얼굴은 모두 작고 잘 보이지 않는다. 하지만 한 사람이 눈에 띈다. 바로 흑인 트럼펫 연주자다. 톰은 이 사진을 하이델베르크에서 찍은 가족사진과 비교하며 놀랍도록 닮은 점을 발견한다. 연주자와 엄마의 남자 친구 모두 평균보다 키가 훌쩍 크다.

해리 벨라폰테가 <당신을 처음 보았을 때>를 부르고, 그레타는 배경 음악인 듯 부드럽게 코를 골고, 톰은 내면에 불이 붙는다. 그는 알고 싶다. 연구는 항상 그의 열정이었고 어려운 과제일수록 더 큰 매력을 느꼈다. 그는 로버트 밥 쿠퍼라는 트럼펫 연주자에 관한, 더 이상의 기사를 찾지는 못했지만 1945년과 1946년 독일 여성과 미군 참전용사의 관계를 다룬 많은 목소리를 찾아낸다.

≪뉴욕 타임스≫는 독일 소녀들이 사교 금지령을 유지하려는 연합군의 의지를 무너뜨리기 위해 스트립쇼를 조직적으로 연습하는 것처럼 보인다고 썼다. 그리고 공동 칼럼니스트이자 라디오 진행자인 발터 폰 홀랜더는 이렇게 쓰고 있었다. 돌아온 것은 패배한 독일군만이 아니었다. 승자들이 그들과 함께 점령했고, 일부 여성들이 승리자들에게 빠져들고 있다는 사실을 깨달아야 한다.

≪뉴욕 선≫의 기사는 톰을 미소 짓게 만든다. 내가 지금껏 본 것 중 가장 짧은 옷을 입은 이 소녀들은 군인들의 관심을 끌기 위해 군인들 앞에서 왔다 갔다 걸어 다녔다. 이 여성들은 오스트리아 사람보다 더 뚱뚱하고, 화장을 하지 않았지만 검게 그을린 얼굴은 마치 아마조네스를 닮아 있었다.

"아마조네스?"라고 톰은 고개를 저으며 혼잣말을 한 다음 더 조사하면서 파사우 주교가 보낸 사목 서한을 찾아낸다. 독일 소녀들, 심지어 젊은 여군, 심지어 어머니조차도 도발적인 행동과 모든 품위를 망가뜨리는 드레스로 외국 군인들에게 도전하고, 말 그대로 음탕한 방식으로 자신을 어필하는 것을 부끄러워하지 않는다.

헬가가 초인종을 누르자 톰이 다시 정신을 되찾는다.

"네 차가 반나절 동안 집 앞에 주차되어 있더라. 카니발 안 가니?" 그녀는 화려한 모자를 쓰고 피콜로 두 병을 손에 든 채 톰에게 묻는다.

"이런! 다 잊고 있었네요." 톰은 시계를 보고는 자리에서 일어나 서둘러 짐을 챙긴다.

"맙소사, 이제 이런 일도 생기네." 헬가가 고개를 절레절레 흔들며 말한다. "네가 원래 좀 바보 같기는 했지만."

"무슨 일인데?" 그레타가 물으며 눈에서 잠을 털어 낸다.

"아무 일도 아니에요, 몬데라스 부인. 귀르체니히에서 하는 쾰른 카니발 중계방송을 함께 볼까요?"

"오, 물론이지."

톰은 엄마가 두 시간도 채 되지 않아 그토록 서럽게 울었던 일을 까맣게 잊어버렸다는 사실에 안도한다.

화면에서 푸른 불꽃이 행진곡에 맞춰 움직이고, 헬가는 리듬에 맞춰 박수를 친다.

"여기 같이 있자." 그레타가 말한다.

톰은 고개를 절레절레 흔든다.

"아직 많이 남았지만 텔레비전으로 봐야 될 거예요. 오늘 밤 방송국에서 큰 파티가 있어요. 서둘러 집에 가서 옷 갈아입고 가봐야 해요."

"무슨 옷으로 갈아입을 건데?" 헬가가 묻는다.

"정육점 주인."

"미친놈." 그레타가 장난스럽게 그를 부르며 위협적으로 손가락을 가리킨다. "품위 유지해."

"잘 있어요. 두 분, 아마조네스." 톰이 미소를 지으며 떠난다.

잠시 후 그는 가속 페달을 밟으며 도심을 향해 질주한다. 빗물이 앞 유리를 두드리고, 마주 오는 차량의 불빛 때문에 눈이 부시다. 미국에서 살았던 시절에도 카니발 기간 동안은 항상 쾰른을 찾고는 했다. 그저께 '여인들의 목요일'* 날에는 거의 열네 시간 동안 춤을 추고, 노래하고, 키스를 하고, 수많은 쾰쉬 맥주를 마셔 댔다. 그런데 정작 카니발이 벌어지는 토요일, 그는 축제에 참석할지 말지 고민하고 있다. 그저 집에 혼자 숨어들고 싶지만 메인 앵커에게는 그런 선택지가 없다. 방송국의 카니발 파티에 빠질 수 없을 뿐만 아니라 우스꽝스러운 연설까지 해야만 한다.

톰은 어떻게 도이처 다리를 통과했는지도 모르고 대성당도 보지 못한다. 라인강 왼쪽 강변에서 장난스러운 옷을 차려입은

* 카니발 축제가 시작이 되는 날. 이날 쾰른시는 그야말로 여인천하가 된다. 그 중 가장 대표적으로 여성들이 거리를 다니며 가위로 남근男根의 상징인 넥타이를 보는 대로 자르는 행사가 있다. 이 날이 되면 아이들은 물론 어른들까지 가장한 모습으로 거리를 돌아다닌다.

사람들이 거리에서 노래를 부르고, 춤을 추며, 서로 껴안는 것을 보면서 정신을 차리고 분위기에 편승한다. 차에서 흘러나오는 라디오는 카니발 노래를 계속해서 불러 대고, 빨간 레깅스와 노란 장화를 신어 닭처럼 분장한 남자들, 턱수염을 기른 수도승들, 섹시한 기사들, 깊은 브이넥 FBI 유니폼을 입은 여성들을 보며 즐거워한다. 톰은 다채롭고 활기찬, 그러나 **한 가지** 공통분모를 가진 이 사람들을 사랑한다. 그들은 모두 쾰쉬 맥주를 들고 있으며, 차에도 쾰쉬 맥주를 섞어 마신다.

카롤린 케베쿠스가 아델의 <헬로> 커버 버전을 부른다.

톰은 더 이상 참지 못하고 큰 소리로 노래를 따라 부른다. "헬라우는 카니발에서 말하네. 글라트바흐 스카프를 걸치고 있네. 그는 내 얼굴에 대고 말하네. 어떻게 그럴 수 있니? 나는 맨정신으론 견딜 수 없어."

아파트에서 그는 옷을 갈아입고, 손과 팔뚝, 얼굴에 화장을 하고, 소품들을 걸치고, 택시로 방송국까지 간다. 내리기 직전에 그는 가장 중요한 것을 잊었다는 사실을 깨닫는다. 연설문을 놓고 왔다.

그는 잠시 망설인다. 다시 돌아가서 가져와야 하나 생각하지만 사무실에서 프린트하기로 결정한다. 한번 손으로 끄적거린 수정 사항들은 다시 떠오를 것이다.

"안녕, 오리 궁둥이!" 제작 프로듀서 라스가 근육질의 몸을 하늘색 공주 옷에 욱여넣고, 방송국의 정문 앞에서 창녀로 변장한 보도국장과 함께 담배를 피운다. "의상 멋지다, 톰!"

"당신도 가릴 필요 없겠어, 젠스." 톰은 대답하고, 그의 터질 듯한 가슴을 본다.

금발 가발과 붉은 수염을 달고 있는 공주가 눈을 굴린다. "라스! 라스라고." 그가 울부짖듯 말한다.

"미안." 누가 누군지 전혀 알 수 없다고 생각하며 톰이 중얼거린다. 방송국 모든 사람들이 이 축제에 참여하고 있지만 언제부터인지, 왜 그렇게 하는지는 아무도 모른다.

라스는 자신 안의 공주를 깨우기 위해 노력한다. "내가 오늘 널 위해 맥주병 청소를 감당하지!" 라스는 꾸며 낸 목소리로 소리치고 붉게 물든 입에 맥주병을 갖다 댄다.

행사는 이미 진행 중이다. 의상을 갖춰 입은 수백 명의 동료들이 홀 입구를 통해 스튜디오로 향하고, 무대에서는 라이브 밴드가 연주를 하고 있다.

"당신이 지금쯤 올 줄 알았어요." 홀 입구에서 맞이하는 그의 비서 사빈은 핑크색 샤워 스펀지로 변장한 채 그에게 퀼쉬 한 잔을 내민다. "멋져 보여요!"

"빨리 위로 가야 해." 톰은 사람들 사이를 밀치고 들어간다. "연설문을 두고 왔어."

그를 칭찬하는 시선과 어깨를 두드리는 몸짓들을 즐기는 한편 특별한 변장이 성공적이라는 사실에 한껏 자부심을 느끼며 톰은 엘리베이터를 탄다. 그러나 엘리베이터는 올라가는 대신 지하 주차장으로 내려간다.

문이 열린다. 여행 가방을 멘 제니 월터가 서 있다. 변장하지 않은 그대로다.

“정육점 주인?!?” 제니는 엘리베이터를 타고는 혐오스러움을 숨기지 않는다.

철저한 채식주의자라고 톰은 생각하며 피로 물든 손으로 맨 위층의 버튼을 누른다. 그녀가 커다란 외투 아래 어떤 의상을 입고 있는지 알 수가 없다. 레몬이 표정과 잘 어울릴 것 같다고 생각한다.

제니가 보도국 아래층 버튼을 누르자 엘리베이터가 덜컹거리며 올라간다. 톰은 그녀 뒤편의 거울에 비친 자신의 모습을 본다. 피로 물든 정육점 작업복에 매달린 도끼와 목에 걸린 플라스틱 소시지 사슬, 어깨 위에 있는 분홍 돼지 인형이 잘 어울린다. 엘리베이터가 속도를 늦추더니 1층에서 멈춘다.

“젠장.” 그는 중얼거리며 짜증스럽게 4층 버튼을 다시 누른다.

제니는 3층을 누른다.

“어머, 아직도 여기 있네요, 톰!” 핑크색 샤워 스펀지가 즐겁게 소리치며 들어온다. “도움이 필요할 것 같아서 가는 길이에요.” 사빈이 제니에게 볼 키스를 한다. “넌 집에 있을 거라 안 했어?”

“정말 미쳐 버릴 것 같아. 내가 세베린 게이트 바로 옆에 살잖아. ‘여인들의 목요일’ 이후로 계속해서 누가 북을 치고 있어. 한 번도 제대로 눈을 붙여 본 적이 없어. 내 선택은 피하거나 죽여 버리거나 둘 중 하난데, 내 아이가 감옥에서 자라는 건 싫어서.” 그녀는 커다란 외투를 열고 부풀어 오른 배를 쓰다듬는다.

마네스가 맞았네, 톰은 생각한다. 그녀는 정말 임신 중이다. 그는 동정녀의 출산과 모든 마초적인 표현을 떠올리며, 층수가 바뀌는 숫자판만 계속 바라본다.

“오, 세상에! 가엾기도 해라. 그럼 결정은 내린 거야?”

“다음에 얘기해.” 제니는 톰을 흘긋 바라보며 엘리베이터에서 내린다. “즐거운 축제 보내!”

“무슨 결정을 내린다는 거죠?” 문이 닫히고, 사빈과 함께 올라가는 중에 톰이 묻는다.

“제니가 이전 회사에서 좋은 제안을 받았거든요. 아이와 함께 재택으로 일할 수 있게 해 주겠대요. 여기 남아 있으면 아이를 어린이집에 맡겨야 하고. 전 플레이스 투 플레이스 미디어가 여기보다 제니에게 훨씬 더 잘 어울릴 것 같다고 생각해요. 여기선 제니의 전문 지식을 활용하기가 어려워서요.”

“거기가 실종자 쇼를 제작하는 회사 맞죠?” 사무실로 가는 길에 톰이 묻는다.

사빈이 컴퓨터를 켜고 톰의 연설문을 출력하는 동안 그는 제니에게 휴대전화로 전화를 건다.

“카니발 끝난 뒤에 당신에게 물어볼 게 있어요. 개인적인 일.”

“뭔데요?” 그녀가 전화기 저편에서 묻는다.

“나는 전후에 독일에 있었던 미군 병사를 찾고 있어요. 내가 알아보긴 했는데 막힌 것 같아요. 사빈은 당신이…….”

“그 사람에 대해 알고 있는 사실을 제게 보내 주세요.” 그녀는 그의 말을 중간에 끊고 자기 할 말만 하고 전화를 끊어 버린다.

"제니?" 톰이 이미 끊어진 전화에 대고 이름을 부르며, 부글거리는 분노와 맞서고 있다.

그럼에도 그는 결심을 하고 그녀에게 문자를 보낸다. 저는 1947년 말에 하이델베르크에 주둔한 뉴올리언스 출신의 로버트 쿠퍼를 찾고 있어요. 그는 아프리카계 미국인으로 매우 키가 크고, 바비라는 애칭으로 불리기도 하며, 트럼펫 연주자로 이름이 알려져 있어요.

"신사 숙녀 여러분, 그리고 존경하는 채식주의자와 비건 여러분!" 쾰른 도살장 협회 대표로 톰은 가장 강한 쾰른 방언으로 연설을 시작한다. 그는 모든 정치인들을 상대로 비난을 쏟아붓는다. "여기는 피비린내 나는 곳입니다. 매일 저녁 8시마다. 우리는 세계적인 사건들을 잘게 썰고, 소시지로 만드는 일을 전문적으로 합니다. 때로는 작은 소시지들과도 싸워야만 합니다." 그는 CSU의 전당대회에서 앙겔라 메르켈을 당황스럽게 만든 제호퍼를 비판하며, 결론적으로 바이에른을 압착하여 순대 소시지를 만들어야 한다는 결론에 도달한다. 두세 번 잘 조준된 저속한 발언을 늘어놓은 후 그는 축구협회의 뇌물 수수 사건 소시지가 얼마나 뚱뚱하게 만들어져 있는지에 대해 큰 소리로 희화화한다.

우레와 같은 박수갈채에 그는 인사를 하고 무대에서 뛰어 내려와 외국 특파원 시절을 암시하는 옷차림을 한, 바에 있는 예술감독에게 건배를 제의한다. 톰은 동료들의 칭찬을 기꺼이 받아들이며 쾰쉬를 또 한 잔 마신다.

"정말 멋졌어요!" 조명을 담당하는 감독이 톰에게 건배를 제안한다. 그는 체크무늬 셔츠 위에 전기톱이 프린팅된 산업용 작업복을 입고 있다.

"멋져, 톰!" 라스가 소리치며 등을 세게 손바닥으로 친다. 그 바람에 플라스틱 소시지가 몇 개 떨어져 버린다. "진짜 웃겼어!"

"오, 당신이었군. 예전이랑 똑같아." 마니는 팔꿈치까지 오는 흰색 새틴 장갑과 꽉 끼는 퍼프 소매 사이로 보이는 코뿔소 문신을 자랑하며 건조하게 말한다.

병 청소부는 근육질 팔로 톰을 감싸고, 반드시 오늘 밤 가장 멋진 남자와 함께 마셔야 한다며 흔들리는 거대한 가슴으로 그를 누르며 말한다. "알아. 너도 원한다는 걸."

톰은 카니발에서도 이런 막돼먹은 태도에 불편함을 느낀다. 직업적으로는 동료에게 아무런 반감도 없지만, 인간적으로는 라스가 자신을 기쁘게 해 주고 싶어 하기 때문에 피곤하다. 무엇보다도 라스는 자신보다 위에 있는 사람들을 즐겁게 만들고 싶어 한다. 그리고 그 누구보다도 톰을. 톰은 이제 이곳을 벗어나야겠다는 생각에 골몰한다.

플라스틱 소시지 아래 가슴 주머니에 넣어 둔 휴대전화가 진동한다. 톰은 포옹에서 벗어나서 옆으로 두어 걸음 물러나 제니가 보낸 문자를 읽는다. 이제 시작했어요. 1948년 쿠퍼가 몇 살이었는지 아시나요?

정확히는 모르겠어요. 아마 20대 초반이 아닐까. 톰이 답장한다.

2분도 되지 않아 휴대전화가 다시 진동한다.

좋아요. 제2차 세계대전에 참전한 로버트 쿠퍼 스물한 명을 찾았어요. 자세한 내용은 구두로 이야기하죠.

톰은 회오리바람으로 변장한 회사 여자 동료에게 이끌려 무대로 간다. 무대 위 사람들은 진정한 쾰른의 리듬이 마치 호흡이나 혈압처럼 직접 뇌간에서 작동하기라도 하듯 노래에 맞춰 춤을 추고 있다. 이 노래들은 쾰른이 세계에서 가장 멋진 도시이며, 누구나 호텔 발코니에서 대성당의 전망을 보기를 갈망한다는 내용이다. 톰은 무대에서 내려와 스튜디오 밖으로 나갈 때까지 춤을 춘다. 그리고 문 앞에서 제니에게 전화를 건다.

"어떻게 그렇게 빨리 찾아냈어요? 정말 대단한데요." 그는 음악과 술에 들떠서 말한다.

"미국 혈통 포털의 군사 기록보관소를 검색했어요. 제2차 세계대전 징병 등록 카드에는 1920년에서 1930년 루이지애나에서 태어난 흑인 스물한 명이 나와 있어요. 불행히도 그들 중 누가 하이델베르크에 주둔하고 있었는가 하는 것은 알 수 없어요. 로버트 쿠퍼라는 사람에 대해 더 알고 있는 게 있나요?"

"내가 아는 건 그 사람이 우리 엄마를 사랑했고, 엄마가 그를 결코 잊은 적이 없었다는 거예요." 톰은 술 때문에 혀가 꼬부라지는 것을 후회하며 말한다. 그 상대방이 제니이기에 특히 더.

"그 말씀은 그가 아직 살아 있는지 알고 싶다는 뜻인가요?"

그는 잠시 망설이다가 대답한다. "그래요."

톰은 다시 스튜디오로 돌아간다. 하지만 카니발 분위기는 그에게서 더 이상 되살아나지 않는다. 웃는 얼굴들을 보고 날카로운 고함소리들을 듣지만 머릿속은 오후에 그의 품에 안겨서 울던 엄마를 생각하지 않을 수가 없다.

보도국이 있는 층에서 유일한 불빛을 따라가던 그는 개방형 사무실 컴퓨터에 혼자 앉아 있는 제니를 발견한다. 제니는 톰이 나타났다는 사실에 전혀 놀라지 않은 듯 잠시 고개를 들 뿐 하던 대로 바쁘게 메모를 한다.

“내가 도울 일이라도 있나요?” 톰이 앞에 놓인 의자에 앉는다.

그녀는 머리를 젓는다. “인구조사나 유권자 명부에서는 찾을 수가 없네요. 지금은 결혼, 이혼, 사망자 등록부를 확인하고 있어요. 한국과 베트남에서 로버트 쿠퍼가 여럿 전사했어요. 이런 식의 찾기는 정말 안개 속에서 벽을 더듬는 것 같아요.”

“그럼 어떻게 해야 할까요?”

“우린 하이델베르크에 있던 사람이 그들 중 누구인지를 알아내야 해요.”

그녀가 ‘우리’라고 말한 것을 알아차리고 잠깐이지만 제니에게 그날 오후에 엄마와 함께 겪은 일을 말하고 싶은 충동을 느낀다.

그러나 그는 단념하고 만다.

“내일 미군 흔적 찾기에서 알게 된 사람에게 전화해 보려고요. 군인들을 찾는 일에 여러 번 많은 도움을 받았거든요.”

“그는 어디에 있나요?”

“미주리주, 세인트루이스에 있어요.” 제니는 컴퓨터를 끄고 서류를 스테이플러로 묶는다.

“시차가 일곱 시간 정도일 거예요. 어쩌면…….”

“톰, 전 더 이상 할 수가 없어요.” 그녀는 그를 흘낏 본 다음 큰 배를 내밀며 그의 곁을 지나간다. 바퀴 달린 캐리어를 끌고 긴 복도를 지나 기록보관소를 향해 임산부 걸음으로 이동한다.

“뭐든 필요한 것 없어요?” 그가 그녀의 뒤에서 외친다.

“잠이 필요해요!” 그녀는 돌아보지 않고 대답하며 문을 세게 닫는다.

1층에 도착해서 엘리베이터 문이 열리자 극장 커튼처럼 파티장의 모습이 한눈에 들어온다. 톰은 나가지 않고 그대로 서 있다. 문이 자동으로 닫히자 그는 4층 버튼을 누르고 다시 올라간다.

“내일 이어서 할 거라고 했잖아요.” 5분 전에 제니가 사라진 문을 두드리자 짜증스러운 외침이 들린다.

“말해 봐요. 거기서 자고 있는 거예요?”

그녀가 투덜거리는 소리와 함께 문을 연다. 그녀는 맨발에 조깅복 차림이다. 그녀의 뒤에는 바닥에 침낭이 놓여 있다.

“여기서 자면 안 돼요!”

“정확히 알고 싶으시다면 전 서서도 잘 수 있다는 거예요.”

“내 사무실을 써요. 나는 화요일까지 휴가니까. 그리고 소파가 이 딱딱한 바닥보다는 훨씬 편할 거예요.”

톰은 침낭을 들어 올리고, 제니에게 신발을 건네고는 여행 가방을 가지고 앞서 나간다.

"어서 가죠!"

임원들의 사무실이 있는 층에 도착한 톰이 자신의 사무실 문을 연다. 제니는 그를 지나쳐 흰색 디자이너 소파에 앉는다.

"저 문 뒤에는 샤워실이 있고, 적어도 수건도 있을 거예요." 그는 유리창에 비친 정육점 주인을 보며 말한다. 그리고 경비원에게는 자신이 알려 둘 것이라고 말하고, 그녀가 나갈 때 어떻게 정리해야 하는지를 설명한다. 그러나 그녀는 대답하지 않는다. 이미 잠이 들어 있었다.

그는 모든 정보와 주의 사항을 종이 한 장에 적어서 소파 테이블 위에 놓는다. 나가면서 그는 여행 가방 위에 묶여 있는 이불을 발견한다. 그것을 제니 위에 덮어 준다.

다음 날 12시 48분에 톰은 처음으로 휴대전화를 확인한다. 그는 아직 제대로 눈을 뜨지도 못하고 있다. 머리는 무거울 대로 무겁고, 옆에는 카니발 화장으로 얼룩진 낯선 여자가 누워 있다. 눈을 끔뻑이며 그는 문자를 확인한다.

미군 흔적 찾기에서 신경 써 보겠다고 합니다. 제니가 보낸 문자다. 보통 6개월 정도 걸리지만 이번 조사는 상사의 일이니까! 편안한 소파!!! 고마워요!

"하이델베르크가 이렇게나 아름답다니. 전혀 상상도 못 했어." 헬가는 4주 후 네카어 호텔의 발코니에 서서 말한다. 톰은 헬가가 평생 여행을 많이 다니지 않았으며, 이렇게 고급스러운 내부를 아마도 본 적이 없었을 것이라 생각한다.

"헬가의 쾰른 집도 이 정도는 감당할 수 있지 않나?" 그레타가 봄 같은 3월의 햇살을 받으며 헬가 옆에서 놀려 댄다. 그리고 그레타는 눈앞에 보이는 강이 네카어강이며, 반대편 강둑에 있는 하이델베르크 성을 전쟁 당시에도 미국인들이 파괴하지 않았다고 설명한다.

톰은 거의 세 시간을 운전한 뒤끝이라 소파에 누워 고개를 절레절레 흔들며 웃는다. 엄마는 때때로 얼마나 야수가 될 수 있는지.

"자넨 팔츠의 리젤로테*를 아나?"

"아뇨, 몬데라스 부인. 리젤로테가 내일 생신에 맞춰 커피 마시러 오나요?"

"글쎄, 그러면 더 좋을 것 같은데!"

"두 분, 긴 여정이었는데 쉬고 싶지 않으세요?"

"말도 안 돼! 우린 이제야 여기에 왔는데."

"알았어요." 톰이 말하고는 소파에서 몸을 웅크린다.

그레타는 휘파람을 불며 열정적으로 구시가지로 향하는 오래된 다리를 건너고, 헬가가 따라잡기 힘들 정도의 속도로 걷고 있다.

"천천히 가요, 엄마." 톰은 헉헉대는 쾰른 사람을 배려하며 말

* 엘리자베스 샬롯의 별명으로, 비텔스바흐 왕가에서 태어나 팔츠의 하이델베르크 성에서 어린 시절을 보냈다.

한다.

“내버려둬. 그레타가 이렇게나 기뻐하는 것도 멋지네.” 헬가가 말하는 동안에도 그레타는 뒤돌아보지도 않고 계속 걸어간다.

톰은 다리 초입에 있는 두 개의 가느다란 원형 탑에서 그녀를 따라잡는다. “여기 다시 오게 되어서 좋아요?”

“그럼, 물론이지!”

“잠깐만요. 엄마 사진을 찍고 싶어요.”

“난 그렇게 예쁘지가 않아.”

“그렇긴 해요.” 톰이 농담을 늘어놓는다. “하지만 엄마 뒤에 있는 탑은 예쁘잖아요.”

헬가가 쫓아온 다음 톰은 자신과 두 사람이 함께 담긴 사진을 찍는다.

“그럼 이제 구시가지에서 괜찮은 식당을 찾아볼까요?” 그는 제안한다. “배고파. 두 분도 그렇죠?”

“당연하지!” 그레타는 돌아서서 빠르게 주요 도로로 향한다. 집들을 지나칠 때마다 새로운 기억이 떠오르고, 그녀는 쉬지 않고 이야기하며, 점점 더 흥분하여 거의 제어하기 힘든 상태가 된다.

“예전엔 여기에 유제품 가게가 있었고, 그 옆에는 약국이 있었어. 또 여기 하일리히 성령교회에서 조부모님이 은혼식을 치르셨고…….”

“실례합니다.” 카를 광장에서 한 노신사가 톰에게 카메라를 내밀며 남부 지방의 악센트가 짙은 서툰 독일어로 물었다. “저희

사진 좀 찍어 주시겠어요?"

"네, 기꺼이." 톰은 악센트 없는 미국 영어로 대답하며, 역사적인 성을 배경으로 형식적으로 웃고 있는 낯선 사람들—4, 50대의 젊은 부부와 70대 이상의 노인 부부—을 뷰파인더를 통해 본다.

"어디서 오셨어요?" 톰이 묻는다.

"앨라배마주, 몽고메리에서 왔어요."

"오, 좋아요!" 그가 말하며 셔터를 누른다. "이번이 하이델베르크에 처음으로 오신 건가요?"

"아니오." 노인이 독일어로 말하려고 한다. "나는 젊었을 때 여기 군대에 있었다오."

"우린 아빠 생신 선물로 이 여행을 오게 됐어요. 아빠가 인생에서 가장 멋진 시절을 보낸 곳을 한번 보고 싶었거든요. 아빤 항상 그렇게 말씀하셨어요." 그의 뚱뚱한 딸이 남부 사투리로 보충하며 킥킥거린다. 톰은 마지막 사진을 찍는다.

미소를 지으며 그는 카메라를 돌려준다. 저쪽에서 그레타가 입을 벌리고 관광객들을 응시하는 것이 흘낏 보인다.

"저의 엄마도 어린 시절 이곳에서 살았어요." 그가 말하고 엄마에게 손을 흔들며 돌아선다.

하지만 그레타는 넋을 잃은 표정이다. 동공이 흔들리고 거친 숨을 연신 내쉬고 들이쉰다.

헬가가 톰과 눈을 마주치며 머리를 젓는다. 그런 다음 부드럽게 그레타의 팔을 잡고 말한다. "점심 식사를 하러 갈까요, 몬데라스 부인. 좋은 식당으로 안내해 주셔야죠."

"도대체 내가 몇 살이라고?" 다음 날 아침 그레타는 톰이 **'여든다섯 번째 생신을 축하드립니다'**라고 문장을 쓴 선물 포장지를 보고 깜짝 놀라며 묻는다. "말도 안 돼!"

"그럼 엄마는 나이가 몇 살이라고 생각하는 거야?"

"예순살." 그레타는 직사각형의 포장지를 찢어 버리고 안에 든 흑백 엽서의 확대본을 꺼낸다.

"맘에 들어요?"

"그래." 그녀는 확대된 문구를 읽는다. "하이델베르크-히르쉬 길에서 본 성. 우리가 벌집에서 살던 시절 보았던 것과 똑같아."

"한번 우리를 거기로 안내해 주는 건 어때요?"

"뭐라고? 넌 아직 그곳을 몰라?"

"어떻게 알아요? 엄마가 거길 내게 보여 준 적이 없는데."

"내가 너무 빨리 가고 있니, 헬가?" 그레타가 히르쉬 길에서 위선적으로 묻는다. 물론 그녀는 거의 스무 살이나 어린 골초가 자신을 따라잡는 데 어려움을 겪고 있다는 것을 익히 알고 있다. 그레타는 미소를 지으며 오히려 속도를 더한다.

헬가는 멈춰 서서 숨을 헐떡인다. "등산은 내게 안 맞아요!"

"아, 이 정도 오르막! 아무것도 아니야." 그레타는 첫 번째 커브를 돌아 사라지고, 톰은 헬가를 계속 가게 하려고 애를 쓴다.

"난 안 갈래. 너 혼자 네 엄마랑 뭐든 해 봐. 난 호텔로 돌아갈 거야."

그는 언덕을 더 올라가려고 걸음을 서두르며 그레타를 따라잡기 위해 애를 쓴다. "천천히 가요, 엄마."

갑자기 그레타가 걸음을 멈추고 주위를 둘러본다. "이상해."

"뭐가요?"

"여기가 틀림없는데. 도대체 이게 뭐지?"

그녀는 언덕 위의 사유지와 오른쪽에 있는 목조로 지은 집을 바라본다. 테라스에는 흰색, 빨간색, 녹색, 노란색, 청색의 티베트 기도 깃발이 화환처럼 바람에 펄럭인다. 그리고 샤머니즘 주술사의 이름이 독일어와 티베트어로 나란히 적힌, 정원 문에 붙어 있는 표지판을 읽는다.

"엄마, 여기서 살았던 게 60년 전이에요."

그레타는 미심쩍은 눈으로 톰을 바라본다. "하지만……."

새들이 지저귀고, 계곡 아래에서는 배가 고동을 울린다.

"더 가 봐요." 그는 그레타의 손을 잡고 산을 더 올라간다. 그레타는 더 이상 말이 없다.

"여기가 철학자의 길로 가는 길이 맞아요?" 그가 묻기는 하지만 이미 구글맵으로 경로를 확인했기 때문에 알고 있다.

"응, 확실해." 그레타가 무심하게 대답한다.

집들이 더 이상 없다. 좁은 길 양쪽으로 초목이 퍼져 나가는 초원이 펼쳐져 있다. 햇빛에 의해 깨어나는 관목들이 둘러싼 초원에 초록빛 싹이 돋아나고 있다.

"여긴 정말 아름답네요." 히르쉬 길이 철학자의 길로 갈라지는 곳에서 톰이 감탄을 금치 못한다.

하지만 그레타는 자연을 음미할 눈이 없다. "이리 와 봐. 내가 보여 줄 게 있어." 그녀가 다시 걸음을 옮기기 시작한다. 그녀는 철학자의 길을 향해 거침없이 걸어가고, 톰은 그녀를 따라가다 오래된 너도밤나무 아래 바위로 둘러싸인 공원 벤치에서 멈춘다.

"와우!" 톰은 네카어강 너머 라인강변의 평야까지 펼쳐진 광활한 풍경에 다시금 감탄한다. 뒤돌아보니 엄마가 나무 앞에 서서 둥치를 보고 있다. "아름다운 곳이네요." 톰이 말하며 벤치에 앉는다.

그레타도 그의 옆에 앉는다.

"엄마도 여기가 마음에 드세요?"

"우린 항상 여기서 만나곤 했어." 그레타가 조용히 말한다.

"누구?"

그레타는 수줍게 웃는다. 그녀의 뺨이 빨갛게 달아오른다.

"엄마랑 바비?"

그녀는 고개를 끄덕인다.

"완벽해요." 톰이 엄마를 팔로 감싸안는다. "또 뭘 했어요?"

"우린 그의 지프차를 타고 여기저기 돌아다녔어."

"그러기가 쉬웠어요?"

"아니. 처음에는 다른 군용 차량과 마주치기라도 하면 발밑으로 기어 들어가 숨곤 했어. 그럼 바비가 윗도리로 나를 덮어 주곤 했지. 그들이 지나가면 '다시 올라와도 돼'라고 말하곤 했어."

"미쳤다!"

"난 다시는 걸어 다니고 싶지 않았어, 톰. 차를 타고 다니는 것보다 더 좋은 게 없었어."

"하지만 발밑에 숨어 있기가 그리 편하지만은 않았을 텐데."

"어느 날 그 사람이 내게 깜짝선물을 주겠다고 말했어. 우리는 네카게문트 쪽을 향해 산을 달렸고, 그는 작은 숲으로 나를 데려갔어."

"오호!" 톰이 놀려 대며 생각한다. 엄마가 거기서 그와 섹스를 했다는 사실을 털어놓으면 당장 기절할 것 같다. 그런데 전에 엄마는 한번도 이렇게 많이 말해 준 적이 없었어. 이번 하이델베르크 여행은 이것만으로도 충분히 가치가 있어!

"그가 뒷좌석에서 가방을 꺼내 내게 내밀었어. 그 안에 뭐가 있었을까?"

"모르겠는데요."

"군복이었어! '그걸 입어. 그러면 운전할 때 항상 숨지 않아도 될 거야'라고 말했어."

톰은 너무 의외라 손뼉을 치며 좋아한다. "대단해요, 엄마! 그래서요?"

"군복은 내겐 너무 컸어. 옷 위에 입고, 소매와 바짓단을 걷어 올리고, 작은 우주선 같은 모자를 썼지. 밥은 군인 자세를 취하고 옆문을 열어 주며, '부대장님!'이라고 말하며 힘차게 거수경례를 했어. 그러고는 전속력으로 달렸어."

"정말 굉장했네요, 엄마. 엄마는 정말 미친 10대였네요."

"그땐 사람들이 바크피쉬*라 불렀어."

톰이 엄마의 뺨에 입을 맞추며 웃는다. "돌아가서 헬가 데리고 시내 한 바퀴 드라이브하는 건 어때요?"

"좋아, 그러자."

뒷좌석에 헬가를, 조수석에 그레타를 태운 톰은 네카어강 왼쪽 상류로 차를 몬다. 지겔하우젠에서 강을 건너 네카게문트를 향해 구불구불한 도로를 따라 천천히 달린다.

"아까 들었던 얘길 헬가에게 해도 될까요?"

"난 비밀 없어."

"엄마가 미군 군복을 입고 다녔대요. 근데 그게 누구 거였는지, 헬가에게 말해 줘요."

"음, 바비 것이었지. 누구 것이겠니?"

헬가는 가운데 앉아 안전벨트를 풀고 그레타와 톰의 말을 더욱 잘 듣기 위해 앞으로 몸을 기울인다.

"미국인? 남편도 그걸 알고 있었나요?"

"그때는 아무도 그에 대해 생각하지 않았겠지. 그렇지, 엄마? 밥이 엄마 첫사랑이었대요."

그레타가 킥킥거린다.

"어느 날은 어린아이들이 지프 옆으로 달려와 '추잉 껌'이라고 외쳤어. 바비가 차를 멈춰 세우고는 내게 한 주먹 껌을 주더

* Backfisch. '아직 성인이 되지 못한 여자아이'라는 뜻.

라. 내가 나눠 줬고, 그걸 본 아이들이 점점 더 몰려들었어. 그 아이들은 가진 게 아무것도 없었거든……."

"그런데 몬데라스 여사가 미국인이 아니라는 걸 누구도 알아차리지 못했나요?"

"몰랐지."

"와, 엄마. 중요한 얘기도 해 줘요. 우린 지금 다 어른이고, 또 한때는 젊은이였으니까. 그렇죠, 헬가?"

"맞아." 뒷자리에서 대답이 들려온다.

"한번은 우리가 싸웠어." 그레타가 말한다.

"오! 왜요, 엄마?"

"군복이 너무 더워 땀을 많이 흘린 날이었어. 시원한 바람을 쐬려고 지프 안에서 일어섰지. 그러다가 갑자기 내가 지도자가 된 것처럼 느껴졌어. 영화 속에서 히틀러를 본 적이 있는데 그가 차 안에서 선 채 군중들 사이로 지나가는 장면이었어. 사람들이 모두 '승리를 위하여!'라고 외쳤지."

"으악! 끔찍한 일이 생길 것 같아! 말하지 마요. 엄마도 '승리를 위하여!'라고……."

"나는 소리쳤어. '독일의 청소년들이여! 우리가 당신들에게 바라는 것은 옛날 당신들에게 바라던 것과는 다릅니다'라고."

"그때 밥은요?"

"그냥 웃었지. 하지만 내가 계속 '우리 눈에 보이는 미래의 독일 청년은 날씬하고, 날렵하며, 그레이하운드처럼 민첩하고, 가죽처럼 질기고, 강철처럼 단단해야 합니다'라고 말했어." 그레타는 당시 뉴스 보도에서 들었던 것처럼 R자를 굴리며 외쳤다. "우리는 새로운 사람을 교육하여 우리 민족이 시대의 퇴보로 인해 멸망하지 않도록 해야 합니다. 우리는 말만 하지 말고 행동해야 합니다. 승리를 위하여!"

어안이 벙벙해진 톰은 그레타를 바라본다. "밥은 뭐라고 했어요?"

"그가 갑작스럽게 브레이크를 밟아서 모자가 떨어지고, 또 바람에 날아갔어."

"그래서요?" 헬가가 묻는다.

"그는 차를 뒤로 몇 미터 후진했다가 차에서 내리고는 시궁창 냄새 나는 도랑에서 모자를 꺼냈어. 그러고는 '여기, 내 작은 나치'라고 말하며 검은 진흙으로 더러워진 젖은 모자를 내 머리 위에 씌웠어."

톰의 휴대전화가 울린다.

"'내가 그런 걸 신경 쓴다고 생각했다면'이라고 내가 말했어. '그럼 당신이 멍청한 거야!'" 그레타가 새삼 분개한다.

"잠깐만, 엄마." 톰은 스피커폰으로 전화를 받는다.

"여보세요?"

"안녕하세요, 제니예요. 운전 중이에요?"

"그래요, 차 안에 있어요. 왜요?"

"그들이 그를 찾았어요."

"뭐라고?" 톰의 표정이 변하고 심장이 세차게 뛰기 시작한다. "바로 다시 전화할게요." 그는 전화를 끊고 차를 세울 만한 곳을 찾은 뒤 비포장도로에 멈춰 세운다.

“누굴 찾았대?” 그레타와 헬가가 마치 같은 입이기라도 한 양 동시에 묻는다.

“아, 아무것도 아니에요. 일 때문에요. 금방 돌아올게요.” 그는 차에서 뛰어내려 제니에게 다시 전화를 건다.

“얘기해 봐요.”

“미군 흔적 찾기에서 이메일을 보내왔어요. 당신에게 전달했어요. 여든아홉 살의 로버트 쿠퍼가 뉴올리언스에 있는 재향군인회관에서 살고 있대요.”

“그 사람 맞아요?”

“당연하죠.”

“고마워요, 제니!”

톰은 제니가 전달해 준, 점령군 아이들이 아버지를 찾을 수 있도록 돕는 단체에서 보낸 이메일을 읽는다. 그리고 시계를 본다. 뉴올리언스의 현지 시간은 아침 8시 이전이다. 전화를 걸기에는 너무 이른 시간일지도 모른다.

그레타가 조수석 문을 살짝 열고 묻는다.

“지금 뭐 해? 갈 거야, 말 거야?”

톰은 “네, 가요”라고 대답하고 다시 운전대를 잡는다. “하지만 먼저 낱말 퍼즐을 풀어야 해요. 준비됐나요?”

“물론이지.”

“열한 글자로 된 **불운한 사람**PECHVOGEL의 반대말?”

“**행운아.**GLUECKSPILZ.”

톰은 그녀의 눈이 반짝이는 것을 본다.

그는 시동 버튼을 누르고 핸들을 돌려 하이델베르크 시내를 향해 천천히 운전한다. 그러면서 그레타의 어린 시절 연인이 그녀의 여든다섯 번째 생일을 축하해 준다면 얼마나 기뻐할지를 생각한다. 그는 철학자의 길 위에 주차하고, 헬가와 엄마를 너도밤나무 아래 벤치로 보낸 다음 뉴올리언스 재향군인회관의 번호로 전화를 건다.

"당신은 가족 구성원이 아니기 때문에 우리는 어떤 정보도 드릴 수가 없습니다. 하지만 이건 말씀드릴 수 있습니다. 쿠퍼 상병은 고령에 비해 아주 건강하게 잘 지내고 있습니다." 재향군인회관의 관장인 잭 스튜어드 상사가 말한다.

톰은 까다로운 사람을 다룰 줄 알기에 스튜어드 상사를 설득하여 전화를 끊지 말고 노인을 찾아보도록 만든다.

그는 전화선의 다른 쪽에서 마이크를 손으로 막는 소리를 듣고, 그 틈으로 이해할 수 없는 웅웅대는 대화를 듣는다.

"몬데라스 씨, 저는 지금 쿠퍼 상병과 함께 앉아 있습니다. 그는 당신 어머니를 모른다고 합니다."

"그분은 예전엔 다른 이름을 가지고 있었어요. 그레타 쉰나이히입니다."

톰은 대양 건너편에서 재향군인회관 관장이 엄마의 이름을 반복해서 말하는 소리를 듣는다. 이해할 수 없는 중얼거림이 이어진다.

그레타가 톰의 팔을 끌어당긴다. 그는 그녀가 다가오는 소리를 전혀 듣지 못했다. "누구랑 그렇게 계속 통화를 하니?"

이제 톰이 휴대전화를 가리고 속삭인다. "아는 사람."

"상병은 어머니가 아직 살아 계신지 알고 싶어 합니다."

"물론입니다." 톰이 그레타에게 미소를 지으며 말한다. "그녀는 잘 지내고 있고, 저는 밥이 살아 있다는 소식을 들으면 그녀가 정말 기뻐하실 거라 생각합니다." 그는 옆에 있는 엄마가 자신의 말을 알아듣지 못하길 바라며 아주 빠른 영어로 말한다. "그리고 두 사람이……."

"실망시켜서 죄송합니다." 관장이 8,000킬로미터나 떨어져 있는데도 바로 옆에 있는 것처럼 명확하게 말한다. "상병은 오늘 통화하고 싶지 않다고 합니다."

"제가 짧게라도 그와 통화할 수는 없을까요?" 어쩔 수 없다고 생각한 톰이 마지막으로 한 번 더 시도해 본다.

"상병이 연락을 원하지 않는다고 전해 달라고 하십니다."

톰은 깜짝 놀란다. "이유가 뭔지 아시나요?"

"죄송합니다."

"도대체 무슨 일이니?" 그레타가 묻는다.

"아무 일도 아니라니까." 톰은 지구 반대편에 있는 정체불명의 늙은이, 잔치 분위기를 깨는 늙은이를 저주하며 말한다.

"멋진 여행이었어." 다음 날 뒷좌석에서 헬가가 차창으로 지나가는 타우누스의 풍경을 보며 말한다.

"엄마도 좋았어요?"

그레타는 대답하지 않는다. 그녀는 자신을 휩쓸고 지나간 추억의 파도에 지쳐 잠이 들었다.

톰 역시 하이델베르크에서 보낸 사흘이 좋았다. 그는 헬가와 함께 가기를 잘했다고 생각한다. 그녀에게 무언가를 갚을 수 있어서뿐만 아니라 그녀가 엄마를 어떻게 지켜보고 돌보는지를 가까이서 경험할 수 있었기 때문이다. 그럼에도 불구하고 그는 두 여자를 포르츠에 내려 주고는 더 이상 엄마에게 무엇이 좋을지, 헬가에게 무엇을 해 주고 싶은지 끊임없이 걱정할 필요가 없게 되자 그제야 안도한다. 이제 그는 다시 자신의 삶으로 되돌아갈 수 있게 된 것이다.

유럽연합 국가들의 난민 정책, 영국의 EU 탈퇴를 위한 예정된 국민투표, 도널드 트럼프가 당내 동료들을 상대로 벌이는 미국의 경선 등으로 뉴스는 가득 차 있다.

아침 편집회의 이후 톰은 힐러리 클린턴이 여론조사에서 압도적으로 선두를 유지하고 있음에도 부동산 재벌이 미국 대통령이 될 것이라 주장하는 영화감독 마이클 무어와의 인터뷰를 준비한다. 이 인터뷰는 오후에 녹화되어 저녁 뉴스에 방영될 예정이다.

식당으로 가는 길에 아침마다 늘 그랬듯이 그는 엄마에게 전화를 건다. 아침에 전화를 걸었을 때에는 연결이 되지 않았다. 톰은 다시 휴대전화 번호를 누른다.

*　　*　　*

그레타는 휴대전화 화면에 뜬 톰의 얼굴을 본다. 그녀는 평소와 달리 이 통화가 불편한 나머지 잠시 망설인다. 짜증이 나지만 그레타는 녹색 버튼을 누른다. “지금은 통화하기 힘들어!”

“괜찮아요, 엄마?”

“그래, 그래. 근데 지금은 시간이 없어.” 그녀는 전화를 끊고, 집 앞에 서 있는 매끈한 빨간색 스포츠카를 살펴본다. “이게 저한테 온 거예요?”

“배달이 늦어져서 정말 죄송합니다. 몬데라스 부인. 하지만 제가 그렇게 만든 건 절대 아닙니다.” 이미 보험에 가입까지 된 새 차를 오늘 아침 직접 배달하는 사크만 씨가 말한다. 그레타는 자신이 이 차를 주문했다는 사실조차 잊고 있었다.

그는 운전석 문을 열고, 그레타가 차에 타도록 도와준다. 그런 다음 그는 그녀 위로 몸을 숙여 좌석을 조절하는 방법을 보여 주고 차 뒤쪽을 돌아와 조수석에 앉는다.

“몬데라스 부인. 이 모델의 새로운 기능에는 금세 익숙해지실 겁니다. 여전히 건강하시니 전혀 문제가 되지 않을 거예요.”

그레타는 자동차 판매원의 지시에 따라 시동 버튼을 누르고 가속 페달을 밟는다. 엔진이 으르렁거린다. “그런데 뒤에 소음이 있네요.” 그녀가 운전 모드로 전환하며 출입구에서 조금 빠르게 전진한다.

“천천히, 천천히, 천천히. 그리고 오른쪽으로 조금 더 가세요.

여기 아주 공간이 많이 남았어요.”

그레타는 핸들을 꽉 쥐고 똑바로 정면을 바라보며 첫 번째 커브를 돈다. 그 순간 대시보드 너머로 간신히 보이는 헬가가 낡은 포드 피에스타를 탄 채 경적을 울린다. 그레타는 충격에 휩싸인다.

“속도 줄여요! 액셀에서 발을 떼!” 사크만은 그레타의 핸들을 잡고 오른쪽으로 돌려 최악의 상황을 막는다.

“왜 저렇게 멍청하게 경적을 울리는 거야?” 그녀는 짜증을 내며 계속 운전한다. 백미러를 통해 그녀는 작고 뚱뚱한 헬가가 피에스타에서 내려 팔을 격렬하게 흔드는 것을 본다.

“거의 부딪힐 뻔했어요, 몬데라스 부인.”

“말도 안 돼요!” 그레타가 반박하며 다시 가속 페달을 밟는다.

사크만은 핸드 브레이크를 당기고 새 차의 시동을 끈다.

“지금 뭐 하는 거예요?” 그레타가 묻는다.

* * *

“그 망할 차, 당장 가져가요.” 톰이 수화기에 대고 명령한다. 메이크업 아티스트가 그에게 화장을 해 준다.

“하지만 어머니께서 판매 계약서에 서명을 하셨고, 그녀의 요청에 따라 차에 많은 추가 옵션을 넣었습니다.”

“우리 어머니는 서부 지역에서 가장 검소한 여성이라고요!” 이제 톰이 외쳐 댄다. “평생 그녀는 자신을 위해 뭘 한 적이 없어요. 당신이 어머니를 꾀어 이 거래에 끌어들인 게 분명해요. 가만히 참고 있지 않을 겁니다!" 톰은 자리에서 벌떡 일어나 종이 냅킨을 찢고 실내를 쿵쾅거리며 돌아다닌다.

제작 프로듀서인 라스도 톰을 따라잡으려고 노력한다. "시간이 다 됐어, 톰."

톰은 그를 무시하고 사크만 씨에게 계속 소리를 지른다. "마음대로 하세요. 하지만 어머니가 차를 타고 다니다 무슨 일이 생기면 책임을 묻겠습니다."

"하지만……."

라스가 톰의 소매를 잡아당긴다.

"'하지만', '하지만'이라니요! 그 망할 놈의 차를 어머니 곁에 두지 말아요!" 톰은 얼굴이 붉어질 정도로 소리친다. 그리고 돌아보니 스튜디오 모니터에 마이클 무어가 있다.

"안녕하세요, 마이클!"

"어떻게 지냈어요, 톰?"

"잘 지냈죠."

인터뷰가 끝난 후 그는 헬가에게 전화를 건다.

"그래서, 그 멍청한 놈이 차를 다시 가져갔어요?"

"무슨 말을 듣고 싶은 거니?"

"진실!"

"아니. 그리고 난 네 엄마한테 운전에 대한 집착에서 벗어나라고 설득할 수가 없어."

"젠장. 어쨌든 엄마에게서 열쇠를 빼앗아야 해요."

"이미 숨겼어." 헬가가 속삭인다.

톰은 변호사에게 전화를 건다.

"엄마가 완전한 법적 능력을 갖추고 있고, 정신적인 상태에 대한 의사의 진단서가 없는 한 상황을 바꾸기는 어려울 것입니다."

톰은 그의 비서에게 상황을 설명한다. 몇 초 만에 사빈은 모든 상황을 이해하고, 퀼른 도로교통 사무국에 전화를 걸어 담당자와 연결한다. 그러나 그녀는 기다리라는 말만 들을 수 있을 뿐이다. 톰은 유명인 카드를 꺼내 책임자에게 전화를 다시 걸어 엄마의 운전면허를 박탈해야 된다고 요구한다.

"미안하지만, 몬데라스 씨. 그렇게 할 수가 없습니다. 독일에는 노인들에게 운전을 금지하는 법률이 없습니다."

"엄마 주치의에게 전화해 줄 수 있나요?"

톰은 사빈에게 회의실로 가는 길에 부탁한다. "포르츠의 하인리히 피셔 박사에게 전화해 줘요. 언제 박사가 시간이 나는지 알아봐 줘요."

20분도 채 지나지 않아 그녀는 회의실로 들어와 그에게 귓속말을 한다. "어머니의 주치의는 진료를 하지 않으신 지 오래됐다네요. 그리고 그의 후임자는 어머니를 모른다고 해요."

톰은 그날의 회의 주제에 집중하기가 어려웠다. 머릿속에서 생각들이 뒤죽박죽 엉켜 버렸다. 톰 몬데라스는 몇 달 동안 모든 것이 괜찮다고 자신을 속이고 있었다. 그리고 그 바보는 그레타를 믿었다.

저녁 뉴스의 엔딩 크레딧이 사라지자마자 그는 넥타이를 풀어 헤친다. 그리고 퇴근 후의 퀄쉬 한 잔도 포기하고 포르츠로 달려간다. 붉은 스포츠카가 주차장에 그대로 서 있다.

저걸 없애야 해! 라고 그는 생각한다. 그리고 엄마의 운전면허증도.

"엄마?" 그는 현관에 들어서며 소리친다.

"드디어 오셨군." 그레타가 말한다. "헬가가 내 차 열쇠를 훔쳐 갔어."

"알아요. 제가 부탁드렸어요."

"어떻게 그렇게 뻔뻔할 수가 있니!" 그레타가 손으로 그의 뺨을 때린다.

톰은 얼어붙은 듯 움찔하며 멈춰 선다. 그는 그레타가 제정신이 아니라고 생각하며, 작은 점으로 수축되는 그녀의 동공을 응시한다. "머릿속으로 이해하도록 해 봐요." 그가 생각한 것보다 더 큰 소리로 말한다. "엄만 더 이상 운전할 수가 없어."

그레타는 울음을 터뜨리며 화장실로 도망치듯 달려가 안에서 문을 잠근다.

톰은 핸드백을 뒤져 운전면허증이 들어 있는 지갑을 꺼내 주머니에 넣는다.

"또 봐요, 엄마. 안녕히 주무세요." 그는 큰 소리로 말하고 현관문을 세게 닫는다.

헬가에게서 그는 새 차의 열쇠를 받아와 주차장에서 차를 끌고 나온다.

톰은 컨버터블을 싫어한다. 그의 의견에 따르면 컨버터블은 발기부전, 훌쩍이는 콧물, 불룩 튀어나온 배를 가진, 나이 든 남자들이 구입하는 우스꽝스러운 테스토스테론 발사기다. 그 발사기를 장착한 채 행여나 조수석에 베르크하임의 젊은 여성들이 다가와 냉큼 올라타기를 기대하는 것이다.

그는 차를 지하 주차장에 주차하고 샤워기 아래에서 뜨거운 물을 몇 분 동안 몸에 쏟아붓는다. 그럼에도 그는 격렬한 분노를 씻어 내지 못한다. 그저 물을 맞을 따름이다.

30분 후 그는 모퉁이에 있는 매점에서 담배를 사고 동네 술집에 가서 쾰쉬를 주문한다. 하지만 술을 마셔도 불쾌한 기분이 사라지지 않는다. 톰은 카운터에 20유로 지폐를 놓고 아무 말도 없이 빈 맥주잔을 코반에게 밀어 낸다.

문이 열리더니 조깅복을 입은 젊은 여자가 카운터로 달려온다. 그녀는 코반에게 "난 정말 바보 같아요"라고 말한다. 톰을 전혀 알아보지 못한다. 그리고 듣고 싶어 할 수도, 그렇지 않을 수도 있는 모든 사람에게 마침표나 쉼표 없이 자신의 이야기를 늘어놓는다. 그녀가 아파트 문을 쾅 닫는 순간 손에 든 열쇠가 다른 열쇠임을 깨달았고, 지금은 룸메이트와 연락이 닿지 않는다는 것이다. 게다가 자물쇠 수리공을 부를 엄두도 나지 않는다는 것. 그렇지만 어쨌든 "지금은 쾰쉬가 필요해요, 코반!"이라고 말한다.

“물론이죠, 마라.” 그가 톰에게 장난스럽게 윙크를 하며 거스름돈을 건네준다.

“저도 한 잔 더 주세요.” 톰은 5유로 지폐를 건넨다. 그리고 몇 초 만에 예쁜 마라를 위기에서 구출하고 동시에 2주 넘게 섹스를 하지 못한 자신의 불행을 끝내기 위한 전략을 세운다.

그의 방광이 가득 차 있다. 입안에도 불쾌한 맛이 가시지 않는다. 그는 깨어나면서 **다시는** 니코틴의 끔찍한 맛을 느끼지 않기 위해서라도 **담배를 피우지 않겠다**고 맹세한다. 그는 눈을 깜빡이다 피어싱 같은 것을 본다. 천천히 두 눈을 뜬다. 의심할 여지없이 음부 피어싱이다. 가늘게 그어진 선의 끝에 매달려 있다.

누구지……? 그는 기억을 더듬어 조금씩 생각을 떠올린다. 그리고 낯선 다리 사이에서 지끈거리는 머리를 천천히 들어 올린다. 그의 배 위, 정확히 말하면 방광 위에, 이름조차 기억나지 않는 잠든 여자의 머리가 있다. 그녀의 손에는 그의 분신이 쥐어져 있다.

톰은 옆으로 몸을 굴리며 그녀를 밀어 낸다. 그녀의 작은 가슴, 얼룩진 마스카라, 헝클어진 긴 금발 머리를 본다. 만족스러운 신음 소리와 함께 그녀는 그를 놓아주고, 몸을 뒤집고는 그대로 계속 잔다.

그는 3,000cc의 퀼쉬가 남겨 준 취기와 함께 입안에서 니코틴 맛을 닦아 내고 아스피린 세 알을 털어 넣는다. 그는 약효가 나타날 때까지는 다시 눕고 싶지가 않다. 그는 목욕 가운을 걸치고 어두운 아파트를 배회하다 흩어진 신발과 옷을 더듬어 시계를 찾는다.

새벽 4시다. 그는 너무 지쳤다! 그는 재킷에서 페퍼민트 사탕과 그레타의 운전면허증을 찾는다. 그러는 중에 빨간 스포츠카에 대한 모든 것이 그에게 다시 떠오른다. 그는 엄마의 운전면허증이 들어 있는 지갑을 식탁에 던지고, 재킷을 의자 등받이에 걸고, 에스프레소 머신을 켠다. 에스프레소를 처음 한 모금 마시니 그제야 그의 뇌가 다시 작동하기 시작한다.

톰은 매일 아침이면 그러했듯이 태블릿을 열어 밤새 세상에 무슨 일이 있었는지 확인한다. 그는 주요 뉴스를 읽고 커피를 한 모금 더 마신 후 빈 잔을 내려놓는다. 그의 시선은 그레타의 지갑에 가닿고, 거기에서 삐죽 튀어나온 하얀색 무언가를 본다. 호기심에 열어 본 그는 서른네 살 엄마의 운전면허증 사진 옆에 '사랑하는 마리엘레'라는 손 글씨 메모가 적힌 또 다른 사진 뒷면을 발견한다. 그는 사진을 뒤집는다. 사진에는 곱슬머리와 갈색 피부를 가진 소녀가 있다. 소녀를 보는 순간 그는 벼락이라도 맞은 듯 온몸이 전율한다. 소녀는 인형을 품에 안고 있다.

"도대체 이게 뭐지?" 톰은 완전히 잠에서 깨어났고 심장이 격렬하게 뛴다.

당신에게 할 이야기가 있어요. 그는 태블릿의 메신저를 통해 제니에게 문자를 보낸다. 오늘 시간 있어요?

도대체가 잠이 안 와요. 놀랍게도 제니가 즉시 응답을 보내온다.

오른쪽 모서리에 있는 전화 아이콘을 누르자 갑자기 그녀가 화면에 나타난다.

톰은 속으로 저주한다. 그는 결코 그것을 원하지 않았다. 그는 영상통화를 싫어한다. 특히 소파 모서리가 찢어져 있고, 어지럽게 옷가지들이 널려 있는 상황에서는 더욱 그렇다. "왜 잠이 안 와요?" 그는 자신의 모습을 외면하려고 애쓰며 짜증 섞인 목소리로 묻는다.

"어떻게 누워야 할지 모르겠어요. 그리고 아기 옷을 몇 번을 다시 정리하는 건지……."

톰이 그녀의 말을 끊는다. "뭔가를 찾았어요."

"아야, 젠장!" 갑자기 비명이 끼어든다. 그는 고개를 돌려 화장대에 발가락을 부딪친, 벌거벗은 여자를 본다. 그녀는 아픔에 입을 벌린 채로 조용히 하려고 절뚝이며 침실과 현관문 사이에 떨어져 있는 옷을 줍는다. 혼잣말로 욕설을 퍼붓고 톰에게는 어설프게 미소를 지어 보인다.

"미안해요. 곧바로 나갈게요." 그녀는 속삭인 후 조깅복 바지와 품이 넓은 스웨터를 입고 속옷을 뭉쳐 들고 집을 나간다.

"아침에 다시 얘기해요." 제니는 말하며 서류를 살펴보는 척한다.

톰은 이 상황이 자신 역시 아주 당황스럽다는 사실을 강조한다. "제니, 지금 당신이 생각하는 상황이 아니에요."

제니는 의기양양하게 웃지 않을 수가 없다.

톰은 갈색 피부의 아이 사진을 휴대전화의 카메라에 비춰 보인다. "엄마 지갑에서 이걸 발견했어요."

"아니!"

"어떻게 생각해요?"

"그 아이가 독일에서 흑인 미군이 낳은 첫 번째 아이는 아니겠죠?"

"나도 알고 싶어요."

"어머니는 뭐라고 하세요?"

"엄만 내가 이 사진을 발견했다는 걸 모르고 계세요. 솔직히 말해서 엄마가 과거의 진실을 말씀해 주실지도 모르겠어요. 결국 로버트 쿠퍼도 절 외면하던걸요."

"한번 시도해 보지 그래요? 나중에 전화할게요."

"고마워요." 톰은 전화를 끊고 태블릿을 닫는다.

휴대전화에서 그는 엄마가 열두 번이나 전화를 건 것을 확인한다. 음성사서함에서 엄마의 목소리가 흘러나온다. "넌 이걸 막을 수가 없어. 다시 운전하고 싶다고!"

그는 모든 메시지를 삭제한다. 잠드는 것은 생각조차 할 수 없는 일이 되고 만다. 톰은 뭘 어떻게 해야 할지 알 수가 없다. 침대 시트를 벗기고, 새로운 시트로 갈아 끼운다. 나머지는 모두 그대로 미완성인 채 내버려둔다. 그는 다시 식탁으로 가서 사진을 본다. 세 살 남짓 된 아이는 그를 진지하게 바라본다.

"넌 누구니?" 톰이 묻는다.

아무튼 움직이는 것이 좋겠다고 생각한 그는 청바지에 후드티를 입고 어둠에 잠든 도시를 헤매기 시작한다. 추위를 느끼지만 돌아가기는 귀찮아 걸음을 빨리한다. 그러다 라인강 한가운데에 있는 호엔촐레른 다리에 이른다. ICE 고속열차가 사랑의 자물쇠들 너머로 조용히 통과한다.

생각 없이 그는 다리 끝에서 계단을 내려가 남쪽을 향해 도이처 선착장 쪽으로 걸어간다. 세베린 다리 아래에서는 트램의 금속성 소리가 들리고 강 반대편에 있는 크레인 하우스 사이로 오렌지색으로 깜빡이는 청소차를 본다. 그는 남은 6킬로미터를 걸어 포르츠로 가서 자신의 차를 찾아오기로 결심한다.

봄 냄새가 나고 길옆으로 돋아난 풀이 발목을 적신다. 톰은 걷는 속도를 늦춘다. 로덴키르헨 다리 바로 뒤에서 자전거 세 대가 빠른 속도로 그를 향해 달려온다. LED 라이트 때문에 눈이 부신 그는 충돌하지 않기 위해 옆으로 비켜선다. 그는 또한 정신적인 탈출구를 찾고 있다. 어쩌면, 하고 톰은 생각한다. 이 아이와 엄마는 특별한 관계가 아닐 수도 있다고 생각한다. 그레타가 아이의 이웃이었을 수도, 유모였을 수도 있다. 천천히 날이 밝아오고 있다. 그는 느끼고 있다. 아니, 그는 알고 있다. 이번엔 뭔가 다르다는 것을.

집에 가까워질수록 그의 의식에서 물러나 있던 기억들이 떠오른다. 어린 소년이었을 때 그는 집안을 몰래 돌아다니고는 했다. 엄마의 눈에 띄지 않게 애쓰는 자신을 본다. 그는 항상 엄마가 어두운 침실로 며칠 동안 사라지면 그것이 자신 때문이라고 생각했다. 엄마의 기분이 자신의 삶을 좌우했다. 몇 년 동안 그는 엄마가 그런 상태일 때에는 자신에게 어떤 반응조차 하지 않는 것에 혼란과 무력감을 느꼈다. 청소년이 되면서 그는 엄마에게 화가 났다. 하지만 그녀가 우울함에 빠져 있을 때 그녀를 더 슬프게 할까 싶어 화를 내려는 시도조차 하지 않았다. 이런 일들이 그에게 깊이 새겨져 어른이 되어서도 그는 항상 어떤 제한된 상태로 그녀와 대면했다.

톰은 후드티를 더 깊이 눌러쓴다. 라인강을 건너고 엄마의 집을 지나친다. 그리고 주차된 차에 올라 시동을 걸고 후진 기어를 넣는다. 그러다 그는 그녀를 본다. 그레타가 환하게 불이 켜진 주방 창가에 서서 그에게 손을 흔들고 있다.

"젠장." 톰이 중얼거리며 마주 인사를 건넨다. 그는 창문을 열라고 손짓을 하고, 그녀와 이야기하기 위해 조수석의 창문을 내린다. "안녕, 엄마. 빵 사러 가는 길이에요. 뭐 원하는 거 있어요?"

"버터 크루아상." 그녀가 외친다.

시간을 벌기 위해 톰은 제과점 테이블에서 카푸치노를 한 잔, 또 한 잔을 마시며 버스 정류장에서 크고 화려한 가방을 멘 채 노는 학생들을 본다. 그에겐 전략이 필요한데 머릿속은 뒤죽박죽이다.

"넌 네 마음대로 내게 운전을 금지시킬 수가 없어." 그레타가 그를 맞이한다.

엉망이군. 다른 건 다 잊어버리는데 유독 왜 그것만 기억하는 걸까? 라고 생각하며 그는 말한다. "모든 문제의 해결책을 찾을 거야, 엄마."

그는 아침 식탁을 차린다. 냉장고에서 모든 재료를 꺼내며 시간을 더 끌기 위해 노력한다. 그가 생각할 수 있는 것은 오직 한 가지뿐이다. 이 아이는 누구예요?

톰은 예전 아버지가 앉던 자리에 앉아 그레타가 버터와 라즈베리 잼을 크루아상에 두텁게 바르는 것을 지켜본다. 그는 한 입도 먹지 못하고 말을 내뱉어 버린다. "마리엘레가 누구예요, 엄마?" 그는 묻고는 그녀를 빤히 바라본다.

그레타는 한입 베어 문 크루아상을 커피에 찍으며 아무것도 듣지 않은 척한다.

실패한 퍼포먼스야, 엄마. 톰은 일어나서 그녀 옆에 서서 코 앞에 소녀의 사진을 내민다.

"이 애가 누구예요?"

그녀는 크루아상을 내려놓고 입을 벌린 채 사진을 응시한다.

"이거 어디서 났어?"

"그건 문제가 아니에요. 전 알고 싶어요. 이 애는 누구예요? 마리엘레가 누구냐고요?"

그레타가 일어선다. 그녀는 온몸을 떨고 있다.

"어딜 가세요?" 톰이 그녀를 만류하고자 팔을 붙잡으려 했지만 그레타가 그를 뿌리친다.

"몸이 안 좋아." 그녀는 침실로 들어가며 말하고는 문을 쾅 닫는다.

톰에게 예전의 두려움이 엄습한다. 그는 다시금 목표를 놓쳐 버린다. 그리고 그녀가 몸이 좋지 않은 것도 그의 잘못이다. 그러나 그는 더 이상 안 그런 척 하는 게임을 하고 싶지 않고 변명이나 거짓말을 할 기분도 아니라는 것을 깨닫는다.

"엄마! 말해 줘요, 제발!" 그는 닫힌 문 너머로 말한다.

그녀는 그에게 대답하지 않는다.

"지금 들어갑니다!"

오랫동안 그는 그레타의 가장 신성한 은신처에 들어가지 않았다. 그는 항상 그녀가 침실로 사라질 때마다 그녀를 존중해 왔다. 하지만 이제 그는 문을 열고 들어간다.

"나랑 얘기 좀 해요, 제발! 이 아이는 누구예요?"

그레타는 이불을 머리까지 뒤집어쓴 채 움직이지 않는다.

톰은 의자에 앉아 대답을 기다리기로 작정한다. 그러려면 지금 그 자리를 차지하고 있는 레이스 드레스를 입은 도자기 인형 다섯 개를 치워야만 한다. 그는 인형들에게 다가가 안락의자 앞에 있는 크림색 고리버들 미니어처 마차를 밀치려고 든다. 그러다 마차 안을 들여다보는 순간 그의 피가 얼어붙는다. 인형이 그 안에 누워 있다. 그녀는 짙은 갈색이며 텅 빈 눈으로 그를 쳐다본다. 톰은 이 인형이 항상 여기에 있었다는 것을 기억한다. 그의 어린 시절부터 있었다. 그러나 그는 그 인형을 가지고 놀 수는 없었다는 것을 떠올린다.

그는 모든 것을 창문 밖으로 내던지고 엄마의 이불을 걷어 내고 그녀가 침묵을 깰 때까지, 마침내 입을 열 때까지 그녀를 뒤흔들고 싶다. 그러나 그럴 용기가 점차 사라진다. "알겠어요. 다른 방법이 없네요." 그는 침실 문밖으로 나가서 문을 닫고, 집을 나가 버린다.

라인강 상류에 있는 사무실에서 톰은 일에 몰두한다. 그는 잠시나마 엄마와 사진 속 아이를 잊은 채 평온하다.

그의 휴대전화가 진동한다. 제니가 그에게 메시지를 보냈기 때문이다. 그리고요? 어머니가 뭐라고 하셨나요?

아무 말도 하지 않아요. 다른 일들도 다 기적이었나 보죠.

확실하게 하시려면 다음과 같이 해 보셔야 해요. 우선 하이델베르크 주민등록소에 연락해서 어머니의 인적 사항을 받아 오세요. 연락처를 이메일로 보내 드릴게요.

* * *

그레타는 계단에 양동이를 내려놓는 소리를 듣고 헬가가 계단 청소를 하고 있다는 것을 안다. 평소 같았으면 인사를 건넸겠지만 그레타는 헬가의 주의를 끌고 싶지가 않다. 지금은 그녀가 필요하지 않다고 생각하며 현관문을 나서서 앞마당을 가로질러 간다.

"어디 가세요, 몬데라스 부인?"

그레타가 뒤돌아보니 3층에 있는 헬가가 열린 복도 창문으로 밖을 내다보고 있다. 호기심이 너무 많은 사람이라 생각하며 그레타는 외친다. "산책하러. 금방 돌아올게."

"기다려요. 저도 같이 가요."

그레타는 멈춰 서 있다가 헬가가 창문을 닫자마자 빠른 걸음으로 큰길까지 서둘러 걷는다. "마리엘레, 내 귀염둥이를 찾아야 해." 그녀는 혼잣말로 중얼거린다.

"안녕하세요, 몬데라스 부인." 니코틴에 그을린 피부의, 초췌한 판매원이 가판대 앞에서 담배를 피우며 그녀에게 인사를 건넨다. "어딜 가세요?"

호기심 많은 속물이라 생각하며 그레타가 말한다. "필요한 게 있어서요."

가판대의 판매원이 담배를 끄고 말한다. "≪텔레비전 가이드≫를 지금 가져가시겠어요? 아니면 돌아오실 때 가져가시겠어요?"

"나중에." 그레타는 외치며 코너를 돌아간다. 결심을 굳힌 그녀는 어린 토마스도 다녔던 근처 유치원으로 걸어가 벨을 누른다.

낯선 유치원 교사가 문을 연다. "무엇을 도와드릴까요?" 그녀가 묻는다.

"마리를 데리러 왔어요."

"어떤 마리, 말씀이신가요?"

"음, 우리 마리엘레요." 그레타가 교사의 어깨 너머로 아이들을 슬쩍 바라보며 말한다.

"전 부인을 모르겠는데요. 혹시……?"

"쉰나이히. 세상에. 난 내 아이를 원해요." 그레타가 조급하게 말한다.

"죄송하지만 여기에는 마리 쇤나이히가 없습니다. 다른 유치원에 있을지도 모르겠네요."

이해가 안 된다고 그레타는 생각한다. 나는 내 아이를 원하고, 이제는 마리엘레를 데리러 왔는데 없다니 도무지 이해할 수가 없다.

"정말 죄송합니다. 전 이젠 아이들을 돌봐야 해요." 교사가 말하며 문을 닫는다.

"이해가 안 돼요."

그레타는 아직도 멈춰 서서 어떻게 해야 할지 몰라 한다.

"안녕하세요. 몬데라스 부인." 이웃이 인사하며 길을 건너온다. "외출 중이신가 봐요?"

"네." 그레타는 쿠퍼스 여사와 함께 집으로 돌아가는 길을 걷는다. 그러던 중 슈퍼마켓에서 할인 판매 중이라는 상품을 눈여겨보며 생각에 잠긴다. 마리, 마리를 위해 저걸 사야겠다.

그레타는 가판대를 지나치며 걸어간다. 판매원이 그녀를 쫓아 나와 부른다. "신문 가져가셔야죠, 몬데라스 부인."

그레타는 쿠퍼스 여사가 가던 길을 계속 가게 내버려두고 돌아선다. 계산을 마치자 과자가 보인다. 마리가 단것을 좋아한다는 기억을 더듬으며 말한다. "아, 저것도 좀 주세요."

"몇 개나?"

그레타는 잠시 망설이다가 대답한다. "전부 다요."

그레타는 과자가 가득 담긴 비닐봉지를 들고 유치원으로 달려간다. 멀리서도 아이들이 밖에서 놀고 있는 모습이 보인다. 그녀는 울타리 앞에 멈춰 서서 진흙이 묻은 바지를 입고 있는 아이들이 서로를 잡으려고 뛰어다니는 모습을 지켜본다. 그레타는 주위를 살핀다. 마리, 내 마리엘레는 어디에 있을까? 어디에 있을까? "이리 와 보렴!" 그레타가 한 소녀를 불러 울타리 너머로 사탕을 건넨다. 순식간에 아이들이 울타리 쪽으로 몰려들어 사탕을 잡으려고 손을 내민다.

"뭘 하시는 거예요?" 아까 그레타에게 문을 열어 준 교사가 묻고는 과자를 빼앗고 아이들을 안으로 들여보낸다.

"나는 그저……." 실망한 채 그레타는 중얼거리고 쫓겨난 개처럼 시내로 향한다.

마리, 이해가 안 돼. 마리엘레는 어디에 있을까. 찾아야 하는데. 내가 걔 엄만데. 마리엘레는 어디에 있는 걸까. 이해가 안 돼.

* * *

편집회의가 끝나자마자 톰은 하이델베르크 주민등록소에 편지를 쓴다. 1931년 3월 7일에 태어난 저의 어머니 그레타 몬데라스. 출생 성은 쇤나이히, 1946년 또는 1947년부터 하이델베르크에 살았습니다. 적어도 1956년까지는 그곳에서 살았습니다. 인적 증명서를 보내 주실 수 있을까요?

전화벨이 울리자 그는 흠칫 놀란다. 헬가다. 그녀가 그에게 전화를 한 적은 없었다.

"방해해서 미안한데, 엄마를 못 찾겠어. 사방 찾아다녔는데.

지금은 날이 어두워졌어. 걱정돼, 톰.”

“젠장.” 그는 말한다. “지금은 아무것도 할 수가 없어요. 20분 후에 방송이 있어요. 끝나면 연락할게요. 혹시 그사이에 집에 도착할지도 모르잖아요.”

‘에르도안 튀르키예 대통령은 튀르키예 외무장관이 로테르담에 착륙 허가를 받지 못했다는 이유로 네덜란드를 파시스트라고 불렀습니다.’ 2016년 3월 11일부터 이 뉴스 진행을 맡아 온 톰은 네덜란드에서 온 영상이 방영되는 동안 휴대전화를 훔쳐본다. 헬가로부터는 아무 소식이 없다.

독일에 봄이 오고 있다는 날씨 예보 이후, 그는 오늘의 클로징 멘트로 방송을 마무리한다. “에리히 캐스트너가 말했듯이, ‘나는 기적처럼 상식을 믿지만, 상식은 기적을 믿지 못하게 합니다.’ 좋은 저녁 되시길 바랍니다.”

포르츠 경찰서의 경찰관들은 조금 전 텔레비전에서 나온 남자가 그들 앞에 서 있고, 엄마의 사진을 보여 주며 실종 신고를 하는 것에 놀라워한다.

“몬데라스 씨, 집에 가서 어머니를 기다리시는 게 좋겠습니다. 우리가 찾아보겠습니다.”

그레타의 테라스에서 톰과 헬가는 횃불을 들고 라인강을 수색하는 경찰관들을 본다.

“내가 그녀에게 기다리라고 말했어. 그런데도…….”

"그만해요. 어쩔 수 없죠."

"24시간 내내 그녀를 감시할 수는 없어. 이렇게 계속할 수가 없다고, 톰."

"그래도 계속 해 주세요." 그는 동시에 엄마가 더 이상 혼자 살 수 없고, 라인강에 떠다니고, 차에 치이고, 쾰른의 거리를 방황하게 할 수는 없다고 생각하면서 말한다.

"이해가 안 돼. 어젠 완전히 정상이셨어. 아침에 엄마와 함께 있을 때 아무것도 눈치 못 챘어?" 톰은 고개를 절레절레 흔들며 엄마의 말을 떠올리고, 아이의 사진을 눈앞에 떠올린다. 담배에 불을 붙이고 마치 처음으로 숨을 들이마시는 것처럼 연기를 빨아들이며 자신을 비난한다. 그는 알았어야 했다.

"마리엘레에 대해 들어 본 적이 있어요?" 그가 밤의 어둠 속에서 묻는다.

"밀로비치 말하는 거야?"

"아뇨. 엄마가 헬가에게 그 이름을 언급한 적이 있느냐고요? 그 이름을 가진 아이에 관해 얘기한 적 없어요?"

"없는데, 왜?"

"아니에요. 아무것도."

탐조등을 매단 헬리콥터 한 대가 낮고 느리게 상공을 날아간다. 톰은 난간 너머로 담배꽁초를 던지고 안으로 들어가 손님용 화장실에서 귀를 막는다. 침실에서 엄마가 우는 소리를 견딜 수 없었던 옛날처럼.

문을 두드리는 소리가 나자 그는 손을 내린다.

"얘야, 나와 봐." 헬가가 부드러운 목소리로 말한다. "코코아를 좀 만들었어."

옛날처럼. 그리고 이전처럼 코코아는 말없이 그의 영혼을 따스하게 데워 준다. 헬가는 그를 달래기 위해 그저 곁에 있기만 해도 충분하다. 톰은 그녀에게 소녀의 사진을 보여 줄지 말지 고민한다. 그러나 그는 그녀가 아무것도 모를 것이고 모든 추측이 안개를 더듬는 것처럼 무의미한 일이기에 그러지 않기로 결정한다.

말없이 그녀는 두 번째 뜨거운 코코아를 앞에 밀어 놓고 그의 곁을 떠나지 않는다.

6시가 되기 직전 그의 휴대전화가 울린다.

"어머니를 찾았습니다. 정신이 없으신 채 멍하니 서 계셨습니다."

"어디서요?"

"로덴키르헨 다리 밑에서요. 구급대원들이 어머니를 노인정신과 병원으로 모시고 가서 먼저 치료부터 받게 했습니다."

"고맙습니다." 톰이 헬가를 가슴에 끌어안으며 말한다. "살아 있어요! 물에 빠진 게 아니라고요."

토요일이다. 톰은 근무 일정이 없기에 직장 동료들에게 자신의 처지를 설명할 필요가 없다.

오후에 그는 라인강 왼쪽 공원 한가운데에 있는 병원으로 차를 몰고 간다. 엘리베이터로 3층에 내리자 여러 개의 복도가 이

어지는 팔각형의 입구를 바라본다. 유리문 뒤에 입원실이 있다.

빨간색과 노란색 체크무늬 재킷을 입은 남자가 긴 머리카락을 가진 늙은 예수처럼 다가와 손을 내밀며 말한다. "난 당신을 알아요."

톰은 고개를 숙이고 인사한다. 그리고 옷깃을 가다듬고, 머리를 쓸어 넘긴다. 그는 어디에서도 누군가가 자신을 알아보는 것을 원치 않는다.

간호사실에는 곰 인형을 품에 안은 할머니가 휠체어에 앉아 멍하니 허공을 바라보고 있다. 톰은 안내 데스크에서 엄마에 대해 묻다가 체크무늬 예수가 다른 방문객에게 말하는 것을 듣는다. "난 당신을 알아요."

그레타는 잠들어 있다. 그레타는 톰이 자신의 손을 잡고 있다는 사실을 알지 못한다.

"언제 의사 선생님과 상담할 수 있나요?" 톰은 한 시간 후 엄마를 확인하러 온 간호사에게 묻는다.

"진찰을 해 봐야 알 것 같아요. 어머니는 일단 잠을 좀 주무시고, 기력을 회복하셔야 해요. 저희가 연락드릴까요?"

"그래요." 톰은 그레타의 이마에 키스를 하고 떠난다.

아그리파바트 수영장에서 그는 사람들이 알아보지 못하도록 옷을 갈아입기도 전에 물안경부터 쓴다. 그는 수건을 휴식용 의자에 던져 놓고 출발선에서 뛰어들어 반대쪽 끝까지 50미터를 헤엄쳐 간다. 그리고 세계 기록이라도 세우려는 듯 있는 힘껏 반환점을 돌아온다. 90분 후 그는 머리에서 생각을 모두 떨쳐 내고 수영장을 가로질러 가 유아용 풀 너머의 휴식용 의자에 눕는다. 그는 수건을 얼굴에 덮고 즉시 잠들어 버린다.

꿈이 없는 그의 잠에 물 첨벙이는 소리, 비명과 아이들의 웃음이 뒤섞인다. 천천히 잠에서 깬 그는 덮어쓴 수건 가장자리로 옆을 돌아본다. 그는 수영장에서 머리를 꼰 한 흑인 소녀를 본다. 아이는 물을 물뿌리개에 담아 머리에 쏟아부으며 즐겁게 웃고 있다. 웃음은 전염성이 강해 톰의 얼굴에도 미소를 짓게 만든다. 조심스럽게 그는 수건을 옆으로 밀어 내고 작은 소녀를 더 자세히 관찰한다. 얼마나 큰 기쁨인지 생각하며 그는 다시금 사진 속의 소녀를 생각한다. 마리엘레.

"우린 어머니를 상대로 여러 가지 검사를 했고, 의심은 사실로 확인되었습니다." 월요일 아침에 노인정신과 의사인 마빅 교수가 말한다. "어머니는 알츠하이머성 치매를 앓고 계십니다."

"확실한가요?" 톰이 묻는다.

교수는 그에게 그림을 한 장 보여 준다. "이것은 시계 테스트입니다. 저는 어머니께 원 모양의 종이를 주고 이것이 시계라고 상상해 보라고 말했습니다. 어머니에게 주어진 과제는 이 종이 시계에 숫자를 배열하는 것이었습니다."

톰은 두 자리 숫자가 있어야 할 자리에 낙서처럼 손 글씨로 숫자 1이 쓰여 있는 것을 확인한다. 나머지 열한 개의 숫자는 그 아래에 빽빽하게 적혀 있다.

교수는 톰에게 더 많은 검사 결과를 보여 주고, 이제 톰조차 약의 부작용이나 수분의 섭취가 부족했다는 핑계로 처방을 무시할 수 없게 된다.

대화를 마친 후 톰은 그레타의 병실로 간다. 병실에서 그녀는 침대에 누워 그의 뒤편을 바라본다.

"여기가 어딘지 알아요, 엄마?" 그가 조심스럽게 묻는다.

"난 여기 있지만, 어떻게 왔는지는 몰라."

톰은 말문이 막힌다.

이틀 후 그는 마빅 교수가 추천한 요양원에 약속을 잡는다. 그 요양원은 쾰른 포르츠의 집 인근에 있기에 그레타가 완전히 새로운 환경에 적응할 필요가 없다는 것이 장점이다.

1970년대 스타일의 건물 앞 버스 정류장에는 두 남자가 벤치에 앉아 있다. 한 사람은 무릎 위에 가방을 올려놓고, 다른 한 사람은 머리에 털모자를 쓰고 있다.

"버스가 언제 오는지 알아요?" 털모자를 쓴 사람이 톰이 지나갈 때 묻는다.

"아뇨. 하지만 확인해 드리겠습니다." 그는 버스 시간표를 읽는다. 그러다 유리판에 붙은 붉은 글씨를 본다.

주의!!!! 이 정류장은 치료용으로만 쓰입니다.

"조금 더 기다리셔야겠습니다."

"차 있어요?" 여행자가 묻는다.

"네. 왜요?"

"집까지 태워 줄 수 있습니까? 부모님이 기다리고 있습니다."

"안타깝게도 지금은 태워 드릴 수가 없습니다." 톰은 자리를 피한다.

안으로 들어가서 그는 미소와 함께 요양원 원장에게 악수를 청한다. "버스를 타고 왔는데 연결 상태가 아주 안 좋네요."

40대 후반쯤 되어 보이는 금발의 사우어 자이델은 소녀처럼 깔깔거리며 눈을 탁구공처럼 굴린다. 얼굴에는 홍조를 띠고 있다. 톰은 그녀가 자신 때문에 머리를 말끔하게 드라이했다고 생각한다. 그의 시선이 그녀의 허리와 배를 꽉 조이고 있는 업무용 정장을 슬쩍 넘겨본다.

"저희 유령 버스 정류장은 알츠하이머 환자를 돌보는 데 사용됩니다, 몬데라스 씨. 환자들은 예전의 익숙한 환경으로 돌아가고 싶어 하고, 그래서 불안해합니다. 버스 정류장이 있으면 요양원 밖으로 나가 길을 잃어 간호사들이 찾아야 하는 위험 요소를 줄일 수 있습니다."

"하지만 버스가 오지 않으면 환자들이 오히려 초조해하거나 불안해하지 않을까요?" 톰이 묻는다.

"아뇨. 그렇지 않아요." 원장인 사우어 자이델이 대답한다. "단기 기억장애로 인해 버스를 기다리는 이유와 실제로 가고 싶었던 곳을 잊어버리곤 한답니다."

톰은 떠오르는 부정적인 질문들을 묻고 싶지만 방문 목적에 대해 이야기하자고 마음먹는다.

"대기자 명단이 길어요. 그리고 자리가 비려면 입소자가 우리 곁을 떠날 때에야만 가능합니다."

'떠날 때'가 죽음을 가리키는 표현이라고 톰은 생각하며, 버스를 타면 시간이 오래 걸릴 수밖에 없다는 어리석은 농담을 자제한다.

원장이 톰에게 요양원을 안내한다. 엘리베이터를 타고 한 층을 내려가니 일광욕 병동이라고 적혀 있다. 그리고 암호로만 열 수 있는 문이 나온다.

"알츠하이머 환자들을 위한 이곳에는 열두 명의 입주자들이 있습니다. 이곳은 기존 시설보다 직원 배치 비율이 높고, 간호 직원들도 돌봄을 위한 추가 교육을 받습니다."

"그게 뭔가요?"

"치매 환자와 함께하기 위해 개발된 대처 기법 및 의사소통 기법을 배웁니다. 치매 환자의 주관적인 현실을 있는 그대로 받아들여 환자의 안전과 자율성 증진을 목표로 합니다."

"구체적으로는 어떤 모습일까요?" 상상이 잘되지 않는 톰이 묻는다.

"단기 기억력이 저하되면 노인들은 이전의 기억을 되살려 삶을 정상으로 되돌리려고 노력합니다. 기본적으로 혼란에 빠진 사람도 그 행동에는 이유가 있습니다. 그가 원하지 않으면 강제로 변화시킬 수가 없어요."

톰은 의아한 표정으로 그녀를 본다.

"신뢰할 수 있는 사람에 의해 표현되고, 인정받고, 확인받는다면 고통스러운 감정은 약화됩니다. 무시되고 억압받으면 고통스러운 감정은 더욱 강해지고요. 공감과 연민은 신뢰로 이어지고, 불안을 줄여 줍니다."

사우어 자이델의 말을 들으며 톰은 엄마를 생각한다. 원장은 인정과 확인이 치매 환자가 고통스러운 감정을 처리하는 데 도움을 줄 수 있다고 말한다.

"이리 와 보세요, 몬데라스 씨. 병동을 보여 드릴게요."

먼저 원장은 환자들이 물건을 만들고 그림을 그릴 수 있는 치료 공간으로 톰을 안내한다.

반투명 유리문에는 낮잠 자는 방이라고 적혀 있다.

"이건 뭐죠?"

"낮잠은 네덜란드에서 개발된 방법으로 긴장을 완화하고 뇌 기능을 활성화하는 효과가 있습니다. 치매 환자의 경우 다른 방법으로는 더 이상 불가능한 자기 표현을 할 수 있게끔 만드는 것이 목적입니다."

그녀가 조용히 문을 연다. 라벤더 향기가 난다. 둥글게 울리는 소리와 조명의 효과가 편안하고 아늑한 분위기를 빚어내고 있다. 물침대 위에 한 노인이 누운 채 산, 구름, 들판, 꽃과 흰 눈이 뒤섞인 그림이 서로 어우러진 천장을 본다. 한 치료사가 노인의 손을 마사지한다.

그 후 사우어 자이델은 톰을 바깥으로 안내한다. 환자들이 심고 가꿀 수 있는 화단이 있다. 그러고는 가구가 비치된 개개인의 방 중 한 곳을 보여 준다.

나쁘지 않군. 톰은 이미 엄마가 이 방들 중 하나를 차지하고 있는 것을 상상하며, 원장이 그레타를 대기자 명단의 맨 위에 올려놓게 할 전략을 생각해 내려고 부심한다.

일광욕 병동의 중앙에 있는 휴게실로 가는 길에 그들은 오래된 재봉틀과 물레가 놓인 긴 복도를 지나간다. 벽에는 목조 주택, 폭포, 그리고 지벤게비르게 숲속 그림이 걸려 있다. 톰은 페퍼민트 차, 소독제, 제비꽃, 소변 등이 뒤섞인 냄새를 맡는다. 스웨터를 두 겹으로 겹쳐 입은 노인이 사방으로 뻗친 머리카락을 한 채 비틀거리며 그들에게 다가온다.

"사람들이 날 알아보는 곳으로 가야 해! 사람들이 날 알아보는 곳으로 가야 해!" 그녀는 이 문장이 자신에게 남은, 유일하게 기댈 수 있는 것인 양 외쳐 댄다.

자이델 원장이 부인의 손을 부드럽게 잡는다. "이리 와요, 말린카 부인. 휴게실로 가서 다른 분들과 합류해요. 거긴 부인을 알아보는 사람이 많을 거예요."

원장은 톰에게 말린카 부인이 이미 아흔다섯 살이라고 속삭인다. 그런 다음 원장은 자신의 문장을 반복해서 말하며 뻣뻣한 발걸음으로 따라오는 노파를 이끌고 커다란 방으로 들어간다.

네 개의 탁자에는 남자보다 여자가 더 많이 의자에 앉거나 휠체어에 앉아 있다. 저녁 식사 시간이다. 대부분의 환자들은 목에 냅킨을 두르고 있고, 일부는 돼지 간 소시지와 치즈샌드위치를 양손으로 동시에 들고 입에 넣고 있으며, 다른 일부는 쌀을 으깬 죽을 먹고 있다. 톰은 문 앞에 멈춰 선다. 만약 그가 직업 때문에 여기에 있다면 그는 눈 하나 깜빡이지 않고 이 탁자 중 하나에 앉아 사람들과 대화를 시도할 것이다. 왜냐하면 그는 어떠한 대인 불안도 없기 때문이다. 그러나 지금 그는 여기에 기자로 온 것이 아니라 아들로 온 것이다. 그는 말린카 부인을 맞이하는 직원에게 고개를 끄덕인 다음 자이델에게, 급히 전화를 걸 일이 생겼다는 신호를 보낸다.

라디오에서 우도 위르겐스가 <그리스 와인Griechischer wein>을 부르고 있다.

덥수룩한 눈썹 아래 눈동자를 알아볼 수 없는 한 남자가 히트곡에 맞춰 탁자를 두드리며 리듬을 탄다.

얼굴에 검버섯이 가득한, 이가 없는 할머니가 히스테리컬한 소리를 내며 자신의 박자에 맞춰 상체를 앞뒤로 움직인다.

톰은 알츠하이머병의 모든 단계가 이곳에 모여 있다고, 벗어나고 싶다고 생각한다. 하지만 비밀번호를 모르면 여기서 나갈 수도 없다.

그러던 중 어머니 같은 간병인 옆에서 뼈만 앙상한 상태로 버티고 있는 작은 여성을 발견한다. 태아의 자세로 웅크리고 있는 한 줌의 생명체는 양모로 덮인 의자에서 졸고 있다. 톰의 목이 메어 온다. 아마도 이 모습이 마지막 단계일 것이다. 그의 머릿속에 불꽃이 튄다. 그는 고개를 돌린다. 그는 더 이상 견딜 수가 없다. 그는 엄마의 미래를 더 이상 볼 수가 없다.

그는 팔짱을 낀 채 환자들의 방으로 이어지는 끝없는 복도를 걷는다. 그는 농장으로 소풍을 가서 찍은 사진도, 요양원의 개방일에 유치원 아이들이 방문한 사진도 보지 못한다. 그는 복도 끝 밝고 파란 새들이 오르내리는 새장 앞에서 멈춰 선다. 이 새들 역시 폐쇄적인 곳에 갇혀 있다.

집에 도착한 톰은 뜨거운 샤워 물줄기 아래에 선다. 그는 노인들의 냄새를 없애고 싶다. 숨을 참아 보지만 그의 뇌는 계속해서 작동한다. 그는 엄마가 기억력과 개성을 점점 더 잃어 갈 것이라는 무서운 상상을 씻어 내지 못한다.

소파에 앉아 옷을 입은 톰은 제니의 번호를 누른다. 전화는 열 번도 더 넘게 울리고 나서야 마침내 그녀와 연결된다.

"톰입니다. 하이델베르크 주민등록소에선 얼마나 걸릴까요? 당신의 경험상 알고 싶……."

"톰, 지금은 할 수가 없어요." 그녀가 숨을 헐떡이며 말한다. "병원으로 가는 중이거든요."

다음 이틀 동안 톰은 출근하기 전에 노인정신과 병원에 들른다. 그때마다 예수와 닮은 체크무늬 사람에게서 "난 당신을 알아요!"라는 인사를 받는다.

첫째 날 그는 병실 간호사에게 묻는다. "어머니는 어떻게 지내나요?"

"주무시고 계세요. 하지만 지난밤에는 그리 안정적이지 못한 모습이었어요."

톰은 거의 안도감을 느낀다. 그는 그레타에게 무엇을 말해야 할지 모르기 때문이다.

다음 날 그녀는 아직도 자고 있다. 아니면 다시 자고 있는 것인지도 모른다. 톰은 그녀의 침대 옆에 앉아 익숙한 얼굴을 바라보지만 아무것도 모르기는 마찬가지다. 톰은 그것을 참을 수가 없다. 그럼에도 불구하고 그는 동시에 더 이상 어떤 것도 없는, 머릿속의 공허함도, 엄마에 대한 걱정도, 아이에 대한 생각도 할 필요가 없는 상태를 갈망한다.

마치 무아지경에 빠진 것처럼 그레타가 눈을 뜬다.

"안녕, 엄마. 저예요."

그녀는 그를 뚫어지게 바라본다.

그는 그녀의 양피지 같은 손을 쓸어 준다. 걱정스러운 생각들이 끊임없이 머릿속을 맴돈다. 아무것도 아닌 것은 아무것도 없다. 게오르크 뷔히너의 『당통의 죽음』을 떠올린다. 작품의 주인공은 이렇게 말한다. '창조는 너무 넓게 퍼져 어떤 것도 비어 있지 않으며, 모든 것에 꽉 차 있다.'

톰은 그녀가 오래오래 여기 머무를 수 있기를 바란다. 왜냐하면 그는 그다음에 어떻게 해야 할지 모르기 때문이다.

누군가 보도국에 샴페인을 돌린다.

"누구 생일인가요?" 톰이 즐거워하는 사람들을 돌아보며 묻는다.

"네, 제니의 아들이 오늘 아침 태어났어요." 사빈이 말한다. "칼이에요. 조금 일찍 태어났는데, 아주 건강하대요!"

톰은 잔을 들고 동료들과 함께 새로운 탄생을 축하한다. 건배를 하고 지갑에서 50유로를 꺼내 축하 카드에 서명한다.

"이제 여기에서 아직도 아이가 없는 사람은 톰뿐이네요." 사빈이 말하며 다른 동료들이 건넨 지폐와 함께 돈을 챙겨 넣는다.

"그건 변하지 않을 거예요." 톰이 대답하고 뉴스 출력물을 들고 자신의 사무실로 향한다. 하이델베르크에서는 여전히 소식이 없다.

"난 당신을 알아요!" 근무 시작 전에 병원을 다시 찾았을 때 체크무늬 예수가 그를 맞이한다.

"나도 당신을 알아요." 톰이 마주 인사하고 엄마에게로 간다.

그녀는 다시 잠들어 있다.

"피곤하신 게 당연해요. 밤새 밖에 계셨거든요." 간호사 카린이 엄마의 손길이 닿지 않은 점심 식사가 담긴 쟁반을 치우며 그에게 말한다. "어머니가 아이를 찾으러 달아났다고 야간 당직이 보고했어요. 마리엘레가 누구죠?"

"나도 알고 싶어요."

톰은 그레타의 침대 옆에 앉는다. 그녀는 길을 잃은 듯 마치 위축된 것처럼 보인다.

"마빅 교수님이 어머니의 삶에 대해 물어보시던가요?"

"아뇨."

"어머니의 삶이 어땠는지 차례대로 적어 주시면 구체적으로 답변해 드릴 수 있을 것 같아요."

"알겠습니다. 그런데 시간이 좀 걸릴 것 같네요. 할 일이 많아서요." 그는 자신이 무엇을 적어야 할지 모른다고 말하지 않는다. 그런 다음 그는 양로원에서 들었던 용어를 다시 듣는다. 인정과 확인. 이 방법을 사용하면 고통스러운 감정을 처리하는 데 도움을 줄 수 있다는 것을 기억한다. 하지만 엄마, 내가 아무것도 모르는데 어떻게 엄마를 도울 수 있겠어요?

퇴근 후 코반이 맥주잔 받침 위에 여덟 번째 잔을 올려놓는다. 톰은 이 잔도 한 번에 마셔 버린다.

"그래서? 괜찮아요?" 가스-물-분뇨 한시가 앞을 응시하며 묻는다.

"물론이죠." 톰은 대답하며 쾰쉬 한 잔을 더 주문한다. 그는 하이델베르크의 개자식들에게 전화를 해야겠다고 결심한다. 그런 보잘것없는 정보를 주는 데에 이렇게 오래 걸린다니 이해할 수가 없다.

지끈거리는 두통 때문에 아스피린 두 알을 털어 넣은 그는 오전 10시에 교환원에게 전화를 건다. 그리고 담당자가 책상에 없다는 사실을 알고 내선 번호를 받는다. 정오 직전에 겨우 다시 연락이 닿았지만 담당자는 L부터 O까지만 담당하기에 더 이상 도움을 줄 수 없다고 한다. 톰은 S를 담당하는 직원의 전화번호를 물어보고 전화를 다시 건다. 그러나 안타깝게도 근무 시간 외에 전화를 걸었다는 사실을 확인했을 따름이다.

다음 날 전화기 녹음에 담긴 쿠어팔츠 여자의 목소리는 그에게 지금이 부활절 연휴라고 알려 준다. 그는 수화기를 쾅 내려놓는다. 평소 같았으면 이런 일은 비서에게 맡기고는 했다. 그러나 그레타의 밤 고속도로 여행이 언론에 보도된 이후 그는 이런 일에 조금은 주의를 기울이고 있다.

그는 진주색 광택이 나는 주방에서 에스프레소를 만들고는 제니에게 전화를 건다. 제니가 자신을 도울 수 있을 것이라고 그는 확신한다. "제니, 어때요?"

"행복해요, 톰!" 그녀는 피곤하지만 여전히 흐뭇한 목소리로 대답한다. 그는 아기가 울어 대는 소리를 배경으로 듣는다.

"아이에게 멋진 이름을 골라 줬네요." 그는 본론을 꺼내기 전에 칭찬부터 먼저 내세운다. "언제, 커피 한잔 살까요?"

"웃기지 마요, 톰." 일주일 전에 엄마가 된 여자가 말한다. "오실래요? 혼돈이 두렵지 않다면 말이에요."

"걱정 마요. 난 많은 것에 익숙해져 있어요!"

제니의 집은 중세의 성벽이 보존된 아치형 통로 옆에 지어진 원룸이다. 그 문을 제니가 열 때까지 톰은 혼돈이 무슨 뜻인지 제대로 알지 못했다. 커다란 꽃다발을 손에 들고 열린 문틈으로 비집고 들어가자 문 뒤 작은 현관에는 유아차가 기저귀 더미와 함께 놓여 있고, 그 앞에는 쓰레기봉투가 묶여 있다. 사방에 무언가가 널어져 있거나 세워져 있다.

평소보다 더 창백해진 얼굴에 헝클어진 머리, 출산한 배가 가려지지 않는 얼룩덜룩한 조깅복을 입은 제니는 어린 아들을 품에 안고, 큰 꽃다발을 어디에 놓아야 할지 몰라 허둥댄다.

"꽃병이 없어요, 톰." 그녀는 주방 식탁에 있는 접시들을 한쪽으로 밀어 내며 그 자리에 꽃다발을 놓는다.

공기가 나쁘다고 생각하며 그는 얕게 숨을 들이마신다. 어떻게 이런 곳에서 살 수 있지?

"난 방해하고 싶지 않아요. 그냥 잠깐……."

"방해라뇨. 방해되지 않아요. 그렇지, 칼첸?" 그녀는 작은 아기를 돌려서 톰이 얼굴을 볼 수 있게 한다.

"귀엽네요." 말은 그렇게 하지만 사실 그는 그런 작은 것에는 아무런 매력도 느끼지 못한다.

"시작해 봐요!"

톰은 내일이 부활절 직전인 성금요일이기 때문에 오늘 부탁한 정보를 하이델베르크 주민등록소에서 얻어 낼 수 있는 아이디어를 그녀에게 묻는다.

작은 아기가 울기 시작한다. 제니는 소파에 앉아 티셔츠를 올리고 아기의 입에 젖을 물리려고 한다. 톰은 돌아서 창문 밖 클로드비히 광장의 활기찬 시장 풍경을 보며, 아기가 젖을 빨고 삼키는 소리를 듣는다.

"전화번호 줘 봐요. 책임자에게 전화해 볼게요."

"솔직히 말해서 내 이름은 언급하지 않았으면 좋겠어요. 알죠?"

"물론이죠." 그녀는 수유를 계속하면서 하이델베르크 사무실 책임자와 능숙하게 협상을 이끌어 가고, 그가 직접 이 문제를 처리해 주겠다는 약속을 받아 낸다. 그녀는 칼에게 트림을 시키고 휴대전화를 탁자 위에 올려놓는다.

"제니가 할 수 있을 줄 알았어요." 그는 그녀를 치켜세운다. 그리고 친절하게 말을 건넨다. "내가 도울 일이 있으면 말해 봐요."

"제가 마음 편히 샤워할 수 있게 여기 잠깐 계셔 줄 수 있나요?"

"물론이죠." 톰은 처음으로 제니가 갓난아이와 단둘이 살고 있을 뿐만 아니라 아이아버지의 도움도 받지 못하고 있다는 사실을 깨닫는다.

제니는 톰의 어깨에 천 기저귀를 덮어 주고 어린 칼을 톰의 손에 안겨 준다. 톰은 칼을 어떻게 안아야 할지 모른다.

"아주 간단해요. 트림을 다시 할지 모르니 등을 살짝 두드려 주기만 하면 돼요."

제니가 화장실로 사라지기가 무섭게 작은 아기가 입을 벌리고 방금 먹은 식사를 모두 게워 낸다. 톰은 자신의 비싼 재킷을 지키려고 반사적으로 작은 칼을 멀리 떨어뜨리려고 시도한다. 그러자 칼의 작은 머리가 뒤로 넘어가고, 그에 깜짝 놀란 칼이 자지러질 듯 울음을 내지른다.

톰은 무력하게 화장실 문을 바라보지만 샤워하는 소리만 들릴 뿐이다. 의자, 침대, 소파에 흩어져 있는 옷가지들 속에서 그는 새로운 천 기저귀를 찾는다. 하지만 헛수고다. 울음을 그치지 않는 아기를 안고 그는 주방 찬장을 열어 본다. 하지만 보이는 것은 냅킨이 아니라 무질서하게 쌓인 적나라한 공포다. 괜찮다고 그는 스스로에게 말한다.

어차피 수트는 망가졌으니. 그는 좁은 공간—혼돈으로 말미암아 두 발짝 이상 걸을 수 없는—을 왔다 갔다 하며 어서 제니가 자신을 구출해 주기를 바랄 뿐이다.

오랜 시간이 지난 후 제니가 문틈으로 머리를 내민다. "제발 30분만 더 계실 수 있나요?" 그녀는 울부짖는 아들에 조금도 개의치 않고 묻는다. "일주일 동안 거의 잠을 못 잤거든요."

"물론이죠." 톰이 말하며 아기의 등을 쓰다듬는다.

"저는 그냥 화장실 바닥에 잠깐 누울게요. 금방 다시 올게요."

하지만 이 '금방'은 그렇게 금방 다가오지 않는다. 한 시간이 지난 후에도 톰은 울부짖는 아기를 안고 서성거린다. 이건 도대체 정상적이지 않다고 생각한 그는 어떻게 울음을 멈추게 할 수 있는지 검색을 해 본다.

한 아빠는 **옴***을 추천한다.

"옴……." 톰은 칼의 귀에 길게 늘어지는 소리를 중얼거리며 들려준다.

작은 아기는 잠시 멈추는 듯싶지만 자신이 힌두교도가 아니라는 사실을 깨달았는지 다시 눈을 감고 전력을 다해 울어 젖

* OM. 힌두교의 기도 처음과 마지막에 내뱉는 상징적인 소리 혹은 명상을 하며 웅얼거리는 소리.

힌다.

"좋아, 보스!"

유튜브에서 그는 태평양 너머 미국의 소아과 의사 로버트 해밀턴의 비밀 팁을 찾아낸다. 이 팁은 몇 초 안에 작동하는 진정한 기술을 보여 준다. 그는 실제로 아기에게 이 기술을 시연해 보인다. 손을 비우기 위해 톰은 휴대전화를 주방 작업대에 놓고 영상을 재생한다.

'먼저 아기를 높이 들어 주세요.' 해밀턴은 말하며 그의 양팔을 가슴 위로 올리는 방법을 보여 준다.

서투르게 톰은 모든 동작을 따라 한다. 그러나 칼은 전혀 기분을 풀 마음이 없다.

'그다음에는 왼손으로 아기의 팔을 고정시키고 오른손으로 기저귀 부분을 잡아 주세요.' 해밀턴이 말한다.

그때 제니의 휴대전화가 울린다.

톰은 실험을 중단하고 휴대전화 화면을 보며 하이델베르크 지역번호를 확인한 후 화장실로 휴대전화를 가져간다. "제니!" 그는 닫힌 문을 사이에 두고 외친다.

그녀에게서는 대답이 없다.

톰이 전화를 받는다. "예, 제니 월터의 휴대전화입니다." 그는 그녀의 직원인 척하면서, 왼손에 누워 있는 제니의 아기를 좌우로 흔들면서 말한다. "저는 전화하신 문제에 대해 잘 알고 있습니다."

"그럼 월터 씨에게 다음과 같이 전해 주십시오. 문의하신 그레타 쇤나이히는 1949년 5월 23일 마리라는 딸을 낳았습니다. 아이의 아버지는 로버트 쿠퍼로 기재되어 있습니다."

"감사합니다." 톰이 말하고 전화를 끊는다. 그는 칼이 비명을 멈췄다는 사실을 알아차리지 못한다. 왜냐하면 그는 마침내 자신이 내내 느꼈던 감정을 알게 되었기 때문이다. 마리는 그의 누이인 것이다.

여덟.

1949-1953

그레타는 침대에 앉아 한 시간 전에 태어난 자신의 잠자는 아기를 품에 안고 있었다. 그녀는 아기의 붉은 살냄새를 맡으며 그 속으로 빠져들고 싶었다. 검게 곱슬거리는 머리카락에, 넓은 코에 입을 맞추었고, 밥의 아이임을 새삼 확인했다.

“사랑해, 내 작은 아가.” 그녀가 속삭였다. “그리고 아빠도 널 사랑해. 난 그걸 알아.”

그레타는 밥을 넉 달 동안 보지 못했다. 그녀가 임신 상태를 더 이상 속일 수 없게 되자 구스테 할머니, 할아버지는 물론이거니와 특히나 엠마가 소리 지르며 비난하였고, 신뢰를 배신한 그를 욕했다. 마침내 그들은 밥에게 저주를 퍼붓고, 그레타가 그와 어떠한 접촉도 하지 못하게 외출을 금지시켰다. 그녀는 더 이상 혼자 나갈 수 없었고, 어른들은 피네조차 믿지 못했기에 간호하는 역할도 피네에게는 맡기지 않았다.

처음에는 피네가 종종 밥이 보낸 편지와 초콜릿을 전해 주었는데, 피네는 그에게서 담배, 나일론 양말, 그리고 그녀가 원하는 모든 것을 받았다. 그러나 두 달 전 피네는 하녀로 일하던 미군 장교 가족을 따라 바트 나우하임으로 이사를 갔고, 그 이후로 그레타는 사랑하는 사람과 연락할 수 있는 방법이 없었다.

커튼으로 분리된 큰 방의 나머지 공간에서 루드비히 할아버지는 1949년 5월 23일 뉴스를 듣기 위해 라디오를 켰다. '평의원회의 의장으로서 콘라트 아데나워가 보른에서 헌법을 발표했습니다. 이로써 독일연방공화국이 수립되었습니다.'

의원들은 애국가를 부른 다음 맹세했다. '나는 사랑과 생명이 가득한 땅, 나의 조국 독일에 마음과 몸을 다 바쳐 헌신하겠습니다.'

"그럼 내 증손녀는 새로 설립된 연방공화국에서 태어난 첫 번째 아이 중 한 명이겠네." 그레타는 할아버지의 말을 듣고 미소를 지었다.

"들었니, 아가?" 그녀는 자고 있는 아이에게 속삭였다.

"이게 무슨 전조가 아니겠어?" 스물여섯 시간 동안을 아파트에 있었던 산파 테우펠 여사가 말했다. "곧 독일에는 흑인만 남을 거야. 그럴까 봐 정말 겁난다니까."

결단력 있는 예순 살 노인은 커튼을 확 젖히고, 구스테 할머니와 함께 산모의 침대로 왔다. 그리고 그레타에게서 아기를 건네받아 천으로 덮인 고리버들 바구니에 아기를 누이고, 그레타의 머리 위에 대고 말했다. "아이를 버릇없이 키우면 안 돼요. 휴식 시간이 중요하답니다. 젖은 네 시간마다 먹이고. 시간을 정확히 지켜야 아기도 익숙해질 거예요."

"알고 있어요." 구스테 할머니가 대답하며 마리를 담요로 감쌌다. "저는 정식 간호사예요."

"그럼 좋아요." 테우펠 여사는 가위, 집게와 함께 청진기를 가방에 넣은 다음 그레타를 향해 손가락을 치켜들며 경고했다. "아기가 울어 댈수록 폐에 좋아요."

그레타는 지쳐 눈을 감았다.

깜빡 잠이 들려는 참에 그녀는 엄마 엠마가 하는 말을 들었다. "이 여자애가 까맣지 않아 정말 다행이에요."

구스테 할머니는 아이를 가지고 싶어 했지만 루드비히와 결혼할 때 이미 나이가 많아 그럴 수가 없었다. 뒤늦게나마 집에 아기가 생겼다는 사실을 그녀는 누구보다 기뻐했다. 그녀는 새로 태어난 아기를 곧장 마음에 품었다. 네 시간 후에 아기를 깨끗한 기저귀로 감싸고 그레타에게 젖을 먹이기 위해 데려왔다.

"여기, 너의 바벨레." 그녀는 손녀에게 속삭이며 아기를 손녀의 가슴에 내려놓았다.

바벨레, 그 표현이 그레타의 마음에 들었다. 그토록 그리운 그녀의 밥을 떠올리게 했다. "바벨레." 그녀가 속삭였다.

"열이 있는 것 같아, 아가." 구스테가 말했다. 그녀는 체온계를 찾아 그레타의 겨드랑이에 넣었다.

"38.5도. 좋지 않은데." 그녀가 중얼거렸다. 그녀는 아기를 다시 바구니에 넣고, 찬물을 그릇에 담아와 손녀를 씻기고 찜질팩으로 종아리를 감싸 주었다.

이른 아침 그레타의 체온이 40도를 오르내렸다. 그레타는 오한을 느끼며 무기력해졌고, 구스테 할머니가 묻는 말에도 더 이상 반응하지 않았다.

멀리서 구스테가 엠마를 깨우고 산파를 불러야 한다고 요청하는 소리를 들었다.

테우펠 여사는 할머니의 의심을 확인해 주었다. 산욕열이었다.

"산모에겐 페니실린이 긴급히 필요해요. 그건 미국인들만 가지고 있습니다."

엠마와 구스테는 서로를 바라보았다.

"뭐라고요? 엄마는 밥에게 찾아가 보라고 말씀하시는 거예요? 그놈이 우리에게 한 짓을 알면서도?" 그레타의 엄마는 부엌에서 목소리를 높였다. 테우펠 여사가 인사를 하고 간 후였다. 엠마는 고집스럽게 팔짱을 꼈다. "그놈을 더 이상 내 집에 들여서는 안 돼요!"

"페니실린을 구하지 못하면 그레타가 죽을지도 몰라." 구스테 할머니가 말했다.

루드비히 사브론스키는 부엌 식탁에 앉아 떨면서 앞을 똑바로 보고 있었다. 그는 이 병을 알고 있었다. 그의 첫 아내인 엠마의 엄마도 이 병으로 죽었다.

"뭐라고 말 좀 해 봐, 루드!"

"그 사람을 찾아봐, 엠마!" 그는 명령했다.

* * *

밥은 정말 피곤했다. 스타더스트 클럽에서 밤새도록 연주했고, 낮에도 언제나처럼 운전을 해야만 했다. 한 시간 전에 그는 새벗 중위를 그레타의 숙모 할머니 엘리제가 머무는 다락이 있는 빌라로 데리고 왔다. 몇 달 만에 처음으로 그는 지프를 주차해 놓던 차고에서 낡은 타이어를 갈아 끼운 다음 꾸벅꾸벅 졸고 있었다.

"로버트 쿠퍼, 어디 있는지 아세요?" 여자 목소리가 들렸다.

밥은 갑자기 잠에서 깨어나 화들짝 차에서 뛰어내렸다. 그레타의 어머니였다. 그녀가 왜 나를 찾을까? 열일곱 살 된 딸을 임신시킨 돼지 같은 새끼라고 다시 욕을 하려고? 그레타에게 무언가를 주려고 할 때처럼 또 모욕을 하려는 걸까? 길에서 그레타를 한 번이라도 보고 싶은 나머지 몰래 훔쳐보다 들켰을 때처럼 물벼락을 내리려는 걸까?

두 달 동안 그는 모든 것을 포기하고 있었다. 왜냐하면 엠마가 그레타의 삶을 더욱더 지옥으로 만들지는 않을지 두려웠기 때문이었다. 그리고 마침내 엠마는 몇 주 동안 그를 내버려두었다. 밥은 머리를 들어 마당 문 앞에 서 있는 엠마를 경비병이 눈치채지 못하도록 몰래 지켜보았다. "젠장! 쿠퍼, 당신 지금 어디 있는 거야?"

빌라의 문이 활짝 열렸다. 두 명의 상사가 발을 맞추어 나온 뒤 중위가 나타나 지프로 걸어가자 경례를 했다.

밥은 차고에서 뛰쳐나와 조수석의 문을 열고 상관에게 경례했다. 그는 옆눈으로 팔을 휘젓는 엠마를 보았다.

"밥!"

그는 아무것도 듣지 못한 척 운전석에 앉아 시동을 걸고 출구로 나갔다.

"밥!" 그는 후면 거울로 지프차를 쫓아오며 외치는 엠마를 보았다. "그레타의 생명이 위험해! 당장 페니실린이 필요해!"

밥은 오른쪽 모퉁이를 돌았고 네카어강을 따라 시내로 접어들었다. 그의 심장이 터질 것 같았다. 생명의 위험? 페니실린? 그레첸에게 무슨 일이 생긴 것일까? 아기가 태어나면 그것을 어떻게 알 수 있을지 며칠을 고민해 왔다. 그는 그레타와 그녀의 결단력을 잘 알고 있었기에 그레타가 자신을 찾아올 방법을 기필코 찾아낼 것임을 믿어 의심치 않았다.

"무슨 문제라도 있나?" 새벗 중위가 물었다.

"아닙니다, 중위님!" 밥은 거짓말을 했고, 그를 목적지인 로어바흐 본부로 데려갔다. 페니실린, 그의 머릿속에 계속 그 단어가 울리고 있었다. 그는 이 새로운 항생제가 전쟁 종료 직전까지 미국 군인들에게만 제공되었고, 그것이 전쟁 승리의 결정적인 역할을 했음을 알고 있었다. 당장 어떻게 해야 페니실린을 구할 수 있을까?

그는 본관 앞에 중위를 내려 주고 평소처럼 수송대 차고로 운전하지 않고 대신 세 블록 떨어진 군 병원으로 향했다.

이따금씩 함께 연주하곤 했던 피아니스트 패츠 플로리가 매독에 걸려 그곳에 입원해 있었다. 그리고 매독 역시 페니실린으로 치료한다는 사실을 밥은 알고 있었다.

그가 플뢰크 거리에서 아파트 계단을 뛰어 올라갔을 때는 이미 어두워진 다음이었다. 그는 하늘과 지옥을 오갔고, 구급대원에게 뇌물을 주었으며, 이제 그는 아파트 문을 힘차게 두드렸다. 엠마는 문을 조금 열었다.

"여기!" 밥은 땀을 흘리고 숨을 헐떡이며 엠마에게 백색 가루로 가득 찬 유리병을 건넸다. 그는 그녀가 자신을 안으로 안내하기를 기다리지 않고 문을 열었다. "그레첸, 어딨어요?"

엠마는 거실 방향을 가리키며 말했다. "거기가 어디라고 들어가!"

밥은 그녀의 말을 무시하고, 그녀를 밀치고 복도로 걸어갔다. 그는 부엌에서 조용히 기도하고 있는 루드비히 할아버지에게도 인사를 건네지 않았다. "그녀는 어디에 있나요?" 그가 물었다.

"밥!" 그레타의 할머니가 방에서 소리치며 문을 열었다. "고마워요." 구스테가 말했고, 엠마에게서 유리병을 가져갔다.

밥은 안으로 들어가서 뒤로 젖혀진 침대에 누워 있는 그레타를 보았다. 볼은 움푹 꺼졌고, 눈 주위가 검고 칙칙했다. 그는 그녀 위로 몸을 기울여 그녀의 뜨거운 이마에 입술을 댔다. "나 여기 있어, 내 사랑. 모든 게 괜찮아질 거야!"

그레타는 반응하지 않았다.

구스테 할머니가 가루를 물에 녹여 들고 들어왔다. "밥이 나를 좀 도와주는 게 좋겠어요." 그녀가 밥에게 말했다. "침대에 앉아 그레타를 일으켜 앉혀요."

밥은 사랑하는 여자의 축 늘어진 몸을 받쳐 주었다.

할머니는 그레타의 입을 열고 약을 부어 넣은 다음 후두를 어루만져 삼키게 만드는 반사작용을 이용했다. "마셔라, 아가. 그럼 다시 건강해질 거야."

물은 그레타의 입에서 흘러내렸지만 그녀는 대부분을 삼켰다. 구스테는 그녀에게 더 많은 페니실린을 먹였다.

그레타는 목이 막혀 기침을 했고 눈을 조금 떴다. 먼저 그의 손을 보았고, 그의 얼굴을 보았다. "바비." 그녀는 속삭였고 그에게 기댔다.

"이젠 걱정 마, 나의 그레첸. 내가 당신 곁에 있을게!"

"그녀에겐 지금 휴식이 필요해요." 구스테가 말했다.

"네." 밥이 대답했다. "하지만 전 그녀와 함께 있겠습니다."

누구도 그것에 반대하지 않았다.

밥은 조심스럽게 그레타를 다시 베개에 누이고 침대 옆에 무릎을 꿇고 그녀의 손을 잡았다.

희미한 울음소리가 들렸다. 밥은 급히 돌아섰다. 아기다! 그레타를 너무 걱정한 나머지 완전히 잊고 있었다. 그는 일어나서 커튼 뒤에서 나는 소리를 따라갔다.

구스테 할머니는 바구니를 들어 아기를 더 잘 볼 수 있게 해 주었다. "여자아이야."

그의 눈에 기쁨의 눈물이 차올랐다. 그는 담요를 걷고 작은 아기를 안았다.

"안 돼!" 엠마가 훌쩍거렸다. "우리는 아기를 원칙 없이 키우지 않을 거야."

밥은 할아버지가 손등으로 눈을 닦는 것을 보았고 그가 속삭이는 것을 들었다. "그냥 두렴."

"이 아름다운 세상에 온 걸 환영한다, 내 아가." 밥이 그의 딸에게 말했고, 이 작은 존재와 온전히 하나가 된 느낌을 받았다.

밥은 캠벨 기지에 정시에 귀대하지 않으면 곤경에 처한다는 것을 잘 알고 있었다. 그러나 지금은 아랑곳하지 않았다. 그는 그레타의 침대 옆을 떠나지 않았고, 그녀의 얼굴을 씻겨 주고, 구스테와 함께 찜질팩을 갈아 주었고, 그녀가 다시 건강을 회복할 때까지 이곳을 떠나지 않을 작정이었다.

그레타의 열은 페니실린을 처음 복용한 지 열두 시간이 지나도 변함없이 높기만 했다. 그녀의 이마에 올려놓은 차가운 물수건은 몇 초가 되지 않아 따뜻해졌다.

구스테 할머니가 잠시 잠을 청하러 누웠을 때 밥은 자신의 주머니에서 25센티미터 크기의 짚 인형을 꺼냈다. 돌리라는 이름의 부두 인형이었으며, 밥이 애지중지하며 지녀 오던 것이었다. 인형의 초록색 얼굴과 머리에는 다채로운 깃털 장식이, 몸에는 약초로 채워져 있었다. 이 부두 인형은 그의 어머니가 전쟁 중에 악마, 질병, 죽음으로부터 그를 보호하기 위해 준 것이었다.

밥은 761 탱크 대대에 합류할 때에도 인형과 함께했다. 이 대대는 단일 부대로 블랙 팬서라 불리며, 아프리카계 미국인 병사들로 구성되어 있었다. 그는 1944년 10월 10일 노르망디 해변에 상륙했을 때도, 그보다 4개월 전 오마하 해변의 몇 미터 높이로 동료들의 시체가 쌓여 있었던 곳에서도 군복 속에 인형의 존재를 느낄 수 있었다. 1944년 10월 말 조지 패튼 장군이 흑인 장교가 없어 그때까지 제대로 싸울 수도 없었던 블랙 팬서들을 전선으로 이끌 때에도 돌리는 그에게 힘을 주었다.

"제군들, 제군들은 미 육군의 첫 번째 흑인 탱크 부대 병사들이다." 전세가 심각한 상황에서 지휘관에게는 어떤 자원이라도 필요했다. "너희들의 피부색은 상관없다. 중요한 것은 너희들이나가 독일군 새끼들을 죽여 버리는 것이다."

아르덴 공세가 진행되는 동안 독일군이 마지막으로 상황을 역전시키려고 시도했을 때 미군은 큰 손실을 입었다. 소대 전체가 사라지는 상황에 직면했을 때에도 다행히 밥은 상처를 입지 않았다.

밥은 독일의 마우트하우젠 수용소를 해방시켰을 때, 열일곱 살의 수감자가 그를 향해 다가와 흑인 메시아라고 말했을 때 돌리를 선물로 줄 뻔했다.

돌리는 전쟁 이후에도 계속 그를 보호해 주었다. 그는 유럽에 주둔한 20만 명의 미군 중 한 사람이었지만 그는 린치를 당하지 않고 처음으로 백인 여성과 사귈 수 있었다. 아마조네스처럼 땅

딸막하고 매독에 걸린 독일 여자들에 대해 경고하는 매독 반대 캠페인에도 불구하고 그는 여전히 건강했다. 그가 그레타와 사랑에 빠졌고 그녀에게 깊이 빠져들었을 때에도 인형은 모든 위험으로부터 그들의 사랑을 지켜 주었다. 이제 초자연적인 힘은 그의 그레첸을 죽음으로부터 지켜 줄 것이었다.

밥은 어린 시절 뉴올리언스의 부두교 사제들이 하듯이 인형을 들고 네 개의 기본 지점을 시계 방향으로 돌며 표시했다. 그는 사랑하는 그레타를 치료해 달라고 선하신 하느님과 영령들에게 호소했다. 마지막으로 그는 부두 인형을 그녀의 머리맡에 놓았다.

그는 이틀 밤낮을 그녀의 침대 곁에 머물며 젖은 수건을 이마에 대어 주고, 자신들의 미래에 대해 이야기하고, 정기적으로 모든 영령들에게 간절히 기도했다. 그는 며칠 동안, 특히 밤에 허가 없이 막사 밖에 머무르는 것이 금지되어 있었기에 징계는 물론 감옥에 갇힐지도 모른다는 것을 알고 있었다. 그러나 그는 개의치 않았다.

어린 딸을 품에 안고 밥은 어린 시절부터 그의 곁에 있었던 흑인 영가인 <메리, 울지 말아라Mary Don't You Weep>를 불렀다. 그는 아기의 얼굴 특징을 자세히 살폈고, 메리가 아기에게 좋은 이름이 될 것이라 생각했다.

* * *

새벽 3시에 그레타가 눈을 떴다. 그녀는 밥이 촛불 아래 침대 옆 의자에 앉아 있는 것을 보았다. 그는 잠들어 있었다. 그녀는 그가 왜 그곳에 있는지 궁금해하지 않았다. 그것은 세상에서 가장 자연스러운 일이었다.

"우리 딸은 어딨어?" 그녀가 씩씩한 목소리로 물었다.

밥은 눈을 뜨고 그녀에게 미소를 지었다. 그는 고리버들 바구니에서 잠자고 있는 아기를 들어 그레타의 품에 안겼다. "우린 세상에서 가장 아름다운 아기를 얻었어!"

"난 정말 궁금해." 그레타가 말했다. "왜 우리 아긴 갈색이 아니지?"

"응, 나도 처음엔 흰색이었어. 우린 색깔을 갖기까진 몇 달이 걸린대. 걱정 마. 문제 있는 건 아니니." 그는 작은 아기의 머리를 쓰다듬었다. "메리." 그가 이름을 말하자, 그레타가 의아하게 바라보았다.

"메리? 마리?" 그녀는 반복해서 이름을 확인했다. "마리 쿠퍼. 좋은 것 같아!"

밥은 얼굴 가득 웃음을 띠었다. 그는 그레타가 아기에게 젖을 먹이는 동안 머물렀다. 그는 너무 많은 연주가 예정되어 있었기에 가까운 장래에 서로 자주 보지 못할 것에 대비해야 했다.

"내가 당신과 함께 있지 않더라도 난 항상 당신을 생각할 거야, 그레첸." 떠나기 전 이렇게 말하며 엘라 피츠제럴드의 노래를 불렀다. "당신이 멀리 있다는 걸 알지만 당신이 내 품에 있다고 믿어요. 비록 당신이 아주 멀리 떨어져 있다는 것을 알지만……."

"아이를 계속 키울 건가요, 아니면 보호소에 맡기실 건가요?" 청소년 복지국의 집행관 칼 아우구스트 에베르트가 물었다. 그는 혼인 없이 태어난 마리의 법적 후견인 자격으로 그레타를 소환했다.

"무슨 말씀이세요?" 그레타와 동행한 구스테 할머니가 물었다. "당연히 키울 겁니다."

그레타는 삼각 수건으로 싸인 채 안겨 자고 있는 아기를 더 꽉 껴안았다. 예순이 넘은 하이델베르크 사람인 에베르트는 닳아 빠진 정장에 팔토시를 끼고, 두꺼운 안경을 쓰고 있었다. 코와 윗입술 사이에 회색 수염을 각지게 깎은 채로 결혼하지 않은 아이의 엄마와 할머니를 보지도 않고 파이프 담배를 피워 댔다.

"당신은 고작 열여덟 살이에요. 어떻게 생활하고 있습니까?"

"아기의 아빠가 절 지원해 줘요."

그는 쳐다보지도 않고 계속 메모를 했다.

"그리고 저의 엄마가 제가 일하는 봉제 가게를 가지고 있어요." 그레타가 덧붙였다.

"시간이 없을 땐 제가 아기를 돌볼 거예요." 구스테 할머니가 다시 또 설명을 덧붙였다.

돌아오는 길에 할머니는 세례식 시간을 정하기 위해 그레타와 갓 태어난 증손녀를 데리고 성령교회 목사관에 들렀다. 교회의 사무실 직원은 망설이며 예배 시간 내에는 빈 시간이 없다고 주장했다.

"그럴 리가 없어요!" 화를 내며 구스테는 신부와 이야기할 수 있게 해 달라고 요구했다.

그는 회의에 참석하기 위해 출타 중이었기에 젊은 예비 신부를 데리고 왔다.

"예배 시간이 아니라면 최대한 빨리 날짜를 잡아 드릴 수 있습니다." 예비 신부는 하이델베르크 할머니의 눈을 피하려고 들었다.

구스테 할머니는 돌아가신 어머니가 결혼식에서 썼던 베일로 세례복을 만들었다. 혼외 출생, 흑인 아버지 밑에서 태어난 아기라는 흠들을 가지고 있더라도 그 아이가 비밀리에 그리고 성당을 피해 성공회에 입교하려 한다면 적어도 공주처럼 보여야 한다고 할머니는 단호한 목소리로 말했다.

"아빠가 널 볼 수 있으면 좋을 텐데." 그레타는 슬퍼하며 아기를 세례식 베개 위에 올려놓았다.

"마리, 내가 성부와 성자와 성령의 이름으로 네게 세례를 주노라." 6월 중순의 월요일 오전, 신부가 말하며 세례자의 머리 위에 세 번 물을 뿌렸다. "너의 모든 죄를 용서하시는 전능하신 하나님께서 그의 은혜로 너를 강건하게 하며 영생에 이르게 하시기를 원하노라. 너에게 평화가 함께하기를."

마리가 자지러지게 울었다. 밥도 참석할 수 있도록 세례식 베개 아래에 몰래 넣어 둔 부두 인형을 그레타는 오른손으로 꽉 쥐었다.

집으로 돌아오자 그녀는 인형을 요람의 캐노피에 다시 묶어

두었다.

깜둥이 창녀—독일 여자들, 부끄러운 줄 알아라!

커다란 글씨가 봉제 가게의 창문에 쓰여 있었다.

“손님들이 떨어져 나가고 있어.” 엠마가 점심때 불평을 늘어놓았다. “매일 새로운 낙서로 엉망이 돼. 넌 마리와 함께 더 이상 가게에 나오지 마라.”

문을 두드리는 소리가 들렸다.

그레타는 숨을 죽였다. “밥?” 그녀는 불쑥 중얼거리고는 복도로 달려갔다. 엄마가 문을 열었다.

밥은 정장을 입고 서 있었다.

“안녕하세요, 쇤나이히 부인.”

엠마는 인사도 받지 않고 그를 그 자리에 세워 둔 채 발길을 돌렸다.

“이렇게 오랫동안 어디에 있었어?” 그레타가 속삭였고, 그를 아파트로 데려갔다. “이젠 돌아오지 못할까 봐 얼마나 걱정했다고.”

밥은 여러 공연에 대해 이야기했다. 그리고 할아버지에게는 담배를, 할머니에게는 방금 볶은 커피콩을 선물했다. 시간이 많이 흐른 뒤에 그레타는 밥이 감옥을 잠깐 갔었고, 다른 도시로 이동할 뻔했다는 것도 알게 되었다. 그런데 밴드의 리더인 진 해머스의 간곡한 탄원 끝에 풀려났다고 했다.

"그가 여기로 불쑥 찾아오는 게 마음에 들지 않아." 밥이 떠난 후 엠마가 불평을 늘어놓았다.

"하지만 그 사람은……." 그레타가 그를 변호하려 들었다.

"닥쳐!" 그녀의 엄마가 쏘아붙였다. "그는 네게 아이를 낳게 만들었고, 지금은 괜찮은 놈인 척하고 있어. 다음번엔 돈을 빌리러 올지도 모르지."

그레타는 울기 시작했다. 마리도 그악스럽게 울어 대기 시작했다.

"엠마, 말을 좀 가려서 해." 구스테 할머니가 의붓딸을 달랬다.

"사실이잖아요! 나도 눈이 있어요. 그놈이 우리 딸을 어떻게 생각하는지 잘 안다고요."

그레타는 울면서 마리를 안고 걸어 다니며 아기의 엉덩이를 토닥였다. 그녀는 우는 아기를 달래는 것뿐만 아니라 자신도 달래고 싶었다.

"그렇게 응석을 다 받아 주지 마." 엠마가 작은 아기를 그녀의 손에서 빼앗았다.

"내버려둬, 엄마!" 그레타가 다시 울기 시작했다. 마리도 다시 목청껏 울기 시작했다.

구스테가 사이에 끼어들어 엠마에게서 아기를 데려갔다. "그만들 해. 정신 좀 차려! 피네를 갓 낳았을 때 네가 몇 살이었는지 잊었니?"

"그건 완전히 다른 문제예요."

"뭐? 뭐가 다르다는 거니? 그가 흑인이라서? 넌 흑인이 주는 음식과 석탄을 왜 거절하지 않았니? 그가 네게 일자리를 줬다는 건 잊었어?"

"만약 그가 우리 가족에게 수치를 안길 걸 알았다면……."

생후 5주 된 마리엘레를 밥과 그레타는 나란히 안고 하이델베르크의 중심가에서 사진을 찍기 위해 포즈를 취했다. 밥은 여섯 장의 사진을 주문했고, 그 가운데 한 장을 뉴올리언스에 있는 어머니에게 보냈다. 동봉한 편지로 그는 어머니에게 할머니가 된 사실을 알려 주었다. 머지않아 어머니는 손녀와 그레타를 사진으로 보게 될 것이다.

그런 다음 밥과 그레타는 마리엘레와 함께 유아용품 가게로 가서 상아색 바구니가 있는 유아차를 샀다.

"이 유아차 이름은 바브스체스야." 그레타가 가장 강한 사투리로 말하며 덮개를 뒤로 젖혀서 마리엘레를 더 잘 보이게 했다. 그리고 자랑스럽게 유아차를 밀고 시내로 향했다.

"밥, 바블레, 바브스체스." 그녀는 리듬에 맞춰 반복하여 읊조리며 웃었고, 밥이 덩달아 혀를 꼬부리며 말했을 때 웃음을 참을 수가 없었다.

"바블레." 자랑스러운 아빠가 유아차 안으로 얼굴을 들이밀고 말하며 커다란 입으로 활짝 웃어 보였다.

마리엘레도 웃음으로 대답했다. 처음으로.

그레타는 밥이 세상에서 가장 행복한 아빠임을 알 수 있었다.

시간이 날 때마다 그레타는 점점 갈색이 짙어지는 아기와 함께 도시를 돌아다녔다. 한번은 로어바흐 거리에서 전차가 지나가는 바람에 가던 길을 멈춰야만 했다. 그레타는 유아차 손잡이를 가볍게 흔들며 웃고 있었고, 마리는 머리 위에서 왔다 갔다 춤을 추는 부두 인형 돌리에게서 눈을 떼지 않고 지켜보며 좋아했다. 갑자기 옆에 한 늙은 여자가 멈춰 서더니 그레타와 마리를 살펴보고 아기 유아차에 침을 뱉었다.

"무슨 짓이에요!" 그레타가 소리쳤고 아이를 보호하려고 몸을 숙였다.

"미군 창녀의 자식!" 여자는 경멸하듯 내뱉고 가 버렸다.

미국의 국경일인 7월 4일, 그레타는 미국 국기를 달아 유아차를 장식하고 성을 향해 고집스럽게 밀고 갔다. 그곳에서 밥은 미군의 일원으로 행진에 참여하고 있었다. 그녀는 이 작은 흑인 아기가 얼마나 자랑스러운지 세상 사람들에게 알리고 싶었다. 세상에나! 그녀는 지나가는 다른 사람들을 유심히 살펴보며 그들이 그 사실을 알지 못한다는 것이 안타까웠다.

엠마의 수입은 점점 줄어들었다. 처음에는 최근 몇 년 동안 많은 일거리를 안겨 주었던 독일 고객들이 떠나갔고, 그다음에는 막사에 별도의 재봉실이 마련되어 더 이상 주문을 외부로 내보낼 필요가 없게 된 미국인 고객들이 떠나갔다.

그들 가족이 살아가기 위해서는 매달 320마르크가 필요했다.

청소부들은 시간당 1.05마르크를 받았다.

가을에 피네는 존 오설리번 하사와 함께 집으로 와서 가족을 놀라게 했다. 그는 위스콘신주의 베를린시가 고향인 스물다섯 살 미군으로 그녀는 바트 나우하임에서 그를 만났다. 피네는 이제 성인이 되었기에 더 이상 허락을 구할 필요가 없었고, 가족들이 모인 자리에서 결혼할 것이라고 발표했다. 피네에게 이 결혼은 마침내 가족에게서 벗어날 수 있는 기회였다.

아일랜드 이민자의 아들인 그는 조상들처럼 술을 잘 마셨고, 첫 방문 때 구스테 할머니가 올케에게서 생일 선물로 받은 와인 한 병을 한 시간 만에 모두 비워 버렸다.

"그런데 넌 결혼식에 마리를 데리고 오지 마!" 피네가 작별 인사를 하면서 말했다.

"내가 안 갈 것이니 데려가지도 않아!"

여기까지가 피네에 대한 그레타 이야기의 최종적인 결말이었다.

그레타의 '이젠 분명히 결정해야 해!'라는 태도가 그녀 자신을 더욱 화나게 했고 고집스럽게 만들었다.

"밥, 나와 결혼해 줘."

"군대에서 승인하지 않을 거야."

"그게 무슨 뜻이야?"

"군대에서는 안 된다고 해."

"하지만 피네와 존은 했잖아?"

"그래. 백인들은 결혼을 승인받을 수 있어. 하지만 우리 흑인들은 안 돼."

"우리는 아이도 함께 키우잖아. 독일에서 살고 있기도 하고."

"하지만 군대의 법이 나의 법이야."

크리스마스이브에 구스테 할머니는 마리를 무릎에 앉히고 녹색 포장지로 감싼 선물을 주었다. 마리는 작은 손을 꼬물거리며 흰색 리본을 풀어 선물을 꺼냈다. 할머니가 직접 만든 작은 인형이었다.

"오!"라고 밥은 기뻐하며 구스테가 만든 인형을 바라보았다. 그 인형은 부두 인형을 연상시킬 만큼 녹색의 얼굴 표정이 같았고, 다양한 천으로 이어 붙인 머리 장식과 몸에 주머니가 매달려 있었다. 다만 부두 인형과 달리 팔다리를 짚으로 만들지 않고 천으로 만들어서 아이들이 가지고 놀기에 적합했다.

"이 인형 이름은 뭐로 할까?" 그레타가 물었다.

"바벨레." 밥이 웃으며 자신이 준비한 선물을 나눠 주었다. 엠마는 외투를 만들 수 있는 양모 천을, 구스테는 가전제품으로 전기스탠드와 믹서기를, 루드비히는 위스키 한 병을 각자 받았다.

"이렇게나 많이? 이럴 필요까진 없어요, 밥." 할머니는 자신의 행운을 믿을 수가 없었다.

그레타는 혼란스러웠다. 자신의 것은 아무것도 없다고? 그녀는 이제 밥에게 손수 뜬 스웨터가 들어 있는 상자를 주려고 했는데. 갑자기 밥이 무릎을 꿇었다. 그녀 앞에서, 크리스마스트리 앞에서, 가족들이 보는 앞에서.

"그레타, 나랑 결혼해 줄래? 나의 그레첸!"

그녀는 불안한 눈으로 엄마, 구스테 할머니, 마지막으로 할아버지를 차례로 바라보았다. 할아버지는 온화하게 웃으며 묵묵히 고개를 끄덕였다.

"그래요오오!" 그녀가 외쳤다. 그녀는 무릎을 꿇고 밥을 껴안았다. 그가 붉은 루비가 달린 반지를 끼워 주었을 때 그녀는 전율했다.

7개월 된 마리도 덩달아 환호성을 질렀고, 아기의 부모는 가족들이 지켜보는 앞에서 처음 키스를 나눴다.

파티가 끝난 후 그레타는 약혼자를 아파트 입구까지 배웅했다.

"어떻게 했길래 우리 가족으로부터 결혼을 허락받았어?" 그레타는 너무나 기쁜데도 불구하고 계속 염려하고 있던 것에 대해 물었다.

"할아버지와 얘기했어. 당신 아버지가 안 계시니……."

"그래? 그리고?"

밥은 루드비히 할아버지가 가족을 어떻게 먹여 살릴지 알고 싶어 했고, 구스테 할머니는 그녀와 마리를 미국으로 데려갈지도 몰라 두려워했다고 말했다. "난 독일에 남아 연주자로 일할 거라고 말씀드렸어." 그 말이 할머니를 설득했던 것이다.

이제야 그레타는 단편적으로만 들었던, 최근 엄마와 할아버지 사이에서 오가던 언쟁에 대해 어느 정도 전모를 이해할 수 있었다.

“내가 죽고 나면…….” 그녀의 엄마가 말했다. 그 뒤에도 그녀는 엄마와 할아버지가 나눈 몇 마디만 이해할 수 있었다. “혼혈 아이를 데리고서는 새로운 남자를 찾을 수가 없어요.” “가족을 재정적으로 누가 지원한다면…….”

그레타는 밥이 돈을 제시했다고 해도 그다지 놀라지 않았을 것이었다. 그녀의 실종된 아버지 때문에 정부 지원을 받지 못하고 있었기 때문이었다. 엄마는 최선을 다해 청소를 하고 바느질을 했지만 돈은 항상 부족했다.

“사랑해, 그레첸.” 밥이 말하며 그녀를 생각에서 빼냈다.

“지금 당신과 함께 가고 싶어.” 그녀가 속삭였다.

밥이 그녀의 얼굴을 감쌌다. “곧 그럴 수 있을 거야, 그레첸. 우리는 삶의 모든 밤을 함께할 거야. 함께.”

“그래.” 그레타는 발끝으로 서서 혀로 그의 입술을 핥으며 숨을 죽였다.

그녀는 살금살금 아파트로 돌아와 조용히 문을 닫았다. 엄마의 목소리가 들렸다.

“그 사람이 없이 맞는 아홉 번째 크리스마스예요. 내 생각에는 그 사람이 더 이상 살아 있다는 생각이 들지 않아요.”

그레타는 멈춰 서서 귀를 잔뜩 기울였다.

“오토가 죽은 것으로 선언하면 작게나마 유족 연금을 받을 수 있어요."

그녀는 문을 벌컥 열었다.

"아빠를 죽었다고 신고하면 안 돼!"

"하지만 우리에겐 돈이 필요해. 여기저기 돈이 필요하다고!" 엠마가 변명했다.

"그럼 얼마나 연금을 받게 되는데?" 루드비히 할아버지가 물었다.

"한 50마르크 정도 받을지도."

"그럼 그만큼 내가 더 청소일을 할게요." 그레타가 말했다.

"그 쥐꼬리 월급으로 어떻게 하려고?"

"그래도 상관없어요! 제발 아빠를 그대로 두세요."

"진정해. 방법을 찾을 거야, 내 사랑." 새해 전날 밤, 밥은 말했다. 그는 그녀의 눈물에 입을 맞추었다. 그리고 그녀가 15마르크로 엄마를 설득할 수 있도록 이제부터 매달 돈을 주겠다고 말했다. "1950년이 이제 다섯 시간밖에 남지 않았어. 난 당신과 함께 미래를 살아갈 거야. 난 당신과 함께할 미래를 잔뜩 기대하고 있다고!"

"나도 그래!" 그레타는 그의 팔짱을 끼고 걸으니, 벌써 그레타 쿠퍼 부인이 된 듯한 기분이 들었다.

캠벨 바라크 부지에 있는 클럽 간판 위에는 **백인 전용**이라고 적혀 있었다. 미군들이 함께 새해를 축하하는 것이 아니라 피부색 별로 따로 축하를 했기 때문에 그들은 흑인을 위한 클럽으로 옮겨 갔다.

그레타는 바에서 무대에 올라 연주하는 밥을 보며 앉아 있었다. 그의 갈색 손이 트럼펫을 부드럽게 쓰다듬고 있었다. 그녀는 그 손이 자신의 허리를 감싸는 것을 상상했다. 그 손이 엉덩이를 어루만지고, 가슴을 쓰다듬는 것을 상상했다. 밥의 혀가 어두운 갈색 입술을 축이는 모습을 보았고, 그 혀가 자신의 입술에 닿고, 목을 따라 내려가는 느낌을 받았다. 그가 그녀의 남편이었다.

흑인 미군들, 그리고 그들의 백인 여자들과 함께 그레타와 밥은 자정 직전에 숫자를 같이 셌다. “열, 아홉, 여덟, 일곱, 여섯, 다섯, 넷, 셋, 둘, 하나……. 해피 뉴 이어!!!” 밥은 그레타를 공중으로 올리며 외쳤다. “1950년은 우리의 해가 될 거야! 우린 아름다운 삶을 살 거야, 내 사랑 그레첸.” 그는 무대로 돌아가서 새해 첫 노래로 <블루베리 힐>을 연주했다.

그레타는 다시 바에 앉아 춤추는 커플들을 바라보았다.

“뭘 좀 드시겠어요?” 금발 여성이 바 뒤쪽에서 물었다.

“콜라요.”

“혼자 오셨어요?”

“아뇨. 제 약혼자가 밴드 멤버 중 한 사람이에요.”

“약혼자요? 그렇군요.” 그녀가 그레타 앞에 유리잔을 갖다 놓았다. “너무 순진하게 믿지 말아요.”

“네? 무슨 말씀인지?”

“모두 약혼만 하고 사라져요. 갑자기 사라져 버리죠.”

그레타의 열아홉 살 생일 후 3일 뒤인 1950년 3월 10일, 밥은 트럼펫을 끼고 꽁꽁 언 채 플뢰크 거리에 도착하여 작별 인사를 하러 왔다.

"제가 떠난 뒤에 그녀를 막사에 남겨 두고 싶지 않습니다. 저를 위해 그녀와 딸아이를 안전하게 돌봐 주실 수 있나요?"

"물론이지." 루드비히 할아버지가 말했다.

10개월 된 마리는 부엌 바닥을 기어다녔고, 밥은 아기를 안아 자리에 앉혔다. 그리고 영어로 아빠가 지금 여행을 떠나야 하지만 곧 돌아올 것이라고 말했다.

"아빠, 아빠." 마리엘레가 아빠를 부르며 손뼉을 쳤다. 밥이 미소를 지었다. "그래. 내가 네 아빠란다."

밥은 할아버지와 할머니에게 작별 인사를 건넸고 엠마에게 인사를 전해 달라고 부탁했다. 그리고 딸의 손을 잡고 문으로 향했다.

"자네, 부적을 가져가지 않을라나?" 구스테 할머니가 물었다.

"아뇨. 우리 공주님을 지켜 주는 게 더 큰 일이죠." 그는 마리를 안고 볼에 입을 맞췄다. "돌아오면 분명히 혼자 걸을 수 있을 거야."

"아빠, 아빠." 마리가 쫑알거렸다.

그레타는 겨울 코트를 입고 두터운 모자를 썼다. 아기는 그녀를 향해 팔을 뻗으며 따라나서고 싶어 했다.

"넌 할머니와 함께 있어. 밖이 너무 추워, 나의 바벨레."

밥은 아이의 곱슬머리에 키스하고 그레타의 손을 잡고 아파트를 나섰다. 계단에서 그들은 아기가 우는 소리를 들었다. 그리고 집을 되돌아보았을 때 마리는 창가에서 할머니의 팔에 안겨 손을 흔들고 있었다. 다시 돌아서자 마리는 몸에서 영혼이 빠져나가기라도 한 듯 울어 댔다.

길에는 잔뜩 눈이 쌓여 있었다. 날씨도 몹시 추웠다. 밥과 함께 로어바흐로 가는 트램을 타자 숨결이 얼어붙는 듯했다.

트램 안에서 밥은 그레타의 어깨에 팔을 둘렀다. 그레타는 그의 어깨에 기댔다.

“한 달 후에 돌아올 거야. 자유로운 사람으로. 자유롭게. 그럼 난 네 남편이 될 거야.” 밥은 트램 안에서 그레타에게 속삭였다.

“그리고 난 네 아내가 될 거야.” 그레타는 그의 손에 입을 맞추었다.

막사 문 앞에서 그는 그녀의 눈을 깊이 응시하며 말했다. “당신을 사랑해. 영원히!”

“나도 당신을 사랑해.”

밥은 그레타에게 뉴올리언스의 집 주소를 알려 주고, “곧 만나”라고 말한 뒤 떠났다. 그리고 막사 문 앞에서 뒤돌아 손을 흔들었다.

그레타도 손을 들어 올렸다. 그를 따라가고 싶었다. 그러나 멈춰 섰다. 그가 문 안으로 사라지는 것을 보았다. 그녀는 머물렀다. 얼어붙은 듯이. 오래도록 추위에 떨면서. 문이 잠겼다는 것을 깨달을 때까지.

그런 다음 그녀는 추위를 뚫고 2킬로미터를 걸어 집으로 돌아왔다. 구시가지의 작은 아파트로.

눈이 녹았다. 그레타는 중심가에 위치한 가구점의 진열장 앞에서 유리창에 코를 바싹 붙이고 서 있었다. 그녀는 밥과 함께 전시용 소파에 앉아 쿠퍼 부인으로 살아가는 자신을 상상했다. 그녀는 패션 잡지에서 자신의 웨딩드레스 패턴을 찾아냈고, 천 매장에서 흰색 새틴 7미터를 예약금을 치르고 예약했다.

나무들이 싹을 틔웠고, 그레타는 침구용품 가게에서 침대 커버를 보여 달라고 요청했다. 그녀의 손가락이 천에 닿았을 때 그녀는 다마스크 천을 그녀와 미래의 남편이 함께 덮는 모습을 상상했다.

4월 말에도 밥은 아직 돌아오지 않았다. 그레타는 뉴올리언스로 밥에게 편지를 써서 천 매장에서 물건을 아직 찾아오지 못했다고 알렸다.

5월 23일에는 마리가 한 살이 되었다. 축하 파티는 아빠 없이 열렸고, 그에게서 온 카드도 없었다. 밤에는 이가 나오려는지 아이가 울고 열이 났으며, 그레타는 잠시도 눈을 붙이지 못했다.

지친 신경으로 그녀는 그다음 날 우는 아이를 안고 미군 본부가 있는 캠벨 바라크에 도착했다. 번개가 번쩍이고, 천둥이 쳤다. 그녀가 주둔지 정문에 도착하기 직전 폭우가 쏟아졌다. 그녀가 아이를 안고 서 있는 유일한 젊은 여자는 아니었다.

"밥 쿠퍼를 찾고 있어요." 그녀는 쏟아지는 비에 맞서 경비병에게 소리쳤다. "그는 미국으로 갔는데 그 후로 아무 소식이 없어요."

"미안합니다." 그 병사는 얼굴을 딱딱하게 굳히며 돌아섰다.

그레타는 통제소 창문을 두드렸다.

"제발, 클라크 이병님. 그를 찾을 수 있는 곳이 어디인가요?"

"그를 잊어버리세요."

"내가 진작 말했잖아." 저녁 식사 중에 엠마가 투덜거렸다. "난 한순간도 그 자식을 믿지 않았어. 그래 지금은 어떻게 됐니? 그는 네게 돈 한 푼 남기지 않고 가 버렸고, 아마 주소도 틀렸는지 모르지. 그리고 난 그 자식의 아이를 키우려고 뼈 빠지게 일해야 해."

"제발." 구스테 할머니가 그녀를 만류했다.

"전 그저 진실을 말하는 거예요."

"아마 그에게 무슨 일이 생긴 건지도 몰라요." 그레타가 불안하게 말했다.

"그런 사람에게 무슨 일이 생겨? 아마 새로운 사랑의 모험을 시작하셨나? 흑인들은 다른 건 생각하지 않잖아."

"엄만 정말 못 됐어." 그레타가 소리쳤다. 그녀는 마리를 품에 안고 울면서 아파트를 나갔다.

그녀는 교회에 도움을 요청했다. 밥이 정기적으로 주던 돈도 없었고, 엄마의 비난 속에서 그녀는 딸과 함께 어떻게 살아가야 할지 더 이상 알 수가 없었다.

"죄송합니다. 하지만 우리는 어떠한 책임도 없습니다." 신부는 죄의 싹인 아이를 불쌍하게 바라보며 그녀의 면전에서 문을 닫으며 말했다.

청소년 복지국의 마리 후견인인 에베르트 씨는 이마에 더욱 깊게 주름을 새겼다. "독일 정부는 이 아이들에게 책임이 없습니다. 우리는 미군으로부터 돈을 받아 낼 방법도 없어요. 아버지가 없이, 비혼으로 태어난 아이에게 16세까지 양육비를 지원해야 한다는 현행법은 점령군의 군인과 민간인에게는 적용되지 않습니다."

그래도 그레타는 운 좋게도 63세의 구스테 할머니가 작은 마리를 기꺼이 맡아 주었다. 마리는 증조할머니의 무릎 위에서 놀며 손가락 놀이를 배웠다. 엄지를 어떻게 해야 사람을 놀리는 동작이 되는지를 배웠다. 그러는 동안 어린 엄마는 새벽부터 하루 열다섯 시간 동안 일을 해야만 했다. 아침에는 열차 칸막이와 화장실을 청소하고, 그 후에는 미국 가정에서 청소를 하고, 토요일마다 엘리제 할머니네에서도 청소를 했다. 그레타는 무릎을 꿇고 마루에 바니시를 발라 광택을 냈다. 그녀는 빨래감을 손으로 빨래판에 문질렀고, 다림질을 하는 동안 거칠어진 손에 고객의 실크 블라우스 올이 나가기도 했다.

그래도 매일 저녁에는 희망을 품었다. 저녁마다 밥이 왜 돌아오지 않았는지를 설명하는 편지가 미국에서 오기를 기다렸다. 그레타는 마음속으로 밥에게 무슨 일이 생긴 것이 분명하다고 느끼고 있었다. 그렇지 않았다면 그는 이미 돌아왔을 것이기 때문이었다.

여름이 왔고 또 갔다. 그리고 가을이, 겨울이, 1951년이 그렇게 지나갔다. 여전히 밥으로부터는 어떠한 소식도 없었다.

그녀는 영화를 통해 한국에서 일어난 전쟁에 대해 알게 되었다. 그녀는 먼 나라의 건물과 도로를 파괴하는 전략 폭격기, 전진하는 미군, 그리고 죽은 엄마를 앞에 두고 울고 있는 아이들을 보았다.

혹시 밥이 한국에 간 것은 아닐까? 그녀는 생각했다. 하지만 그가 한국에 갔다면 분명 자신에게도 알렸을 것이다. 밥이 이 전쟁에서 죽었을 수도 있다는 생각이 미치자 그녀는 오한이 느껴졌다.

그녀는 곤경에 처한 나머지 점술사인 그라지엘라를 찾아가기도 했다. 그녀는 열차 화장실을 함께 청소하는 나이 많은 동료 우르젤에게서 그녀의 주소를 받았다.

우르젤은 그라지엘라를 믿었다. "그녀는 저승 세계와도 연락할 수 있어. 그리고 저주를 풀 수도 있고. 어쨌든 그녀가 밥이 어떤 상태인지 말해 줄 거야."

그레타는 몇 주 동안 자신의 월급에서 조금씩 돈을 빼돌려야만 했다. 엄마가 눈치채지 못할 정도로. 그러고서야 그녀는 어두운 계단에 여자들과 함께 줄지어 서 있을 수 있었다. 아무도 말을 하지 않았다. 그녀는 낡은 나무 계단을 따라 내려오는 사람들을 지켜보았다. 천천히, 붉게 부은 눈으로. 가볍게, 희망찬 미소를 띠고.

마침내 그녀도 안으로 들어갔다.

"12마르크." 30대 중반쯤 보이는 여자가 손을 내밀며 말했다.

그레타는 바지 주머니에서 힘들게 번 동전들을 꺼내 하나하나 셌다. 7분의 느린 시간이 힘겹게 흐른 후 두꺼운 양단 커튼 뒤의 동굴 같은 그라지엘라 부인의 방으로 불려 들어갔다. 여자는 촛불의 바다에 앉아 눈물 젖은 젊은 의뢰인을 살펴보고 있었다.

"안녕하세요." 그레타는 칠흑 같은 머리카락을 늘어뜨린 통통한 여인에게 떨리는 손을 내밀며 말했다.

일흔이 훨씬 넘은 점술사는 당당한 풍채를 자랑하며 그레타에게 앉으라고 손짓했다.

"무엇 때문에 오셨는가?"

"저는 밥 때문에 여기에 왔습니다. 그는 제 약혼자이고, 미국인인데 몇 달 동안 제게 연락을 하고 있지 않습니다. 그리고……."

"그만하면 됐어요." 그라지엘라 부인이 말을 가로막고 카드를 뒤섞기 시작했다. "언제 멈출지 말해요."

그레타는 카드의 순서를 뒤섞는 무심한 손들에 집중했고, 적절한 순간을 낚아챌 충동이 일어나기를 기다렸다. "잠깐만요!"

수많은 금반지를 끼고 있는 손이 낡은 카드를 탁자 위에 올려놓았다. "그는 살아 있네요." 점술사가 단호하게 말했다.

그레타의 심장이 가슴속에서 쿵쾅쿵쾅 뛰었다.

"그는 당신을 잊지 않았어요." 그라지엘라 부인은 카드를 뒤집어 피에로의 모습을 손가락으로 가리켰다. "당신은 그를 다시 만나게 됩니다. 인내심을 가져야 해요."

"가장 중요한 것은 그가 살아 있다는 거죠." 그레타는 말을 더 듬으며 그 낯선 여자의 손에 키스라도 하고 싶었다.

하지만 곧바로 커튼이 걷히자 점술사가 고개를 숙였고, 그레타는 서둘러 밖으로 나와야 했다.

"그가 살아 있다. 그가 살아 있다. 그가 살아 있다. 그리고 그 사람은 나를 잊지 않았어." 그녀는 집으로 가는 길에 계속해서 중얼거렸다. 눈물이 멈추지 않고 흘러내렸다.

"우리 아기, 이제 두 살이네." 1951년 5월 23일, 그레타는 높은 의자에 앉아 있는 아이의 검은 곱슬머리에 입을 맞추었다. 아빠가 그녀를 사랑하고 또 잊지 않았다고 알려 주었다. 그리고 평범한 셔츠를 입고 카메라를 진지하게 바라보고 있는 밥의 사진을 보여 주었다. "누구니, 마리엘레?"

"아빠, 아빠." 이제는 미국인 아버지를 기억하지도 못하고, 사랑하는 인형을 '바벨레'라 이름 지어 준 사람이 그였다는 사실조차 기억하지 못하는 어린 소녀가 말했다.

"언제 정신을 차려 아이에게 헛소리를 지껄이지 않을 거니?" 엠마가 물었다. 밥이 모든 불행의 원인이기나 한 것처럼 엠마는 손녀의 입에서 아빠라는 말이 나오기만 해도 견딜 수 없어 했다.

그레타는 대답하지 않았다. 그녀는 오래전부터 일일이 맞서기를 포기했다. 그녀에게는 단 하나의 계획만 있었다. 성인이 되어 가족으로부터 독립하는 것. 몇 달 동안 그녀는 할 수 있는 모든 일을 마다하지 않았고, 자신과 어린 딸이 함께 살 수 있는 곳을 찾아다녔다.

1952년 3월 10일, 그녀는 딸의 후견인을 만나기 위해 청소년 복지국으로 갔다.

"저는 이제 법적 성인이 되었고, 제 아이에 대한 단독 양육권을 갖고 싶습니다."

"그건 당신이 성인이 되는 것과는 아무 상관이 없어요." 그는 짜증 섞인 목소리로 말했다. "당신이 미혼인 한, 당신의 딸은 사생아로 간주됩니다. 그리고 우리의 법률에 따르면 이 보호 대상에 대한 책임은 우리에게 있습니다." 그가 그레타에게 가족 상황과 재정적 형편에 대해 물었다.

"상황이 좋지는 않아요. 하지만 우리는 함께 뭉쳐서 어려움을 극복해 가고 있어요. 그리고 아이도 잘 지내고 있습니다. 할머니가 여전히 활기차게 지내시는 것이 축복입니다."

집 앞길에서 마리는 동네 아이들과 함께 놀고 있었다.

"조심해." 그레타가 아파트 창문에서 외쳤다. 구스테 할머니와 함께 거실 창문을 닦는 중이었다.

"조용히 좀 해." 라디오로 독일 연방의회의 회의를 듣고 있던 할아버지가 말했다. "혼혈 아이에 대한 이야기야."

교회 목사의 아내이자 기민당 국회의원인 루이제 렐링이 연설을 하고 있었다. '점령군 아동 중 3,093명의 혼혈 아동은 특별한 그룹이며, 특별한 방식의 인간적, 인종적 문제를 대표합니다'

라고 말했다.

동네 아이들은 둥글게 서서 손을 잡고 노래를 부르고 있었다. "흑인 요리사, 여기 있나요?—아니, 아니, 아니요!"

그레타는 창문을 닦는 것도 잊은 채 최면에라도 걸린 듯 라디오 방송에 귀를 기울였다.

'독립적이고 공식적인 청소년 복지 서비스의 책임 있는 당국자는 수년 동안 우리나라의 기후 조건에 적합하지 않은 이 혼혈 아동의 운명에 대해 생각해 왔습니다. 이 아이들을 아버지의 고향으로 보내는 것이 더 낫지 않을까 고민해 왔습니다. 게다가 북아프리카에서 보육원을 운영하는 가톨릭 선교사들은 혼혈아를 아프리카로 보내서는 안 된다고 조언하고 있습니다. 따라서 이 혼혈 아동문제는 결국 독일 내부의 문제로 남을 것이며, 쉽게 해결되지 않을 것입니다.'

거리에 사는 모든 아이들이 마리 주위에 모여 노래를 불렀다. "흑인 요리사, 여기 있나요?—그래, 그래, 그래요!"

마리는 얼굴 가까운 곳에 있는 다른 아이를 잡아야 했고, 다른 아이들은 그녀 주위를 뛰어다녔다. 그런 다음 그들은 손가락으로 마리를 가리키며 노래했다. "저기 있다! 저기 있다! 미국에서 온 요리사!—퉤, 퉤, 퉤!"

"마리, 당장 뛰어 올라와!" 그레타가 소리쳤고 창문을 힘껏 닫았다.

'혼혈 아동들이 학교에 입학한다는 것은 새로운 삶의 공간으로의 진입을 의미합니다. 그동안의 고립된 공간에서 새로운 생활 공간으로 들어섭니다.' 기민당 국회의원이 연설을 이어 갔다. '그들은 그들만의 다양성으로 인해 눈에 띕니다. 그러므로 우리는 독일에서 혼혈 아동들에게 법적 평등뿐만 아니라 인간적인 평등도 보장하기 위해 노력해야 합니다. 저는 나치주의자의 인종차별로 인해 독일 국민에게 쌓인 일부 책임을 해소할 기회가 여기 있다고 생각합니다.'

할아버지는 고개를 저으며 라디오를 껐다. 그레타는 문 앞에서 딸을 맞았다.

"난 항상 흑인 요리사만 해. 싫은데." 마리가 말했다.

"그러지 않아도 돼." 그레타는 아이를 껴안았다. 아무도 마리를 어디로도 데려갈 수 없다고 생각했지만 뱃속이 경직되는 것을 느꼈다.

구스테 할머니가 그레타의 등을 쓰다듬었다. "겁내지 마, 아가. 우린 함께 이겨 낼 수 있을 거야."

"이젠 세 살이네." 그레타는 두 달 후 아이에게 말했고, 아빠가 아이를 여전히 사랑하고 있으며 잊지 않았다고 알려 주었지만 검은 곱슬머리에 입을 맞추지는 않았다.

"엄마, 슬퍼하지 마." 작은 아이가 팔츠 사투리로 그레타를 위로했다.

"난 슬프지 않아." 그레타는 거짓말을 했다.

구스테 할머니는 창백한 얼굴로 소파에 누워 있었다. 올해에는 처음으로 그녀의 유명한 블랙 포레스트 케이크를 먹을 수가 없었다. 몇 주 동안 그녀는 몸이 안 좋아 가사를 돌보기 어려워졌고, 활기가 넘치는 마리를 점점 더 감당하기 힘들어했다.

"오늘은 아이를 데리고 왔어요, 엘리제 할머니." 다음 날 토요일 그레타가 말했다.

엘리제 홀로흐는 검은 피부의 아이를 찬찬히 살펴보았다. 마리는 자신의 인형을 든 채 엄마 뒤에 숨었다. 인형의 화려한 깃털 장식은 벌써 너덜거리고 있었다.

"예쁜 손을 할머니께 보여 드려." 그레타가 아이에게 채근했다. 마리는 마지못해 엄마 말을 따랐다.

"얘가 초콜릿을 좋아하니?" 숙모 할머니가 그레타에게 물었다. 마리는 "네!"라고 대답했다.

그레타는 침대를 정리하고 바닥과 창문을 닦았으며, 그녀의 딸이 늙은 할머니의 얼굴에 미소를 띠게 만드는 것을 곁눈으로 보았다.

"가자, 마리엘레. 할머니를 위해 장을 보러 가야 해." 그녀가 부엌일을 마치고 말했다.

"아이는 그냥 놀게 둬." 엘리제 홀로흐는 말했고, 마리는 초콜릿 한 조각을 더 먹으며 좋아했다.

그레타가 돌아왔을 때 숙모 할머니는 소녀를 안은 채 자신의 아들들 사진을 보여 주고 있었다. 큰아들 알베르트는 나치 친위대 제복을 입고 철십자 훈장을 목에 걸고 있었고, 스무 살에 아르덴 상공에서 격추된 작은아들 아르민은 조종사 제복을 입고 있었다.

"나도 엄마야, 마리엘레." 그레타는 할머니의 말을 들었다.

"지금은 어디에 있어요?"

"천국에 있지." 엘리제 할머니의 입술이 떨렸다. 마리는 할머니의 목을 감싸안았다.

"슬퍼하지 마세요!" 팔츠 사투리로 마리가 말했다.

구스테 할머니는 숨을 헐떡이고 있었다. 그레타는 할머니를 일으켜 앉히고 등을 두드렸다.

"왜 그러세요? 걱정돼요."

할머니는 대답하지 않았다. 루드비히 할아버지는 마당에 있는 화장실에 가기 위해 아파트를 나섰다.

그가 나가자마자 할머니는 쇠약한 목소리로 말했다. "나아지지 않을 거야. 의사가 그렇게 말했어."

"하지만……."

"이젠 더 강해져야 해, 아가. 할아버지에게도 네가 필요해. 부탁이다, 그레첸. 넌 네가 얼마나 강한지 알잖아."

"무슨 병이래요?"

"암이란다."

그레타는 양손으로 입을 막고 울음을 억눌렀다.

"구스테 할머니, 이것 좀 봐요." 마리가 인형을 들어 보였다.

"할머니 힘들게 하지 마." 그레타가 부탁했다. "아프시거든."

작은 아이는 할머니의 팔을 쓰다듬었다. "안녕, 안녕, 거위야.

곧 괜찮아질 거야."

그레타는 마리에게서 인형을 받아 건초로 가득 채운 배를 위로하기라도 하듯 꾹꾹 눌렀다. 계단에서 나무다리가 삐걱거리는 소리가 가까이 다가왔다.

"제발! 힘내야 해, 아가. 나를 위해서. 저이를 위해서도 곁에 있어 줘." 구스테 할머니가 탄식하며 안타까운 눈으로 그레타를 보았다.

그레타는 인형을 아이에게 돌려주었다. 코를 풀고 앞치마를 두르고 등을 펴고 심호흡을 했다. 그녀는 할머니에게 고개를 끄덕였고, 할아버지가 거실로 들어오자 마리의 등을 밀었다. "자, 이제 우리 둘이 부엌에 가서 맛있는 요리를 하자."

"바벨레도 요리하고 싶대요." 어린 소녀가 환호성을 지르며 그레타를 따라 뛰어갔다.

여름 동안 엘리제는 그레타와 엠마가 계속 일을 할 수 있도록 낮 동안 마리엘레를 돌봐 주었다. 할아버지는 점점 쇠약해지는 아내를 위해 최선을 다해 돌보았다.

7월 4일 늦은 오후, 그레타는 마리의 손을 잡고 네카어강에 있는 댐으로 갔다. 그녀는 열네 시간 동안 일을 했기에 피곤하고 지친 상태였다. 구시가지 강둑에 가까워질수록 아래로 떨어지는 물소리는 군악대의 팡파르에 덮여 버렸다. 마리는 그 리듬에 따라 점점 더 빨리 걸었다.

시장에는 미군 버스가 가득했고, 집들은 성조기로 장식되었으며, 성에서도 음악이 울렸다.

마리는 깊은 인상을 받았는지 입을 벌린 채 그 모든 광경을 놓치지 않으려고 노력했고, 제복을 입은 미군들이 성을 향해 행진하는 모습을 더 잘 보기 위해 멈춰 섰다.

"어서 가자." 그레타가 조급하게 말했다.

"저 사람들은 어디로 가는 거죠?" 마리가 물었다.

"모르겠네, 바벨레."

"왜 몰라요?" 작은 아이가 물었다.

"그냥." 그레타가 짜증을 내며 아이를 성령교회 뒤쪽의 길로 끌어당겼다. 미국인들이 독립기념일을 축하하고 있다고 아이에게 설명하고 싶지 않았기 때문이었다. 그레타는 그냥 집으로 돌아가고 싶었다.

그레타의 엄마와 할아버지는 구스테 할머니를 방해하지 않기 위해 최근에 부엌으로 옮겨 둔 라디오 앞에 앉아 있었다. 그들은 독일 적십자사의 사람 찾는 프로그램을 듣고 있었다. 그레타는 새로운 소식이 있는지 물어볼 것도 없이 그들의 눈빛으로 답을 알 수 있었다.

그레타는 저녁 식사로 마리를 위한 초콜릿 푸딩을 만들기 위해 냄비에 우유를 조금 부었다.

"밖에 음악이 너무 많아요." 마리는 증조할아버지에게 말했다.

'북대서양위원회의 추산에 따르면 1945년 5월 이후 소련군에 포로로 잡혀 사망한 독일군은 130만 명에서 160만 명에 달합니다.' 라디오 뉴스 리포터가 말했다.

"조용히 해, 마리!" 그레타의 엄마가 소리를 지르며 볼륨을 키웠다.

'소련군에 포로로 잡힌 독일군은 총 350만 명이며, 그들은 사망하거나 실종된 것으로 간주되고 있습니다.'

그레타는 푸딩이 끓고 있는 냄비를 응시했다.

정확히 오늘이 10년 1개월 전 아빠가 마지막으로 편지를 보내온 날이라 생각하며 그레타는 푸딩이 타는 냄새도 맡지 못하고 있었다.

엄마가 그녀를 옆으로 밀치고 냄비 속에 든 것을 접시에 담았다. 아무 말 없이, 초조한 표정으로.

"어떻게 생각해요?" 그레타가 물었다.

"별생각 없어." 엠마가 대답했고, 그레타는 엄마가 거짓말을 하고 있음을 알았다.

밤이 되자 그레타는 마리와 함께 침대에 누워 불꽃놀이 소리를 들었다. 그녀는 귀를 막고 밥이 떠난 지 847일이 지났음을 생각했다.

9월에는 구스테의 오빠인 헤르만 홀로흐 교수가 가르미슈 파르텐키르헨에 있는 미군 포로수용소에서 7년간의 수감 생활을 마치고 석방되었다. 그는 미군이 자신의 집을 접수했다는 사실을 알고서도 아무것도 할 수가 없었다. 그러나 그는 혼혈 아이가 자신의 식탁에 앉는 것은 금지시켰다. 따라서 마리는 더 이상 엘리제 할머니를 방문할 수 없었고, 이는 엘리제와 마리 두 사람의 마음을 아프게 만들었다.

그 산부인과 의사는 뉘른베르크 재판을 통해 강제 수용소에서 인체 실험에 관여했다는 사실이 입증되었지만 그는 곧바로 일자리를 얻었다. 대학병원에서는 유죄 판결을 받은 사람을 고용하지 않았기 때문에 개인병원에 불과하기는 했다. 그러나 이 또한 유명한 산부인과 의사에게는 또 다른 굴욕이었다. 헤르만 홀로흐는 암에 걸린 누나를 병원에 입원시켰지만 환자의 고통을 덜어 주는 것 이외에는 더 이상 할 수 있는 것이 없었다.

"나를 다시 집으로 데려다줘." 그녀는 자신의 끝이 다가오는 것을 느꼈고, 동생에게 부탁했다.

루드비히 할아버지는 34년 동안 행복한 결혼 생활을 함께한 아내의 곁을 밤낮으로 지켰다. 그레타는 두 분이 1916년 제1차 세계대전 중에 만났다는 것을 알고 있었다. 할아버지는 비르텐 지역의 참호에서 생사의 기로를 헤매다 구조되었다. 그리고 라인강을 건너 하이델베르크의 군 병원에서 치료를 받던 중 두 분은 만났다. 비명을 지르며 오른쪽 다리를 절단하는 수술을 받는 동안 간호사 구스테가 옆에서 그를 지켰다.

다리가 검게 변하고 또 다른 절제술로 살아남을 수 있을지 없을지 확신할 수 없었을 때 그는 모두가 구스테라고 불렀던 젊은 간호사 아우구스테의 팔을 붙잡고 울었다. 그는 태어난 지 얼마 되지 않아 엄마를 잃은 여덟 살 된 딸 엠마를 걱정하며 울었다.

고열과 오한이 반복되는 가운데 당시 아직 젊은 동프로이센 남자는 신을 저주했다. 마침내 그는 모든 것을 포기하고 자신의 아이에게 작별 인사를 건넸다.

"딸을 위해 싸우세요." 구스테는 그의 귀에 속삭이며 밤새도록 냉찜질로 열을 떨어뜨렸다.

그레타는 사정이 허락하는 대로 구스테 할머니의 침대 곁에 앉아 있곤 했다. 어느 날 74세의 할아버지가 함께 앉아 눈물을 흘리며 말했다. "할머니가 내 침대 옆에 앉아 졸고 있는 것을 봤지."

그레타는 구스테 할머니의 손을 잡고 쓰다듬었다. "그러고 나서는요?" 그레타가 할아버지에게 물었다.

할아버지는 미소를 지었다. "난 할머니를 자세히 올려다봤지. 창백한 피부, 머리띠에서 흘러내린 빨간 머리카락, 아름다운 입술."

그레타는 할아버지가 할머니의 흰머리를 부드럽게 쓰다듬는 것을 보았다.

"루드, 난 항상 당신을 사랑했어요." 그녀가 힘겹게 숨을 내쉬었다.

"나도, 사랑해. 내 사랑."

구스테 할머니가 눈을 감았다. 그레타는 할머니가 의식을 잃으면서 손에서 힘이 풀리는 것을 느꼈다. 그녀의 호흡은 무겁고 거칠었다.

루드비히 할아버지는 할머니에게서 눈을 떼지 않고 그레타에게 이야기를 들려주었다. 구스테가 젊은 간호사 시절 자신의 곁을 떠나지 않고, 의족을 차고 걷는 법을 배우는 동안 어떻게 그를 지지해 주었는지 말했다. 구스테는 몇 달 만에 군 병원이 아닌 다른 곳을 볼 수 있도록 그를 데리고 하이델베르크 구시가지로 여행을 떠났다. 루드비히는 그녀와 함께 네카어강의 다리를 건너면서 삶에 대한 새로운 용기를 얻었다. 루드비히는 사랑에 빠질 생각이 없었다. 특히 장애인이기에 더더욱 그렇게 생각하지 않았다. 결혼은 터무니없어 보였다. 그녀는 하이델베르크의 훌륭한 의사 가문 출신이었고, 그는 전쟁에서 몸을 다친 홀아비로 그저 구리 장인에 불과했다.

"내가 퇴원할 때 우린 둘 다 많이 울었어. 다음 날 무거운 마음으로 역에 갔더니 갑자기 눈앞에 할머니가 서 있지 않겠니. 손에 여행 가방을 들고."

그레타는 구스테 할머니가 몇 번이고 들려준 이야기였기에 익히 알고 있었다. 구스테 할머니의 손에 조금 힘이 들어와 자신의 손을 잡았다. 그것으로 할머니가 다시 의식을 되찾아 할아버지의 이야기를 듣고 있다는 것을 느낄 수 있었다. "그래서요?" 그레타는 할아버지가 계속 이야기를 이어 가도록 물었다.

"할머니는 나와 함께 떠났지. 상상이나 되니? 가족들의 반대에도 불구하고 말이야. 우리는 1918년 프로이센 아일라우에서 결혼식을 올렸어."

구스테 할머니의 숨 쉬는 간격이 점점 멀어졌다. 루드비히는 그녀의 이불을 걷고 그녀 옆에 누워 꽉 안았다.

눈물을 흘리며 그레타는 할머니와 할아버지 두 분만 남겨 두기 위해 물러났다. 그레타는 커튼 뒤 바닥에 앉아 구스테 할머니가 처음 엠마를 딸로 받아들이고, 나중에 자신이 아이를 가질 수 없게 되자 그녀와 피네를 어떻게 보살폈는지에 대해 생각했다. 또 그레타는 어린 마리가 구스테 할머니의 삶을 얼마나 풍요롭게 만들었는지를 생각하며 미소를 지었다.

이른 새벽의 고요함 속에서 그레타는 루드비히 할아버지가 할머니의 귓가에 속삭이는 소리를 들었다. "이젠 가도 좋아, 구스테. 당신은 좋은 여자였어. 다시 만날 거야, 내 사랑."

구스테가 긴 숨을 내쉬었다. 그레타는 커튼 앞에 멈춰 서서 그녀가 다시 숨을 들이마실 때까지 기다렸다. 그러나 아무런 소리도 들리지 않았다. 그녀는 침대에 다가가 할아버지의 등을 만졌다.

"다, 끝났어." 할아버지는 그레타에게 침대 옆 탁자 위에 있는 성경을 펴 달라고 부탁했다. "우리 결혼식 성구를 읽어 주렴."

그레타는 떨리는 손으로 성경을 펼쳤다. "내가 만일 사람과 천사의 방언을 말할지라도 사랑이 없으면 소리 나는 구리와 같으……."

그레타는 더 이상 읽을 수가 없었다. 슬픔이 그녀의 목을 조였다. 할아버지는 일어나서 그레타를 품에 안았다. 그녀가 조금 진정하자 할아버지는 구스테 할머니의 영혼이 나갈 길을 찾을 수 있도록 창문을 열어 달라고 부탁했다. 그러고는 딸을 깨웠다.

엠마는 지겔 거리에 사는 검시관 라이스만 씨를 데려오기 위해 아파트를 나갔다. 둘이 함께 돌아오자 라이스만 씨는 그레타에게 물 한 잔을 가져다 달라고 부탁했고, 고인의 가슴에 얹은 다음 물의 수평을 지켜보았다.

엄마는 구스테 할머니가 준비해 둔 수의를 옷장에서 찾아 부엌에 있는 할아버지에게로 갔다.

"이것 좀 도와줄래요?" 라이스만 씨가 그레타에게 요청했다. "물이 더 많이 필요해요." 그레타는 고개를 끄덕였다.

그레타가 부엌 쪽으로 가는 도중 할아버지가 묻는 소리를 들었다. "장례비는 어떻게 마련해야 할까?"

"걱정 마세요, 아버지." 엠마가 말했다. "연금 기관에서 환급금이 나올 거예요."

그레타가 문을 열었다. 대화가 뚝 끊겼다.

"나도 구스테 할머니 보고 싶어요." 마리가 말했다.

엠마는 그레타가 미지근한 물을 그릇에 채우는 동안 어린 손녀를 무릎에 앉혔다. "넌 나랑 있자."

구스테 할머니의 시신이 놓인 침대로 돌아가는 그녀의 머릿속에는 연금 기관으로부터의 환급이라는 말이 떠나지 않았다. 자신의 앞에서 펼쳐지고 있는 모습과 겹쳤다. 구스테의 허약하고 창백한 몸을 씻기고, 라이스만 씨가 그녀에게 수의를 입혔으며, 마른 시체를 뉘어 놓고 손을 기도하는 자세로 맞잡게 했다.

할아버지가 들어와 공식적인 사망 증명서를 받았고, 그레타는 검시관을 문 앞까지 배웅했다. 그런 다음 그녀는 부엌으로 들어가 식탁에 앉아 감자를 깎는 엄마를 보았다. 마리는 바닥에 앉아 놀고 있었다. 그레타가 오자 엠마는 칼을 내려놓고 마리를 다시 품에 안았다. 그레타의 시선을 피하고 있음이 역력했다.

"아빠가 사망한 것으로 신고했어요?"

"그럼 어떻게 해야 했을까?" 엄마가 변명을 하며 감자 껍질을 만지작거렸다. "1945년 5월 8일부터 연금을 받을 자격이 생겨. 그럼 7년이야, 그레타. 그게 얼마나 큰돈인지 알아?"

"약속했잖아요." 그녀가 실망스러워하며 말했다.

"4,000마르크가 넘어. 그 돈이면 커튼 가게를 열 수도 있어."

그레타는 무엇이 더 나쁜지 알 수가 없었다. 사랑하는 할머니를 잃은 것과 엄마가 아빠를 배신한 것 가운데.

"구스테 할머니는 지금 천국에 있어요?" 마리는 큰 눈으로 엄마를 보았다.

그레타는 대답할 수가 없었다. 더 이상 견딜 수 없어 그녀는 아파트를 뛰쳐나가 마당으로 갔다. 화장실로 들어가 슬픔과 분노를 터뜨려 버리고 싶었다.

계단에서 우편배달부를 마주쳤다.

"어머니께 드릴 공식 편지가 있습니다. 지금 계세요?"

그레타는 파란 봉투의 소인을 보고 고개를 끄덕이려던 참이었다. 하이델베르크 지방법원이라고 쓰여 있었다. '오토 쇤나이히의 후손에게'

"아뇨, 엄마가 급하게 자리를 비우셨어요." 그녀는 거짓말을 하고 수령인 확인서에 서명했다.

그녀는 편지를 주머니에 넣었다. 주위를 둘러보고 마당을 가로질러 화장실로 급히 몸을 숨겼다. 그녀는 더 이상 참을 수 없어 편지봉투를 찢어 열었다.

친애하는 쇤나이히 후손에게
연방 보훈법 제44조 4항에 따라, 귀하의 유족 연금은 귀하께서 남편의 사망을 신청한 달부터 시작됩니다. 귀하의 연금액은 49.35 독일 마르크이며 1952년 7월 4일부터 지급될 것입니다.

그레타는 고개를 세차게 흔들며 숫자를 응시했다. 4개월의 연금 197.43마르크에 그녀의 엄마는 아빠를 배신한 것이었다.

그녀는 다시 아파트로 들어가 엄마 앞에 편지를 내동댕이쳤다. "품위 있는 장례식에 대한 꿈이 깨졌네요. 커튼 사업은 말할 것도 없고요."

그리고 마리를 품에 안고 인사도 하지 않고 아파트를 나와 버렸다. 처음에 그레타는 어디로 가야 할지 몰랐다. 한참을 생각한 끝에 엘리제 할머니가 생각났고, 그녀의 남편이 직장에 있을 시간이라 예상하고 네카어강을 건넜다.

구스테의 동생 헤르만이 고인의 장례비를 부담해 주지 않았다면 그녀는 공동묘지에 묻혔을 것이었다.

아우구스테 사브론스키. ★1887년 2월 22일 †1952년 11월 25일, 진눈깨비가 날리는 하이델베르크 언덕 묘지 속 참나무 관 앞에 놓인 나무 십자가에 새겨진 글귀다. 구스테의 부모님이 이미 묻혀 있는 가족 묘지로 가는 길은 언덕이 많아 한쪽 다리가 없는 루드비히에게는 더욱 힘든 길이었다. 그의 딸 엠마와 그레타, 작은 마리가 함께 지탱하여, 그는 직립 자세로 짧은 장례 행렬을 이끌었다. 그 뒤를 피네와 그녀의 미국인 남편 존 오설리번이 군복을 입고 따라왔다. 두 사람은 바트 나우하임에서 특별히 왔다. 마지막으로 간격을 두고 헤르만 홀로흐와 그의 아내 엘리제가 따랐다.

관이 땅에 내려지고, 그레타가 울음을 터뜨렸을 때 마리는 더 이상 무거운 분위기를 견딜 수가 없었다. 마리는 밝은 목소리로 "5월이 온다……"라고 노래했다.

"쉿." 그레타는 아이를 만류하며 입에 손을 갖다 댔다.

"그냥 놔둬!" 루드비히 할아버지는 손녀의 머리를 쓰다듬었다. "구스테가 좋아할 거야."

그레타는 홀로흐 교수가 엘리제 할머니에게 서둘러 내려가자고 눈짓하는 것을 보았다. 그는 자세를 유지하려고 애썼다. 아마도 동부에서 온 가난한 친척들과 함께 여기에 있는 것을 보는 사람이 없어 다행이라 생각하고 있을 터였다.

슬픔에 잠긴 가족들이 천천히 구스테의 묘지로부터 멀어져 갔다. 엘리제가 할아버지 옆에 서서 팔을 잡고 이끌었다. 그런데 갑자기 할아버지가 멈춰 섰다.

"이 무덤이 프리드리히 에베르트의 것입니까?"

"네." 엘리제가 대답했다.

루드비히는 모자를 벗고 묵념을 하고 기도를 했다. 홀로흐 교수의 얼굴이 벌게졌다.

바이마르공화국의 초대 제국 대통령. 그레타는 묘비에 적힌 글귀와 독일 사회민주당의 화환을 보았다.

"엘리제!" 홀로흐 교수가 딱딱한 어조로 불렀다.

그녀는 고개를 끄덕이며 그에게로 가서 합류했다. 그들은 인사도 없이 먼저 자리를 떴다.

마리는 울면서 그들을 쫓아갔고, 엘리제 할머니의 품에 안기고 싶어 했다.

"지금은 엄마한테 가야 해, 내 사랑스러운 것." 엘리제 할머니는 작은 아이의 뺨을 쓰다듬은 뒤에 주저하며 남편을 따라갔다.

마리를 제외한 그 누구도 엘리제 할머니와 홀로흐 교수가 없다는 사실을 개의치 않았다. 플뢰크의 아파트에 음식을 차리고, 커피를 끓이고, 건조한 효모 케이크가 제공되는 동안 모두가 새로운 가족인 피네의 남편 존이 할머니가 앉으시던 곳에 어떻게 자리를 잡고 앉을지 정리하느라 바빴기 때문에 구스테 할머니의 친척들에 대해 누구도 생각하지 않았다.

"그분은 좋은 분이셨어요." 미국인이 할아버지에게 말했다.

네가 어떻게 알아, 멍청아. 그레타는 생각했다. 넌 할머니를 전혀 알지도 못했잖아.

피네는 묻지도 않고 찬장에서 위스키를 꺼내 루드비히 할아버지와 남편의 잔에 따라 주었다. 두 사람은 서로 건배했다. 그레타는 3년 전 크리스마스, 영영 사라지기 직전에 밥이 할아버지에게 선물한 술을 보고 있었다. 그녀는 술병을 술을 잘 마시는 아일랜드인의 눈에 띄지 않는 곳으로 치워 버렸다.

마리엘레는 복도에 있는 상자 속에 바벨레를 넣고 뚜껑을 닫은 뒤 두 시간 전에 신부가 했던 것처럼 축복을 내렸다. 누군가 문을 두드렸다. 마리는 현관문으로 달려가 발끝을 세워 문손잡이를 잡고 아래로 당겼다.

"결국 헤르만 삼촌과 엘리제 숙모도 오시나 보네요." 엠마가 말하며 일어나 두 사람 몫의 음식을 준비했다. "그레타, 문 좀 열어 드려."

그레타는 복도로 나갔다. 복도에는 낯선 사람이 세 살 반짜리 여자아이를 입을 벌린 채 쳐다보고 있었다.

"엄마, 남자예요." 마리엘레가 울며 그레타의 품에 안겼다. 그레타는 이상한 느낌에 천천히 낯선 사람을 향해 다가갔다. 그 키 큰 사람은 회색 수염에 가려 얼굴을 거의 알아볼 수가 없었으며, 파란색 누비 재킷을 입고 배낭을 등에 멘 채 구부정한 자세로 복도에 서 있었다.

"누굴 찾으세요?"

"내 가족."

그레타는 녹색 눈을 보고 깜짝 놀랐다. "아빠?"

응접실 바닥에 도자기 접시가 깨지는 소리가 들렸다.

엠마가 복도로 달려 나왔다. "오토?" 그녀는 거의 12년 동안 보지 못했던 남편의 품에 안겼다.

"누구야?" 마리엘레가 그레타의 귀에 속삭이며 물었다.

"엄마의 아빠야." 그레타는 눈물을 흘리며 대답했고, 엄마가 한 발짝 물러나자 아빠를 팔로 감쌌다.

"아빠!" 피네는 외마디 외침과 함께 응접실에서 뛰어나와 그레타를 옆으로 밀치고 집에 돌아온 사람을 껴안았다.

존이 피네를 따라 나와 오래된 사진 속에서만 보았던 장인의 어깨를 두드렸다. "어서 오세요, 아버님." 그는 강한 미국식 억양으로 낯선 이에게 미소를 지으며 손을 내밀었다. "만나서 반갑습니다. 따님이 아버님에 대해 좋은 이야기를 많이 들려줬습니다."

오토는 깜짝 놀랐다. 그의 시선이 미군 제복에 오래 머물렀다.

"이쪽은 존이에요, 아빠." 피네가 말했다. "제 남편 존 오설리번이예요."

"들어가요!" 엠마는 남편에게서 배낭을 벗겨 냈다. "배고프죠?"

오토는 고개를 끄덕이며 엠마를 따라 응접실로 들어갔다. 할아버지가 눈물을 흘리며 그를 맞이했을 때 그는 아무 말도 할 수가 없었다. 그는 마침내 의자에 앉아 엠마가 잘라준 효모 케이크를 먹으며 앞을 바라보았다.

"이럴 줄 알았어요! 아빠가 살아 있을 거라고 전 확신했……." 그레타는 목소리가 떨려 말을 더 이어 갈 수가 없었다.

오토는 케이크 부스러기를 커피로 삼켰고, 또 다른 케이크 한 덩이를 이 없는 입에 밀어 넣었다. 마리는 그의 맞은편, 엄마의 무릎에 앉아 그를 커다란 눈으로 바라보았다.

"이 아인 누구냐?" 오토가 물었다.

"마리예요. 내 귀여운 딸, 아빠." 그레타가 어린 소녀를 가슴에 껴안으며 말했다.

"천천히 얘기해. 아빠한테는 한꺼번에 너무 벅찰 거야. 그렇지, 오토?" 엠마는 거친 몸짓으로 진짜 정신 사납게 만들어 버렸다.

"아빤 어디 계시니?" 다음 날 청소일을 마치고 돌아온 엄마가 궁금해했다.

"등록 사무소에 갔어요." 그레타가 천천히 말하며 도발적인 시선으로 그녀를 바라보았다.

엠마의 얼굴이 사색이 되었다. "오, 하나님." 그녀는 중얼거리며 흥분한 채 거실을 왔다 갔다 하며 10초마다 창밖을 내다보았다.

한 시간이 넘자 엠마는 아파트를 뛰쳐나갔다. 그레타는 아파트에서 아빠가 비틀거리는 걸음으로 길을 건너 정문으로 들어오는 것을 보았다. 그레타는 서둘러 현관으로 나가 문을 조금 열었다. 엄마의 목소리가 들렸다. "오토. 나……, 내가 먼저 설명하려고 했어. 그런데……, 첫날이라 당장……. 당신은 우리가 어떤 상황에 처해 있었는지 이해해야만 해. 세월이 너무나 많이 흘렀고, 그리고……."

엠마의 목소리와 계단에서 올라오는 발소리가 점점 커졌다. 그레타는 다시 부엌으로 들어갔다. 문틈으로 그녀는 윗입술 위의 네모난 수염만 남긴 채 모두 깔끔하게 정리한 아빠가 엄마에게 전혀 관심을 보이지 않는 것을 볼 수 있었다.

"제발, 오토. 뭐라고 말 좀 해 봐." 그녀가 애원했다.

아빠는 거실로 들어가 문을 뒤로 쾅 닫아 버렸다.

"아빤 이제 좀 쉬어야 해." 엠마는 그레타와 마리에게 말했다. 그들은 할아버지와 함께 있었고, 오토가 거실에서 잘 수 있도록 했다. 엄마는 오토에게 작별 인사를 하러 온 피네와 피네의 남편에게도 아빠를 만나지 못하게 했지만 안부는 꼭 전하겠다고 약속했다.

저녁 식사 시간이 되자 그레타는 아빠 곁으로 다가갔다. 그는 등을 보이고 누워 코를 골고 있었다. 그녀는 아빠의 이불 밖으로 튀어나온 발을 보고 너무나 놀랐다. 그 발은 푸르스름하게 변색되어 있었고, 발가락이 하나도 없는 그저 두 개의 덩어리였을 뿐이었다.

"아빠." 그녀가 속삭였다. "뭐라도 드셔야 해요. 그리고 바로 다시 주무셔도 괜찮아요."

엠마는 오토가 좋아하는 요리인 순무 수프를 만들었고, 이 동프로이센 요리로 오토를 진정시키고 싶어 했다. 그녀는 이가 없는 남편을 위해 돼지 뱃살을 아주 잘게 썰어 넣었다.

오토는 아무 말도 하지 않고 식탁에 앉아 그릇만 뚫어져라 내려다보았고, 심지어 마리조차 무언가를 말할 용기를 내지 못했다. 숟가락 소리와 후루룩거리는 소리만 들렸다.

엠마는 빈 그릇을 모아 싱크대로 가져갔다.

"술이 한 잔 있으면 좋겠군." 루드비히 할아버지가 말했다. 그는 거실 찬장에서 위스키병을 가져와 두 개의 잔에 따랐다. 사위의 침묵을 깰 수 있기를 바라는 듯했다.

"자네가 다시 돌아온 것을 위하여!"

오토는 한 번에 잔을 비웠다.

그레타는 마리에게 잠자리에 들 준비를 시키고 함께 부엌으로 들어갔다. "여기 누가 잘 자요 인사를 하고 싶다네요."

잠옷 차림의 어린 소녀는 증조할아버지에게 안겨 마주 앉은 남자를 커다란 눈으로 바라보았다.

"어떻게 인사해야 하지?" 그레타가 딸에게 물었다.

"잘 자요, 할아버지." 소녀가 팔츠 사투리로 말하며 오토에게 손을 내밀었다.

그는 아이를 무시하고 위스키를 한 잔 더 따라 마셨다.

"잘 시간이야, 마리엘레." 그레타가 그녀를 품에 안아 거실로 나갔다. 그리고 함께 사용하는 매트리스에 눕혔다.

"할아버지 나빠." 마리가 속삭였다.

"아니야. 그런 말 하면 안 돼." 그녀가 작게 대답하며 작은 아이에게 이불을 덮어 주었다. "할아버지는 좋은 사람이야. 지금 할아버지에겐 시간이 필요해. 우리가 참을성을 가져야 해."

"여기 웬 똥 덩어리가 있는 거야?" 그레타의 아빠가 갑자기 부엌에서 소리를 질렀다. "내가 어떻게 여기까지 왔는데? 참을 수가 없어! 난 전쟁터에서 싸웠고, 마침내 살아 돌아왔어. 그런데 내 딸들은 창녀처럼 적에게 몸을 바쳤어!"

"제발." 할아버지가 달랬다.

그레타는 떨었다.

"구스테 할머니는 어디에 있어요?" 마리가 물었다.

"하늘에 계셔. 거기서 널 지켜 주실 거야."

"그리고 엄마도!" 작은 아이는 엄마의 손을 쓰다듬었다.

그레타의 눈에 눈물이 흘렀다. 부엌에서는 아빠가 질러 대는 소리가 계속 들렸다. "나는 참전했고 내 몸을 희생했어. 결국 이 년들이 원하는 누구라도 같이 뒹굴 수 있도록 희생한 거였어. 너흰 국가적 수치야. 자부심도 존엄도 찾아볼 수가 없어!"

"오토, 그만해!" 장인이 그를 꾸짖었다.

"왜요?" 그는 되물었다. "게다가 흑인이 싸질러 놓은 이 똥은 뭐야?" 그레타는 마리의 커다란 갈색 눈을 보았다. 그 눈에는 할아버지라고 불러야 하는 낯선 사람이 왜 화를 내는지 이해할 수 없다는 의아함이 담겨 있었다.

"아가, 어서 자렴." 그레타가 속삭였다.

"구스테 할머니는 별과 함께 있나요?" 마리가 물었다.

그레타는 대답할 수가 없었다. 울면서 고개를 끄덕이며 아빠가 어떻게 자신에게 저녁별을 보여 주었는지 생각했다. 그레타가 그토록 그리워하던 자상한 아빠는 지금 부엌에서 소리를 지르고 있는 남자와는 전혀 상관이 없었다.

"뭐라고? 그만 마시라고요? 난 술에 취하지 않고서는 1초도 견딜 수가 없어. 그리고 너, 엠마. 넌 최고의 나쁜 년이야!"

"제발 그만, 오토." 엠마가 그에게 간청했다.

"나한테 아무것도 부탁할 자격이 없어! 네겐 그럴 권리가 없어. 넌 이미 오래전에 날 죽였어. 그동안 누구랑 자빠져 다녔던 거야?"

"오토!"

"오토? 무슨 오토? 오토는 이미 죽었어. 그 오토의 끝이 어서 빨리 왔으면 좋겠다고 넌 생각했잖아."

그레타는 옆에 누워 마리를 가까이 끌어안고 귀를 막았다. 엄마의 울음소리가 들렸다.

할아버지는 분노에 휩싸인 사위를 이성적으로 되돌려 놓으려고 안간힘을 썼다. "오토, 그만 정신 좀 차려!" 그레타는 싸움에 맞서기 위해 나지막하게 밤의 노래를 부르기 시작했다. "너는 아니? 몇 개의 작은 별이 하늘에 떠 있는지……."

그러나 격분한 아빠의 소리가 모든 것을 덮어 버렸다. "넌 내가 죽었다고 신고했어! 시베리아의 채석장에서 죽지 못해 미안하네!"

이 말은 그레타의 몸에 날카로운 비수처럼 파고들었다. 그녀는 엄마가 이 바보 같은 행동으로 아빠에게 얼마나 큰 상처를 입혔는지 너무나 잘 이해할 수 있었다. 그렇지만 그가 말한 '나쁜 년'과 '똥'이라는 말이 그레타의 동정심을 지워 버렸고, 그러고 나서 그녀는 애초 그런 일이 없었다 하더라도 아빠는 다르지 않았을 것이라고 생각했다. 누군가 식탁을 내리치는 소리가 들렸다.

"그만 닥쳐!" 할아버지가 그 어느 때보다 더 크고 단호한 목소리로 소리쳤다. "술도 그만 마시고, 스스로를 불쌍히 여기는 짓도 그만둬."

무언가가 벽에 부딪혔고, 유리가 바닥에 산산조각 나는 소리가 들렸다. 그레타는 숨 쉬는 것조차 잊어버렸다.

"네 아내가 강간당할 때 넌 어디에 있었니? 가족이 밥을 굶고 있을 때 어디에 있었어?" 할아버지는 계속 소리쳤다.

"내가 어디에 있었냐고? 정말 어디에 있었는지 진심으로 알고 싶어요?"

"너의 히틀러가 없었다면 이 저주받은 전쟁도 일어나지 않았을 거야. 그리고……."

그레타는 덜컥거리는 소리를 들었다. 그리고 이어 커다란 소리가 들렸다.

"우리 아버지에게 손대지 마!" 엠마가 간청했다.

"그 깜둥이 새끼는 어디 있어?" 오토가 부엌에서 소리쳤다. 그레타는 사시나무 떨듯 떨었다. 마리가 악을 쓰며 울기 시작했다.

다음 날 그레타는 마리, 그리고 눈가가 퍼렇게 멍든 엄마와 함께 청소년 복지국에 앉아 있었다.

"남편이 오랜 포로 생활에서 귀환했습니다. 그래서 지금 우리 아파트는 너무 작습니다." 멍든 눈을 오른손으로 가리려고 전전긍긍하며 엠마가 말했다.

하늘은 흐렸고 네카어강은 안개로 뒤덮여 있었다. 그레타는 아이를 무릎에 앉히고, 마리의 후견인인 칼 아우구스트 에베르트의 차, 회색 폭스바겐 비틀의 옆 좌석에 앉았다. 에베르트는 한 마디도 하지 않고 차를 몰기만 했다. 네카어강을 따라 5킬로미터를 이동해 지겔하우젠의 브람스 길에 있는, 천주교회에서 운영하는 아동 보호소 앞에 주차했다.

다른 해결책은 없었다. 그레타가 마리와 함께 어디로 갈 수 있었겠는가? 그녀는 자신의 아파트를 구할 돈이 없었고, 일을 할 때 아이를 돌봐 줄 사람도 없었다. 그러나 지금 그녀 앞에 있는 붉은색 격자창이 있는 3층 집은 그녀에게 요새처럼 느껴졌다. 마리는 커다란 눈으로 엄마를 바라보았다. 그리고 엄마가 자신과 이별하려고 한다는 것을 알고 있다는 듯이 엄마에게 매달렸다.

"엄마가 곧 다시 널 데리러 올 거야." 그레타가 작은 아이에게 그럴듯하게 들리게 하려고 애쓰며 말했다.

"내리세요!" 에베르트가 계단을 올라가 초인종을 눌렀다.

대문이 열리고, 종아리까지 오는 회색 수도복과 이중 턱 아래 리본으로 묶은 두건을 쓴 수녀가 머리를 내밀었다.

"에르드무테 수녀님, 마리 쇤나이히를 데리고 왔습니다." 에베르트가 말했다.

수녀는 그레타를 경멸하는 눈으로 보고는 아이의 겨드랑이 아래를 두 손으로 잡고는 말했다. "자, 어서 가자!"

마리는 있는 힘껏 비명을 지르며, 온 힘을 다해 엄마에게 매달렸다.

"착하게 지내, 마리엘레!" 그레타의 눈물이 쏟아졌다.

"엄마!"

에르드무테는 한 손으로 작은 아이의 한 손을 억지로 떼어 냈고, 에베르트 역시 아이의 다른 손을 폈다. 그레타는 겨우 정신을 차리고 발버둥 치는 아이를 수녀에게 건넸다.

“지금 가는 게 좋겠어요.” 에르드무테 수녀가 마침내 작은 아기를 안아 들었을 때 후견인이 가쁜 숨을 몰아쉬며 그레타에게 말했다.

마리는 낯선 여자의 턱끈을 잡아당겼고, 그 바람에 수녀복이 흐트러졌다. “안 돼!”

“잘 지내고 있어, 마리엘레! 엄마가 곧 돌아올 거야.”

“가세요!” 에베르트가 명령했다. 수녀와 울부짖는 아이가 함께 문 뒤로 사라졌다.

“엄마!”

그레타는 계단에 주저앉은 채 어린 딸의 비명 소리가 잦아드는 것을 들어야만 했다. 그녀의 심장이 찢기는 것 같았다.

마치 눈물 베일을 쓴 것처럼 펑펑 울며 그레타는 네카어강을 따라 힘겹게 하이델베르크로 돌아갔다. 마리의 “엄마!” 하고 외치는 소리가 머릿속에서 끊임없이 울려 퍼졌고, 아빠의 울부짖는 소리도 함께 들렸다. “시베리아 채석장에서 죽지 못해 미안하네!”

안개 속에서 석탄선이 상류로 힘겹게 올라가고 있었다.

이슬비가 내리기 시작했다. 그레타는 걷잡을 수 없이 떨면서 계속 걸음을 옮겼다. 빗방울이 그녀의 눈물과 섞여 뺨을 타고 흘러내렸다. 그녀는 모든 것을 잃었다. 그녀의 집, 밥, 구스테 할머니, 그리고 이제 그녀의 아이까지.

그녀는 자신과 밥이 처음으로 사랑을 고백했던 강둑을 지나갔다.

"상상해 봐. 이제 헤어지고 나서 평생을 실수했다고 괴로워한다면……." 그녀는 그때 그렇게 말했다. 그 문장이 지금은 그녀를 조롱하고 있었다. 그녀는 침을 뱉었다. "젠장, 밥! 어디 있어?" 그녀는 소리쳤고 회색 자갈돌을 집어 물에 던졌다. "이 빌어먹을 개자식아!"

그녀는 닥치는 대로 돌을 집어 물에 던지며 자신을 버린 남자를 저주했다. 그 말을 내뱉을 때마다 그녀는 더 크게 소리를 질렀고, 더 화를 냈다. 그녀의 분노는 그녀의 의지를 활활 타오르게 만들었다. "마리엘레, 최대한 빨리 널 거기서 데리고 나올게!"

다음 날 아침, 그녀는 숨이 차 뺨이 붉어진 채 청소년 복지국 사무실에 들어가 딸의 공식적인 후견인인 칼 아우구스트 에베르트를 만나게 해 달라고 요청했다. 그의 비서는 그가 누군가를 만날 시간이 없다고 거절했다. 그레타는 포기하지 않고, 사무실 문 앞의 나무 의자에 앉아 기다렸다. 청소일을 하러 가야 한다는 것은 알고 있었지만 그녀는 개의치 않았다. 성당 종소리가 울렸다. 거의 네 시간이 지나서야 비로소 사무실 문이 열렸다.

"마리는 잘 지내고 있나요?"

"차차 적응해 나가야 합니다." 에베르트가 열쇠로 사무실 문을 잠갔다.

"언제 아이를 볼 수 있을까요?"

"규칙은 알고 계시죠?"

"하지만……."

"딸을 굳이 불편하게 만들지 말아요, 쇤나이히 씨."

"하지만……."

"지금은 점심시간이라." 에베르트는 돌아섰다.

"에베르트 씨……." 그레타는 그를 막아섰다.

"문제를 일으키지 마십시오. 적응 기간이 지나면 딸을 볼 수 있을 것입니다."

"그럼 적응 기간은 얼마나 걸리나요?"

"모든 게 당신이 어떻게 하느냐에 달려 있습니다." 그가 남자 화장실로 사라지며 말했다.

그레타는 그 앞에서 문이 다시 열릴 때까지 기다렸다.

"크리스마스가 3주 남았습니다." 그녀는 그와 함께 긴 사무실 복도를 걸었다. "그때 아이를 집으로 데려오고 싶습니다." 에베르트는 멈춰 서서 그녀를 빤히 내려다봤다. "쇤나이히 씨, 난 그 의견에 찬성하지 않아요. 당신의 자녀는 집에서 안전하지 않습니다. 이제 실례하겠습니다."

그레타는 중심가에 위치한 의류 매장의 진열장에서 안감이 모피로 된 어린이용 모자를 보았다. 1.99마르크였다.

사실 그 금액을 감당할 수 없었지만 그레타는 이미 문을 열고 있었다. 그녀는 장식이 달린 분홍색 모자를 골랐고 동전으로 값을 치렀다. 나가는 길에 그녀는 같은 색상으로 된 아주 작은 인형 모자를 보았다.

그녀는 이런 데 돈을 쓰는 것은 정말 쓸데없는 짓이라 스스로 자책했지만 손에는 인형의 모자까지 이미 들려 있었다.

"마리엘레에게 따뜻한 겨울 모자를 선물하고 싶어요." 아동보호소 문을 열어 준 젊은 수녀가 자신을 로자 자매라고 소개했다. "그런데 혹시 크기가 맞는지 확실하지 않아서 한번 써 보게 하려고……."

"기다려 보세요!" 로자 수녀는 그레타를 계단에 세워 두고 들어갔다. 끝나지 않을 것 같은 몇 분이 흐르고 문이 다시 열렸다.

"지금은 아이를 볼 수 없습니다. 아이는 적응해야만 합니다."

"하지만……, 잠시나마 에르드무테 수녀님과 이야기할 수는 없을까요?"

"수녀님께서는 아이의 후견인과 모든 것을 협의하라고 전해 달라 하십니다."

그레타는 이를 꽉 물고 종이봉투를 건넸다. "이 안에 딸의 모자와 인형인 바벨레를 위한 모자도 있습니다."

떠나면서 그녀는 뒤로 돌아 창문을 올려다보았다. 하지만 그 어떤 창문으로도 아이는 보이지 않았다.

그레타는 마리가 없다는 것을 도저히 견딜 수가 없었다. 고통을 덜기 위해 미친 듯이 일을 했고 더 많은 청소와 세탁 일을 맡았으며, 딸의 미래를 위해 한 푼도 남김없이 저축했다. 일주일에 몇 번이고 아동 보호소 앞까지 걸어가 마리엘레의 그림자라도 보기 위해 몰래 창문을 넘보았다. 헛수고였다.

겉으로는 강인함과 희망으로 무장했지만 밤마다 그녀는 매트리스 위에 엎드려, 누구도 울음소리를 듣지 못하게 베개에 얼굴을 파묻었다.

"예수님이 유대 베들레헴에서 헤롯 왕의 시대에 태어났을 때 동방박사들이 와서 말했습니다." 12월 24일 성령교회의 목사가 팔츠 사투리로 설교를 했다.

세 명의 동방박사는 입을 모아 말했다. "유대인의 새로 태어난 왕은 어디에 있습니까? 우리는 동방에서 그의 별을 보고 경배를 드리기 위해 왔습니다."

그레타는 우스꽝스럽게 보이는 발타자르*를 자세히 보았다. 그는 10대로 보였는데 검은 구두약을 너무 많이 바르기는 했지만 피부색이 극 중 인물과 잘 맞았다. 그녀는 교회의 신도석, 할아버지 옆에 앉아 있었고, 엄마와 아빠는 집에 남아 있었다. 그녀도 크리스마스라고 해서 교회에 나오고 싶은 기분은 아니었지만 할아버지를 혼자 보낼 수 없었다. 더욱이 구스테 할머니 없이 맞이하는 첫 번째 크리스마스였기에.

"즐거운 성탄!" 옷을 잘 차려입은 아이들과 함께 출구에서 서

* 동방박사 3인 중 1명이며, 흑인으로 알려져 있다.

로가 서로에게 인사를 건넨 사람들은 장식된 크리스마스트리가 있는 안전한 가정으로 저마다 돌아갔다.

집으로 돌아가는 길에 그레타는 할아버지를 부축했다. 그리고 빨간 코트를 입은 어린 여자아이가 엄마의 손을 잡고 함께 시장 광장을 가로질러 가는 모습을 지켜보았다.

"내 작은 아가, 네가 아이와 함께 있을 수 있도록 지켜 주지 못해 미안하구나." 할아버지가 말하며 그레타의 손을 꽉 쥐었다.

그레타는 대답할 수가 없었다. 목이 메어 왔고 몇 시간 동안 참았던 눈물이 쏟아져 나왔다. 루드비히 할아버지는 잘 다린 손수건을 건네주었고, 그레타는 플뢰크 거리로 들어서기 전에 코를 풀고 심호흡을 했다.

"오, 메리 크리스마스." 오토 쇤나이히가 중얼거렸다. "근데 왜 못마땅한 얼굴이실까?"

할아버지는 재킷을 의자에 걸치고 사위를 못마땅하게 보다가 식탁 위의 위스키병을 찬장에 넣었다. "크리스마스다, 오토!"

그레타는 엄마 옆에 섰다. 엄마는 소고기를 작은 조각으로 자르면서 떨고 있었다.

"그렇지!" 오토가 놀란 척하며 일어나자 의자가 뒤로 기울어졌다. 그는 술병을 다시 꺼내 와 할아버지에게도 한 잔 따랐다. "건배하시죠, 자."

수프 그릇을 내려놓으며 그레타는 아빠의 눈을 피했다.

"이게 바로 몇 년 동안 내가 흙바닥에 앉아 상상했던 거랑 똑같은 장면이지. 할렐루야!" 그는 다시 잔을 기울였다.

그레타는 고개를 숙이고 수저를 나눠 주고, 빵 바구니를 식탁 위에 올려놓았다. 아빠가 그레타의 팔을 잡아챘다. “적어도 내가 돌아온 걸 기뻐하는 척이라도 해라.”

“아빠, 제발!” 그녀는 벗어나려고 했지만 그는 더욱 세게 팔을 잡아, 그녀를 자신에게로 끌어당겼다.

“아니면 네 깜둥이 딸년 때문이야?”

“그런 식으로 말하지 마세요, 아빠. 제발.” 그레타는 눈물 때문에 앞이 보이지 않았다.

“네가 이 집 안에 있는 한 나는 내가 하고 싶은 대로 말할 거야.”

“오토, 그만하게!” 할아버지가 만류했다.

그레타는 그의 손아귀에서 벗어나 아파트를 뛰쳐나갔다. 계단을 내려가 마당에 있는 화장실로 들어가 문고리를 잠갔다. 닫힌 부엌 창문 너머로 아빠가 내지르는 소리가 들렸다. 그녀는 귀를 막았다. 추위 때문인지, 분노 때문인지 몸이 심하게 떨렸다. 그녀는 상상했다. 낯선 사람이 마리를 다정하게 침대에 눕히는 것을, 그 사람이 트루먼이라는 이름의 작은 돼지 이야기를 들려주는 것을, 나중에는 마리에게 ‘작은 별이 몇 개인지 아나요?’라고 노래를 불러 주는 것을 상상했다. 그러나 아빠에게는 있을 수 없는 일이었다.

한 시간이 한참 지난 후 문 두드리는 소리가 들렸다.

“오토는 잠들었어.” 루드비히 할아버지였다. “이제 집으로 가자.”

크리스마스 날, 그레타는 추위에 떨며 강둑에 서서 떠다니는 얼음이 댐 아래로 떨어져 작은 조각으로 부서진 채 라인강으로 흘러가는 것을 보고 있었다. 얼어붙은 손을 서로 비비고 따뜻한 숨을 손끝에 호호 불어 넣으며, 다시 아동 보호소를 찾아갈 생각을 하고 있었다. 그러나 이내 아이를 공식적으로 조금이나마 더 빨리 만나려면 규정을 지키는 것이 더 좋겠다고 결정했다.

"그레타, 여기서 뭐해?"

스물한 살의 그녀는 엘리제 할머니가 오는 소리를 듣지 못하고 있다가 놀랐다. "메리 크리스마스!" 그레타가 손을 흔들며 말했다.

"우리에겐 행복한 성탄은 없어. 두 아들을 전쟁터에서 잃으면 더 이상 크리스마스를 축하할 수가 없거든." 엘리제 홀로흐는 먼 곳을 바라보았다.

"마리엘레가 없다는 걸 더 이상 견딜 수가 없어요." 그레타가 터놓고 말했다.

"왜 내게 오지 않았니?" 노인이 원망스럽게 물었다. "내가 도와줄 수 있었잖아. 아이를 보호소에 내버려둬서는 안 되지!"

"하지만 헤르만 할아버지께서……." 그녀는 더 이상 말을 이을 수가 없었고, 그녀 마음속 아픔이 안에서 밖으로 쏟아져 나왔다.

"자, 얘야. 일단 우리 집으로 함께 가자." 엘리제 홀로흐가 마음을 정하고 그녀에게 손수건을 건네주었다.

"메리 크리스마스!" 히르쉬 길의 빌라 앞에 서 있던 경비병이 인사를 했다. 엘리제 홀로흐는 그를 본 척도 하지 않았지만 그레타는 작게 중얼거리며 인사에 답을 했다.

엘리제 할머니가 숨을 헐떡이며 예전 하인 방의 문을 열었을 때 그녀는 익숙한 따스함을 느꼈다.

"손님이 왔어요, 헤르만. 일단 따뜻한 커피를 내올게."

"안녕하세요, 교수님." 그레타는 겨울 코트를 벗고, ≪라인 네카어 차이퉁≫ 너머에 있는 헤르만 홀로흐를 보았다. 신문의 헤드라인은 많은 연합군 병사들이 독일 가정에서 축제를 축하하다였다.

"이런, 교수님? 신문에 나온 이분이시죠? 맞죠, 헤르만?" 숙모 할머니가 신문을 보고 너스레를 떨었다.

대화의 상대방은 고개를 끄덕이고, 신문을 탁자에서 치웠다. 그의 아내는 칵테일 앞치마를 두르고 물을 끓였다. 그리고 향기로운 커피 한 잔을 그레타에게 내밀었다.

문을 두드리는 소리가 들렸다. 두 홀로흐는 의아한 눈으로 서로를 바라보았다. 엘리제 할머니가 문을 열었고, 헤르만 할아버지의 머리 위로 모자를 쓴 키 큰 젊은 남자가 보였다. 그는 포장지로 감싼 와인병을 들고 있었다.

"콘라트 아닌가? 정말 반갑군." 집주인이 말했고, 선물까지 가져올 필요 없다고 덧붙였다.

엘리제 할머니는 기쁨의 박수를 치며 손님의 모자를 받았다. "그레타를 소개해도 될까요?"

그 낯선 사람은 그레타에게 손을 내밀고 인사했다. "만나서 반갑습니다. 제 이름은 몬데라스입니다."

"쇤나이히예요." 자기 소개를 한 뒤 더 이상 할 말이 없어 그레타는 돌아서서 케이크를 잘랐다.

"저 사람은 누구죠?" 두 남자가 불과 몇 미터 떨어진 테이블에서 시가를 피우는 동안 그레타가 속삭이듯 물었다.

"응, 저 사람은 헤르만의 실종된 동료의 조카야." 엘리제 할머니가 속삭이며 다시 또 커피를 끓였다. "쾰른 출신이야. 미군의 폭격으로 가족들 전부가 몰살당했다고 하더라. 남은 가족이 아무도 없다고 하네."

그레타는 케이크 접시를 탁자에 놓았다. "드실래요, 몬데라스 씨?" 그녀가 묻고는 린처토르테* 한 조각을 그의 접시에 올렸다.

"고마워요." 콘라트는 수줍게 그녀를 바라보았고, 그녀는 그의 눈이 유난히 밝은 푸른색이라는 것을 알아차렸다.

"엘리제, 부탁할게." 헤르만 할아버지가 무언가를 부탁했다.

아내는 이를 이해하고 찬장에서 브랜디 잔 네 개를 꺼내고 코냑 병의 마개를 따서 술을 돌렸다. "가장 따뜻한 재킷은 콘재킷**이죠. 우리의 깜짝 손님들을 위하여, 건배!"

콘라트는 처음에는 안주인과 건배했고 그다음에는 헤르만 홀로호와 마지막으로 그레타와 건배를 나눴다.

* 오스트리아 린츠 지방의 명과로, 잼으로 속을 채운 후 얇은 반죽을 격자무늬로 덮어 구워 낸 토르테의 시초.

** 코냑의 독일식 이름인 Cognac-chen을 콘재킷으로 변형하여 부르며 생긴 상용어구.

그녀는 한 모금 마셨다. 입안의 모든 것이 수축되었다. '눈을 한번 질끈 감고 힘을 내자'라는 말 그대로 단숨에 잔을 비웠다. 따뜻한 열기가 몸을 타고 흘렀고, 그녀는 뺨이 붉어지는 것을 느꼈다. 그레타는 술의 효과를 처음으로 느꼈고 갑작스러운 어지러움에 당황했다.

"의사가 되고 싶었던 것은 늘 지녔던 소망이었나요?" 엘리제 할머니가 젊은 남자에게 물으며 다시 잔을 채웠다.

"예, 그렇습니다. 아버지처럼 건축을 공부하는 건 상상도 하지 않았습니다."

그레타는 웃음을 참았다. 그녀는 그의 '흐'와 '쉬' 발음에 문제가 있다는 것을, 마치 예전의 콘라트 아데나워처럼 발음한다는 것을 알아차렸다. 처음에는 그가 '흐'를 발음하지 못해 '이쉬isch'와 '미쉬misch'로 들렸는데 나중에는 '티히'*와 '플라이히'**로 들렸다. 그녀는 대화의 흐름에 무관심했기에 잘못된 발음을 세어보기 시작했다. 벽난로 시계가 네 번 울렸을 때 그녀 주변의 세상이 빙글빙글 돌기 시작했고, 그녀는 '흐'를 '쉬'로 잘못 발음한 부분이 58개, '히'라고 발음하지 말아야 하는 곳 32개를 헤아렸다.

"아니, 소아과 의사가 되고 싶다고요? 그것참 좋은 생각이네." 엘리제 할머니가 환호했다.

콘라트 몬데라스와 헤르만 할아버지는 또 다른 시가를 피웠다.

"한 번 더 생각해 보는 게 좋을 것 같아, 콘라트." 헤르만 할아

* tich. '꼬마'라는 뜻.
** fleich. '육체'라는 뜻.

버지는 쾰른 출신인 콘라트에게 자신처럼 산부인과 의사가 되는 것이 더 좋을 것이라고 제안했다.

그들의 말은 연기 사이로 사라졌다.

그레타는 딱 한 번 마리와 함께 소아과를 찾아갔을 때를 생각해 냈다. 편도선 염증으로 열이 내려가지 않아 병원에 간 마리는 낯선 흰 가운을 입은 남자를 보자마자 비명을 내지르기 시작했다.

"저, 지금 갈게요." 그녀는 갑작스럽게 말했고 일어나서 외투를 집었다. "부모님과 할아버지께 약속한 게 있어서……."

"하지만 지금 이렇게 가면 안 돼." 그녀가 너무 많이 마셨다는 것을 알고 있는 엘리제 할머니가 말했다. "콘라트. 우리 조카를 집까지 데려다줄 수 있나요?"

"물론이죠." 그가 말했다.

그런데 그레타는 인사도 없이 이미 문을 나선 뒤였다.

나선형 계단에서 그녀는 코트를 입고 눈 덮인 마당을 비틀거리며 가로질러 경비병에게 영어로 지겔하우젠까지 데려다줄 수 있는지 물었다.

"크리스마스니까!" 경비병이 말하고는 네카어강 동쪽을 따라 6킬로미터를 눈보라 속에서 차를 몰았다.

15분 후 그레타는 아동 보호소의 축하 파티장 앞에서 로자 수녀에게 간청했다. "제발, 제 딸을 만나게 해 주세요."

안에서는 아이들이 노래하는 소리가 들렸다. "오, 행복하고 축복받은 크리스마스.”

“아이는 잘 지내나요?” 그레타는 떨면서 물었다. 추위 때문만은 아니었다. “3주 동안 보지 못했습니다. 제발, 크리스마스잖아요.”

“아이는 잘 지내고 있어요.” 로자 수녀는 단호하게 말했다. “방문 규칙을 따라야 합니다. 아이도 적응해야 하고.”

“하지만…….”

“미안해요, 나가 주세요!” 로자 수녀는 그레타의 코앞에서 문을 닫았다.

아이들의 노랫소리는 조금 더 작아졌지만 그레타는 여전히 들을 수 있었다. 그녀는 정원을 이리저리 돌아다니며 창문 사이를 엿보기 위해 발판에 올라섰다. 거기서 큰 휴게실이 보였다. 그곳에는 수많은 아이들이 키 순서대로 줄을 서 있었다.

“그리스도가 오셨네. 우리를 찾아오셨네. 기쁘고 또 기쁘도다. 오 크리스천들이여.” 깔끔하게 머리를 빗어 내린 아이들이 무리지어 노래하고 있었다. 에르드무테 수녀가 지휘를 했다.

그레타는 목을 한껏 내밀었지만 마리를 찾을 수가 없었다.

“담배 있어요?”

깜짝 놀란 그레타는 발판에서 미끄러져 떨어졌다. 돌아보니 열세 살 정도 되어 보이는 소녀가 서 있었다. “아, 아니 없어. 어쨌든 넌 담배를 피우기엔 너무 어리잖아.”

그 소녀는 무표정하게 그녀를 바라보았다. “혹시 마리 엄마 아니에요?”

"맞아, 어떻게 알았어?"

"내 머릿속에 눈이 있어요."

"넌 누구니?"

"레나테. 나도 여기 살아요. 담배가 있다면 아이를 어디서 잘 볼 수 있는지 알려 줄게요."

"천국의 군대가 당신의 영광을 찬양하네. 기쁘고 또 기쁘도다. 오 크리스천이여!" 안에서는 계속해서 노랫소리가 들려왔다. 그녀의 심장이 두근거렸다. "지금은 없어. 하지만 구해 줄 수 있어. 정말 네가……."

레나테는 음모를 꾸미는 듯 머리를 갸웃거리더니 뒷문으로 갔다. 그들은 복도를 통해 살금살금 이동했고, 마침내 식당 문을 조금 열어 보았다.

그 순간 에르드무테 수녀가 말했다. "너희들이 모두 착하게 있었으니, 이제 모두가 취침 간식으로 생강빵 한 조각을 받을 거야."

그레타는 발끝을 올리고 몸을 뻗어 안을 보았지만 여전히 마리를 찾을 수가 없었다.

"그 아인 혼혈 아이들과 함께 저기 저 테이블에 앉아 있어요." 레나테가 귀에 가까이 대고 속삭였다.

그제야 그레타는 피부색에 따라 아이들이 따로 앉아 있다는 사실을 알아차렸다. 백인은 오른쪽에, 흑인은 왼쪽에 앉아 있었다. 그리고 그녀의 작은 마리는 둘째 그룹 사이에 외로이 앉아 있었다.

“너무 말랐잖아.” 그레타가 속삭였다.

한 소녀가 마리가 앉아 있는 테이블로 빵이 가득 담긴 접시를 가지고 와서 한 조각씩 아이들에게 나눠 주었다.

“안 돼!” 에르드무테 수녀가 소리쳤다. “마리는 주지 마. 점심 때 접시를 제대로 씻지 않았어. 나쁜 아이들은 빵을 받을 수 없어.”

그레타는 두려움에 떠는 딸의 눈을 보았다. 자신이 뛰어 들어가는 것을 막기 위해 그레타는 문틀을 있는 힘껏 꽉 쥐었다. 그녀의 온몸이 덜덜 떨리고 있었다.

마리의 옆에 앉아 있던 소녀가 일어나 말했다. “마리엘레가 바지에 오줌을 쌌어요. 바닥에도 오줌이 흘러요.”

에르드무테 수녀는 격렬하게 고개를 흔들었다. 그리고 방 안을 향해 외쳤다. “마리, 가서 걸레를 가져와. 그리고 깨끗하게 치워. 당장!”

고개를 숙인 채 어린 소녀는 식당을 향해 다가왔고 그레타가 숨어 있는 문을 열었다.

“엄마!” 마리가 소리쳤고, 울면서 그레타의 품에 몸을 던졌다.

“괜찮아. 무서워하지 마. 이젠 괜찮아.” 그레타가 말하며 아이를 단단히 껴안았다.

몇 초도 지나지 않아 에르드무테 수녀가 그들 앞에 서 있었다. “쇤나이히 양, 여기서 뭘 하는 겁니까?” 수녀는 대답을 기다리지도 않고 마리를 잡아당겨 빼앗으려고 들었다.

그레타는 몸을 돌리며 마리를 가슴에 더욱 단단히 끌어안았다. "제 딸을 이대로 두세요!"

"엄마!"

그레타는 강한 손이 자신을 붙잡고 손가락을 비트는 것을 느꼈다. 로자 수녀였다. 다른 수녀들이 한꺼번에 달려들어 그녀를 덮쳤고 비명을 지르며 울부짖는 아이를 그녀의 팔에서 떼어냈다.

"이 저주받은 돼지들! 마리를 돌려줘!" 그레타가 소리쳤고, 끌려가는 마리를 뒤쫓아 갔다. 그들은 마리를 다시 휴게실로 데려가려고 했다. 에르드무테 수녀가 그레타를 막아서자 그레타는 그녀에게 침을 뱉었다.

"경찰을 부르기 전에 돌아가!" 수녀가 악을 썼다.

그레타는 의자를 집어 벽에 내리쳤고, 의자 다리를 들고 수녀를 향해 달려갔다.

아홉.

2016년 3월

체크무늬 옷을 입은 예수가 톰에게 달려온다. “난 당신을 알아요!”

톰은 농담할 기분이 아니기에 피곤한 미소를 지을 뿐이다. 긴 복도를 지나 오른쪽 끝에서 두 번째 문을 연다.

“오, 높은 분이 오셨네. 나를 잊어버린 게 분명하다 생각하고 있었는데.” 그레타는 테이블 앞에 앉아 베샤멜소스에 잠긴 대구 그라탱을 역겹다는 듯 휘젓고 있다.

“그저께 여기 왔잖아요. 맛있게 드세요.”

“맛있어 보이니? 먹을래?” 그녀는 수저를 놓고는 트레이를 밀쳐 버린다.

“고맙지만 아뇨. 방금 아침을 먹었어요.” 톰은 창문을 열고 비어 있는 옆 침대에 재킷을 던져 놓고 의자를 집어 엄마 옆에 앉는다.

"왜 마리에 대해선 아무 말도 안 했어요?"

"톰, 부탁이야. 이상한 소리 그만 좀 해."

그레타는 그를 보지도 않고, 물병과 주스병 옆에 놓여 있는 ≪자유로운 주말≫을 집어 들어 훑어보기 시작한다.

"엄마, 난 어제까지 내게 누나가 있다는 걸 몰랐어요. 나랑 얘기 좀 해요."

그레타는 들은 척도 않고, 듀엣 가수인 마리안느와 마이클이 에로틱한 고백으로 침대 위에서 속삭인 내용을 폭로하는 기사에 눈길을 멈춘다.

톰은 그녀에게서 잡지를 빼앗는다. "마리는 어디에 있어요, 엄마? 그 아이에게 무슨 일이 생겼어요?"

"신경 쓰지 말고 내 잡지나 돌려줘." 그레타가 씩씩거리며 화를 낸다.

톰의 휴대전화가 울린다. 그는 제니라는 것을 알고 받는다. 그리고 전화기를 들고 왔다 갔다 한다.

"엄마가 **어디에** 있었다고요?" 톰은 멈춰 서서 머리를 돌려 놀란 눈으로 그레타를 본다.

"파울러 펠츠 1번지." 전화기 반대편에서 제니가 말한다. "옛날 하이델베르크 감옥이 있던 주소예요. 여기 당신 어머니의 모든 등록 정보가 있어요. 어머니는 1952년 말부터 5개월 동안 거기 있었고, 그 후에는 잠시 하이델베르크의 히르쉬 길에, 그리고 나중에는 비슬로흐에 주소지가 등록되어 있었어요."

"고마워요." 그레타에게서 눈을 떼지 않고 톰은 휴대전화를 바지 주머니에 넣는다.

"또 무슨 일이야?" 그녀가 묻는다.

"하이델베르크 파울러 펠츠 1번지. 그게 어디 주소예요, 엄마?"

그레타의 불안한 눈빛은 톰이 아직 손에 들고 있는 잡지에 매달린다. "그거나 줘! 빨리!"

그는 마이클 슈마허가 표지에 있는 잡지를 그녀에게 던져 주고, 그녀가 읽던 페이지를 열심히 찾는 것을 지켜본다. 그의 머릿속에는 생각들이 어지럽게 돌아간다. 엄마는 정말 기억나지 않는 것일까? 아니면 불쾌한 일이 생기면 항상 그렇게 무시하고 넘어가는 것일까?

카린 간호사가 문을 열고 들어온다. "안녕하세요, 몬데라스 씨. 오시는 걸 보고 인사하려고 왔어요."

톰은 그녀에게 손을 내민다.

"어머니께서는 훨씬 좋아지셨어요. 그렇죠, 몬데라스 부인?"

그레타는 반응하지 않는다. 톰이 몸을 앞으로 기울여 퍼즐을 보니 그녀가 아홉 글자로 된 미국 주에 대한 질문에 집중하고 있음을 알 수 있다. 찾고 있는 단어의 끝이 A이기에 그녀는 **몬태나**라고 쓰고 가운데 빈칸을 남겨 둔다.

간호사는 점심 식사를 담은 트레이를 들고 있다. "몬데라스 부인. 아무것도 드시지 않으셨네요."

"오늘 아침을 너무 늦게 먹었어요." 그레타는 여섯 글자로 된 영화 속 개에 대한 질문의 첫 번째 철자 칸에 펜을 내려놓고 대답한다.

톰은 고개를 가로젓는다.

“몬데라스 씨, 부활절 이후에 시간이 있으시면, 우리는 다음 단계를 의논해 보아야 합니다.” 카린 간호사는 그레타의 어깨 너머 낱말 맞추기로 시선을 돌린다. “영화에 나오는 개는 래시 아닐까요?”

“하지만…….”

“그리고 미국 주의 이름도 L로 시작하잖아요.”

그레타는 눈살을 찌푸린다.

“아드님이 미국에서 오래 살았잖아요. 아드님께 물어보세요.” 그녀는 톰에게 웃으며 말하고 트레이를 들고 병실을 나간다.

그레타는 핸드백에서 검은색 볼펜을 꺼내 퍼즐을 보며 혼란스러운 표정을 짓는다.

“루이지애나.” 톰이 재킷을 걸치며 말한다.

“어떻게? 벌써 가는 거야?”

“내가 왜 머물러야 할지 모르겠는데요.” 그는 인사도 없이 병실을 나간다.

그는 병원 복도에서 카린 간호사를 따라잡는다.

“다음 단계란 무슨 뜻인가요?”

“우리는 어머니가 퇴원하셔도 좋다고 생각합니다. 그녀는 잘 적응하고 계시고 더 이상 여기 가둬 둘 이유가 없습니다.”

“알겠습니다. 연락처로 연락드릴게요.” 톰은 그레타의 퇴원이 임박했다는 소식이 결코 마음에 들지 않지만 행복한 부활절을 기원하며 돌아선다.

그는 계단을 세 칸씩 뛰어 내려가 휴가 직후에 방문한 요양소에 그레타를 등록하기로 결심한다. 그는 더 이상 신경 쓰고 싶지 않다. 결국 그에게도 자신의 인생이 있으니까!

주차장으로 가는 길에 그는 떨어져 있는 맥주 캔을 힘껏 밟아 버린다. 그는 자신이 왜 화가 나는지 알 수 없다. 엄마의 병이 악화됨에 따라 점점 더 많은 문제가 일어나리라는 예감 때문인지, 아니면 엄마가 과거를 완전히 속이고 있었다는 사실 때문인지.

엿 같은 일이야. 그는 생각한다. 내가 또 뭘 더 모르는 거지?

계획한 대로 돔부르크에서 부활절 주말을 보내기 위해 고속도로 서쪽으로 운전하는 대신 톰은 포르츠로 달려가 그레타의 집을 샅샅이 뒤진다. 그는 벽에 붙은 사진을 하나하나 떼어 내 뒷면을 벗겨 내고 그 안에 누나의 흔적이 있는지 확인한다. 그는 첫 번째 액자를 다시 조립하여 원래 자리에 걸어 놓는다. 다섯 번째 액자에서는 인내심을 잃어 찢어진 뒷면을 그대로 두고 내려놓는다. 그는 거실에 있는 참나무 책장을 응시하면서 그레타의 마음을 이해하려고 노력한다.

무언가를 숨기고 싶다면 그녀는 어디에 숨겼을까? 아이디어가 떠오르지 않는다. 그래서 그는 책 한 권, 한 권의 등을 잡고 흔들어 페이지 사이에 무언가 끼어 있지 않나 확인한다. 그러나 아무것도 나오지 않는다.

"주여, 뭐라도 내려 주소서!" 톰은 크게 소리치며, 지도, 세 권의 하이델베르크 사진집, 한 권의 동프로이센 사진집, 네덜란드 해안에 관한 책, 독일 도서출판협회의 주요 제안서 등을 뒤로 던진다. 『모든 사람은 형제다』, 『여왕의 의사』, 『돈 카밀로와 그의 친구들』, 『항구 없는 배』, 『세상을 다루는 법』. 모두 읽지도 않았다! 마침내 그는 1971년에 출간된 30권의 『브록하우스 백과사전』을 흔들어 보지만 여전히 답을 찾지 못한다.

뒤로 팽개친 책들이 바닥과 소파에 흩어져 있을 때, 톰은 서가의 가장 윗선반에 삐죽 튀어나온 『성경』이 들어 있는 케이스를 발견한다. 그는 『성경』을 케이스에서 꺼내 펼쳐 본다.

사랑의 약속과 1918년 12월 24일에 올린 결혼식을 기념하기 위해 루드비히 사브론스키와 아우구스테 홀로흐가 이 성경책을 받다. 톰은 결혼식 성구를 훑어본다

고린도전서 13장: 만일 내가 모든 비밀과 모든 지식을 안다 하더라도 사랑이 없으면 나는 아무것도 아니다. 산을 옮길 만큼의 믿음이 있더라도 사랑이 없으면 나는 아무것도 아니다.

톰은 생각한다. 동프로이센을 탈출할 때 성경을 가지고 나왔고, 이 성경이 그 모든 일을 겪어 냈다는 것이 믿기지 않는다. 그는 거의 100년이 된 책의 페이지를 엄지손가락으로 넘겨 본다. 그리고 케이스에 넣을 때 약간의 저항감을 느낀다. 그는 확인하기 위해 살펴보다 접힌 종이를 발견한다.

톰의 피가 얼어붙는다. 그는 이상한 예감을 느낀다.

하이델베르크 지방법원. **시민의 이름으로**. 그레타 쇤나이히에 대

한 형사사건 판결서. 1931년 3월 7일 프로이센 아일라우 출생. 상해로 총 5개월의 징역형을 선고한다. 구금 기간이 고려된다.

"뭐라고?" 그는 소파 등받이에 기댄 채 책과 사진들의 혼돈 속에서 천장을 응시한다. "상해? 대체 무슨 짓을 한 거야, 엄마?"

A4 고속도로를 타고 그는 바이스바일러 발전소를 지나 벨기에를 향해 달린다. 더 정확히 말하면, 어젯밤에 출발하지 않은 라인강 북부 베스트팔렌의 나머지 사람들도 바다로 부활절 휴가를 떠나는 중이기에 속도를 높이고 있다. 톰은 음악 파일을 검색한다. 그의 기분에 딱 맞는 음악은 없다. 그 어떤 것도 복잡한 생각을 털어내 줄 만한 것은 없다. 오후 1시. 그는 뉴스를 튼다.

미국에서는 세계화를 반대하는 두 사람, 도널드 트럼프와 버니 샌더스가 예비선거의 승리를 축하하고 있다. 자를란트에서 NPD(독일 우파정당)대표가 AFD(독일 극우정당)를 축하하고, 카셀과 괴팅겐 사이에서는 700명의 기차 승객이 ICE 고속열차에 갇혀 있다. 튀링겐에서는 열여덟 살 소녀가 자신의 아기를 낳자마자 살해한 혐의로 체포되었다. 톰이 볼륨을 높인다. 교통이 정체된 상태다.

경찰에 따르면 임신 7개월인 젊은 여성은 갑자기 진통을 하자 놀랐다고 뉴스 앵커가 전한다. '여성은 출산이 어떻게 진행되는지 인터넷으로 알아보고, 그 후 부모님의 욕조에서 아무도 모르게 아이를 낳았습니다.'

뒤에서 귀를 울리는 소방차의 비상 사이렌 소리가 다가오고,

두 줄로 이루어진 차량이 천천히 갈라져 구조 통로를 만든다.

'세탁물을 처리하기 위해 지하실로 간다는 핑계로 여성은 옷 안에 아기를 숨겨 아파트를 나왔습니다.'

소방차가 톰을 지나가며 라디오 소리를 잠시 덮어 버린다.

'……여성은 직접 살해한 아기를 티셔츠로 싸서 큰 지퍼가 달린 곰 인형 속에 넣었습니다. 그 곰 인형은 쓰레기통에서 수거인에 의해 발견되었습니다.'

샤이엔과 레녹스 스티커를 붙이고 앞에 가던 검은색 SUV는 더 이상 교통체증을 견딜 수가 없었던지 다른 차들의 시끄러운 경적 소리에도 아랑곳하지 않고 차선을 바꿔 비상 차선으로 옮겨 탄다.

톰은 두꺼운 유리를 통해 모든 것을 관찰하지만 나미카가 WDR2(독일 라디오방송국)의 인기 순위 맨 위에 있다는 말도 듣지 못했으며, 교통체증을 유발한 불에 탄 소형 승용차가 한쪽 차선을 막고 있는 것도 보지 못한다. 하나의 생각이 다른 모든 생각들을 압도해 버린다. 엄마는 아이에게 무슨 짓을 한 것일까? 그래서 마리를 그렇게나 꼭꼭 숨겨 둔 것일까? **누나에게는 무슨 일이 일어났을까?**

휴대전화의 벨 소리가 그를 다시 고속도로 위로 데려오고, 차는 가다 서다를 반복한다.

"톰, 최대한 빨리 집에 와야겠다!" 헬가의 날카로운 목소리가 들린다. "여기 누군가 침입했어. 엄마 아파트에. 화초에 물을 주려고 와 보니 모든 것이 엉망진창이야. 누군가 모든 것을 뒤져 봤어. 넌 상상도 못 할 거야."

톰은 베츠쇼우 국경 교차점 뒤에 있는 주유소로 차를 몰고 가 마을 거리를 통과하여 독일을 향해 다시 돌아간다. 어쨌든 돔부르크에서 휴식을 취하려는 노력이 아무런 의미가 없다는 것을 새삼 깨닫는다.

"미안해요." 그는 헬가에게 말하며 피자 상자와 퀼쉬 병으로 가득 찬 비닐봉지를 들고 그레타의 주방으로 향한다.

"너 정신이 좀 이상해진 것 아니니? 이봐, 꼬맹이!"

"나도 알아요." 톰이 말하며 맥주 상자를 열어젖힌다.

"어떻게 된 거야?" 헬가는 모퉁이 의자에 털썩 주저앉아 담배 한 개비를 꺼낸다.

톰은 그녀에게 맥주병을 건네주고 함께 부딪힌다. "내가 뭔가를 찾아봤어요." 그는 단숨에 병에 든 맥주를 마신다. "헬가, 지금 몇 살이죠?"

"예순일곱 살이다. 왜?"

그는 헬가가 마리와 같은 나이라고 생각한다.

톰은 참치 피자 4분의 1을 먹고, 두 번째 퀼쉬 병을 따고 마음을 굳힌다.

"엄마가 감옥에 있었다는 걸 알고 계세요?"

헬가는 손등으로 입술의 기름기를 닦아 내고 맥주로 입을 헹군다. "그레타가? 정말?"

"예."

"글쎄, 그레타가 그런 말을 한 적은 있었어. 하지만 캄차카에 스키를 타러 갔다고도 했거든. 너도 알잖아. 엄마가 얼마나 많은 걸 꾸며 대는지."

"엄마가 감옥에 대해서는 뭐라고 했는데요?"

"어떤 아동 보호소에서 누군가를 때렸다고 했어. 내 기억엔 어떤 수녀였어. 엄마가 뭐라고 말하든 그냥 신경 쓰지 않았어. 원체 알 수 없는 사람이니까."

아동 보호소? 마리는 아동 보호소에 있었나?

시내로 가는 길에 톰은 제니의 번호로 전화를 건다. 여덟 번을 울리고 나서 그녀의 응답기가 작동한다.

밤 10시가 넘었으므로 톰은 이미 자고 있겠다고 생각한다. 그러나 그는 차를 몰고 제니가 사는 모퉁이 집에 불이 아직도 켜져 있는지 확인해 보기로 결정한다. 그의 감각은 여전히 날카롭다. 그녀의 아파트는 아직도 밝게 빛나고, 그녀의 그림자가 커튼이 쳐진 격자창 뒤로 움직인다.

그는 그녀의 번호로 다시 전화를 건다. 자동응답기가 시작된다. "대답해요, 제니. 난 당신이 아직 깨어 있다는 걸 알아요. 제발, 그냥 간단한 질문이 하나 있어요."

그림자가 멈춰 선다.

"뭐라고요?" 제니는 전화기에 대고 소리를 질러 아이의 울음소리를 덮으려고 한다.

"내 누나의 등록 정보도 가지고 있어요?"

"예. 하지만 아직 시간이 없어서……."

"내게 보내 줘요." 톰이 말하며 전화기를 멀리 떨어뜨린다. 칼의 울음소리가 고막을 터뜨릴까 걱정스럽다.

"보내 줄게요."

전화가 끊어진다.

"제니?"

집으로 돌아와 톰은 2분마다 한 번씩 화면을 쳐다본다. 점점 짜증이 치밀어 오른다. 자정 직전에 더 이상 참을 수 없게 된 나머지 제니에게 문자 메시지를 보낸다.

잊었나 해서요. 마리의 등록 정보 부탁해요. 고마워요!

그는 제니의 답변이 빨리 오기를 기대하며 더 자주 휴대전화를 응시한다. 하지만 아무런 반응이 없다.

톰은 아파트 안을 불안하게 서성거린다. 평화를 찾을 수 없다. 그는 와인을 한 병 따고 소파에 편안히 앉아 <하우스 오브 카드> 다섯 번째 시즌으로 관심을 돌려 보려고 한다. 하지만 프랭크 언더우드(하우스 오브 카드의 주인공)는 지루하다. 그는 <홈랜드>로 바꾼다. 캐리 매티슨은 베를린에 있다. 지루하다! 니콜라스 브로디가 목을 매달아 죽은 이후로 이 시리즈는 더 이상 재미가 없어졌다고 생각한다. 그리고 브로디가 아직 살아 있더라도 그는 지금 그것에 신경을 쓰지 않을 것임을 알고 있다. 왜냐하면 그의 생각은 오직 한 사람, 마리 쉰나이히만을 맴돌고 있다.

휴대전화의 진동이 그를 얕은 잠에서 깨운다.

1949-1952 플뢰크 길 20번지, 하이델베르크, 당신의 엄마와 같이.

1952 지겔하우젠, 브람스 길 41번지.

연락해요, 칼이 미쳐 가고 있어요. 그리고 곧 나도 그렇게 될 듯!!!!!

3시가 막 지난 시간이다. 톰은 완전히 잠에서 깬다. 그는 두 번째 주소를 구글에 검색해 당시 그곳에 아동 보호소가 있었다는 사실을 알아낸다. 그는 계속해서 검색하다가 ≪라인 네카어 차이퉁≫지의 아카이브에서 1952년 12월 27일의 짧은 단신을 발견한다.

> 지겔하우젠에서 21세의 하이델베르크 여성이 개신교 아동 보호소의 원장을 의자 다리로 폭행했다. 피해자는 두개골 손상으로 대학병원으로 이송되었으며, 용의자는 도주 중 경찰에 체포되었다.

톰은 입을 다물지 못하고, 눈을 비비며 놀라움에 휩싸인다. 그는 고개를 들어 그레타의 흑백 사진을 올려다본다. 그레타는 모자 아래로 세상을 내다보는 말괄량이 소녀 같은 모습으로 활짝 웃고 있다. "도대체 무슨 일이 있었던 거야, 엄마?"

젊은 그레타는 건방진 미소를 짓는다.

"마리는 어디로 갔어?"

그레타는 대답을 하지 않지만 톰은 그녀의 침묵 뒤에 감추어진 고통을 짐작한다. 톰은 흥분하여 계속 검색을 진행하고 마리 쇤나이히라는 이름을 가진 여러 명을 찾아낸다. 이 가운데 이름이 두 개인 자선가, ö가 아닌 œ 철자를 쓰는 수학자, 스위스에서 수상경력이 있는 헌혈자 등이 있다. 톰은 이들을 빠르게 제외한다. 전 세계 인터넷에서도 그의 누이, 마리의 흔적은 찾을 수 없다.

그는 '전후 독일, 독일인 엄마, 아프리카계 미군, 아이들'이라는 검색어를 입력하고 가장 위에 있는 위키백과 항목을 열어본다.

검색 항목은 다음과 같이 설명하고 있다.

'2차 세계대전이 끝난 뒤 독일인 엄마와 아프리카계 미국인 아버지 사이에서 태어난 아이들'

> 위키피디아의 최상위 항목: 브라운 베이비(영어: 브라우네 베이비, 덴마크어: 브루네 베른, 독일어의 다른 표현: 혼혈아). 2차 세계대전이 끝난 후, 독일인 어머니와 아프리카계 미국인 아버지를 가진 아동들을 가리킨다.

"브라운 베이비, 아주 사랑스럽게 들리는군." 톰은 혼잣말을 하며 계속 읽는다.

> 1945년부터 1955년까지 독일 엄마와 아프리카계 미군 사이에 태어난 약 4,800명의 아이들은 점령지역에서, 그리고

이후의 연방공화국에서 은폐되고 공개적인 차별에 노출되었다. 그들의 결혼하지 않은 어머니들도 마찬가지로 자주 “흑인 창녀”, “미군 갈보”, 또는 “타락한 년”으로 비난받았다.

그리고 12년 동안의 나치 지배 이후를 톰은 생각한다. 나치의 이상적인 여성성을 지속적으로 선전한 독일제국 선전부 장관 요제프 괴벨스의 인용구를 찾는다. 그 인용구는 독일 여성이 ‘제3제국의 결실’로 ‘아리안 종족의 순수성을 보존하는 임무’를 달성했다고 말한다. 이 말을 읽는 것만으로도 톰은 기분이 불쾌해진다.

바깥은 낮이 밤을 밀어내고 어두운 회색이 점차 밝아진다. 톰은 뜨거운 샤워기 아래 서서 눈을 감는다. 그는 대학 시절 강사였던 마라 스미스를 떠올린다. 그녀는 흑인이었고 톰보다 훨씬 나이가 많았지만, 겉모습만 봐서는 전혀 짐작할 수 없었다. 미친 것 같다. 그녀가 지금 그의 머릿속에 떠오르는 것도 미친 짓이고, 그녀에 대한 생각이 아직도 그의 거시기를 서게 만든다는 사실도 미친 짓이다. 그는 나이가 들면서 젊은 여자에게만 관심을 갖게 되었다. 그러나 예전에는…….

머리를 뒤로 젖히자 물방울이 얼굴에 떨어진다. 누가 알겠는가. 어쩌면 내가 내 누이와 사랑에 빠졌을지도 모른다. 그녀와 같은 비행기를 탄 적이 있거나 같은 호텔 바에 앉아 있었는지도 모른다. 어쩌면 우리는 베를린에서 같은 지하철을 탔을지도 모른다. 파리에서, 뉴욕에서. 그녀는 어디에나 있을 수 있고, 그럼에도 나는 그녀를 결코 알아볼 수 없을 것이다.

그는 엎드려 자는 자세로 누워서 담요를 머리 위까지 끌어당긴다. 그러나 1분도 채 되지 않아 담요를 젖히고 휴대전화에서 어린 마리의 사진을 찾는다. 그리고 그녀가 지금 어떤 모습일지 상상해 본다. 그녀는 아마도 흰머리가 있거나 티나 터너처럼 가발을 쓰고 있을지도 모른다. 그는 침대에 앉아 노트북으로 계속 검색하다가 SWR프로덕션의 영화 클립을 찾아낸다.

“어렸을 때 저는 더러운 흑인이라는 말을 자주 들었어요. 그래서 미백제와 브러시를 사용하여 이 더러운 페인트를 닦아 내려고 했어요. 하지만 색깔은 그대로였죠.” 나이가 든 브라운 베이비는 이렇게 회상한다.

“가장 기억에 남는 욕은 빔보*였어요. 석탄 덩어리도 나쁘다고 생각했죠.”

톰은 자려는 생각을 포기하고 옷을 챙겨 입은 뒤 마리의 사진과 10대 시절의 엄마 사진을 출력하여 주방의 작업대 중앙에 놓는다.

그는 지금까지의 모든 검색 자료를 프린터로 출력하고 그것들을 작업대에 배열한다.

대담자: 나치 후 독일에서 브라운 베이비는 힘겨운 시간을 보냈으며, 자주 조롱과 배척을 받았습니다. 어머니들은 더욱 힘들었습니다.

* bimbo. 매력적이지만 천박한 젊은 여자를 가리키는 속어.

그들은 “흑인의 여자”로 억압받고 고립되었습니다.

1946년 시장은 흑인 아이를 가진 여성들을 쫓아냈습니다. ‘흑인 어린이’를 위한 식량 카드는 없었습니다. 복잡한 법적 상황은 그들의 상황을 더욱 악화시켰습니다. 미국인들은 독일을 점령하고 있던 동안 특권을 얻었습니다. 아버지들이 그들의 비혼 출생 아이들에게 16세까지 양육비를 지불해야 한다는 현행법은 군인들과 점령군들에게는 적용되지 않았습니다.

그레첸: 독일 남성들의 ‘그레첸’에 대한 분노는 익명의 폭력으로 표출되었습니다. 여성들은 머리를 깎이고, 벌거벗겨진 채로 광장을 가로질러 끌려가기도 했습니다. 슐라이스하이머 숲의 헨리 바라크 근처에서는 참수 살해를 당한 소녀들이 발견되기도 했습니다. 특히 아프리카계 미군과 함께한 소녀들이 많이 처형당했습니다.

적대감: 피부색이 검은 미군의 파트너들은 사람들의 잔인한 학대보다 가족과 주변으로부터의 비난, 거부감 및 공개적인 적대감을 더 자주 경험해야 했습니다.

학교: 1952년 학년 초에 최초로 아프리카계 독일 어린이들이 학교에 다니기 시작했습니다. 그러나 독일의 학부모들은 자신의 아이들이 ‘흑인과 함께’ 교실에 앉아 있는 것을 원치 않았습니다. 따라서 브레멘 교육당국은 『내 친구 흑인 꼬마, 맥시Maxi unser Negerbub』라는 소책자를 발행했습니다.

톰은 작업대 위의 출력물들을 본다. 그는 누이의 운명에 대해 더 이상 알지 못하지만 이제야 입주한 이후 처음으로 커다란 작업 테이블이 어떤 용도로 사용되어야 하는지를 알게 된다.

그는 하이델베르크-지겔하우젠에 있는 예전 보호소의 사진을 마리의 사진 위에 올려놓는다.

“오래된 문서들은 어디서 찾지?” 그는 아파트 안의 고요한 공간 속에 물음을 던진다.

9시가 되기 직전이다. 그는 눈이 충혈되고 불안하다. 제니의 번호로 전화를 걸려다가 어젯밤에 그녀가 어떤 말을 했는지 기억하고 즉시 전화를 끊는다.

그는 그녀와 직접 이야기를 해야만 한다.

왼쪽 라인강둑을 따라 남쪽으로 달린다. 크레인하우스 아래에서는 더 빠르게 질주한 다음 클로드비히 광장에 있는 빵집으로 향한다.

“크루아상 여덟 개 주세요.” 그는 숨을 헐떡이며 말하고 일곱 개를 포장하고 나머지 하나를 물어뜯는다.

제니가 살고 있는 건물 모퉁이에서 이웃이 문밖으로 나오다가 톰을 알아본다.

“오, 눈에 띄는 방문객이시네! 함께 사진 찍어도 될까요?”

톰은 마지못해 입을 비틀어 미소를 짓고, 그 뒤로 빠르게 현관문 안으로 들어갈 수 있어 다행이라 생각한다. 제니의 문 앞에는 기저귀로 가득한 쓰레기봉투가 놓여 있다. 일단 그는 문에 귀를 대 본다. 안에서는 아무런 소리도 들리지 않는다. 톰은 크루아상을 걸어 둘 수 있도록 손잡이가 있는 비닐봉투를 사지 않은 것을 후회한다. 그렇지 않으면 어떻게? 그는 담대하게 쓰레기봉투를 집어 들고 대신 그 자리에 빵 봉투를 놓고, 안뜰의 쓰레기장에서 제니에게 문자 메시지를 보낸다.

잠에서 깨면 문밖을 살펴봐요.

1분도 채 지나지 않아 그의 휴대전화가 울린다.

"이걸 누가 다 먹나요?"

"글쎄. 잠이 부족하면 에너지가 많이 소모된다는 말을 들은 적이 있어요."

"어디예요?"

"당신 동네. 주차장으로 가는 길이에요."

"올라와요. 할 말이 있어요."

"좋아요. 나도 물어볼 게 있거든요."

3층에서 그는 살짝 열려 있는 문을 밀어서 연다.

"안녕." 제니는 유아차에 누워 자고 있는 칼을 가리키며 속삭인다. "당신이 와 줘서 다행이에요."

톰은 그녀가 샤워하고 잠을 잘 수 있도록 다시 아기 돌보기를 해야 하는구나, 하고 생각한다. 그는 오늘은 어떻게 해서든 이 상황을 피할 전략을 고민하고 있다. 분명한 것은 아기 유아차를 밀고 쾰른 남쪽 지역 동네를 돌아다니며 매번 사람들에게 사진을 찍자는 요청을 받고 싶지는 않기 때문이다.

"전화로는 말하고 싶지 않았어요."

"뭘요?"

제니는 그에게 하이델베르크 개인 정보 등록사무소에서 발행한 등록증명서를 건네준다. "자, 직접 읽어 보세요."

마리 쇤나이히, 1949년 5월 23일 출생.

톰은 하이델베르크 구시가지의 아파트 주소를 읽고, 지겔하우젠 아동 보호소의 주소 아래 마지막 항목에서 멈추고 만다.

1953.06: 알 수 없는 곳으로 이주.

"어떻게 모를 수가 있어요? 독일 등록법에 따르면 모든 주소를 출생지 등기부에 기재해야 하는 걸로 알고 있는데."

"원칙적으론 그렇죠."

"그럼 그녀가 길을 잃어버리기라도 했다는 말인가요? 아니면 실종?"

"다른 선택지도 있어요." 제니가 말하며 그를 진지하게 바라본다. 그리고 그를 위해 의자 위를 치워 준다.

"뭔가요?" 톰은 자신의 머리로 피가 몰려드는 것을 느끼며 천천히 의자에 앉는다.

열.

1953년 5월-7월

5월 29일 오후, 하이델베르크 구시가지에 위치한 시립 교도소의 철문이 쾅 하고 닫혔다. 그레타의 얼굴은 쇠약해지고 헐렁해진 옷이 몸을 휘감고 있지만 다시 자유의 몸이 되었다. 아이에 대한 그리움이 끝없이 자신의 몸을 갉아먹었던 다섯 달이었다. 그녀는 눈을 감고 따뜻한 봄 공기를 깊이 들이마셨다. 그리고 세심하게 계획했던 대로 먼저 많지 않은 소지품이 든 짐을 엘리제 할머니에게 맡기고 곧장 지겔하우젠의 보호소로 향했다. 그녀의 폐는 타들어 가는 듯 아팠고 옆구리가 쑤셔 왔다. 그럼에도 그녀는 쉬지 않았다. 그녀는 네카어강변에서 데이지를 꺾었다. 걸으면서 줄기를 가지런히 정리하여 풍성한 꽃다발을 만들었다. 그녀는 브람스 길에 위치한 아동 보호소의 문을 두드렸다.

"아, 저는 에르드무테 원장님과 얘기를 하고 싶습니다."

그레타는 감옥에서 살이 많이 빠졌고 금발 머리가 길대로 길어 얼굴을 덮고 있었지만 접수 수녀 로자는 그녀를 즉시 알아보았다.

"아." 로자 수녀는 더 이상 할 말을 잇지 못했다.

그레타는 닫힌 문 앞에서 기다려야 했다. 5분 남짓 지나자 돌아온 수녀가 스물두 살의 그레타에게 따라오라는 손짓을 했다. 그레타는 호기심 가득한 아이들의 시선을 받으며 원장의 사무실로 안내되었다. 원장은 책상 뒤에 놓인 서류에 얼굴을 파묻고 있었다.

"제가 잘못했습니다. 에르드무테 원장님께 사과드리고 싶습니다." 그녀는 조용히 허공에 대고 말했다.

말을 듣고 있던 여자는 메모를 하면서 고개를 들지 않았다. "우리는 당신을 위해 기도했어요, 쇤나이히 양."

"감사합니다." 그레타는 친근한 표정을 유지하려고 애쓰며 말했다. "죄송합니다." 그녀는 한 발 앞으로 나아가 데이지 꽃다발을 원장에게 내밀었다. "제발……."

에르드무테 원장은 얼굴을 붉히며 그녀를 바라보았다. "하나님, 당신의 선하심에 따라 저희를 불쌍히 여기시고, 당신의 크신 자비로 저희의 죄를 사하여 주시옵소서. 저희의 죄악으로부터 저희를 씻어 주소서."

그레타는 꽃다발을 책상에 놓아도 되는지 알 수 없었고 원장의 잘난 척하는 말투가 귀에 거슬렸다. 그래도 그녀는 딱히 다른 말이 떠오르지 않아 "아멘"이라고 맞장구를 쳤다. "내 딸은 어떻게 지내고 있나요?"

"아주 잘 지내고 있을 거예요." 원장은 새로운 파일을 가져와 펼쳐 보였다.

"잘 지내고 있을 거라니요?"

"마리는 더 이상 우리와 함께 있지 않습니다. 아시죠?"

"**아뇨.** 전 아무것도 몰라요! 마리는 어디 있나요?" 그레타가 흔들렸다.

"저는 어떤 정보도 알려 드릴 수 없습니다, 쇤나이히 양."

"하지만 왜 안 돼요? 제가 그 애 엄만데!"

"양육권을 박탈당한 것으로 알고 있습니다. 법정 소송이 끝난 후에 그렇게 들었어요."

"하지만 이제 돌아왔잖아요! 제 아이가 어디 있는지 알아야만 해요. 다섯 달 동안 보지 못했다고요."

"정말 제 책임이 아니에요, 쇤나이히 양." 에르드무테 원장은 자리에서 일어나 그레타의 꽃다발을 들고 문 앞까지 동행했다. "이 문제에 대해 전 정말 아무것도 도와줄 수 없어요. 에베르트에게 물어보세요."

그레타가 넋이 나간 표정으로 돌아오자 엘리제 홀로흐가 비난했다. "꽉 막힌 여자들이네. 내게 미리 말해 줄 수도 있잖아. 어쨌든 난 매주 그곳에 가서 마리를 위해 뭔가를 가져다줬어."

엘리제 할머니는 그레타의 면회를 왔을 때마다 그들이 결코 아이를 만나게 해 주지 않는다고 말했다. 엘리제 할머니와 루드비히 할아버지만이 그레타를 규칙적으로 찾아와 주었다. 그녀의 엄마, 엠마는 이 고전주의적인 양식으로 지어진 벽돌 건물에 단 한 번 왔을 뿐이었다. 고작 집과 1킬로미터도 되지 않는 거리였음에도. 엠마는 딸이 가족에게 결국 수치를 안겨 줬다고 말하기 위해 왔다. 그레타가 마리를 돌봐 달라고 애원했지만 그녀의 엄마는 오토가 결코 그것을 허락하지 않을 것이라고 분명히 못 박았다.

"하지만 마리는 엄마 손녀잖아요!" 그레타가 간청했다.

"오토는 내 남편이야!" 엠마는 다시는 얼굴을 보이지 않았다.

"양육권 철회라고? 그건 불법이야, 그레타." 엘리제 홀로흐는 숨을 거칠게 내쉬었다. "같이 청소년 복지국으로 가 보자. 이 문제는 법적 조치로 맞서야 해. 내가 약속하마."

그레타는 좋은 버터를 바른 두터운 빵 한 조각으로 허기를 채웠고 마침 금요일이었기에 공공기관을 방문하기에는 너무 늦었다는 사실을 알고 저주를 퍼부었다. "이 끝없는 기다림. 미쳐 버릴 것 같아요."

"그레타는 오늘 밤 우리와 함께 지낼 거예요." 엘리제 할머니가 늦은 밤 퇴근해서 집으로 돌아온 남편에게 말했다. 헤르만 홀로흐는 고개를 끄덕이며 방문객에게 더 이상 관심을 기울이지 않고 저녁을 먹는 일에 몰두했다.

헤르만 할아버지는 내 기분을 알 텐데, 하고 생각했지만 그녀는 감히 그에게 수용소 이야기를 꺼내지 못했고 식탁에 함께 앉지도 않았다.

“방송이 곧 시작돼.” 엘리제 할머니는 들뜬 목소리로 주물로 만든 덮개를 열어 텔레비전 전원을 켜고는 소파에 앉았다.

“텔레비전이 있어요?” 그레타는 믿을 수 없다는 듯 물으며, 그 자리에 멈춰 섰다.

“그래.” 엘리제 할머니가 대답하자 남자 목소리가 튀어나왔다.

‘사랑스럽고, 멋진 시청자 여러분…….’ 화면에서는 흰 앞치마를 허리에 두른 남자가 말하고 있었다.

“누구죠?”

“클레멘스 윌멘로드란다. 텔레비전 요리사야.” 헤르만 할아버지가 대답했다.

“쉿!” 엘리제 할머니가 일어나서 소리를 더 크게 키웠다.

‘……저는 전쟁 전 로마에서 시장을 거닐던 봄날에 신선한 오레가노 향기를 맡았어요.’ 콧수염을 기른 텔레비전 요리사, 윌멘로드가 이야기를 이어 갔다. ‘그리고 요리에 열정이 있는 사람이라면 여러분, 그때부터 고민하고 꿈꾸기 시작하죠. 그래서 저는 이 신선한 오레가노로 무엇을 할 수 있을까 고민하면서 몇 주 동안 그 생각을 품고 다녔어요.’

그레타는 앉는 것조차 잊었다. 심지어 자신의 아이가 어디에 있는지도 모르는 상태인데도 입을 벌리고 텔레비전을 보고 있었다.

윌멘로드는 시인 횔더린의 꿈꾸는 사람은 신이 되고, 생각하는 사람은 거지가 된다는 말을 이야기했다. 그리고 어느 날 아침 침대에 누워 있을 때 횔더린이나 신이 아니라 텔레비전에 출연하는 자신에게 그 말이 떠올랐다고 했다.

엘리제 할머니와 헤르만 할아버지는 그의 말 한 마디, 한 마디에 매달려 결말을 간절히 기다리고 있었다.

'……그래서 전 오레가노로 뭘 해야 할지를 알았습니다. 한번 보세요…….' 텔레비전 요리사는 먼저 달걀 두 개를 깨서 포크로 휘저은 다음 밀가루를 넣고 물을 조금 넣었다. 마지막으로 오레가노 잎이 달린 가지를 가져와 시청자들에게 보여 주었다.

'이 허브를 반죽에 섞어 이탈리아 스타일의 오믈렛을 만들 겁니다.'

엘리제 할머니는 손뼉을 치며 펜을 꺼내 메모를 했다. 텔레비전 프로그램 중에 그녀는 소시지와 통조림 야채 믹스로 만든 송아지 내장 요리의 레시피도 적었고, 그레타는 내일 시장에서 무엇을 사야 할지를 천천히 생각했다.

월멘로드는 '사랑하는 미식가들'에게 작별 인사를 했고 두 주 후에 다시 국제적인 요리의 세계로 초대할 것이라고 약속했다.

방송이 끝나자 교수는 텔레비전을 껐고, 그의 아내는 장식용 담요로 텔레비전을 소중하게 덮었다.

밤에 그레타는 소파에 누웠지만 잠을 이루지 못했다. 커튼 뒤에서 헤르만 할아버지가 코를 골고 있었기 때문만은 아니었다. 그녀는 감옥에서 보낸 백쉰네 번의 밤마다 이미 네 살이 된 마리가 바벨레에게 이야기를 들려주는 것을 상상했다. 이야기는 항상 엄마가 그녀를 곧 데리러 와서 함께 행복한 삶을 살게 될 것이라는 내용이었다.

이야기들은 다양했다. 어느 날 아이는 인형에게 말했다. 자기는 미군이 히르쉬 길의 빌라를 떠나면 엄마와 함께 헤르만 할아버지와 엘리제 할머니가 지금 살고 있는 층에서 살게 될 것이라고. 그리고 또 마리는 바벨레에게 속삭이기도 했다. 엄마가 자신을 구출하여 독일에서 탈출해 결국 미국에서 행복을 찾을 것이라고. 이 이야기들만이 그레타가 감옥에서 겪어야 했던 모든 수모를 견뎌 내게 해 주었다.

그레타는 마리에게 마음속으로 맹세했다. 지금 네가 어디에 있든 나는 널 거기서 데려올 것이고, 그 무엇도 우리를 갈라놓지 못하게 할 것이라고.

다음 날 아침 그레타는 장바구니를 들고 시장 광장을 걸었다. 자유를 되찾은 후 처음으로 성령교회의 종이 울리는 소리를 들었다. 아홉 번.

"오레가노? 다른 말린 향신료를 드릴까요, 아가씨?"

시내의 정육점 주인도 어깨를 으쓱할 따름이었다. "송아지 내장은 다 팔렸습니다."

"오늘 왜 다들 통조림 야채 믹스를 찾는지 궁금하네요." 식료품점의 점원이 말했고, 그 건너편 잡화점 주인도 물었지만 그레타는 고개를 젓기만 했다.

당황한 그레타는 엘리제 할머니가 목록으로 적어 준 것을 하나도 사지 못한 상태에서 성령교회 앞길을 따라 걸었다. 그리고 음식점 붉은 황소의 열린 창문 안을 들여다보았다. 늘 자리를 지키고 있던 늙은 사회민주당 당원들이 보였다. 루드비히 할아버지도 그 테이블의 단골이었다. 그녀는 목을 쭉 뻗어 보았지만 할아버지는 보이지 않았다. 그래도 안으로 들어갔다. "안녕하세요." 그녀가 인사했다.

모든 대화가 뚝 끊겼다.

"루드비히 사브론스키가 지금도 오시는지 궁금합니다."

담배 연기 속에 있던 두 사람은 서로를 바라보았다.

"그 친구는 여기 한동안 안 왔어." 테이블에 앉은 그나마 어린 사람이 말하며 그레타를 위아래로 훑어보았다.

"왜 그런지 아세요?"

"모르지." 다른 사람이 담배 연기를 내뿜으며 말했다.

그레타가 다시 거리로 나와 할아버지를 만나려면 어떻게 해야 할지 고민하고 있을 때 열린 창문으로 몇 마디가 흘러나와 그녀의 귀에 들어왔다.

"아무리 그래도 그렇게 하면 안 되지."

"이미 처벌받은 미군 여자잖아."

"그래도 감옥이라니."

분노와 수치심이 그녀의 얼굴에 덮쳐 왔다. 그녀는 돌아서서 할아버지를 만나기 위해 집이라 불렀던 곳으로 가야겠다고 마음먹었다. 그러나 시장 광장을 가로질러 걷는 것조차 전쟁터를 가로지르는 것 같았고 자신을 향해 다가오는 모든 사람들의 시선을 받아 내야만 했다. 그녀는 견딜 수가 없었다. 그녀의 귀에는 아는 사람들의 비난이 날카로운 비수로 꽂혔고 그 속에는 엄마의 비난도 섞여 있었다. 이미 처벌받은 미군 여자……, 가족의 수치.

그녀는 손가락 사이로 감자 가판대 앞줄에 서 있는 엄마를 발견했다. 그녀는 옆으로 비켜서 지나가는 사람들 뒤로 숨은 다음 게시판 기둥 그늘에서 숨을 곳을 찾았다.

사실 상황은 그녀에게 나쁘지 않았다. 만약 그녀가 충분히 빠르다면 엄마가 집에 도착하기 전에 할아버지를 볼 수 있을 것이었다. 그러나 뒤이어 아빠가 떠올랐다. 그의 욕설을 그녀는 오늘만큼은 참을 수 없을 것 같았다. 그레타는 엠마가 상인과 대화에 정신이 팔려 있는 것을 보고 골목을 돌아 네카어강을 향해 달렸다.

그녀는 다리 위 강 중앙에서 숨을 헐떡이며 멈춰 섰다. 그녀의 머릿속에는 '이미 처벌받은 미군 여자'라는 말이 왕왕거리며 울려 퍼졌다. 그러나 그 말은 곧 다른 말로 대체되었다. 양육권 박탈. 모든 말들이 몰려들어 맹렬하게 그녀를 공격해 댔다.

만약 마리를 영원히 잃으면 어쩌지? 그녀는 힘없이 장바구니를 떨어뜨렸다.

"안녕하세요, 그레타 아가씨." 남자의 목소리가 떨어지는 물줄기 소리에 섞여 들려왔다.

그녀는 돌아서서 주위를 둘러봤다. 그녀 앞에는 크리스마스 때 헤르만 할아버지와 숙모 할머니를 방문했던 젊은 남자, 콘라트 몬데라스가 서 있었다.

"언제 다시 돌아왔어요?"

그레타는 무슨 말을 해야 할지 몰라 그를 쳐다보기만 하다가 장바구니에 손을 뻗었다.

"바트 나우하임은 어땠어요?" 유난히 푸른 눈으로 그녀를 내려다보는 그의 얼굴이 부드러워 보였다. 그레타는 시간을 벌기 위해 코를 풀었다.

"언니는 잘 지내고 있어요? 홀로흐 부인에게서 언니와 같이 지내고 있다고 들었어요."

그레타는 고개를 끄덕였다. "이제 가 봐야 해요. 쇼핑은 다 했고, 숙모 할머니가 기다리고 계세요."

콘라트의 시선이 장바구니에 머물렀다. 그는 웃음을 억누르며 말했다.

"나도 그쪽으로 가야 해요." 댐 끝의 물소리가 조용해지자 그는 주머니에서 담배를 꺼냈다. "오늘 밤 병원에서 야간 근무를 하거든요. 한 대 드릴까요?"

그레타는 고개를 저었고, 그도 담배를 다시 집어넣었다.

"제가 말씀드려도 괜찮을지 모르겠습니다만 긴 머리가 아주 잘 어울려요."

그녀는 얼굴에서 머리카락을 걷어 올렸다. "정말 전 지금 가야 해요."

"내일 시간 있으세요? 커피 한 잔과 블랙 포레스트 케이크 한 조각으로 초대하고 싶습니다." 콘라트는 수줍게 말했다.

그녀는 여전히 케이크를 제대로 발음하지 못한다고 생각하며 그의 시선을 피했다. “전 일요일에 한가한 적이 없어요.”

“그럼 퇴근 후 다른 날은 어때요? 영화관에 갈 수는 있잖아요.”

“어쩌면요.” 그레타는 길을 가로질러 빌라의 안뜰 문을 열고 낯선 경비병과 인사를 나누었다. 목 뒤쪽으로 콘라트의 시선이 따갑게 느껴졌다.

짧게 머리를 다듬은 그레타는 숙모 할머니와 함께 다음 월요일 오전 사무실이 열리는 시간에 맞춰 마리의 후견인, 에베르트 씨의 문을 두드렸다.

“에베르트 씨는 오늘 외근 중입니다.” 그의 비서가 팔츠 사투리로 말했다. “모레 다시 오세요.”

“모레까지 기다릴 수가 없어요.” 그레타는 분노로 얼굴이 붉게 달아올랐다.

“에베르트 씨의 대리인은 누구죠?” 엘리제가 끼어들었다.

“없어요. 아무도.” 비서가 단호하게 말하며 하던 일을 계속했다.

엘리제는 심호흡을 했다. “당신은 지금 당신 앞에 누가 있다고 생각해요? 나는 홀로흐 교수의 부인입니다. 지금 즉시 사무실 책임자와 얘기하고 싶어요.”

비서가 입을 꾹 다물고 새어 나오는 소리를 냈다. “따라오세요!” 엘리제 할머니는 몸을 기울여 그레타에게 승리의 고개를 끄덕이며 사무실을 나갔다.

나가는 길에 그레타의 눈이 서류 캐비넷에 꽂혔다. 그리고 뒤로 물러서서 두 여자가 계단을 내려가자마자 다시 사무실로 급히 돌아왔다. 캐비넷 서랍을 하나씩 열어 마침내 'ㅅ' 파일에서 찾던 것을 발견했다. 그녀는 서류를 훑어보다가 메모 한 장을 보고는 멈칫했다.

1952.12.01: 쇤나이히 양의 진술에 따르면 그녀는 아이를 돌볼 수 있는 상황이 아니며, 부모에게 아이를 맡길 수도 없는 처지다.

그레타는 피가 머리에서 다리로 떨어지는 듯했고 손은 덜덜 떨렸다. 그녀는 계속 읽었지만 날짜와 문장들이 점점 흐릿해졌다.

아동의 양육자는 이미 전과가 있다…… 마리는 사랑스럽고 다정한 아이다…… 조용하고 폐쇄적이다…… 낯선 사람들과 말을 하지 않는다…… 불리한 외모…… 의지가 약하다…… 쉽게 산만해진다…… 거짓말을 종종 한다…… 오줌을 가리지 못한다…….

그레타의 심장이 터질 것만 같았다. 계단에서 발소리가 들려왔다.

1953.03.01: 성 헤르만 요제프 아동 보호소, 만하임 케페르탈.

그녀는 파일을 다시 집어넣고 서랍을 닫은 후 방문객용 의자에 앉아 손톱을 물어뜯었다.

"여기 있었어요?" 비서는 그녀가 없는 사이에 무언가 달라진 것이라도 있는지 확인하려고 전전긍긍했다.

"그럼 다른 곳 어디에 있어야 되나요?" 그레타가 말을 했지만 그녀의 머릿속은 오직 한 가지 생각뿐이었다. 케페르탈, 성 헤르만 요제프.

엘리제 할머니가 사무실로 머리를 내밀었고 비서를 보지도 않고 말했다. "가자. 더 이상 여기 있을 필요가 없어!"

"뭔가 알아냈어요?" 그레타가 나가면서 물었다.

"관리자가 전혀 자격이 없다는 것!"

엘리제 할머니와 헤어져, 그녀가 준 돈으로 그레타는 만하임으로 가는 다음 기차를 타고 만하임 중앙역에서 5킬로미터 떨어진 케페르탈로 향했다.

"여기 성 헤르만 요제프 아동 보호소가 어디에 있나요?"

"저기, 파란 미국 차가 서 있는 곳까지 앞으로 쭉 더 가세요." 길을 떠난 지 두 시간 남짓 후에야 만난, 카펫을 두드리고 있는 부인이 그레타에게 말했다.

그레타는 달리기 시작했다. 자전거를 타고 가던 노인과 부딪힐 뻔했지만 피하고는 계속 달렸다. 그녀는 노인이 뒤에서 넘어지는 소리를 듣고서도 계속 달렸고 마침내 파란색 구형 자동차 앞에 도착해서야 멈춰 섰다.

아동 보호소의 이름은 차 뒤에 있는 길쭉한 2층 목조건물의 문 위에 적혀 있었다.

그레타는 숨을 깊이 들이마시고 낡은 현관 열 개의 계단을 올라가서 참나무 문을 두드렸다. 늙은 수녀가 문을 열었다.

"보호소의 관리자와 이야기하고 싶습니다."

"어떤 일이신지?"

"마리 쇤나이히에 대한 것입니다."

"그런데 당신은 누구세요?"

"마리의 엄마입니다. 그레타 쇤나이히입니다."

"아, 그래요. 그럼……."

수녀는 그레타에게 문밖에서 기다리라고 했지만 그녀는 그럴 생각이 없었다. 수녀를 따라 허락도 없이 현관으로 들어갔다.

"여기서 기다리세요!" 수녀가 위엄 있는 어조로 말하고 복도로 이어지는 첫 번째 문 뒤로 사라졌다. 그레타는 아이들의 목소리에 이끌려 더 안쪽으로 들어갔다. 그녀는 열린 문으로 가서 목을 길게 늘렸다.

"쇤나이히 양, 여기서 뭘 하시나요?" 갑자기 뒤에서 남자의 목소리가 들렸다.

놀란 그레타가 돌아서자 아우구스트 에베르트가 안내하던 수녀가 사라진 입구에 서 있었다. 그녀는 그에게 달려갔다. "제 딸을 찾고 있어요."

"따라오세요." 공식 후견인이 그녀의 팔을 잡고 넓은 계단을 따라 기숙사로 이끌었다.

"마리가 여기 있나요?" 그레타는 흥분을 감추지 못한 채 주변을 둘러보았다.

에베르트는 문을 닫고 나서야 말했다. "아닙니다."

"어디에 있나요?"

"저는 알려 줄 권한이 없어요." 에베르트는 얼굴이 붉어졌다.

"하지만 당신은 마리의 후견인이잖아요!"

"네, 그렇지만 당신은 더 이상 양육권을 가지고 있지 않습니다. 그래서……."

"하지만 이제 전 감옥에서 석방되었어요." 그레타가 말을 끊었다.

"그건 상관없어요. 법원이 이미 결정을 내렸어요."

"저는 결혼할 거예요." 그레타는 그의 앞을 가로막고 생각 없이 쏟아 내는 말로 그를 덮쳤다. "미래의 제 남편이 마리를 입양할 거예요. 그는 의사이고, 쾰른 출신이고, 최고의 사회적 지위를 가지고 있어요."

땀을 뻘뻘 흘리며 에베르트는 더 이상 말을 잇지 못하고 있었다.

더 어린 수녀가 방으로 들어와 에베르트를 곤경에서 벗어날 수 있도록 도와주었다. 수녀는 그레타에게 인사하며 후견인에게 속삭였다. 그레타도 알아들을 수 있을 정도의 크기였다. "그래머 여사가 지금 당신의 서명을 기다리고 있습니다."

"곧 돌아올게요. 와서 더 이야기하죠. 여기서 기다려요, 쇤나이히 양."

수녀는 그레타와 함께 남았다. 그레타의 시선은 열 개의 침대를 훑어가며 딸의 흔적을 발견하려고 애썼다. 그러나 그녀는 어떠한 흔적도 찾지 못했다. 마리의 흔적뿐만 아니라 다른 아이들에 대한 단서조차 없었다. 보호소의 이름을 써 둔 사진 한 장만이 벽을 장식하고 있을 뿐이었다. 그리고 문 위에 있는 십자가는 이곳이 군인들이 자는 곳이 아님을 알려 주고 있었다.

"내 딸 마리는 어디에 있나요?"

"마리?"

"성은 쇤나이히입니다. 네 살입니다." 그레타는 수녀 앞에 섰다.

"저는 허드렛일을 하고 있어서 아이들 이름은 알지 못해요." 수녀는 웃으며 그레타의 시선을 피하고 깔끔하게 접힌 양모 담요를 괜스레 매만졌다.

거짓말을 잘 못하는구나, 그레타는 생각하며 자신을 감시하고 있다는 느낌을 받았다. 계단에서 소리가 들려와 그레타가 문을 향해 가려고 하자 수녀가 길을 가로막았다.

"여기가 뭘 하는 곳이죠? 내게 무슨 짓을 하고 있는 거죠?"

"뭘요?"

그레타는 평정심을 잃지 않기 위해 노력했다. 또 한 번 경찰이 출동했다가는 그녀의 목표로부터 더 멀어질 것이 뻔했기 때문이었다. 그녀는 침대 사이를 왔다 갔다 걸어 다녔다. 창문 가까이 다가가려고 할 때마다 그녀의 감시자가 방 안을 가로질러 와서 그녀를 막아섰다.

"이러면……, 안 돼요." 수녀가 말했다.

"왜요?" 그레타가 그녀를 거칠게 밀치고 아동 보호소 앞마당을 보았다.

자동차의 조수석 문이 열려 있었다. 키가 큰 수녀가 차에 다가가고 있었다. 그녀의 수녀복이 바람에 흔들려 앞에 있던 두 아이를 보여 주었다. 수녀는 아이들을 차에 타라고 설득하는 듯했다.

먼저 전통적인 재킷을 입은 여섯 살쯤 된 갈색 피부의 소년이 차에 탔다. 그리고 빨간 코트와 모자를 쓴 어린 소녀가 특이한 인형을 들고 서 있었다.

"바벨레." 그레타가 속삭였다. 마치 번개가 그녀의 몸을 관통한 것처럼 느껴졌다. 그녀는 감시자를 밀치고 찌그러진 창문을 열고 외쳤다.

"마리!!"

수녀가 차에서 빠르게 돌아서며, 그레타를 향해 경악한 표정으로 올려다보았다.

"멈춰! 내 아이에게 무슨 짓을 하려는 거야?"

수녀는 서둘러 소녀를 차에 밀어 넣고 차의 뒷문을 힘껏 닫았다.

그레타는 뒤에 있는 젊은 수녀의 손을 뿌리치고 기숙사 문을 열고 복도를 달려, 나무 계단을 내려가며 길을 막고 서 있는 에베르트를 거칠게 밀쳤다.

집을 뛰쳐나오자마자 그녀는 미국산 차가 모퉁이를 돌아가는 것을 보았다. 그레타는 신발을 벗어 손에 쥐고 있는 힘껏 달렸다. 하지만 그녀와 차 사이의 간격은 계속 벌어지기만 했다.

뒤에서 경적이 울렸다. 그녀가 뒤를 보니 칼 아우구스트 에베르트의 어두운 회색 비틀이 다가오고 있었다.

"타요!" 그는 열린 창문으로 외쳤다.

"저 뒤를 따라가야 해요!" 그레타는 소리치며 조수석 문을 열었다. **"빨리요!"**

에베르트는 기어를 바꾸며 가속 페달을 밟았다.

"더 빨리 못 가요?" 그녀는 마리를 태운 차량의 번호판을 잊지 않으려고 되뇌었다. MA 0955, MA 0955, MA 0955.

그는 대답하지 않고 두꺼운 안경을 쓴 채 앞만 바라보았다.

"왼쪽으로, 왼쪽으로!" 그레타가 명령했지만 에베르트는 그냥 계속 앞을 향해 달리기만 했다.

그녀가 그의 핸들을 잡았다.

후견인은 브레이크를 밟았다. 차가 흔들리며 멈춰 섰다.

그레타는 차 문을 열고 길로 뛰어나갔다. 그러나 파란색 차는 어디에도 보이지 않았다. 그녀의 몸이 떨려 왔다. "사라졌어, 젠장. 모든 걸 망쳤어!"

"차에 타요." 후견인은 차 옆자리에 다시 앉을 때까지 기다렸다. 그리고 시동을 걸고 차를 움직였다.

"마리가 맞죠? 대답해 주세요."

그녀는 어떤 대답도 듣지 못했다.

"아이를 어디로 끌고 가나요? 얘기해요!"

에베르트는 침묵 속에서 만하임 시내 중심가로 차를 몰았다. 그레타가 그에게 욕을 하고 저주를 퍼부었다.

약 4킬로미터를 더 간 뒤에 그는 큰 건물 앞에 차를 세웠다. "지금 한번 말할게요, 쉰나이히 양. 여기는 경찰서입니다. 그리고 직진해서 다음 코너에서 왼쪽으로 돌면 기차역입니다. 선택은 당신이 할 수 있습니다."

"하지만 제 아이가 어디로 갔는지 알아야 합니다."

"진정하고 내일 아침에 제 사무실로 오세요. 그럼 모든 것을 상의할 수 있을 겁니다."

그레타는 그 뚱뚱한 하이델베르크 사람의 안경 쓴 얼굴을 후려치고 싶었다. 그러나 그녀는 감옥에서 이를 악물고 참는 법을 배웠다. 그녀는 신발을 신고 아무 말 없이 차에서 내려 경찰서를 향해 걸어갔다.

"중앙역은 앞에 있어요." 에베르트가 짜증을 내며 그녀 뒤에서 외쳤다.

"개자식!" 그레타는 중얼거렸고 뒤를 돌아보지도 않았다.

"차량 소유자를 어떻게 알 수 있나요?"

약 40세 정도 되어 보이는 경찰관은 그레타를 자신의 사무실로 안내한 후 타자기에 종이를 넣고 그녀의 세부 정보를 기록했다.

"자, 이제 무슨 일인지 말씀해 보세요."

"글쎄, 이 차가 자전거와 부딪히고는 그냥 달아났어요."

그레타는 케페르탈의 교차로에서 자전거를 탄 노인이 교통사고를 당했고, 어떤 부인이 응급 처치를 한 이야기를 들려주었다. 그레타의 손이 자신도 모르는 사이에 입으로 갔고 그녀는 자신의 손톱을 질겅질겅 씹었다.

"차 번호를 아실까요?"

"MA 0955였습니다."

경찰관이 이마를 찡그렸다.

경찰관이 무언가 말하려고 하자 그레타가 앞질러 말했다. “차종에 대해서는 잘 모르지만 아마도 올즈모빌인 것 같았어요.”

“젊은 아가씨, 그건 미국 차잖아!”

경찰관이 타자기에서 종이를 확 빼냈다.

“미군과 그 가족에 대한 주권적 권리는 점령군에게 있어요. 불행히도 우리 손은 묶여 있고.”

밤에 히르쉬 길의 빌라 소파에서 그레타는 한숨도 자지 못했다. 다음 날 아침 엘리제 할머니와 함께 청소년 복지국 사무실에 들어갈 때 그녀는 슬픔으로 모든 손가락을 물어뜯어 피가 나고 있었다.

“마리가 어디 있는지 반드시 말씀해 주셔야 합니다!” 엘리제 홀로흐는 잠시 후 에베르트 씨에게 말했다.

“부인. 아이를 위한 모든 일은 아이의 이익을 위한 것입니다.” 공식 후견인은 파이프에 담배를 채웠다. “우린 부인의 조카가 낳은 아이가 더 나은 미래를 가질 수 있도록 관심을 기울이고 있습니다.”

그레타가 벌떡 일어났다. “그게 무슨 말이에요?”

그는 불이 붙은 성냥을 파이프에 대고 둥글게 원을 계속해서 그렸다.

“내 아이는 어디 있어요?”

“독일 사회의 일각에서는……,” 에베르트가 담배를 탬퍼로 부드럽게 누르고 다시 불을 붙였다. “혼혈 아이가 백인 환경보다 흑인 가정에서 더 잘 커 나갈 것이라는 견해가 제기되고 있습니다."

"그게 무슨 말이죠?" 엘리제 할머니가 그에게 말했다. "아이가 점령군들과 함께 있다는 건가요?"

에베르트의 뚱뚱한 얼굴은 연기로 가려졌다. 그는 고개를 끄덕였다.

"안 돼요! 그걸 되돌려야 해요! 내 딸은 나와 함께 있어야 해요!"

"이기적으로 굴지 마세요. 아이의 미래를 생각해요. 당신은 고작해야 스물두 살밖에 안 된 어린 나이고……."

"아이에게 무엇이 좋은지는 우리 스스로도 잘 알고 있습니다." 엘리제 홀로흐가 그의 말을 가로막았다. "지금 마리를 데려오세요. 그리고 제가 개인적으로 그 아이를 돌볼 것입니다. 그 앤 결국 독일 아이입니다."

"맞아요!" 그레타가 소리쳤다.

"저는 불행히도 할 수 있는 게 없습니다." 에베르트가 대답했다. 그는 파이프를 내려놓고 일어나, 대화가 끝났다는 신호를 보냈다.

그레타는 위협적으로 그의 앞에 섰다. "왜 할 수 있는 게 없다는 거죠? 더 이상 듣고 싶지 않아요. 전 제 아이를 원해요!"

"신분상 양육권이 없습니다, 쇤나이히 양. 전과가 있어서 양육권을 되찾을 가능성이 없습니다."

"그건 두고 봐야겠죠." 엘리제 할머니가 그에게 소리쳤다. "지금 누구를 상대하고 있다고 생각하시나요? 당신에 대해 법적 조치를 취하겠어요.”

“그러셔도 좋습니다. 이제 나가 주시죠.”

“가자, 얘야. 변호사를 찾아보자.”

문 앞에서 그레타는 다시 돌아서서 책상 쪽으로 다가가 그의 얼굴에 침을 뱉었다. “범죄자 새끼!”

에베르트는 안경을 벗고 손으로 히틀러 수염 위에 묻은 침을 닦았다. “경찰을 부르기 전에 지금 당장 조카를 데리고 나가세요.” 엘리제 홀로흐는 그레타를 끌고 바닥에 바니시 냄새가 나는 사무실 복도를 종종걸음으로 뛰어나갔다.

“지금 변호사님이 법정에 가 계십니다.” 법률 보조원은 오후에 가능한 가장 빠른 시간을 제안했다.

그레타는 그렇게 오래 기다릴 인내심이 없었다. 인구 30만 명이 사는 도시에서 마리를 찾기는 불가능하다는 엘리제 할머니의 만류를 무릅쓰고, 그레타는 다음 기차로 만하임으로 향했다. 그녀의 가방 속에는 프로이센을 탈출하면서 키운 생존 의지와 암시장에서 얻은 생활력만이 전부였다. 그녀는 흰색 지붕이 달린 파란색 차를 찾아야만 했다! MA 0955.

그녀는 중앙역에 내려 직업소개소가 어디 있는지 아는 사람을 찾아낼 때까지 묻고 다녔다. 비록 당연히 예약을 한 것은 아니었지만 그곳에서 점심시간에 필경을 하는 사무원과 짧은 대화를 나누는 데는 성공했다.

“미국인 가족들은 대부분 어디에서 살고 있나요?”

"왜 그걸 알고 싶으세요?"

"가사 도우미나 보모 일자리를 찾고 있거든요."

머리를 높게 틀어 올린 금발의 여자는 황당한 기색이 역력했다. "도시 곳곳에 흩어져 있어요. 노이오스트하임, 제켄하임, 케페르탈에 주로 살아요. 하지만 대부분은 포덴하임에 살고 있어요. 약 3천 명쯤. 그들은 그곳 주거지역 전체를 접수했어요. 사람들은 그곳을 리틀 아메리카라고 부르기도 하죠."

그레타는 도심의 도로를 헤매고 있었다. M3A, N4. 그녀는 이 번호들이 무엇을 의미하는지 원리를 이해할 수가 없었다. 잔해 더미 옆, 전자제품 가게의 창문 앞에 사람들이 모여 있었다. 그녀는 발끝으로 서서 목을 내밀어 보았지만 아무것도 볼 수 없었다. 대신 스피커에서 나오는 소리만 들을 수 있었다.

'<신이여, 여왕을 보살피소서God Save the Queen>가 런던 웨스트민스터 사원에 울려 퍼졌습니다. 영국에 새로운 국가수반이 탄생했습니다. 스물일곱 살의 엘리자베스 2세입니다.'

"포덴하임으로 가려면 어디로 가야 하나요?" 그녀는 물었지만 누구도 돌아보거나 대답하지 않았다.

B4, C2. 퍼레이드 광장에서 검은 옷을 입은 이가 빠진 할머니가 비둘기에게 먹이를 주며 알 수 없는 말을 떠들었다. Q2 거리의 청소부는 그레타에게 네카어강 방향으로 곧장 가라고 알려주었다. 그녀는 배도 고프고, 목도 말랐지만 돈과 시간을 낭비하고 싶지 않았다. 그녀는 다리를 건너 오른쪽 강둑을 따라 쉼 없이 걸었고 마침내 오후에는 포덴하임에 도착했다.

"여기 미국인들은 어디에 살고 있나요?" 그녀는 빵집에서 물었다.

"주요 도로 북쪽에들 살아요." 판매원이 말했다.

"우리까지 쫓겨나지 않아 다행이지요." 한 손님이 투덜거리며 거스름돈을 받았다.

그레타는 멀리서도 표지판을 알아보았다. 미 육군 주거지역, 포덴하임. 가까이 다가선 그녀는 주거지가 3미터 높이의 철조망으로 둘러쳐져 있는 것을 보고 적이 놀랐다. 울타리 곳곳을 살펴보았지만 위로 오르기에는 너무 높았고, 아래로 기어가기에도 너무 견고했다. 울타리 반대편 정원에서는 작은 소녀들이 고양이와 놀고, 금발의 여자가 헤어롤을 머리에 꽂은 채 빨래를 널며 그레타를 미심쩍은 눈길로 바라보았다.

그레타는 울타리를 따라 걸으며 30년대에 지어진 2층 주택들 사이의 길에 흰색 지붕이 있는 푸른색 차를 찾으려고 신경을 곤두세웠다. 한번은 울타리 안에서 금발 머리를 한 소년이 자신의 장난감 차로 자전거를 탄 작은 소년을 넘어뜨리는 것을 보았다. 배나무 아래에는 세 명의 젊은 흑인 여자들이 정원 의자에 앉아 커피를 마시고 있었다. 그들은 서로 킥킥거리며 이야기하고 담배를 피웠다. 그중 한 명이 그레타를 발견하고 손가락으로 가리키자 웃음소리가 멎었다.

그레타는 빠르게 걸어 주거지역의 입구에 도착했다. 경비실 앞에는 차단기가 있었고 미군이 빨간색 뷰익을 통과시켰다. 그레타는 멀찌감치 떨어져 금발의 두 여자가 인사를 하며 유아차를 경비병 옆으로 밀고 나오는 모습을 지켜보았다.

자신도 저렇게 해야 한다고 그레타는 결심했다. 본인도 미국인인 척하고 자신 있게 경비병을 지나가야겠다고.

입술에 붉은 립스틱을 바른 두 금발 엄마가 가까이 다가오자 그레타는 은은한 향수 냄새를 맡았다. 지나가면서 그들은 그녀를 비난하는 듯한 짧은 시선을 던졌다. 그레타는 두 미국인 여자들의 눈 속에 비친 자신의 모습을 보았다. 밑창이 벗겨진 낡은 신발을 보았고 빛바랜 드레스와 헝클어진 머리를 보았다. 그녀는 자신이 얼마나 철저한 독일인인지를 깨닫고 더 이상 앞으로 나가지 못했다. 그녀의 손톱이 저절로 입으로 들어갔다. 그녀는 손가락에서 피가 나고 있다는 사실조차 깨닫지 못했다.

실패해서는 안 돼! 그녀는 반드시 저곳으로 들어가야만 했다. 차를 찾아야만 했다. MA 0955. MA 0955.

더 많은 차가 정문을 통과하고 있었다. 분홍색, 노란색. 크라이슬러, GM, 포드, 캐딜락, 군용 지프. 올즈모빌도 있었지만 연한 녹색이었다.

지팡이를 들고 모자를 쓴 사복 차림의 신사가 멈춰 섰다. 그는 독일인이었고, 그레타는 그를 멀리서 지켜보았다. 경비병은 그가 내민 서류를 확인한 후 마침내 그가 거주지 안으로 들어가도록 허락했다.

"뭘 좀 물어봐도 될까요?" 그레타는 회색 머리를 늘어뜨리고 거주지역에서 막 나온 나이 든 여성의 앞을 가로막았다. "독일인인데 저 지역으로 어떻게 들어가나요?"

"통행증으로." 그녀는 짧게 대답하고 가던 길을 계속 갔다.

"근데 어떻게 해서 통행증을 가지게 됐나요?" 그레타가 따라잡으며 물었다.

"내 집 지하실에 살고 있으니까." 그녀는 입가에 씁쓸한 미소를 띠며 말했다.

"어느 거리에 사시는데요?"

"통행증을 잊어버렸어요, 맥케인 중사님." 5분 후에 그레타는 금발의 경비병에게 웃으며 영어로 말했다. "저는 그나이제나우 길에 있는 블랙스미스 가족을 위해 청소하는 사람입니다."

미군은 표정을 그대로 유지한 채 그녀에게 알았다고 고개를 끄덕였다.

"고맙습니다, 중사님."

그녀는 안도감을 드러내지 않고 경비병이 의심하지 않도록 단호한 걸음걸이로 걸어갔다. 코카콜라라는 글씨가 크게 적힌 나무집이 있었고, 그녀는 그 가게에서 뭔가를 먹거나 마실 수 있으면 좋겠다고 생각했다. 하지만 미군이 병사들에게 지급하는 특별한 화폐가 없으면 그럴 수도 없었다. 특히 독일인들은 더욱더.

뤼케르트 길, 지텐 길, 암 보겐이란 글씨가 표지판에 적혀 있었다. 어디서부터 시작해야 할까? 그레타는 도심처럼 사각형으로 잘 정돈된 지역이었으면 좋겠다고 생각했다. 그러면 어떤 길도 놓치지 않을 텐데. MA 0955.

얀 길, 뤼초 길, 빙게르츠아우. 6월의 햇빛이 그녀의 눈을 부시게 했고, 발이 후끈후끈 불타올랐고, 배고픔과 목마름이 극도에 달했다. 그럼에도 불구하고 그녀는 계속 찾아다녔다.

그나이제나우 거리에서는 두 명의 갈색 소녀가 인형 수레를 함께 밀고 있었다. 그레타는 항상 가지고 다니던 마리의 사진을 꺼내 보여 주며 두 소녀에게 물었다.

"이런 아이 본 적이 있니?"

아이들은 묵묵히 머리를 저었다. 그레타가 흰색 지붕을 단 푸른색 차가 있는지를 물었을 때에도 다르지 않았다. 낯선 사람이 세 번째 질문을 하기도 전에 소녀들은 달아났다.

어른들과 마주쳤을 때에도 그레타는 결연하게 계속 걸어 나갔다. 그러다 감시받고 있지 않다고 느꼈을 때 다시 아이들에게 물었다.

쉘멘부클에서 미국인들의 세계가 끝났다. 그레타는 돌아서서 안드레야스 호퍼 길을 거쳐 슈바넨 길로 접어들었고, 마지막으로 아른트 길에 도착했다. 7번지의 정원에서 그녀는 앞서 그나이제나우 길에서 마주친 두 명의 작은 갈색 아이 중 한 명과 다시 마주쳤다. 아이의 엄마는 화려한 머리 스카프 아래 반짝이는 귀고리를 착용하고 있는 흑인 여성이었다. 그레타는 지나쳤으나 감시받는 듯한 느낌이 들어 뒤돌아보았다. 소녀와 엄마가 그녀의 뒤를 보고 있었다.

"도와드릴까요?" 미국인 여자가 물었다.

그레타는 용기를 내어 되돌아섰다. 결국 그녀는 지푸라기라도 잡을 수밖에 없었기 때문이었다.

"이 아이를 보신 적이 있나요?" 그레타가 영어로 물었다.

"왜 그걸 알고 싶어요?"

"제 딸입니다."

미국인은 그레타를 의심스럽게 살펴보고 그녀에게 사진을 돌려주었다. "미안합니다." 그녀는 소녀와 함께 집 안으로 사라졌다.

서서히 어둠이 내렸다. 나무 기둥 사이로 거리를 가로지르는 불빛이 켜졌고, 점점 더 많은 자동차가 집 앞에 주차했고, 제복을 입은 남자들이 내렸다.

조명이 켜진 창문 안에서 부부는 서로 인사를 나누고, 부모들은 아이들과 함께 식탁에 앉아 식사를 했다. 그레타는 금발, 빨간 머리, 흑인과 백인 아이들을 보았다. 하지만 마리는 어디에도 보이지 않았고 어느 집 앞에도 MA 0955 번호판을 매단 흰색 지붕의 푸른색 올즈모빌도 보이지 않았다.

실러 길에서 어느 집의 현관문이 열리고, 한 여성이 쓰레기통에 무언가를 던져 넣고 다시 안으로 들어갔다. 그레타는 쓰레기통으로 살금살금 다가가서 조심스럽게 뚜껑을 열었다. 자신이 정확하게 보았다는 것을 알고는 기뻤다. 그 안에는 토스트 반쪽이 놓여 있었다. 그녀는 곰팡이 핀 끝부분을 떼어 내고 나머지 부분을 탐욕스럽게 입안으로 밀어 넣었다.

뤼케르트 길. 아까 여기 왔던 게 아니었어? 그녀는 길을 잃었고 자신이 찾는 목표물에 대해서도 처음으로 의심을 품기 시작했다.

날씨는 따뜻했고 창문을 넘어 목소리가 들려왔다. 웃는 남자들, 킥킥거리는 여자들, 아이들의 환호성이 그레타에게 신체적인 고통으로 밀려왔다. 감옥에서 그녀는 매일 밤 창살 너머로 하이델베르크를 올려다보았다. 그녀의 삶이 저 바깥에서 그녀를 기다리고 있다는 희망이 모든 것을 견디게 해 주었다. 이제 그녀는 창살이 없는 창문을 바라보았다. 그리고 다시 한번 그 어디에도 그녀의 삶은 없다는 것을 절감했다.

뤼초 길에서 그녀는 가로등 불의 빛이 미치지 않는 어둠 속에 앉아 길 건너편 거실 창문을 통해 서로 껴안고 춤을 추는 커플을 보았다. 음악이 그녀의 숨을 틀어막았다. 루이 암스트롱의 <블루베리 힐>이었다. 그레타는 포장되지 않은 인도에 앉아 1950년 신년에 로버트 쿠퍼 부인으로서의 미래를 꿈꾸던 때를 생각했다. 그녀에게 그리움이 밀려왔다. 함께 있고자 하는 그리움, 소속감, 애정, 밥을 향한 열망. 그녀는 오랫동안 분노하지 않고 그를 생각한 적이 없었다. 고통이 그녀를 압도했다. 눈물을 흘리며 그녀는 저 창문 뒤에서 밥과 함께 나누고 싶었던 삶으로 돌아가고 싶었다. 그와 함께, 마리와 함께.

주변의 집들에서 하나둘씩 불빛이 꺼졌다. 그레타는 엄마들이 자녀들에게 이불을 덮어 주고, 이마에 입을 맞추고 속삭이는 모습을 상상했다. 얼마나 사랑하는지, 그리고 얼마나…….

그녀는 그 생각들을 떨쳐 내고 자리에서 일어나 욕을 했다.

"개자식!"

지금은 절대로 낙담해선 안 돼. 그레타 안의 목소리가 말했다. 그레타는 자신을 깨우기 위해 얼굴을 세게 후려쳤다. 그녀는 엘리제 할머니와 변호사를 생각했다. 그녀와 마리를 다시 만나는 것은 시간문제일 뿐이라고 생각했다. 그녀는 이 리틀 아메리카에서 벗어나야 했다. 그녀의 독일을 향해 나아가야만 했다. 그녀의 미래로.

검문소에서 다가오는 택시의 헤드라이트가 그녀의 눈을 부시게 만들었다. 차가 멈추고 뒷자리의 승객들이 차창을 내렸다.

"장교님! 그래머 부인!" 경비병이 경례를 하며 출입문을 열었다.

그레타는 만하임 중앙역의 벤치에서 잠을 잤다. 그리고 첫 기차를 타고 하이델베르크로 돌아왔다. 피곤하고, 배고프고, 목마르고, 더러워질 대로 더러워진 상태였다. 시계탑 위로 검은 구름이 모여들어 해를 가리고 있었다. 멀리서 천둥치는 소리가 들렸다.

그녀는 히르쉬 길의 집 앞 경비병에게 인사하지 않았다. 미국인들이라면 정말 질려 버렸다. 그녀는 나선으로 된 계단을 올라가 문을 열고 들어갔다. "변호사한테서 무슨 소식 못 들었어요?" 그녀가 물었다.

엘리제 홀로흐는 시누이의 남편인 루드비히와 함께 탁자에 앉아 있었다. 그레타는 놀랐다.

"할아버지?" 그레타는 문 앞에 서서 믿을 수 없다는 표정으로 할아버지를 바라보았다. 그녀는 뭔가 심각한 일이 일어났음을 직감했다. "왜요? 왜 여기 계신 거예요?"

엘리제 할머니가 그레타를 위아래로 살펴보며 그녀를 방으로 끌어들인 뒤 문을 닫았다. "맙소사. 꼴이 이게 뭐냐?"

"변호사가 뭐라고 하던가요?" 그레타는 말을 더듬었다.

엘리제 할머니와 루드비히 할아버지가 서로 마주 보았다.

"왜요? 무슨 일이 있었나요?"

"여기 이쪽에 앉아, 내 사랑하는 아가." 할아버지가 말했다.

"무슨 일인데요?"

엘리제 홀로흐는 그레타에게 조용히 의자를 내밀었지만 그녀는 그 자리에 멍하니 선 채 할아버지와 엘리제 할머니 사이를 번갈아 볼 뿐이었다. 그녀는 숨을 쉬는 것조차 잊었으며, 두 사람의 시선으로 무슨 일이든 결코 좋은 일일 리가 없다고 생각했다.

"지금은 강해져야 해, 그레타." 엘리제 할머니가 말했다.

"왜요? 젠장, 도대체 무슨 일인데요?"

할아버지가 그녀에게 ≪라인 네카어 차이퉁≫지의 최신 호를 건네주었다. 지역 기사 페이지가 펼쳐져 있었고, 제목은 새로운 삶의 시작이었다. 행복한 미래를 향해 나아가는 여덟 명의 혼혈 아이들.

기사 중간에는 스칸디나비아 항공이라는 글자가 적힌 비행기의 출입구 앞에 사람들이 서 있는 흑백 사진이 있었다. 웃고 있는 흑인 여성이 한 아이를 안고 있었다. 그녀 옆에는 수녀가 서 있었고, 그들의 앞에는 또 진지한 표정으로 일곱 명의 아이가 서 있었다. 서로 손을 잡고 있었다.

그레타는 잘 보기 위해 눈을 가늘게 떴다. 제일 오른쪽에 있는 아이가 인형을 들고 있었다. 마리?

그녀는 입을 벌린 채 기사를 훑어보았다.

> 어제 프랑크푸르트 공항에서 또 다른 흑인 아동들이 미국 입양 가정으로 출발했다. 미국 기자 메이블 그래머가 시작한 브라운 베이비 플랜 덕분에 아버지 없는 아동들은 독일의 아동 보호소를 떠나 아버지의 나라에서, 더 적절한 환경에서 미래를 기약할 수 있게 되었다…….

그레타는 더 이상 읽을 수가 없었다. 단어들이 그녀의 눈앞에서 흐릿해졌다. "이게 무슨 말이야?" 그녀는 믿을 수 없다는 듯이 자신의 아이가 있는 사진을 응시했다.

"찾는 걸 포기해야 해. 마리는 미국으로 갔어." 엘리제 할머니가 코를 풀었다.

"안 돼! 안 돼!! 뭐라도 해야 해! 할아버지, 제발. 이건 있을 수 없는 일이라고 말씀해 주세요!"

루드비히 사브론스키가 무슨 말이든 하려고 애를 썼다. "우린 아무것도 할 수가 없어."

"하지만 변호사, 엘리제 할……. 할머니가 그 변호사……."

"그도 어쩔 수 없다고 했어." 엘리제 홀로흐가 조카의 말을 끊었다. "양육권이 박탈된 상황에서는 어쩔 수가 없다고……."

그레타는 신문을 다시 응시했다. 그녀는 모든 것을 잃고 깊고 검은 심연으로 떨어졌다. 그녀의 비명은 사람의 비명이 아니었다. 상처 입은 동물의 비명이었다.

"그레타?"

둔탁한 벽을 사이에 두고 들리는 듯한 말들.

"마리를 위한 최선."

"그레타?"

"더 나은 삶."

"미국."

"그레타?"

그녀는 어떠한 반응도 하지 않았다. 어떤 것도 그녀의 벽을 통과할 수가 없었다. 그녀는 아무것도 느끼지 못했다. 모든 것이 **회색**이었다.

"그레타?"

그녀는 소파에 누워 있었고, 헤르만 할아버지의 얼굴을 보았다. 그녀는 눈꺼풀이 무거워 뜨기가 힘들었다.

"넌 아직 어려. 넌 아직 뭐든 할 수 있어……."

"그레타?"

"그레타?"

그녀는 안개처럼 몽롱한 가운데 뺨을 한 대 맞았다.

"정신 차려!" 그녀는 어두컴컴한 구름 속에서 엠마가 협박하는 소리를 들었다. "일어나!" 엠마가 끌어당겨도 그레타는 그대로 있었다. 움직이는 것마저 엄청난 노력이 필요했다. 그녀는 마치 두꺼운 검은 콜타르로 온몸이 덮여 있는 것처럼 느껴졌다.

"네가 다시 먹을 수 있다면 얼마나 기쁠까." 엘리제 할머니가 따뜻한 밀 죽을 가져다 놓았다.

그레타는 무의식적으로 고개를 끄덕였다. 기쁨이란 그녀에게는 없었다. 그녀는 먹는 것이 필요하기 때문에 먹었다. 그녀의 몸과 마음은 무감각했다.

"다시 좋아질 거야." 숙모 할머니가 말했다. "너는 항상 아이가 지금은 잘 지내고 있다는 걸 기억하면 돼."

마리! 그레타는 기억을 찾아봤지만 그 기억은 어둠에 가려진 그녀의 영혼으로 돌아오지 않았다.

"바깥의 여름 공기를 쐬어야겠다. 운동이 몸에 좋아." 목소리들이 그녀를 압박했다.

그레타는 7월의 햇살에도 추워서 떨었다. 햇살은 회색이었다. 꽃들도, 네카어강의 물도 마찬가지로 회색이었다. 물은 그녀를 마법처럼 끌어당겼다. 그녀가 원하는 것은 오직 한 가지뿐이었다. 검고 끈적이는 콜타르에서 벗어나 평온하게 홀로 남겨지는 것이었다. 그레타는 네카어강의 푸르름 속에 한 발씩 내디뎠다. 움직일 때마다 그녀는 혼신의 힘을 쏟아야 했다. 그녀의 신발이 물로 가득 찼다.

"멈춰요!" 남자의 목소리가 강둑에서 미친 듯이 울려 퍼졌다.

그레타의 얼굴은 무표정했고, 눈은 네카어강에 고정되어 있었다. 그녀의 머릿속은 텅 비어 있었다.

"멈추라고!"

그레타는 한 발 더 앞으로 나아갔다. 땅은 미끄러웠다. 그녀는 헛디뎌 미끄러졌고 물의 흐름에 휩쓸려 깊은 곳으로 끌려갔다. 그녀는 겨우 발을 땅에 딛고 물 위로 다시 떠올랐다. 숨을 쉬려고 애썼지만 물을 삼켰을 뿐 다시 휩쓸려 갔다. 강한 흡인력에 그녀의 몸은 불가사의한 물속에서 끌려다녔다. 위도 아래도 없었다.

그리고 갑자기 밝아졌다. 그리고 조용해졌다.

마침내.

조감도처럼 그레타는 한 남자가 여자를 물 위로 밀어 올리는 것을 보았다. 그녀는 그 여자가 자신이라는 것을 알았다. 남자는 그녀의 겨드랑이를 잡고 뒤로 누워 땅을 향해 헤엄쳤다. 그는 무력한 몸을 땅으로 끌어당겼다. 그녀의 얼굴은 창백했고 입술은 짙은 푸른색이었다. 남자가 그녀를 흔들었고, 뒤이어 그녀는 남자가 자신의 가슴 위에 양손을 겹쳐 리듬을 맞추며 압박하는 것을 보았다.

눈부신 빛이 사라졌다.

그레타는 갈비뼈에 압박감을 느꼈다.

"어서, 돌아와요!" 그녀는 남자의 목소리를 들었다.

목 안의 모든 것이 빙글빙글 돌고 있었다. 그녀는 토해 냈다.

"그래, 잘했어요." 구조해 준 사람이 그녀에게 말했다. 그리고 그녀를 일으켜 세우고 뒤에서 그녀를 감싸안은 채 팔로 배를 강하게 또 리듬감 있게 누르는 것을 느꼈다. 그녀는 입을 벌리고 공기를 한껏 들이마신 다음 네카어강물을 한꺼번에 토해 냈다.

"잘했어요." 그가 다시 한번 응원의 말을 건넸고, 그레타는 계속 구토를 했다.

더 이상 아무것도 나오지 않는 것 같자 그는 그녀와 함께 무릎을 꿇고 그녀를 가슴에 꼭 껴안았다. 둘 다 몸을 덜덜 떨었다.

"왜 그런 짓을 했어요?" 눈물이 그렁한 눈으로 남자가 물었다. 그는 그녀를 온몸으로 껴안았다.

"내 아이." 그레타는 눈을 감고 속삭였다.

"어떤 아이요?"

"마리."

"아이도 물에 있나요?" 남자가 너무도 놀란 목소리로 물었다.

"아뇨, 그들이 내게서 빼앗아 갔어요."

그리고 모든 것이 캄캄해졌다.

그레타가 다시 정신을 차렸을 때 그녀는 구급차 침대 위에 누워 남자의 목소리를 들었다.

"어디로 데려가나요?"

"가족이세요?"

"아니요. 저는 여자를 구한 사람입니다. 의사입니다."

"이름이 무엇인가요?"

"몬데라스. 콘라트 몬데라스입니다."

그레타는 구급차 안으로 밀려 들어갔다.

"어디로 데려갑니까?" 콘라트가 다시 물었다.

"비슬로흐로. 정신병원이요."

열하나.

2016년 4월

"거의 63년 전 일이에요, 몬데라스 씨! 입양 서류는 2015년까지 60년 동안 보관하게 되어 있습니다. 기자라면 이것쯤은 알고 계셔야 하는 것 아닌가요." 하이델베르크 청소년 복지국의 부국장 잉겔로레 프랙하우저-만은 말한다. "정말 수고를 덜 수 있었을 텐데요. 이미 전화로 직원에게 말씀드렸거든요."

톰은 제니가 알 수 없는 곳이라는 개인 정보 등록사무소 기록이 입양을 의미할 수도 있다고 의심하자 직접 하이델베르크로 찾아온 것이다. 더욱이 이와 관련된 제니의 문의는 여전히 답을 얻지 못하고 있었다. 톰에게 포기는 언제나 선택지가 아니었다. 하지만 XXL 사이즈의 '골든 걸' 티셔츠가 아무래도 그의 프로페셔널한 매력을 조금은 떨어뜨린 듯하다. "저도 알아요. 부인, 아니……, 만 씨." 그는 침착함을 잃지 않으려고 노력한다. "그리고 시간을 내어 직접 만나 주셔서 감사드립니다. 그런데 어딘가에 아직 파일이 있는지 확인해 볼 수는 있지 않을까요. 만료일이 불과 6개월 전이니까요."

"설사 우리가 무언가를 찾는다 해도……." 그녀가 대꾸한다. 톰은 무엇이 더 무서운지 모른다. 프랙하우저-만 부국장의 터질 듯 풍만한 가슴인지 아니면 움직일 때마다 위협적으로 흔들리는 레이어드한 블라우스의 모조 다이아몬드로 장식된 표범 무늬인지 알 수가 없다. "그 문서를 당신이나 양육권이 없는 엄마에게 넘겨줄 수는 없어요. 법이 그렇게 되어 있거든요."

그는 그녀가 자신을 밀어내려 한다는 사실을 알고 있다. 그리고 그는 그녀가 청소년 복지국장에게 관료주의적인 업무 처리로 비난을 받은 것 때문에 더욱 화가 나 있다는 것도 알고 있다. 그래서 톰은 그저 조용히 앉아 예의 바르게 그녀에게 미소를 짓고, 그녀가 말하게 내버려둔다. 그의 본능은 그녀가 무언가를 알고 있다고 되뇌이고 있다.

"우리가 40년대와 50년대의 입양 사례들을 아직껏 처리해야 한다면 우리는 지금 여기서 도대체 뭘 할 수 있겠어요?"

"네, 당연한 말씀입니다. 프랙하우저-만 부국장님." 그는 공감하며 그녀에게 무설탕 페퍼민트 사탕을 건넨다. "당신의 책상 위로 얼마나 많은 일들이 오갈지 상상하기도 힘들군요."

그녀는 깊게 숨을 들이마시더니 잠시 눈을 감는다. 그런 다음 결연하게 숨을 내쉰다. "독일 여성과 흑인 미군의 자녀 대부분은 미국인과 덴마크인에게 입양되었습니다."

톰은 사탕을 씹는 것을 멈춘다.

"지금부터는 해서는 안 될 말씀을 드리겠습니다." 그녀는 이어서 말한다. "당신의 누이인 마리 쉰나이히는 미국으로 입양되었습니다."

"미국으로요?"

"네. 당시에는 입양을 원하는 부부가 혼혈아를 원하지 않았어요. 제3제국 직후에는 금발에 파란 눈을 가진 아이들에 대한 수요가 많았죠. 심지어 빨간 머리도 선호하지 않았어요."

톰은 말을 잃었다.

"당신의 어머니는 아직 살아 계신가요?"

"왜 그런 질문을?"

"저는 그녀를 직접 만난 적이 있습니다."

"어떻게요? 어떻게 만나실 수 있죠?"

"어머니는 매년 당신 누이의 생일 때마다 이 청소년 복지국에 찾아와 편지를 전달했습니다. 1954년부터 한 해도 빠짐없이. 언젠가 딸이 자신의 뿌리를 찾을 때 편지를 전할 수 있게 되기를 희망하면서요."

"매년이요?"

"네, 제 전임자가 어머니에 대해 알려 줬습니다. 결코 흔히 볼 수 없는 특이한 사례였죠. 물론 우리는 항상 자식을 찾는 여성들과 접촉했지만 당신의 어머니처럼 끈질기고 포기를 모르는 여성은 없었습니다. 저도 그녀를 여러 차례 목격했고, 정말로 도움을 주고 싶었습니다. 2010년에 그녀가 마지막으로 여기에 오셨습니다."

"그래요?" 그가 나지막하게 묻는다. "편지들은 전해졌나요?"

프랙하우저-만 부국장은 고개를 저었다.

마리는 지금 67세다. 만약 마리가 오늘까지 그에 대해 관심을 가지지 않았다면 아마도 영원히 묻혀 버릴 것이라고 톰은 생각하며 묻는다. "그럼 제가 그 편지들을 읽어 봐도 될까요?"

"사실 편지 자체가 비밀이기 때문에 그럴 수는 없습니다."

톰은 몸을 앞으로 숙여 그녀의 눈을 깊이 응시한다. "제발 부탁드립니다."

부국장은 책상 의자를 뒤로 밀고 허리를 굽혀 책상 아래에서 회색 서류 상자를 꺼낸다. 그런 다음 그녀는 톰의 앞에 놓인 테이블을 치우고 상자를 열어 57개의 봉투를 그곳에 내려놓는다.

톰은 저녁에 방송이 있기 때문에 지금은 고속도로에 있어야만 하는 시간이다. "제가 가져가도 될까요? 꼭 다시 돌려보내겠습니다."

"절대 안 돼요!" 그녀는 편지 개봉 칼을 건네준다. 그는 가장 아래에 있는 편지를 먼저 연다.

1954년 5월 23일

나의 사랑스러운 마리엘레에게,

오늘은 네가 다섯 살이 되는 날이야. 넌 벌써 큰 아이가 되었겠지. 나는 네가 너무 자랑스럽다.

엄마는 다시 괜찮아졌어. 엄마는 오랜 시간 동안 병원에 있었지만 걱정하지 마. 중요한 건 네가 건강하게 잘 지내는 거야.
눈을 감으면 네 작은 곱슬머리가 보여.
바벨레는 뭘 하고 있니? 항상 널 지켜 주길 바라. 세상에서 가장 보고 싶은 사람은 너야. 엄마는 널 정말 사랑해. 지금 네가 어디에 있든, 우리 둘은 아무도 갈라놓을 수 없어.

너의 엄마가

톰은 가슴이 타는 듯하다. 그는 시선을 돌리고 마주 앉은 여자의 눈을 피하려 한다. 시계를 보니 한 시간 후에는 쾰른에서 회의를 해야 한다는 것을 알게 된다. 그는 비서에게 전화를 걸고 휴대전화를 어깨와 뺨 사이에 끼워 넣고 두 번째 편지를 연다. "사빈, 주제를 미리 보내 줘. 난 늦을 거야."

프랙하우저-만 부국장은 서류를 뒤적이고 있다. 그녀는 어떤 것도 놓치지 않는다.

1955년 5월 23일
사랑하는 마리엘레,
오늘이면 넌 벌써 여섯 살이구나. 곧 학생이 되겠다.
네가 너무 보고 싶어…….

톰은 편지를 대충 훑어보고 곧바로 다음 편지를 열어 본다. 그 사이에도 톰은 책상 위에 놓인 편지봉투 옆에 있는 휴대전화를 훔쳐보며 쾰른에서 사빈이 보내 준 뉴스의 헤드라인을 읽는다.

사회민주당 하락세. 최근 세 번의 주지사 선거 이후로 독일 전역에서 사회민주당은 지지율이 21%로 추락했다.

1956년 5월 23일

내 사랑하는 마리엘레,

오늘은 네가 일곱 살이 되는 날이야. 믿을 수 없어! 학교는 재미있니? 분명 열심히 공부하고 있을 거야……. 엄마는 이사를 했어. 이제 하이델베르크에 살지 않고 쾰른에서 살아…….

데이터 유출로 푸틴의 부자 친구들의 국외 거래가 드러났다.

1957년 5월 23일

내 사랑하는 마리엘레에게,

오늘은 네가 여덟 살이 되는 날이야…….

파나마에 있는 한 법률 사무소에서 발견된 수백만 개의 문서들은 국제적인 슈퍼 부자들의 거래에 대한 통찰력을 제공하는데, 그중에는 러시아 대통령 푸틴의 친구들도 포함되어 있다. 흔적들은 푸틴과 직접 연루되어 있다.

그의 휴대전화가 울린다. 사빈이 모스크바와의 연결을 준비해야 하기 때문에 그에게 쾰른에 최대한 빨리 도착할 수 있는지 묻는다.

톰은 시계를 보고 놀라서 말한다. "젠장, 15분 후에 출발할게."

프랙하우저-만 부국장이 코를 킁킁거리며 책상 의자에서 일어나 편지를 집어 든다. "제가 복사해 드릴게요, 몬데라스 씨. 오늘은 다른 할 일이 있으시니까요."

하이델베르크 프리드리히 에베르트 공원의 주차금지 구역에 차를 대고 있던 방송국 운전기사 찰리 코슬로프스키가 걸어오는 톰을 보자마자 시동을 걸고 헤드라이트를 깜박이며 달려온다.

"이제 꽉 잡으세요." 톰이 뒷좌석에서 안전벨트를 매기도 전에 그는 불법 유턴을 하고, 자전거 운전자를 능숙하게 피하고, 지그재그로 추월하여 주황색 신호등을 모두 가까스로 통과한 후 네카어강을 향해 속도를 내기 시작한다.

톰은 자기 차로 오지 않기로 결정한 것이 아주 만족스럽다. 몇 주 동안 수면 장애에 시달리기도 했지만 차 안에서도 일을 할 수 있는 시간이 필요했기 때문이기도 하다.

그는 푸틴과 파나마 문서, 모스크바 주재 독일 대사와의 대화에 대해 생각하며, 57년 동안 매년 5월에 하이델베르크 청소년 복지 사무국을 찾아간 엄마를 떠올린다.

그리고 그는 자신의 **누나** 마리를 생각한다.

찰리는 고속도로에 합류하여 몇 초 만에 추월차선으로 진입한 후 시속 200킬로미터로 북쪽으로 달린다. 그는 고도의 집중력을 발휘하여 누구도 자신을 방해하지 못하도록 한다. 총격 사건으로 불명예 퇴직한 전직 경찰관보다 더 빠르고 안전한 운전자는 없을 것이다. 다른 사람이었다면 톰은 즉시 차를 세웠을 테지만 찰리가 상황을 통제하리라는 것을 알기에 시속 214킬로미터로 달려도 편안하게 있을 수 있다.

"커피와 먹을 것 가져왔어요." 찰리가 자동차 콘솔에 있는 컵과 종이봉투를 가리킨다.

"고마워요." 그는 미지근한 카페오레를 한 모금 마시고 괴베스라고 쓰인 봉투에서 버터 프레츨을 꺼낸다. 그는 이마를 찡그린다. 그는 구시가지에 있는 이 빵집을 알고 있다. 그곳은 엄마와 항상 마블케이크와 코코아를 사 먹던 곳이다. 어릴 때 그는 봄마다 그녀와 함께 하이델베르크를 자주 방문하였고, 그곳에서 그녀의 일이 끝날 때까지 기다려야 했다. 돌아온 그녀는 언제나 슬퍼 보였다. 톰은 엄마와 함께 가는 하이델베르크 여행을 좋아하지 않았다. 그러나 혼자 가도록 두는 것도 원치 않았다. 그는 엄마를 보호해야 한다는 책임감을 늘 가지고 있었다.

그는 앞으로 몸을 숙이고 봉투를 가리킨다. "청소년 복지국에서 빵집까지 얼마나 멀었어요?"

"100미터도 안 돼요." 찰리가 말하며 다름슈타트 출구를 지나간다.

톰은 다시 등받이에 기대어 앉는다.

잠시 후 그는 노트북 가방에 쌓인 편지 더미를 살펴본다. 바쁘게 복사하느라 시간 순서가 뒤섞여 버렸다.

1971년 5월 23일, 쾰른

사랑하는 스물두 살의 마리에게,

……난 네 동생을 정말 사랑해. 그 애 이름은 토마스고, 잘생겼어. 네가 그를 매우 좋아할 거라는 걸 알아.

톰은 억지로 참으며 눈에서 눈물을 닦는다. 그리고 선글라스를 찾아 쓴다.

1980년 5월 23일, 쾰른에서

사랑하는 마리에게,

또 한 해가 지났어. 넌 이제 서른한 살이네. 네 삶이 어떻게 흘러가고 있는지 상상해 보려고 자주 노력해. 행복하니? 그 이상으로 바라는 건 없어. 혹시 지금쯤 너도 자식이 있을지 모르고, 나는 할머니가 됐을지도 모르겠다.

네 동생은 이제 거의 열 살이야. 멋진 아이란다. 그는 자기만의 생각을 가지고 있어. 그건 아마 내게서 물려받은 것일 거야. 난 그 아이를 너무 사랑하고, 그가 자라나는 걸 보는 게 큰 기쁨이야…….

뭐라고? 난 그 아이를 너무 사랑해? 엄마가 자신을 그렇게 느끼고 있었던가? 톰은 엄마가 한 번도 자신에게 그렇게 말한 것을 기억하지 못한다. 오히려 그 반대였다. 그는 종종 엄마가 지나치게 엄격하다고 느꼈다. 엄마는 그에게 어떤 감정도 보여 주지 않았고 심지어 감정적인 것에 대해 이야기조차 꺼내지 않았다.

1985년 5월 23일
넌 이제 서른여섯 살이네……. 네 동생은 이제 사춘기의 한가운데에 있어. 그리고 나는 폐경기에 접어들었고. 동생과 내가 항상 잘 지내는 건 아니야. 하지만 나는 아이가 강하고 명확하며 타협하지 않기 때문에 사랑해. 자기만의 길을 갈 거라고 확신하기도 하고. 너도 자랑스러워할 거야.
나는 종종 궁금해. 네가 내게서 무엇을 물려받았을까? 아니면 아빠로부터는? 어렸을 때 넌 아빠의 아름다운 입매를 가졌어……. 가끔 나는 톰에게 네 이야기를 해야 하지 않을까 생각해. 하지만 그 말을 하면 그 애는 날 어떻게 생각할까? 아이를 버린 까마귀 엄마를? 아, 마리. 언젠가는 톰과 네 이야기를 할 만큼 강해질 때가 올 거야. 아마도 그러려면 먼저 톰이 나이를 조금 더 먹어야 할지도 모르겠다…….

톰은 생각한다. 우리가 얼마나 많이 싸웠는지를. 그는 놓친 기회가 아쉽고 슬프다. 수년 동안 그는 엄마를 완전히 거부했고 어떤 갈등도 피하지 않았다. 엄마가 입양에 대해 그에게 아무 말도 하지 않은 것도 당연한 일이다.

"10분 후에 도착합니다." 찰리가 말하며 그렘베르크 교차로에서 A4 고속도로를 벗어난다.

1970년 5월 23일, 쾰른
내 사랑하는 사람에게,

오늘 넌 스물한 살이 되고 성인이 되는구나. 너에게 중요한 말을 해 줄 게 있다. 난 지금 임신 중이야.

그러니 네게 남동생이나 여동생이 생길 거야. 이제 넌 모든 것을 알 수 있을 만큼 충분히 컸어. 내 사랑하는 사람. 나는 결코 너를 포기하고 싶지 않았다는 것을 알아줘. 네 아빠와 나는 너를 정말 많이 사랑했고 영원히 너와 함께하고 싶었단다. 넌 우리의 빛이었어. 나와 결혼하기 위해 네 아빠 밥 쿠퍼는 뉴올리언스에 있는 집으로 가서 몇 가지 절차를 밟아야 했어. 하지만 그는 독일로 돌아오지 않았고, 나는 다시는 소식을 듣지 못했어. 그때 나는 너무 어렸고 모든 것이 어려웠기 때문에 널 일시적으로 아동보호소에 맡겨야만 했어.

그런데 문제가 생겨서 양육권을 빼앗겨 버렸어. 네가 어디로 갔는지 아무도 내게 말해 주지 않았어. 네가 어떤 상황인지 아무도 말해 주지 않았어. 나는 거의 미쳐 버릴 뻔했단다…….

톰의 휴대전화가 울린다.

"그래서, 뭘 좀 얻었나요?" 제니가 묻는다.

"네, 물론. 마리는 미국에 있어요. 상상이 돼요? 그리고 분명히 엄마는 그것에 동의하지 않았어요."

"정말 끔찍한 일이네요. 어떻게 된 거예요?"

"지금은 말할 수 없어요." 톰은 목이 메어 푹 잠긴 목소리로 말한다. 그는 전화를 끊는다.

마치 원격 조종을 받기라도 하듯 그는 리무진에서 내려 인사도 없이 경비원을 지나친다. 엘리베이터를 타고 위층으로 올라간다. 오직 한 가지 생각만 머릿속에 맴돌 뿐이다. 그들이 마리를 빼앗아 갔어!

편집회의에서 그는 일상적으로 질문을 하고 예정된 모스크바 주재 독일 대사와의 다가오는 인터뷰에 대해 메모를 한다. 그러나 그는 마치 자신 옆에 또 다른 자신이 생각 없이 서 있는 것처럼 느껴진다. 그의 엄마가 잃어버린 아이에게 쓴 말이 다른 모든 것보다 우선한다. 사실, 나는 어딜 가든 너를 찾고 있어. 네 또래의 소녀를 볼 때면 네가 지금 어떤 모습일지 상상해 보곤 해.

"괜찮아요, 톰?" 메이크업 아티스트 리사가 의자 등받이를 뒤로 젖히며 묻는다.

"흠." 그는 중얼거리며 그레타의 목소리를 듣는다. 넌 우리의 빛이었어.

리사는 컨실러를 바르며 3일 동안 기른 수염이 톰에게 완벽하게 어울린다고 중얼거린다.

톰의 눈가에 눈물이 가득하다. 그는 리사의 눈동자가 불안하게 깜빡이는 것을 보고 잠시 말의 흐름을 끊고 화장 솜으로 눈물을 닦으며 대화를 이어 간다.

"감기에 걸린 것 같아." 리사가 잠시 침묵하자 톰은 그녀가 자신의 말을 믿지 않는다는 것을 느낀다. 톰은 엄마의 말을 머릿속에서 떨쳐 내려고 노력한다. 하지만 엄마의 말이 계속 이어지고, 점점 더 커진다.

네가 어디로 갔는지 아무도 내게 말해 주지 않았어.

네가 어떤 상황인지 아무도 말해 주지 않았어.

거의 미쳐 버릴 뻔했단다.

눈물이 계속 흐르고 있다. 그는 떨고 있다.

화장실에서 그는 거울 속 정장 차림의 자신을 본다. 그는 자신이 낯설다. 방금 녹화 중에 모스크바 주재 독일 대사와 나눈 대화도 전혀 기억이 나지 않는다.

네가 어디로 갔는지 아무도 내게 말해 주지 않았어.

톰은 목에서 광란하는 맥박을 느낀다. 땀이 흐르고 그는 셔츠 소매를 걷어 올리고 손목에 물을 적신다.

네가 어떤 상황인지 아무도 말해 주지 않았어.

제작 프로듀서인 라스가 화장실 문 사이로 고개를 내민다.

“7분 남았어. 톰, 괜찮아?”

“그래, 라스. 지금 나갈게.”

그는 핸드 드라이어에 손을 집어넣고 바람의 흐름이 자신의 떨림을 날려 버리길 바란다.

거의 미쳐 버릴 뻔했단다.

문밖에서 그를 기다리고 있던 메이크업 아티스트가 말없이 물 한 잔을 건네며 데스크로 향하는 그의 이마와 윗입술에 흐르는 땀을 닦아 준다.

카메라맨들은 이미 자리를 잡고 있다.

거의 미쳐 버릴 뻔했단다.

톰은 사회자의 멘트 첫 줄을 읽어 보며, 손을 꽉 움켜쥐며 떨림을 밀어내려고 노력한다. 음향 감독이 앵커의 이어폰 음량을 조정한다. 뉴스 오프닝 곡이 흘러나온다.

"좋은 저녁입니다, 신사 숙녀 여러분. 2016년 4월 7일의 가장 중요한 뉴스입니다." 톰이 프롬프터를 통해 읽어 내려가며 FFD 텔레비전 시청자들을 맞이한다. "러시아 푸틴 대통령은 자신의 측근에 유령회사 네트워크가 있다는 주장을 부인합니다. 크렘린 지도자는 자신이 부패 구조에 연루되어 있다는 것이야말로 어리석은 주장이라고 말합니다."

≪쥐트도이체 차이퉁≫지의 신문사 건물이 화면에 비친다. 탐사보도 기자팀이 분석한 법률 사무소 모삭 폰세카의 문서에 따르면 20억 달러 이상이 유령회사를 통해 유입된 것으로 보인다는 설명이 그 위에 흐른다.

톰의 온몸에 따끔거리는 감각이 느껴진다. 심장이 뛰고 있다. 호흡이 빨라진다. 그는 유리잔에 담긴 물을 한 모금 마신다. 리사는 톰의 이마에 흐르는 땀을 닦아 준다.

"괜찮아?" 제작 프로듀서가 이어폰을 통해 묻는다.

톰이 고개를 끄덕이자 러시아 대사와의 녹음된 대화가 시작된다.

괜찮아, 괜찮아, 괜찮아, 괜찮아. 그는 마음을 진정시키고 5초 후에 다시 방송할 것이라는 국장의 안내 멘트를 듣는다.

"미국 추산에 따르면 리비아에 있는 IS 전사 수가 지난 1년 동안 크게 증가했습니다." 톰은 진행 카드를 꽉 쥐고 있다. 그는 필사적으로 폐 깊숙이 공기를 들이마신다. "테러리스트 민병대는…… 4천 명에서……." 그는 말을 통제하지 못한다. "6천 명 사이의 IS…… 내전…… 내전에…… 국가……."

중간 광고가 시작된다. 너무 일찍. 톰의 마지막 말은 아무 소용이 없다. 마치 두꺼운 벽을 뚫고 들리는 것처럼 그는 국장이 "얀 리켈스를 데려와"라고 외치는 소리를 듣는다.

"하지만 난……." 톰은 더듬거리며 넥타이 매듭을 풀고 숨을 더 잘 쉬기 위해 셔츠의 윗단추를 푼다. 곁눈으로 그는 항상 배경에 앉아 있던 소방서의 구급대원이 세트장 쪽으로 움직이고, 라스가 젊은 뉴스 리포터 얀 리켈스를 끌고 달려오는 것이 보인다. 그리고 톰은 라스가 자신의 팔을 잡고 의자에서 들어 올리는 것을 느낀다. 톰은 자신을 방어할 수가 없다.

"정신 차려, 톰." 라스가 말하며 구급대원과 함께 그를 스튜디오 밖으로 둘러업고 나간다.

"가슴에 통증이 있나요?" 구급대원이 묻는다.

톰은 세상이 빙글빙글 돌고 있으며 자신이 질식하지 않을까 두려워한다.

"구급차! 구급차!" 그는 구급대원의 말을 듣는다. 라스가 비명을 지르는 모습에서 톰은 자신이 얼마나 비참한 상태인지 짐작할 수 있다.

그는 대기실 바닥에 누워 있다.

"구급차는 필요 없어." 톰이 몸을 일으키려 하자 라스가 톰을 누르며 걱정스런 눈빛으로 본다.

"다 괜찮을 거야, 톰." 톰은 나쁜 상태임에도 불구하고 라스의 말을 들으며 생각한다. 멍청한 놈. 더 멍청한 말이 아니라 다행이긴 하다. 톰은 구석에 있는 모니터를 통해 데스크에 앉아 메이크업을 받으며 무선 마이크를 연결하고 있는 얀 리켈스를 본다.

"침착하게 숨을 쉬세요." 구급대원이 아랫배에 손을 얹고 크게 숨을 내쉬고 들이쉰다. "후, 하. 후우, 하아."

톰은 집중한다. 호흡이 점차 느려진다. 점점 더 많은 초조한 눈들이 그를 내려다보고 있다.

"어떻게 된 거예요, 톰?" 사빈이 소리친다.

얼굴이 흐릿해지고 무슨 일이 있었는지 설명하는 라스의 날카로운 목소리가 들린다. 그러다 소리가 뚜렷이 알아들을 수 없을 정도로 희미해지며 멀리 사라진다.

"몬데라스 씨." 톰은 또렷한 목소리를 듣고 가슴에 차가운 무언가를 느낀다. 눈을 뜨자 수염 난 얼굴이 보인다. "저는 클루트 박사입니다. 가족 중에 심장질환을 앓고 있는 분이 있습니까?" 청진기를 든 응급 의사가 톰의 심장과 폐를 확인하며 묻는다.

"없습니다." 톰은 아버지가 심장마비였음을 떠올리고 혼자 있고 싶다고 생각한다. "잠을 자야 해요. 다른 건 필요 없어요."

사장인 기스베르트 베를레가 문 사이로 고개를 내민다. "심각한 일인가요?"

"괜찮아요." 톰이 얼굴을 찌푸린 채 웃으며 말한다. 그는 일어나서 가고 싶다. 모두가 자신을 바라보고 있는 이 긴장된 분위기에서 벗어나고 싶다. 이 두려움으로부터 벗어나고 싶다.

“내 가방 가져와요, 사빈.” 그는 들것에 누워 있기를 거부하며 비서에게 요구한다. “이젠 전혀 아프지 않다고!”

“몬데라스 씨, 정밀 검사가 필요합니다.” 응급 의사가 그의 팔을 붙잡으며 말한다.

“아무것도 아니에요. 그냥 피곤해서 그래요.” 톰은 가슴에서 심장이 뛰는 것을 느끼고 한시바삐 이 자리를 피하고 싶어 한다.

하지만 라스가 그의 오른팔을 잡고 클루트 박사와 함께 구급차로 이끌자 톰은 스스로를 방어할 수 없게 된다. 동료들이 겁에 질린 표정으로 늘어서 있는 복도를 통과한다.

“괜찮을 거야, 톰.” 라스가 그를 가장 중요한 친구처럼 바라보며 반복해서 말한다.

“내 가방……, 사빈…….” 톰이 더듬거린다.

“나중에.” 라스는 구급차 운전기사가 그를 차에 태우는 것을 도와줄 때 톰을 놓아주고 싶지 않다고 말한다. “내가 함께 가야 해요.” 그가 주먹을 불끈 쥐며 말한다.

“그건 불가능합니다.” 운전기사가 반대하며 사다리를 앞으로 부드럽게 밀고 바깥쪽에서 문을 닫는다. 구급대원이 들것에 톰을 묶을 때 힘차게 노크하는 소리와 사빈의 목소리가 들리더니 문이 다시 한번 열린다.

“여기 노트북 가방이에요. 필요한 게 있으면 전화하세요, 톰.”

톰이 대답하기도 전에 문이 다시 쾅 닫힌다. 그리고 그들은 밤의 거리 속으로 그를 데려간다. 경광등의 푸른 불빛이 윙윙 돌아가며 깜빡인다. 그의 휴대전화 역시 주머니에서 계속 윙윙거린다.

“심근경색의 명백한 징후는 보이지 않습니다.” 유명한 앵커를 위해 특별히 배정된 심장내과 전문의는 톰의 심전도를 분석한 후 말한다.

“그럴 줄 알았어요.” 톰은 안도하는 기색 대신 냉정하게 말한다.

“안전을 위해 심장 초음파 검사를 해 보겠습니다.”

톰은 검사실로 안내되었고 간호사가 초음파 검사를 준비하는 동안 휴대전화를 열어 본다. 엄마에게서 온 전화가 아니다. 톰은 엄마가 아직 병원에 입원해 있고 아마도 그의 방송을 놓친 것 같다는 생각이 머리를 스쳐 지나간다. 적어도 한 가지 좋은 점은 있다고 생각하며 톰은 아흔세 통의 문자 메시지를 확인한다. 인터넷에는 그가 우려했던 헤드라인으로 가득 차 있다.

≪슈피겔 온라인≫은 이렇게 쓰고 있다. 라이브 방송 중 실신. ≪빌트≫지는 앵커 데스크에 앉아 두려운 표정을 짓고 있는 톰의 모습을 보여 준다. 그 아래에는 이렇게 적혀 있다. 톰 몬데라스의 건강 상태?

소셜 미디어는 과로와 알코올 남용에 대한 이론으로 떠들썩하다.

심장내과 전문의는 “솔직히 지금 휴대전화는 좋지 않다고 생각합니다”라고 말한다.

톰은 의사가 들어오는 소리도 듣지 못하다가 휴대전화를 주머니에 다시 넣는다. 의사는 가슴에 초음파기를 대고 화면에서 뛰는 심장을 살펴본다.

"그래서 뭐가 보이나요?"

"심장 판막, 벽, 심낭, 모두 깨끗합니다. 좋아요." 의사는 종이 타월로 톰의 피부에서 끈적이는 젤을 닦아 낸다.

"좋아요. 그럼 가도 되겠네요."

"안전을 위해 혈액 검사 결과를 기다려야 합니다, 몬데라스 씨."

"전화로 말씀하시는 게 나을 것 같네요." 그가 계속 옷을 입는다.

"혼자 사세요?"

"왜요?"

"지금 상태로는 혼자 계시는 게 무리라 생각되어서요."

"지금 상태요? 그게 무슨 뜻이죠?"

"텔레비전에서 당신을 봤어요. 공황발작처럼 보이던데요. 전에도 그런 적이 있었나요?"

톰은 고개를 가로젓는다.

심장내과 전문의가 검사실에 전화를 걸어 검사 결과를 받는데 얼마나 걸리는지 묻는다.

"당신의 의사에 반하여 강제로 붙잡아 둘 수는 없습니다. 그래도 30분만 더 기다려 주세요." 그는 다른 응급 환자들과 마주치지 않도록 톰을 진료실에서 기다리게 한다.

톰 몬데라스는 오늘 저녁 독감이 낫지 않아 쇠약해진 상태에서 발작을 일으켰습니다. 그는 현재 의료진의 치료를 받고 있습니다. 걱정할 필요는 없다고 합니다. 톰은 방송국에서 내보낸 보도 자료를 읽는다.

이런, 적어도 당신들은 알고 있는 거네. 톰은 생각하며, 공황발작을 검색해 본다.

호흡 곤란, 가슴과 목의 압박감, 과호흡 등이 전형적인 증상이라는 설명을 읽는다. 두근거림과 오한이 동반되기도 한다. 그는 원인 목록을 훑으며 하나씩 배제해 나간다. 폐소공포증, 외상 후 스트레스 장애, 번아웃.

휴대전화가 울린다. 제니다.

"여보세요?"

"지금 어디 있어요?"

"당신 집 모퉁이에 있는 병원."

"그래서 뭐래요?"

"다 괜찮대요. 검사 결과를 확인하고 집으로 가려고요."

톰은 사람들이 수도원이라 부르는 아우구스티누스 병원의 정문을 나서서 콜택시 회사로 전화를 건다.

"톰!"

뒤돌아보니 길가에 제니가 서 있다.

"여기서 뭐 하는 거예요?"

"집까지 태워다 주려고요. 어서 타세요."

"하지만……."

"하지만이 뭐예요."

조수석에는 어린 칼이 자고 있는 유아용 카시트가 차지하고 있기에 그는 미니 쿠퍼의 뒷좌석에 몸을 구겨 넣는다.

제니는 밤의 휠른 거리를 조용히 운전하여 10분 후 톰의 집 앞에 도착한다. "여기 주차는 어디에다 해요?"

"앞에 내려 주면 충분해요." 톰이 말한다.

"같이 가요."

"아니, 왜요?"

"지금은 누군가 당신과 함께 있어야 할 것 같아서요."

톰은 차에서 뛰어내려 버릴까 생각한다. 제니가 눈치챈 듯 문을 중앙에서 잠근다.

"제니, 제발. 나 좀 자야겠어."

"그러세요. 하지만 그런 모습을 봤는데 당신을 혼자 두고 갈 순 없어요."

톰은 이제 모든 사람들이 자신에게 무엇이 좋은지 분명히 알고 있다는 사실에 화가 나서 폭발할 것 같다. 심지어 제니까지 알고 있다니!

그는 그녀를 지하 주차장으로 안내하고 엘리베이터에 코드를 입력한 후 그녀와 잠든 아기를 태운 차 그대로 펜트하우스를 향해 조용히 올라간다.

*　　*　　*

공황발작을 일으키기에 충분한 일이라고 제니는 생각한다. 문제는 수백만 명의 시청자 앞에서 그랬다는 사실이다. 최고의 형벌이 아닐 수 없다!

그녀는 지금 톰의 기분이 어떨지 정확히 알기에 직접 톰을 마주 보지 않으려고 애쓴다. 무방비 상태, 노출된 상태. 그의 바람은 지금 단 하나일 뿐이다. 숨는 것. 그녀는 자신 역시 경험한 적이 있기에 혼자 있는 것이 사태를 더 악화시킬 뿐이라는 것도 알고 있다.

엘리베이터가 멈춘다. 문이 열리자 자동으로 조명이 켜지지만 톰은 그녀를 안으로 초대할 의도가 없다. 그는 넓고 미니멀한 거실로 앞서 걸어가 노트북 가방을 커다란 탁자 위에 놓는다.

엘리베이터 문이 다시 닫히기 전 제니는 한 발 앞으로 내디뎌 주변을 둘러본다. 벽은 시멘트로 되어 있고, 나무 바닥은 회백색으로 반들거리고, 무거운 커튼은 소파와 의자의 덮개처럼 회색이다. 그녀는 마치 톰이 이 회색에 삼켜진 것 같은 느낌이 든다. 그는 개방형 주방에 서 있다. 그것도 회색이다. 이렇게까지 깔끔한 것은 예상 밖이다.

제니는 표지에 그의 사진이 실려 있는 그의 책 『심연에서의 보고서』가 2008년 ≪슈피겔≫의 베스트셀러 목록에서 1위를 차지한 보도가 액자로 꾸며져 걸려 있을 것이라 생각해 왔다. 심지어 그의 방송 수상 경력도 보이지 않는다. 적어도 이 궁전 같은 집에서는. 그녀는 항상 톰을 자기애가 강한 사람이라고 생각해 왔다. 그런 그가 이토록 소박한, 절제의 달인처럼 보인다는 것이

가능하기나 한가?

"뭘 좀 드릴까요?" 그가 다소 퉁명스럽게 묻는다.

"꿀을 탄 따뜻한 우유를 주시려고요?" 제니는 그가 먼저 말을 걸어온 사실에 안도한다. 그녀는 신발과 코트를 벗고 맥시코시 카시트를 탁자 옆 밝은 나무 바닥에 놓는다. 그리고 코르크 마개 여는 소리를 듣는다.

"그게 아닌데." 톰이 레드 와인을 따르며 말한다.

"그럼 전 우유만 주세요." 제니는 조사한 자료로 가득 찬 주방 작업대를 바라본다.

톰은 고개를 저으며 와인 잔을 손에 들고, 그녀의 아파트 전체보다 두 배나 큰 거실 창가에 서서 빛나는 대성당을 바라본다.

시간을 벌어야 해. 그냥 가만히 있자, 제니는 생각하며 가능하면 아무렇지도 않은 듯 행동하려고 노력한다. "그럼, 뭘 주시려고 했는데요?" 그녀가 묻고 작업대 주위를 돌아 진줏빛 회색으로 마감된 냉장고를 열어 본다. 아무것도 없다. "다른 차 같은 건 없어요?"

"없어요." 그는 어두운 곳에서 대답하며 잔을 비운다. "제니, 알고 싶지 않을 수도 있을 텐데……." 그는 여전히 그녀에게 등을 돌리고 있다.

"뭔지 말해 봐요. 어떻게 누나가 미국에 있다는 걸 알았어요?" 그녀가 말을 끊고 수돗물을 유리잔에 채운다.

톰은 망설이다가 돌아선다. 그리고 탁자로 가서 노트북 가방에서 편지 묶음을 꺼낸다.

"이게 뭐예요?" 그녀가 다가와 묻는다.

"이건 우리 엄마가 매년 마리에게 보냈던 편지예요. 그녀의 생일마다 매번." 그의 목소리가 가늘게 떨린다. 뒤돌아 창가로 돌아간다.

"그럼 어머니는 평생을 마리가 찾아와 주기를 바라고 계셨던 거네요." 제니는 혼자 중얼거리며 탁자에 앉아 편지를 읽기 시작한다.

1959년 5월 23일

사랑하는 마리엘레에게,

오늘은 네가 열 살이 되는 날이야. 네가 얼마나 컸을지 상상해 보려고 해. 네가 아빠를 닮았다면 분명 반 친구들보다 크겠지. 하지만 네가 나를 닮았다면…….

그녀는 고개를 들어 대성당을 보고 있는 톰의 실루엣을 본다. 그리고 그 옆 벽에 걸린 흑백 사진을 발견한다. 그녀는 이 사진을 알고 있다. <행복한 아이-희망Kind im Glück-Hoffnung>이란 월터 딕의 작품이다. 파괴된 전후 쾰른 대성당을 배경으로 구시가지 폐허에서 꽃을 따는 어린 소녀를 찍은 사진이다. 그녀는 계속해서 편지를 읽는다.

나는 네 작은 동생에게 푹 빠져 있어. 그의 이름은 토마스고, 멋진 사내아이야. 오늘은 그 애가 날 보고 처음으로 웃어 줬어…….

톰은 움직이지 않는다. 제니는 편지를 하나씩 꺼내 연대순으로 정리한다.

너는 이제 모든 것을 알 만큼 컸어. 내 사랑.
난 결코 널 버리지 않으려고 했어.

"정말 끔찍해!" 제니는 경악한 나머지 손으로 입을 막고 말한다.

네가 어디로 갔는지 아무도 내게 말해 주지 않았어.
네가 어떤 상황인지 아무도 말해 주지 않았어.
난 거의 미쳐 버릴 뻔했단다…….

글자들이 그녀의 눈앞에서 흐릿해진다. "오, 톰!" 그녀는 코를 훌쩍이며 손등으로 눈물을 닦아 낸다. "그들이 아이를 강제로 빼앗았어요!"

칼이 칭얼거린다. 제니는 작은 돌들이 끼인 것이 명백한 맥시코시 카시트를 바닥에서 그대로 끌어당기고는 작은 아이를 들어 올린다.

"배고프구나, 우리 아기?" 제니는 아기의 이마에 입을 맞추고 함께 소파에 앉아 젖을 먹이기 시작한다. 칼은 쩝쩝거리며 젖을 빨고, 그녀는 아기의 머리를 쓰다듬는다. "상상도 못 할 일이야. 어떡해, 불쌍한 어머니! 50년대에 여자와 어린애들에게 이런 일을 저질렀다고? 범죄자 새끼들." 그녀는 반대편 벽에서 그레타의 젊은 시절 사진을 발견한다. "사진에 있는 분이 당신 어머니세요?"

톰은 돌아서서 고개를 끄덕인다.

네가 어디로 갔는지 아무도 내게 말해 주지 않았어. 난 거의 미쳐 버릴 뻔했단다. 톰의 어머니가 성인이 된 딸에게 보낸 편지의 문장이 제니의 머릿속을 맴돌고, 이것이 그레타가 정신병원에 있게 된 원인이란 생각에 그녀는 목이 멘다.

톰은 가까이 다가와 조금 떨어져 소파에 앉는다. 그리고 제니처럼 엄마의 사진을 응시한다. "이 미소가 영원히 사라진 시기가 궁금했어." 그는 조용히 말한다.

"엄마의 신분 등록증에 비슬로흐의 주소가 나와 있던 것 기억해요?" 마치 그녀의 생각을 읽고 있기나 한 듯이 톰이 묻는다.

그녀는 고개를 끄덕인다. "그래요. 거기가 어딘지 알아요."

"알고 있었다고요? 왜 아무 말도 안 했어요?" 톰이 버럭 화를 내며 묻는다.

제니는 잠시 망설인다. 문제를 회피하기 위해 둘러대야 할까? 그녀는 진실을 택한다. "당신에게 너무 무거운 짐을 지우고 싶지 않았어요."

"당신 정말 웃기는 사람이네." 톰이 소파 등받이에 기대며 말한다. "엄마는 인생의 절반을 정신병원에서 보내셨어요. 대공이 운영하는 바덴 힐 요양원은 비교도 할 수 없는 곳에서."

"만약 누군가가 내 아기를 빼앗아 간다는 걸 상상만 해도…….

그건 인간으로서 견딜 수 없는 일이에요.” 제니는 더 이상 감정을 억누를 수 없어 울음을 터뜨리고 만다. 옆 눈으로 본 톰도 눈물을 닦고 있다.

“왜 엄마는 계속 침묵했을까?” 그의 목소리가 끊긴다.

“어디선가 읽었는데 사랑하는 사람을 잃으면 영혼이 일종의 마비 상태에 빠져서 말 그대로 말이 나오지 않는다고 하더라고요.” 제니는 아기를 안고 이리저리 걸으면서 등을 두드려 트림을 시킨다. 그런 후 기저귀 가방에서 면 수건을 꺼내 아기의 입을 닦다가 맥시코시 카시트 옆 회색 마루에 길게 긁힌 자국을 본다.

그녀가 정리를 끝내고 보니 톰은 앉은 채 잠들어 있다.

제니가 그의 손에서 와인 잔을 치우자, 그는 옆으로 비스듬히 누워 다리를 모으고 팔짱을 낀다.

“조용히 해야 해, 칼첸!” 그녀는 아기에게 속삭인다. 그리고 칼을 안고 낯선 아파트를 조용히 돌아다닌다.

주방 가운데에 복도가 있고 그 복도를 따라 여러 개의 문이 흩어져 있다. 그녀는 하나씩 문을 열어 욕실, 손님용 화장실, 책상이 있는 서재, 이삿짐 상자가 가득 찬 방을 들여다본다. 마지막으로 열어 본 침실에는 대형 스프링 침대가 있다. 그녀는 한 손으로 침대보를 끌어당겨 귀퉁이 양모를 잡고 거실로 끌고 간다. 그런 다음 톰을 덮어 주고 어린 칼을 팔에 안고 넓은 소파 반대편 끝에 눕는다.

* * *

톰은 손을 움직일 수가 없다. 팔짱을 낀 상태 그대로 상체가 단단히 묶인 채 그는 가파르게 경사진 대형 강의실 중앙, 간이침대에 누워 있다. 번쩍이는 조명. 카메라가 사방에서 그를 향하고 있다. 그 사이로 사장인 기스베르트 베를레, 앤 윌, 피터 클로펠, 크리스티안 아만포, 잉고 잠페로니, 바바라 할웨그, 앤더슨 쿠퍼, 마르쿠스 란츠, 그리고 그의 아버지 콘라트, 또 그 옆에 엄마 그레타가 있다. 입이 없다. 엄마 뒤에는 아이가 서 있다.

"마리!" 톰이 울부짖지만 소리가 나오지 않는다. 소녀는 웃으며 뛰어가 버린다.

그는 비명을 듣는다.

그는 전력을 다해 본다. 둥글게 모여 선 사람들이 점점 더 크게 소리친다.

"쉿, 아저씨를 깨우면 안 돼."

톰은 뒤척인다. 비명 소리는 쩝쩝거리는 소리로 바뀐다. 그는 눈을 어슴푸레 뜬다. 그리고 자신이 소파에 누워 있다는 것을 깨닫는다. 발에는 이불이 덮여 있음을 느낀다. 그리고 제니가 칼을 가슴에 안고 젖을 먹이고 있다. 그는 여전히 잠든 척한다.

그녀가 어떻게 여기 왔지? 그는 고민한다. 갑자기 모든 것이 되살아난다. 생방송 중 실신, 병원. **젠장!**

톰은 눈을 뜨고 신발, 재킷, 기저귀 교환 매트, 사용한 기저귀 등 아침 햇살이 비추는 거실의 낯선 혼돈을 본다. 그는 머리를 긁는다. 제니는 하룻밤 만에 그의 아파트에 자신의 스타일을 이식하는 데 성공했다. 믿을 수 없어! 제니는 탁자에 놓인 복사한 편지들을 보고 있다. 젊은 그레타가 벽에서 톰을 향해 미소를 짓는다.

"좋은 아침이에요." 제니가 말한다.

톰은 알아들을 수 없는 대답을 웅얼거리며 자리에서 일어나 휴대전화를 찾는다. 그는 떨리는 손으로 휴대전화를 켠다.

"좋은 생각이 아닌 것 같은데요."

디스플레이의 메시지를 훑어보면서 제니에게 조만간 지배당하는 시점에 도달하게 될 것이라는 예감이 밀려온다. 재앙이다! 그는 휴대전화를 탁자 위에 던져 놓고 비틀거리며 간이 주방으로 들어가 에스프레소 머신을 켜고 소변을 보러 간다. 거울에서는 눈 밑에 깊은 다크서클이 있는 창백한 얼굴이 그를 응시하고 있다. 샤워기의 뜨거운 물이 그의 머리 위로 흘러내린다. 그의 머릿속에는 변명을 위한 여러 가지 시나리오가 떠오른다. 식중독. 감염 확산. 순환계 붕괴. 공황발작을 제외한 모든 것. 찬물. 쉰다섯까지 센다. 그는 자신의 삶을 다시 통제해야만 한다!

조깅복 차림으로 거실에 나타난 그는 갓 내린 에스프레소를 마신다.

"지금 몇 시죠?" 제니가 허스키한 목소리로 묻는다.

"6시 조금 지났어요."

그녀가 일어나 디자이너 소파에서 아기의 기저귀를 갈아 준다. 톰은 이미 가정부가 어떤 마법의 제품으로 저 얼룩을 제거할지 상상하고 있다. 그는 제니를 제거해야 한다. 그에게는 보모가 필요 없다.

"화장실 좀 써도 될까요?"

그는 고갯짓으로 그 방향을 가리킨다.

"그럼, 그동안 아기 좀 봐줄래요?" 대답을 하기도 전에 제니는 아이를 맥시코시 카시트에 앉히고 손님용 화장실로 사라진다.

칼은 온몸으로 버둥거리며 크게 소리치기 시작한다. 톰이 카시트를 두드리자 카시트가 흔들린다. 그는 참나무 마루에 깊은 흠집이 생긴 것을 발견하고 버럭 화가 치밀어 오른다. 그에 아랑곳없이 흔들림에 신난 아기는 잠시 큰 소리를 멈추고는 눈을 크게 뜨고 입을 벌리며 주위를 살핀다.

"왜?" 톰이 묻는다.

칼은 대답을 들려주기라도 하듯 옹알이를 한다.

"맞아, 내가 항상 하는 말이 그거야." 톰이 대답한다. "적어도 날 이해해 주는 사람이 한 사람이라도 있어서 다행이네. 그렇지 않아?"

이빨도 없는 괴물은 뺨을 실룩거리며 활짝 웃고 카시트에서 발버둥치며 좋아한다. 카시트는 또 마룻바닥에 흠집을 남긴다.

톰은 고통스러워하며 웃는다.

제니가 화장실 문을 열고 내다본다. "전 방금 당신의 누나를 어떻게 할지 생각해 보았어요……." 하던 말을 멈추고 그녀가 서둘러 방을 가로질러 온다. 그러다 널브러진 신발에 걸려 휘청거리면서 어린 아들 앞에 멈춰 선다. "그래서 그 생각이 뭔데요?"

칼은 웃기를 멈추고 엄마와 톰을 번갈아 바라보다가 엄마에게 안기고 싶다고 생각한 듯 울기 시작한다.

“어떻게 이런 일이!” 그녀가 아기를 안으며 말한다. “톰, 당신 진짜 잘할 수 있겠어요.”

“도대체 뭘요?”

“음, 당신이 이 아기를 웃게 만든 첫 번째 사람이라고요.”

갑자기 인터폰이 울리고 톰은 제니의 웃음이 사라지겠구나 하는 생각이 든다. 그도 역시 놀란다. 여기 살면서 이 기계가 울린 적은 한 번도 없었다.

“여보세요?”

“이른 시간에 귀찮게 해서 죄송합니다, 몬데라스 씨. 하지만 여기 선생님을 찾는 분이 있어요. 제가…….” 전화기 반대편에서 관리인이 말한다.

바스락대고 중얼거리는 소리가 들리더니 곧이어 여자 목소리가 크게 들린다. “당장 문 열어!”

몇 분 후 엘리베이터 문이 열리자 헬가 슈미츠가 놀란 모습으로 그의 앞에 서 있다. 그녀는 혼란스러워하며 주변을 둘러보고 중얼거린다. “아니, 이런. 벌써 안에 들어와 있네.” 그런 다음 톰을 보고 즉시 입을 연다. “무슨 일이야, 얘야? 왜 병원에서 나왔어?”

“헬가는 여기서 뭐 해요?” 그는 놀라며 그녀의 말을 끊는다.

“어, 전화를 안 받으니. 무서워서 죽을 뻔했어. 이봐, 꼬맹아? 무슨 일이야?”

“괜찮아요, 헬가.”

그녀는 의심스럽게 그를 이리저리 살피고 머리를 저으며 말한다. "거울을 한번 보기나 했어?"

톰은 대답하지 않고 그녀를 내버려둔다. 그는 몇 걸음을 걸어 의자 등을 잡고 멍하니 앞을 바라본다.

"안녕하세요. 전 제니입니다." 제니는 칼을 품에 안은 채 방문객을 살피며 손을 내민다.

"안녕하세요." 헬가는 엄마와 아이에게서 눈을 떼지 않고 톰에게로 간다. "어쨌든 난 네가 죽는 줄 알았어. 아버지처럼 말이야. 넌 심장을 검사받아야 해."

"다 괜찮아요, 정말!" 그는 말을 내뱉으며 입술을 깨문다.

"하지만 다 괜찮다면 그런 일이 일어나지 말았어야지." 헬가가 맞선다. "나는 다 봤단 말이야." 그녀는 돌아서서 제니를 향해 말한다. "당신도 뭐라고 말 좀 해 봐요."

"그래서 저도……."

"그만! 제발 좀 그만해요!" 톰이 소리친다. "그냥 날 이대로 가만히 둬요. 둘 다!"

헬가는 그럴 생각이 추호도 없다는 듯 식탁으로 가서 의자에 털썩 주저앉는다. 그녀는 제니가 흩어진 아기의 물건들을 모으고 주방에서 이미 쓴 기저귀를 넣을 쓰레기통을 찾는 것을 주의 깊게 지켜본다.

"그냥 둬요." 열쇠를 들고 한마디 말도 없이 엘리베이터 속으로 사라지는 제니나 어린 아기를 톰은 쳐다보지도 않는다.

"지금 이 상황이 뭐지?" 헬가가 묻는다.

"뭐가 뭐예요?"

"저기, 저 여자 말이야. 누구냐?"

"동료."

"저 아이는? 설마 네 아이야?"

"헬가, 제발!"

톰은 그녀에게서 벗어날 수가 없다. 그녀는 질문으로 그를 괴롭히는 대신 그의 아파트를 뒤지고, 그런 일이 일어난 것이 어쩌면 당연한 일이라고, 제대로 먹지도 않고 돌봐 줄 사람도 없으니 생긴 일이라고 말한다. 그녀를 멈추게 하기 위해 그는 엄마가 있는 정신병원에 데려다 달라고 부탁한다. 그는 그녀의 낡은 포드의 조수석에 앉아 가다 멀리 가판대에 놓여 있는 신문들을 본다. ≪빌트≫와 ≪쾰른 익스프레스≫ 표지에는 그의 얼굴 사진이 대문짝만하게 나와 있다. 그는 선글라스를 쓰고 야구 모자를 얼굴 깊이 눌러쓴다.

"여기서 내려 줘요." 그는 병원 입구에서 말한다.

"하지만……."

"하지만은 없어요, 헬가. 난 엄마를 보러 갈 거예요. 그리고 그런 다음에 점심때 갈게요. 알겠어요?"

"뭘 해 놓을까?"

"어릴 때 먹던, 내가 좋아하던 거."

"난 당신을 알아요!" 육체로 환생한 예수가 손을 내밀어 그에게 인사를 한다.

톰은 선글라스 너머로 뒤에 있는 간호사들의 불안한 표정을 본다. 그리고 평소와 달리 인사도 하지 않고 병실이 좌우로 늘어선 긴 복도를 따라 걷는다. 마빅 교수가 문밖으로 나오자 의사와 간호사들이 쭉 뒤를 따르고 있다.

"몬데라스 씨." 정신과 의사가 그에게 인사를 한다.

톰은 땅이 열리고 그와 함께 지구 속으로 사라졌으면 하고 바란다. 하지만 톰은 겉으로는 유쾌하게 마주 인사를 건넨다.

"절 위해 잠시 시간 좀 내주실 수 있나요?"

"그럼요." 톰이 말하고 마빅 교수와 함께 진료실로 들어간다.

"우리는 어머니께 약을 처방해 드렸습니다. 그녀는 안정적이고 조용합니다. 제 생각에 특별한 일이 일어나지 않는다면……."

"특별한 일이라면?"

"아, 네. 그녀를 동요하게 만드는 모든 것 말입니다."

톰은 이야기하고 싶지 않다. 특히 마빅 교수와는 더욱 그렇다. 그럼에도 그는 갑자기 되는대로 말을 던지고 싶어진다. "저는 최근에 알지도 못했던 누나가 있다는 사실을 알게 되었습니다. 그런데 그 누나는 입양되었습니다. 어제 전 하이델베르크 청소년복지 사무국에서 이 입양이 엄마의 명백한 의사에 반하여 이루어졌다는 것을 알게 되었습니다."

"어제라고요?"

톰은 정신과 의사가 골똘히 생각하는 것을 지켜본다.

"저는 너무 자세히 알고 싶지 않습니다, 몬데라스 씨. 하지만……."

교수는 말을 더듬거린다. 톰은 입을 다물지 않은 자신에게 화가 난다. 진동하는 휴대전화가 그를 구해 준다. 톰은 번호를 훔쳐보고 발신자가 누구인지를 안다. 사과의 말을 건네고 그는 전화를 받는다.

"몬데라스. 당신의 상태를 알고 싶어요." 사장인 베를레다.

"고맙습니다. 다 괜찮습니다."

교수는 손짓으로 톰이 더 편하게 통화를 해도 좋다는 신호를 보낸다. 그리고 서가로 가서 책등을 살펴본다.

"건강을 완전히 되찾을 때까지 좀 더 시간을 가지는 게 어때요?" 전화 끝에 사장이 말한다.

"전 충분히 건강합니다!" 톰은 폭발할 것 같고 말을 제대로 할 수 없는 상황에서 전화를 받은 것을 후회한다.

"내 생각에는 무엇보다 휴식을 취하는 게 좋을 것 같은데, 말한 대로 천천히 시간을 가지는 게……."

톰은 전화를 끊고 나가 보려고 한다.

"제가 하려고 하는 말은," 교수가 톰의 앞을 가로막는다. "그러니까 어제 어머니께 무슨 일이 있었는지 알게 된 후 방송 중에……. 그러니까 우린 그런 걸, 통제력을 잃어버리는 걸……."

"지금 공황발작에 대해 말씀하시고 싶은 건가요?" 톰이 말을 끊는다.

"왜요? 누가 또 그런 얘길 하던가요?"

"글쎄, 모두들."

"그것에 대해 어떻게 생각하나요?"

"말도 안 돼요! 어떻게 된 건지 모르겠네요."

"트라우마의 세대 간 전이에 대해서는 들어 본 적 있나요?"

"이만 가 보겠습니다." 톰은 이성을 잃지 않도록 조심한다. 이 쓰레기 같은 정신과 의사에게 의견을 묻지 않는다.

"네, 그러셔야죠. 도움이 필요하시면 언제라도……." 마빅 교수가 덧붙인다.

"드디어 오셨네." 그레타가 그를 맞이한다. "난 여기서 나가야 해."

그레타는 분홍색 야구 모자를 쓰고, 핸드백을 무릎 위에 올려놓은 채 침대에 앉아 퇴원할 준비를 마치고 있다.

"엄마, 어디 가려고요?"

"음. 집으로."

톰은 잠시 짜증이 치민다. 그러나 생각해 보니 어린 칼을 제외하고는 일이 터진 후 열다섯 시간 만에 톰이 아닌 자신에 대한 걱정만 하는 사람이기에 오히려 안도감이 밀려오기도 한다.

"그래요, 가요." 톰은 한 손에는 가방을, 다른 손에는 그레타의 손을 잡고 병실을 나선다.

택시 뒷자리에서 그는 자신이 하이델베르크를 다녀왔고, 상황을 알게 되었다는 사실을 어떻게 말해야 할지 고민한다. 엄마가 마리를 빼앗긴 것이 자신에게도 고통스럽다고 말하고, 그녀가 겪은 고통을 누구와도 나눌 수 없게 내버려둔 사실도 죄송하다고 말하고 싶다. 하지만 그렇게 말하면 다시 모든 것을 휘젓는 것은 아닐까? 엄마를 다시 혼란스럽게 만드는 것은 아닐까?

"엘리젠 거리 모퉁이에서 퀼른 거리까지 도로 공사 때문에 체증이 있습니다. 우회로로 모실까요?" 택시 기사가 묻는다.

"괜찮아요. 시간 있어요." 톰이 말한다.

"맞아." 그레타가 톰의 손을 어루만진다.

난 네 동생을 정말 사랑해. 그는 자기만의 생각을 가지고 있어. 그건 아마 내게서 물려받은 것일 거야. 아이가 강하고 명확하며 타협하지 않기 때문에 사랑해.

이 문장이 톰의 영혼에 새겨진다.

"뭘 생각해, 엄마?"

"네 손이 예쁘장하다고." 그레타가 행복하게 웃으며 대답한다.

"엄마한테 물려받은 거예요."

"집에 돌아오셔서 정말 반가워요, 몬데라스 부인." 톰에게서 택시를 타고 가는 중이라고 미리 귀띔을 받은 헬가가 말한다.

"그런데 주인님은 오늘 외출 중이에요." 헬가가 장난스럽게 말한다. "내가 그레타야."

그레타는 곧장 거실로 달려가 뻐꾸기시계의 청동색 솔방울 추를 감은 다음 검지로 시곗바늘을 열두 시로 맞춘다. 작은 문이 열리고 뻐꾸기가 나와 열두 번을 운다.

"얼마나 그리웠는지 몰라!" 그레타는 화장실로 가면서 복도를 향해 제대로 된 커피를 마시고 싶다고 외친다.

"네가 엄마를 데려와 줘서 좋아. 네 엄마는 요양원에 가면 안 돼." 헬가가 말하며 커피 머신에 물을 따른다. "우린 다 알아서 할 수 있어."

톰은 헬가의 태도에 만족한다. 헬가의 돌봄 유전자의 방향을 자신이 아니라 엄마에게로 돌릴 수도 있다는 사실이 기쁘다.

함께 점심—헬가가 베이컨 팬케이크와 디저트로 초콜릿 푸딩을 만들어 주었다—을 먹고 난 다음 그는 방송국에 가야 한다고 거짓말을 한다. 아직 그의 차가 방송국 지하 주차장에 있으니 완전한 거짓말은 아닌 셈이다.

택시에서 사빈에게 전화를 걸어 필요한 모든 것을 주차장에 가져다 달라고 부탁한다.

"지금 여길 떠나시면 안 돼요." 그녀가 안타까움을 담아 말한다. "조만간 사장과 다시 얘기해 봐야 해."

톰은 우선 차 열쇠를 경비원에게 맡기겠다고 전한다. 그는 택시를 타고 다시 돌아가고, 나중에 사빈이 물건을 실은 차를 아파트로 가져다주기로 한다.

톰의 아파트는 다시 신선하고 청결한 냄새가 난다. 모든 것이 제자리로 돌아왔다.

"마치 모델하우스 같은 분위기야. 아무도 사는 느낌이 안 들어." 헬가의 말을 떠올린 톰은 마룻바닥의 흠집에 새삼 다시 짜증이 난다.

그는 휴대전화의 문자 메시지를 차례로 읽어 본다.

안녕, 톰. 걱정돼.

빨리 나으세요.

몸조심하세요!

모든 것이 잘 되길 바랍니다.

하나님과 세상이 모두 자신의 전화번호를 알고 있는 것 같다는 생각에 그는 읽기를 멈추고 백스물세 개의 메시지를 한꺼번에 모두 삭제한다.

카메라맨이자 동료인 마네스가 전화를 걸어온다.

"무슨 일인데, 친구?"

"다 괜찮아."

"오늘 밤에 만날까? 난 시내에 있어."

톰은 자신이 문을 열고 들어서는 순간 모든 대화가 뚝 끊기는 술집을 상상해 본다. "아냐. 괜찮아."

"정말 괜찮아? 내가 집으로 갈까? 혼자 있어?"

"다음에, 다음이 좋겠어. 손님이 있어." 톰은 거짓말을 한다.

괜시리 욕을 하며 톰은 휴대전화를 꺼 둔다. 어제 공연이 너무 형편없었나? 그래서 심지어 마네스까지 찾아오려는 건가? 마네스! 넌 절대 여기에 발을 들여놓지 못할 거야!

톰은 노트북을 켜고, 어제의 방송을 다시 보려는 욕구를 뿌리친다. 그리고 하루 동안의 뉴스를 훑어본다. 몇 초도 되지 않아 노트북을 덮어 버리고 싶은 충동을 느낀다. 독일 전체에 그의 실신이란 문제보다 더 큰 문제가 없는 듯하다. 그는 일어나 창가를 따라 걸으며 아무도 없는 집 앞 광장을 내려다본다. 그는 랙에서 와인 한 병을 꺼내 잔에 따르고 한꺼번에 마셔 버린다. 누나가 작업대에서 그를 올려다본다.

그는 처음으로 자신이 외동이 아니라는 사실을 깨닫고 시계를 본다. 미국 동부 해안에서는 지금 아침 9시 반이 지난 시간이다. 하지만 그녀가 서해안에 산다면 이제 막 일어났을지도 모른다.

"잘 살고 있죠, 누나?" 톰은 그녀를 흑인 엄마라고 상상해 본다. 온 집안을 활기차게 이끌며 크게 활짝 웃는 사람.

"손은 어떤가요? 예뻐요?"

그는 마리의 사진을 부드럽게 만지며 와인병과 노트북을 들고 소파로 간다.

인터넷에서 그는 1957년 ≪쥐트도이체 차이퉁≫지의 기사를 발견한다. 만하임의 판자촌에서 두 명의 아프리카계 독일인 자녀와 함께 살고 있는 젊은 엄마를 인터뷰한 기사다.

'앞으로 당신 아이들의 미래를 어떻게 상상하고 있습니까? 아이들이 무엇이 되었으면 좋겠다고 생각하십니까? 당신의 아이는 서커스 공연을 보러 갈 수 없을 것입니다. 그렇죠? 아이들을 입양 보낼 생각은 해 본 적이 있습니까? 말씀해 보시죠. 아이들을 포기하고 싶진 않나요?' 기자는 질문을 쏟아 낸다.

'아니요, 아니에요.' 겁에 질린 여성이 아이를 품에 안은 채 대답한다.

흑백 사진은 기자의 질문처럼 무자비하다.

'왜 안 하시겠다는 거죠?'

'내가 이 아이들을 품 안에서 키웠고, 난 이 아이들을 사랑하

기 때문입니다.'

톰은 사진 속의 누나를 본다. "마리, 이 독일에서 자라지 않아 어쩌면 다행이야."

와인 잔을 손에 들고 그는 한쪽 벽에서 다른 벽으로 끊임없이 서성거린다. 그는 엄마가 겪었을 지옥을 생각한다. 그는 '트라우마'라는 말이 머릿속에서 떠오르자 마빅의 말을 떠올리며 검색어에 트라우마의 세대 간 전이를 입력한다.

트라우마를 직접 경험한 세대의 트라우마는 그것만으로 끝나지 않는다. 억압이 트라우마적 내용, 행동, 생존 메커니즘을 세대에서 세대로 전이시키기 때문이다. 가장 큰 문제는 일반적으로 영향을 받은 2세대의 사람들은 1세대의 경험과 세대 간 트라우마에 대해 전혀 모른다는 사실이다. 나쁜 일에 대해 이야기하지 않기 때문이다. 2세대의 사람들은 '왠지 이상하다'고 느끼거나 공허함을 느끼며, 불안이나 우울, 수면 장애 또는 에너지 부족, 설명할 수 없는 신체적 불편함에 시달린다. 종종 알코올이나 약물 등에 의존하는 경우도 있다…….

바깥은 이미 어둑해지고 있고, 맞은편 아파트에도 하나둘 불이 켜진다. 톰은 소파에 멍하니 앉아 앞을 응시한다.

나의 뼛속에 엄마의 트라우마가 새겨져 있는 걸까? 그렇다면 어떻게 그 트라우마에서 벗어날 수 있을까?

와인을 내려놓고 비틀거리며 화장실에서 소변을 보며 생각에 잠긴다. 만약 엄마의 트라우마가 아이를 잃은 것이라면 나는 마리를 다시 찾아야만 한다.

톰은 불을 켜고 다시 노트북 앞에 앉아 1958년 7월의 ≪슈피겔≫지에서 이른바 '점령군 아이들'을 위한 입양 시장이 상시로 존재했다는 사실을 알아낸다. 독일계 미국인들은 '독일인의 혈통으로 가족을 새롭게 채우고자' 했고, 상당수의 미국 가정에서는 '독일인의 혈통을 가진 아이들이 특히 훌륭한 미국인이 될 것'이라고 믿는 사람들도 많았다.

그는 와인을 새로 더 꺼낼지 고민한다. 독일 혈통. 그는 토할 것만 같다.

1958년 미국에서 인종차별이 한창이던 시절, 톰은 이 입양 시장조차 점령군의 밝은 피부를 가진 아이들에게만 해당되었다는 언급을 떠올리고 곧장 관련 자료를 찾는다. 톰은 와인을 잊어버리고 재정비된 독일에서 흑인 아이들에 대한 기사를 찾아본다. 그러다 전쟁 이후 처음 몇 년 동안 독일로 정기적으로 기자를 파견한 아프리카계 미국 언론에서 기사를 찾아낸다.

≪아프로 아메리칸≫에서 그는 다음의 기사를 읽는다.

> 히틀러 제국의 폐허 속에서 태어난 아프리카계 독일 아이들은 버림받고, 굶주리고, 피부색 때문에 미움을 받고, 비누가 없어 더러웠고, 의료 혜택을 받지 못해 병들어 있었다. 아리아인의 나라인 독일은 유색인종을 존재하지도 않는, 인간을 잡아먹는 유인원 이야기로만 알고 있었지만 이제는 역사적인 현실로 마주하게 되었다.

톰은 야라콜레트 렘케 무니츠 드 파리아의 저서 『돌봄과 배제 사이에서*Zwischen Fürsorge und Ausgrenzung*』라는 책을 찾아낸다. 이 책에는 이미 1946년, 즉 '혼혈 아이들'이 태어난 직후에 독일의 정부 공무원, 정치인 및 청소년 지원기관들이 아프리카계 미국인 아이들의 존재와 미래에 대해 논의했다는 내용이 담겨 있다.

그는 이제 이 주제에 사로잡혔으며 항상 자신의 직업에서 가장 흥미진진했던 일—아무리 작은 단서일지라도 그 뿌리를 끝까지 추적하여 연구하는 것—을 하고 있는 자신을 발견한다.

1950년 11월에 작성된 메모에서는 내무부가 가톨릭 카리타스 수녀회와 개신교 내부 선교부뿐만 아니라 독일의 모든 청소년 복지 사무국에 '흑인 혼혈 아동의 아프리카 추방 문제'에 관해 기관의 의견을 요청하고 있었다.

톰이 잠시 멈칫한다. **추방?** 1945년 이후에도 누군가가 그런 단어를 썼다는 사실에 소스라친다.

그는 대다수의 응답자가 이 아이들을 해외로, 가급적이면 미국으로 보내야 한다는 의견에 찬성했다는 것을 읽는다. 이 제안의 승인은 두 가지 논거에 바탕을 두고 있었다. 첫째, 이 아이들은 '인종적 특성'으로 말미암아 서독 사회에 통합될 수 없다는 것을 전제로 하고 있었다. 톰은 이 '인종적 특성'이 주로 열등한 지능, 난폭한 기질, 신체적 조숙함 등을 아이들의 지배적인 행동 특성으로 간주하는 가정을 전제로 정의되고 있다는 사실을 직감하고 분노를 느낀다. 두 번째 주장은 아이들보다 서독 사회에 더 초점을 맞추고 있었다. 이들은 이 아이들이 독일에 남을 경우 불행한 미래를 맞이할 것이라는 적대감을 가지고 아이들을 바라보았다. 따라서 아프리카계 독일 어린이들은—아프리카, 남미 또는 미국에서—'같은 종족의 보호' 아래 두는 것이 가장 좋다는 결론을 내리고 있었다.

그 어디에도 이 아이들의 어머니에 대한 언급이 없다는 사실을 톰은 알아차린다. 톰은 그레타의 어린 시절 사진을 보며 말한다. "엄마, 정말 암울한 시절이었네요." 톰은 1945년부터 1955년까지 독일에서 연합군 점령군과 독일 여성 사이에 혼외자로 태어난 아이가 6만 8천여 명에 달했다고 기억한다. 그중 절반은 미국인 아버지를 둔 아이들이었다. 하지만 피부색 때문에 눈에 띄는 4,800명만 부정적인 관심의 대상이 되었음을 알아차린다.

휴대전화가 울린다.

"5분 후에 출발합니다." 비서 사빈이 톰에게 지하 주차장 입구가 어느 길목에 있는지 정확히 설명해 달라고 부탁한다.

톰은 시계를 흘끗 쳐다본다. 아직 10분 남짓 여유가 있다. 그는 맹렬히 검색을 계속한다. 아프리카계 미국인 잡지 ≪에보니≫와 ≪아프로 아메리칸≫에서 독일 여자 친구와 자녀에 대한 흑인 참전용사들의 무책임한 태도를 다룬 기사를 찾아낸다. 이 비판적인 기고들은 아프리카계 독일인 아이들과 그들의 어머니를 재정적, 물질적으로 지원하여 독일의 인종차별주의에 대항하려는 목적으로 작성된 것으로 보인다.

독일의 **갈색 아이들**을 도와야 한다! 라는 제목의 기사에는 아프리카계 독일 아동에 대한 의료 혜택의 배제와 공공연한 차별에 대해 보도하고 있다. 필자는 이것이 그 아이들의 '최종적인 전멸로 이어질 수 있다'고 예측했다. '독일인들이 그런 행동을 할 수 있다는 것은 이미 증명된 바 있다.'

휴대전화의 벨 소리가 그를 연구에서 깨어나게 한다.

"금방 내려갈게요. 사빈!" 그는 서둘러 엘리베이터로 향하다 야구 모자를 챙기기 위해 다시 돌아선다.

그는 지하 주차장 입구까지 가서 안쪽에서 셔터를 연다. 그는 사실 여기서 자신의 물건과 차를 받으려고 했지만 뒤에서 다른 차가 경적을 울리는 바람에 사빈은 어찌할 바를 모르고 당황해 한다. 톰은 조수석에 올라탄다. 그리고 빨간 컨버터블이 주차되어 있는 구석의 주차장으로 그녀를 안내한다.

"여기 세우면 돼요." 두 대의 차를 나란히 주차하기에는 다소 까다롭기 때문에 자신이 직접 주차해야 한다고 그는 설명한다.

사빈은 차에서 내려 톰이 주차하는 모습을 지켜본다.

"가요, 입구까지 데려다줄게." 톰이 차에서 내려 택시비를 건네려고 한다.

그녀는 손사레를 치며 주차되어 있는 카브리올레를 가리킨다.

"저게 어머니 차예요?"

톰은 고개를 끄덕인다.

"이 차를 판다고 하지 않으셨어요?" 그녀는 스포츠카로 다가가 차체를 만져 본다.

톰은 사빈을 오랫동안 알고 지냈기에 이런 차에 별로 관심이 없다는 것 정도는 알고 있다. 그녀도 그를 걱정하기에 대화를 나누고 싶어 하는 것이다. 그녀를 어떻게든 내보내야 해!

"사빈이 이걸 맡아 주면 안 돼?" 그는 열쇠고리에서 스포츠카 열쇠를 떼어 내 그녀의 손에 쥐여 준다. 그는 그녀의 대답을 기다리지 않고 차를 빼면서 그녀가 서류 가방을 긴장된 채 들고 있는 모습을 본다.

"부탁이야, 사빈. 내게 큰 호의를 베푸는 거야. 차에 관한 모든 서류는 글로브 박스에 있어요." 그는 그녀의 손에서 가방을 빼앗은 다음 차 문을 열어 주며 어색한 미소를 지어 보인다.

"다른 건 필요 없으세요?" 그녀는 톰의 속을 들여다보려고 노력하며 묻는다.

"아니, 괜찮아요. 그냥 푹 자고 싶어."

"하지만 무슨 일이 생기면 제게 꼭 알려 줘요. 알겠죠?"

"물론이지." 그는 지하 주차장을 빠져나가는 컨버터블 차량의 후미등을 보고 안도한다.

톰은 지금 자신이 지나치게 흥분한 상태이며, 연구를 일시 중단하고 조금 더 신중한 접근 방식을 택하는 것이 낫다는 것을 알고 있다. 하지만 그는 스스로를 제어할 수가 없어 엘리베이터를 타고 올라가 가방을 탁자 위에 내려놓자마자 다시 노트북 앞에 앉는다.

1948년 사진 아래에는 새로운 어머니를 기다리는 열 명의 흑인 아이들이라는 글귀가 적혀 있다. 그리고 사진에는 바덴주 라덴부르크의 한 아동 보호소 벽 앞에 앉아 카메라를 슬프게 바라보는 열 명의 어린이가 있다. 이 기사는 1950년에 ≪스턴Stern≫지에 실렸으며 동일한 사진이 2년 전 ≪시카고 트리뷴≫에 게재되었고, 아프리카계 미국인 교사 마거렛 버틀러가 그 후 이 아이들 중 두 명의 아이를 입양하기로 결정했다고 보도했다.

'이미 폴란드인 엄마를 잊어버린' 한 살 반의 우테와 ≪스턴≫이 쓴 것처럼 '흑인 피를 가진, 멜빵바지를 입고 있는' 두 살배기 해시가 그들이다. 버틀러 부인은 직접 입양 절차를 밟아야 한다는 말을 듣고 독일로 갔지만 군 당국으로부터 냉대를 받았다.

하이델베르크시 사령관은 "오늘 그녀가 원하는 아이는 내일 수천 명의 다른 흑인 여성들이 원할 것"이라 말했고, 독일 난민 할당량이 소진되었음을 그녀에게 알렸다.

단호했던 버틀러 부인은 2년 동안 법 조항, 편견, 인종 정책 등에 맞서 싸웠다. 마침내 미국 국무부에서는 혼혈 아동들을 입양 프로그램에 포함시켰다.

두 작은 흑인 아이들이 대서양을 건너다라는 제목으로 ≪만하임 모르겐≫은 보도했다. 어느새 세 살 반이 된 우테와 네 살이 된 해시는 만하임시에서 테디 베어와 새로운 코트를 받고 '흑인 엄마'와 함께 시카고로 떠날 수 있었다.

톰은 '브라운 베이비 플랜'이라는 용어를 발견하고 입양 대행 기관에 대한 기사를 훑어본다. 이 기관은 1951년부터 1954년까지 350명의 아이를 이어 주었다. 300명은 독일에 주둔했던 아프리카계 미국인 부부에게, 50명은 미국으로 직접 보냈다.

그는 벼락을 맞은 것 같은 기분이 든다.

휴대전화가 윙윙거린다. 사빈이다. 톰은 잠시 그녀를 멀리할지 고민하다 전화를 받는다. "여보세요?"

"톰, 차를 살 사람을 생각해 봤는데요……."

"사빈, 그러면 팔아요! 모든 서류는 글로브 박스에 있다고 말했잖아요."

"네, 하지만……."

"그런데 왜요?" 톰은 짜증이 나기 시작한다.

"예. 젠스, 그러니까 라스가 관심이 있다고 해요. 하지만 절반은 할부로 내야 한대요."

"뭐, 괜찮아요." 톰은 한순간도 망설이지 않고 말한다. 왜냐하면 그는 지금 화면을 응시한 채 **브라운 베이비 플랜**이라는 단어만 보고 있기 때문이다.

가까스로 사빈과 통화를 끝낸 톰은 일어나서 마리의 서류를 뒤적거린다. 1953. 06: 알 수 없는 곳으로 이주.

톰은 전기가 관통하기라도 한 듯 전율한다. 그는 정보를 빠르게 훑어본다. 브라운 베이비 플랜의 창시자는 1950년부터 1954년까지 만하임에 살았던 흑인 장교의 아내 메이블 E. 그래머였다. 그녀는 아프리카계 독일 고아 열 명을 입양했다. 그 여자는 기자였으며, ≪아프로 아메리칸≫이란 신문에 기고했다.

톰은 잠시 후에 그녀가 기고한 기사를 그 신문의 아카이브에서 찾는다. 그 기사에서 그녀는 다음과 같이 쓰고 있다.

독일이 백인 아이와 흑인 아이를 동등하게 대우할 수 있는 능력이 없는 한, 흑인 아이들은 아프로-아메리칸 공동체의 더 나은 보살핌을 받아야 한다. 독일에는 3,100명의 독일계 흑인 미국 어린이가 있다. 아프리카계 미국인이 인내심을 갖고 교육부와 독일 당국이 정한 자격을 충족하면, 그러한 자녀를 가정에서 돌볼 수 있다. 내가 독일에 있는 한 이 아이들에게 새로운 삶을 주기 위해 성실히 노력할 것이다.

"1951년에서 1954년 사이? 이건지도 몰라!" 톰은 깜짝 놀라며 제니의 번호로 전화를 건다. 그녀는 전화 응답을 거부한다.

제니, 내 누나가 어떻게 미국에 갔는지 알게 된 것 같아. 연락해 줘요!

제니가 메시지를 읽었다는 표시를 확인하지만 기다리는 답변은 오지 않는다.

톰은 배달 서비스로 태국 음식을 주문해서 먹고, 샤워를 하고 잠자리에 들기 전 그녀에게 메시지를 다시 보낸다.

브라운 베이비 플랜. 무슨 프로그램인지 알아요?

제니는 이 문자에도 답하지 않고, 다음 날 아침 다시 전화를 걸어 보지만 그녀는 받지 않는다.

그는 도시 남쪽에서 주차 공간을 찾지 못한다. 어쩔 수 없이 주차금지 구역에 차를 주차한다. 짜증이 치민다. 그럼에도 야구 모자를 깊이 눌러쓴 채 클로드비히 광장을 가로지르고 세베린 스토어를 통과하여 제니의 집 초인종을 누른다.

"누구세요?" 제니가 인터폰을 통해 묻는다.

"왜 전화도 받지 않고 문자에 답도 안 하는 거예요?"

"왜냐하면 난 당신 쓰레기통이 아니니까. 당신 일은 당신이 알아서 하세요. 더러운 취급 받아도 개의치 않는 사람 찾아보세요."

스피커가 왕왕거리며 울린다. 그녀는 인터폰을 끊는다. 톰이 검지 손가락으로 초인종을 계속 눌러 대는 동안 뒤에서 날카로운 외침이 들린다.

"몬데라스 씨다!" 자신의 사이즈에 맞지 않은 붉은 뷔스티에 드레스를 입은, 신부의 들러리 중 한 사람이 그를 향해 팔을 흔든다.

세베린스토르부르크 성에서 이제 막 결혼식을 끝내고 나오는 참인 듯했다. 어느새 톰은 나이가 든 세 사람의 들러리들에게 둘러싸여 사진을 찍는다. 모두 체중 감량 모임에서 만난 것이 분명해 보인다. 그의 뒤에 있던 누군가가 우체부를 위해 현관문을 열어 준다.

그는 그 틈을 이용해 재빨리 안으로 들어간다. 계단을 올라 제니의 문 앞에서 멈춘다. 칼이 자지러지게 우는 소리가 들린다. 벨을 누르기에 적절한 순간이 아닌 듯싶어 그는 낡은 나무 계단에 앉아서 기다린다.

수염을 기른 70대 남자가 주말 쇼핑을 마치고 계단을 오르다가 헐떡이며 톰의 앞에 멈춰 선다.

톰이 일어나 자리를 비켜 준다. "엘리베이터 없이는 꽤 힘들죠?"

"운동이지." 노인은 다음 층으로 올라가며 한마디 한다. "사람 몸은 아래부터 위쪽 순서로 죽어요."

톰은 미소를 지으며 다시 자리에 앉아 제니에게 문자 메시지를 보낸다. 미안해요, 미안해!!!! 얘기 좀 해요.

응답이 없다. 그녀의 아파트 안에서는 아무 소리도 들리지 않는다. 아기 울음소리도, 걸어 다니는 발소리도 들리지 않는다.

톰은 그녀 없이는 한 발도 더 나아갈 수 없다는 것을 안다. 그는 뉴스를 읽으며 시간을 보낸다. 발걸음 소리와 물에 젖은 개 냄새가 가까이 다가온다.

"뭘 도와드릴까요?" 60대 여성이 톰을 의심스럽게 바라보고, 그녀의 차우차우가 그의 바지에 코를 대고 냄새를 맡는다.

"고맙습니다. 누굴 기다리고 있어요."

그는 제니가 자신의 메시지를 읽었음을 확인하고 ≪파즈넷≫ 인터넷 신문에서 색상 연구자의 인터뷰 기사를 읽는다. 겨울을 보내고 나면 사람들이 특히 황토색, 따뜻한 황금색, 파스텔 색상을 선호한다고 주장한다. '집은 우리의 웰빙을 위한 최고의 휴양지이기 때문에, 우리는 따뜻한 색깔이 자신을 포근히 감싸 주기를 바랍니다.'

톰이 거실을 다시 칠해야 하나 고민하고 있을 때 제니의 집 문이 열린다. 두 시간을 기다린 끝에.

"미안해요, 제니!"

그녀는 대답하지 않고 칼을 유아차에 태운다.

"정말 미안해요. 상처 주려던 건 아니었어요. 그냥……."

어린 아기가 큰 눈으로 톰을 올려다본다.

"시간이 없어요. 장 보러 가야 해요."

"뭘 도울까요?" 톰은 그녀가 자기를 쫓아내지 않는 것을 기뻐하며 유아차를 번쩍 들어 앞장서 내려간다.

세베린 거리는 매주 토요일마다 사람들로 가득 차 있다. 톰은 쇼핑을 싫어한다. 어쨌든 그가 방송에서 그토록 충격적인 일을 일으킨 다음 날이기도 했다. 하지만 제니를 설득해야 하기에 보행자들의 호기심 어린 시선을 감수한다. 채식주의자를 화나게 하지 않기 위해 그는 남부 도시 최고의 정육점에서 파는 고기 패티를 포기하고 주말 재래시장에서 산 과일과 채소로 가득 찬 그녀의 쇼핑백을 들고, 유기농 가게 앞에서 유아차를 기다린다.

"커피라도 한잔하면서 얘기 좀 할 수 있을까요?" 그녀가 쌀과 크래커, 두유, 기장과 두부를 쇼핑백에 넣을 때 그가 묻는다.

그녀는 머리를 가로젓는다. 그래도 가게에서 산 것들을 톰이 들고 가는 것을 말리지 않는다. 아파트에서 그녀는 마침내 침묵을 깬다. "전 브라운 베이비 플랜을 알아요. 당신이 추적해야 할 방향이죠. 하지만 우선 DNA 검사부터 해야 해요."

"왜요?"

"미국에서는 많은 사람들이 그렇게 해요. 모두 자신의 조상이 어디에서 왔는지 알고 싶어 하는 이민자들이니까요. 요즘은 거의 유행이다시피 되었어요. 누나가 테스트를 안 했더라도 아마 그녀의 자식이나 손주 중 한 명은 했을지도 몰라요. 그럼……."

“그건 어떻게 하는 건데요?”

“당신이 튜브에 대고 침을 뱉으면 4주 후에는 결과가 나와요. 이미 미국에서 가장 큰 공급업체의 도구들을 준비해 놓긴 했어요.”

톰은 말을 잃고 그녀가 만들어 준 생강차를 마시기 시작한다. “익명으로 해도 되는 건가요?”

“네. 암호화된 형태로 처리돼요. 당신이라는 건 아무도 알 수 없어요. 나도 예전에 그렇게 한 적이 있어요. 그리고 현재 독일법에 따르면 이 모든 게 금지되어 있어요. 그래서 네덜란드나 오스트리아를 통해서 해야만 해요. 그건 내가 처리하죠.”

“역시 전문가네요!” 톰은 인정하며 DNA 검사의 사용 설명서를 읽는다.

“그다음에 우린 소셜 미디어를 뒤져야 해요. 인스타그램, 트위터, 페이스북. 예전 미국인 동료들과 아직도 연락이 되나요? 그들이 홍보해 주면 좋을 것 같아요.”

톰은 놀란 나머지 머리를 긁적인다. “왜 플레이스 투 플레이스 미디어가 당신을 그냥 순순히 내보냈을까?”

칼이 잠에서 깨어나 울기 시작한다.

“난 탈진했어요, 톰.” 제니가 어린 아들을 안아 준다. “당신도 그렇지 않아요?”

“난 괜찮아요.” 그는 플라스틱 튜브에 침을 뱉으며 그녀가 자신에게 더 많이 말을 시키려고 그런 말을 하고 있는 것은 아닌지 궁금해한다.

"서두르면 이걸 우체국에 오늘 보낼 수 있을 거예요." 그녀는 톰에게 혈통 포털에 DNA 샘플을 등록하는 코드 입력 방법을 알려 준다.

톰은 타액 튜브를 챙겨 모퉁이를 돌면 있는 가장 가까운 우체국을 향해 서둘러 떠난다. 우체국 창구에서 상자를 접수시키며 톰은 이 택배가 자신의 인생을 바꿀지도 모른다는 사실을 직감한다.

다음 날 톰이 제니와 함께 있을 때 대성당과 성게레온 성당의 종이 일요일 예배를 위해 동시에 울린다. 톰은 가톨릭교회와 별 상관이 없지만 그는 매번 창문을 열어 그 소리를 듣는 것이 고향에서의 의식이라고 생각한다.

칼은 맥시코시에서 자고 있고, 제니는 마리의 사진을 보며 조사를 이어 간다.

"마리가 입양되었을 때 네 살이었다면 독일에서의 기억이 아직 남아 있을 수 있어요. 하지만 우린 그녀의 이름이 바뀌었다고 가정해야 해요. 입양할 땐 종종 그렇게 하니까요."

1949년 5월 23일에 하이델베르크에서 태어나고 1953년 중반 **미국**에 입양된 소녀, **마리 쇤나이히**를 찾는다는 내용의 초고를 톰은 노트북에 쓴다.

"좋은 생각이 있어요." 제니가 말한다. "브라운 베이비 플랜을 사진과 함께 검색해 봐요."

톰은 단어를 입력하고 사진을 검색한다. 메이블 그래머가 많은 흑인 아이 사이에 둘러싸인 사진, 흑인 부부의 팔에 안긴 채 두려워하는 듯한 두 남자아이. 그리고 1953년 11월의 ≪빌트≫ 신문 기사, **미국**에서 온 갈색 요정이 흑인 아이에게 새 가정을 선물하다를 발견한다. 아래에는 스칸디나비아 항공이라고 적힌 항공기 게이트 앞에 한 무리의 사람들이 서 있는 사진이 있다. 아이들, 수녀, 유색 인종의 여성이 있는 사진이다.

"저것 좀 확대해 봐요!" 제니가 열에 들뜬 듯 팔에 인형 같은 것을 안고 있는 오른쪽에 있는 소녀를 가리킨다. 그리고 나서 그녀는 모니터 옆에 인형을 안고 있는 마리의 사진을 나란히 놓는다. "저 인형 좀 봐요!"

"젠장, 그녀일 수 있어!"

"흥미로운 일이네요. 일반적인 인형이 아니에요. 사진이 너무 흐려 명확하지 않지만."

"게다가 엄마에게 더 이상 물어볼 수도 없다는 게 더 답답한 일이죠." 톰이 투덜거린다.

"왜 못 물어봐요?" 제니가 묻는다.

"치매에 걸리셨어." 그는 짧게 대답한다.

"아, 저런."

그는 검색어에 이 인형이 있는 사진과 브라운 베이비 플랜을 해시태그로 입력하고, 제니와 함께 모든 소셜 미디어와 주요 인터넷 포털에 게시한다.

제니는 무릎 위에 칼을 앉힌 채, 그들은 게시물이 얼마나 빨리 '좋아요'를 받는지 지켜본다.

"우리가 마리를 찾아낼 확률이 얼마나 될 것 같아요?" 톰이 묻는다.

"글쎄요. 하지만 마리를 찾든 못 찾든 당신은 예전의 당신이 될 수는 없을 거예요."

10분 만에 '좋아요'가 200명을 넘어섰고, 벌써 서른여섯 명의 사용자가 이 내용을 자신의 SNS에 공유했다. 칼은 다리를 걷어차며 기쁨에 겨워 옹알이를 하고 있다.

"트라우마 경험이 다음 세대로 전이된다는 이야기, 들어 본 적 있나요?"

"네." 제니가 말한다. "그건 전후에 태어난 후손들에겐 아주 큰 문제예요. 환자들이 자신의 트라우마 경험이 아니라 부모의 트라우마 경험과 일치하는 증상을 호소하며 심리치료를 받는 경우가 점점 더 많아지고 있다던데요."

톰은 그녀가 '전후에 태어난 후손들'이라고 말한 것을 더 캐묻고 싶지만 침묵을 지키며 그녀의 말을 계속 듣는다.

"이런 질문을 한다는 게 황당하네요. 일테면 제 번아웃 증상은 2차 세계대전에 그 뿌리를 두고 있다고. 저도 모르는 사이에 엄마와 할머니의 인생 드라마가 제 삶을 형성했다는 거잖아요. 이걸 진작 깨달았다면 지금 칼첸도 존재하지 않았을 거라는 거잖아요."

톰은 이 추론이 얼마나 과학적인지 물을까 잠시 고민한다. 하지만 그는 그냥 손가락만 까딱해도 알 수 있는 댓글을 읽는 것이 낫겠다고 결정한다.

"악순환을 끊을 수 있을지도 모르죠."

"무슨 악순환?"

"본질적인 문제에 대해 침묵하는 악순환."

그는 어떻게 대답해야 할지 알 수가 없다.

그 후 며칠 동안 마리에 대한 중요한 단서를 찾을 수가 없었다. 대신 제니는 또 다른 흥미로운 조사 결과를 가져왔다.

"누나가 1953년 6월에 장소를 알 수 없는 곳으로 옮겨 갔어요. 그런데 1953년 6월에 독일에는 또 누가 있었을까요?" 그녀는 톰에게 전화로 묻는다.

"누가 있었어요?"

"마리의 아버지. 밥 쿠퍼."

"아마 계속 그곳에 있지 않았을까요? 점령군 병사들이 많이 있었으니까."

"사실 그는 7월에 승객 명단에 등장했고, 브레머하펜에 도착했어요. 2주 후인 8월 2일에는 다시 뉴욕으로 돌아갔어요. 특이한 점은 그가 군용선을 타고 간 게 아니라는 거예요."

"만약 쿠퍼 씨가 마리의 미국행과 관련이 있다면 그게 어쩌면 지난 엄마 생일에 통화를 거절했던 이유일 수도 있겠네요"라고 말하며 톰은 곰곰이 생각한다. 혹시 돌아가는 길에 아이를 데리고 간 것은 아닐까?

제니가 새로운 사실을 찾는 동안 톰은 한참을 기다린다.

"아니요. 찾을 수가 없네요. 하지만 별 의미는 없어요. 독일에서의 모든 것을 정리했을 수도 있어요. 톰, 이건 그저 한 가지 단서일 뿐이에요. 하지만 또 다른 정보가 있어요. 미군 병사가 아이를 원했다면 입양해야 했다는 거죠."

"뭘 생각하고 있는 거예요?"

"뉴올리언스에서 알아볼 사람을 고용할 수 있어요. 좋은 사람이 있거든요."

"난 더 적합한 사람을 알아요." 톰이 단호하게 말한다.

"미국을 다녀오겠다고?" 헬가가 놀란다. "차라리 그냥 푹 쉬는 게 좋지 않을까, 꼬맹아."

그레타는 십자말풀이를 앞에 두고 앉은 채 눈길을 돌리지 않고 말한다. "여행자를 막아서는 안 되지."

"그래요, 엄마 말이 맞아." 톰이 말하며 그레타의 핸드백을 슬쩍 들여다본다. 그레타는 핸드백에 항상 작은 마리의 사진, 밥의 사진, 부두 인형 등 모든 보물을 가지고 다닌다.

"용돈 좀 줄까?" 그레타가 주름진 눈으로 웃으며 묻는다.

"줘요! 많이!" 그는 엄마의 이마에 뽀뽀를 한다.

뉴올리언스의 루이 암스트롱 국제공항에 착륙하기 전 톰은 비행기 창가에 코를 대고 내려다본다. 2005년 여름, 미국 역사상 가장 끔찍한 자연재해로 피해를 입은 도시를 한눈에 보기 위해서다.

당시 그는 독일 최대 뉴스 채널의 프리랜서로 허리케인 카트리나를 매일 보도하고 있었다. 이는 그의 국제적인 경력의 토대를 마련해 준 큰 도전이었다. 톰은 보트에서, 집 지붕 위에서 사람들이 도와달라고 비명을 지르고 시체가 물에 떠다니는 모습을 보며, 이 직업에 대한 매력이 어떻게 달라졌는지 아직도 잘 기억하고 있다. 그들은 모두 흑인이었다. 톰은 죽음을 두려워하지 않고 지칠 때까지 밤낮없이 일했고 제3세계 내전을 연상시키는 사진을 연일 독일로 보냈다. 그는 폰차트레인 호수의 낡은 댐이 버티지 못하면 저지대 도시가 수프 그릇처럼 범람할 것이라며 정부의 재난 관리 예산 삭감에 대해 오랫동안 경고해 온 전문가들을 인터뷰했다. 톰은 재해 발생 이틀 만에 휴가를 반납하고 대통령의 기자회견에 참석하였고, 대통령은 뉴올리언스의 제방이 터질 것이라고는 아무도 예상하지 못했다고 말해 모두를 놀라게 했다. 그리고 톰은 조지 W. 부시 대통령에게 생존자들이 백인이었다면 구호품이 똑같이 늦게 도착했을지를 물었다.

당시 마리와 그녀의 아버지도 희생자였을까? 속옷만 입은 채 음식과 약을 찾아 넋이 나가 있던 여자들, 모든 것을 잃고 울부짖던 여자들 등 기억의 파편이 그를 덮친다. 당시 마리의 나이는 쉰여섯 살이었으리라는 생각이 들자 톰은 입이 마르고 맥박이 빨라지는 것을 느낀다.

호텔에 체크인한 후 그는 재난이 발생한 지 11년이 지난 지금도 절반이 폐허가 된 트레메 지역을 방문하고 싶은 유혹을 뿌리친다. 대신 그는 택시를 타고 재향군인회관으로 향한다. 무엇보다 누나가 어디 있는지 알아내야만 하기 때문이다.

"스튜어드 상사님은 회의 중이십니다." 관장의 비서가 톰에게 조금만 기다려 달라고 부탁한다.

그는 30분이 지나고 나서야 이곳에선 시간이 아무런 역할을 하지 못한다는 것을 깨닫고, 끝없이 펼쳐진 복도를 오가며 잠에서 깨기 위해 노력한다. 게시판에 '휘태커 부인과 함께 하는 신체 운동'이라는 메모가 붙어 있다. 그 배경에는 몸매 관리에 특별한 운동이 필요한 뚱뚱한 간호사가 미국 육군의 전투원들과 함께 빨간 폼볼을 서로 주고받는다. 그는 더 이상 누군가에게도 필요가 없는 사람들의 세상, 사람들이 시간을 죽이고 있는 세상을 들여다본다.

한 늙은 흑인이 그의 앞을 지나간다. 톰은 그의 이름을 물어봐야 할지 고민한다.

"저녁 식사 시간입니다, 테일러 중사님." 간병인이 음식을 실은 카트를 노인 옆으로 밀고 온다.

페퍼민트 차와 똥 냄새가 난다고 생각하며 톰은 호흡을 얕게 조절한다.

관장의 사무실로 가는 길에 다른 아프리카계 미국인을 또 만난다. 그는 보행 보조기에 훈장, 메달, 액자형 인증서 등을 달고 있다.

"존경합니다." 톰이 말을 건다. "훈장을 많이 받으셨네요."

루퍼트 스펙터 중위 명찰을 단, 이가 없는 남자는 수수께끼 같은 말을 중얼거리며 식당으로 향한다. 때마침 그날의 하이라이트가 될 것 같은 저녁 식사가 제공되기 시작한다.

톰은 양로원이 싫다. 그리고 자신이 아무것도 아닌 사람처럼 취급받는 것은 더더욱 싫어한다. “잠깐이라도 뵐 수 없을까요?” 그는 재향군인회관 관장의 비서에게 묻는다.

그녀는 주저하며 책상 옆문을 두드리고 살짝 문을 연다. “죄송합니다, 상사님…….”

“방해받고 싶지 않다고 했잖아요.” 톰은 남자의 목소리를 듣는다.

그는 한 걸음 앞으로 나아가 비서의 어깨 너머로 잭 스튜어드 상사가 책상에 앉아 젊은 여성과 무언가를 논의하는 것을 본다.

“실례합니다.” 톰이 비서를 한쪽으로 부드럽게 밀어 낸 다음 문을 완전히 열고 방으로 들어가 자신을 소개한다. “해외에서 여기까지 왔습니다. 오래 걸리진 않을 겁니다.”

스튜어드는 3월에 걸려 온 전화를 기억하고 있다며 잠자리에 들기 전에 쿠퍼 상병을 방문하는 것은 결코 좋은 생각이 아니라고 단호하게 말한다. “내일 아침에 행사가 있습니다. 상병이 없으면 안 돼요. 그렇지 않나요, 네센탈러 양?”

그녀는 무슨 말을 해야 할지 몰라 톰에게 수줍은 미소를 짓는다.

머리를 너무 진하게 염색하면 인위적으로 보이기 때문에 그렇게 염색하지 말라는 조언을 들어 본 적이 없는 듯한, 나이 든 상사는 톰에게 악수를 청하며 그를 문밖으로 밀어 낸다.

톰은 말문이 막힌다.

하지만 그는 포기할 생각이 전혀 없기에 문이 다시 열릴 때까지 안전한 거리에서 기다린다. 그리고 스튜어드 상사의 방문객을 뒤쫓아 주차장으로 가는 길에 말을 건넨다. "네센탈러 씨, 잠시만요."

그는 그녀와 대화를 나누며 내일 아침 행사가 제2차 세계대전 당시 흑인 군인에 대한 차별과 민권 운동의 시작 사이의 연관성에 관한 것이라는 사실을 알게 된다.

"그런데 로버트 쿠퍼는 무슨 관련이 있나요?" 톰이 묻는다.

"쿠퍼 상병은 민권 운동에 매우 적극적으로 참여했고 마틴 루터 킹 목사의 절친한 친구였습니다." 마지막으로 그녀는 뉴올리언스 대학교에서 역사를 공부하고 있으며, 2차 세계대전 참전용사들과의 대화가 자신의 박사학위를 위해 중요하다고 톰에게 말한다.

"저는 기자입니다." 톰이 자신의 명함을 건넨다. "내일 저와 함께 가 주시겠어요, 에이미. 당신의 연구를 도울 수 있을 거예요."

다음 날 톰은 굳은 표정의 관장과 박사과정 학생인 에이미와 함께 사람들로 꽉 찬 재향군인회관의 회의실로 들어선다.

"장병 여러분." 스튜어드 상사가 입을 연다.

웅성거림이 잦아들고 참전용사들은 서로서로에게 거수경례를 나눈다.

"앞서 공지한 대로 네센탈러 씨가 2차 세계대전에서의 경험에 대해 듣고 싶어 합니다."

“우와!” 참전용사들이 합창으로 환호성을 지르자 에이미는 약간 부끄러운 듯 손을 흔든다. 공기는 올드 스파이스, 로얄 크라운 포마드, 쿨 민트 구강 스프레이로 가득하다.

톰은 구석에 서서 베트남 전쟁에 관한 논문을 쓰는 것이 훨씬 더 흥미로울 것이라고 박사과정 학생을 설득하기 위해 최선을 다하는 약간 젊은 전직 베트남 군인들의 모습을 지켜본다. 파리의 술집과 스트라스부르나 파타야의 매춘 업소를 포함해서 수많은 전투에 참전했던 노병들은 여전히 남성이며, 에이미의 관심을 끌기 위해 말 그대로 경쟁을 벌인다. 그들은 약을 삼키거나 옷을 갈아입거나 샤워를 하거나 기저귀를 갈아 주는 것이 아닌, 다른 것을 여성에게 원한다. 벨벳 같은 피부, 흐르는 머리카락, 도톰한 입술, 밝은 눈, 매끈한 가슴, 그리고 단순히 뜨거운 엉덩이를 가진 젊은 여성과 함께 있는 것 자체를 분명히 즐기고 있다. 모두가 에이미와 사랑에 빠진 것 같다. 톰은 이 노인들을 이해할 수 있다.

에이미가 유혹을 겨우 물리치고 앞으로 나와서 참석자 중 미군이 나치의 인종적 광기로부터 서유럽을 해방시키기는 했지만 동시에 군대 내에서도 여전히 인종차별이 존재했다는 모순에 대해 말해 줄 수 있는 사람이 누구인지 묻는다.

가장 먼저 소개받은 퇴역 중장 아베 톰슨이 자리에서 일어나 쉰 듯한 목소리로 전쟁에 결정적인 역할을 한 라인강의 가장 중요한 다리를 조준 사격으로 폭파시키지 않은 이유를 들려준다. 그런 다음 하비 맥카믹 중위가 일어선다. 맥카믹 중위는 이등병 시절을 잘 기억하지 못하지만 그와 그의 부대가 어떻게 베를린을 굶주림에서 구했는지는 기억하고 있다며 거의 끝없이 이어지는 문장으로 이야기한다. 그 뒤에는 에이미의 질문과는 전혀 관련이 없는 다른 자랑이 이어진다. 하지만 이들은 모두 영웅이다. 그리고 이 영웅들은 모두 백인이다.

"쿠퍼 상병, 당신은 전설적인 블랙 팬서의 일원이었죠." 스튜어드 상사가 끼어든다. "이 761 기갑 대대는 전적으로 아프리카계 미국인 병사들로 구성되었으며, 2차 세계대전에서 가장 효과적인 전과를 올린 부대로 지금까지 평가받습니다."

한쪽으로 조금 기울어져 앉은 백발의 흑인 남자가 고개를 끄덕인다.

앉아 있을 때에도 이미 다른 사람들보다 키가 훌쩍 큰, 그 노인이 바로 쿠퍼라고 톰은 생각하고 살펴본다.

"그들은 고도의 훈련을 받기는 했지만 흑인 영웅이 결코 있어서는 안 되기 때문에 싸우는 것은 허용되지 않았어요. 그렇죠?" 이제 박사과정 학생이 그에게 말을 건넨다.

이마에 깊은 고랑이 파인 쿠퍼는 짧게 고개를 끄덕이며 이를 확인해 준다.

에이미는 다시 한번 질문을 던진다. "2년 동안 집중적으로 훈련을 받았고 유럽에 상륙했는데도 정작 초기에는 전선에 배치되지 않았다고 하던데요. 사실인가요?"

쿠퍼는 고개를 끄덕일 뿐 아무 말도 하지 않는다.

톰은 잭슨 스퀘어의 한 레스토랑에서 저녁이라도 먹으며 에

이미에게 과외를 해 줘야겠다고 생각한다. 예, 아니요로만 대답을 요구하는 질문 기법으로는 인터뷰 상대방에게서 아무것도 얻을 수 없는 법이다.

마침내 잭 스튜어드가 쿠퍼 상병 곁으로 다가간다. "자네는 군대에서 인종차별을 직접 경험했잖아, 쿠퍼 상병. 나치에 대한 승리가 위험에 처한 것처럼 보였을 때 패튼 장군이……."

"그건 다 알려진 사실입니다." 로버트 쿠퍼가 낮은 목소리로 끼어든다. "더 이상 할 말이 없어요. 몇 주 동안 씻을 수 없을 때, 해외에서 몇 년을 지낸 다음 향수병으로 한시도 견디기 힘들 때, 부상자와 죽어 가는 사람들의 비명을 머릿속에서 지울 수 없을 때, 군복에 갇혀 두려움에 바지에 똥을 싸고 있을 때, 흑인이든 백인이든 상관없다는 것 정도만 말하겠습니다."

그가 이런 사람이라니? 톰은 그에게 매료되었고 그가 엄마에게 깊은 인상을 남겼다는 것을 이해할 수 있었다.

노련한 전투기 조종사였던 스튜어드도 쉽게 포기하지 않는다.

"쿠퍼 상병, 미군이 포로들을 강제수용소에서 해방시켰을 때 백인 소녀를 너무 오래 쳐다봤다는 이유로 린치를 당했고, 그걸 본 루이지애나 출신의 백인들이 박수를 쳤던 일을 직접 경험했잖아요. 그 이야기를 네센탈러 씨에게 들려주시죠."

밥은 팔짱을 끼고 돌아선다. 그의 눈과 톰의 눈이 마주친다. 노인은 움찔하지만 외면하지는 않는다.

그가 보고 있다고 생각하자 톰은 초조해진다.

"이리 와요." 행사가 끝난 후 관장이 마침내 톰의 요청을 받아

들여 로버트 쿠퍼에게 가서 그를 소개한다. "쿠퍼 상병님, 몬데라스 씨를 소개합니다. 독일에서 오신 분입니다."

"피곤해요." 그가 말을 가로막는다. 그는 톰에게 눈길 한 번 주지 않고 두 사람을 그대로 지나쳐 방을 나선다.

"미안해요. 외톨이거든요." 스튜어드는 매력적인 박사과정 학생이 다른 퇴역군인들의 손아귀에서 벗어날 수 있도록 도와주러 간다.

톰은 에이미와 나중에 만날 약속을 잡을까 잠시 고민하다가 안전한 거리를 두고 밥을 따라가기로 결정한다.

그는 노인이 사라진 문을 두드리고, 답을 기다리지도 않고 방으로 들어간다. 밥은 놀란 표정으로 그를 바라보다가 돌아서서 창문으로 가서 밖을 내다본다.

"실례합니다, 쿠퍼 씨. 드릴 말씀이 있습니다. 저는……."

"당신이 누군지 알아." 밥이 말을 가로막는다. "당신 아버지를 꼭 빼닮았군."

톰은 깜짝 놀란다.

"**아버지**? 우리 아버지를 어떻게 아세요?"

"날 보러 왔어."

"뭐라고요? 언제????"

"1968년 4월에."

톰은 뒤통수를 긁는다. 그의 아버지는 마틴 루터 킹 목사가 암살당한 바로 그 시간에 미국에서 열린 의학 콘퍼런스에 참석 중이었다고 말한 적이 있다. "어머니도 함께 있었나요?"

"혼자 오셨어."

"뭘 원하셨나요?"

"마리가 어디 있는지 말해 달라고 하셨어."

톰은 온몸이 따끔거리는 감각을 느낀다. 호흡이 빨라진다. 그는 미친 듯이 공기를 폐 깊숙이 들이마신다. "예? 그래서……, 어떻게……?" 그는 더듬거리며 생각한다. **아버지가 마리에 대해 알고 있었다고?**

*　　*　　*

밥이 그를 향해 돌아서며 말한다. "괜찮나?"

그레첸의 아들은 고개를 끄덕이고 침대에 앉아 헐떡거리며 숨을 들이쉬고 내쉰다.

밥은 그의 눈 속에서 두려움을 보고, 그에게 다가가 어깨에 손을 얹는다. "진정해요. 진정해." 그가 말하며 올바른 호흡법을 가르쳐 준다. "이름이 톰?"

톰은 고개를 끄덕이고 더듬거리며 말한다. "지금은 조금 어색한 상황이네요."

"괜찮아." 밥이 그에게 물 한 잔을 따라 주며 불안해하는 그의 얼굴을 바라본다. 밥은 눈에 띄는 톰의 하늘색 눈을 알아본다. 독일에서 왔다고, 그레타의 남편이라고, 마리가 어디로 갔는지 알고 싶다고 말하던, 할 말을 입에 가득 담고 있던 사람을 떠올린다. 몬데라스 씨는 당시 밥에게 두려움을 심어 주기에 충분한, 무언가 단단한 빛을 발산했다. 반면에 그의 아들은 아버지와 똑같은 얼굴 특징을 가지고 있지만 완전히 달라 보인다.

"아버지께 뭐라고 하셨어요? 아버지께 말이에요." 톰이 물을 다 마신 후 묻는다.

밥은 자리까지 걸어가는 거리가 그다지 길지 않기 때문에 세 걸음 남짓 걸은 후 자리에 앉는다. 그리고 톰을 지나쳐 창밖을 바라본다. "그레타의 남편으로서 아이가 어디에 있는지 알아야겠다고 말했어."

"그때 아버지는 뭐라고 하셨나요?"

"마리가 입양되었다고 하더군." 밥은 자신의 목소리가 거칠게 들린다는 것을 알지만 어쩔 수 없다. 그는 침묵을 지키며 당시 자신의 모든 것이 어떻게 무너졌는지를 정확히 기억해 낸다. 두 번째였다. 처음에는 그레타가 자신을 배신했다. 그리고 그는 그녀의 남편에게서 그레타가 자신의 아이도 포기했다는 사실을 알게 되었다. 낯선 사람들에게 넘겨주었음을.

톰은 침대에서 일어나 밥 앞에 서서 위에서부터 그를 뚫어지게 바라본다. "1953년 여름에 하이델베르크에서 뭘 하고 계셨던 거죠?"

밥은 톰이 자신을 믿지 않는다는 것을 감지한다. 그때 그의 아버지가 그를 믿지 않았던 것처럼. 콘라트는 그에게 돈까지 제안했다. 그는 돈으로 나를 살 수 있다고 생각했다. 나 같은 깜둥이쯤은!

"1953년 여름에 하이델베르크에서 뭘 하고 계셨던 거죠?" 톰이 질문을 반복한다.

“결혼을 약속했던 여자를 찾고 있었어. 그리고 내 아이도.” 그는 한 단어, 한 단어를 힘주어 말한다.

“그런데요?”

“누구도 찾지 못했어.” 말을 하자 계속 살아남기 위해 콘크리트로 덮어 버려야 했던 모든 장면이 떠오른다.

하이델베르크 플뢰크 거리의 아파트 계단에서 한 남자가 화를 내며, 그를 ‘더러운 깜둥이’라 부르며 경찰에 신고하겠다고 위협했다. 그는 그레타가 보여 준 사진으로 이 남자가 그레타의 아버지임을 알아보았다.

그레타의 엄마인 엠마도 골목에서 그를 기다렸다가 번번이 그를 돌려보냈다. 그러나 그는 그레타의 말을 직접 들어야겠다고 고집을 부렸다.

“그레타는 더 이상 하이델베르크에 있지 않고 이미 결혼했다고 말했어. 그리고 그녀의 남편이 마리를 입양했다고 하더군.” 밥은 마침내 톰에게 말한다. 밥은 63년 전에 그랬듯이 극심한 고통이 자신의 폐부를 찌르는 것을 느낀다.

“누가 그렇게 말했습니까?” 톰이 묻는다.

“당신 할머니. 그레타의 어머니.”

그 후 밥은 어디로 가야 할지 몰라 도심을 배회했다. 사람들은 영국 새 여왕의 즉위식이 텔레비전으로 중계되는 것 외에는 어디에도 관심이 없는 듯이 보였다. 그는 마지막 힘을 다해 만하임으로 향했다. 만하임에는 배에서 만난 동료 스티브가 살고 있었다. 신혼부부였다. 행복해 보였다. 그는 젊은 아내와 함께 리틀 아메리카에서 살았다. 밥이 자신과 작은 가족을 위해 꿈꾸었던 삶이었다.

그는 손님용 침대에 누워 옆방에서 루이 암스트롱의 <블루베리 힐>이 흘러나오고 두 신혼부부가 낄낄거리던 것을 들었던 것을 기억한다. 당시에는 그레타가 너무 그리워 미쳐 버릴 뻔했다.

톰은 밥과 눈높이를 맞추기 위해 쪼그려 앉는다. "밥, 그건 다 사실이 아니에요! 우리 부모님은 1956년에야 결혼하셨어요. 당신이 독일에 있는 동안 어머니는 감옥에 있었어요."

"뭐라고?" 그는 입을 벌리고 톰을 쳐다본다.

"왜 그랬는지 아세요?"

밥은 눈썹을 치켜올리며 고개를 젓는다.

"왜냐하면 아이를 빼앗겼기 때문이에요. 어머니는 마리를 빼앗기지 않으려고 했어요."

밥은 얼굴에서 모든 피가 빠져나가는 것을 느낀다. 갑자기 문을 두드리는 소리가 들리고, 간병인이 머리를 내밀며 말한다.

"쿠퍼 상병님. 점심 식사하러 안 오세요?"

그는 손사레를 치며 휴지를 찾아 눈물을 닦는다. 사람들이 나의 마리를 데려갔다고? 강제로? 그녀의 의사에 반해?

그는 눈앞에서 자신을 사랑한다고 말하던 그레타를 떠올린다. 이제야 그것이 거짓말이 아님을 알았다. 그녀가 얼마나 고통스러웠을까! "그레첸은 어떻게 지내?"

"괜찮아요. 글쎄……. 그래도 더 이상 젊지는 않아요. 하지만 대체로. 아직은 집에서 지내시고 있고…….” 톰이 말을 더듬는다.

“그녀는 내 인생의 사랑이었어.” 그는 톰의 말을 가로막는다. 그녀를 생각하지 않은 날이 하루도 없었다는 것을 떠올린다. 그리고 마리. 그는 그녀들이 항상 그리웠다. 특히 마리의 생일과 크리스마스에는 특히 더 그랬다. 또는 뉴스를 통해 독일의 소식을 들었을 때도 마찬가지였다.

“그럼 왜 그때는 떠나 버렸나요?” 톰이 그를 생각에서 깨운다.

“난 그녀를 떠나지 않았어! 1950년, 그때 무슨 일이 있었을 거라 생각하나? 흑인 남자와 백인 여자의 결혼? 미국에서는 불법이었어. 난 군대를 제대하고 하이델베르크로 돌아가 그레첸과 결혼하려고 했어. 그리고 인종차별이 없는 나라에서 가족과 함께 살고 싶었어.”

“그때가 몇 살이었어요?” 톰이 재킷을 벗고 밥의 맞은편 바닥에 양반다리로 앉으며 묻는다.

“스물네 살.”

“그럼 집을 떠난 지는 얼마나 됐나요?”

“6년. 6년 동안 내 인생이 급격히 바뀌었지.”

“미국 어디로 가신 거예요?”

“뉴욕. 그리고 그곳에서 과거가 다시 나를 따라잡았어. 버스에서도 흑인은 백인과 눈을 마주쳐서도 안 되는 시절이었지. 당연히 백인들을 피해야 했어. 버스 안에도 뒷좌석에 ‘유색인 전용’ 좌석이 따로 있었어.”

“끔찍했네요.” 톰이 말한다.

“앨라배마에서 버스를 갈아타야 했어. 그런데 뉴올리언스로 가는 버스가 예상보다 늦게 도착했어. 긴 여정 때문에 피곤하고 배도 고팠어. 근데 무엇보다 목이 마른 게 가장 힘들었지. 하지만 흑인 대기실에는 물이 없었어. 퍼뜩 생각이 났지. 난 가방을 메고 백인 대기실 문을 열었어. ‘야 깜둥이, 꺼져!’ 열일곱 살쯤 되어 보이는 녀석이 날 보고 소리쳤어. 난 적어도 군복에 대한 존경심은 있을 줄 알았어. ‘난 이 나라를 위해 해외에서 싸웠어. 그런데 물 한 잔도 마실 수 없느냐’고 말하려고 했지. 그런데 ‘물’이라고 말을 꺼내기도 전에 뒤에서 공격을 받았어.”

“오, 젠장!”

밥은 그레첸의 아들이 자신의 이야기에 관심을 기울이는 것이 좋다. 그리고 마침내 모든 것을 털어놓을 수 있어 기쁘다. “몇몇 10대들이 나를 미친 듯이 때렸어. 나중에 들으니 내가 죽은 줄 알고 멈췄다고 하더라. 그런 다음 길바닥에 나를 팽개쳤고, 경찰도 흑인 장의사에게 연락했다더군. 그 장의사가 내 맥박을 느꼈고, 나를 병원으로 데려갔어.”

“병원에선 얼마나 있었나요?” 톰이 묻는다.

“8주 동안. 난 매일 울면서 아돌프 히틀러가 미국을 이겼으면 좋았겠다고 생각했어.”

* * *

기자로서도 톰은 이 남자의 인생 이야기에 매료된다. 그러나 동시에 그는 밥이 엄마를 사랑하고 누나의 아버지이기에 감정적으로도 깊이 동화된다.

"어머니가 집으로 데려가서 당신의 치유 능력으로 나를 다시 살려 냈어." 밥은 계속 이야기를 이어 간다.

"어떤 치유 능력이죠?" 톰이 묻는다.

"부두교."

"그걸 믿어요?"

"믿지 않는다고?"

"솔직히 말하면요. 아직은 부두교의 일원이 된 적은 없어요. 아직까지는." 톰은 농담을 던진다.

"그래. 근데 내게는 도움이 되었어. 하지만 어머니는 미국을 떠나겠다는 나의 계획은 들으시려고도 하지 않았어. 군대도 마찬가지였어. 명령 불복종으로 기소되어 법정에 서게 될지도 모른다고 협박했지. 그러던 중 6개월 동안 한국전쟁에 참전하지 않겠느냐는 제안을 받았어. 그 후에는 자유의 몸이 될 것이라고 약속했어. 나는 그 제안을 받아들였고. 하지만 그들은 복무 기간을 임의로 연장했어. 1953년 한국전쟁이 끝날 때까지 3년이라는 긴 세월 동안 한국에서 싸워야 했어."

"엄마한테 편지는 안 쓰셨어요?" 밥이 창문 밖을 보며 한참을 침묵한다. 톰은 엄마가 마리에게 보낸 편지에서 밥이 그 후로 한 번도 연락하지 않았다고 쓴 것을 기억한다.

"당연히 썼지." 노인이 분개하며 톰을 바라본다. "매일, 매일."

톰은 조부모가 편지를 압수했을지도 모른다고 생각하며 말한다. “엄마도 마찬가지예요, 밥.”

밥은 믿을 수 없다는 표정으로 고개를 저었다. “편지를 못 받았어.”

“부두교?” 톰이 웃으며 말한다.

“놀랄 일도 아니야. 어머니는 날 먼 외국까지 보내고 싶지 않아 하셨으니까. 난 어머니의 외동아들이었으니.” 그가 신중하게 말한다.

톰은 밥이 지쳐 있음을 감지한다. 그는 시계를 힐끔 쳐다보고 이미 세 시간 넘게 밥과 함께 있었다는 사실을 안다. 천천히 일어나 재킷을 입는다.

밥도 의자에서 일어선다. “그레첸은 좋은 인생을 살았나?” 그가 묻는다.

그레첸이라 부르는 것에 톰은 감동을 받는다. 누구도 엄마를 그렇게 부른 기억이 톰에게는 없기 때문이다. “엄마가 당신을 결코 잊은 적이 없다는 건 알아요. 그리고 당신의 작은 마리도.”

“그녀가 그런 말을 했나?”

“직접은 아니지만 엄마는 그걸 따로 적어 놓았어요.”

톰은 밥의 눈물을 본다. 톰은 그를 안는다. 오랫동안 누구도 안아 보지 않은 사람처럼 그의 늙은 몸이 뻣뻣하다고 톰은 느낀다.

“자네를 알게 되어 내 인생이 아주 풍요로워졌어.” 그가 작별 인사를 하며 말한다. 톰은 엄마가 이 특별한 사람을 왜 사랑했는지를 이해한다. 문을 나서며 그는 다시 한번 뒤를 돌아본다. 밥은 더 이상 말을 하지 못한다. 그저 슬프게 손을 흔들 따름이다.

톰은 재향군인회관 앞 도로를 건너 국립 제2차 세계대전 박물관을 지나간다. 그곳에서 그는 전쟁으로 인해 탄생한 사랑 이야기를 주제로 특별 전시회를 개최해도 좋겠다고 생각한다.

당신의 마음속에 내 집이 있다가 좋은 제목이 될 것 같다고 생각하며, 지친 상태에서도 그는 흥분한다.

그는 택시를 타지 않고 걸어서 호텔까지 가기로 결심한다. 낯선 도시의 정취에 흠뻑 빠져들어 줄곧 휘청거리며 걷는다. 그러나 그는 18세기부터 뉴올리언스 사람들이 스스로 즐겨 일컫는 '남부의 파리'에 대해서는 아무것도 보지도, 듣지도 못한다. 왜냐하면 그의 머릿속에 아버지가 마리에 대해 어떻게 알게 되었을까, 라는 질문이 계속 맴돌고 있기 때문이다.

여덟 살 때 아버지와 함께 블랙 포레스트에 있는 요양원에 엄마를 방문했던 기억이 난다. 돌아오는 길에 톰은 용기를 내어 엄마가 무슨 병에 걸렸느냐고 물었다.

"네 엄마는 너무 많은 일을 겪어야 했어"라고 콘라트가 대답했다. 작은 토마스는 의사인 아버지가 왜 엄마를 치료하지 못하는지 의아했다. 하지만 더 이상 묻지 않는 것이 좋겠다고 생각했다.

그는 마할리아 잭슨 극장 앞에서 멈춰 선다. 저녁에 루이지애나 필하모닉 오케스트라가 데이비드 보위의 곡을 연주한다는 포스터를 읽는다. 포스터의 글자 앞으로 그레타와 콘라트가 다가간다. 언제나처럼 말이 없다. 무거운 짐을 진 채. 톰은 그들이 사생아인 마리에 대해 서로 말을 나누는 모습을 상상할 수가 없다.

그는 길거리 푸드 트럭에서 새우 포보이를 사서 먹는다. 그는 턱에 묻은 칠리소스를 닦으며, 아버지는 엄마에게 아기를 찾아 주면 그녀가 나아지리라 생각했을지 궁금하다. 톰은 아버지에 대해 아는 것이 너무 없어 미칠 것만 같다고 생각한다.

트레메 지구에 있는 기념품 가게 안에서 톰은 부두 인형을 들고 있는 자신을 발견한다.

"이 인형이 당신에게 행운을 가져다주고 보호해 줄 거예요." 아프리카계 미국인 점원이 말하며 우아한 동작으로 포장을 한다.

"그걸 믿으세요?"

"100퍼센트 믿어요." 그녀는 얼굴 전체에 미소를 활짝 짓는다.

그리고 화려한 깃털 장식이 달린 그 인형이 엄마의 핸드백 안에 있고, 지난 66년 동안 아무 효험이 없었다는 의구심에도 톰은 신용카드 판독기에 비밀번호를 입력한다.

호텔에서 몇 블록 떨어진 렌터카 회사의 주차장에서 그는 상아색 쉐보레 콜벳 스팅레이를 발견한다. 그는 뉴올리언스를 떠나기로 결심한다. 더 이상 할 일이 없다.

톰은 자동차 렌터카 회사가 보장한 놀라운 가속도를 시험해 본다. 그러나 300미터 앞에 적색 신호등에 걸려 멈춰 세워야만 한다. 그의 휴대전화가 울린다.

"잘 지내고 있어요?" 제니의 물음 뒤에 칼이 꽥꽥거리는 소리가 들린다.

"좋아요. 내일 로스앤젤레스로 떠나요. 차로. 미국 고속도로

보다 운전하기가 더 재미있는 곳은 없거든요."

"누나가 **로스앤젤레스**에 있어요?"

"마리가 어디에 있는지 몰라요. 어쨌든 밥은 마리에 대해 아무것도 몰라요."

"톰, 메이블 그래머의 브라운 베이비 플랜을 통해 마리와 같이 미국으로 갔다는 남자가 연락해 왔어요. 그 사람도 공항에서 찍은 사진에 나오는데, 마리를 기억한다고 해요."

톰의 심장이 빨리 뛴다. 그의 뒤에서 차들이 경적을 울린다. 그는 신호등이 초록 불로 바뀐 것을 보지 못했지만 가속을 올리고 인근 호텔의 주차장으로 향한다. 거기서 그는 제니가 이메일로 보내 준 번호로 전화를 건다.

두 사람은 서로를 소개하고, 맥스 웰러가 69세이며 미네소타주 세인트폴에 살고 있다는 사실을 듣는다. 그때 찍힌 사진에 대해 이야기한다.

"사진 속 수녀 옆에 서 있는 소년이 바로 저예요. 비행기에서 어린 마리에게 노래를 불러 주었던 게 기억납니다. 계속 울고 있었거든요. 내가 아는 모든 노래를 불렀어요. <얼마나 많은 별이 빛나고 있는지 너는 아니?Weiß du, Wie viel Stern Iein Stehen?>라는 노래를 부르고서야 마리가 진정되었어요." 3절까지 모두 부른 후 다시 처음부터 시작해야 했다고 웃으며 덧붙인다. 마리가 마침내 잠들 때까지.

톰의 가슴은 두근거리지만 입가에는 미소가 번진다.

"착륙하기 전에 아이들은 양엄마가 우리를 데리러 온다는 말을 들었어요." 맥스 웰러가 설명한다. "그리고 양엄마를 만났어요. 낯선 여성이었죠! 작은 마리는 완전히 겁에 질려 소리 질렀어요. '흑인, 흑인!'이라고 외쳤어요. 사실 저도 그들이 무서웠어요. 저도 제가 흑인인 줄 몰랐거든요."

"마리와 함께 그 가정에 들어갔나요?" 톰의 얼굴에는 감정이 전혀 드러나지 않지만 마음속은 폭발하는 것 같다.

"네. 거기에는 독일에서 온 다른 두 명의 브라운 베이비도 있었어요." 맥스가 말하며 목소리가 부드러워진다. "우리는 서로 독일어를 할 수 없었어요. 그레이스로 이름이 바뀐 마리가 가장 작았죠. 그들이 인형을 빼앗아 갔고, 마리는 많이 울었어요. 그러다 다시 돌려받기는 했죠."

톰은 손톱을 깨물며 독일 나치라고 놀림을 받아야 했던 학창 시절 이야기를 하는 맥스 웰러의 말에 넋을 잃은 채 귀를 기울인다.

"우리는 '크라우츠'*였어요. 프라이팬에서 불 속으로 뛰어 들어간 셈이었죠."

"마리는 지금 어디에 있습니까?"

"그녀에게 무슨 일이 있었는지는 모르겠어요. 우리가 도착한 지 2년 후에 양아버지가 돌아가셨거든요. 우리 아이 넷은 저마다 새로운 가족에게 입양되었고, 서로 연락이 끊어졌어요. 하지만 주변 여기저기에 소식을 알아보고 다시 연락드리지요."

* 양배추절임을 지칭하는 말이었으나 여기서는 독일 군인을 낮추어 부르는 속어.

대화가 끝나고 몇 분이 지났음에도 톰은 마치 마비된 듯이 멍하니 앞만 바라보고 있다. 그의 엄마가 그를 침대에 재울 때마다 항상 <얼마나 많은 별이 빛나고 있는지 너는 아니?>를 불러주곤 했다. 그런 다음 '밝은 햇살 아래 얼마나 많은 벌레들이 노는지 아니? 맑은 물속에서 얼마나 많은 물고기들이 헤엄치며 노는지 아니?'라는 가사를 읊조리며, '주님께서 이름을 불러 주셨기에 그들도 이제 행복하다'는 가사 때문에 안심하고 잠이 들고는 했다.

이 노래는 수십 년의 세월이 흐르는 동안 사라지고 없었다. 엄마가 이 노래를 마리에게 불러 주었고, 맥스가 그 노래를 불러 주었을 때 누나의 울음이 진정되었다는 사실에 그는 깊이 감동한다. 눈물을 훔치며 톰은 조수석에 놓인 부두 인형을 들어 본다. "이제 능력을 보여 줘!" 그는 부적을 앞 유리에 매달며 백미러로 건물 벽에 휘갈겨 쓴 그라피티를 본다. 나는 숨을 쉴 수가 없다.

톰은 이 문장이 2014년부터 미국 전역에서 흑인과 백인의 평등권과 경찰 폭력에 반대하는 캠페인을 상징하는 문장이라는 사실을 알고 있다. 당시 흑인 에릭 가너는 뉴욕에서 체포되는 과정에서 목이 졸린 채 바닥에 처박혀 있었다. 여러 명의 경찰이 그를 잡아채 얼굴을 길바닥에 내동댕이쳤다. 숨을 쉴 수 없다는 말을 열한 번이나 반복한 그는 의식을 잃었고, 구급차가 도착하기까지 7분 동안 길바닥에 방치되어 있었다. 한 시간 후 그는 병원에서 사망 선고를 받았다.

톰은 자신의 누나가 오바마 대통령 아래에서도 여전히 인종 갈등이 일상적인 나라에 살고 있다고 생각한다. 그때 맥스에게 정확히 어디에 살았는지 물어보지 않은 것이 아쉽다. 1950년대 인종차별이 가장 극심했던 남부지역이 아니었으면 좋겠다고 생각한다. 그는 1963년 9월 앨라배마의 한 침례교회에서 KKK단* 의 폭탄 공격으로 네 명의 어린 소녀가 사망한 사건을 기억한다. 당시 마리는 열네 살이었다고 혼잣말을 하며 시동을 걸어 묵었던 호텔로 다시 돌아간다.

"안녕하세요, 몬데라스 씨." 흑인 안내원이 환한 웃음으로 그를 맞이한다. "좋은 하루 되시길 바랍니다."

"감사합니다." 톰은 쓰디쓴 미소를 짓는다. 그는 엘리베이터로 힘겹게 걸어가 자신의 방에 도착하고 침대에 몸을 던진다. 지친 몸과 흥분한 마음으로 눈을 감고 자신의 떨리는 생각들이 멈추기를 바란다. 하지만 노력은 헛되다.

마리, 마리, 마리. 그는 어른 마리의 모습이 아니라 그에게 안기며 <얼마나 많은 별이 빛나고 있는지 너는 아니?>를 불러 주길 원하는 작은 소녀의 모습을 상상한다.

그의 손이 떨려 온다. 맥스 웰러가 다시 소식을 주기까지는 얼마나 걸릴까? 톰은 벌떡 일어나 바지 주머니에 손을 넣어 휴대전화를 거머쥔다. 그리고 그에게 전화를 다시 걸어 볼까 고민

* 백인우월주의를 내세우는 미국의 비밀결사.

한다. '다시 연락드릴게요'라는 말은 구속력이 없다. 그러니 전화가 올지는 알 수가 없다.

그는 전화를 건다. 통화 중이다.

톰은 창문으로 다가간다. 신선한 공기가 필요하다. 하지만 창문은 열리지 않는다. "젠장! 미국에는 어디나 에어컨이 있어 창문을 열 필요가 없어!"

밥이 다시 떠오르고, 아버지가 여기 뉴올리언스에 와서 마리를 찾았다는 사실을 떠올린다. **자신의 아버지가.**

그는 더 이상 견딜 수가 없다. 그는 화장실에서 소지품을 끌어모아 여행용 가방에 집어넣는다. 그냥 한시바삐 빨리 떠나고 싶다. 기다린다는 것은 견딜 수 없는 노릇이다. 휴대전화가 진동하자 그는 화들짝 놀란다.

"여보세요?" 그가 응답한다. 하지만 맥스 웰러가 아니다.

한 시간 후 톰은 갓 샤워를 마치고 호텔에서 100미터도 떨어져 있지 않은 프렌치 쿼터 지구, 최고의 스테이크하우스 안뜰에 앉아 있다. 그는 가장 환한 미소를 지으며 가장 비싼 레드 와인을 골라 에이미 네센탈러와 잔을 부딪친다. "건배."

그녀는 묵묵히 고개를 끄덕인다. "박사학위 논문을 도와줄 수 있을 거라고 하셨잖아요." 그녀가 한 모금 마신 후 말한다. "어떤 의미로 그렇게 말씀하신 건가요?"

"그건 기자들의 판에 박힌 속임수였어요. 미안해요, 에이미! 어떻게 보상할 수 있을까요?" 그는 장난을 치다 들킨 소년처럼 그녀를 우물쭈물 바라본다. "'재향군인회관' 책임자인 스튜어드가 저를 무시하려고 해서 당신이 유일한 선택지였어요."

에이미는 연한 갈색 눈동자로 그를 노려보며 침묵을 지킨다.

"저는 당신의 박사학위 논문의 주제에 대해 거의 아무것도 모릅니다. 그 주제에 대해서라면 당신이 저보다 훨씬 해박하겠죠."

"쿠퍼 상병을 아세요?" 그녀가 묻는다.

톰은 그녀가 자신의 이면을 엿보려고 한다는 것을 알고 있다. 그는 잠시 그녀에게 밥이 아버지가 다른 누나의 아버지라고 말할까 고민하지만 그녀가 굳이 그것까지 알 필요가 없기에 "아니요"라고 진실인 듯이 대답한다. 그리고 그릴에 구운 채소, 트러플 감자튀김, 스테이크가 제공된 것을 기뻐한다. 그는 음식과 와인에 대해 칭찬하고 맛있게 드시라고 권하며, 대화를 이어 가기 위한 전략을 찾는다. "박사학위 논문 주제로 정말 흥미로운 걸 선택하셨군요. 어떻게 그 주제를 생각해 내셨나요?"

"논문 지도교수가 제안했어요. '제복 입은 인종차별', 즉 2차 세계대전 당시 군대에서 흑인 병사들이 겪어야 했던 억압과 차별을 연구해 보라고 말씀하셨어요. 연구 과정에서 저는 민권 운동과 해외에서 싸운 흑인 병사들 사이의 연관성을 발견했어요. 그들은 유럽에서 엄청난 자유를 경험했습니다. 그 때문에 귀국 후 그들은 억압에 저항하며 민권 운동의 강력한 원동력이 되었어요. 저는 그 이야기에 매료되어 결국 이 분야에 집중하게 되었죠."

톰은 에이미의 말을 듣고 있기는 하지만 '프라이팬에서 불 속으로' 던져진 아프리카계 독일 아이들을 떠올리고, 마리를 떠올리며 그녀의 말을 제대로 듣지는 못한다.

"내 말을 듣고 있긴 해요?" 에이미가 참다못해 묻는다.

"물론이죠!" 톰이 말하며 잔을 채운다.

"내가 무슨 말을 하고 있었어요?"

"박사 논문을 어떻게 도울 수 있는지 알고 싶다고 했잖아요."

에이미는 황당하다는 표정으로 톰을 바라보다가 냅킨을 옆으로 치우고 팔걸이에 걸려 있는 핸드백에 손을 뻗는다.

젠장, 톰은 어쨌든 오늘 저녁을 위해서라도 빨리 무언가를 생각해 내야 한다는 것을 알고 있다. "에이미, 난 재향군인회관에서 본 당신의 질문 기법에 대해 뭔가 할 말이 있었어요."

"뭔데요?"

"사람에 대해 무언가를 알고 싶으면 열린 질문을 해야 해요. 그렇지 않으면 예 또는 아니요, 라는 대답만 들을 위험이 커요." 그는 에이미의 눈을 깊이 들여다보며 동공이 확장되는 것을 느낀다. "예를 들어, 당신에 대해 더 자세히 알고 싶다면 이렇게 물을 수 있어요. 당신의 성은 독일식인가요?"

"네." 그녀가 대답한다.

"그리고?"

"그리고 뭔가요?"

"당신에 대해 더 자세히 알고자 한다면 다른 방식으로 질문해야 합니다. 예를 들어 독일에서 미국으로 온 최초의 네센탈러는 누구였나요? 라는 식으로."

에이미는 핸드백을 다시 걸고 와인을 한 모금 마시며 웃는다. "알고 싶지 않으실 거예요!"

톰은 상황을 모면했다고 생각하며 그녀의 보조개에 감탄한다. 그녀는 웃을 때 아주 귀엽다. 그는 큰 소리로 말한다. "당연히 알고 싶죠. 그분의 이름을 아시나요?" 그는 그녀에게 와인을 따른다.

"그분의 이름은 존 필립이었어요. 제 증조할아버지죠." 그녀는 냅킨을 만지작거리며 말한다.

"그럼 19세기 말에 독일에서 이민을 왔을 수도 있겠네요." 톰이 말한다.

에이미가 고개를 끄덕인다. "그분은 뉴욕에서 공기 펌프를 만드는 공구 제작자로 이름을 날렸어요." 에이미는 잠시 멈췄다가 다시 잔에 손을 뻗어 와인을 마신다.

톰은 기대에 찬 눈빛으로 그녀를 바라본다.

"그게 그분 이야기예요. 그렇게 돈을 벌었죠."

"알겠어요. 그런데 내가 왜 그걸 알고 싶어 하지 않을 거라 생각했어요? 공기 펌프는 정말 놀라운 물건이잖아요."

"그만해요, 톰." 에이미가 웃는다. "당신은 모든 것을 알고 있잖아요. 검색해 보셨겠죠."

"네? 그럼 존 필립을 구글에서 검색할 수 있다면 그분이 유명하다는 거군요."

"그런 게 지금 열린 질문인가요?" 그녀가 장난스럽게 진지함을 가장하고 묻는다. 톰이 웃는다. 1 대 0, 예쁜이. 그는 그녀가 입술에서 와인 한 방울을 핥는 것을 본다. "그분이 뭔가 발명이라도 한 건가요?"

에이미가 고개를 끄덕인다.

그는 게임에 참여한다. "그가 발명한 물건은 많이 팔렸나요?"

에이미는 다시 한번 고개를 끄덕이며 무표정한 얼굴을 유지한다.

"그가 발명한 것이 지금도 사용되고 있나요?"

그녀는 고개를 끄덕이며 그럴 수 있다는 것을 표현한다.

"내가 쓸 수도 있고요?"

그녀는 놀란 표정으로 톰에게 말한다. "그럴 필요는 없을 것 같은데요."

톰은 더 이상 무엇을 더 물어봐야 할지 떠오르지 않는다. "좋아요, 에이미. 당신이 이겼어요. 어떻게 해야 나한테 말해 줄 건가요?"

"웃으면 안 돼요!"

"약속할게요. 진지하게 들을게요. 무슨 이야기를 해도."

"그러니까, 제 증조부이신 존 필립은 음경 자가 마사지를 위한 핸드 펌프를 개발했고, 발기부전 남성의 발기를 도왔어요."

"흥미롭네요." 톰은 그 장치를 시각적으로 상상해 보려고 노력하면서, 웃지 않기 위해 얼굴 근육을 긴장시키며 말한다.

에이미는 톰에게서 눈을 떼지 않고 가족사 여행을 계속한다. "이 경제적 성공 이후 네센탈러 부부는 모든 에너지를 집중해서 더 이상 장인이 아닌 비뇨기과 의사로서 성기 회복을 위한 일에 전념했어요."

톰은 고개를 끄덕이며 에이미의 눈썹 사이에 집중하며 눈을 똑바로 바라보지 않는다. 웃지 않기 위해.

"증조부 존은 음경 펌프를 개선했고, 그의 아들 존 제이콥은 음경 보철물 개발에 중요한 역할을 했어요." 에이미는 말하며 시선을 그에게 고정시킨다.

"흥미롭군요." 톰이 말하며 생각한다. 이 귀여운 여자! 그는 눈 하나 깜짝하지 않는다.

웨이터가 디저트를 원하느냐고 묻는다. 그들은 약속이라도 한 듯 고개를 젓는다.

에이미는 계속해서 이야기한다. 그녀의 아버지인, 국제적으로 인정받는 존 P. 네센탈러 교수가 아내 클레어 뮬러 네센탈러 박사와 함께 혁신적인 발기 조직 임플란트를 개발했다고 한다. 미국 전역의 발기부전 환자들이 찾는 발기부전 전문 클리닉인 시카고의 존 네센탈러 메모리얼 병원은 100퍼센트 가족 소유로 운영되고 있다는 것이다. "저의 성장과정에는 하나의 목표가 있었어요." 에이미는 말한다. "유일한 자식으로서 언젠가는 성공적인 발기부전 센터를 물려받는 것이었어요."

"그런데 당신은 그에 대해 관심이 없다는 거네요. 남성 성기에 대해서 말이죠." 톰이 진지하게 말한다.

"그렇게 말하진 않았어요." 에이미는 자신만만해하며 대답한다.

15분 후 그들은 톰의 호텔 방에서 서로의 옷을 벗긴다. 그리고 네센탈러 가족 회사가 그에게서는 돈을 벌어들일 수 없음을 증명한다.

톰은 에이미 옆에서 얼마나 오래 잤는지 알 수 없지만 깨어나자마자 모든 것이 즉시 원래대로 되돌아온다. 그는 품에서 벗어나 바닥에 놓인 청바지를 입고 휴대전화를 찾는다.

맥스 웰러로부터는 어떠한 메시지도 없다. 대신 제니로부터 문자가 와 있다.

마리를 곧 찾을 수 있기를 응원해요라는 말과 함께 그녀는 칼을 안고 있는 사진을 첨부했다.

"괜찮아요?" 에이미가 톰을 껴안으며 묻는다.

"밥 쿠퍼는 제 누나의 아버지예요." 톰이 툭 말을 털어놓는다.

에이미는 반응하지 않는다. 그러다 잠시 후 졸음이 가신 목소리로 말한다. "그에게 아이가 있다는 걸 몰랐어요. 관장님이 그분에겐 가족이 없다고 했거든요."

"저도 누나가 있는 줄 몰랐어요."

에이미는 자리에서 일어나 눈을 비비며 잠을 쫓는다. "누나는 어디에 있죠?"

"모르겠어요. 미국 어딘가에서 살고 있겠죠."

"그래서 여기 온 거예요?"

톰이 고개를 끄덕인다.

그들은 서로에게 묘하게 낯설면서도 친숙한 매력을 느낀다. 그래서 아주 자연스럽게 톰은 맥스 웰러와 브라운 베이비 플랜에 대해 에이미에게 이야기를 들려준다. 톰이 입양을 주도한 여성에 대해 말하려 하자 에이미가 톰의 말을 가로막는다.

"메이블 그래머?"

"맞아요. 어떻게 알았어요?"

"영화를 봤어요. 레지나 그리핀이 6년 전에 만든 <브라운 베이비-혼혈 아동의 이야기Brown Babies-The Mischlingskinder Story>라는 영화예요." 톰은 이 영화에 대해 들어 본 적이 없었기 때문에 에이미가 휴대전화로 검색을 해 준다. 유튜브에는 감독과 주인공 중 한 명이 인터뷰하는 TV 프로그램 클립만 있다. 브라운 베이비로 미국에 온 유명한 앵커인 도리스 맥밀런은 이렇게 말한다. '우리는 두 나라에서 거부당했습니다. 독일은 우리를 원하지 않았고, 미국도 우리를 원하지 않았습니다.'

톰은 영상에서 두 여성이 하는 말에 거의 귀를 기울이지 못하고, 이 영화에 등장하는 무수히 많은 사람들의 얼굴이 배경으로 나오는 것을 보고 숨이 멎는다. 그의 마음속에서는 여자가 등장할 때마다 어김없이 '저 사람이 마리일까'라고 생각한다.

"이 다큐멘터리를 꼭 봐야겠어요." 그가 단호하게 말한다.

세 시간 후 에이미는 하드디스크에 그 영화를 가지고 있는 대학 동기 중 한 명을 찾아낸다. 그녀는 대학에서 톰에게 전화를 걸어 영화를 다운로드받을 수 있는 곳을 알려 준다.

"고마워요. 그리고 당신의 박사학위 논문에 행운을 빌어요."

그는 침대에 앉아 먼저 브레슬라우 출신인 리사 하인 딕슨의 인터뷰를 본다. 그녀의 어머니는 전쟁이 끝난 직후 세 명의 미군에게 강간당했다.

'아무도 나를 원하지 않았어요.' 그녀는 강한 독일 억양으로 말한다. '저는 양부모에게 맡겨졌습니다. 그 집에는 나이가 많은 두 아들이 있었어요. 제가 어렸을 때 흑인 소녀는 난잡한 존재로 여겨졌어요. 저를 보육원에 맡기는 게 더 안전했죠. 제 의견은 묻지도 않았어요. 여행 가방은 못 봤어요. 아무것도요. 기차역에 갈 시간이 될 때까지. 열 살이었던 저는 보육원으로 가는 기차에 혼자 앉아서 내가 무슨 잘못을 한 걸까, 라고 생각했습니다.'

톰은 고개를 저으며 빨리 감기를 하다가 마침내 1950년 만하임의 군부대 근처에 있던 보육원을 방문한 메이블 그래머라는 이름을 발견한다. 그 보육원은 많은 흑인 아이들이 맡겨졌던 곳이었다.

미국 역사학자 하이데 페렌바흐는 '그녀는 밝은 피부색의 흑인 여성이었습니다'라고 설명한다. '아이들은 그녀에게 달려가 **엄마, 엄마**라고 불렀습니다.' 피터 그래머도 그런 아이들 중 한 명이었다. 영화에서 그는 60대 중반으로, 입양되어 생애 처음으로 보육원을 떠났던 날을 아직도 생생하게 기억한다고 회상했다. 메이블과 미 육군 장교였던 그녀의 남편 오스카가 그를 처음 입양했고, 그 후 보육원에서 알게 된 로사와 베라를 입양했다. 이후 유지니아, 카르멘, 오스카 주니어, 맥, 제임스, 오웬, 나자, 에드워드가 입양되어 만하임의 아른트 길 7번지에서 열두 명의 아이들이 함께 살게 되었다.

가능한 한 많은 아이들을 보육원에서 데리고 나와 독일 밖에서 더 나은 미래를 찾을 수 있도록 돕기 위해 메이블은 마침내 흑인 고아를 기꺼이 받아 줄 아프리카계 미국인 가족을 찾기로 결심했다. 그녀는 아이들을 사진으로 찍어 아프리카계 미국인 잡지에 게재하였고 입양할 수 있는 방법을 단계별로 설명했다.

하이데 페렌바흐는 독일 관리들이 그녀와 함께 일하게 된 것은 흑인 고아 문제에 대한 그녀의 해결책이 좋은 해결책이라고 생각했기 때문이었다고 말한다.

어떤 경우에는 청소년 복지 사무국의 책임자들이 독일에 주둔하고 있는, 입양을 원하는 가족들을 만나기도 했다. 그러나 미국에 거주하고 있는 가족들을 위해, 그래머는 몇 년이 걸리던 입양 절차를 몇 달로 단축할 수 있는 법적인 허점을 발견했다. 이 방법 덕분에 미국의 부모들은 독일 법원에서 아동 입양 허가를 받을 수 있었다. 메이블 그래머는 1인 입양 기관을 만들어 입양을 원하는 미국의 부모들을 대표했다. 그 대신 그들은 미국에서 입양할 수 있는 자격을 갖추었음을 증명해야 했다. 또한 장교의 아내는 스칸디나비아 항공과의 협상을 통해 아이들을 독일에서 뉴욕까지 무료로 태워 보낼 수 있도록 했다.

하지만 모든 사람이 피터 그래머만큼 운이 좋았던 것은 아니었다. 톰은 댄 카드웰의 이야기를 들으며 숨을 죽인다. 그가 찾아간 아프리카계 미국인 농장 가족은 총 다섯 명의 독일 브라운 베이비를 입양했다. 그러나 메릴랜드 남부에 있는 100에이커 규모에 가까운 농장에서의 생활은 보육원에서의 생활과 그다지 다르지 않았다.

'우리들 사이에는 진정한 연결 고리가 없었습니다.' 댄은 인터뷰에서 말했다. '내가 어떻게 여기 오게 되었는지 엄마에게 물었을 때 엄마는 **넌 알 필요 없다**고 대답했습니다.'

그의 입양된 여동생 소냐 역시 입양은 자신의 인생에서 일어날 수 있는 최악의 일이었다고 말한다. '모두 침대조차 없이 지내야 했습니다. 저는 바닥에 매트리스를 깔고 잤어요.'

'아침부터 밤까지 일을 해야 했어요.' 댄은 덧붙였다. '일어나면 바로 헛간으로 가서 닭에게 모이를 주고 달걀을 모아야 했어요. 닭이 3만 마리에 달했죠. 얼마 지나지 않아 우리가 농장 노동자라는 사실을 깨달았죠. 그 필요 때문에 입양되었던 거였어요.'

오, 신이시여. 톰은 국제 사회 복지국에서 가족들에 대한 조사와 면담이 충분히 이루어지지 않았다고 불평하는 말을 들으며 생각에 잠긴다.

영화 말미에 하이데 페렌바흐는 이렇게 말한다. '아무도 그 아이들을 개인으로 보지 않았습니다. 그들에게 필요한 것이 무엇인지 아무도 알려고 하지 않았습니다. 그들은 미국과 독일에서 그저 집단으로 취급되었고, 결국 스스로 고통을 감내해야 했습니다. 그런데 군대와 국가가 아무것도 하지 않는 동안 이 아이들을 위해 혼자서 최선을 다한 여성이 바로 메이블 그래머였습니다.'

톰은 메이블 그래머와 그녀의 남편이 1968년 교황 바오로 6세로부터 인도주의 상을 받았다는 사실을 알게 된다. 그리고 엔딩 크레딧이 흐르고, 그는 그때까지 영화에서 마리를 발견하지 못한다. 그레이스도 마찬가지로 없다.

그는 맥스 웰러에게 다시 전화를 건다. 또다시 통화 중이다.

침착해, 이 바보야! 톰은 생각하며 메이블 그래머가 입양을 중개한 350명의 아이 중 많은 아이들이 좋은 가정에 갔다는 생각으로 자신을 안심시킨다. 그리고 아마도 마리도 도리스 맥밀런처럼 후원을 받아 스스로 입지를 쌓았을지도 모른다.

그는 호텔비를 지불하고 여행용 가방을 컨버터블 뒷좌석에 던져 넣고 시동 버튼을 누른 다음 차를 뺀다. 나흘 안에 로스앤젤레스에 도착할 것이다. 하루에 500마일을 이동하는 것이 여기 앉아서 기다리는 것보다 확실히 나은 선택이다. 전화벨이 울린다. 맥스 웰러다. 톰은 다시 시동을 끄고 부두 인형을 보며 웃는다.

"연락해 줘서 고마워요, 맥스."

"유감스럽게도 좋은 소식이 아닙니다, 톰."

"왜요? 그녀를 찾을 수 없었나요?"

"그게 아니에요. 마리가 세상을 떠났다고 합니다. 루이빌의 아프리카계 독일인 찻집에서 에이바가 말해 줬어요."

톰은 피가 얼어붙는 것을 느낀다.

"어떻게요? 우리 곁을 떠났다고요?" 그는 천천히 반복한다.

"백혈병에 걸렸다고 하더군요. 10대 때에……."

톰은 정처 없이 도시를 달리다가 갑자기 미시시피 델타의 석호를 가로지르는, 미국에서 가장 긴 다리인 폰차트레인 코즈웨이에 도착한다. 하늘이 어두워진다. 그는 쉐보레의 데크를 닫고 미친 듯이 운전하며 마리가 미국에서 지옥을 겪었다는 사실만을 생각한다. 그녀를 만나기도 전에 그녀를 잃은 고통에 가슴이 타들어 간다.

"신이라고? 개자식!" 그는 악을 쓰며 창문을 열고 부두 인형을 밖으로 내던진다.

와이퍼로는 갑작스럽게 쏟아지는 열대성 폭우로 인한 엄청난 양의 물을 밀어 낼 수가 없다. 7킬로미터 남짓 달리다가 호수 한가운데서 도로가 침수되어 타이어는 접지력을 잃고 차는 차선을 벗어나 미끄러진다. 톰은 브레이크 대신 능숙한 핸들 조작으로만 차가 다리를 벗어나는 것을 막을 수 있다.

톰은 차가 마음대로 굴러가도록 내버려둔다. 눈이 커지고 맥박이 뛰고 온몸이 떨리고 섭씨 29도인데도 추위를 느낀다.

"도대체 넌 뭘 어쩌자는 거야?" 그는 공포에 질려 스스로에게 묻는다.

비가 그치고 다시 날이 밝아지자 그제야 그는 적당한 속도로 달린다. 어차피 앞으로 계속 갈 수도 없다. 북쪽 강기슭에서 그는 뉴올리언스로 향하는 표지판을 따라 반대쪽 다리에 도착한 후 38킬로미터를 다시 운전해 돌아온다.

그가 묵었던 호텔의 방은 아직 비어 있다. 톰은 룸서비스로 위스키 한 병을 주문하고 침대에서 독일로 가는 다음 비행기를 검색한다. CNN에서는 뉴욕의 여론조사에서 민주당의 선두를 달리는 버니 샌더스 상원의원과 힐러리 클린턴이 저녁에 마지막 토론을 할 예정이라는 소식을 내보낸다. 다음 날 아침 첫 비행기를 예약하고 대선 후보들의 연설 중 일부 문장이 흘러나오는 것을 듣고 있는데 눈을 뜨기가 힘들다. 그는 너무 피곤해서 자신이 따른 위스키 한 잔조차 마저 마시지 못하고 머리를 베개에 파묻는다. 그러면서 이제 더는 자기에게 누나가 없다는 생각을 한다.

전화벨 소리가 반쯤 잠든 그를 깨운다.

"여보세요?" 그는 눈을 비비며 묻는다.

"스튜어드 상사입니다." 수화기 너머에서 목소리가 들려온다. "쿠퍼 상병이 전화하고 싶다고 부탁했습니다. 연결해 드릴까요?"

"물론이죠."

바스락거리는 소리와 기침 소리가 이어진다. 그리고 밥이 전화를 받는다. "당신과 함께 독일로 가려고 해. 그레첸을 만나야겠어."

톰은 잠에서 화들짝 깬다.

30분 후 그는 밥을 설득하기로 마음먹고 재향군인회관에 도착한다. 그는 밥이 그 나이로는 여행이 불가능하며, 엄마를 만나는 것이 밥에게 도움이 될 것 같지 않다고 생각한다. 톰은 멀리서 밥의 목소리를 듣고, 사무실의 열린 문 너머로 밥이 관장 스튜어드와 의사로 보이는 흰 가운을 입은 남자에게 둘러싸여 있는 것을 본다.

“제가 그동안 얼마나 많은 일을 겪었을 것 같아요?” 밥이 화를 내며 묻는다. “간단히 말하자면 영국 해협을 건넜고, 아르덴 전투와 한국의 청천강 전투에서 살아남았습니다. 그런데 이제 와서 안락한 여객기조차 타지 못한다고요?”

“다시 여행하고 싶은 마음은 충분히 이해해.” 관장은 밥의 정신 상태를 의심하는 듯한 어조로 말한다.

여기서도 검증은 역시 중요한 개념이라고 톰은 생각하며 안전한 거리에서 상황을 지켜본다.

“쿠퍼 씨, 이제 거의 아흔 살이십니다.” 의사가 끼어든다.

“그래서 뭐 어쨌다고요?” 밥이 말한다. “세계에서 가장 나이가 많은 여성은 백스물두 살입니다. 저는 아직 30년은 더 살아야 합니다. 그리고 그 시간을 공동묘지에 누워 있기 위한 연습으로 보내고 싶진 않아요!”

톰은 미소를 지을 수밖에 없다. 그리고 자신의 마음이 바뀌었음을 깨닫는다. 그는 사무실로 들어가며 인사를 한다. “안녕하세요.”

“드디어 왔군.” 밥이 반짝이는 눈빛으로 그를 맞이한다.

톰은 쿠퍼 상병과 단둘이 이야기하고 싶다고 요청하고 의자를 가져와 그 앞에 앉는다.

“밥, 이게 좋은 생각인지 모르겠어요.”

“난 이미 모든 반대 의견을 들었어, 톰.”

"아니, 전부는 아니에요. 어쩌면 엄마는 당신을 알아보지 못할지도 몰라요."

"왜?"

"알츠하이머병을 앓고 계세요."

밥의 눈에서 반짝임이 사라진다.

"어린 시절의 모든 세부 사항을 기억할 순 있지만 아침에 무엇을 드셨는지는 기억하지 못하시죠."

밥은 손에 얼굴을 파묻는다.

톰은 시계를 곁눈질로 본다. 지금은 쾰른 시간으로 12시 30분이다. 그는 제니에게 문자 메시지를 보낸다. 밥이 나와 함께 독일에 가고 싶대요. 어떻게 생각하세요? 경험상, 잘 될까요?

20초 후 그녀가 답장을 보내온다. 대박!!!!!!!!!!!!!!!

밥은 목을 가다듬고 몸을 곧추세운다. "그레첸을 만나야겠어. 이 일을 하려면 당신의 도움이 필요해."

스물네 시간도 채 지나지 않아 톰은 루이 암스트롱 공항의 면세점에서 머리를 단정하게 다듬은 밥과 함께 서 있다. 톰은 여행의 동반자가 초콜릿을 몽땅 사려고 들어 깜짝 놀란다.

"비행기 안에서 기내식을 먹는다는 건 아시죠?"

"그레첸을 위한 거야. 예전에도 허쉬 초콜릿을 좋아했거든."

에어버스 기내에서 승무원은 두 사람의 이름을 부르며 인사를 건네고 비즈니스석으로 안내한다.

"난 여기 앉지 않겠어." 밥이 큰 소리로 화를 내며 말한다.

"너무 비싸."

"걱정하지 마세요. 제 마일리지로 결제할 수 있으니까요."

"내가 내 여행 경비를 지불한다고 했잖아. 이런 식이면 안 돼!"

톰은 주로 남성 여행객들의 표정을 살핀다. 그들은 모두 백인이다. 모두 자신과 같은 패션 컨설턴트를 두고 있는 것이 분명하다.

"예약이 꽉 차 빈자리가 없습니다, 쿠퍼 씨." 톰을 도우러 온 승무원이 톰에게 살짝 눈웃음을 보낸다.

불편한 듯이 밥은 거듭 톰에게 항공권 가격이 한 푼도 들지 않았다는 사실을 확인하고서야 안심하고 환영 샴페인을 한꺼번에 다 마신다.

워싱턴까지 가는 두 시간 반 동안 톰은 ≪뉴욕 타임스≫를 읽으려고 하지만 옆에 있는 밥이 기기의 작동에 열중하는 바람에 한 줄 기사조차 읽지 못한다. 그는 모든 버튼을 눌러 보고 좌석을 뒤로 젖혀 조절해 보기도 한다. 그러다 마침내 완전히 평평한 침대 모드를 시도한다.

"어떻게 다시 일어나?" 그는 무기력하게, 그러나 다소 큰 소리로 외친다.

승무원이 적절한 버튼을 누르자 밥의 몸이 다시 부드럽게 앉은 자세가 된다.

"이런 세상이 다 있네!" 노인은 감명을 받는다. 맛있는 음식에도 감탄을 금치 못한다. "이 요리사를 재향군인회관에 보내야겠어."

톰은 여행객들의 시선을 무시하고 헤드폰을 끼고, 쿠퍼도 즐겁게 볼 수 있는 영화를 선택한다.

맷 데이먼이 화성에서 생존을 위해 싸우는 동안 밥은 다단계 마사지 기능 버튼에 손을 뻗는다. 먼저 등 부분이 파도처럼 움직인 다음 엉덩이 아래 좌석이 움직인다. "도와줘!" 그는 공포에 휩싸여 비명을 지른다.

톰은 기억의 깊은 곳에서 기도문을 찾으려 노력하다가 이 자포자기의 상황을 불러들인 자신을 비난한다.

워싱턴 공항에서 짧게 머문 후 두 사람은 프랑크푸르트행 비행기를 탄다.

기내 조명이 꺼진다. 밥은 잠을 이루지 못하고 대서양의 달 없는 밤하늘을 바라본다.

"네 엄마한테서 처음 들은 말이 뭔지 알아?" 일곱 시간 만에 아침 식사가 나왔을 때 밥이 톰에게 묻는다.

"뭐였어요?"

"개자식." 밥이 말한다.

"저는 항상 인격은 달라지지 않고 한결같다고 믿어 왔는데요." 톰이 웃으며 대답한다. "그 말이 증거가 아닐까요?"

2016년 4월 23일, 밥은 프랑크푸르트 공항에 도착하여 마침내 독일 땅을 밟는다. 자동문이 커튼처럼 열리고 대기실이 모습을 드러낸다. 톰은 밥 옆에 있는 수화물 카트를 밀며 택시 승차장 표지판을 찾는다.

"톰!"

깜짝 놀란 톰이 주위를 둘러보니 제니가 어린 칼을 품에 안고 유리 가림막 뒤에서 손을 흔들고 있다.

"여기서 뭐 해요?" 그가 묻는다.

"너무 궁금해서요." 제니는 밥을 포옹으로 반긴다. "독일에 오신 걸 환영합니다!"

"안녕하세요. 잘 지내세요?" 노인이 유창한 독일어로 묻는다.

"정말 좋아요." 제니가 대답한다. "당신이 여기 오시다니 정말 대단해요. 이게 성공했다니 믿기지가 않아요!"

밥은 검지로 칼의 뺨을 쓰다듬는다. 어린 아기는 생애 처음으로 만난 흑인을 큰 눈으로 바라본다.

제니가 톰에게 혼자서 주차장에서 차를 빼는 동안 어린 아들을 맡아 달라고 부탁한다.

"받아요. 빨리 돌아올게요."

"자네 가족이야?" 밥이 휙 사라지는 그녀를 보며 묻는다.

"아뇨, 아뇨. 제니는 제 동료예요. 그녀가 당신을 찾았어요." 톰은 칼을 품에 안고 앞뒤로 부드럽게 흔들며 등을 두드린다. "그렇지 않나요, 보스 베이비?"

톰은 자신이 운전을 하고 싶었지만 긴 여정으로 쉬어야 한다는 제니와 다투고 싶지 않다. 톰은 다른 사람들이 자신을 위해 무엇이 좋은지 안다고 생각하는 것을 싫어하기에 만족스럽지 않지만 칼 옆자리에 끼어 앉는다. 제니가 가속 페달을 밟자 카시트에 앉은 칼이 차창 밖 지나쳐 가는 세상을 만끽한다.

“독일을 마지막으로 떠나신 지 정확히 얼마나 되셨나요?” 제니가 옆에 앉은 밥에게 묻는다.

“62년이 넘었어요.” 밥도 스스로 놀란듯 덧붙인다. “62년 1개월 12일 동안 그레첸을 못 봤지.”

톰은 밥이 매일 숫자를 헤아리고 있었다는 사실이 믿기지 않는다. 그는 매일 엄마를 생각했다.

칼은 창밖에서 펼쳐지는 풍경들을 충분히 보고 난 후 최면에 걸린 듯 톰을 바라본다. 그는 오른손으로 톰의 커다란 검지를 꽉 쥐고 카시트가 흔들리는 대로 고무젖꼭지를 박자에 맞춰 빨고 있다.

“와우!” 제니가 완벽한 남부 사투리로 외친다. “그 이후로 세상이 많이 변했죠, 그렇죠?”

“물론 그렇죠.” 밥이 말한다. “당신도 미국에서 왔나요?”

“아니요, 프랑크푸르트 근처 출신입니다. 하지만 어렸을 때와 10대 때 잠시 미국에서 살았어요. 그중 1년은 루이지애나에서 살았죠. 미국인 양아버지가 그곳에 주둔하고 계셨거든요.”

톰은 백미러를 통해 검은색 아이라이너 펜슬로 강조한 제니의 초록색 눈을 보며 군인 가정에서의 삶에 대한 그녀의 이야기를 듣는다. 마지막으로 그녀는 밥에게 미국에서 가정을 꾸렸느냐고 묻는다.

“노력은 해 봤어요. 하지만 성공하진 못했어요.”

“자녀가 있나요? 마리 말고요.”

쿠퍼는 고개를 절레절레 흔들며 창밖으로 지나가는 베스터발트를 바라본다.

톰은 제니가 마리에 대해 묻는 말에 깜짝 놀란다. 그는 그녀가 죽었다는 사실을 완전히 잊어버리고 있었다. 밥에게 말을 해야 할까? 아니면 엄마에게는 말해야 할까? 그는 사이드미러에 비친 밥의 진지한 얼굴을 보며, 둘 다 젊은 날의 사랑에 대해 지금껏 세상으로부터 속아 왔다는 사실을 기억해 낸다. 그들은 또한 평생을 자신들의 아이를 포기해야 했다. 이젠 적어도 서로에겐 서로가 있어야 한다고 생각하며 침묵하기로 결심한다.

"밥을 위해 호텔을 잡았어요, 톰." 제니가 그의 생각을 가로막으며 고속도로에서 벗어난다. "어머니 계신 곳이랑 아주 가까워요. 거기로 먼저 갈까요?"

톰은 칼의 손을 그대로 둔 채 앞으로 몸을 숙인다. "밥, 어떻게 생각하세요?"

"먼저 나의 그레첸을 보고 싶어."

제니는 라인강변에 있는 쾰른 포르츠의 집 앞에 차를 주차한다. 톰은 밥이 차에서 내리는 것을 돕고, 뉴올리언스에서 전화로 준비를 부탁한 헬가에게 손을 흔들어 인사한다. 언제부터였는지 헬가는 주방 창문에서 모든 것을 지켜보고 있었다.

"같이 올라갈래요, 제니?" 톰이 묻는다.

"정말 그러고 싶어요!" 그녀는 맥시코시에 누워 있는 칼을 들어 올린다. 톰은 밥이 듣지 못하도록 조용히 그녀에게 슬픈 소식을 전하고 마리에 대해 한마디도 하지 말아 달라고 부탁한다. 제니는 고개를 끄덕인다.

주차장을 가로지르는 길에 밥은 발에 걸려 넘어질 뻔한다. 톰은 그를 붙잡고 노인의 떨림을 느끼며 그가 실망하지 않기를 바란다.

"괜찮으실 거예요." 톰은 그를 격려하며 노인의 팔을 잡고 건물 안으로 안내한다.

엘리베이터를 타고 2층으로 올라가자 이날을 축하하기 위해 난간과 현관문이 독일 국기와 미국 성조기로 장식되어 있다. 톰이 가볍게 노크한다.

몇 초 후 헬가가 문을 연다.

"안녕하세요!" 헬가는 차분한 목소리의 영어로 밥을 맞이하며 톰에게 속삭인다. "준비는 다 됐어. 나는 아무것도 알려 주지 않았어. 거실에 계셔."

톰은 먼저 앞으로 들어가 엄마가 좋아하는 꽃무늬 블라우스에 진주 목걸이를 하고 소파에 앉아 있는 것을 발견한다. 그녀는 잡지를 훑어보고 있다.

"안녕, 엄마." 그는 엄마의 뺨에 입을 맞춘다.

"안녕." 그레타는 고개를 들지도 않고 말한다.

"미국에서 돌아왔어요. 내가 누구를 데려왔는지 봐요."

그레타는 호기심에 고개를 들어 면세품 가방을 손에 들고 현관에 서 있는 키가 큰, 백발의 흑인 남자를 바라본다. 그의 넓은 입이 그녀를 향해 미소를 짓고 있다.

"안녕하세요, 그레첸……." 밥의 나지막한 목소리가 떨린다.

그레타는 잡지를 떨어뜨리고, 입을 다물고, 어떤 소리도 내지 않는다.

밥은 마음을 가다듬고 그녀에게 다가가며 가방을 뒤적인다. "당신에게 줄 게 있어요." 그는 독일어로 말하며 그녀 옆에 앉는다.

"초콜릿!" 그레타는 포장지를 찢고 큰 조각을 떼어 입에 넣는다. 그녀는 어린아이처럼 환하게 웃는다.

"그레첸, 내 사랑 그레첸." 밥이 눈물을 그렁그렁 매달고 그녀를 바라본다.

그레타는 '내 사랑 그레첸'을 반복해서 말하고 입을 열어 다른 조각을 밀어 넣는다.

"엄마, 이분이 누군지 알아요?" 톰이 묻는다. 다음 순간 그는 곧장 질문한 자신을 쥐어박고 싶어진다. 치매 진단을 받은 이후로 그녀에게 여전히 현실의 일부를 살고 있는지 묻지 않기로 결심했기 때문이다.

"어쩜 그런 바보 같은 질문을 하니!" 그럼에도 그레타는 손가락을 핥으며 두 번째 초콜릿 포장을 찢는다.

톰은 그레타가 평생 연습한 문장들을 여전히 적재적소에 쓰고 있다고 생각한다.

"당신이 멀리 있다는 걸 알면서도 당신이 내 품에 있다고 믿어요……." 밥이 노래를 부르기 시작한다.

그레타는 씹기를 멈춘다. 그녀는 놀란 채 그를 쳐다본다.

*　　*　　*

“기억나요, 그레첸? 우리 노래였잖아.” 그레타는 노인이 묻는 소리를 듣는다. “믿는다는 것은 꿈을 꾸는 또 다른 방법일 뿐이니 내 꿈이 이루어질 때까지…….”

그레타가 그 노래를 안다는 듯이 그를 쳐다보고, 그레타는 그의 얼굴이 자신에게 중요한 것을 상기시키고 있음을 깨닫는다. 그녀는 그를 안다. 그리고 모른다. 초콜릿이 입안에서 녹고 있다.

왜 지금 모두가 나를 쳐다보고 있지? 이해가 안 돼. 다들 어디서 왔지? 왜 나를 쳐다보고 있는 거야?

“나의 그레첸.” 갑자기 옆에 있던 노인이 말한다.

그레타는 그를 탐색하듯 바라본다. 이해가 안 돼.

“엄마, 이 분은 밥이에요. 미국에서 오셨어요.” 톰이 말한다.

“미국에서?” 그레타가 묻는다. “이해가 안 돼.”

“괜찮아, 그레첸.” 노인이 흥얼거리는 노랫소리가 바비의 체취를 풍기며 들려온다. 그레타는 **영원히**를 생각하고 그의 노래를 들으며 과거로 빠져든다. ‘당신을 사랑해’ 속으로. 그레첸은 지프차에 나란히 앉아 웃고 있는 바비를 보며 얼굴에 바람을 느끼고 그와 함께 네카어강을 달리고 있다.

그녀의 생각과 감정은 오두막을 짓는 나무토막과 같다. 알프스 높은 곳에서 눈사태에 부서져 산산조각이 나고 계곡으로 쓸려 내려가고, 해마다 눈이 녹고 여름 폭우에 씻겨 강으로 흘러가다 결국 라인강으로 이어진다. 그곳에서도 물결에 휩쓸려 깊은 곳으로 들어갔다가 다시 떠오르고, 엉키고 강가에 닿거나 뱃전에 걸려 다음 파도에 밀려 다시 움직이는 나무토막 같다.

그레첸은 너도밤나무의 울창한 숲 아래 숨어 부드러운 숲 바닥에서 바비와 함께 뒹굴고 있다.

좋은 날인데 집에 가야 해요 집에 가기 싫어요 바비는 웃어요 바비는 나를 집에 보내기로 할아버지와 약속했어요 그래도 집에 가기 싫어요 집에 안 갈 거예요 바비는 쉬는 날이고 날씨가 좋은 날이에요 바비의 손끝이 내 등을 쓰다듬어요 좋은 날이에요 집에 가기 싫어요 바비의 피부에서 소금 맛이 나요 바비는 할아버지와 약속했어요 좋은 날이에요 집에 가기 싫어요

그레첸은 안전하다고 느낀다. 그리고 안심한다. 그녀는 행복하다. 그레타도.

*　　*　　*

제니는 현관에 있는 톰과 헬가 옆에 서 있다. 그녀는 칼을 톰에게 맡기고 휴대전화를 꺼내 그레타를 품에 안고 음악의 리듬에 맞춰 부드럽게 몸을 흔드는 밥의 사진을 찍는다.

그레타는 소녀 같은 목소리로 "바비"라고 속삭이며 그의 어깨에 머리를 기댄다.

톰은 눈물을 참지 못한다. 제니가 그의 손을 잡고 꽉 쥔다. 그는 그녀를 바라보며 속삭인다. "미쳤어!"

어린 칼은 팔과 다리를 걷어차고 기뻐하며 그를 비웃는다.

그레타는 눈을 뜨고 아기를 보고는 펄쩍 뛰며 손뼉을 친다. "야, 이 아긴 누구야?" 그레타가 과장된 목소리로 묻는다.

"칼이에요, 엄마. 그리고 이쪽은 칼의 엄마 제니예요." 톰이 콧물을 닦으며 말한다.

그레타는 제니에게는 관심이 없다. 오로지 아이에게만 눈을 맞춘다. "넌 정말 사랑스러운 아기구나."

"커피 한잔 어때요?" 헬가가 끼어든다. "긴 여정 때문에 시장하시겠어요, 미스터 밥."

축제 분위기로 꾸며진 식탁에 모두 앉자 헬가가 독일 최대 제과업체에서 만든 프리미엄 케이크를 꺼내 온다.

"이건 블랙 포레스트 케이크입니다, 미스터 밥. 미국에도 있나요?"

"아니요." 그는 기대에 가득 찬 목소리로 말한다. "1950년부터 이 케이크를 꿈꿔 왔어요."

그레타는 칼 옆에 앉아 케이크를 떠먹으며 엄마 무릎에 앉은 아기에게만 시선을 고정한다. 그레타가 첫 포크를 입에 넣기도 전에 칼은 울기 시작한다.

"불쌍한 우리 아가, 왜 그래요?" 그레타가 묻는다.

"배고픈가 봐요." 제니는 자리에서 일어나 가방에서 우유병을 꺼내 주방에서 데워 줄 수 있는지 묻는다.

"물론이죠." 그레타와 헬가가 동시에 말하며 일어난다.

칼은 목이 터져라 울고, 고무젖꼭지로도 진정시키지 못한다.

"죄송해요, 죄송합니다." 제니가 말한다.

밥은 미소를 지으며 그녀에게 괜찮다고 손사래를 친다.

"오, 잘됐네. 드디어 집에 아기가 생겼어." 그레타가 아이의 등을 쓰다듬으며 말한다.

잠시 후 톰은 휴대전화로 제니와 나란히 소파에 앉아 아기의 손을 잡고 있는 행복한 밥과 엄마의 사진을 찍는다.

"나도 아이가 있어." 그레타가 말한다.

"정말 멋지네요!" 제니는 톰을 걱정스레 힐끗 쳐다본다.

톰은 엄마의 거실에서 연신 사진을 찍으며 생후 5주 된 아기를 중심으로 세상이 돌아가는 것을 지켜본다. 칼이 웃으면 모두가 행복해하고, 울면 모두가 표정을 찌푸리고 함께 아파한다. 칼은 지금 이 순간의 주인공이며, 모두가 그의 명령에 귀를 기울인다.

톰은 이 집에 이렇게 많은 사람이 있었던 적이 언제였는지 기억하지 못한다. 엄마는 방문객, 특히 아이들이 오는 것을 좋아하지 않았다. 번잡함이 그레타의 신경을 거슬리게 했다. 심지어 웃음소리조차 그녀에게는 소음일 뿐이었다.

"케이크 한 조각 더 드실래요, 미스터 밥?" 헬가가 물으며 늙은 미국인 옆에 앉는다.

톰은 밥이 만족스럽게 고개를 끄덕이는 모습과 그레타가 소파에 누워 있는 아기를 감쌀 수 있도록 제니에게 수건을 가져다주는 모습을 찍는다.

그는 칼을 품에 안고 창가에 서서 **아주 거대한** 라인강과 지나가는 **아주 많은** 배들을 보여 주고 있는 엄마의 사진을 찍는다. 테라스에서 손을 흔들며 담배를 피우는 헬가와 바닥에 무릎을 꿇고 그레타의 레코드 컬렉션을 바라보는 제니도 찍는다.

"그레타, 당신도 손자가 있으면 좋겠죠?" 니코틴 냄새를 풍기며 안으로 들어와 톰을 흘낏 보고 헬가가 묻는다.

톰은 눈을 동그랗게 뜬다.

"그건 좀 이르지 않나?" 그레타가 아기를 품에 안고 흔들며 대답한다.

"왜요?"

"음, 어쨌든. 내 나이에 할머니라니. 제발!"

"나이가 몇 살인데요?" 헬가가 묻는다.

"멍청한 질문은. 서른다섯. 알잖아!"

톰은 숨을 참으며 눈꼬리를 가늘게 뜨고 밥을 쳐다본다. 그가 모든 것을 이해했는지 확신하지 못한다.

"밥을 위해 예약한 호텔 이름이 뭐죠, 제니?" 그가 주제를 바꾸려고 묻는다.

"호텔? 그건 말도 안 돼." 헬가가 끼어들어 자신과 밥에게 커피를 따르며 말한다. "밥을 위해 네 어릴 적 썼던 방에 거처를 마련했어. 여긴 방이 충분해."

"호텔이라고 불편할 건 없어요." 밥이 중얼거렸고, 톰은 헬가를 위해 번역을 해 준다.

하지만 단호한 헬가는 더 이상의 대화를 허용하지 않고 노인의 손을 잡고 잠자리를 안내한다.

"여기에도 충분한 공간이 있어요." 그들을 따라온 그레타가 새롭게 마련된 침대에 아기와 함께 앉는다.

"어머니가 밥이 누군지 알까요?" 도심으로 향하는 길에 제니가 묻는다.

"모르겠어요." 톰이 지친 표정으로 눈을 감는다.

"치매에도 불구하고 감정적 기억은 유지된다는 글을 읽은 적이 있어요." 제니가 말한다.

"알츠하이머가 모든 것을 파괴할까 두려워요." 그가 중얼거린다.

"어쩌면 사랑은 뇌에 저장되는 것이 아니라 영혼에 저장되는 것일지도 모르죠. 그렇다면 알츠하이머가 파괴할 순 없겠죠."

톰은 사랑의 자리에는 관심이 없고 도로 표면의 소리에 귀를 기울인다. 쾰른 거리의 얼룩덜룩한 구멍들. 폴러 베그 근처의 자갈길. 지그부르거 거리와 다리 진입로가 교차하는 곳의 낡은 아스팔트. 우회전을 하고 나서 요철을 느끼고 점점 더 거칠어지는 아스팔트로 도이처 다리 위에 있다는 것을 감지한다. 그는 속도를 추정하며 9까지 세고 마침내 눈을 뜬다. 꿈같은 풍경이다! 대성당이 여전히 거기 서 있다.

"곧 도착할 거예요." 제니가 말하자 톰은 집까지 데려다줘서 고맙다고 말한다.

톰은 여행 가방을 아파트 안으로 밀어 넣으며 스무 시간 만에 처음으로 혼자가 된다. 모든 여행이 끝나면 늘 그렇듯이 즉시 옷을 갈아입고 뜨거운 물로 샤워를 하며 세상의 먼지를 털어 낸다. 목욕 타월을 허리에 두른 채 더블 위스키를 따라 마신다. 소파에 누워 이메일을 확인하고 제니가 보낸, 그날 오후에 찍은 스물두 장의 사진이 담긴 문자 메시지를 열어 엄마가 "바비"라고 속삭이는 친밀한 순간을 바라본다.

그러다 커피 테이블에서 밥 옆에 앉아 있는 자신의 사진을 본다. 똑같은 자세를 취한 두 남자가 아주 평온한 표정을 짓고 있다.

그녀는 근사한 안목을 가지고 있다.

톰은 사진을 저장하고 자신이 직접 찍은 사진도 살펴본다.

밥에게 낡은 레코드 재킷의 제목을 읽어 달라는 제니.

와인병을 뺨에 대고 있는 헬가.

병을 받으면서 환하게 웃는 제니.

그레타가 자신에게도 아이가 있다고 말하는 순간, 그리고 카메라를 바라보는 제니의 환한 표정.

이 표정은 그의 심장을 세차게 두들긴다.

마치 칼이 아닌 제니가 방에 생기를 불어넣고 있는 것 같다고 생각한 톰은 이런 제니를 본 적이 없다는 사실을 깨닫는다.

인터넷에서 <믿는다는 것Making believe> 노래를 검색하고 엘라 피츠제럴드의 노래를 선곡한 후 가사를 읽어 본다.

당신이 멀리 있다는 걸 알면서도
당신이 내 품에 있다고 믿어요.
믿는다는 것은

꿈을 꾸는 또 다른 방법일 뿐이니
내 꿈이 이루어질 때까지
나는 '잘 자'라고 속삭일 거예요.
불을 끄고 베개에 키스할 거예요.

"그게 우리 노래였어요." 밥이 그레타에게 말했다. 톰은 소파에 나란히 앉아 있는 두 사람의 사진을 다시 보며 밥이 베개에 키스한 무수한 밤과 얼마나 많은 밤을 그레타가 자신 옆에 누워 있는 상상을 하며 보냈을지 헤아린다.

그는 위스키를 한 잔 더 따르고 노래를 계속 반복 재생한다. 밖은 이미 밤이 깊었고 그는 눈꺼풀이 무거워진 채 외로운 거실의 어둠 속에 앉아 프랑크푸르트 공항에서 자신을 향해 손을 흔드는 제니의 모습에서 벗어나지 못한다.

'믿는다는 것은 꿈을 꾸는 또 다른 방법일 뿐이니, 내 꿈이 이루어질 때까지.'

톰은 제니의 악수를 느끼며 "그냥 꽉 잡아 줘"라고 속삭인다.

그리고 눈을 뜬다.

그는 음악을 끈다. 침실로 들어가는 길에 그는 제니가 참나무 마룻바닥에 남긴 흠집 앞에서 멈춰 선다. 그는 허리를 굽혀 흠집을 쓰다듬는 자신을 발견한다.

"멍청한 놈." 혼잣말을 하며 이불을 머리 위로 끌어당긴다. 그는 삼십 분 동안 뒤척이며 이것이 중년의 위기의 시작인가를 생각한다.

9시가 조금 지난 시간에 그는 헬가의 전화로 잠에서 깬다.
"무슨 일 있어요?" 톰이 잠이 덜 깬 목소리로 묻는다.
"그레타가 저 노인이 누군지 물어봤어."
"젠장." 그는 욕을 하고 눈을 뜬다. "이제 어쩌죠?"
"나도 몰라."

부은 눈 위에 선글라스를 쓰고 조수석에 크루아상 한 봉지를 올려놓은 채 라인강을 따라 차를 몰고 가면서 밥을 호텔에 묵게 하지 않은 것이 정말 좋은 생각이었는지에 대해 생각한다.

계단에서부터 이미 트럼펫 소리가 들린다. 문을 열자 거실에서 있는 밥이 세자르 프랑크의 <아베 마리아>를 연주하고 있다. 그레타는 박수를 보낸다.

"아침 왔어요!" 톰이 외친다.

"우린 벌써 먹었는데." 헬가가 강조하며 말한다.

"말도 안 돼." 그레타는 헬가의 말에 동의하지 않고 아들의 손에서 빵 봉투를 빼앗는다.

헬가가 마음 편히 쇼핑하고 휴식도 취할 수 있도록 톰은 찬장에서 하이델베르크 상자를 꺼낸다.

"저건 내 하이델베르크 상자잖아! 오랫동안 찾고 있었는데." 그레타가 크루아상을 내려놓고 부서질 듯한 상자를 연다.

"여기 좀 봐요. 피네와 제가 나름 잘 차려입고 있어요." 그레타가 밥에게 사진을 보여 주며 말한다.

"멋지네요."

"그리고 여기, 엄마가 재봉틀을 돌리고 있네요."

밥은 난초 화분에서 떨어지는 물 얼룩을 막기 위해 레이스 덮개를 씌운 오래된 싱거 재봉틀에 다가간다. "저것 맞죠?"

"네, 맞아요!" 그레타가 손뼉을 치며 외친다.

"모든 것이 저것으로부터 시작되었어요. 그레첸, 내가 이 기계를 오두막에 어떻게 가져갔는지 기억나요?"

"네, 물론이죠!"

톰은 두 사람의 대화를 따라갈 수 없고, 왜 그들이 트루먼 미국 대통령에 대해 말하며 웃고 있는지 모른다. 그들은 빛바랜 25센티미터 높이의 밀짚 인형을 두고 함께 기뻐하며 새로운 이야기를 이어 간다. 그들은 과거를 공유했고, 톰은 엄마가 마침내 이 남자가 낯선 사람이 아니라는 것을 깨달았다고 확신한다.

"그리고 이게 나야." 그녀는 모자를 쓰고 카메라를 향해 활짝 웃고 있는 소년 같은 소녀의 사진을 톰에게 보여 준다.

"당신은 아름다워요, 그레첸!" 밥이 말한다. "너무 아름다워요."

그녀는 얼굴을 붉힌다.

"직접 찍은 사진이에요?" 톰이 묻는다.

밥은 고개를 끄덕인다.

그레타는 고개를 힘차게 흔든다. "아니, 바비가 찍었어."

톰은 그레타의 눈을 똑바로 볼 수 있도록 몸을 앞으로 숙인다. "엄마, 옆에 앉은 남자가 바비예요."

"네가 모든 것을 아는 건 아니야!" 그레타가 톰에게 핀잔을 준다.

밥은 독일어를 이해하지 못한 척한다. 그의 미소가 사라진다.

"그때 사진을 아직 가지고 계세요?" 톰이 그에게 묻는다.

"아니야, 1953년 이후에 다 버렸어. 도저히 볼 수가 없었어." 그가 영어로 대답한다.

그레타는 군복을 입은 젊은 밥이 가족들과 함께 하이델베르크 성 앞에 서서 찍은 단체 사진을 집어 든다.

"저게 우리예요." 그녀가 말한다.

"멋지네요." 밥은 그녀를 쳐다보지 못하고 말한다. 그는 상자를 뒤지다가 독수리가 그려진 금색 단추를 발견한다. 그레타는 즉시 그의 손에서 단추를 빼앗아 꽉 그러쥔다.

현관문 열리는 소리가 들린다.

"헬가가 돌아왔어요. 신문을 가져왔을까요?"

그레타는 현관으로 달려가고, 이미 하이델베르크를 잊어버린다.

톰은 사진을 다시 상자에 넣고 뚜껑을 닫는다. "산책을 하면 좋을 것 같아요. 같이 갈래요?"

밥이 피곤한 듯 고개를 끄덕인다.

두 사람은 라인강변을 따라 걷는다. 갈매기를 보지만 보지 못하고, 봄의 내음을 맡지만 맡지 못하고, 네덜란드 유조선의 윙윙거리는 소리도 듣지만 듣지 못한다.

"엄마에겐 좀 과한 일이죠." 톰이 말한다.

밥은 무심하게 고개를 끄덕인다.

톰은 마음속으로 걸음 수를 헤아린다. 어렸을 때 시간을 벌고 싶을 때마다 그렇게 하곤 했었다. 그의 목표는 1,111 걸음이다. 천 걸음부터는 더 천천히 헤아린다. 그리고 1,110이 지나면 그는 멈추고 밥을 바라본다. "우리 하이델베르크로 함께 여행을 갈까요? 밥, 엄마, 저 이렇게요."

밥은 고개를 젓는다. "과거를 되돌릴 수는 없어. 어디에서도. 하이델베르크에서도."

모두 별일 없죠? 제니가 문자 메시지로 묻는다.

톰은 심장이 더 빨리 뛰는 것을 느낀다.

최고야! 거짓말을 한다.

집에 돌아와 이메일을 확인하고, 사빈이 개인 이메일 계정으로 보낸 메시지를 훑어본다. 일이 급박하니 급히 연락해 달라는 내용이다. 그러고는 일대일 미팅을 요청하는 사장의 또 다른 메시지를 읽는다. 톰은 사빈에게 독감에 걸려 미국에서 돌아왔다고 답하고, 빠르면 일주일 안에 사장 베를레와 약속을 잡아 달라고 요청한다.

그는 욕조에 몸을 담그고 숨을 참으면서 생각을 멈추려고 노력한다. 헛수고다. 어떻게 밥을 독일로 데려올 생각을 했을까? 이걸로 충분하지 않았나? 엄마, 더 이상 살아 있지 않은 누나, 직장에서의 위기.

위스키 한 잔을 손에 든 그는 휴대전화를 보며 제니가 자신에게 메시지를 보내지 않았기를 바란다. 그녀에 대한 생각을 멈출 수 없다. 미친 듯이. 그는 직장에서 항상 신경을 거슬리게 했던 그녀의 계피 냄새를 기억해 내려고 노력한다. 하지만 그 이미지는 이미 지워진 것 같다. 대신 그의 머릿속에는 그녀의 반짝이는 초록색 눈동자, 장난스러운 미소, 앞니 사이의 작은 틈새, 모든 문장에 밑줄을 긋는 짧고 통통한 손이 떠오른다. 그는 그녀의 피부에서 어떤 향기가 나는지, 그녀의 둥근 몸이 어떤 느낌인지, 그녀의 입술이 어떤 맛인지 상상한다.

톰은 베란다의 문을 열고 선선한 초봄의 공기 속에 서 있다. "이 멍청한 놈아!" 그는 밤을 향해 소리친다. "네가 제니 같은 여자한테 대체 뭘 원하는 거야? 너무 복잡하잖아!" 비가 내리기 시작한다. 톰은 멈춰 서서 정신을 차리려면 다시 제대로 누군가와 섹스를 해야 한다고 스스로에게 말한다.

수영장이 오전 6시 30분에 마침내 문을 열자 그는 가장 먼저 접수처에 도착한다.

제니, 도대체 왜 그녀를 머릿속에서 지울 수 없는 걸까? 제니라니. 말도 안 되는 소리!

첫 번째 롤오버턴을 한 후 그는 20미터를 잠수하고 수면에서 숨을 고르면서 앞으로 어떻게 될지 짐작해 본다. 하룻밤이 될 수도 있고 며칠이 될 수도 있다. 그런 다음 기대감으로 가득 찬 혼돈이 시작된다. 톰은 발차기의 빈도를 늘리며 여자들이 자기에겐 잘 맞지 않다고 생각한다. 결국 그들이 자신을 옭아매리라는 것을 알고 있다!

다음 롤오버턴이다. 그는 온 힘을 다해 물을 밀어 내고 이번에는 레인 전체를 헤엄쳐 간다. 출발선에 다다르자 그는 이렇게 생각한다. 왜 그 여자지? 그녀는 내 타입이 전혀 아닌데! 그리고 그녀는 마흔한 살인데, 너무 늙지 않았나?

다음 레인에서는 칼의 아버지는 도대체 누구일까 하는 생각이 머릿속에 떠오른다.

미친 사람처럼 염소 처리된 물속을 한 번에 300미터를 헤엄치며 제니가 이미 누군가와 연애 중이라고 스스로 확신한다.

샤워를 하면서 그는 결국 심리치료사에게 상담을 받아 볼까도 생각해 본다.

탈의실에서 휴대전화를 켜고 헬가가 보낸 음성 메시지 다섯 개를 발견하지만 듣지 않는다.

제니로부터는 부재중 전화가 없다. 문자 메시지도 없다. 아무것도. 다행히도.

하지만 그녀의 차가 포르츠의 주차장에 있다. 톰은 귀에서 피가 빠르게 빙글거리며 도는 소리를 듣는다. 그녀는 여기서 뭘 하는 거지? 그는 차를 돌려 다시 시내로 되돌아갈까 생각하다가 주방 창문에서 자신을 내려다보는 헬가를 본다.

"왜 전화 안 했어?" 현관문을 들어가자마자 그녀가 톰에게 묻는다.

거실에서는 웃음소리가 들린다.

"좋은 아침입니다." 톰은 엄마와 밥과 함께 거실 테이블에 앉아 있는 제니를 쳐다보지 않으려고 최대한 밝은 목소리로 모두를 향해 외친다. “무슨 일이에요?”

“네 엄마가 밥에게 가르쳐 준 혀 굴리기를 다 기억하고 있어. 정말 재밌어!”

“플루첸!” 그레타가 소리치자 밥은 혀가 꼬임에도 불구하고 따라 한다.

“좋아요.” 톰이 헬가를 주방으로 밀어 넣고 문을 닫는다. “제니는 여기서 뭐 하는 거예요?”

“밥이랑 같이 외출할 사람이 있으면 좋을 것 같아서 내가 전화했어. 네 엄마가 미쳐 버릴까 봐 걱정이 됐어.”

“왜?”

“밥이 안으려고 하니까 욕을 하고 또 가까이 오면 경찰에 신고하겠다고 협박했어. 정말 안쓰러웠어.”

“오, 젠장!” 톰은 제니의 웃음소리를 듣는다.

“너랑 연락이 안 돼서.”

“그럼 제니 번호는 어떻게 알았어요?”

“음, 그녀에게서 받았지.”

“그럼 아이는 어딨는데요?”

“그레타의 침대에서 자고 있어.” 헬가가 대답한다.

거실에서는 도너리첸, 슈셀리히,* 모겐머펠,** 글뤽스필츠와 같은 단어들이 웃음소리에 뒤섞여 들려온다.

* Schusselig. ‘산만한, 서투른’이라는 뜻.
** Morgenmuffel. ‘늦게’라는 뜻.

톰이 식탁에 앉는다.

"안색이 안 좋아 보이네." 헬가가 커피가 가득 담긴 수탉과 암탉 머그잔을 건넨다. "왜 그래?"

"시차 때문인가 봐요."

"네 말은 하나도 안 믿어."

거실의 웃음소리가 아이의 울음소리로 뒤바뀌고 밥이 주방으로 들어온다. 그는 지쳐 보인다.

"괜찮아요?" 톰이 묻는다.

밥은 무덤덤하게 고개를 끄덕인다.

"라인강에서 신사들만의 시간을 갖고 싶지 않으세요?"

"그럼 좋지."

톰과 밥은 마치 오래전부터 알고 지낸 사이인 듯 수년간 이 길을 정기적으로 걸어온 사람들처럼 나란히 땀을 흘리며 걷는다.

"어떻게 다시 미국으로 돌아가지?" 잠시 후 밥이 묻는다.

"제가 같이 갈게요. 언제든요." 톰은 이토록 기묘한 자신의 상태가 해소되고 다시 정신을 차릴 수 있을 때까지 이곳에서 벗어날 수 있는 절호의 기회라고 생각하며 말한다. "어차피 당분간 미국에 머물 계획이에요. 그러니 돌아가고 싶으면 언제든 알려주세요." 톰은 뉴올리언스에서 에이미와 다시 만나면 어떨지 상상하다 그녀에게 작별 인사를 하는 것조차 까맣게 잊어버렸다는 사실을 깨닫는다.

밥이 옆에 멈춰 서서 그의 생각을 방해한다. "알았어." 그가 숨을 헐떡이며 말한다.

"뭘 알았다는 말씀이세요?"

"돌아가는 게 나을 것 같아." 밥은 벤치에 앉아 유유히 흐르는 라인강을 바라본다.

톰이 그 옆에 앉는다. 그는 밥의 깊은 슬픔을 감지한다. 그레타가 다른 현실에 살고 있기 때문이다. 그와 그의 엄마를 위한 현재가 없다는 사실이 너무도 안타깝다. "엄마가 어떤 상황인지 더 명확하게 말씀드렸어야 했는데……." 그는 사과한다.

"자책하지 마. 여기 온 건 잘했어."

서로를 쳐다보지 않은 채 밥은 톰보다는 자신에게 이렇게 말한다. "그녀가 나를 배신했다고 생각해서 평생을 괴로워했어. 우리의 사랑이 거짓이 아니었다는 것을 알게 돼 정말 다행이야."

톰은 이 고통이 엄마의 삶도 결정했을 것이라고 생각한다. 그리고 자신의 삶도. 세대 간의 전이라는 문제일지도 모른다. 다시 잃을까 두려워서 그 누구와도 진지한 관계를 맺지 못했던 것 같다. 엄마처럼.

밥은 톰의 마음을 읽은 듯 톰의 손을 꽉 쥐고 다급하게 그를 바라본다. "시간을 낭비하지 마, 아들!"

시간을 낭비하면 안 된다고요? 톰은 강을 바라보며 이 말이 한 번 내뱉으면 저항할 수 없는 문장 중 하나라는 것을 알게 된다. 그리고 에이미를 다시 보고 싶지 않다는 것도 알게 된다.

그들은 제방을 천천히 걸어 올라간다. 밥은 가쁜 숨을 몰아쉰다. 마침내 정상에 도착했을 때 톰은 제니의 차가 더 이상 집 앞에 주차되어 있지 않은 것을 확인한다. 그는 안도한다.

헬가는 모두의 접시에 소시지와 함께 완두콩 수프 두 국자를 담는다.

"제니는 배 안 고프대요?" 밥이 묻자 톰이 통역을 한다.

"마담첸은 비건이에요, 미스터 밥."

"마담첸?"

헬가는 그것이 쾰른에서 여성을 뜻하는 단어라고 손과 발로 설명하려고 노력한다. 하지만 톰은 헬가를 오랫동안 알고 지내온 터라 그녀의 삐죽이는 입술로 미루어보아 원래 중립적인 단어를 그렇게 사용하지 않고 있음을 알 수 있다.

점심 식사 후 두 노인은 낮잠을 자고, 톰은 헬가가 복수심에 이글거리며 식기세척기를 돌리는 모습을 지켜본다.

"왜 그렇게 짜증을 내요?"

그녀는 대답하지 않고 타 버린 수프 냄비를 문지른다.

"어서 말해 봐요, 헬가. 곧 터질 것 같아. 왜 그래요?"

그녀는 냄비를 싱크대에 놓고 손을 닦고 앞치마에서 담배를 꺼낸다.

"그 제니 생각을 떨칠 수가 없어." 그녀는 연기를 폐 바깥으로 깊숙이 내뿜으며 말한다.

"왜요?"

"정자은행에서 온 아이라는데. 이미 금이 간 그릇이야."

톰도 담배에 불을 붙인다. "그걸 어떻게 알았어요?"

"어떻게는. 그녀가 말했으니까. 정말 아이를 원했는데 아빠를 찾을 수가 없어 그렇게 했다고……. 아이가 불쌍하지. 그렇게 말할 수밖에 없네!"

톰은 담배를 끄고 다시 하나를 꺼낸다. 그의 휴대전화가 울린다. 그의 디스플레이에 제니의 얼굴이 그를 향해 웃고 있다.

"이제 너한테도 전화하네!" 헬가는 분노한다.

톰은 전화를 끊는다. 피가 거꾸로 돈다. 떨면서 그는 꺼진 담배에 다시 불을 붙인다.

"그 여자는 네게서 뭔가를 원하는 거야. 난 처음부터 알아봤어." 헬가는 분노로 코를 킁킁거린다. "그 여자는 아이의 아버지가 필요한 거야. 넌 절대 맞장구치지 마!"

지금 내게 와 줄 수 있어요? 제니가 문자를 보내온다.

지금은 어려워요. 무슨 일인데요?

직접 말씀드릴 일이에요. 급한 일이기도 하고, 매우 기뻐하실 일이에요!!!!

가자, 톰은 생각하며, 헬가가 욕을 하게 내버려둔다. 그냥 맞닥뜨리자. 어쨌든 영원히 피할 수는 없으니까.

그는 시속 35킬로미터로 시내를 가로지르며 첫 문장을 구성한다.

"제니, 지난 몇 주 동안 난 힘든 시간을 보냈고, 당신은 나의 한 단면을 봤어……."

그는 녹색 신호등 가까이에서 속도를 줄이며 다음 신호등이 빨간색으로 바뀌기를 바란다. 뒤에 따르던 차들이 경적을 울린다.

"당신에 대한 내 행동이 모호했던 것 같아……."

평소와 달리 그녀의 집 바로 앞에 주차 공간이 있다.

톰은 머리 받침대에 머리를 대고 자리에 앉은 채로 222까지 수를 헤아린다.

"제니, 난 항상 당신을 동료로서 정말 고맙게 생각했어요. 모든 것에 감사하지만…… 내가 당신에게 무언가를 원한다는 인상을 주었다면 미안하게도……."

경적이 울린다. 그의 앞에 멈춰 선 차 안에서 여자가 손짓으로 나갈 거냐고 묻는다. 톰은 고개를 흔들고 차에서 내린다.

초보자처럼 굴지 말자! 그는 1895년에 지어진 모퉁이 집의 벨을 누르고 천천히 한 걸음씩 계단을 올라간다.

제니가 현관에 서서 그를 마주 본다. 그녀의 모든 곳에서 빛이 난다.

"미안, 그렇게 빨리 못 왔네요. 나는 아직……." 그는 그녀를 슬쩍 쳐다보며 자신의 몸이 그녀에게 매우 가까이 다가가는 것을 느낀다. 그의 몸에 소름이 돋는 것을 느끼고 치밀어 올라오는 공황 상태를 감지한다.

"괜찮아요. 들어와요!" 그녀는 낮은 목소리로 칼이 잠들었다고 말하고 의자에서 옷을 치워 건조대에 던져 놓는다.

"앉아요." 그녀가 미소를 짓는다.

톰은 걸음을 멈추고 목을 축인다. "난 항상 제니를 동료로서 높이 평가해 왔어요. 모든 것에 감사하고 있지만……." 그러다 그는 밥의 말을 기억한다. "시간을 낭비하지 마." 밥의 말을 떠올리며 그는 자신이 어떤 말을 계획했는지 상관하지 않는다. 지금은 당장 오직 한 가지만 원할 뿐이다. 제니를 품에 안고, 그녀에게 사랑에 빠졌다고 말하는 것.

"톰. 앉아요. 제발. 안 그러면 넘어질 것처럼 보여요."

"그러면 당신이 날 안아 줄 수도 있겠지."

"지금 그런 바보 같은 소리 하지 마세요." 그녀는 그를 의자에 앉히고 평소처럼 물건으로 가득 찬 작은 식탁 맞은편에 앉아 A4 용지를 한 장 꺼낸다.

그는 불안과 호기심이 뒤섞인 표정으로 그녀를 바라본다.

"그럼," 그녀가 말하며 영어 텍스트를 읽는다.

나는 사람을 찾는다는 당신의 요청을 우연히 SNS에서
발견했습니다. 그런데 처음에는 확신이 없었습니다.
그러나 오늘 나는 할머니 그레이스를 방문했고,
당신의 사진에 있는 인형이 할머니의 거실 장식장에 있는 것
과 비교했을 때 아주 비슷하다는 것을 알아냈습니다.
나는 항상 할머니가 독일 출신이라는 것을 알았지만
할머니는 그에 대해 말한 적이 없습니다. 이제야 저는
할머니에게 물어봤습니다. 할머니는 하이델베르크에서
태어났습니다. 1949년 5월 23일에.

톰이 온몸을 떨고 있다. "하지만 이 모든 게 우연일 수도 있

지 않나요?"

"이 그레이스는 생모의 이름을 알고 있어요. 그레타 쉰나이히로."

그는 얼굴을 두 손으로 가리고 숨을 멈춘다.

제니가 그의 어깨를 만진다. 그의 모든 것이 무너져 내리고 그는 격한 울음을 참으려고 몸을 떤다.

"미안해요." 그는 떨리는 목소리로 말하며 몸을 추스르려고 노력한다.

"괜찮아요. 내가 당신과 함께 있어요." 제니는 그의 옆에 앉아 그를 품에 껴안는다.

"누나가 죽은 줄 알았어요." 그는 눈물을 흘리며 말을 더듬는다.

"아뇨, 누나는 살아 있어요. 그녀에겐 대가족이 있어요. 마흔 살에서 쉰 살 사이의 딸 넷과 손자 열세 명. 큰 손자는 스물다섯, 막내는 네 살이고. 증손자도 곧 태어날 예정이에요."

"뭐라고?" 톰이 웃으며 손수건을 찾는다.

제니가 일어나서 그에게 냅킨을 건넨다. "그녀는 애틀랜타에서 북쪽으로 90킬로미터 떨어진 작은 마을에 살고 있어요. 남편은 차타후치 국립공원 순찰대에서 일하고 있고요."

톰은 눈물을 닦고 코를 푼다. "그녀와 얘기해 봤어요?"

"물론이죠. 당신에게 말하기 전에 그녀가 찾는 사람인지 확인하고 싶었어요."

"그래서, 그녀는 저와 연락하길 원하나요?"

"물론이죠! 여기 전화번호예요. 전화해요."

톰은 제니의 머리를 양손으로 잡고 이마에 입을 맞춘다. "고마워요!"

톰이 자신의 아파트에서 열다섯 자리 전화번호를 누르자 전성기를 누리고 있는 듯한 브라운 레이디가 화면에 나타난다.

"안녕하세요, 톰입니다."

"당신이 내 동생이에요?" 그레이스는 7,000킬로미터 떨어진 톰을 향해 나지막한 목소리로 묻는다.

"손자 레오가 연락을 해 줘서 정말 기뻤어요."

"저도요. 제니와 전화 통화를 한 이후로 제 감정은 롤러코스터를 타고 있어요. 이제 남동생이 생겼어요!" 그레이스의 활기찬 웃음소리가 톰의 거실에 쓰나미처럼 밀려온다.

"그리고 저한테는 누나가 생겼어요!"

"누가 나를 찾을 줄은 몰랐어요."

"왜 그렇게 생각했어요?"

그녀는 어렸을 때 엄마가 죽었다는 말을 들었다고 톰에게 말한다. "그리고 아버지도 행방이 묘연해서 찾을 수가 없었다고 했어요."

"둘 다 사실이 아니에요." 톰은 그레이스에게 부모의 비극적인 사랑 이야기를 털어놓는다.

그녀는 운다. 그는 그녀를 위로하고 싶다. 하지만 세상의 어떤 말로도 그녀의 슬픔을 덜어 줄 수 없기에 그는 침묵을 지킨다.

"엄만 아직 살아 계세요?"

"네, 하지만 치매에 걸리셨어요."

"그럼 내가 누군지도 모르시겠네."

"그건 모르겠어요." 톰이 대답한다. "하지만 독일에 오지 그래요? 아빠도 지금 여기 계세요."

그레이스는 깜짝 놀란다. 톰은 그레이스의 눈 깜빡임으로 화면이 정지된 것이 아니라는 것을 알아차린다.

"아빠도 저를 보고 싶어 하나요?" 그녀는 거의 들리지 않는 목소리로 묻는다.

"그는 미쳐 버릴지도 몰라요."

3일 후 프랑크푸르트 공항 입국장에 "톰!"이라는 외침이 울려 퍼진다.

연한 갈색의 거대한 곱슬머리 가발을 쓴, 키가 크고 피부색이 검은 여성과 유명한 앵커가 서로에게 달려가 포옹한다. 몇 분 동안 서로를 끌어안고 울자 사람들은 놀라움에 가만히 서 있을 뿐이다.

"집에 온 걸 환영해요, 그레이스." 톰이 그녀의 귀에 속삭이며 양쪽 뺨에 키스한다. 그녀의 어깨 너머로 그를 향하고 있는 여러 대의 휴대전화를 본다. 그는 자랑스럽게 그녀에게 다시 키스를 한다.

"몬데라스 씨, 같이 셀카 찍어도 될까요?" 한 승객이 묻는다.

"저도요." 제복을 입은 승무원도 묻는다.

"저와 제 누나도 같이 찍어 주세요." 톰은 그레이스의 팔짱을 끼고 카메라를 향해 눈을 반짝인다.

"난 독일에선 다시 마리로 돌아가고 싶다고 생각했어." 그레이스가 차 안에서 톰에게 말한다. "그게 우리 부모님에게는 더 편할 것 같지 않아?"

"좋은 계획 같네요, 마리."

그들은 자정 직전에 쾰른에 있는 그의 아파트에 도착한다.

"집처럼 편안하게 지내세요!" 톰은 잠을 자고, 샤워하고, 목욕할 수 있는 곳을 안내한다. 그는 가득 찬 냉장고를 열어 배고프거나 목이 마르면 마음껏 해결하라고 말한다.

"여기 혼자 살아?" 그녀는 당황한 듯 주위를 둘러본다.

"네." 톰이 살피며 레드 와인을 한잔 마시고 싶은지 묻는다.

마리는 고개를 끄덕이고 조리대에 앉아 동생이 와인 냉장고에서 키안티 한 병을 꺼내 코르크를 거의 소리 없이 빼내고 향기를 맡는 것을 지켜본다. 그는 한 모금 따라 마시고 잔을 불빛에 대고 빙글빙글 돌리며 코를 갖다 댄다. 그러고 나서야 그는 둥근 모양의 레드 와인 잔을 채우고 그녀와 잔을 부딪친다.

"왜 결혼하지 않았는지 물어봐도 될까?"

"시간이 없었어요."

"그건 게이들이 하는 말이잖아?"

"아뇨, 정말이에요. 일과 가족 둘 다 잘하기 힘들어서요."

"와인과 함께 일하나 봐?" 그녀가 조롱을 담아 말하며, 잔을 한 번에 비우고 스스로 다시 채운다.

톰은 자신의 직업을 설명하려고 한다.

그녀는 손을 흔들며 톰의 말을 끊는다. "다 알고 있어. 우리 레오가 검색해 봤어."

"안주 더 드릴까요? 치즈가 먹고 싶네요."

마리는 고개를 끄덕이며 그가 냉장고에서 치즈 접시를 꺼내 비닐을 벗기는 모습을 다시 지켜본다. "집에 돌아오면 누가 있어?"

"제가 스스로를 잘 돌보는 걸, 보면 알 수 있잖아요."

"그러네." 그녀가 페코리노 치즈를 집어 들며 말한다.

"남편에 대해 말해 줘요, 마리."

"브루스는 그 자체가 나의 집이야! 나의 버팀목. 빵도 있니?"

"결혼 제도가 제대로 작동할 거라고 믿지 못했는데." 톰이 바게트를 자르며 말한다. "솔직히 말해서 부모님 역할 모델들이 그렇게 매력적이지 않았어요."

마리는 레드 와인에 빵을 적셔 한 조각을 입에 넣는다. "엄마가 잘 풀리지 않았다고 해서 네게도 똑같은 일이 일어날 것처럼 살아야 하는 건 아니지."

"무슨 뜻이죠?"

"다시 모든 것을 잃을까 봐 두려워서 사랑하고 싶지 않은 건 아니고?"

"누나가 「피너츠」의 루시*인가요? 정신과 상담을 돕고 있어요? 의사 선생님이 오셨나?"

* 「피너츠」 만화에 등장하는 여자 주인공으로 다정다감하다.

마리가 웃으며 와인 잔을 부딪친다. “나는 5센트도 안 들어. 무료로 상담해 줄게. 어쨌든 난 네 누나고 이젠 널 책임져야 하니까.”

“어이쿠!” 톰이 웃음을 참지 못하며 말한다. “나 무서워지기 시작했는데!”

마리는 어린 그레타의 흑백 사진을 발견한다. “저분이 엄마야?”

톰은 고개를 끄덕인다.

그녀는 벽에서 액자를 꺼내 한참 동안 사진을 바라본다. “엄마가 기억나.” 그녀는 소스라치게 놀란다.

“그녀에 대해 많이 생각했나요?”

마리는 고개를 끄덕이며 더 이상 말을 잇지 못한다.

이제 톰은 그녀를 위로할 수 있다. 그는 마리의 눈물을 닦아 주고 소파로 인도한 후 푹신한 모직 담요를 덮어 준다.

“차 좀 끓여드릴까?”

“네가 너무 멀리 있으면 지금은 견디기 힘들어.” 그녀는 대답하고 담요를 옆으로 당겨 그가 가까이 앉을 수 있도록 한다.

“내가 어디서 왔냐고 물었을 때 양엄마는 상관할 바가 아니라고 하셨어. 몇 년 후 다시 물어봤지. 그러자 ‘네 엄마는 나쁜 창녀였어. 죽어서 다행이야’라는 대답을 들었어. 나는 엄마가 창녀였다면 어쩌면 내가 사창가에서 잉태되었을지도 모른다고 생각했어.”

톰은 그녀의 까만 손을 자신의 손으로 잡고 쓰다듬는다.

“결혼하고 나서야 내가 하이델베르크에서 태어났다는 사실을 알게 되었어. 브루스는 원하면 독일로 데려가겠다고 했어. 하지만 난 묘지를 방문하고 싶지 않았지.”

“가슴 아픈 일이예요.” 톰은 마리의 아픔뿐 아니라 엄마와 밥의 아픔도 함께 느낀다. 그는 담요를 걷고 일어나 주방에서 와인을 가져와 촛불을 켠다.

“입양되면 항상 자신이 아무 가치도 없는 사람처럼 느껴져. 엄마가 날 원하지 않아서 버렸다고 생각하게 돼. 그런 생각이 평생을 따라다녀. 아무리 대가족이 있어도.”

“보여 줄 게 있어요.” 톰이 천장 높이의 벽장 미닫이문을 연다. 그는 그레타가 매년 딸의 생일에 하이델베르크의 청소년 복지국에 제출했던 편지 사본을 들고 돌아와 누나와 함께 담요를 뒤집어쓰고 엎드린다. 그는 그녀를 위해 편지를 시간 순서대로 하나씩 번역해서 읽어 준다.

마리는 그저 눈물만 하염없이 흘리며 한참 동안 침묵한다. 타오르는 촛불을 바라볼 따름이다.

“내가 무엇을 놓치고 있는지 몰랐어. 하지만 항상 무언가 부족하다고 느꼈어. 이제 난 완전해진 것 같아. 이해가 돼?” 그녀는 침묵 속에 이렇게 말하고 뒤따르는 울음소리는 마치 그녀를 평생 억눌렸던 고통에서 벗어나게 하는 것처럼 들린다.

톰은 그녀를 팔로 감싸고 꽉 안는다.

“하지만 난 그런 대로 잘 살고 있어. 인생 초기에 경험한 사랑이 그 이유였나 봐. 지금 모든 것이 그대로 괜찮아. 남편과 아이들과 손주들이 있어. 그리고 너도 있지. 만약 그런 일들이 일어나지 않았다면 넌 존재하지도 않았을 거잖아."

"맞아요. 정말 유감스러운 일이죠." 톰이 말하며 그녀의 볼에 입을 맞춘다.

날이 밝자 두 사람은 서로를 꼭 끌어안은 채 잠에서 깨어난다.

"가죠. 우리, 엄마 집에서 아침 먹어요." 톰이 말한다.

빵 봉투로 무장한 두 사람은 한 시간 후 엘리베이터 대신 계단으로 올라간다.

"엄마가 영어 할 줄 알아?" 마리가 회색 아프로 헤어스타일을 잡아 주는 알록달록한 머리띠를 다시 매만지며 긴장을 떨치지 못하고 조용히 묻는다.

"조금은."

톰이 문을 연다. 커피 냄새가 난다. 그가 예전에 지내던 방은 여전히 닫혀 있다. 주방에서 그레타는 목욕 가운을 입고 식탁에 앉아 십자말풀이를 들여다보고 있다.

"좋은 아침, 엄마." 톰이 가방을 찬장에 올려놓는다. "손님이 오셨어요."

그레타는 고개를 들어 의아한 표정을 짓는다.

"마리예요, 엄마." 톰이 말하며 누나를 식탁으로 안내한다.

"좋은 아침이에요, 엄마." 마리는 떨리는 목소리로 그레타의 손을 쓰다듬으며 함께 자리에 앉는다.

톰은 엄마의 얼굴에서 이 사람이 누구인지 생각하려고 애쓰는 것을 알 수 있다. 그녀가 마리를 마지막으로 본 것은 네 살때였으니까. 60여 년 전에! 치매에 걸리지 않았어도 엄마는 알아보지 못했을 것이었다.

"넌 누군가를 생각나게 한다." 그레타가 딸에게 말하자 톰이 통역을 한다.

"누가 생각나요?" 마리가 눈물을 흘리며 묻는다.

"너." 그레타는 천천히 손을 들어 마리의 뺨에서 흐르는 눈물을 닦아 낸다.

마리는 엄마를 두 팔로 감싸안고 울음을 터뜨린다. 그레타도 스스로 마리를 꽉 껴안는 모습을 본 톰은 깊이 감동한다.

중요한 일이 남아 있다고 그는 생각한다.

마리는 가방을 뒤져 낡은 부두교 인형을 꺼낸다. 그녀가 어린 시절 내내 지켜 냈던 유일한 물건이다.

"그건 바벨레잖아." 그레타가 말한다. "이것 봐, 톰!"

현관에서 문소리, 화장실 물 내리는 소리, 발소리가 들린다. 잠시 후 밥이 주방 출입구 앞에 서 있다.

"넌 나를 꼭 빼닮았구나." 그가 딸에게 말한다.

마리는 일어나서 아빠를 향해 걸어가 한참을 바라보다가 마침내 "안녕, 아빠!"라고 말한다.

더 이상의 말은 필요 없다.

"나 배고파." 그레타가 말한다.

"나도." 톰은 냉장고에서 아침 식사에 필요한 모든 것을 꺼내고, 누나는 컵과 접시를 나눠 주고 부모님 사이에 앉는다. 66년 만에 처음이다. 톰은 휴대전화로 이 순간을 영원히 담아 둔다.

마리는 빵을 잘라 버터와 살구잼을 두껍게 바르고 부모님에게 건네며 미국인 대가족에 대해 이야기한다. 밥은 웃고 그레타는 씹으며 만족스럽게 고개를 끄덕인다. 아무것도 이해하지 못한다는 느낌을 전혀 주지 않는다.

당신이 없었다면 이 세 분은 결코 고향을 찾지 못했을 겁니다. 고마워요!!!!! 톰은 제니에게 사진을 첨부하여 메시지를 보낸다.

그녀에게 즉시 답장이 온다. 나도 정말 행복해요!!!

쾰른 전체가 오늘 순수한 행복입니다!😀 그는 답장을 보낸다.

여러분들의 축하 모임이 끝나면 잠깐 들르실 수 있나요?????

14분 후, 그는 그녀의 문 앞에 도착한다.

"당신과 정말 얘기하고 싶어요." 그녀가 아기를 품에 안고 진지하게 말한다. "들어와요."

"나도요." 톰이 말하며 문을 뒤로 닫는다. "이번엔 내가 먼저."

"무슨 일인데요?" 그녀가 묻는다.

"나 당신을 사랑하게 되었어요."

제니는 믿지 못하겠다는 표정으로 그를 바라본다.

"제니, 나도 내가 평판이 안 좋다는 건 알아요. 하지만 당신한테 느끼는 이런 감정을 이전에는 느껴 본 적이 없어요."

그녀는 그에게 한 발짝 다가가 발끝을 세운 뒤 자유로운 한 팔로 그를 자신 쪽으로 끌어당기며 키스한다.

톰은 그녀의 얼굴을 양손으로 잡는다. "마침내……." 그가 속삭인다.

칼은 제니의 팔을 움켜쥐고 그녀의 주의를 끌기 위해 힘껏 울기 시작한다.

"새로운 소식은 또 뭐죠, 보스?"

"소식이라면," 제니가 다시 진지해진다. "DNA 검사 업체에서 연락이 왔어요. 결과가 나왔대요."

"응, 그건 나도 알아요. 그 결과가 지금 포르츠의 식탁에 앉아 있잖아요."

그녀는 칼을 톰에게 맡기고 의자 두 개를 나란히 놓는다. "일단 앉아 봐요."

"당신은 뭐든 흥미진진하게 만들 줄을 안다니까." 톰은 작은 아기를 품에 안은 채 탁자 위에 흩어져 있는 잡동사니들을 옆으로 밀며 제니가 노트북을 놓을 수 있게 만든다.

제니는 컴퓨터를 열고 혈통 포털의 유전자 데이터베이스를 연다.

톰은 그녀의 옆모습을 본다. 그는 그녀가 얼마나 아름다운지를 생각한다.

"봐요." 그녀가 결과를 가리킨다.

그는 그 기록을 읽은 후 믿기지 않는다는 표정으로 제니를 바라본다. "반쪽 형제가 일치한다니? 무슨 뜻이죠?"

"당신의 반쪽 형제가 한 사람이 아니라는 거죠. 분명히 둘이라고 되어 있어요." 그녀가 대답한다.

톰은 칼을 껴안은 채 또다시 전율한다. 그 사실이 기쁜지 그는 환호성을 지른다.

"내가 또 누굴 가졌다고요?" 그는 화면을 응시하며 말한다. 마치 오랫동안 들여다보면 비밀이 풀리기라도 하는 듯이. 그는 밥 가족의 또 다른 아기들을 생각한다. "그들은 어디에 있는 거지?" 그가 재촉하며 묻는다.

"나도 모르겠어요. 그들의 데이터는 암호화되어 있어요. 하지만 그들에게 편지를 쓸 수는 있어요."

"엄마……. 도대체 또 뭐가 나올지 예상할 수가 없네. 어떻게 이런 일들이 계속……." 그는 놀라며 고개를 절레절레 흔든다.

"이건 당신 엄마와는 상관이 없어요, 톰. 그 형제는 당신과 아버지가 같아요."

"내 아버지?" 그는 의심을 떨치지 못하며 생각한다. 우리 가족 전체가 거짓말투성이잖아! 그의 생각이 멈춘다. 마치 그의 두뇌가 바늘을 튕겨 내는 긁힌 레코드판처럼 더 이상 작동하지 않는다. 거짓말! 모든 게 거짓말이야!

모니터가 파랗게 변하며 메일을 삼켜 버린다. 화면보호기 모드에서 단어들이 왼쪽에서 오른쪽으로 이동하며 나타났다가 사라지는 것을 본다.

피로

사각형

시간

톰은 글자가 나타났다 사라지는 것을 지켜보다가 마지막 단어가 멈추고 그 단어의 의미가 주르륵 나타나기 전까지 쌕쌕거리며 숨 쉬는 칼을 지켜본다.

시간

명사, 여성

물리적 크기. 시간은 사건의 순서를 설명하므로 명확하고 되돌릴 수 없는 방향을 가지고 있다. 철학적 관점에서 시간은 과거에서 시작해 미래로 이어지는 현재의 진행을 설명한다.

톰은 시간을 낭비하지 말라는 말을 생각하며 지금은 이복형제를 논의할 시간이 아니라고 생각한다. 물론 나중에는 어떻게 될지 모르지만, 지금은 바로 그때다. 낭비하지 말아야 할 때. 그는 무릎 위에 있는 어린 칼을 느끼고, 그 옆에 제니가 있는 것을 본다.

지금이 바로 그때다.

그녀는 그를 향해 미소를 짓는다. 그녀의 초록색 눈 주위에 많은 작은 주름이 잡힌다. "그래서?" 그녀가 묻는다. "무슨 생각을 해요?"

"다시 한번 더 키스해 줄래요? 어떤 느낌인지 완전히 잊어버렸어요."

작가 후기

2015년 가을, 독일 전역에 난민을 위한 임시 숙소가 건설되고 있을 때 저는 쾰른 북쪽에 있는 임시 시설 앞에서 두 노인이 몇 가지 물건을 품에 안고 서 있는 모습을 보았습니다. 한 기자가 두 분께 기부를 하려는 이유를 물었습니다. 그 두 분은 제대로 말을 하지 못했습니다. 마이크에 대고 말하는 데 익숙하지 않았기 때문만은 아니었습니다. 통증이 목을 조여 왔기 때문이었습니다.

베개와 담요를 건네고 싶다고 말한 할머니는 "우리는 이 사람들이 지금 어떤 마음일지 정확히 알고 있습니다"라고 힘겹게 말했습니다.

"어렸을 때 저희도 직접 겪었던 일들입니다. 저희는 동프로이센에서 왔거든요." 그녀의 남편이 덧붙였습니다.

이 노부부의 일이 제 소설의 첫 번째 불씨였습니다. 나치 시대와 전쟁의 비극적 경험은 노년기를 보내는 이들에게는 특히 생생합니다.

저는 엄마가 알츠하이머병에 걸렸을 때 노년을 살아가는 것이 무엇을 의미하는지 함께 경험했습니다. 엄마에게는 과거의 공포가 현재를 덮치고 있었습니다. 엄마는 그 당시와 마찬가지로 무방비 상태였습니다.

우리 모녀는 평생 동안 서로 다른 점이 많기는 했지만 엄마의 투병 생활을 최대한 함께하고 싶다는 생각은 한 번도 머릿속에서 떠나지 않았습니다. 특히 부모님과 수백 킬로미터 떨어진 곳에 살고 있었기 때문에 이 결정은 프리랜서로서의 제 삶을 송두리째 뒤흔들어 놓았습니다.

엄마의 투병 생활은 12년 동안 지속되었습니다. 엄마가 끝없는 고통의 롤러코스터에 갇혀 있는 모습을 지켜보는 것은 제게도 견딜 수 없는 고통이었습니다. 저는 그녀가 어렸을 때 엄마를 잃었다는 것을 오래전부터 알고 있었습니다. 그녀의 첫사랑이자 나의 첫 번째 언니의 이른 죽음도 결코 비밀이 아니었습니다. 그러나 엄마는 계속 살기 위해 오랜 세월 고통을 억누르고 있었습니다. 그런데 그 무거운 콘크리트 덮개를 엄마가 어느 순간 치워 버린 뒤에야 저는 당시의 정확한 상황, 심연, 절망을 알게 되었습니다.

무력하게 엄마의 세계가 붕괴되고 영혼이 천천히 사라지는 것을 지켜보는 것은 지금 생각해도 아픈 기억이었습니다. 엄마가 나를 언니로 착각하고 이야기하고, 내가 거듭 언니가 아니라고 부정해야 할 때에는 저 또한 땅이 꺼지는 느낌을 받았습니다.

하지만 이 질병은 또한 풍요로움이기도 했습니다. 왜냐하면 엄마가 덮개를 치워 버렸을 때 제가 평생 갈망했던 엄마의 부드럽고 사랑스러운 면모가 드러났기 때문입니다. 엄마의 실용적인 완고함이 녹아내렸습니다. 남은 것은 사랑뿐이었습니다. 그것은 제 인생에서 가장 강렬한 경험 중 하나였습니다.

엄마의 충격적인 경험은 제 인생에도 영향을 미쳤습니다. 몇 년 전에야 그 사실을 깨달았습니다. 『그레첸을 멀리하라-불가능한 사랑』은 순전히 허구로 된 소설입니다. 하지만 어떤 면에서는 엄마의 이야기와 제 이야기가 청사진 역할을 하였습니다.

연구 과정에서 전쟁이 끝난 직후 적과의 접촉이 금지된 상황에서 아프리카계 미국인 참전 군인들이 독일군에게 도움을 준 사례를 여러 건 발견했습니다. 미국 전쟁포로로 짧은 시간을 보냈던 고인이 된 코미디언 디터 힐데브란트는 자신이 미국 본토와 미군 내에서 경험한 억압 때문에 백인 승리자보다 패자인 흑인에게 더 끌린 것이 아닐까 하고 여겼을 정도였다고 합니다.

나치 정권하에서 소위 '원숭이 같은 아류 인간'으로 홀대받았던 아프리카계 미군 병사들이 전후 독일에서는 어느 식당에 가도 인종 장벽에 부딪히거나 차별받지 않았다는 사실에도 저는 매료되었습니다. 이들은 재즈와 스윙을 제복이 행진하던 세계로 가져왔고, 미국에서는 불가능했던 젊은 백인 여성들과 관계를 맺기도 했습니다. 이 길에 들어서자 브라운 베이비를 향한 저의 길은 멀지 않았습니다.

입양이란 주제와 유전적 기원의 탐구는 수십 년 동안 저를 사로잡아 왔습니다. 평생을 자신의 뿌리를 찾기 위해 노력하는 사람들에 관한 다큐멘터리를 수없이 보았습니다. 또한 불우한 환경 속에서 아이를 포기할 수밖에 없었던 여성들의 삶의 이야기에 항상 깊은 감동을 받고는 했습니다. 특히 보통 비밀로 유지되는 이 결정이 그들의 남은 인생에 회색의 막처럼 드리워져 있는 것을 보았을 때 더욱 그랬습니다. 전쟁 중과 전쟁 직후 동서양을 막론하고 많은 사람들이 그러한 운명에 처했습니다.

저는 전쟁이 끝난 후 초기 10년 동안 독일에서의 브라운 베이비에 대해 아는 것이 거의 없었습니다. 1952년 3월 12일의 연방의회 연설과 1957년 <쥐트도이체> 라디오에서 방송된 보도를 읽었을 때 말로 표현할 수 없을 정도로 충격을 받았습니다. 이 소설에서 인용한 그대로입니다.

아무도 이들 엄마와 아이들에 대해 책임을 느끼지 않았고, 이 주제가 거의 알려지지 않았다는 것은 얼마나 참담한 비극인지요. 메이블 그래머와 같이 개인적으로 시작한 입양기관의 브라운 베이비 플랜을 통해 이 아이들에게 더 나은 삶을 안겨 주고자 노력한 사람들이 있었다는 것이 그나마 다행이었습니다.

제 이야기의 모든 것은 제2차 세계대전으로 거슬러 올라갑니다. 브라운 베이비 플랜, 불가능한 사랑, 인종차별은 오늘날까지도 그 폭발력을 잃지 않고 있습니다. 전쟁이 끝난 지 75년이 지난 지금도 주요 도시의 건설 현장에서 폭탄이 발견되는 것뿐만 아니라 이 전쟁은 여전히 우리 삶에 영향을 미치고 있습니다. 그 영향은 우리 가족과 전쟁의 후손인 우리들에게도 미치고 있습니다. 우리 자신을 더 잘 이해하기 위해서는 과거를 이해하는 것이 중요합니다.

이 소설을 통해 저는 더 크고, 더 넓고, 더 높이 흘러가는 시대로부터 종종 밀려나는 노인들에 주목하고 그들에게 목소리와 표정을 부여하고 싶었습니다. 비록 비슷한 얼굴 피부색과 비슷한 색의 재킷을 입어 획일적으로 보일지라도 그분들도 우리 젊은이들 못지않게 개성이 있습니다. 그들은 무언가에 미치지 못하는 분들이 아닙니다. 열정 또한 뜨겁습니다. 그들도 필사적으로 사랑하고, 무모하거나 대담했고, 미친 듯이 멋있었고, 자신의 전부를 걸기도 했습니다. 그들은 여덟 살, 열여덟 살, 여든 살입니다. 동시에. 핵심이 여전히 그들 안에 잠들어 있다는 것입니다. 그것은 피부가 아무리 시들어도 늙지 않습니다. 자세히 보면 그들의 눈에서 반짝임을 볼 수 있을 것입니다.

제가 가상의 인물을 등장시킨 정치적, 사회적 배경은 거의 사실과 일치합니다. 본문에 등장하는 모든 연설, 인터뷰, 신문 보도, 라디오 프로그램, 텔레비전 보도 및 영화는 실존하는 것이며 제가 직접 필사했습니다.

CDU 정치인 루이제 렐링은 1952년 3월 12일 본의 연방의회에서 394페이지에 인용한 연설을 했습니다.

마리가 수용된 두 아동 보호소는 모두 제가 고안해 냈습니다. 철저한 조사 끝에 실제 사건을 바탕으로 전반적인 상황을 구성했습니다. 메이블 그래머가 관여한 마리의 입양을 둘러싼 사건도 순전히 허구입니다. 그러나 만하임의 아른트 길 7번지에서 남편과 입양한 아이들과 함께 살았던 그래머 부인에 대해 제가 쓴 다른 모든 내용은 현실과 일치합니다.

제가 아는 한 2015년 앙겔라 메르켈과 하이데나우에 동행한 언론인은 없었지만 그녀의 모든 진술은 당시의 인터뷰와 일치합니다. 하이데나우에서 시위대가 외친 문장도 정확히 일치합니다.

톰 몬데라스의 직업적인 발전 과정을 설계할 때 저는 존경하는 미국 저널리스트이자 앵커인 앤더슨 쿠퍼를 모델로 삼았습니다. 저의 엄마 엘제 아벨의 유머러스하고 통쾌할 정도로 직설적인 태도는 그레첸에게 영향을 미쳤습니다. 그리고 저에게도요.

"착하게 지내고, 아무것도 훔치진 마. 그래도 뭔가 찾게 되면 그 집으로 돌려보내고"라는 말씀은 당신이 물려준 유산입니다!

수잔네 아벨

2021년 3월

옮긴이의 말

그레첸의 사랑, 불가능했으나 이루어 낸

소설의 시대가 저물고 있다고들 말한다. 삶의 진정한 본질을 움켜쥐고 현실을 핍진하게 드러내는 작품이 그만큼 드물어졌기에 일컫는 말이다. 대신 판타지에 기대거나 인물의 심리에 치중하는 작품이 많아지고 있다. 변화를 받아들이지 못하는 어리석음일 수도 있겠지만 그럼에도 무릇 소설이란 현실과 맞서는 장르이며, 현실을 넘어서고자 하는 장르임은 여전히 유효하다고 생각한다. 더욱이 시대와 현실에 정면으로 맞서는 것이야말로 우리 소설의 전통이며 미덕이기도 했으니.

그러던 차에 이 소설을 접했다. 베를린 장벽처럼 장벽으로 존재했던 2차 대전 이후의 독일 현실과 그 장벽을 무너뜨리듯 현실을 돌파하고자 하는 어머니와 아들의 이야기였다. 소설의 원제목은 『Stay away from Gretchen』이다. 독일 소설인데 웬 영어인가 싶었지만 읽고 난 다음 제목이 점령군 미군이 자국의 병사들에게 내려보낸 지시 사항임을 알았다. 그레첸으로 대표되는 독일의 젊은 여성들과 접촉하지 말라는 것이다. 하여 이 번역판은 원래 도서의 독일어 제목을 최대한 살려 <그레첸을 멀리하라-불가능한 사랑>을 그대로 살렸다. 물론 소설은 유명한 쾰른 방송국의 앵커로 활약하는 아들과 전쟁의 전후를 직접 겪은 어머니 그레첸의 시점으로 교차 편집되어 진행된다. 전쟁 전 히틀러의 파시즘을 금과옥조로 여기던 그레첸은 전후 혹독한 현실에 직면하며 극심한 삶의 고통을 경험한다. 고향인 동프로이센을 떠나 피난길에 오르고, 난민으로 전전하다 가족들과 헤어지고 또 만나기도 하고, 미군 흑인 병사와 사랑에 빠져 아이를 낳기도 한다. 그리고 우여곡절 끝에 아이의 양육권을 박탈당한다. 그레첸은 자신의 전 존재를 던져 맞서고자 하나 결국 아이를 찾지 못한 채 마침내 자살을 시도한다. 간신히 죽음을 면한 그레첸은 독일 현대사의 상처를 깊이 각인한 채 우울증과 함께 과거 자신의 삶을, 사랑을 봉인해 버리고 만다.

그런 그녀에게 갑작스레 치매가 찾아온다. 그 느슨해진 정신의 틈 사이로 숨겨 왔던 과거가, 삶이, 사랑이 하나씩 둘씩 아들 토마스에게 밝혀진다. 아들은 어머니의 심리적 고통을 치유하기 위해 어머니의 지나온 삶을 파헤치고, 어머니의 트라우마를 대면한다. 그리고 자신 역시 '트라우마의 세대 간 전이'로 고통받고 있었음을 자각한다. 마침내…….

이 간략한 줄거리는 어쩔 수 없이 우리의 현대사를 떠올리게 한다. 식민지 시대와 한국전쟁을 통해 일방적으로 피해자이기만 했던 우리와 달리 독일은 전쟁을 촉발시킨 가해자라는 차이가 두드러지기는 하지만 현실에 처한 사람들이 삶에서 겪어야 했던 궁핍함과 고단함은 나라를 따질 것 없이 엄밀히 중첩된다. 그레첸의 삶은 우리네 어머니, 할머니의 삶과 한 치도 다를 바 없는 것이다. 소설을 우리말로 옮기면서 시대와 공간의 엄연한 차이에도 불구하고 계속해서 울컥울컥 목이 메어 왔던 것도 이 동질감 때문이었을 것이다.

물론 이 작품이 뛰어난 것은 주제의 깊이와 함께 현실과 현실에 맞서는 인물을 정교하게 그려 내고 있다는 점이다. 무엇보다 그레첸이란 인물, 현실에 굴복하지 않고 팽팽하게 맞서며 삶을 열어 가는 인물 형상은 특히나 강건하고 믿음직스럽다. 그리고 이와 함께 그레첸이 내면 깊이 건사하고 있는 흑인 병사 밥과의 사랑은 소설의 뼈대에 살을 더하고 피를 돌게 만든다. 작품의 부제가 말해 주듯 끝내 '불가능한 사랑'으로 끝나지만 그레첸과 밥이란 두 인물은 애초 사랑의 본질이 어찌해야 하는지를 선명하게 보여 준다. 어쩌면 소설은 현실 속에서, 현실을 넘어서는 사랑을 그려 내고자 한 것이 아니었을까. 어쩌면 소설은 마음속 숨겨 두었던 사랑을 다시금 해방시키는 과정을 그려 내고자 한 것은 아니었을까. 물론 그 사랑은 밥을 향한 것만은 아니다. 이 책의 또 다른 압권인 마리에게 보낸 편지들 역시 마음속 고통을 토해 내는 다른 방식이었을 것이다. 아들 톰과 제니의 노력으로 복원되는 그레첸의 기억, 밥의 기억은 결코 지울 수 없는 것들이며, 그레첸과 밥이 힘겹게 건너온 청춘의, 가장 소중한 비망록인 것이다. 더 많은 우리네 독자들이 그레첸의, 그리고 밥의 감동적인 이야기의 힘을 공유하기를 바라는 마음이다.

오랜만에 좋은 소설을 읽었고 또 과분하게도 맡겨 준 번역을 통해 더 깊이, 더 섬세하게 작품의 결을 오래오래 느낄 수 있었다. 소중하고 또 행복한 경험이었다. 어려운 환경에서도 좋은 작품을 기꺼이 출간하고자 하는 출판사에 누가 되지 않기를 그저 바랄 뿐이다.

2024년 9월

김동언

뒤란에서 소설 읽기 003

그레첸을 멀리하라–불가능한 사랑

초판 1쇄 발행 2024년 9월 20일

지은이 수잔네 아벨 **옮긴이** 김동언

편집 박은혜 **디자인** hey yoon **인쇄** 아트인

펴낸이 김두엄 **펴낸곳** 뒤란 **등록** 2019년 7월 19일 제2019-000092호

주소 07208 서울시 영등포구 선유로49길 23 IS비즈타워2차 1503호
전화 02-3667-1618

전자우편 ssh_publ@naver.com **블로그** sangsanghim.tistory.com
인스타그램 @duiran_book

ISBN 979-11-978957-9-1 03850

- 뒤란은 상상의힘 출판사의 문학·예술·인문 전문 브랜드입니다.